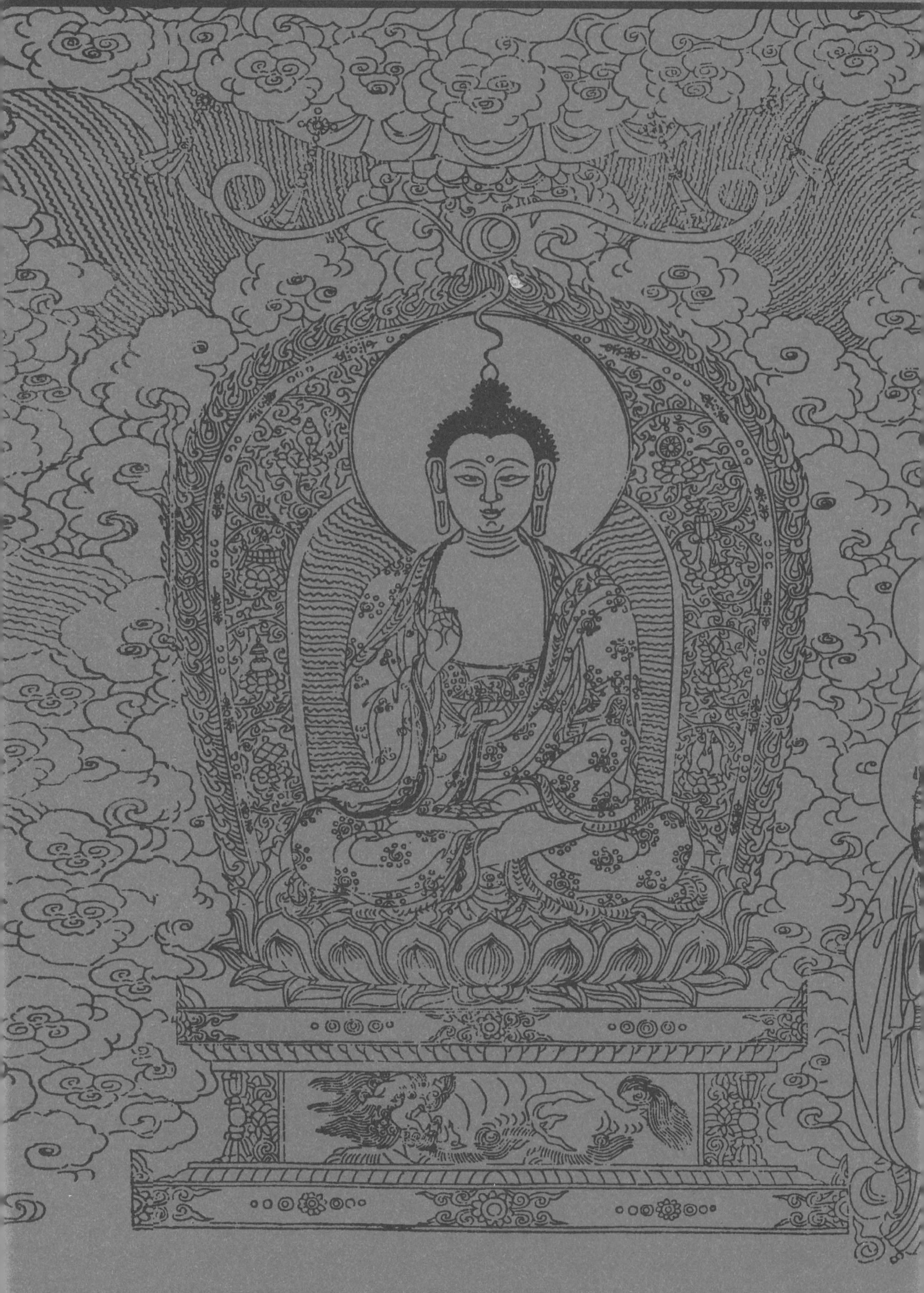

御製

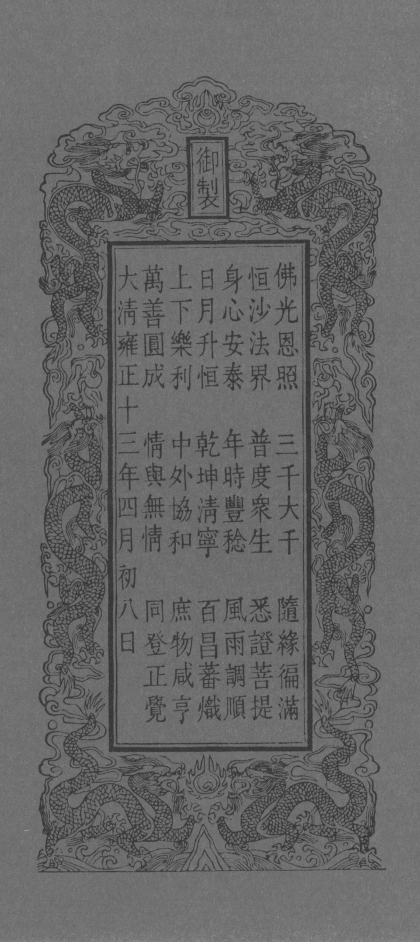

佛光恩照　三千大千　隨緣徧滿
恒沙法界　普度衆生　悉證菩提
身心安泰　年時豐稔　風雨調順
日月升恒　乾坤清寧　百昌蕃熾
上下樂利　中外協和　庶物咸亨
萬善圓成　情與無情　同登正覺
大清雍正十三年四月初八日

第七七册　小乘律（一一）

毗尼毋論

失譯人名今附秦錄

清刻龍藏佛說法變相圖

毗尼母論卷第四

失譯人名今附秦録

諸比丘欲集法藏時摩訶迦葉以手拍地聲震之響喻如銅鐘爾時王舍城中舊住五百羅漢師字富蘭那聞此之音共相告言集法藏時至尊者富蘭那與其徒衆五百羅漢即共相隨向王舍城耆闍崛山竹林精舍中至摩訶迦葉所到已語摩訶迦葉言我等聞摩訶迦葉五百羅漢於王舍城竹林精舍中欲集法藏我等亦欲得聞摩訶迦葉即向富蘭那等出集法藏因緣富蘭那語尊者摩訶迦葉言大德所集法藏緣已得聞竟甚善不可言但於八法中我所不解從界裏宿食乃至池邊種種草根等如此八法親從佛邊聞如來聽畜復言不聽者是處不解迦葉答言實

如汝語佛爲飢饉穀貴乞食難得憐愍衆生故聽畜世豐穀賤乞食易得是故如來還不聽也富蘭那言迦葉如來是一切知見者畜時欲使人知畜時捨時欲使人知捨時迦葉答言以是義故佛知時而說是時中應畜是時中不應畜富蘭那是故我等應隨如來制時隨制聽時隨聽如來應供成就八種善法一者善得金剛智二者悉斷一切煩惱破無明暗三者於一切法無諸障礙四於一切處而得自在五能善降伏外道異論六善示衆生利不利七能與衆生如法分別八善能巧制犯不犯自在無礙成此八法名法王法主爾時摩訶迦葉問阿難言此事復云何阿難答摩訶迦葉曰如我佛邊所聞如迦葉答富蘭那也若人如佛語而行者此人能熾然佛法是故應如法行之尊者富蘭那徒衆聞此語已如法而行即是熾然佛法者此是雪山中五百比丘所集法藏

七百比丘集法藏今當說如來涅槃後一百年毗舍離毗利祇子諸比丘等如佛所說行於十法隨順行者熾然佛法一應用二指抄飯食二入聚落得食說言飽已不言不足後得食時不作殘食法得食三界裏群品作法事亦得四讃歎群品作法事善五前人作法後人復作所作皆善六酥油蜂蜜石蜜以酪和之得食七昨日受鹽今日得和飯食八得飲奢留伽酒九坐具不剪鬚得敷十金銀七寶得白手捉亦得畜之以是因緣故迦蘭陀子耶舍欲除滅此過患於毗舍離集七百羅漢衆僧集已迦蘭陀子耶舍問尊者離婆多

言比丘入聚落中食得兩指抄飯食不尊者離婆多答曰不得兩指抄飯食耶舍問曰何處制此不得兩指抄飯食也離婆多答曰舍衛國制殘食處制之耶舍復問尊者離婆多言若比丘食足已不作殘食法得食不答言不得耶舍復問尊者界裏作法事得不尊者即問界裏作何等法事答曰群品作法事尊者答言不得問何處制答曰王舍城中布薩揵度中制也耶舍復問界内群品作法事説言好得作如是語不答言不得此亦王舍城中布薩揵度中制耶舍復問尊者前所作事更得重作不尊者答曰云何名爲重作耶舍説曰此事今作曾作尊者答曰若此事以阿毗曇毗尼修妬路不合者已作不應作未作不應作今作不應作若此事與三藏合者已作應作未作應作今作應作耶舍復問尊者得食美食不答曰何者美食耶舍説曰酥油蜜石蜜與酪和之是爲美食尊者答曰不得食也何處制也舍衛國中制殘食處制耳耶舍復問尊者所受鹽得食不尊者答曰何者所受鹽耶舍説曰昨所受鹽今日得和飲食不尊者答曰不得食也何處制也舍衛國藥草揵度中制復問尊者得飲奢留伽酒不答言不得何處制拘睒彌國因娑提比丘制耶舍復問尊者言得畜不剪鬚數具不答言不得何處制之舍衛國因六群比丘制復問尊者得畜金銀寶器不答言不得何處制之王舍城因跋難陀釋子制以何義故更集法藏欲使比丘捨惡修善若四人住處乃至衆多人住處欲使知法如法修行佛法熾然若和

尚阿闍黎若知法人如此人等皆能如法者可佛法增長有二種法不可違一佛法不可違二轉輪聖王法不可違以是義故更集七百僧集法藏也所以言毗尼緣者諸經中與毗尼相應者總爲比丘比丘尼經諸經中與迦絺那衣相應者總爲迦絺那揵度比丘經比丘尼經一切揵度摩得勒伽毗尼增一此五種總爲毗尼藏是故名毗尼緣所言大廣說者所說事多故名廣說我今教授大法故名爲大我今說大法大毗尼是故名大廣說大人所說法名之爲大何者大人諸佛世尊名爲大人此大人說故名爲大人又言廣者有大德比丘略說經若衆多比丘前若四三二一比丘前說其所解經我親從佛邊聞如此說上座有德知見者應取其所說思惟此理若與三藏相應者應語言大德所說甚善若有後學者應以此法教之若不與三藏相應者語言大德莫行此法亦莫教人行此法也是故名爲廣說說大調伏現前故名廣說若有一人聰詰高才自備此德捉其所解與如來所說法競如人捉僞金與眞金並若眞僞難别者以火燒之眞僞自現若以僞法言是如來說者與三藏經並之知其眞僞也如世有眞醫有人實非醫妄稱是醫人不别者就其治病虛喪身命猶如世人不識眞法隨行邪僞法者能滅善心身命也不滅正法者佛所說毗尼如佛所說行是人能使正法熾然於世何以故此人知此是佛說知此非佛說是故能與正法是名廣說尊者薩婆多說曰有四白廣說有四黑廣說以何義故名爲

廣說以此經故知此是佛語此非佛語若有才辯了了能識是非爲人說者此言應受黑廣說亦應如白廣知四者若衆多若三若二若一是名爲四又比丘作如是言世尊在浮彌城告諸比丘汝等若村若落我親從佛邊聞說受持此是法此是毗尼此是師教此比丘所說非可非不可若以增一阿含中阿含長阿含雜阿含比丘經比丘尼經諸揵度摩得勒伽與法理合者應語言大德此法可自懃行亦教人懃行若不合法理者語言大德此法不應自行亦不應教人行此是初廣說第二第三乃至第四亦如是說第一大衆前第二四人前第三二人前第四一人前是名廣說佛告諸比丘吾教汝一句一偈若多若少若應行者如語行之不應行者如語莫行若後世比丘所說與三藏相應者亦應行之若吾所說或多或少不應行者亦莫行之後代比丘所說不應行者亦莫行之此法增一經中廣明有廣說者如來臨涅槃時告阿難言吾滅度後汝等言我等無依莫作此說吾所制波羅提木叉即是汝依即是汝師是故阿難吾去世後當依波羅提木叉而行行法應當各各謙卑行之汝等應當除去憍慢安心淨法阿難從今已去下者應稱上座尊者上座應稱下座慧命阿難若人見十二因緣是爲見法亦得見我如來臨涅槃時欲爲利益衆生故說是四廣以是義故名爲廣說佛復告言有物和合故應畜有物不和合故不應畜云何名爲和合如舍利弗外得上色納以此納縫著條衣上佛即聽畜之故名和

合不和合者上色錦上色白雖和合不應畜故名不和合猶如酒若和藥得飲不和不得飲上色與下色合得畜不合不得畜和合有二種一色和合二衣和合色和合者先用根染後用蒻染復有先用上色染後用下色染此二名色和合應畜何者名爲上色五正色名爲上色薩婆多説曰上色者純青純赤純黄純黒純白是名五種上色大色和合者先用青染後用餘色染先用餘色染後用青色染五種亦如是是色應得畜衣和合者若衣作淨納未作淨縫納著衣上若衣未淨納已淨者縫納著衣上此二皆名淨衣若衣未滿十日未作淨施納已作淨施縫納著衣上得畜若納十日未滿未作淨施縫納著衣上得畜故名衣和合淨施法一日得一日作淨施

若過十日不作淨施犯尼薩耆若復放逸故不説淨者以心惡故不滿十日皆犯捨墮何者不和合應畜和合不應畜不和合應畜者山涉子識其留草闍婆伽毗鉢優勒伽蜜若酒闍陀林斤提力薑如是等藥不合應畜何以故此藥一一別中投食合不中投食如煮乳令沸熟已寫置一器中時節小久乳水各別此乳著鹽不中食不和鹽中食上所列藥草和合投合不中一一中投食亦如乳鹽合不中食別食甚好是名不和合用當於爾時佛爲病比丘聽飲蘇毗勒漿著鹽得飲不著亦得是名和合用盡形受藥者薑椒蓽茇呵梨勒鹽昌蒲如是等皆名盡形受藥藥草揵度中廣説寺中應可作者從羯磨一切法事乃至飲食卧起及露著泥洹僧竭支皆中復

有中者若寺中地見金銀知主不知主皆應取舉之知主者後來當還若不知主者應當衆僧中唱我昨日僧地中得金銀是誰物也有人來言是我物者應問此物頭數多少及與斤兩裹持繫縛用何等物若言一一相應者可還之不相應者不應與也復有寺中可中作者若比丘比丘尼用木葉作蓋用木皮作蓋或織草作蓋如此等皆寺中得用復有比丘寺中得用物富羅上重著革皮絡縮若出聚落雨雪得著無雨雪不得也所著革屣四重三重乃至一單寺裏皆應得著入聚落時雨雪得著無時不得也病時亦得革屣揵度中廣說寺中應畜鐵鑰木鑰瓢杖浴室中牀是名寺中應畜物比丘僧差入林者應與七日若七日不得來者應與十五日若十五日不得來者應與一月是名應入林若比丘身上生瘡比丘用麤澀散洗瘡佛言聽諸比丘用細末柔軟散洗瘡舉散法著瓶中塞口乃至著橛上藥草揵度中應廣知若比丘有白癩病自裂膿血流出諸比丘用麤澀散塗洗佛言當用細末柔軟散塗洗雜揵度中應廣知若比丘新生瘡病痛不壞者當用壞藥傅之後時當畜種種愈瘡藥治之令差若比丘下分中有痔病者當作裹瘡衣莫令膿血流出汙衣隨醫師分處作衣聽畜之若諸比丘頭上生瘡若面上生瘡若脣上生瘡若肩頭生瘡若腋下生瘡若脇上生瘡若臍上生瘡若坐處生瘡若膝頭生瘡若蹲上生瘡若頭上有瘡者聽裹頭覆頭入白衣舍若面上有瘡者聽鉢水中自照或鉼上自照見瘡

得自塗藥脣上有瘡者得聽兩脣不相到嚼食若舌上有瘡者聽著口中不嚼吞之若有頭有瘡者聽以手捉瘡以衣覆上入白衣舍復聽有頭瘡上衣不覆得入白衣舍若腋下有瘡者聽手叉腰入白衣舍若脇上有瘡者聽反抄衣入白衣舍若臍上有瘡者聽下繫泥洹僧若坐處有瘡者聽入白衣舍蹲坐若膝上有瘡聽褰衣過膝入白衣舍若蹲上有瘡者聽高著泥洹僧入白衣舍是故名有瘡聽也

若衆僧寺裏有三四人別作大堂住止處應繞四邊掘深塹遮水塹裏應作大小行處此事數具揵度中廣說佛告阿難汝捉鑰可房房語諸比丘吾欲南行按行諸國誰能隨吾去者可自料理衣鉢阿難即受告勑房房語之諸長老比丘白阿難言若師去者得隨佛去若師不去自亦不得去何以故至彼中更須覓依止師故爾時世尊即共堪能去者相隨向南路上佛見諸比丘少告阿難言汝不房房語也比丘何故少阿難即以上事白世尊佛告阿難從今已後若比丘滿十臘知法者應受十臘乃至百臘不知法者依止依止法受具揵度中廣說此房房中所作事應二指作法若鉢破作五段綴此鉢法應相去二指安一綴若上廁時洗大便道應用二指頭洗之若衣破著納者孔外蔭二指若比丘畜髮法極長不過二指應剃是名法略說共作法若比丘性行調柔持戒亦具威儀可觀如此人者僧應與共同一切法事乃至飲食卧起皆應共同是名略說共作法若比丘行來

到他寺上應問此寺中一比丘結大界處復問離衣宿處兼問衆僧淨厨處亦問布薩說戒處如是等處皆問一人故名略問問巳若有同伴亦應語之又復應問所飲水中有蟲不清淨不此水屬誰又問果菜淨未一人問餘人皆得淨故名略

若舊住比丘請客比丘客比丘到寺一人問淨不淨如是可問處皆問是餘比丘皆得清淨尊者薩婆多說曰有利養生人貪著佛不聽取然不制所犯應如前所制法行

世尊說曰若人所作不善知慙愧者不爲障道若比丘無慙愧心亦無所知如是所說不應受用又復有人無慙愧心有所知解其所說法亦不應受復次有人雖知慙愧然無所知若有所說亦不應受若復有人有慙愧心能達法相如此說者應受用之尊者迦葉惟說曰有諸人智慧等所見亦同其性柔雅戒行清淨無有瑕穢是名和雅所說應受

有應作處何者是尼師壇有破穿處應用弊納補四邊蔭一寸如是廣知若有瘡處應治若衆僧食處應掃共和尚阿闍黎食處應掃是名處所若比丘病佛聽煮粥食之無淨地衆僧當與作白二羯磨作淨處所如是等皆名處所

佛在世時常在王舍城中說戒至十五日月盡諸比丘遠近不避疲勞詣王舍城聽佛說戒佛知諸比丘疲苦即問諸比丘方所隨其方所住處說戒是名爲方東方塔名羅哆跋陀羅乃至北方有山名無之羅毗羅是名爲方如是等邊方有律師五人得受具足阿練

若比丘應善知方所亦應知處及時

爾時諸比丘北方受安居安居已竟各執衣鉢往到佛所世尊問言從何方來皆說所從來處故名爲方佛聽何等國土應五人受具阿畔提國有毗尼師聽五人受具有一比丘字數虜奴少小信道欲得受具國土無僧尊者迦旃延有緣到彼國此比丘求迦旃延欲受具十二年中集僧乃得受具迦旃延爲受具已來到佛所佛問言迦旃延汝何故遲迦旃延即以受戒因緣具白世尊佛即立制從今已去聽邊地無衆僧處有律師五人受具有國大熱處聽日日洗荆棘多處聽著厚革屣作華屣法隨土地所有厚皮聽作有諸比丘在雪山中夏安居手脚頭耳皆凍壞安居已訖各執衣持鉢來詣佛所頭面禮足退立一面佛知而故問汝等何故身體皆壞比丘白佛雪山中寒凍故是以皆壞佛問言應著何等不令身壞諸比丘白佛若脚著皮革鞾上著複衣應當不壞佛即聽著富羅復聽著羅目伽上聽著駒執復聽著複衣若用羊毛駱駝毛乃至綿紵之聽著

有二婆羅門比丘一字烏嗟呵二字散摩陀往到佛所白世尊言佛弟子中有種種姓種種國土人種種郡縣人言音不同語既不正皆壞佛正義唯願世尊聽我等依闡陀至持論撰集佛經次比文句使言音辯了義亦得顯佛告比丘吾佛法中不與美言爲是但使義理不失是吾意也隨諸衆生應與何音而得受悟應爲說之是故名爲隨國應作毗舍離飢饉如上文說

佛聽畜迦絺那衣有五種利一得中前數數食二得有檀越來請得別衆食三得畜長財不說淨四得離衣宿五不白得出界是名受迦絺那衣利作漿法先研米與水和濾著一器中後炊飯餐饘取飯汁著一處經一宿中食時如法受飲之薩婆多迦葉惟說曰此漿中後乃至初夜得飲初一分竟

諸比丘夏安居法若有破壞房舍應受取任力所能修補治之自恣法者若有大衆應如法白二羯磨自恣若阿練若比丘或一或二乃至三四應胡跪合掌展轉相向言今日衆僧自恣我亦自恣如是三說若獨一人應心念口言今日衆僧自恣我亦自恣如是三說云何與自恣欲爾時世尊告諸比丘今日自恣有一比丘白佛言世尊病比丘不堪來者爲看病不得來者爲佛法僧不得來者此事云何佛告比丘如此等皆應與欲說言今日衆僧自恣我不得往自恣與衆僧清淨如法自恣欲如是三說是名與自恣法有五種與自恣法一今日僧自恣我與僧自恣二我白自恣三爲我故自恣四若口不能言者手作說相亦得與自恣五語雖不了亦是與自恣是名五種自恣若前人身口不能後復更問之身口無相貌者命根未斷耳聞人語衆僧說其前羯磨自恣取自恣人若將自恣來道中命終或爲婬欲所迷或失性或出界外或捨道還俗如此等皆不成取欲應更遣人取欲若取欲者爲賊爲水爲虎狼所遮不得來者此取欲成就如此等難事非一但取欲者欲來而力不能皆取欲成就波羅提木叉法

者爾時世尊在淨房中作是念我今爲諸比丘制說波羅提木叉戒何以故後學比丘欲行法者不知何者佛制何者非佛制乃至阿羅漢果樂佛告諸比丘我今說波羅提木叉汝等當善受行之若有所犯即應懺悔若無所犯應繫念思惟吾說戒時若默然者當知皆是清淨之人汝等屏處發露無隱吾大衆中問無隱等無有異第二第三亦如是問若故作不忘誤者佛說障道障者障於四禪四空乃至障四果四向若後能改悔四禪四空四向四果皆可得取是故名波羅提木叉法也說波羅提木叉有五種如上說也布薩取欲如上自恣取欲無異田舍園前所施後所施處不應轉易更施餘處若五錢轉施皆是惡作復有十八種分別復有八種阿練若處所有若比丘尼外來所施若有所作爲人所歎有作爲人呵擯如是等皆名爲物云何名呵責擯出呵責擯出者要示彼擯者罪相貌然後擯出不得直驅爾時自恣前有一比丘犯罪見者欲諫語言我欲諫汝聽不犯罪者可當欲諫時犯罪者無是名事在人無若後時欲諫者還犯罪人邊取欲得諫不取不得也

爾時世尊從迦尸國與五百比丘向幽蘭精舍此寺中有舊住五人一名阿犯祇二名富那婆蘇三名半持陀路醯尼四名伽路羅五名帝奢此比丘等聞世尊來即共分此寺中房舍園田華果敷具及養生具唯留佛一房所以分者恐佛共舍利弗目連諸大比丘等來必奪我房舍及田業是故急分生此念已

房舍作一分園田作一分一切敷具作一分一切養生具作一分一切華果作一分分已世尊來到到已告舍利弗目連言汝語舊住比丘客僧來到可房房料理敷具如佛告勅即往語之舊住者即答舍利弗目連言第一房爲佛拔竟唯願如來安樂住止餘物一切五分分竟目連聞此語已即傳此言具白世尊世尊即遣目連復重語之諸比丘答亦如前佛即喚舊住比丘種種因緣呵責爲說世有五賊第一賊者有惡比丘不持禁戒多將徒衆遊諸國邑食人信施者是二若有比丘實不清淨自言清淨此亦是賊三若有比丘自恃聰明多智起於憍慢呵罵比丘言無節度此亦是賊四若有比丘爲衣食故自言得過人法此復是賊也五若有比丘用僧祇物以自資命此亦是賊是故一切屬四方僧物不應獨用諸比丘白佛若有物諸比丘因此主諍訟者此物云何佛言比丘若共懺悔此物得分不和合不得分也分法要作白二羯磨此事拘睒彌揵度中廣明提婆達多破僧有五法一者盡形壽乞食二者糞掃衣三者不食蘇鹽四者不食肉魚五者露坐以此五法僧中行籌可者受籌爾時座中有五百比丘受籌阿難即衆中脱僧伽梨擲地唱言此是非法有五十大上座亦脱僧伽梨擲地諸比丘以此因緣具白世尊佛言此便是地獄人當入阿鼻地獄一劫不可救也此破僧揵度中廣明上提婆達多五法不違佛説但欲依此法壞佛法也

爾時世尊在王舍城諸比丘在塚間樹下或

在水邊大澤中處處敷草露宿有大長者晨朝出行見諸比丘爲作禮問言昨暮何處宿諸比丘答曰塚間樹下處處皆敷草卧長者問言若有檀越爲作房舍得不諸比丘答曰佛未聽作比丘以是因緣即往白佛佛告諸比丘若有檀越信心能爲僧造房者聽作之長者聞佛告已即造六十所房施設飲食請佛及僧供養已捉金瓶行水竟胡跪合掌白佛言今爲佛及僧作六十所房願世尊及比丘僧爲弟子受用佛因長者施房爲說施房利益一者能遮風雨二者能遮寒熱三者能遮惡獸毒蟲如是種種利益盡爲說之因此房故令諸比丘得善寂安樂住此敷具揵度中廣說

佛在阿吒毗國聽諸比丘私作房諸比丘各各私作大房所索甚多諸檀越遥見沙門入村皆避之不欲相見有比丘字阿吒毗爲私作房故自伐林木林中有神以林爲舍此鬼内自思惟正欲打此道人恐畏有咎若默然者無住止處即往白佛佛告言若打持戒者其罪極重汝渡河有大樹此樹神昨已命終汝可依彼大樹住因此制戒不聽私起大房爾時世尊在拘睒彌國有比丘字闡陀與國主優填王極善自往語之今欲私起房乏材木王即語言國中所有林木隨意取之此比丘官路中有一大樹枝條蔭覆五百乘車國中諸人皆以此樹有命之相闡陀比丘伐此樹檀越嫌之比丘往白佛佛即因而制戒自今已去若有神樹路中諸人所貴重樹不聽伐也若伐者得波逸提或言偷蘭遮從此以

來不聽過量私作大房

爾時沓婆摩羅子出家翹勤行道得阿羅漢果內自思惟於此身上更修何業思惟旣定當爲僧勸化中食及造敷具於一日中有比丘逼夜來向寺不知寺處沓婆摩羅子即入火光三昧舉手照明令知寺處此比丘到已示房舍敷具大小行處澡手水塗足油一切示處若有客僧來到寺者隨其所須皆供給之心無愛憎佛即讚歎一切飲食敷具平等無過沓婆摩羅子無根謗緣因此廣知

爾時提婆達多共阿闍世論議汝可殺父我亦殺佛新王新佛共治天下世皆太平人民安樂不亦快乎阿闍世問提婆達多須幾兵衆可得除佛提婆達言得六十兵可得除之與六十兵得兵已先遣二人往殺佛殺佛已從餘道迴莫著本路復遣四人殺前二人從餘道迴如是展轉皆欲令相殺盡所以爾者不欲令此惡名流布於外二人往見佛自然不起惡心即向佛說本來之意佛爲說法得須陀洹果佛即語之汝等迴去莫隨餘道得到提婆達多所提婆達多聞不得殺佛即生瞋恚自到佛所以大石打佛諸天即接此石擲著他山有小石破來傷佛足諸比丘等皆來捉杖圍繞世尊佛語諸比丘假使有人捉須彌山欲押吾者猶不能害況提婆達多汝等各自隨所修業安樂行之

佛未制戒前比丘一不得與沙彌同房宿羅睺羅無別房諸比丘驅出羅睺在廁上宿廁中有大毒蛇佛知有此毒蛇恐傷羅睺故來到廁知而故問汝是誰耶羅睺答言是沙彌

羅睺佛問汝何故此中住答言更無別房諸比丘不聽共宿佛即將入房後日集諸比丘告曰出家人法常應慈心從今以後沙彌聽共大比丘二宿至三夜若無去處比丘不應睡臥當結跏趺坐至明相現若第四日復無去處明相欲現時應遣沙彌出房外若沙彌恐怖不能出者大比丘應自出去

有客比丘來到寺上舊住比丘拔房舍臥具供給之後去時不白舊住者經多日已主人入房始知客比丘去敷具蟲鼠齧壞以是因緣比丘具白世尊佛因而制戒若客比丘寄寺中宿者去時應襞褺敷具及料理坐牀當白舊住比丘去若不爾出界外得波逸提

有於一時六群比丘共十七群比丘俱作客寄宿六群是上座十七群是下座十七群語六群言大德可揀取上房六群答言誰問好惡十七群自取房敷坐具竟六群即奪取房驅令出外十七群瞋恚高聲唱叫主人聞已問十七群爲何等事十七群如上因緣答主人諸比丘往白世尊佛因而制戒從今以後下座推上房與上座上座不取下座敷坐具竟上座不得強力奪取驅出若下座先至不知上座來上座既至下座應避出去上下皆不得恃力驅出若恃力者得波逸提

有六群比丘在重閣上住意不審悉不看閣地厚薄放身而坐牀脚陷過傷下住比丘頭佛因而制戒從今已去閣上住者要審悉厚薄不得直放身坐若坐者得波夜提

有於一時闡陀比丘作房用有蟲水和泥諸檀越見嫌言云何比丘無慈心佛因而制戒

從今已去比丘不得用雜蟲水和泥作房若用得波夜提房舍竟

爾時佛在波羅柰國阿若憍陳如等五比丘往到佛所白世尊言聽諸比丘何等處住敷何等敷具佛告憍陳如聽比丘阿練若處樹下塚間河邊山谷間空閑處住敷草木葉以爲坐具此敷具揵度中廣明住處總明有二一者聚落中二者空靜處

爾時有客比丘寄他寺中安居不自看房舍卧具得下房下卧具心中不悅修道有廢瞋舊住比丘有生謗之言比丘心有愛瞋癡怖佛聞此言告諸比丘從今以去夏安居時要自看房舍卧具然後受之若依上座次第得房不看無咎若分房者語汝自看房懈怠不看者得突吉羅如來所以教諸比丘護敷具者見五種過一不欲令風吹二不令日曝三不令得天雨四不令塵土坌之五不令蟲鳥敷具上放不淨

比丘夏安居法差分房分敷具人令房房看之何等房敷具多何處無若多處分著無處若徧有長敷具從上座次第付之是名敷具處所營事有二種一者作二者覆作者有檀越欲爲衆僧起房僧差營事人白二羯磨令料理若此營事人意欲成此房已盡形受用者僧當令其十二年住後衆僧隨意分處若營事人二三年中不能成房僧當觀其力能若堪辦者聽使作竟若不能者更差餘人是名作者云何名爲覆者若作者作墻壁已不能覆後僧更差堪能者令覆若覆者意欲盡形住僧當聽六年住後隨僧分處是名覆處

者比丘相恭敬法當起迎作禮執手問訊隨其所須供給莫違其志
諸比丘白佛上座於下座有所犯罪現前應立幾法發露佛言當立四法一者偏袒右肩二者脫革屣三者合掌四者當説所犯罪下座向上座悔過所犯者現前應立五法一偏袒右肩二脫革屣三胡跪四合掌五説所犯罪若客比丘到他寺中見上座應立五法恭敬一偏袒右肩二脫革屣三胡跪四兩手捉上座足五和南若舊住比丘小者亦應立五法恭敬是法持戒揵度中廣明
治風病法當用蘇毗勒漿此漿作法先遣淨人擣大麥器中盛之著水經二三日小酢已淨漉飲之若和尚病弟子應作此漿養病弟子若病和尚亦應如此有比丘尼持蘇毗勒漿隨道行道中見一人截手足而卧比丘尼以蘇毗勒漿灌瘡上此人即死佛言從今已去不聽持蘇毗勒漿灌瘡上有比丘持蘇毗勒漿到尸陀林見一病人卧地從比丘索蘇毗勒漿飲比丘慈悲心故施之此人即死諸比丘生疑無有所犯耶佛言憐愍心故無犯是名蘇毗勒漿佛爲病比丘故聽服六種散一離畔散二破羅私散三怖羅羅散四阿犯却羅散五波却羅散六阿半陀散如是等散衆多不一若比丘病隨醫分處服之
爾時離車子有實鉢滿中盛細末栴檀持用奉佛佛言吾佛法中不聽受實器離車子言若不受實願世尊可受栴檀香佛即爲受有比丘用麤澡豆洗鉢壞鉢色佛言應當熟擣細物篩之然後得用有一女人夫主巳喪婬

欲熾盛與外人交通遂成有胎恐事發露語交通者求藥墮胎此人於比丘比丘尼中求得藥即墮其胎佛聞而制戒不聽出家者與人墮胎藥比丘法不得用雜香澡豆洗身乃至病亦不得用

毗尼母論卷第四

音釋

蓽茇蓽音必茇音鉢　橛其月切杙也　腋夷益切肘脅閒也　脇迄業切腋下也　踹乳兗切腓腸也　鐴補狄切犁耳也　蹲徂尊切踞也　騫丘虔切摳衣也　鞾許茄切有靿履也　濾良據切漉去滓也　饈饙饈思流切饙甫云切饈饙謂半烝飯也　囓倪結切噬也　襞褺襞必益切攝疊也褺達協切重衣也　曝步木切日乾也　酢倉故切與醋同

毗尼毋論卷第五

失譯人名今附秦錄

爾時佛在波羅柰五比丘往白世尊聽諸比丘畜何等藥佛言聽諸比丘畜陳棄藥乃至流離亦聽畜治病藥有四種中前服藥不得中後七日終身服也中後藥中前亦得服之不得終身畜也中後藥有得七日畜有不得者終身藥中中前中後乃至七日皆得服也藥揵度中當廣明

有婆羅門子尸羅持八種漿施佛一菴羅漿二瞻婆漿三棗漿四壞味漿五多漿六沙林毗漿七破留沙漿八甘漿如此漿等佛聽比丘得服

佛制酒者因莎提比丘飲酒醉是故制之不聽飲也尊者彌沙塞說曰莎提比丘小小因酒長養身命後出家已不得四大不調諸比丘白佛佛言病者聽甕上齅之若差不聽齅若齅不差者聽用酒洗身若復不差聽用酒和麵作餅食之若復不差聽酒中自漬

尊者迦葉惟說曰有漿初中飲後不中飲有漿初中飲中後亦中飲有漿初不中後亦不中有漿初不中飲後中飲如佛毗舍離所制麴不食若酢酒不中飲

尊者迦葉惟說曰有八種酒不得飲與麴和合作酒不得飲若麴和合作酒雖著種種藥亦不得飲有酒酢能使人醉者亦不得飲有酒雖甜能使人醉者亦不得飲清酒不得飲小酢酒亦不得飲細末飯酒亦不得飲有書陀酒不得飲如是等酒甚多皆不得飲

尊者薩婆多說曰用蒲萄穀和作酒不得飲

用蜜作酒不得飲破穀作酒不得飲種種果雜作酒不得飲如是等一切酒不得飲是名不中飲酒

著屐人不應爲説法如耶奢童子度波羅河脱金屐捨去已見此屐即知耶奢詣佛求出家爾時佛在舍衛國有六群比丘著高屐入禪坊屐聲高大坐禪比丘聞此謂是賊軍馬來到生大惶怖佛聞之因而制戒從今已去比丘一切不得著屐除病者上厠是名屐因緣

爾時有長者字流盧奴其初生時父歡喜故施子二十萬億金錢即以二十億爲名此人豪貴巨富生年已來足不蹈地後求佛出家精進修學得阿羅漢果行道苦故足皆流血佛知其小小已來富樂足不蹈地聽著一重革屣流盧奴即白世尊弟子能捨豪富如此家業豈復貪著一革屣也若世尊聽一切比丘著者弟子當著佛因此故聽一切比丘若著革屣者不得聽法病者得著聽法有比丘著革屣入塔佛即制戒不聽著革屣入塔繞塔乃至富羅亦不得著入塔所以爾者彼土諸人著革屣富羅者皆起憍慢心是故佛不聽著也是名著革屣因緣

阿槃提國寒故聽畜皮除五種皮一師子皮二熊皮三羆皮四龍皮五人皮如是等皮皆不得畜也所應畜者象皮馬皮駝皮牛皮驢皮如是應畜者衆多是出家人法不畜盛酒大甕中盛酒大銅瓶斛如是等生人嫌疑不應畜也

爾時毗舍佉鹿母施僧六種物一者刻鏤好

牀二者銅鐧三者燭豎四者扇五者掃箒六者大銅器諸比丘等生疑問佛佛言大銅器不應受餘五應受有一瓦師大作瓦器持布施僧僧生疑問佛佛言除大器餘者皆受

爾時有二賈客去祇洹精舍不遠一者信道一不信道不信者言沙門釋子爲貪心故多畜大器信者言沙門釋子無貪心也不畜大器兩人相敢賭金錢五百共到祇桓見諸檀越多將大器布施衆僧信者不如償五百金錢佛聞此已即制比丘從今已去不聽畜盛酒大器二賈客復於餘時更共諍理不信者言沙門今者貪心多故猶畜大器信者言沙門今者不畜大器二人共諍更賭千錢不信者多將大器往施沙門諸比丘皆不受不信者負還償千錢是名不應畜器

爾時婆難陀釋子杖頭繫羊毛荷負而行檀越見嗤笑伴問買之難陀答言不賣也如是展轉徹世尊耳世尊即制從今已去不聽比丘杖頭繫羊毛肩上擔行不聽爲捉杖人說法杖頭若鐵若鹿角皆應著也何以故恐杖盡故

諸比丘煮染草法作三尺杖杖頭繫草沸溢出時以杖攪之若不知染草生熟者一器中著水取杖刺染草汁中漉著水器中染草若熟染汁直沉水下若不熟散浮水上熟竟淨漉染衣染竟欲曬衣時著平地當四角莫令卷縮欲揲衣時當纏著軸上莫令不平

跋難陀釋子結絡囊盛鉢繫杖頭倚項而行諸大臣遥見謂王擊幢來到皆遠避之到已始知是沙門諸臣皆嫌之佛聞即制不聽比

丘杖頭繫鉢絡倚項而行
六群比丘畜篇杖俗人見之皆嫌言沙門與國王大臣無異佛聞之即制不聽畜也若病比丘有緣入聚落須杖應求僧乞白二羯磨僧爲作羯磨者得持鉢絡繫杖頭而行不羯磨不得
爾時世尊在王舍城有比丘尸陀林中夜闇行心生怖畏毒蛇蟲螫諸惡獸等因此白佛佛言聽諸比丘夜怖畏處動錫杖作聲令諸惡毒蟲遠去如是廣知
有責罰杖者呵責羯磨擯出滅擯羯磨依止羯磨懺悔羯磨僧不見犯事者羯磨未受懺悔羯磨不捨惡見羯磨如是等作白四羯磨與別住行六日摩那埵異語違返覆鉢不語五白四羯磨二白一羯磨是名擯罰云何名爲絡囊乞食時至應安鉢中置絡囊中諸檀越施羹飯手捉絡令寫鉢中羹飯雖溢出鉢汙絡無患但莫使熱來觸手若有弟子乞食時至應盛鉢授與和尚阿闍黎
爾時王舍城中有大長者大得栴檀香木顧匠作栴檀鉢用寳作絡庭中立高幢挂絡幢頭唱言若王舍城中沙門婆羅門有神德者能飛取伸手取取者得之外道富蘭那迦等來到長者所語言吾是眞大阿羅漢現神力取之諸六師等各各現神力不能得取當於爾時目連在大磐石上經行賔頭盧語目連言大德佛弟子中神通第一能師子吼可現神力取是鉢也目連答言不復樂現神通不能取也世尊亦說大德是大阿羅漢神通力第一師子吼今可取之賔頭盧即現神力立

大石上乘空而行繞王舍城見者莫不驚怖此石若下無有免者長者爾時在高樓上見賓頭盧現神足已叉手合掌向賓頭盧禮白言弟子已施尊者鉢竟願取此鉢賓頭盧取已長者請入家内取鉢盛種種美食供養賓頭盧諸比丘以是因緣具白世尊佛喚賓頭盧問言汝實爲此鉢現神力也賓頭盧答世尊言實爾佛種種呵責賓頭盧云何爲此木鉢與諸白衣現神力耶譬如婬女爲半錢故示人形體汝亦如是從今已去不聽畜栴檀鉢亦不得爲衣食故現神力也若爲降伏諸外道故可得現耳所以令畜絡者沙彌淨人共外行得果好者自食惡者與師佛聞此已教諸比丘令得作絡囊得果著中堅繫口自持之至寺内洗手如法受食尊者薩婆多説曰有一比丘共淨人乞食此淨人提食不用心外道著毒藥不覺比丘到住處食即命終佛因此勑諸比丘從今已去各各作絡囊盛鉢如自持之以諸因緣聽畜絡也若有老病比丘隨路行須杖或道中有種種毒蟲之難佛聽捉杖行杖頭或鐵或銅或角應著之蒜者比丘除病一切皆不得食

爾時世尊在祇洹精舍大衆中説法有比丘食蒜遠佛在大衆外坐佛問阿難言此比丘何故獨遠别坐阿難白佛此比丘食蒜是以别坐佛告阿難如來善説法中爲此小事不聞法也佛告阿難自今已去除病皆不得食蒜有一時中舍利弗得風病醫處分服蒜即往白佛佛言病者聽服

爾時世尊在毗舍離城外有一檀越大種蒜

偷羅難陀比丘尼數數過此蒜園邊行檀越善心為福德故問言尊者須蒜食不尼答言素自不能食得蒜下食甚善檀越即施之日許與衆僧五顆蒜偷羅難陀即白尼衆其檀越日許僧五顆蒜僧若須者遣沙彌尼往取有一尼須蒜遣式叉摩那沙彌尼往取正值蒜主持蒜入城市易有一淨人守蒜園沙彌尼問蒜主何處去淨人答言入城市易沙彌尼從彼索蒜淨人答言我不知也但知守蒜沙彌尼怒曰大家見與汝豈得護手自掘之此是和尚分此是阿闍黎分此是今日分此是明日分如是分處恣意持去蒜主迴還見之問守園人言此蒜誰持去守園者以上因緣具白大家蒜主即大嫌責諸比丘尼如是展轉世尊聞之喚諸比丘尼種種呵責告言從今已去比丘尼不得食蒜食者波逸提

諸比丘問佛剃髮法應用何等刀佛言若銅若鐵用作刀剃髮既作刀已無安置處復問世尊佛言若銅若鐵若角若骨若竹若葦用作安置刀處藏法若木皮若牛羊皮裹之安置藏處是名安置剃髮刀法雜揵度中廣説比丘尼剃髮法應各各展轉相剃若男子為剃髮者應二比丘尼抱令剃若比丘尼於剃髮男子有欲心男子於尼亦有欲心者不應令剃

乘有四種一者象乘二者馬乘三者車乘四者輂乘爾時拘睒彌城外有大樹名尼拘陀此樹下有種種乘憩駕止息是名為乘若為法來不下乘者不應為説法除病應如瓶沙王乘八萬四千象馬詣夜置林到佛聽法當

爾時亦有迦葉兄弟徒衆千人在佛邊聽法當爾時世尊從毗梨衹國遊行到毗舍離菴羅女并離車子等皆乘種種上妙御乘來至佛所而聽法聞法已勸請世尊至菴羅園中宿明日受弟子微供如是諸人所乘皆名爲乘爾時六群比丘乘種種御乘諸人遥見謂是國王大臣到已始知是沙門諸人皆嫌之佛聞已制戒除老病比丘皆不得乘乘不得象馬乘也病者皆得乘之

爾時摩竭提國缾沙王有五種莊飾之具一者金繩刀二者七寶乘三者七寶冠四者雜七寶羅綱扇五者雜寶華屐捨此五種嚴身之具跣足到於佛前頭面著地禮如來足退坐一面爾時摩竭提國從王來者八萬四千人見優樓頻螺迦葉兄弟皆在於坐心中生疑爲優樓頻螺迦葉就大沙門出家爲大沙門就迦葉出家佛知諸人心中生疑即說偈問迦葉

於汝所行法　見於何等過　棄捨求出家欲求何等利　本習事火法　云何息不奉更見異勝法　不覩而捨之

迦葉即說偈答佛

飲食味爲最　過患之甚大　女色味之上其患過於彼　本所事火法　未免於彼苦出家所求法　永絶諸苦難

爾時世尊說偈重問迦葉

爲味所繫縛　習久以成性　於天上人中見何利解脱

迦葉還重說偈答佛

見三有生死　空寂無所有　諸法念念滅

是故捨不著

爾時摩竭提國缾沙王諸從來者疑猶未解佛與迦葉各説二偈爲是誰勝佛知此念即告迦葉汝持扇扇吾迦葉即起捉扇扇佛扇已即空中作神通還下佛前頂禮佛足口復嗚足説言世尊是師我是弟子諸人見已始知佛是大師度迦葉也佛知時座心疑已解便爲説法示教利喜王等八萬四千人皆得須陀洹果十億那由他諸天亦遠塵離垢得法眼淨爾時天帝釋四天王等變身爲婆羅門形捉金扇扇佛如是應廣知

爾時六群比丘捉珠拂自拂傷損衆生諸檀越嫌之云何出家人畜此拂爲莊飾故傷損衆生佛因而制戒從今已去不得捉堅鞕拂傷損衆生又比丘捉拂欲拂如來塔拂即可之爾時有八人在邊捉拂拂佛一者迦葉二者優陀夷三者莎伽陀四者彌甲鍮五者那伽婆羅六者均陀七者修那剎邏八者阿難如此等比丘所捉拂拂佛名之爲拂

爾時諸比丘齊集一處時暑盛熱佛聽諸比丘畜扇若破壞聽補治作扇法若布若氀若竹若葦若紙皆得作也爾時有夫婦二人年老出家後此道人乞食到尼寺此老尼食上持扇扇之比丘語言不須扇也此尼忿恚用扇打比丘直捨入房佛聞之因而制曰從今已去不聽尼捉扇扇比丘也若時熱衆僧大集聽和尚共行弟子扇之阿闍黎聽共宿弟子扇之大衆差下座比丘扇之如迦葉等八人捉扇扇佛名之爲扇

爾時六群比丘捉傘蓋著革屣隨路而行諸

檀越嫌之云何比丘自恣捉傘蓋著革屣隨路而行佛因而制曰從今已去不聽捉傘蓋著革屣而行若在寺中聽著革屣木皮或葉作蓋聽之入聚落除老病餘者一皆不聽

爾時諸離車子詣佛來時乘馬乘車及與衣服一切嚴身之具皆作青色佛告諸比丘汝欲知忉利諸天出遊觀時相貌如今離車子等無有異

爾時跋難陀手捉奇妙寶蓋隨路而行諸人遥見謂是大國王至已知是比丘諸人嫌言云何出家之人捉如此妙寶蓋隨路而行佛聞已即制不聽比丘捉蓋行除老病者是名爲蓋

云何名爲鏡能令身體現處名之爲鏡若病比丘面上有瘡欲塗藥者當喚比丘令塗若無比丘或水或鉢或鉼於面可現處照見自塗鐵鏡中一不得照

有比丘眼痛往世尊所佛教作三種眼藥一者羊膽二者其蘭禪三者蘇毗蘭禪石上細摩之用塗眼若有寶入眼藥者佛亦聽之舉藥法當筩盛不聽用實作如是應廣知復有比丘眼冥無所見佛聽用人血塗亦聽若人骨人髮燒令作灰細磨亦得著眼中如是應廣知天竺土地常用藥塗眼當爲嚴飾六群比丘如俗人法日用藥塗治眼當爲莊嚴佛聞之不聽用此藥日塗眼也若病者聽用三種藥塗眼

爾時六群比丘尼爲女人莊飾佛聞之喚比丘尼呵責從今已去不聽尼與婦女莊飾比丘法自不得舞亦不得教人舞佛所不聽

阿犯祇富那婆蘇六群比丘等自歌舞作伎也佛聞之制一切比丘不得歌舞作伎也有六群比丘如狗槃走法走佛不聽也舞法是童家小兒所作歌者似哭音此法比丘皆不應作露齒笑者狂人相貌亦不聽也六群比丘作歌音誦經歎佛佛不聽也作者有五種過一者於此音中自生染著二者生人染著三者諸天不樂四者言音不正五者語義不了是名音樂

華鬘瓔珞自不應著亦不得作華鬘瓔珞與俗人著比丘若爲佛供養若爲佛塔聲聞塔供養故作伎不犯何者是作鬘瓔珞華一優鉢羅華二婆師迦華三薝蔔迦華四阿提目多迦華五打金作華六打銀作華七白鑞華八鉛錫華九作木華十作衣華十一作帶華是名華鬘華尊者迦葉惟說曰若爲佛不爲餘衆生得作不犯

爾時六群比丘用跋那香塗身諸白衣嫌之佛不聽六群比丘復用香搗香塗身而爲俗人所譏如是等衆多皆不聽也若比丘得種種好香塗佛塔聲聞塔爲供養塔故作種種形像皆得爲之佛於一時不聽諸比丘著死屍衣入塔比丘生疑言我等皆著糞掃衣云何入塔禮拜佛聞之告諸比丘汝等得糞掃衣水中久漬用純灰浣令淨用奚黑伽香塗上然後得著入塔

諸比丘所住房内若有臭氣不得住者聽燒種種好香熏之是名爲香天竺土法貴勝男女皆和種種好香用塗其身上著妙服六群比丘如俗人法用香塗身諸檀越嫌之云何

比丘如俗人法世尊聞已制一切比丘不聽用香塗身若有病者須香塗差隨宜得不犯云何名爲坐坐者衆僧集會斂容整服加趺而坐法用可觀名之爲坐又復坐者佛遊行到一樹下加趺而坐觀者無猒名之爲坐如坐禪人一坐經劫身不動揺皆名爲坐出家人不應與女人屛覆處坐俗人所以共屛覆處坐者男以女欲爲食女以男欲爲食比丘既捨此法不應同屛處坐波斯匿王遣軍馬出路邊有一小寺客僧來多爲避軍故盡入房裏房小人多狹膝而坐亦名爲坐尊者離婆多來到薩婆鉗邊薩婆鉗見離婆多來處云遠身體疲懈自狹坐令離婆多寬坐離婆多内自思惟尊者薩婆鉗閻浮提中第一上座云何於其前懈怠寬縱即斂身端坐繫念思惟如此二人坐名之爲坐

云何名爲不應卧不得與女人同房卧被攅沙彌亦不得同房卧敷具者牀繩牀草敷木葉敷及道人所有敷具皆名敷具

有比丘尼遊行入聚落乞食主人不在尼輙入舍坐舍主從外來見尼至閤内人汝等誰安此尼住此内人答曰尼自來無人安也家主嫌言云何比丘尼不語直坐佛聞此巳制比丘尼到檀越舍不問不得坐也

爾時比丘比丘尼問佛出家人入聚落中若僧多房舍窄狹人應得幾許地佛告諸比丘隨房舍寬狹籌量分之若人無病自大卧地不應爲説法病者卧欲聞法應爲説

爾時億耳比丘阿槃提國迦旃延子邊出家持戒修道翹勤不懈得阿羅漢得果巳從阿

槃提國向瞻波國到如來所佛見其遠來兼得阿羅漢果以此二因緣告阿難言汝爲吾敷敷具亦爲此比丘吾房内敷敷具此比丘佛房内卧法面向佛不得背佛卧爾時復有諸比丘貪著睡眠樂故廢捨三業金剛力士默作此念如來三阿僧祇劫種種苦行乃得成佛今諸比丘貪著睡卧樂故不復行道云何得爾心念口言諸比丘聞已具以上事往白世尊佛告諸比丘食人信施不應懈怠夜三時中二時應坐禪誦經經行一時中以自消息是名卧具

有諸比丘露地而坐上座長宿皆患背痛如是展轉乃徹世尊佛告諸比丘露地坐背痛者除錦上色白皮革餘一切得用作禪帶坐時當用帶自束作帶法廣一搩手長短隨身量作是名禪帶

爾時比丘初出家時佛未聽用繩繫著泥洹僧法用兩頭接腰間後時到檀越舍衆中忽脱落地諸人皆笑比丘慚愧以是因緣往白世尊佛言從今已去聽編長短使得再帀纏腰餘有二尺長若作繩令三帀直用纏腰頭各使有一尺餘是名帶因緣共行弟子共宿弟子和尚阿闍黎欲出行時應看此繩無蟲鼠嚙處不審悉看已然後過授若阿練若處比丘無弟子者下座應如是審悉看已授與上座若比丘頭痛者應用腰繩急繫若比丘腰繩頭有鬚者不應得畜六群比丘畜如是繩佛即制也有比丘爲戲笑故藏他繩過時不與令主憂惱佛亦不聽

爾時舍利弗入白衣舍値飄風急疾吹體上

袈裟落地露身而立佛因而制曰從今已去比丘袈裟上皆應著紐一邊安帢帢紐中莫令衣墮是名衣安紐帢法

爾時六群比丘抄泥洹僧皆上負重低頭而行身體露現爲白衣所嫌佛聞之因而作制從今已去不聽比丘負重襞抄若有因緣爲三寶事須襞抄者好自料理莫令身現是名襞抄法

比丘應畜稚穀何以故若有賊時應望空放穀令賊怖去有法名同用異如稚穀甘蔗皆名憶初有賊索憶初知索稚穀食時索憶初知索甘蔗是同名用異

有比丘經行處應敷氈敷氎不得敷皮革寒處得也和尚阿闍黎經行處弟子不得在中經行可在邊行有老道人如和尚阿闍黎臘數年相似者經行處年少比丘不得在中經行和尚阿闍黎若經行時弟子有所諮問應合掌曲躬低頭而問有重閣上屋欲崩向不淨地諸比丘心疑往白世尊佛言但使不壞未落不淨處者名爲淨房衆僧住處未有淨廚若衆集羯磨第一好房作淨廚者佛所不聽應用第二房作淨廚若先作羯磨者應還解羯磨第二房以爲淨廚

所以錦不聽敷經行處者有檀越持國土所貴重錦持來施僧僧得已用敷經行地檀越後來見之嫌言云何比丘無愛惜心如此貴物云何敷經行地而踐蹋之如此展轉世尊聞之告諸比丘從今已去檀越所施好貴重物不應敷經行

有二種比丘不得與僧同宿一者行事別住

比丘二者有比丘不如法智者諫之不用其言輙自出寺是二人等名不共宿有檀越施僧地佛聽受用是名爲地有五種樹比丘不得斫伐一菩提樹二鬼神樹三閻浮樹四阿私陀樹五尼陀樹有諸釋子出家優波離是其家剃髮人喚來語言汝奉事吾巳久今欲别去無可餘饋汝唯有身上所著好寶衣瓔珞鐶釧及七寶粧飾刀盡捨與汝優波離得巳内自思惟此人姓高體貴尚能捨去求道況我微賤守寶受苦即用三氎裹懸著樹上誰須有須者隨意持去即隨釋子詣佛出家

若比丘爲三寶種三種樹一者果樹二者華樹三者葉樹此但有福無過有比丘樂空靜處樹下安居者徃白世尊得樹下安居不佛言可得安居心中生疑復更問佛大小樹下得安居耶佛言大者益好若無極小者高於人枝葉四布稠緻極厚雨雪不漏日光不徹如此樹下可得安居有比丘樹上安居縛木作牀即不下樹放便利樹下此樹有大鬼忿瞋打此比丘殺佛言從今巳去不聽比丘樹上安居樹下便利佛未制戒前比丘尼皆塜間樹下空閑處坐禪經行

華色比丘尼得無著果行坐威儀善有法式賊主行來會遇見之即生信心去餘處食巳有餘長肉以氎裹之懸著樹上作是願言若有阿羅漢得道者中前或來至此可得中食華色尼六通具足遥聞此言明日遣沙彌尼徃取

爾時世尊隨路而行到一樹下敷座而坐值

遇毗賴吒子散祇耶六十乘車載黒石蜜供佛及僧樹因緣如是廣知有比丘共一女人獨樹下坐俗人見之嫌言云何沙門與女人獨樹下坐諸比丘聞已往白世尊佛言從今已後不聽比丘獨共女人樹下坐若衆僧地中有樹木枯者不得獨取然火何以故此是屬四方僧故若僧地中有好樹衆和合得用作佛塔僧房不和不得若大衆中三四人別作大房共住作房地中先有樹衆僧分處與得用若僧不分處與不得用也若作房者此地中自種樹得用若本作房者無後僧住此樹不須白僧得用若所住房處有空地處房主爲此房故種樹得用治房若種樹者不在有餘僧住此樹不須白僧亦得用也華樹果樹除衆僧和合用治塔作房私不得斫有五種樹不得斫一菩提樹二神樹三路中大樹四尸陀林中樹五尼拘陀樹除因緣因緣者若佛塔壞若僧伽藍壞爲水火燒得斫四種除菩提樹有五種樹應得受用一者火燒二者龍火燒三者自乾四者風吹來五者水漂如是等樹得受用

云何名爲鬪諍言訟鬪者二人共競名之爲鬪徒黨相助是名爲諍往徹僧者名之爲言各說其理是名爲訟復有四種諍一言語諍二不受諫諍三所犯諍四所作諍是名爲諍云何名爲破破有二種一破法輪二破僧法輪者八正道不行邪法流布以智爲邪用愚爲正智障邪顯是名壞法輪破僧者一僧伽藍中一人布薩乃至五人布薩或一人爲二人羯磨乃至爲大衆羯磨大衆爲大衆羯磨

是名破僧共提婆達多相隨者皆得偷蘭遮還來僧中懺悔者得除不來者助成破僧不得破僧罪唯提婆達多一人得破僧罪復有一說無有破僧法輪不行即是破僧復有二種破一朋黨破二見破如拘睒彌比丘朋黨共諍不依阿毗曇修多羅毗尼以非爲是此是愚癡故爾此拘睒彌揵度中廣明見破者如提婆達多破僧是名破見破僧揵度中廣明如上所說十八種破爾時有一比丘獨處安居聞有一比丘欲行破僧法此比丘心生疑若往諫恐破安居若不往恐惡法流行佛聞已告此比丘言若爲法事不破安居比丘尼亦如是爲法不破安居也所以諫者畏其墮地獄受報慈心諫復有比丘聞彼中已破僧竟欲往和合之恐失安居心中疑念佛知而告曰若爲和合破僧法者不失安居比丘尼亦如是用四句法破僧法言非法非法言法非毗尼言毗尼毗尼言非毗尼非犯言犯犯言非犯輕者言重重者言輕以此四句惑比丘心一僧伽藍中別有一徒衆乃至布薩羯磨十八種法皆自別作不與僧同比丘經比丘尼經中應廣知是名爲破

云何爲和合爲破僧者說法如法說非法如非法說犯如犯說不犯如不犯說毗尼如毗尼說非毗尼如非毗尼說重如重說輕如輕說乃至布薩羯磨皆與僧同不復別作是名和合復有五種和合一者見法和合二者見初和合三者與欲和合四者信和合五者默然和合以此五法能令僧和合如是廣知

優波離問世尊和合破僧者得何等利佛說

曰和合破僧者生天受一劫報比丘白佛言僧諍事起未懺悔名和合不佛言不懺悔不名和合如法懺已乃名和合

毗尼母論卷第五

音釋

褰音橐 嗅許救切與齅同 漬疾智切漚也 甕於貢切大甖也 豎上主切立也 䞈居偽切賭也 嗤充之切笑也 佯余章切詐也 蒜蘇貫切葷菜也 憩去例切息也 鞕魚孟切堅強也 鉗其淹切 怐紐怐丘侯切紐女九切 觳居候切 斫職畧切斬也

毗尼母論卷第六

失譯人名今附秦録

若有比丘欲捨房餘行應先掃除房内塗治令淨發揲敷具以牀遠壁安敷具牀上好者著下惡者覆上二種敷具如上應廣知去時應白和尚阿闍黎若聽應去不聽當止若過十臘有法事必能利益者和尚阿闍黎雖不聽去自往無過若去時出寺外應望去處方所復應籌量行伴中同行不中同行若欲過國邏被破取税物而去者不中共伴若盜賊人不中同伴若有不信邪見亦不中共伴如是衆多今總説二三復應思惟同寺共結伴至道中若有病痛能相料理不若先知心必應好者可共去若未相知可待後好伴復更思惟此同行伴如我心中欲有所作共同不復應思惟其人威儀常能攝不非是懈怠人不此人於我爲利爲衰爲可信不可信若共行時爲苦爲樂復應思惟從本已來爲有病也爲無病也爲健不健或至道中不相捨不如是籌量進路是名去者寺中上座去時所住房内先自料理然後應囑年少比丘後時當料理此房如我在時復次上座囑法從布薩説戒乃至一切分處是也如是囑已然後出寺去至寺外復問同行比丘汝等衣鉢刀至一切自隨之物無所忘不復兼誡勑諸比丘今當共行汝等時言少語守攝諸根路中處處若有見者皆令歡喜發其善心諸同行下座聞上座所説誡勑皆叉手合掌胡跪對曰如所教勑歡喜奉行此諸比丘隨路行時下座常應恭敬讃歎上座前後圍繞而行處

處若有住止發時上座應徧看無遺落物不若有者應語令取又復上座道中行法下座在前上座在後復語諸下座各自攝心莫令散亂若道中下座得病上座應爲說法令善心相續雖有急難因緣不得捨去道中行時下座若有難事上座應助料理一父母難二兄弟姊妹難三六親難四國王大臣難五盜賊難六野獸難上座盡其觔力令得脱難若自力不能者應到聚落郡縣城邑有僧伽藍處國人所重有德比丘所乃至篤信婆羅門諸檀越大臣所語令料理若得脱者善若不脱應躬自詣國王門前營理使得解脱莫使受苦若比丘非時入聚落應白和尚阿闍黎語比座而入是名入聚落法非時集會者除食時食粥時飲甜漿時是餘一切作法事時

如法如毗尼如佛教是名非時集若非時諸比丘集此中有上座上座應問諸大德何故僧非時集諸比丘答曰有如此等法事應當作故集上座應作羯磨若白一若白二若白四是名非時上座集法復有二種聚會一衆竟夜說經論義一衆默然端坐禪思復有五日一會法會時有上中下三衆盡集集已皆斂容整服端身静坐兼復各相恭敬威儀法則觀者無猒能生人善心此是五日聚會法聽者攝心在法更無餘緣若說法者脱有忘誤聽衆應各自憶之若無忘誤不中嫌呵言豐義滯於法及說法者皆應恭敬如奉帝釋不應自輕及輕法師於智慧人所說法中不應散亂定心而聽念念相續莫令有間聽法時内心應立五德一未曾聞法今始得聞二

已曾聞法還令通利三斷我疑心四正我所見五增長淨心是爲内五德此事增一阿含中應廣知聞法有九利益一生信心二因信心歡喜三歡喜愛樂四捨貪求利養聽法無疑五正見成就六斷無明智慧心生七斷心上纏縛入於四聖諦中得法眼淨九於五陰中得苦空無常無我觀得此觀已内心踊躍信心轉深不可沮壞得離煩惱證涅槃道受解脱樂以是義故應至心聽法

法會座中若有上座應先須臾靜坐靜坐竟當自爲大衆略說少法說已觀此衆中有七能者上座當自請爲大衆說法上座復應觀此法師所說法次第義味及與才辯此文句不前後顛倒不義相應不文及義次第相續不斷絶不辯才了了不所說與三藏合不復觀法師說法稱衆情不若所說文句及義不合三藏乃至言說不了了者不得譏嫌上座應當語說法者可略說法衆中法師衆多皆欲令說若法師所說文句次第義理亦善乃至所說才辯了了合三藏經稱大衆心上座先應勞謝法師稱讚微妙大衆亦應同共讃歎隨喜此座中有篤信檀越上座應當廣爲說聽法因緣所得利益令增進善心轉固不退於此座中有比丘欲爲四衆說法者不得直爾而說先語比座比座復當向上座說上座不得輙聽說法要先觀其所知德行若必能者上座應當於大衆前請其說法若知才不任默然置之若有外道來至會中欲壞正法者上座應當與往返論議而降伏之如法如毗尼如佛教示其義趣有如此之德名會

中上座若說法者持波羅提木叉自攝身口意善行三業奉和尚阿闍黎奉上座如上文中所說此人當成就四念處法於微罪中生大怖想應善學如是隨順行法若我所說戒行必令前人而信受之受法以耳聽音心緣不散如聞而行是名爲受我若說慧若說定若說涅槃應聽受之善攝耳根莫著餘音若我所說必欲令解

復次說法比丘先自行阿練若行復讚歎阿練若行若我說阿練若行當攝耳根而善聽採敢有所說必欲令解乞食乃至三衣說法說者應自行之復應讚歎乞食乃至三衣復教人行亦教人讚歎若我有所說乞食乃至三衣應善攝耳而聽受用我今所說必欲令解復次說法比丘應當籌量大衆應說何法而得受解衆若應聞深法當爲說深應聞淺者爲說淺法不益前人名爲惡說何故不益前人聞此淺法不欲聽聞不求取解何者名爲深法論持戒論定論慧論解脫論解脫知見論十二因緣乃至論涅槃是名深法應聞深者說如是法樂欲聽聞思求取解是名爲益若樂淺者應爲說淺何者是淺法論持戒論布施論生天若衆樂淺爲說深不樂聽聞不求受解不益前人是名惡說淺者爲說淺法益故名爲善說復次若說法比丘應知義文句男女之音復能善巧方便說法如其所知令前人解復應善知文句義味次第前後不相間雜若巧說者乃至微法能令前人而趣向之乃至最後行者所以言最後行者最後有二種一者說法最後名爲最後二者所

說法最淺名爲最後復就人名義有二種最後一者如須跋陀羅最後得道名爲最後二者如比丘比丘尼此報身上得阿羅漢此身亦名最後復次說法者欲說法時應當先觀四衆比丘比丘尼優婆塞優婆夷衆若比丘比丘尼應爲說持戒定慧涅槃若優婆塞優婆夷應爲說持戒布施生天乃至清淨法復次若說法者應除貪心不㵹心不惡心不愚癡心不自輕心不輕大衆心應慈心喜心利益心堪忍心不動心無惑心立如此等心應當說法復次說法者不應因餘縁說法應故說法以法重難聞此法是寶是藥能利益人是以故說說者應慈心悲心爲人說法乃至一四句能使前人如實解者於長夜中利益安樂復作此念用此次第滿足句義令聽衆平等得解復次說法比丘不應眼見利養而生貪心爲人說法不應怖心爲人說法何以故若怖心爲人說法令身疲頓兼復所說言不比次音不辯了若說法不妙義亦難解若庠序安心爲人說法乃至義味皆亦明了復次說法比丘應當次第隨順說法復應爲衆說猒患法遠離法當令前人心生歡喜求於解脫速得涅槃若說法比丘復應常念觀身苦空無常無我不淨莫使有絶何以故當得十二念成聖法故何者十二念一念成就已身二念成就他人三念願得人身四念生種姓家五念於佛法中得信心六念所生處不加其功而得悟法七念所生處諸根完具八念值佛世尊出現於世九念所生處常得說正法十念願所說法常得久住十一念願法

久住得隨順修行十二念常得憐愍諸衆生心故得此十二念具足必得聖法是名故說法從難得法乃至觀身不斷絕說法者所說法也

若說法衆中有上座觀說法者乃至不稱衆情上座應語說法者長老不應作如是說何以故有五事因緣爲正法作留難法不得久住隱沒不現何者爲五一者所誦經文不具足所習學法不能究盡所教弟子文不具足師及弟子所說不了義亦不盡二者若學習者盡知三藏文義皆具所說明了若不教四部衆弟子者其身滅已法亦隨滅三者若僧中上座爲衆導首者不修三業樂營世俗生死中業其邊所習學徒衆弟子不修三業樂營世事如此徒衆能滅正法四者若有比丘性戾喜瞋不隨人語聞善聞惡皆生瞋恚若有國土所重知見比丘皆捨避去不復往返是滅法之本五者若有比丘常喜鬬訟朋黨相助共諍形勢利養如此五事能速滅正法

若說法者語言辯了殊音亦正所習文句及義皆悉具足復稱衆情如此說者一切大衆皆應稱歎隨喜復有五法因緣能正令法不速隱没一者所誦習經文句具足前後次第所有義味悉能究盡復教徒衆弟子同已所知如此人者能令佛法久住於世二者廣知三藏文義具足復能爲四部之衆如所解教之其身雖滅令後代正法相續不絕如此人者能使正法不墜於地三者僧中若有大德上座爲四部所重者能勤修三業捨營世事其徒衆弟子代代相續皆亦如是此亦復令

正法久住四者若有比丘其性柔和言無違逆聞善從之聞惡遠避若有高才智德者訓誨其言奉而修行是亦能令佛法久住五者若有比丘共相和順不爲形勢利養朋黨相助共諍是非如此五事能令正法流傳不絶是名説法中上座

爾時缾沙王在樓上見諸白衣皆相隨而去王問邊人此等諸衆欲詣何處諸臣答曰外道有説法處到彼聽法王心中自念彼此俱聽何不詣佛聽法

爾時佛在王舍城王即到佛所頭面禮足却坐一面白佛言世尊外道日日説法諸白衣輩日日大設供養弟子意中願世尊月六齋日聚集沙門講説論議弟子當作種種供養飯佛及僧兼得聞法外道自言我法眞正佛若不説法世人不識正法皆入邪道如來以是因緣即集諸比丘比丘集已默然而坐諸檀越皆來集已意欲聽法語諸比丘比丘聞已即白世尊佛告諸比丘聽汝等唄唄者言説之辭佛雖聽言説未知説何等法諸比丘復諮問世尊佛言從修多羅乃至優波提舍隨意所説諸比丘佛既聽説十二部經欲示現此義復有疑心若欲次第説文衆大文多恐生疲猒若略撰集好辭直示現義不知如何以是因緣具白世尊佛即聽諸比丘引經中要言妙辭直顯其義爾時佛聽説法時有二比丘同一座中並共説一法如來聞之即制不聽爾時會中復有一比丘去佛不遠立高聲作歌音誦經佛聞即制不聽用此音誦經有五事過如上文説用外道歌音説法復

有五種過患一者不名自持二不稱聽衆三諸天不悅四語不正難解五語不巧故義亦難解是名五種過患

爾時瓶沙王篤信三寶若佛及僧有所須者與欲隨意乃至浴池皆亦如是瓶沙王晨朝大將人衆詣池欲洗遥聞池中言語誦經音聲極高即問邊人此是何人從者白王此是六群比丘王即止所將侍從不聽更前恐驚動沙門王立極久比丘浴猶未訖王不得洗即迴駕還宫如是展轉世尊聞之即制諸比丘從今已去聽十五日一浴浴時不聽高聲大語是名語法也

爾時諸比丘聚集一處意欲繫念思惟不樂言説佛知諸比丘意即告言聽汝等默然若繫念思惟若默然經行不言定心思義皆亦聽之是名不語法也

養徒衆法應教授以二事因緣當攝徒衆一法事攝二衣食攝隨力所能攝徒衆多少也比丘養徒衆主常應方便教授眷屬莫令多求攝令坐禪誦經修福於此三業中應教作種種方便一教多求法二教莫捨三教勤作方便而修習學復應觀其徒衆不樂多言不不貪著多言不於多言中不勤作方便不復不樂多眠不不貪著眠不於眠中不勤求眠緣不復觀徒衆不多愛樂在家不不貪著在家不不勤求方便多作在家緣不復應觀徒衆不多樂聚集調戲歡樂不於調戲中不貪著不復不勤方便作調戲緣不復應觀其徒衆中誰行如法誰行不如法若如法者應加衣食乃至法味數數教授若不如法者應語

令去後時脫有改悔心者還聽在衆供給衣食教其法味是名養徒衆法

比丘衆主入大衆法應斂容整服端身直視謙言下身恭敬前人威儀庠序諸根寂靜觀者無猒入僧之法應修如此德行衆者四衆是四衆中有如法衆有不如法衆及自已衆如已所行入大衆法皆應教徒衆如此入大衆也是名入大衆法

比丘作衆主法在衆中應觀此衆於坐禪經行默念思惟言辭往返論說經義樂何等法若樂言辭論說者隨習何經共論其所習莫違逆之是名衆主法衆中上座應觀時人當樂何法爲樂施論爲樂持戒論爲樂生天論爲樂涅槃論隨衆樂何等論應爲說之復應觀大衆於空無相無願法中當樂何等法隨衆中所宜而爲說之是名衆中說法上座法

爾時世尊在靜房中思惟當爲比丘制戒因緣如上文中所說五種說戒亦如上文比丘至五臘要誦波羅提木叉使利比丘說戒因緣如上文廣說一人布薩二人三人布薩如上文說布薩中所作事皆名羯磨如上文所說受安居法亦如上文安居法客比丘先語舊住者若有難緣不聽安居更餘處求覓不得強力而住若安居處好無檀越可語者當自立心結安居法比丘夏安居處若僧伽藍中若別波演中若樹下應先往看之有敷具不此住處無音聲惱亂不無師子虎狼賊蚊蝱水等難不此中可得安隱安居竟不有石窟石窟不若有者彼中有草木皆應料理除却之此石窟中復應塗治如是廣應知比丘

夏安居時應自思惟此處安居飲食如意不若病患時隨病醫藥可得不復觀共住者相隨如意得好共事不同住者可信不共住得安隱行道不若共行住坐卧時不爲我作留難不若病時不棄捨去不如是籌量衆事和合已然後安居復觀大衆中夏安居時此衆中無有健鬭諍者不不生我惡心惡語不不能爲我作留難不復更思惟如世尊説夏安居要依波羅提木叉此衆中有知法解毗尼解摩得勒伽藏不莫使我夏安居中脱有所犯欲除滅之無所趣向又如世尊説愚癡無所解者盡形壽不離依止復更思惟此衆中有僧如父母教訓子者不有名德高遠道俗所敬重者若我犯罪當詣彼生大慙愧求於懺悔彼上座爲憐愍心故時時當教授令我不生放逸如世尊説破僧大惡如堅澀苦辛無有樂者此住處衆中無有健鬭諍夏安居中不起破僧因緣事不當不爲我作留難不如是籌量無留難已然後受安居是名欲受安居時籌量法諸比丘受安居法先受安居法竟然後受房舍敷具房中應當修補塗治及所坐牀皆應一一料理夏安居中若無因緣不得餘行若爲因緣者若爲佛爲法爲僧爲病者應受七日法出界外還來此中安居爲飲食利養不得出界外爲鉢爲衣爲藥爲針氈得受七日法出界外

爾時鉢住王子於佛法中出家其父王爲塔故大設供養即遣信喚其子可來共供養塔夏安居中不得出行以是因緣具白世尊佛言爲塔故諸比丘聽受七日法七日滿還此

中安居諸比丘夏安居法受七日七日滿不中過七日及夜不來到安居處比丘夏安居法即失前衣鉢乃至針氈因緣應勤方便未解者令解未得者令得未證者令證是名受安居法安居衆中上座應當問大界摽相處所復問失衣不失衣處所復應問淨處所問布薩處所說戒說法差說法人呪願差營事人慰喻營事人差行籌人差僧淨人諸比丘出界外七日十五日乃至一月白二羯磨教授年少比丘應當自教語勸人教語如此等事皆應夏安居中上座所作復應巡房看敷具誰如法受用誰不如法受用如法受用者示教利喜讃其所行不如法者應諫令憶念語言長老應如法受用不如法受用有五事過患如來制戒應憶念此事安居中上座法若中食時食粥時及飲甜漿時衆中上座應唱言爾許時已過餘有爾許時在若衆中上座行如此等行者是名僧父母亦名僧師是名安居中上座法安居比丘自恣時得作一事一者自恣時說見聞疑罪是也自後得作四事一解大界二還結大界解界有二種因緣一爲大水漂沒相壞不知處所二爲賊難故諸比丘皆出界外有此二因緣故須解須結也三受迦絺那衣四安居竟受敷具是事自恣後因緣衆者有四衆比丘衆比丘尼衆優婆塞衆優婆夷衆復有四衆僧一凡夫僧二聖人僧三慚愧僧四無慚愧僧比丘僧者一二三不成僧四人成僧乃至二十人成僧四人僧者得作白一白二羯磨不得自恣不得受具不得作阿浮呵那除此三已餘一切

法事皆得作五人僧者得自恣布薩邊地有律師得受具中國不得中國邊地不得作阿浮呵那二十人僧者一切法事皆得十人僧除阿浮呵那餘一切法事得作若四人作法事少一人法事不成名爲非法作法事五人作法事處少一人法事不成名爲非法作法事十人作法事處少一人法事不成名爲非法作法事二十人作法事處少一人法事不成名爲非法作法事是名僧事入僧法從歛容乃至生人善心如上文中所説入僧時用心法如掃箒掃地不見是非普起慈心應如是心入僧是名入僧法入僧中坐法入僧中時應恭敬上座自知坐處所復不得寛縱多取坐處若僧中見作非法事欲諫者恐僧不用其言耳意識黙然而坐若比丘入僧中時應籌量僧所作法事爲如法爲不如法與毗尼相應不相應若相應者善若不相應者有同心如法行毗尼者可共諫之若無黙然而坐是名入僧中事

若僧集時衆中上座應觀中座下座威儀坐起如法不不裸露不若坐不如法兼有裸露者上座應當彈指令中下座知若猶不覺者應遣使語之僧中事上座皆應料理

中座比丘衆中坐時應觀上座下座坐如法不衣服自覆形體不若不如法者應彈指令知若猶不覺應語知法人使往語上座自知時語下座言長老自知時於上座邊應供養恭敬尊重讃歎是名中座法

下座衆中坐法衆坐已定應看上座中座坐及衣服如法不若不如法應彈指令知若復

不知亦遺知法人住語大德自知時於上中座復應供養恭敬尊重讚歎下座僧中應取水灑地及塗掃令淨僧浴室中應然火佛制下座僧中所應作法皆應作之是名下座法從無臘乃至九臘是名下座從十臘至十九臘是名中座從二十臘至四十九臘是名上座過五十臘巳上國王長者出家人所重是名耆舊長宿一切僧所行法應學學淨持戒

淨持戒者一切佛所制戒皆能受持無微毫之失故名持戒得清淨

心戒者禪戒是也持心不散得與定合故名淨心戒也

淨慧戒者守持此慧不令散亂得見四諦名淨慧戒一切人若有信心持戒者應當作心生如是念若犯微細戒生於怖心與重戒無異作如是持戒者梵行清淨所受持波羅提木叉戒亦清淨一切應修身業口業意業令成就善行乃至能防身口意不作十惡是名一切人所行法

爾時世尊在毗舍離諸離車子等設食請僧有種種美食僧食過多皆患不樂者婆醫王觀病處藥若得浴室此病可差復欲令祇桓精舍中浴室得立以是因緣比丘往白世尊佛聽諸比丘作浴室浴室法應疊泥作若土不可得處用木作之當以泥塗此浴室中一壁下然火令熱餘壁下敷牀洗浴入浴室洗法隨上座須熱當閉户須冷當開下座不得違上座入浴室洗時上座應先入取好牀洗浴此入浴室中洗法因六群比丘佛制也又一時比丘共俗人入浴室洗佛聞之不聽比

丘不得與白衣一時浴室中共洗若有篤信檀越聽之後一時諸比丘皆裸身入浴室中共浴洗各各相視皆生慚愧因此展轉乃徹世尊佛言從今已去不聽裸身共入浴室洗復不得相洗若一有衣一無衣有衣得與無衣者臨水亦得洗之無衣者不得灌水洗他若浴室去水遠者聽浴室中安池水亦得鑿井入浴室洗法如是應廣知入浴室洗僧中上座若見浴室中大熱小開戸令暫冷復應爲入浴室衆僧說洗因緣洗者不爲嚴身淨潔故洗當爲說猒患身法復爲說調伏心法當生慈心爲令得少欲知足而爲說法復更爲說此澡浴者不爲餘緣但欲令除身中風冷病得安隱行道故洗是名浴室中上座所作法用共行弟子共宿弟子奉事和尚阿闍

黎和尚阿闍黎畜弟子法此皆如上文所說沙彌法沙彌得除草淨地取楊枝取華果取來已應白和尚和尚阿闍黎應當受取用沙彌法應知慚愧應善住奉事師法中不應懈怠放恣應當自慎身口畢已敬人應常樂持戒莫樂調戲亦不應自恃才力復莫輕躁應知慚耻復不應說無定亂言敢有言說應庠序合理常應自知淨不淨法常應隨逐和尚阿闍黎讀誦經法一切僧中有所作皆不得違逆如是廣知共伴行時前行比丘法在前應迴顧看後者所著衣齊整不不參差不不騫縮不不攝心不作不威儀行不若入他家於妙色上不起染心不若見珍琦異寶不起盜心不有比丘僧遣比丘到檀越邊懺悔受使比丘到檀越舍在前入應作如是語語檀

越言此比丘衆僧已謫罰竟可受此比丘懺悔是名前行比丘法所以言前行者受僧使往先入檀越舍語名爲前行又復同道來時僧遣此比丘引導在前到檀越處亦名在前後行比丘應成就五法一行時不應在前而去二不得遠在後要次後而行三前比丘若是和尚阿闍黎若是上座其所言說不得違逆若問行道誦經所修之業皆應實答不得藏隱除得禪得聖果若前有所說善法勝者應隨喜讚歎四若有不達忘誤處應語此處所說不合佛意夫欲語不是處者要屏猥語五若得如法財及投鉢中所得皆應爲取料理是名後比丘五德

若比丘爲在家人作師教化作福田者有五事不得一不應依此檀越舍止住二不應繫心貪其利養三不應爲檀越總說法示教利喜應別教轉修餘法餘法者布施持戒受八齋法如是一一說之四不得與在家人戲樂共相娛樂五不得繫心常欲相見復有五事不得一若檀越未親舊處不得强作舊意而往二復不得求其形勢料理檀越家業三不得私共檀越竊語四不中語檀越良時吉日祠祀鬼神五不得於親舊檀越處過度所求

比丘應成就五法當爲檀越尊重恭敬何者爲五一者非親舊處不應往返二不自求形勢料理檀越家業三不共檀越竊言令他家中生疑四不教檀越良時吉日祠祀鬼神五不過度所求

比丘入檀越家應成就五法一入時小語二歛身口意業三攝心卑恭而行四收攝諸根

五威儀庠序發人善心是名入檀越舍五法用比丘有九事知檀越心不應坐説法一若比丘入他舍時檀越雖爲禮拜知不實生恭敬心者不應坐二雖往迎逆心不殷重亦不應坐三雖讓令坐知心不實亦不應坐四雖請令坐安不恭敬處復不應坐五設有所説法言及非法言心不採録亦不應坐六雖聞有德不信受之亦不應坐七若有所求索知有甚多而少與者亦不應坐八到其舍時設有美食不施設之而辦麤食亦不應坐九雖供給所須如市易法與亦不應坐復有九事知檀越心應坐説法一者知有敬心而禮二知敬心迎逆三知敬心故請入四知重心故敷坐處高五知受心教故法言及非法言皆攝受用六知聞其德生信七知少難得而更得多八知先有麤食而更爲辦細美之食九知有所欲好心施與用此九事因縁知檀越心者應坐爲説法

比丘若入白衣舍時如月光喻攝心若入聚落行時應卑恭慚愧而行不應高心放逸無有慚愧散亂而行攝心之法譬如人足蹈高山懸巖絶嶮方寸之處念念生怖更無餘念亦如有人於峻極之處臨於深淵但生怖心更無餘念入聚落時攝心不散亦應如此諸比丘汝等攝心入聚落時如迦葉入聚落行也

佛問比丘汝等入聚落如月徐行不有慚愧不汝自憶念心中所念行不如高巖深淵喻生怖心不攝身口意不不令放逸不汝不如深毛羊入荆棘中隨著而住不爲六塵利養

所牽住不入聚落時如怖畏牢獄枷鎖不如入聚落時不生著心如著檻鹿得脫不憶念本處不是故比丘入聚落時如上種種喻應行入聚落時如蜂採華不損色香而取其味入聚落時不著色聲香味觸法但為其善而行聚落如世尊說若有比丘欲入聚落時生如是念檀越所有盡施於我莫與餘人願多與我莫與我少願施好者莫與我惡心恭敬故施莫不恭敬而與作是念已入聚落中所求種種皆不如願於所求處皆生退心愁憂慚愧苦惱不樂若有比丘欲入聚落乞時不作如此念檀越所有盡施於我莫與餘人願多與我莫與我少願施好者莫與我惡乃至不恭敬而與不作此念入聚落時所得多少好惡如此等不生愁憂慚愧苦惱之心諸比丘迦葉入聚落時終不生如此等念不生此念故於好惡多少一切事中不生退心乃至不生苦惱不樂之心

汝行時恒常　如蜂採華不　所獲好惡中
或遲或疾得　如蜂取華味　不壞其色香
仙人行世間　修善亦如是　彼此不相違
正觀其過患　應自觀其身　好惡作不作
汝數具有不　家繫縛脫未　獨坐而自纒
如螢蟲處螢

是故如蜂喻入聚落而行於六塵不取其味如空中手無有礙處入聚落時心無所礙亦應如此如世尊說告諸比丘汝等意謂行何等行比丘堪為檀越家作師範耶比丘即答佛言世尊是諸法根本亦知諸法次第亦是大醫唯願世尊為我等解說諸比丘聞已然

後得解世尊即時動手於空告諸比丘言此手今空中迴轉無礙無繫縛諸比丘行世心無礙無繫縛亦應如此若人求財者作心制身然後乃得若欲求福繫心苦身後乃得報若有比丘於好於惡心生平等見他得利如已所得心生隨喜如此比丘堪爲世人作師諸比丘迦葉入聚落時不礙不縛不取欲得利者求利欲得福者求福如自已得利歡喜見他得利歡喜亦復同之如手空中轉無礙無繫縛

若善入聚落　衰利心平等　同梵共入聚不生嫉妬心　汝所親識舍　無別親舊處是名師子法

比丘入檀越家之所行法不應調戲不應自恃憍慢不應輕躁不應無忌難所説不應雜亂無端緒語不應坐處遠故低身就他共語復不應相逼坐共談不應偏蹲踑坐不中大唤而坐雖執威儀不應示現有德相貌而坐不應累髀而坐不應累膝而坐不應累脚而坐不應用手左右撈摸而坐不應動脚不住而坐不中大甕器上而坐不中與比丘尼獨靜房内而坐不中與女人獨房内坐不得下處坐爲高坐人説法比丘應一切衰利中常應忍辱是名入家中比丘坐法

入家中上座比丘法上座應知時知齊量知已身知大衆知人德行高下應教諸比丘威儀應爲諸白衣如法而説教令聽法教令讀誦如是應廣種種教諸善法呪願時到復應呪願是名家中上座法

爾時世尊在舍衛國憍薩羅國有一住處衆

多比丘欲夏安居諸比丘共相議言我等夏安居中云何得安隱安樂行道復共議言欲得安隱行道者當共作制不聽有所言說欲有所須當用手作相貌索夏安居竟諸比丘相隨到世尊所禮拜問訊佛見已知而故問夏中得安隱歡樂行道不諸比丘答世尊言得安隱行道佛復問言汝等共作制限答言共作不語法限佛言此作怨家法限共住乃至是若云何言樂從今已後不聽諸比丘作不語制也

是衆上座布薩時若有檀越來應爲說法慰喻於一座中有比丘字優波斯那其性闇鈍不習學三藏兼言辭訥鈍僧聚集時有檀越來不能爲說法不能慰勞答謝檀越心疑不知衆僧爲何緣見嫌無所言說如是展轉世尊聞之告諸比丘從今已去衆集時白衣來者上座應當爲說法慰喻上座若不能者當語第二上座上座若不語得罪若語第二上座不用其言亦自得罪

比丘行道中若見同出家人及見白衣應當問來方所語言善安隱來不是名言語法

一時有衆多比丘隨路而行身體疲極意欲止息心疑不敢後時往白世尊佛言聽諸比丘遠行之時路邊止息

若和尚阿闍黎有所犯衆僧羯磨驅出羯磨成已弟子即失依止若弟子犯事衆僧羯磨成已亦失依止若弟子和尚阿闍黎語言從今已去不須我邊住止決定者爾時即失依止若明相未現與和尚阿闍黎別亦失依止若比丘僧中有所犯事僧與責罰若此比丘

求乞一日假至後日者上座應聽呵責羯磨驅出羯磨發起善心羯磨實示現羯磨覆鉢羯磨不語羯磨如此羯磨懺悔已然後衆僧與作捨羯磨是名放捨法

經行處經行不得餘處經行坐禪處坐禪不得餘處行時不中生疲猒心不中生散亂心而行若經行處地不平者應當平之莫令高下

爾時世尊在波羅柰國告侍者那伽波羅取吾洗浴衣來得已著衣經行佛經行時帝釋化作金舍前禮佛足白世尊言願受此金舍經行爾時佛在毗舍離經行六群比丘著革屣隨佛經行佛言弟子法和尚阿闍黎前著革屣經行乃至經行處亦不得經行况吾前著革屣吾經行處經行耶如是廣應知有行摩那埵比丘衆僧經行處經行佛見之即制不聽有罪比丘清淨比丘經行處經行有比丘露地經行值天大雨汙濕衣盡愁憂不樂佛聞已告諸比丘聽比丘作經行舍比丘在耆闍崛山中露地經行值天卒風暴雨兼復日熱所逼佛聞此因緣聽諸比丘作經行舍復於一時比丘尼住處下座比丘尼在上座尼前經行憍慢自大無恭敬心六群比丘尼見諸下座尼惱上座亦學故來上座前經行以是因緣世尊聞之不聽下座比丘尼上座前經行上座尼經行處下座尼不得在中經行有比丘體上生瘡醫教治法用唾塗瘡上燒熱瓦熨之令痂脱瘡得差醫如此分處佛即聽之

有一時諸比丘在僧房中新塗治彩畫爲寒

故然火煙熏綵色皆壞佛聞之不聽若寒者教露地然火自炙諸比丘後時白世尊露地然火自炙炙前後寒炙後前寒不能令溫佛聞之聽房中然炭自炙但使無煙

諸比丘住處房前巷閒處處小便汙地臭氣皆不可行佛聞之告諸比丘從今已去不聽諸比丘僧伽藍中處處小行當聚一屏猥處若瓦瓶若木筩埋地中就中小行小行已以物蓋頭莫令有臭

有諸比丘寒時露洗足寒切極若佛聞之聽用或銅或瓦或木作器著舍內就中洗足

諸比丘所用鉢生穿破破處飲食在中臭不可用佛聽作熏鉢爐若麻子若胡麻子擣破用塗鉢爐上安鉢在中熏之此爐熏鉢已竟好舉莫令見雨

若比丘用神通力在空中住欲受戒者師及衆僧在地不得受戒若師在空中受戒者及衆僧在地亦不得受戒若僧在空中師及受戒者在地不得受戒師及弟子及衆僧皆在空中亦不得受戒何以故空中無齊限可結界故若比丘夜中著三衣肩上乘神通向餘處去不失衣也若衣在地比丘乘神通在空中若明相未現還下足蹈衣邊地不失衣若明相現足不蹈衣邊地失衣何以故空是界外故有諸比丘乘神通空中思欲飲水佛聽飲之雖聽飲水未知何方而得飲水若持衣入水恐落水中若著岸上復恐失衣佛教令取水時一脚入水一脚在岸上得取水是名虛空法

氣有二種一者上氣二者下氣出時莫當人

張口令出要迴面向無人處張口令出若下氣欲出時不聽衆中出要作方便出外至無人處令出然後迴來入衆莫使衆譏嫌汙賤入塔中時不應放下氣令出塔舍中安塔樹下大衆中皆不得令出師前大德上座前亦不得放下氣出聲若腹中有病急者應出外莫令人生汙賤心

掃地法不中衆在下不得在上風掃地

食粥法不得張口吸作聲粥冷已徐徐密吸之是名食粥法

爾時世尊在王舍城有一比丘婆羅門種姓淨多惡上廁時以籌草刮下道刮不已便傷破之破已顏色不悅諸比丘問言汝何以顏色憔悴爲何患苦即答言我上廁時惡此不淨用籌重刮即自傷體是故不樂諸比丘以上因緣具白世尊佛喚此比丘問汝實爾不比丘白佛實爾世尊佛言汝猶尚自惡其身況復餘人佛種種呵責此比丘已語言應當自擁護身若欲便利時不得恣意用力放令出聲應當徐徐漸漸令出上廁去時應先取籌草至戸前三彈指作聲若人非人令得覺知戸前安衣處脱衣著上若值天雨無藏衣處持衣好自纏身開戸看廁内無諸毒蟲不看已欲便利時應徐徐次第抄衣而上不得忽褰令露身體坐起法不中倚側當中而坐莫令汙廁兩邊欲起時衣次第漸漸而下不得忽放上廁法一一三摩跋揵度中廣明諸比丘上廁時坐起處危疲寄佛聞此已聽行來處安好板莫令高下不平起止已竟用籌淨刮令淨若無籌不得壁上拭令淨不得廁

板梁桄上拭令淨不得用石不得用青草不聽諸比丘土塊軟木皮軟葉奇木皆不得用所應用者木竹葦作籌度量法極長者一搩短者四指已用者不得振令汙淨者不得著淨籌中是名上厠用厠籌法尊者迦葉惟說曰得用石用瓦曇無德不聽用也

上厠有二處一者起止處二者用水處用水處坐起褰衣一切如起止處無異厠户前著淨瓶水復應著一小瓶若自有瓶者當自用若無瓶者用厠邊小瓶不得直用僧大瓶水令汙是名上厠用水法

嚼楊枝法爾時諸比丘不嚼楊枝口氣臭可惡不嚼楊枝有五過患一口氣臭二咽喉中不淨三痰陰宿食風冷不消四不思飲食五增人眼病嚼楊枝有五種功德一口氣香絜二咽喉清淨三除痰陰宿食四思食五眼無病有諸比丘嚼楊枝時或就僧坊内或就衆僧淨地或在經行處或就師前或大德上座前佛聞之皆制不聽復有諸比丘木皮作楊枝復有諸比丘嚼短楊枝即入咽喉中作患佛亦制不聽楊枝法度長者一搩手短有四指弟子法應晨朝取楊枝授與和尚阿闍黎迦葉惟說曰嚼楊枝法短者四指嚼兩指

塔前衆僧前和尚阿闍黎前不得張口大涕唾著地若欲涕唾當屏猥處莫令人惡賤是名涕唾法

諸比丘食後須摘齒者當用銅鐵骨竹木葦作不得令頭太尖傷破若摘齒竟應洗淨莫令有陳宿食使他惡賤是名摘齒法

諸比丘耳中塵垢滿時佛聽用銅鐵骨角竹

木葺作刦耳中垢
晨起嚼楊枝竟須刮舌者佛聽用銅鐵木竹葺作刮是名刮舌法
小便法欲覺知時即應起去不得耐久住是名小便法小便處應安木屐欲小行時當著屐上莫令涕唾小便汙上諸比丘住處若有老病不堪遠上廁者聽私屏處若大甕若木筩埋地中作起止處好覆上莫令人見此行來處上應安好板莫令不淨汙之
云何名爲不行受具足者名之爲行不受具足名爲不行云何名爲行法人受具足者名行法人不受具足名不行法人是名行法
又行者佛所聽者行名爲行佛所不聽者雖行名爲不行云何復名爲行法言是法非法言非法輕言是輕重言是重是名爲行非行者法言非法非法言法輕言是重重言是輕是名非行又復行者身三業乃至十善業是不行者身三業乃至十不善業是又復行者八正道是行八邪道非行又復行佛所制戒隨順行者名之爲行不隨順行者名爲非行是行非法第三事竟略名一切章句如是應廣知

毗尼母論卷第六

音釋

讁陟格切罰也 [木强]其亮切施罟於道也 蚕徂含切與蠶同 蠒古典切蠶衣也 撈摸撈路高切取也摸音莫捺也 臭尺救切腐氣也 嚼疾雀切咀嚼也 㩒陟格切 猥鄔賄切鄙也

毗尼母論卷第七

失譯人名今附秦録

犯罪凡有三種一者初犯罪緣二者因犯故制三者重制

云何名緣爾時世尊在修賴吒國遊行迦蘭陀子修提那爲續種後繼故作欲心與其本二行欲因此初犯佛集諸比丘是名爲緣

云何名爲制若比丘行非梵行乃至畜生犯波羅夷不共住是名爲制

云何名爲重制爾時世尊在毗梨祇國有一毗梨祇子出家後不樂道常思念欲事歸家即共其本二行欲行欲已訖即生悔心到本住寺向諸比丘說所犯事諸比丘聞已往白世尊佛告諸比丘初入犯波羅夷如毗舍離林中乞食比丘此是重制

爾時尊者優波離即從座起整衣服頂禮佛足胡跪合掌白佛言世尊若有人於畜生邊行淫此爲犯不佛告優波離初入亦犯優波離復問非道行婬爲犯不佛言初入亦犯初入犯因緣如律中廣解

重制有二種因緣一者急二者緩急者乃至畜生與人同犯是名爲急云何名緩若有比丘欲捨道還家行婬者聽捨戒還家若後時還樂在道者聽出家與受具足是名爲緩如難提加比丘犯重聽懺悔在大僧下沙彌上此亦是緩譬如國王有犯罪者一者急二者緩重制中亦如是一緩一急是故三處得決所犯事

復有三處決了罪犯一者緣二者制三者重制緣者佛未制戒時初犯者此是緣制者初

犯者制不犯戒是名爲制重制者若比丘比丘尼不得自在爲強力所逼強共行欲不受樂者不犯是名重制是名三處決斷不犯復有三處決斷所犯一緣二制三重制緣者爾時世尊在王舍城陀賦迦比丘不與取瓶沙王所護材木如來欲令後比丘更不作過患以此事故集諸比丘是名爲緣若比丘若空地若聚落不與取犯波羅夷是名爲制若自取若爲他外邏教取若遣人取是三處不與取犯波羅夷是名重制若他所有不作他想取犯突吉羅此亦重制一切所犯如此三處決了應廣知重制復有二種一者急二者緩急者乃至草木小葉他物不與不得取是名爲急緩者若他物不作他想取是名爲緩是名三處決斷犯

復有三處決斷不犯一緣二制三重制緣如上說制者初未結戒時不犯是名爲制重制者他物他想不取乃至不起盜心是名重制爾時世尊在毗舍離有比丘住跋求河邊起不淨想猒患此身以衣鉢顧比丘殺如來欲斷如此惡因緣故集諸比丘是名爲緣制者若比丘斷人命得波羅夷不應共住是名爲制重制者從受母胎乃至老時斷人命者皆得波羅夷是名重制復有重制若人病求欲自殺比丘若自與刀若教人與刀若自與藥若教人與藥如是等衆多方便皆名重制重制有二因緣一者急二者緩急者一切不得殺乃至蟻子是名爲急若人作非人想殺者不犯是名爲緩此是三處決斷所犯復有三處決斷不犯一緣二制三重制緣者如上說

制者初未制戒時所作不犯是名爲制重制者於一切衆生上不起殺心是名重制以義故名三處決斷不犯

復有三處決斷一緣二制三重制緣者爾時世尊在毗舍離跋求河摩帝寺諸比丘爲乞食故故妄語如來斷此因緣集諸比丘是名爲緣制者若比丘自稱得過人法是比丘得波羅夷不應共住是名爲制重制者自稱得身念處乃至自稱言得果是名重制重制復有二種一急二緩急者一切不得妄語乃至戲笑是名爲急緩者若欲故作妄語語不成令人不解者得偷蘭遮是名爲緩是名三處決斷所犯有三處決斷不犯一緣二制三重制緣者即如上說制者初未制戒時所作不犯是名制重制者如增上慢比丘實未得道聞邊人說其得道意謂實得後翹勤不已得阿羅漢果知其本謂得者不實心疑問佛佛言不犯是名重制此是決斷三處不犯如是乃至衆學皆以此三法推可知

復次應推緣一鉢二衣三尼師壇四針筒五道行人六人七房鉢緣者爾時世尊在王舍城王舍城有一長者其家中有大栴檀木作鉢乃至集諸比丘是名爲緣制者不應畜栴檀鉢是名爲制重制者不應爲諸白衣現神通力是名重制復有重制比丘不應畜木鉢石鉢瓦鉢金鉢銀鉢寶鉢珠鉢不應架上安鉢不應泥團上安鉢乃至不應濕鉢置鉢囊中此雜揵度中廣明是名三處決斷犯不應坐鉢上不應卧鉢上不應鉢中盛水洗手足一切處不應用除病不應用鉢除糞不應不

愛護鉢敬之如目除病是名三處決斷犯復有三處應決斷不犯一緣二制三重制緣者爾時世尊在波羅奈諸比丘白佛我等應當畜何等鉢是名爲緣制者聽諸比丘畜龍口鉢直竪鉢是名爲制重制者聽諸比丘畜鐵鉢蘇摩鉢乃至赤鉢皆應畜之是名重制復有重制若鉢掛肩掖下使破者聽作篋盛之若蘇摩鉢破者劫波縷麻縷綴之乃至用落沙膠之若鐵鉢生穿破應打鐵令薄補熏受用長鉢不應過十日畜鉢破未過五綴不應捨更求餘鉢比丘尼得鉢即日作淨施不應過夜此亦是重制衣緣者一緣二制三重制爾時世尊在舍衛國六群比丘畜上色衣佛集諸比丘是名爲緣制者不聽畜上色衣是名爲制重制者不得畜錦衣白衣不聽畜有鬚衣羅網衣是名重制又復不聽裹頭行又復不聽畜草行纏除因緣不得用僧伽梨裹木新麵牛屎草土不得脚躡僧伽梨不得揲僧伽梨敷坐不得襯身著僧伽梨不得不愛護僧伽梨如自護其皮是名重制此是三處決斷所犯復有三處決斷不犯一緣二制三重制緣者爾時世尊在波羅奈有諸比丘白佛我等應當畜何等衣是名爲緣制者聽諸比丘畜糞掃衣是名爲制重制者聽畜十種乃至糞掃衣又復比丘畜長衣不過十日若有水火盜賊失衣者有檀越大持衣來施得受三衣不得過取比丘得新衣應作三點淨若比丘衣破聽著納是名三處決斷不犯尼師壇有三處決斷所犯一緣二制三重制緣者爾時世尊在舍衛國時六群比丘畜尼

師壇長廣過度佛因是集諸比丘是名爲緣制者若諸比丘畜尼師壇過量是名爲犯齊量者長二修伽陀搩手半廣一修伽陀搩手半重制者不應畜上色尼師壇錦尼師壇帛尼師壇革尼師壇不得用尼師壇裹木柿桼乃至裹土護尼師壇法如護身皮是名重制此三處決斷所犯復有三處決斷不犯一緣二制三重制緣者如上說制者如佛齊量作是名爲制重制者如佛度量作十種袈裟衣裁中染作袈裟色亦得作是名重制此三處決斷不犯針筩有三處決斷一緣二制三重制緣者爾時世尊在王舍城有針筩工師信心三寶請衆僧常施針筩常施不已貧不自活佛聞已集諸比丘是名爲緣制者不聽比丘畜骨牙角針筩是名爲制重制者有諸比丘用上色作針氈錦帛華作針氈佛不聽用上色乃至華作針氈是名重制此針氈筩應好祕密藏之不聽與白衣持行何以故有一比丘共賈客同路而行爾時比丘語賈客言我有因緣須下道行可爲我持此針筩去須臾相及道人去後持直百千兩價金珠著針筩中道人來還與針筩不語令知至稅處過已還喚來檢校稅主針筩中得此寶珠種種呵責道人極受苦惱佛聞之制曰從今已去不聽與白衣持針筩行是名重制此是三處決斷所犯復有三處決斷不犯一緣二制三重制云何名緣緣者如上說制者如初未制戒不犯是名爲制重制者用銅鐵錫鈆竹葦木泥石作針筩聽畜復聽比丘用十種衣裁作針氈受用是名重制此是決斷三處不犯

復有三處決斷所犯一緣二制三重制緣者爾時六群比丘常行諸國夏時或值天雨水漲漂失衣鉢或傷衆生乃至踐蹋生草諸檀越嫌言外道持戒者畏傷殺衆生夏猶不行況佛弟子慈心者冬夏所求無有猒足鳥依林樹野獸依山皆有住時云何比丘無暫時息以是因緣世尊聞之集諸比丘是名爲緣制者不聽比丘夏安居中行是名爲制重制者有一比丘夏安居時結安居已無緣而出失安居法結安居竟不得無緣而出如跋難陀釋子杖頭掛毛㲪而行皆不聽也

又如六群比丘共比丘尼同路而行復不中共盜賊同路而行乃至不得如跋難陀釋子擎寶蓋著道而行復不得掛鉢絡幢頭而行一切行路中所不應作如是應廣知是名重制此是三處決斷所犯復有三處決斷不犯一緣二制三重制緣者如上說制者若不及前安居及後安居者此亦不犯復非無緣出行此亦不犯復有比丘受七日法出到家中知日盡欲來母不聽之過七日已作失安居想往白世尊佛言若心決斷欲來母不聽者不失安居若比丘夏安居竟應移餘處住若有緣不得去者不犯若無緣安居竟出外一宿還來亦不犯是名重制此是三處決斷不犯復有三處決斷所犯一緣二制三重制緣者

爾時世尊在王舍城中有童子十七群最大者年十七下者十二上富者有八十億萬錢下貧者有八十萬錢此童子中一者父母所愛字優波離父母生念我唯有此一子我百

年後云何得令此子長命老壽無苦常得安樂意欲令學書誦經恐復眼勞受苦若欲教畫恐立久脚疼若教天文筭計恐勞身心又復思念沙門釋子常處閑靜志求無爲此乃是大樂可安著沙門中復有十七群童子是其伴侶數數來喚相隨出家於是父母放令出家師即爲受具足戒但年小晝三時食夜未曉復啼索食佛以天耳聞其啼聲即集諸比丘是名爲緣制者年滿二十聽受具足是名爲制重制者年未滿二十而不得受戒復有十三種人受戒不聽於十三種中若受一人戒知不應與受戒而與受戒者受戒師亦有所犯是名重制此三處決斷所犯復有三處決斷不犯一緣二制三重制緣者如上說制者如未制戒前不犯是名爲制重制者年滿二十與受戒不犯若不知年未滿二十受戒者亦不自知與受戒不犯有一沙彌年未滿二十受具心中生疑爲得戒不往白世尊佛言聽數胎中年若不滿者聽數閏月若復不滿者聽數十四日布薩數十四日布薩復不滿佛問諸比丘此人得阿羅漢果未諸比丘白佛言實得阿羅漢果佛語諸比丘此是上受具若如此者雖未滿二十得具足不犯如耶輸陀善男子等受戒不犯乃至珊闍耶伽優婆提舍拘律陀等二百五十人及餘人等受戒得戒是名重制此是三處決斷不犯復有三處決斷所犯一緣二制三重制緣者爾時世尊在王舍城聽阿羅毗比丘作私房此阿羅毗比丘作房廣長所須甚多求索非一此比丘住處村舍諸人遥見比丘皆避入

舍不欲相見佛聞此因緣集諸比丘是名爲緣制者比丘無主私乞作房應量作若過犯僧殘是名爲制重制者如尊者闡陀私作房從王索材王言自恣聽取即伐路中一切人所貴重樹世人嫌言云何比丘無慈心斷樹生命佛因是制戒私作房不得伐路中大樹是名重制復於一時世尊在拘睒彌國闡陀比丘私作房用有蟲水和泥作房作房竟有餘長泥盡取積在房上房即崩壞佛因此制戒不聽私作房伐路中大樹不聽用有蟲水和泥不聽積泥著屋上是名重制爾時尊者羅睺羅在那羅伽波寧有一檀越篤信三寶於尊者羅睺羅邊生恭敬心爲羅睺羅私起房作房竟即請羅睺羅受用羅睺羅所時受用捨向餘方教化房主復用此房施多人羅睺羅後時來到聞已以此因緣具白世尊佛教羅睺羅汝到檀越邊問之檀越見我身口意有何等過檀越答言不見有過羅睺羅還到佛所具説檀越之言佛因此即集諸比丘或有施如法施如法受如法用或有施不如法施不如法受不如法用若有檀越自出意作房施一人若後時轉施與衆多人是名不如法施不如法受不如法用若有人自意作房施與一人後時轉施與衆僧是名不如法施不如法受不如法用若有出意自作房施衆中一人此衆後時分作二部若迴此房與一部是名不如法施不如法受不如法用若有檀越自出意作房施衆多人後時轉施一人若轉施大衆此皆不如法施不如法受不如法用如法者若施一人一人受用施衆多

人衆多人受用施衆僧衆僧受用若僧分作二部施一邊一邊受用是名如法受用是名重制此三處決斷所犯復有三處決斷不犯一緣二制三重制緣者即如上說制者如初未制戒時所作不犯是名爲制重制者若衆僧示作房處所作齊量無諸妨難若復作塔爲僧作房舍不犯是名重制王舍城中有檀越爲僧起六十口房皆不犯是名重制此三處決斷不犯

一切不犯者順佛教而行是也犯者違佛教行是也比丘法佛所聽者應作佛所不聽不應作如初中後亦如是云何名毗尼毗尼者凡有五義一懺悔二隨順三滅四斷五捨云何名爲懺悔如七篇中所犯應懺悔除懺悔能滅名爲毗尼云何名爲隨順隨順者七部衆隨如來所制所教受用而行無有違逆名爲隨順毗尼云何名滅能滅七諍名滅毗尼云何名斷能令煩惱滅除不起名斷毗尼云何名捨捨有二種一者捨所作二者捨見事捨作者十三僧殘是也就十三中九事作即成不得諫四事三諫不受僧爲作白四羯磨罪成成已若白三羯磨悔事不成如此十三名捨作法見者如何利咤比丘說言我親從佛聞行欲不能障道捨是見故名爲捨也此二種名捨毗尼物有二種一可發露二不可發露可發露者比丘十三僧殘比丘尼十九僧殘六三諫此有羯磨可除罪名可發露不可發露中尼有一事可三諫如比丘犯罪僧羯磨擯出有比丘尼常來佐助言語比丘尼比丘尼諫言此不須佐助乃至三諫不止僧

爲作白四羯磨至三羯磨時悔者罪猶可除至第四羯磨事成不復可除是名不可發露如是比丘四比丘尼七皆無諫也是名捨毗尼此五總名毗尼義云何爲犯犯有二種一者犯重二者犯輕犯重者欲作惡時煩惱火盛能燒善心令滅惡事得成名爲燒義成惡事已後改悔時心生苦惱善心熾盛能滅惡心亦名燒義犯輕者起煩惱心微隨犯微罪滅微善心不得自在名爲炙義後改悔時起微善心炙小惡心亦名炙義

云何名犯能使衆生輪迴三有名爲犯義云何復名犯所不聽作而作名之爲犯云何名犯犯所持戒所犯受果不可貪樂故名爲犯云何復名爲犯過患苦惱觸逼切身皆名犯義能斷善法名爲犯義又言犯者人及六欲天四禪四空三界中所作不善皆名爲犯又言犯者瞋心現前名爲犯又煩惱染心亦名爲犯又復犯者煩惱在道中增長名爲犯義又煩惱滿足亦名犯義云何煩惱名爲犯義如器中著水然火溢出煩惱火能令身口放逸作不善是名爲犯又復犯者七聚法中所不應作作者皆名爲犯何故名波羅夷波羅夷者破壞離散名波羅夷又波羅夷者爲他刀矟所傷絶滅命根名波羅夷佛法中波羅夷者與煩惱共諍爲惡所害名波羅夷又復波羅夷者爲三十七助道法所棄爲四沙門果所棄爲戒定解脱解脱知見一切善法所棄者名波羅夷又波羅夷者於毗尼中正法中比丘法中斷滅不復更生名波羅夷世尊説言有涅槃彼岸不能度到彼岸故名波羅

夷波羅夷者如人爲他斫頭更不還活爲惡所滅不成比丘名波羅夷尊者迦葉惟說曰犯最重惡於比丘法中更無所成名波羅夷又波羅夷者如人犯罪施其死罰更無生路犯波羅夷永無懺悔之路於比丘法中更不可修名波羅夷如人欲到彼岸愚癡故中道爲他所誑而失彼岸於佛教中爲煩惱所誑失涅槃彼岸是名爲墮

惡中婬欲最　不與取爲最　斷人命爲最
過人法亦最　於善中翹勤　最能方便斷
背捨諸功德　是名波羅夷　雖假著法服
入僧次而坐　與梵者超隔　故名波羅夷
受他施濟命　行非功德器　能劫國土財
是名波羅夷

云何名僧殘僧殘者所犯僧中應懺悔不應一人邊乃至二三人邊不得懺悔衆中懺悔名爲僧殘一切比丘所懺悔事皆應僧中僧爲作是名僧殘又言僧殘者殘有少在不滅名爲僧殘又復殘者如人爲他所斫殘有咽喉名之爲殘如二人共入陣鬭一爲他所害命絶二爲他所害命根少在不斷若得好醫良藥可得除差若無者不可差也犯僧殘者亦復如是有少可懺悔之理若得清淨大衆爲如法說懺悔除罪之法此罪可除若無清淨大衆不可除滅是名僧殘除滅罪法教令別住行本日行摩那埵行阿浮呵那行阿浮呵那得清淨竟於所犯處得解脱得解脱起已更不復犯是名僧殘

云何名爲波逸提波逸提者所犯罪微故名波逸提又復波逸提者非斷滅善根罪枝條

罪名波逸提又復波逸提者如被斫者少傷其皮不至損命波逸提罪亦復如是此罪傷善處少名波逸提

云何名爲波羅提提舍尼波羅提提舍尼者犯即懺悔數犯數悔故名波羅提提舍尼又復名波羅提提舍尼者忘誤作非故心作故名波羅提提舍尼

云何名爲偷蘭遮偷蘭遮者於麤惡罪邊生故名偷蘭遮又復偷蘭遮者欲起大事不成名爲偷蘭遮又復偷蘭者於突吉羅惡語重故名爲偷蘭一食人肉偷蘭二畜人皮偷蘭三剃陰上毛腋下毛偷蘭四用藥灌大便道偷蘭五畜人髮欽婆羅偷蘭六裸形行偷蘭七畜石鉢偷蘭八瞋恚破衣偷蘭九瞋恚破房偷蘭十瞋恚破塔偷蘭是名自性偷蘭突吉羅者名爲惡作犯身口律儀名爲惡作惡語二種一者惡語二者非時語惡語者釋摩訶男釋子作平等心持藥布施衆僧六群比丘謗言好者與上座惡者與我等施主答言我當市上更買好藥與尊者六群比丘謗他故名惡語所說不當時名非時語

應初夜受用者一甘蔗漿二水和甘蔗漿復有八種漿一菴羅果漿二瞻婆漿三拘羅漿四呪提漿五無提漿六舍林毗漿七破樓尸漿八蒲萄漿如此等漿氣味未變至初夜得飲變不得飲

二日二夜相應者受具足人與未受具足者共宿至第三夜具足者明相未現時應起坐復有二夜相應者若犯罪者應發露別住別住處有畏難不得住者聽二夜覆藏

復有二時相應法初夜時後夜時應䟺勤坐禪經行何故不勸三時行者中夜一時以自消息是故不得教竟夜行所以勸初夜後夜者欲令行道不懈是名二時相應夜應作者夜中露地得卧晝日不得欲曉時還入房中眠卧若夜中經行時爲熱故不得具著衣者直披袈裟得經行若竭支大者不著泥洹僧袈裟亦得著革屣取水與人若池邊取水夜得晝不得

中前所應者從明相現至中此時中應食無犯有中所應食五種正食是非餘不正食也不正食中前得數數食

中前入聚落食法若無檀越請不語比坐得入聚落乞食無過若受請者不語比坐去有過何以故如跋難陀釋子處處受請不語比坐晨朝向一受請處去後更餘處請檀越來至喚跋難陀兼喚餘比丘比丘待跋難陀日時已過不得中食以是因緣佛制比丘有請處應語比坐令知中前病比丘得食粥復有中前應入聚落不應語比坐爲佛爲法爲四方僧爲塔爲病得入聚落共行弟子一切入聚落皆應白和尚若有比丘入聚落見檀越者要語比坐令知

後食者食已竟後更得食日時未過作殘食法食是名後食病者後食得數數食無過看病者作殘不作殘皆得食後食若有檀越請應語比坐若無檀越請不語無過

若比丘晝相應夜不相應者教授比丘尼時晝日應教夜不應教若比丘尼受教戒法十五日語教戒師若即得白僧者十五日暮尼

得布薩若晝日僧不集不得白僧者至暮布薩時當白僧得教戒已至十六日比丘尼教戒師邊取敎戒取敎戒已即得布薩若十五日比丘尼就大僧中受戒僧集時即乞教戒更不須後時來乞若比丘尼比丘尼僧中受具足竟即晝日大僧中受具足不應夜來也若比丘尼得長鉢即日施人及作淨施至明相未現不犯若比丘尼得所用器聽畜十六種器中各畜一若長者亦得即日施人及作淨施至明相未現已來不犯復有晝日相應者若比丘貪樂坐禪坐處無有依止師依止師住處但使一日得往還遥依止不失若兩寺相去一日得往還若有守僧伽藍者亦得遥依止不失若比丘同布薩結大界處極遠聽一日往還結大界是名晝相應法也

晝夜所應作法受具布薩自恣與欲與清淨欲自恣欲受安居受功德衣受三衣不離宿是名晝夜相應法也復有二日二夜相應法受具足人與未受具人二日二夜同宿第三夜受具者明相未現時應起坐若客比丘到他寺上請房舍卧具受已不語舊住者出外再宿至第三夜明相未現時若自來若遣人來語舊住者善若不語至明相未現得罪若比丘在軍中再宿至第三夜明相未現時若有時可與相識者别若無時直去出軍外明相現不犯若與相識者辭知不放者可直去不須辭也是名二日夜相應法

三夜相應法者受具足者與未受具足者三夜同房至第四夜明相未現時未受具足者應出界外若不能出受具足者應出界外是

名三夜相應法也
復有五日五夜相應法若比丘有盜賊難軍賊難不得持三衣自隨者應持三衣寄知舊白衣舍五日至六日明相未現應來看衣手自捉之若過六日至明相現尼薩耆波逸提若比丘作親意不語取他衣著若過五日至六日明相現突吉羅若比丘自三衣至五日應檢校無蟲鼠傷壞不若過五日至六日明相現得突吉羅是名五夜相應法
六夜相應法者若比丘離衣宿至六日明相現失衣復有六夜所行法六夜行摩那埵是也是名六夜相應法
七夜相應法者酥油生酥蜜黑石蜜爲病者七日應畜明相現至八日不應畜若比丘夏安居中若爲佛法僧塔病如是等衆多受七夜法尊者薩婆多說曰若比丘受依止竟乞七日法出界外七日滿還來到寺不失依止是名七夜相應法

毗尼母論卷第七

音釋

膠居肴切粘也　綴株衛切連綴也　漲之亮切水泛溢也　漂紕招切浮也　矟色角切矛屬

毗尼母論卷第八

失譯人名今附秦録

十夜相應法者若比丘畜長衣不作淨施不過十日畜長鉢不作淨施亦不過十日是名十夜相應法

半月相應法者夏安居前一月求浴衣得衣已要半月著至夏安居中半月一用浴若比丘尼犯僧殘二部僧集半月行摩那埵比丘尼半月中從僧乞敎戒法二部衆半月應洗半月應布薩比丘夏安居中有緣出界外遠者應受十五日法爲持戒令清淨故名半月相應法

一月相應法者比丘三衣中若少一衣求衣財得已一月中要割截染治縫竟受持若過一月尼薩耆波逸提自恣後一月離衣宿春殘一月應求浴衣浴衣法長六肘廣二肘半夏安居中所爲事七月十五日竟應求一月受迦絺那衣法七月十六日應受若事緣不及乃至八月十五日故得受過是不得受是名一月相應法

二月相應法者不剃髮極遲得滿二月不得過是名二月相應法

三月相應法者三月夏安居竟應一宿出外是名三月相應法

四月相應法者夏四月中用雨浴衣若檀越施僧四月藥令服者僧即應受用不得過四月若外道詣僧求出家應四月令別住觀其行跡不覔僧過故來也不僞心求出家不心意調和不知其行已然後剃髮度令出家復有四月相應者四月是冬四月是春四月是

夏是名四月相應法
五月相應法者自恣後滿五月捨迦絺那衣
是名五月相應法
十二月相應法者受大道人具足戒已十二
月中教授一切大道人所作法竟然後更有
受具足者當爲受未滿十二月不得受也沙
彌受大戒已後更得受一沙彌沙彌尼受戒
式叉摩尼戒二年不得度沙彌尼式叉摩尼
受具足已得度沙彌尼比丘尼亦如大僧十
二月中教其所應作法竟後若有式叉摩尼
欲受具足聽與受具足是名十二月相應法
依止法亦十二月竟得受人依止不得一時
並受二人依止
一歲相應法者即上十二月相應法是二歲
相應法者若度童女年十八者受沙彌尼戒
即得受式叉摩尼二年學戒若女人十歲已
有夫主者度令出家受沙彌戒滿二年後得
與受式叉摩尼戒復滿二年後得受具足戒
是名二歲相應法三歲相應法者一臘比丘
得與五臘者同牀坐簡三歲是名三歲相應
法五歲相應法者比丘滿五臘要誦戒令利
誦白一白二白三羯磨皆令使利未滿五臘
比丘不離依止五種失依止如上説是名五
歲相應法六歲相應法者尼師壇滿六年應
畜若過不滿破應用施人若著納得自畜若
不破亦應自畜若房先已有四邊墻上未覆
僧羯磨差人令覆竟滿六年在中住應還僧
不得過也是名六年相應法十歲相應法者
比丘滿十臘得爲人作和尚受具足得受人
依止得受沙彌十歲女人有夫主者受沙彌

十戒二年得受式叉摩尼戒是名十歲相應法十二歲相應法者若比丘有檀越主欲爲僧作房僧差比丘令營房房成已十二年在中住後還僧不得過也是名十二年相應法十八歲相應法者度沙彌尼年滿十八受式叉摩尼戒是名十八歲相應法二十歲相應法者童女受沙彌戒二歲學戒年滿二十得受具足是名二十歲相應法

一人相應法者胡牀唯得一人坐故名一人相應法也二人相應法者繩牀唯受二人是名二人相應法三人相應法者大牀唯容三人是名三人相應法四人相應法者若極大牀得安四人是名四人相應法五相應法者五正食是七相應法者夜中離衣七七四十九弓地一弓四肘是名七相應法八相應法者作牀法一切牀脚除上入梐下八指是名八相應法十相應法者聽用十種衣財作衣是名十相應法二十相應法者二十衆作阿浮呵那是名二十相應法

一相應法者受具足時唯一和尚是名一相應法二相應法者受具足時唯二阿闍黎是名二相應法三相應法者受具足時先辨三衣若少不得受具足是名三相應法四相應法者白四羯磨而得受具足是名四相應法五相應法者無五種遮得受具足是名五相應法七相應法者取欲者語一人如是展轉語第七人皆得取欲清淨是名七相應法八相應法者若有長財廣佛四指長八指應作淨施是名八相應法十相應法者受具時有十人得受具是名十相應法二十相應法者

年滿二十而得受具是名二十相應法一相應法者比丘尼織繩一帀是名一相應法二相應法者不織繩一帀織繩一帀是名二相應法三相應法者織繩一帀不織繩二帀是名三相應法四相應法者四迦羅沙畔是也天竺國十六銅錢是一迦羅沙畔冬天遮寒極重價衣用四迦羅沙畔作不過是名四相應法五相應法者比丘尼五衣具足得受具足是名五相應法七相應法者七種飯是是名七種相應法八相應法者有檀越請比丘尼食比丘尼去時晚至彼中尼多問臘次第日已逼中食不得足世尊聞已因而制戒從今已去比丘尼大衆集時聽上座八人問次第飯者隨意而坐是名八相應法十相應法者比丘成就十法僧羯磨差令作教戒比丘尼師何者十一成就波羅提木叉戒二多聞多聞者誦三藏文義皆利是爲多聞三誦比丘比丘尼經四口中常説微妙好語心中起悲語了了可解五諸根完具相貌殊特人所愛敬六族姓子若刹利居士婆羅門七有好才辯爲尼説法示教利喜八爲比丘尼所貴重九於比丘尼三業無失十若二十臘若過二十臘是名十相應法二十相應法者二十臘是

一相應法者阿練若比丘獨在一處僧布薩日心念口言衆僧今日布薩我亦布薩是名一相應法二相應法者二比丘共展轉言長老今日衆僧清淨布薩我亦布薩清淨是名二相應法三相應法者三人亦展轉相語是名三相應法四相應法者一人白已然後布

薩是名四相應法五相應法者邊地無僧通律師五人得受具是名五相應法七相應法者七滅諍是名七相應法八相應法者比丘尼八敬法是是名八相應法十相應法者比丘成就十法得正説戒是名十相應法二十相應法者如上童女説

一相應法者一比丘自恣是二相應法者二比丘展轉自恣法是三相應法四相應法比丘皆展轉自恣是五相應法者五人羯磨差一人作自恣者是是名五相應法七相應法者成就七法是名七相應法八相應法者在家白衣篤信三寶成就八非法僧爲作覆鉢羯磨捨八非法已僧還爲捨覆鉢羯磨是名八相應法十相應法者不成就十法不得與人受具是名十相應法二十相應法者若比

丘三衣不具盡力求索滿二十日作辦割截縫受持若不辦至三十日得辦者割截縫受持若過三十日不辦應作淨施若不淨施犯捨墮

一相應法者二比丘共住一者命過在者作是念此亡比丘物應屬我此人即得後來者不得是名一相應法二相應法者三人共住一人命過二人應展轉相語大德憶念此物應屬我等二人如是展轉是名二相應法三相應法者四人共住一人終亡三人展轉如上文所説是名三相應法四相應法者五人共住一人終亡四人作羯磨分之是名四相應法五相應法者五人羯磨分亡比丘物四人羯磨施一人一人還施衆然後得共分之是名五相應法七相應法者恭敬七法是名

七相應法八相應法者比丘成就八法僧應差令發檀越信心懺悔是名八相應法十相應法者有說十人作法事得如法若說九人十一人不如法是名十相應法二十相應法者二十人拔籌是名二十相應法

一相應法者若比丘獨住自知有所犯無懺悔處應作心憶持後見一比丘即懺悔是名一相應法二相應法者比丘犯罪已向一人發露若不除後至衆中更懺悔是名二相應法三相應法者比丘犯罪已向二比丘發露若不除後至僧中更懺悔是名三相應法四相應法者若比丘犯罪向四人懺悔作羯磨得除是名四相應法五相應法者五種懺悔法是是名五相應法七相應法者比丘成就七法得正說戒是名七相應法八相應法者如來見八種過患是名八相應法十相應法者聽畜十種糞掃衣是是名十相應法二十相應法者若比丘欲作新敷具應用二十兩羊毛作是名二十相應法

中前相應者五正食九種似食及餘中前相應者是名中前相應法初夜相應者如蒲萄漿乃至水解漿等是名初夜相應法七日相應者五種藥及餘藥是名七日相應法盡形壽相應法者一山渉子二識留三留草四善善五盧破羅六胡椒七薑八毗鉢九尸羅折勒十眞浮留十一塡力十二伽倫拘盧喜如此等衆多是名盡形壽相應法

養生衆具相應者三衣鉢敷具針氈箭瓮瓶篋如是等比丘所須物名爲養生具相應法鉢與人相應者鐵鉢蘇摩鉢如是等衆多是

名與人相應法衣與人相應者十種衣財如法浣治割截得受持是名與人相應法敷具相應者如齊量作是名與人相應法針氈筩與人相應者如上文説是名與人相應法乞食相應者乞食時得食與鉢平不得多受是名乞食相應法乞衣相應法者乞衣時檀越雖大有所施少三衣者取不得過取是名乞衣相應法

爾時世尊乞食已還住處執衣襞摺著一處是名衣相應法敷具相應者如敷具揵度中廣明是名敷具相應法齊量者泥洹僧長四肘廣一肘半是名齊量鉢衣敷具針氈筩行道人房如是等一切物如佛説者名爲齊量不如佛説不名齊量染色相應者諸比丘衣色脫佛聽染用十種色十種色者一泥二陀婆樹皮三婆陀樹皮四非草五乾陀六胡桃根七阿摩勒果八佉陀樹皮九施設婆樹皮十種種雜和用染如是等所應染者此十種色是衣三點作淨法一用泥二用青三用不均色用此三種三點淨衣威儀相應者所著衣服齊整乃至不應立大小便是名威儀相應法所應差人者白二白四羯磨差人先結不淨地次結衆僧房舍後結大界結大界已當問衆僧何處作淨厨僧所可處結作淨厨後結布薩處最後結不失衣界解界時先解不失衣界後解布薩界復解衆僧淨厨界次解大界次解僧房舍界次解不淨地界安雜物處教授比丘尼自恣行籌僧使爲四方僧營事從檀越信心分粥分前食乃至寺中淨人不聽篤信檀越家乞食作制狂亂失性爲

尼受大戒如是等及餘未列名者差人作羯磨是皆名差人相應法處所相應者若塔若衣壞破穿皆應修補塗治是名處所相應和尚住處阿闍棃住處衆僧住處僧布薩處

爾時世尊爲病比丘羯磨淨地作食處若客比丘來到寺主人應語不淨處僧房處結大界處淨厨處布薩處結不失衣界處飲水處是名處所相應法

方所相應者若和尚衆僧隨師僧向何方是名方所又復方者佛在王舍城中月盡十五日說戒時衆僧皆來集佛問汝等從何處來諸比丘說其方所是名爲方東方有羅睺跋陀塔南方有處所名多奴西方有處所名書毗陀樓陀北方有處所名無至羅毗闍此四處最是邊方通律師得五人受戒是名方所相應法國土相應法者阿槃提國通律師五人得受具足阿犯健提熱得數數洗亦聽兩三重皮作革屣著

爾時諸比丘雪山中夏安居身體瘃壞來到佛所佛問已如此國土聽著富羅複衣

有二比丘一名烏嗟羅三名三摩陀來到佛所白言諸比丘有種種姓種種國土人出家用不正音壞佛經義願世尊聽我用闡提之論正佛經義佛言我法中不貴浮華之言語雖質朴不失其義令人受解爲要

爾時世尊在毗舍離世儉穀貴乞食難得諸比丘乘神通力至豈伽國乞食彼國人惡賤道人持食著地不過手中有諸比丘往白世尊佛言雖非手授施心已竟可取食之是名國土相應法

自恣相應法者一人心念口言二人三人四人皆展轉相語五人羯磨自恣是名自恣相應法自恣與欲相應法者有五種與欲一我與自恣二我自恣三爲我故作自恣四手作相貌自恣五口作相貌自恣若此五種不成不名與自恣欲是名自恣相應法自恣取欲相應法者僧差人令取欲取欲者若父母難病非梵行難如是衆多難當與餘人令持欲去與欲法語持欲去者言大德憶念我某甲今日衆僧自恣我亦自恣與衆僧清淨欲是名與欲相應法取欲比丘若未得還忽大水來及師子虎狼難不得往自恣出界外自恣者亦得清淨去者亦得清淨是名取欲人自恣相應法

波羅提木叉相應者爾時世尊在靜房中作是思惟今爲諸比丘制聽集一處說波羅提木叉戒我若不爲制者新學比丘欲學波羅提木叉者云何得聞何所修習爾時世尊從靜房起告諸比丘從今已去汝等當集一處說波羅提木叉戒欲說戒時先白大德僧聽若僧時到僧忍聽僧今集一處說波羅提木叉戒白如是名波羅提木叉戒相應法說波羅提木叉相應者有五種略說波羅提木叉文如上說復有說波羅提木叉相應者文如上毋經中說是名說戒相應法布薩相應者乃至三人展轉語布薩如法布薩者四人已上一白然後布薩布薩處下座比丘應掃灑地是名布薩相應法欲相應者爾時世尊告諸比丘當唱淨唱淨已今日衆僧布薩有病比丘不來者聽與欲遣人取之是名欲相應

法若有緣與欲無緣應去與欲有五種如上文說取欲人相應者若取欲有衆難不得來取欲者清淨衆僧清淨是名取欲人相應法清淨相應者若病不得來自說清淨是名清淨相應布薩自恣中得言與清淨欲餘欲直言與欲不言清淨是名與欲清淨取欲者有難不得去名清淨取欲是名取欲人清淨相應法上來所說種種制者比丘經比丘尼經摩得勒伽經增一經諸揵度經如此等經中推求之若與五經義合者應受持莫捨若不與合者置而莫行復應推法二緣二制三重制總略犯不犯要與五種經相應五經中緣制重制對而求之云何名爲總比丘即名一切比丘是名爲總

云何名爲略說初中後說但令義顯是名略說廣說者若有比丘向比丘說其所解我從佛邊聞如是說聞此者即不得非其所說亦不得即取持此所解與五部經對之若與經相應者應語言長老所說甚善好自受持莫令廢捨常應爲人如是廣說若不與五經相應者應諫之長老所說不應受持亦莫廣爲人說更求勝解是名第一廣第二廣者自云從衆僧邊聞亦向他人說其所解聞者亦如上不非不受取五經驗之是名第二廣第三廣者若有比丘自云從三人邊聞亦向餘比丘說其所解此聞者受不受亦推五部經中驗之是名第三廣第四廣者復有比丘自稱我從二大德比丘邊聞如是說亦向餘人說其所解彼聞比丘受不受亦應如上驗之是名第四廣廣有二種一者廣文二者廣義是

名爲四廣

復更略明應不應義應者應鐵鉢瓦鉢優伽國鉢優伽奢國鉢毗舍離國黑鉢舍衛國赤鉢鉢雖有六種其實鐵瓦二也是名相應鉢不相應鉢者栴檀鉢尸舍婆木鉢石鉢金鉢銀鉢琉璃鉢玉鉢七寶鉢是名不相應鉢是故言相應不相應也彼人應此人不應應者比丘畜長鉢得滿十日不應者比丘尼畜長鉢不得過一日是名不應此是彼人應此人不應爾所人應爾所不應者若鉢破過五綴更求新鉢受持者要四人中白二羯磨受持三人已下不得是名爾許人應爾許人不應齊量應不齊量不應應者升半已上至二升半是名應不應者不滿升半過二升半是名不應以是義故言齊量相應不相應也是色應是色不應應者受熏色應不受熏色不應是名色相應不相應或時應或時不應應者若爲賊劫水漂若墮地破若失如是人者應語父母親里眷屬索是名應若不爲水漂賊劫墮地破失語父母親里眷屬索者是名不應是名人應不應衣相應不相應應者十種衣財應不應者上色衣錦衣白色衣著髮衣如是等衆多皆不相應是名衣不應三衣獨受持一衣亦不應乃至頭有髮欽婆羅衣亦不應有時中應有時中不應若爲賊急水漂火燒若忘失如是時中應語父母兄弟親里若不如此不應語求索也是名是時應是時不應僧竭支相應者極短過繫腰下一搩手作法令覆兩乳拄腋下是名相應不相應者過限短作不相應襯身衣者暮卧時應齊咽

覆脚但使莫汙外淨衣是爲齊量覆瘡衣長四肘廣二肘雨浴衣長二搩手半淨體巾長一搩手廣一搩手淨面巾長結拳一肘廣亦結拳一肘淨眼巾縱廣皆自一搩手是名此應此不應爾所人應爾所人不應應者四人三人二人不應是名爾所人應爾所人不應或時應或時不應應者從自恣後一月中得受迦絺那衣過是不得受是名或時應或時不應有色應有色不應佛所聽者應佛所不聽者不應是名有色應有色不應有齊量應有齊量不應應者泥洹僧踝上三指應過是長不應是故名應不應

行路法前安居後安居隨向何處好應行向安居處安居處後有縁乞七日法是亦應行安居前後一月是亦應行不應行者夏中無縁不應乞七日冬中無縁不應行是名應行不應行人應不應者過度長過度短有諸難師僧不具是名不應應者不長不短年滿二十無諸難師僧清淨具足是名應是故名人應不應房應不應應者僧如法施地地處無諸難作應齊量是名應不應者僧不如法與地地處有諸難作過量所求甚多令檀越譏嫌是名不應此是房應不應

犯毗尼者七聚犯揵度是此七聚法應一一推其所犯縁復應推此罪當云何懺悔而得滅除復應知起此罪時初夜竟夜何時中起復是二夜中起耶復應更推前食後食晝日犯所起犯爲因人爲因法初夜所犯者不應受用而受用是也夜犯者比丘爲比丘尼説法犯也二夜犯者共未受具人過二夜明相

未現不起不出是名爲犯中前犯者中前洗足以油塗足入聚落除病犯也後食犯者先受人請中食後更餘處受請不語比座去是名犯也晝日犯者若比丘晝日露處脇著地卧是名爲犯復有晝日犯者不著泥洹僧竭支單著袈裟經行又復弟子與和尚阿闍黎過食取食不中著革屣是名晝日犯從法所起犯者得過人法不得向白衣說若同出家人知舊言不相違者可向說不應向餘者說復有因法犯者若授前人經若並誦授經者授前句受者接後句誦如此人者不應授經不並誦者上座誦前句竟下座次應誦上座所誦句若同時誦不得不得爲女人說法過五六語不得爲覆肩覆頭如是等衆多不得爲說法是名因法所犯因人所犯者長短過度不滿二十有遮法師僧不具亦不清淨非法群品受戒虛空中受戒界外受戒若授十三種非法人戒受戒不得戒者一切皆名因人犯也

所犯因六處起應推六處懺悔有犯因身起非心口有犯因口非身心有犯因心非身口有犯因身心起有犯因心口起有犯因身口心起有犯因貪欲起有犯因瞋恚起有犯因愚癡起有犯是身口愚癡所害有犯是身口瞋恚所害有犯是身口貪欲所害有犯因身非心口者初波羅夷故弄陰出精有犯是不善有犯是無記離三衣宿若故以杖手打人等比丘皆名身犯從口所起犯者第四波羅夷若共女人婬欲心麤濁語若瞋恚心語若自稱歎己身以婬欲供養我若以二無根謗

若毀呰他種姓形貌妄語兩舌如是等及餘口業所犯者是名口業所起犯從身口所起犯者第二波羅夷爲人行媒若爲房事此等及餘是名身口所犯因心所起犯者如三十事中金銀施主所與手雖不捉心作已有語淨人持著某處不語淨人言任汝所爲如比丘見他所犯覆藏不向人發露是爲心犯身心所起犯者如上身心所犯是也從身口心所起犯者如上身口心所犯是也從貪欲所起犯者初波羅夷故弄陰出精身觸口讚歎已身如是等是也從瞋恚所起犯者第三波羅夷二無根謗是也從愚癡所起犯者若比丘惡性不受人諫如是比丘皆因愚癡所起犯也身貪者初波羅夷身觸故弄陰出精及餘身貪所起者是也口貪者麤濁語爲婬欲故讚歎已身乃至及餘如此比皆名口貪也身口貪者如有母子二人出家子常來供養母母子各生貪心母語子言此是汝本所出處今還看之有何咎也子用母言即行不淨是名身口所貪也如此比衆多略說之耳從身瞋生者手自斷他命及杖打他復有比丘共白衣諍決他穀田中水令穀得死如是等瞋是名從身瞋所生從口瞋所生者若比丘語人言爲我斷某甲命若遣書如是等非一是名從口瞋所生從身口瞋所生者乘瞋心若身若口害他惱他是名從身口瞋所生從身愚癡所生者若比丘取牀敷臥具露地敷坐去時不自舉是名從身愚癡所生從口愚癡所生者若客比丘受衆僧房舍臥具去再宿不自來語不教人來語是名從口愚癡所

生從身口愚癡所生者若受衆僧房舍牀敷去時不教人舉不自舉是名從身口愚癡所生從身貪所害者有一比丘名能加僧提僧差令守寺後有一小女來至寺中即捉共行不淨此女年小根壞而死諸比丘心疑殺婬於此二處何中犯罪往問世尊佛言婬邊得罪也是名身貪所害犯也從口貪所害犯者爾時白衣疾病而卧其人有妻顔貌端正有一比丘往到問病語彼妻言可共行欲事女人答言我有夫主不得自從比丘即爲病者說法語言若作罪行久住於世後世受罪甚久若有福德命終即受天樂何用此惡活爲此病者即因此猒身方便取死諸比丘白佛佛言此人犯波羅夷是名從口所貪犯也從身口所染害者即身口貪是也

爾時有優婆夷蘇毗耶語比丘言若共我行欲者不淨欲出時應捨起去不犯比丘即用其言共行欲謂呼不犯如是展轉世尊聞之佛言此是身口所貪犯也又復身口所貪犯者有一比丘爲弟子受戒白四羯磨受戒已不爲說戒相直捨來向寺弟子在後見其本二問言君何所作答言師將此中受大戒婦即語言持戒日長今因便相見可共行欲夫即用婦言共行不淨此人所以行不淨者不識戒相故爾佛聞已制戒從今已去受戒已即爲受戒者說戒相令知是名身口所貪犯也身瞋恚所害者秉瞋心手自斷他命是名身瞋心害犯也口瞋害犯者遣使殺人是名口瞋害犯也身口瞋恚所害者身自殺口語人殺是名身口瞋所害犯也身愚癡所害者

若屬他木若果若樹不語主輙取是名身愚癡所害犯也口愚癡所犯者若有比丘見比丘所作不是語言長老此所作不如法不須重作答諫者言我不用大德語當更問有智慧者此名口愚癡所犯也復有口愚癡所犯者衆僧說戒時語言何用說此微細戒爲此亦是口愚癡所犯也復有人僧說戒時作如此語汝等所說我等數數聞他何須更說也是名口愚癡所犯也身口愚癡所犯者若二三人教一人令殺去者言可爾即往殺之是名身口愚癡所犯也不善犯者是凡夫人故作所犯及學人故作所犯是何者犯是無記凡夫人非故心作忘誤作學人及阿羅漢忘誤作名爲無記有犯憶念懺悔者若知而故作者重若愚癡不解作者輕重者若一人前若衆僧前懺悔得除輕者心念口言除也此是犯突吉羅惡口罪也一切不善無非突吉羅突吉羅者皆名惡作也死人未壞屍上取糞掃衣穿墻壁出死屍置外門屍上取糞掃衣離上有衣謂糞掃衣取皆輕心念懺悔即除是身所犯若有所犯說戒時至不得懺悔當自憶持說戒竟然後懺悔有忘誤犯者心念自責滅也心念自責滅者衆學中不故作者是故作下者一人前懺悔者名輕也故作中者自性偷蘭波逸提波羅提提舍尼是名中犯一人前悔也重者十三僧殘僧殘邊偷蘭波羅夷邊偷蘭此是懺悔中重者不可悔者四重突吉羅波逸提偷蘭此罪不可悔也若比丘共諍欲除罪者先共鬪者懺悔如草敷泥上令人過不汙共和合懺悔覆惡上得

生善然後悔過所犯也阿浮呵那懺悔如上文所說滅鬭諍言訟毗尼者相打惡罵是名爲鬭諍者朋黨相助是名爲諍言者徹斷事官故名爲言訟者各說事理是非名爲訟也鬭有三種善不善無記復應推諍緣因何而起云何懺悔而得滅也此諍爲初夜起中夜起後夜起爲前食起後食起中後起爲二夜起爲因法起爲因人起也因初夜起者此初夜𤛓或言過初夜中飲或言不中乃至長短非法群品受具或言得或言不得因是起鬭如是一切皆如上犯毗尼文中說此諍緣根本有六分別十八何者爲六一者瞋恚二者惱害三者幻僞四者慳嫉五者見取六者邊邪二見瞋者面色變異令人可怖惱害者能害他令惱幻僞者心不真實詐作虛事是名幻僞慳嫉者貪前物不欲與人名之爲慳嫉者見他所得生惱是名爲嫉見取者取已所見爲是他見爲非是名見取邊見者見續爲常見滅爲斷邪見者謗無因果是名六處所起何者十八種分別上起從法非法乃至說非說十八種上起鬭是名諍根本聚也此鬭聚有二因緣滅一者人現前二者推求所起處如六群比丘住舍衛城向阿梨跋提河上浴脫衣著岸上後迦留陀比丘來脫衣著六群衣上出時不審諦著六群比丘衣去六群謗迦留陀盜衣即屛處爲作羯磨迦留心疑往白世尊佛言汝取衣時作何等心取迦留言作已想取佛言若如是者不犯盜也因此即制從今已去要具二緣一推其緣二人現前然後作滅毗尼是名滅諍毗尼斷煩惱毗

尼者此毗尼斷欲界色界無色界見諦修道
使纏是名滅煩惱毗尼使者隨逐行人不令
修善是使義久來所習難捨是使義能使人
沉没惡道是使義繫縛行人在生死中是使
義能使人受身相續不絶是使義不斷煩惱
是使義怨家是使義方便不捨是使義作惡
不斷是使義十使者見使疑使戒取使欲染
使恚使色染使無色染使無明使慢使掉使
纏者無明纏瞋恚纏懈怠纏睡纏調纏悔纏
疑纏自貪已物纏復貪他物纏從是生鬬諍
競訟因此後生害心纏縛行人不令解脱是
名纏義又復纏者我見纏疑纏戒取纏欲纏
恚纏慳纏嫉纏無明纏慢纏調纏此十纏即
是十結是故名纏欲界所攝十二居止色界
二十二居止無色界四居止見諦所斷身見
戒取疑何者修道所斷薄欲界貪欲瞋恚無
明得斯陀含果斷欲界貪欲瞋恚無明盡得
阿那含果斷色無色界貪欲無明盡得阿羅
漢果此所起煩惱應推求何處起何處滅起
處者於結使起處生貪著染心能生一切煩
惱何者結使起處眼見身色生愛著心計以
爲常亦計我乃至意法亦如是外六塵中六
識内六觸六受六愛六覺六觀乃至五陰十
二入四大識眷屬觀此以爲我以爲常因此
五陰十二入十八界上起我起常故能生結
使一切煩惱凡有五百故言一切也是名所
起處聚滅聚者於煩惱起處法中生過患想
眼見身色乃至意法作無常無我觀識眷屬
作無常苦病癰毒箭在身空無我觀作此觀
已能斷一切煩惱是名滅聚處也欲斷煩惱

要作五種觀行無常行苦行空行無我行寂滅法無常行者念念不住病壞所加是名無常苦者如癰如病如箭入心如物壞生苦是名苦行空者觀我我所皆如幻化無有實法是名爲空無我行者觀一切諸法皆無有我無常苦二行總觀一切有漏法空無我二行通觀有漏無漏法寂滅義無有生死變易故名寂滅法也是故行者常應繫心在五行觀也所觀境界者五陰十二入十八界十二因緣乃至作六念處觀及寂滅法身念處安般念處乃至四無量心念處食不淨想乃至斷想雜阿含中應廣知若作骨想壞想從足至頂作不淨觀乃至散滅想此是心所緣境界若住三空中隨用何門觀而斷結使是名住三解脱門若行人住地中時應觀六地一者白骨觀地二者性地三者八人地四者薄地五者離欲地六者已作地是名住地見諦中所應斷者有六一身見二疑三戒取四向惡道欲五向惡道恚六向惡道癡修道所應斷一欲染二恚三色染四無色染五無明六慢七調斷如此七煩惱便得證果斷三結得須陀洹欲染恚薄故得斯陀含欲染恚斷故得阿那含一切結盡故名阿羅漢是故言此等斷故得果以果分别於人得須陀洹果故名須陀洹得斯陀含果故名斯陀含得阿那含果故名阿那含得阿羅漢果故名阿羅漢是名斷聚集處比丘毗尼受具足者或應或不應乃至齋量或應或不應或聽或不聽應齋量聽不應不聽有犯不犯如法者不犯不如法者犯如此次第應推鉢乃至房應不應如

上文所說一切受具足人相應者鉢囊革屣針筒禪帶袈裟帢紐繩腰繩盛眼藥筒筋藥器頭上帽水漉如是等物有應不應是名比丘毗尼比丘尼毗尼者受具足比丘尼或應或不應若齊量者不犯不齊量者犯亦應次第推鉢乃至房若諸比丘尼得鉢即自受持一餘者若作淨施若遣與人若泥洹僧竭支如上說覆瘡巾如上說浴衣如上說衣乃至房如比丘經中說式叉摩尼得自取食今日取明日得食餘者皆如大比丘尼法學是名比丘尼毗尼少分毗尼者比丘有二百五十法比丘尼有五百法式叉摩尼如大比丘尼法但除自取食食取已至明日故得食沙彌尼優婆塞優婆夷各自有戒皆是其人毗尼是名少分毗尼一切處毗尼者一切淨持戒淨心戒淨慧戒應當學一切微細戒盡應如重持之乃至究竟令梵行波羅提木叉戒使得清淨一切身善行口善行意善行應隨順行正見乃至正定優婆塞優婆夷應當除其邪婬乃至遠離殺生邪見是名俗人戒也推求所犯輕重衆及起處緣可滅不可滅經

毗尼母論卷第八

音釋

梐部禮切 瘃株玉切寒瘡也 襯初覲切近身衣也 咽因蓮切喉也 踝戶瓦切足骨也

律二十二明了論

陳三藏法師真諦譯

清刻龍藏佛說法變相圖

律二十二明了論

正量部佛陀多羅多法師造

陳三藏法師真諦譯

如本二十二明了論能分別解釋律所立名我今當說偈曰毗尼毗曇文所顯與戒及護相應人釋曰由對治上心惑應說諸護數量三界上心惑有二百九十四是彼所起非護亦有二百九十四爲對治彼有善及無覆無記諸護合有五百八十八是人與此對治護相應復有別釋欲界上心惑有一百三十七從此隨一上心惑能染汙眼根地於第四心及初至心此眼根不護有一百二十七如眼根耳根亦爾鼻舌身根不護各有二十五如眼耳根意根不護亦爾有一百三十七爲對治彼應知二品護合有九百七十二色界上

心惑有八十六從此隨一上心惑能染汙眼根地所生不護有八十六爲對治彼二品護各有八十六耳根意根不護及護亦爾色界身根不護有十四能對治彼二品護各有十四無色界上心惑有七十一從此隨一上心惑能染汙心地所生不護有七十一爲對治此二品護各有七十一三界護合有一千六百五十八是人與此對治護相應偈曰諸佛所護修三學不看他面我當說釋曰若人與如此等護相應此人能歡喜如來由二功德相應故是故諸佛讚歎此人修三學者於諸佛正法正學有三謂依戒學依心學依慧學此三學生起位在忍名相世第一見地修地中或依三業道立三學或依道分立三學或依三藏立三學或依三法身立三學由此義是人於名句字義及正行心明了無疑是故自在不繫屬他故說不看他面略釋如此因前所說護約正業正語正命更釋此人功德偈曰明八戒護九十六分別差別義相應釋曰云何八明了戒約道三分分別爲九十六戒本有二種謂身業口業云何分別此爲八此中身業有四種一離殺生二離偷盜三離邪婬四離非口業有四種一離妄語二離破語三離惡語四離非應語此八種業由身由口由心若自受有二十四若教他受亦有二十四若見他受行生隨喜心亦有二十四若自行先所受亦有二十四此四二十四合成九十六復次身四種邪業若由無瞋無癡善根所離成八說名正業口四種邪業若由無瞋無癡所離成八說名正語身口八邪業若

由無貪所離成八說名正命若自受令他受見他受行生隨喜自行先所受各二十四約聖道分判此八明了戒合九十六是人與如此等戒相應偈曰倍二十一千福河流善法水洗除汙釋曰云何倍二十一千福河成四萬二千福河律中如來所立戒有四百二十於婆藪斗律有二百戒於優波提舍律有一百二十一戒於比丘尼律有九十九戒此四百二十戒中隨一一戒各能生攝僧等十種功德一一功德能生十種正法謂信等五根無貪等三善根及身口二護合成四萬二千福河由此福河恒能洗浣破戒垢汙餘義在波羅提木叉論中應知偈曰解戒五相九毗尼釋曰如諸佛所立戒於一一戒中應了別五相一緣起二起緣起人三立戒四分別所立戒五決判是非此中初波羅夷緣起者於鞞舍離國由飢餓難事爲緣起起緣起人者是須陳那比丘立戒者若比丘共餘比丘於學處至得同命未捨戒不顯自身羸弱更行婬欲法乃至於雌畜生犯波羅夷無共住分別所立戒者此中何者爲比丘性謂依圓得至得乃至由犯此罪不得共住決判是非者此中比丘於三處犯波羅夷乃至說戒究竟於一一戒應知皆有五相若人能如理了別此五相義此人必定能解九毗尼義何者爲九一比丘毗尼二比丘尼毗尼三二部毗尼四罪毗尼五惑毗尼六有願毗尼七無願毗尼八一處毗尼九一切處毗尼比丘毗尼者如故意出不淨如此等相罪但屬比丘毗尼比丘尼毗尼者如獨行如此等相罪但屬比

丘尼毗尼二部毗尼者是二部所學處如初波羅夷如此等相罪屬二部毗尼罪毗尼者八緣起所生諸罪如法對治除滅惑毗尼者三界五部惑九永斷智及滅有願毗尼者是十種學處無願毗尼者是正羯磨竟時四萬二千學處並起一處毗尼者如受戒洗浴等事一切處毗尼者謂一切時應共學處若人能如理了別此九毗尼義此人必定能解五部等義偈曰解罪五部八緣起釋曰律中說罪有五部第一波羅夷部有十六罪第二僧伽胝施沙部有五十二罪第三波羅逸尼柯部有三百六十罪第四波胝提舍尼部有十二罪非四部所攝所餘諸罪共學對及婆藪斗律所說罪一切皆是第五獨柯多部攝若人能如理了別五部罪此人必定能解八緣

起所生罪罪生起因有八種一有罪從身生不從口意生如不閉戶共非大戒眠等二有從口生不從身意生如善心爲女人說法過五六語等三有從意生不從身口生如心地諸罪四有從身口生不從意生如善心爲男女行婬使等五有從身意生不從口生如故心出不淨等六有從口意生不從身生如染汙心對女人說顯示婬欲語等七有從身口意生如有染汙心爲男女行婬使等八有不從身口意生如先對人說大妄語彼人不解此人已對治三方便後時彼人若追解其語此人即得波羅夷罪若人能如理了別八緣起所生罪義此人必定能解七罪聚等義偈曰解七罪聚五布薩釋曰律中說罪聚有十一波羅夷聚謂四波羅夷二僧伽胝施沙聚

謂十三僧伽胝施沙三偷蘭遮邪聚謂一切二聚不具分所生偷蘭遮邪四尼薩耆波羅逸尼柯聚謂三十尼薩耆波羅逸尼柯五波羅逸尼柯聚謂九十波羅逸尼柯六波胝提舍尼聚謂四波胝提舍尼七非六聚所攝罪及六聚不具分所生罪及學對如此一切入過毗尼聚攝若人能如理了別七罪聚義此人必定能解誦波羅提木叉布沙他布沙他時説波羅提木叉有五種一誦波羅提木叉緣起二誦至四波羅夷三誦至十三僧伽胝施沙四誦至二不定法五廣誦乃至戒盡若人如理能了別五布沙他義此人必定能解四失四得義偈曰解四種失及四得釋曰於佛正法中有四種失一戒失二行失三見失四命失此四失勝相云何是破戒處破戒人於佛正法中爲修見諦行是人不可拔濟譬如樹葉已萎黄不得久住是名戒失行見命失相應知亦爾四得者謂戒行見命極清淨彼清淨以五根爲體能感三根是彼極清淨如前所説如此等處若人能如理了別此人於律則明了不看他面偈曰能善簡擇罪三角釋曰此二或名三角或名三道此二是二不定名諸罪三角三道故不定者於此中諸罪不定譬如不定聚能通一切罪中故説不定譬如第四定是不定諸罪因故故名不定何以故一切罪部聚説緣起所生於中皆具足有餘師説此二不定似律本義律餘文句皆爲釋此若人於二不定中能攝應律義從此二所生罪於律中能顯是名能善簡擇罪三角若人能如理了別罪三角義此人必定

能解想眞實義偈曰解想眞實立學處釋曰律中說學處有二種一想學處二眞實學處復有想眞實學處此中若人犯一戒觀察彼意後方分別此罪從想生起此罪從眞實生起此罪從二生起此中如於初波羅夷有想有眞實若人至癡狂法故不覺觸或由正思惟不噉觸味於非道起道想於道起非道想噉觸味此中約想判罪於女男黃門人非人畜生下門女根及口中起顛倒想此中約眞實判罪由此道理於二判罪亦爾於我所立波羅提木叉論中從一切學處想罪及眞實罪悉攝顯在此義中爲離繁文是故略說偈曰自性立制所有戒如理分別能解說釋曰是前所說想罪眞實罪由此罪門佛所立學處有三種一性罪二制罪三二罪此中性罪者若是身口意惡業所攝或由隨惑及惑等流故犯復於此過犯中故意所攝有染汙業增長與此俱有罪相續流是名性罪異此三因所犯或由不了別戒或由失念或由不故意過犯此中若無惑及惑等流又無念念增長是名制罪若具二相是名制性二罪若人能如理了別此學處義此人於律則明了不看他面偈曰了別二部所作業釋曰律中說羯磨有三種一唯比丘羯磨非比丘尼二唯比丘尼羯磨非比丘三二部共羯磨一切處與大戒羯磨唯是比丘羯磨和合許受大戒羯磨唯是比丘尼羯磨宿住摩捺多阿悔也那等羯磨所有餘白四等羯磨於自部他部是比丘羯磨此等羯磨若比丘尼於自部作亦得成若人能如理了別此三羯磨義此人

必定能解破僧因緣等義偈曰解破非破類及時釋曰律中佛說有十四能破僧和合因緣如律所說次第此中非法者五邪道分法者五正道分非毗尼者三邪道分毗尼者三正道分罪者違如來所立制非罪者隨順如來所立制重者有二種一由罪二由制輕亦爾各各學處應知輕重有殘者僧伽胝施沙等無殘者四波羅夷不可治者四波羅夷十三中隨一若已犯二邊不可知僧所立最惡滅諍羯磨如此等翻此名可治麤者有二種有由犯意有由罪翻此名非麤非如來說非如來教彼說是如來說是如來教是如來說是如來教彼說非如來說非如來教是如來所作及所習彼說非如來所作及所習非如來所作及所習彼說是如來所作及所習如此等十四能破因緣律中十四阿毗達磨中十四廣說在律中及阿毗達磨中應知異此名非破因緣時者有二種一問難時二僧和合時偈曰解小隨小非小戒釋曰佛世尊立戒有三品一小戒二隨小戒三非小戒小戒者僧伽胝施沙等隨小戒者是彼不具分罪非小戒者四波羅夷復次小戒者諸戒中自性罪隨小戒者諸戒中所有制罪非小戒者四波羅夷等偈曰了別入家正行方釋曰家者依世間所立人民聚名家若比丘有因緣欲入家先簡擇此事後方得入謂白同戒觀察正行律中威儀結腰繩結僧伽胝紐佛所立入聚落戒皆應觀察爲行於死人處觀過失爲和合僧爲不相破爲受依止爲簡擇言說爲有食請如此等事必定應憶持此中天

廟店肆婬女處出家女外道等處應觀察遠離偈曰善解從罪三上起釋曰律中說若隨犯罪處有三種更上起法一提舍那二殘薄羯磨三壞一切罪方法約遮相續及生對治護立三種上起提舍那者了別罪因及緣起體相過失等已於可親信人邊如實顯示如理求受對治護親信人云汝見知罪不答見知於未來莫更犯答善哉汝必應更受持對治護答善哉是名提舍那淺薄羯磨者或自緣此罪起猒惡心及起受對治護心或於此罪不憶時數或對人或對僧如前具說是名淺薄羯磨壞一切罪方法者正思惟簡擇無常因等境界由此或得離欲或得聖道果是名壞一切罪方法如阿毗達磨藏中廣說應知偈曰及三顯示說罪方釋曰若人能如理了別三種上起法此人必定能解三種顯示說罪方顯示方者自心不覆藏於他說可解語顯示此罪此有三處一於大衆所二於可親信人邊三由自心正思分別如上起有三顯示亦有三偈曰立戒緣起滅長等依文善能分制廣釋曰律中由依緣起及制戒有三差別有制戒長依止有等依止有滅依止有依止長制戒有等制戒有滅制戒此義如律廣說應如偈曰罪及非罪佛所說如律毗曇之所制善解一一罪非罪釋曰律中制罪非罪各有二種罪二者或有記或無記非罪亦爾有記無記此人如理能解此二復次由別義應了別罪非罪如阿毗達磨中說由了別性由界由滅次第等差別如文言罪爲善惡無記或惡或有覆無記或自性無記爲欲界

色界無色界攝欲界攝爲有流無流有流爲心法罪心法非心法爲與心相應不相應不相應爲隨心不隨心有隨不隨若觀心生生是隨心餘非隨心與心俱起亦爾爲有色無色非色非無色爲有教無教或有教或無教有緣緣無緣緣無緣緣爲業非業業與業相應不相應不相應隨業與業俱起亦爾爲先業果報非先業果報非先業果報應修不應修不應修應知不應知應知可證不可證可證可由智不可由身可滅不可滅可滅由見及修如制罪制非罪亦爾由了别性界滅次第偈曰及上起罪五種方釋曰五方者如人犯僧伽胝施沙罪求得出離若人欲爲彼作提舍那羯磨此人必定應先憶持五種上起方法後作羯磨一觀僧伽胝施沙罪相二爲簡擇人知藏罪不藏罪相三觀業聚學處爲簡擇四部等衆四觀業相應學處爲行白四等羯磨五觀於十三僧伽胝施沙中一日夜等藏不藏爲顯有藏無藏等地立宿住摩捺多等此中僧伽胝施沙罪相者於故意出不淨罪中根本相若人已受大比丘戒若如來已制此戒若人不至癡法若人有欲心求出不淨若方便已顯於男根邊若不淨已出若或熱已息若出觸樂已生此人則犯僧伽胝施沙罪於餘略説相亦如此應知具相如波羅提木叉論説覆藏相者若人於僧伽胝施沙罪中起僧伽胝施沙罪見不欲從彼上起由無發露心藏一夜於此人此罪已被藏若人不知不憶或疑或起非罪見故藏此罪不被藏羯磨聚羯磨相應宿住等地如律本文

廣説應知此中爲離繁文是故略説偈曰善解棄捨四種類釋曰律中佛聽許比丘四種棄捨一由未作棄捨未作二由未作棄捨已作三由已作棄捨未作四由已作棄捨已作偈曰善解三衣六憐愍釋曰律中佛許六種不離三衣利益一僧和合同許羯磨所作此有二種一約迦絺那衣僧和合所作二爲行路人及有病人僧和合所作二依地所作如布薩相應學處中説三不離所作如於皮闍延多樓及剡浮樹等所四垣牆所作謂僧伽藍摩及寺舍中如轉車方便所顯五約露地所作如比丘行路四十九弓所度處相對覆地直身申臂斜衣各捉一角若相及許不離衣六住處時節所作於安居學處中廣説應知復次小便等所逼事中由他加行難所作是名於三衣六憐愍此義由轉車戒中廣説應知偈曰了別律中四種罪釋曰律中説罪有四種一切罪皆入此中攝有罪由緣起同不由罪同有罪由罪同不由緣起同有罪由罪同亦由緣起同有罪不由罪同亦不由緣起同此義於罪緣起學處中廣説應知偈曰於六戒解四親應釋曰於三十學處中有六學處行二事方淨一時間次第二罪間次第謂過十日畜長衣過十日畜長鉢舉蘇等夏月浴衣有難施衣受非親比丘尼施衣此六有二種相應謂物相應罪相應餘二十四但罪相應無物相應於中惟間罪不間物先捨物後方顯説滅罪親相應有四一從母母親相應二從母父親相應三從父母親相應四從父父親相應若人於此處中明了此人於

律則明了偈曰於七依他得圓德擇二圓德了別相釋曰律中說依他圓德有七種比丘有四種圓德一由善來比丘方得二由受三歸方得三由略羯磨方得四由廣羯磨方得比丘尼有三種圓德一由善來比丘尼方得二由遣使方得三由廣羯磨方得獨覺有量功德至得諸佛世尊無量功德波羅蜜至得合有九種圓德偈曰善解五種不實語釋曰由境界故意差別不實語有五種一能生波羅夷罪二能生僧伽胝施沙罪三能生偷蘭遮邪罪四能生波羅逸尼柯罪五能生獨柯多罪此五應依律判其自性偈曰知法自性修習類釋曰法有二種一自性法二修習類法自性法者有法非加行所生不能載出自界故此一切定是欲界法色無色界法若不能載出自界亦是自性法修習類法者於色無色界定非所噉味或於無流法中心與心相應諸法於定道五通道名想相想世第一法有覺分心與此心相應法是所餘相應法一分戒一分善根一分諸護一分加行一分身輕安一分無逼樂一分修得天眼天耳諸境界一分自在一分解脫一分出離一分道通一分一切智一分非一切智一分制入無想定滅心定涅槃至得修得諸法者律類至得有餘師說相離一分無失一分定聚一分名相出離棄捨涅槃至得如此等名修習類法所餘皆名自性法若人解自性法及修習類法此人於律則明了不看他面偈曰能解四種受命緣釋曰律中說受攝飮食有四種一身受非心受如律文若比丘申鉢心緣別

事受他施飲食廣說如本二有心受非身受如律文若人送飲食施此比丘比丘心受攝以屬已廣說如本三有身心俱受若比丘身心平等欲得所施飲食行施人至比丘邊度與比丘非所遮四非身心受如律文若比丘或以脚指或以手指畫地作界相餘人送飲食置界中此即彼受餘一切文句從廣道應知偈曰能成就受五種分釋曰有五分能成就受攝飲食一能受二能令受三物四受所五至邊此中能受者具戒比丘住於自性求得在此處能令受者除比丘及與學餘人非人畜生中隨一被教不被教若有能解此義謂此物我應施比丘物者有五種一依時量二依更量三依七日量四依一期量五依大開量此五攝一切物皆盡處所者地及水至邊者有三種一至身邊二至物邊三至器邊如制受食戒中廣說應知偈曰作殘食法有十種各各能解行彼方釋曰律中說殘食有十種一病人殘二非病人殘三等分殘四非等分殘五加行所作六非加行所作七遮食人所作八非遮食人所作九自所作十使比丘所作此義如廣說道應知若人能解此義此人於律則明了偈曰能解七種失受因釋曰佛法中物有二種謂淨不淨失受攝因緣有七種一決意棄捨二他逼奪三所變異四度異性五捨戒六捨命七正法滅没決意棄捨者若人不用此物決意棄捨與他他逼奪者若異自同類人爲屬已故逼奪變異者用聖通慧變異别物令成别物度異性者轉男成女捨戒者此物先是比丘受後捨比丘

戒猶攝屬已此物失本受捨命者約一切退失故說失受由一切滅失故受亦失正法滅沒者是時中若無一人生在剡浮洲中入人道攝或具戒或不具戒無量壽命及轉易有生聖人無復一在此時正法已滅沒由此七因緣一切受攝皆謝偈曰及三觸動未受食釋曰若堪食物未受觸動有三動一或舉二或下三或轉此觸動須觀此人決意用方可分別偈曰了別五種非成食釋曰非成食有五種一有因緣受四月請食二家邊請不具足食三教化得食四常食五憐愍食此食不礙次第傳食偈曰及四摩失有五種釋曰別住有十七種一長圓別住二四角別住三水波別住四山別住五巖別住六半月別住七自性別住八圍輪別住九一門別住十方土別住十一四廂別住十二二繩別住十三比丘尼別住十四優婆塞別住十五離牆別住十六滿圓別住十七顛狂別住此中有五種過失一破國土二破僧伽藍摩三別住相接爲一相四別住半過本別住五以別住圍繞別住於制布薩相應滅中廣說應知若人能解此義此人於律則明了偈曰七日有難隨意行善解三種九品類釋曰若人受夏月安居行出界外於此人有九種分別九種者一有事先成七日因緣後更成七日因緣二有事先成七日因緣後成有難因緣三有事先成七日因緣後成隨意因緣四有事先成有難因緣後更成有難因緣五有事先成有難因緣後成七日因緣六有事先成有難因緣後成隨意因緣七有事先成隨意因緣後更

成隨意因緣八有事先成隨意因緣後成七日因緣九有事先成隨意因緣後成有難因緣偈曰解五能成夏住因釋曰由五種因緣夏月安居得成五種因緣者一若處所有覆二若夏初十六日三若東方已赤四若人在別住中起安居心五若此有覆中無五種過失夏月安居則成偈曰及解夏住八種難釋曰若人已受夏月安居有八難因緣令棄捨安居而不犯罪一王難二賊難三人難四非人難五胷行難六火難七水難八梵行難此義於制夏住戒中廣說應知偈曰於白四等五羯磨了別功德及過失釋曰律中說一切羯磨惟有五種一單白羯磨二中間羯磨三白二羯磨四白四羯磨五所作相貌羯磨此中若但一白不說羯磨言名單白羯磨若白一分羯磨一分名中間羯磨若一白說一羯磨言名白二羯磨若一白說三羯磨言名白四羯磨此事必定應作如此量時中決事及時名所作相貌羯磨此中白二白四二羯磨四部等比丘衆必定應作餘人不得作所餘羯磨僧及三人等若作亦得成此五羯磨有五種過失一羯磨過失二衆過失三人過失四作者過失五別住過失翻此五成五德此義於制羯磨相應戒中廣說應知偈曰於遮四種學處中善解佛意爲立戒釋曰律中說遮有四種一永遮如四波羅夷所餘諸戒若一向無開者彼亦是永遮二遮所對治如律文比丘我聽諸比丘受如法憐愍如法者不犯戒淨命正行正見所餘同此類許遮應知三遮同分如律文房舍者何相若此處行四

威儀中隨一得成於餘處由行四威儀等故成或樹空或山巖或石蔭等彼亦如行房舍所攝四相似遮如律中偈言於一切正行於一切相似是略說毗尼或說名正行此義廣說如遮品中應知於此四遮中能解諸佛制立戒意此人於律則明了偈曰善解鉢衣三種量傳傳受持及依願決鉢衣量於二處如時如罪間隔方釋曰律中說鉢有三品謂下中上此中十二半波羅米蒸爲飯置鉢中高出如龜背是第一鉢半波羅減二十米蒸爲飯置鉢中高出如龜背是第二鉢二十五波羅米蒸爲飯置鉢中高出如龜背是第三鉢若略說三鉢量如此三衣量者依波胝提舍尼數量衣量廣二十指長三十指是第一衣倍此未及如來所立極衣量是第二衣減如來衣九搩手長量減如來衣六搩手廣量是第三衣此鉢及衣傳攝有二種一三傳二教他知傳受持者惟鉢及三衣依願者八種校具衣此二處有罪相應及物相應廣說如前偈曰是處方便及物主財物能成尼薩耆如此一切如次第能解三十所學處釋曰於三十中初三一過十日衣二轉車衣三待一月衣是人於中作次第方法自得畜用若不用應捨與僧若受非親比丘尼衣如前作方法更捨還比丘尼比丘尼所浣染打衣應捨與僧從非親乞得衣所送衣直直主若一人若二人應捨還彼若直主不在或不肯取應捨與僧王衣及王臣衣應捨與僧一切俱舍耶部學處所有衣等應捨與僧過十日鉢有二種用五補鉢如律文次第應知織師學處所

得衣應捨與僧以多衣餉比丘比丘若欲得應受一著一被若過此受此衣成尼薩耆應捨還物主蘇等有二種用若與比丘衣竟後瞋更奪取應還與所瞋比丘迴轉僧所應得施入已應捨還大衆夏月浴衣有難衣及結夏所離衣有二種用如此成就尼薩耆事及行對治方法若人解此義於律則明了偈曰

善能了別八尊法釋曰尊法有八種一一期比丘尼必定從比丘僧求得受具足戒二若已得百夏比丘尼若比丘是日受具足戒已是比丘尼必應作禮拜恭敬等事三隨半月半月應往比丘僧處受八尊法教四若比丘尼犯隨一尊法於二部僧應行摩捺多法五比丘尼不得惡罵毀謗比丘六比丘尼不得問難比丘及教比丘學七若此住處無比丘比丘尼不得結夏安居八若比丘尼安居竟以三處請比丘僧說問難如法受僧正教如此八尊法別相通相衆名義等於制八尊法學處中廣說應知偈曰解正教相次第方釋

曰比丘尼教中初若比丘與五德戒九德相應大衆和同請此比丘作比丘尼教羯磨若比丘受請僧作聽許羯磨或比丘尼衆或相代比丘尼正布薩時於大衆中請此比丘是時比丘僧亦請此比丘此比丘爲二部僧所請此比丘若欲爲比丘尼說教法布薩界内在大衆中應更請此比丘此比丘作如律文所説次第若略說妹汝等如此教應學若受羯磨竟不教比丘尼犯波羅逸尼柯及獨柯多若不受羯磨或無如此人大比丘衆應向比丘尼説此言比丘尼無人能教汝等是故

汝等應如律如法好行令成就偈曰於宿住等四地中解方釋曰地有四種一宿住地二已行宿住地三摩捺多地四已行摩捺多地偈曰及依五羯磨釋曰所依事有五能依羯磨亦有五若比丘心高不敬討他大衆爲此人作怖畏羯磨若比丘未明了律中罪非罪阿毗達磨中滅非滅或離依止或受沙彌依止及作大戒依學於明了人所作練羯磨若比丘於僧住處起惡汙行作驅出羯磨若比丘於在家人邊訶毀佛法僧作械除辭謝羯磨若比丘不見自有罪若見不肯行對治法或不捨邪見作不共住羯磨若人解此二處方法則於律明了偈曰善解至得五種類釋曰有物眼所至得非身所至得入筭數有物身所至得非眼所至得入筭數有物眼身所至得入筭數有物非二所至得入筭數有物眼身所至得不入筭數若人不許受是名五種至得偈曰解過毗尼有五門釋曰過律學處罪有五門一不明了二煩惱最重起三忘失正念四惡知識五無信樂心偈曰依入及界所生罪解如世間所決判釋曰世間所立法爾道理入及界有屬自有屬他有輕有重若比丘約眼耳鼻舌身心因緣於六塵起不如行或犯重罪或犯輕罪若人食毒或爲蛇所螫犯如此罪若人偷地界水界火界風界空界等亦犯波羅夷此悉從盜戒判若人善解從入界所生罪則於律明了偈曰解八種拔加絺那釋曰律中說拔除迦絺那衣羯磨有八種一竟邊二成就邊三出離邊四失邊五聞邊六過位邊七斷望邊八共拔除邊拔

除迦絺那有如此八種偈曰及迦絺那五功德釋曰受迦絺那人有五種功德一雜亂衣二不離三衣三一著一披得入聚落四不白比丘得入聚落五不觀因緣得共衆食偈曰善解二守釋曰若人已受迦絺那出界外或不得衣由有二種守迦絺那功德流一由衣守二由住處守偈曰不得戒二十人釋曰佛法律中有三十人受戒不得戒何者二十五黃門人五無間罪人汙比丘尼人誓言我非比丘人偷住人龍夜叉瘂人聾人瘂聾人不乞戒人遮人偈曰及十依謝釋曰律中說依止大人由十種因緣故謝滅一由捨戒二由命斷三由更轉作沙彌四由從佛法入外道後更還入佛法五由說誓言我非比丘六由偷住七由欲捨依止出界外八由過住如法行九由被擯十由不在界內遇見優波陀訶偈曰善解二守防惡觸釋曰守是何法謂攝意及非棄捨爲離動受所生惡觸守有二種一意欲守二器盛守意欲守者若物離鉢及食器等在別處乃至意欲在未作棄捨意於如此時此物則被受器盛守者若物已棄捨及未棄捨在鉢及食器中乃至能滅除受諸法隨一未起未失受攝此物如前被受偈曰了四羯磨及依寂釋曰律中說羯磨依有四種一依諍羯磨二依善教羯磨三依罪失羯磨四依所作事羯磨此四依羯磨由七種依寂靜所滅一現前毗尼二憶念毗尼三不癡毗尼四隨誓言毗尼五最惡毗尼六隨多毗尼七𡎺草毗尼四依羯磨七寂靜依毗尼廣說如律由七依寂靜毗尼云何能滅四依羯

磨若依諍羯磨起此以於罪不同執爲相爲二依寂靜所滅謂由現前毗尼隨多毗尼若依善教羯磨起此以問難爲相爲四寂靜依所滅謂由現前毗尼最惡毗尼憶念毗尼不癡毗尼若依罪失羯磨起此以牽出事次第爲相爲三依寂靜所滅謂由現前毗尼隨誓言毗尼嗜草毗尼若依所作事羯磨起此以一切所作羯磨爲相如應道理爲七依寂靜所滅廣說如律應知偈曰能分別四布薩業釋曰布薩羯磨有四種一四部爲初布薩名僧布薩二三人布薩名多布薩三二人布薩名雙布薩四一人布薩名單布薩偈曰智人能了五自恣釋曰自恣羯磨有五種一五部爲初自恣名僧自恣二四人自恣名多自恣三三人自恣名雙自恣四二人自恣五一人自恣皆名單自恣偈曰了別沙門生具傳釋曰沙門生具者謂鉢三衣蘇等杖囊等此中鉢若現前或非現前但令他知傳得成若衣服現前三傳或令他知傳得成若非現前但令他知傳得成蘇等杖囊等但令他知傳得成無別傳偈曰及解沙門五種淨釋曰沙門淨有五種一火觸二刀等所傷三自傷四鳥等所傷五爪等所傷此中前二與核共淨餘三但得噉皮肉不得噉核偈曰自他二人及非二能解所作沙門淨釋曰四大聚集所成生物有四種一種子生二根生三分段生四四大氣生彼淨有四種一自加行所作二他加行所作三自他加行所作四非自他加行所作此四種淨不但約一物成於聚中若一被淨所餘悉被淨若人能解此等義於律則

明了偈曰了義能顯明了德謂五五十尊師德此人圓滿佛所讃毗那耶師德相應釋曰優波陀訶及所依止人有五五十功德此中隨得一五德此人堪作優波陀訶及依止師五種五十者一解罪相二解罪緣起相三解非罪相四解出離罪方五十夏是第一五一有戒二多聞三大智四能撩理病人五十夏是第二五一有戒二多聞三大智四能簡擇令離諸見體用五十夏是第三五一有戒二多聞三大智四能令出離有難方五十夏是第四五一有戒二能撩理病人三能令離惡作憂悔四能簡擇令離諸見體用五十夏是第五五戒病惡作諸見十夏是第六五戒病惡作多聞十夏是第七五戒病惡作大智十夏是第八五戒病諸見多聞十夏是第九五

戒病諸見大智十夏是第十五此合是第一五十戒病難方多聞十夏是第一五戒病多聞大智十夏是第二五圓滿戒正行相應正見相應能撩理病人十夏是第三五戒病多聞能令離已生未生惡作憂悔十夏是第四五戒正行正見諸見十夏是第五五戒正行正見難方十夏是第六五戒正行正見多聞十夏是第七五戒正行正見大智十夏是第八五戒正行正見能教弟子於依戒學十夏是第九五戒正行正見能教弟子於依心學十夏是第十五戒此合是第二五十能教弟子於依慧學亦五是第一五於三中能令自身勤學十夏此即三五能教弟子於依正行學十夏是第五五能教弟子於依梵行學十夏是第六五能教弟子於依波羅提木叉學

十夏是第七五於三中能令自身勤學十夏此即三五此合是第三五十戒正行正見能教弟子於依有學戒十夏是第一五於依有學定亦五於依有學慧亦五於依有學解脫亦五於依有學解脫知見亦五於五中能令自身勤學十夏亦五五約自他合是第四五十戒正行正見能教弟子於依無學戒十夏是第一五於依無學定亦五於依無學慧亦五於依無學解脫亦五於依無學解脫知見亦五於五中能令自身勤學十夏亦五五約自他合是第五五十如此五五十功德能顯明了人若人能了別如此義此人與佛所說具足律師功德相應偈曰於此等義心決了由讀誦文事行師此人於律即明了佛說此人不依他釋曰如前所說如此等處若人讀誦文句已熟簡擇義已成事能行人已竟此人於律則明了是故佛說此人由無知疑心不生故是故於三義自在不看他面本偈云毗尼毗曇文所顯與戒及護相應人諸佛所讚修三學不看他面我當說此本偈是法師立誓謂我當說此明了人由此等因緣顯明了義此誓已成說二十二明了論已此論是佛陀多羅多阿那含法師所造爲憐愍怖畏廣文句人故略攝律義

律二十二明了論

陳光大二年歲次戊子正月二十日都下定林寺律師法泰於廣州南海郡內請三藏法師俱那羅他翻出此論都下阿育王寺慧愷謹爲筆受翻論本得一卷註記解釋得五卷論有二十二偈以攝二十二明

了義長行或逐義破句釋之諸句不復皆
相屬著今謹别抄二十二偈置於卷末庶
披文者見其起盡也
毗曇毗尼文所顯　與戒及護相應人
諸佛所讃修三學　不看他面我當説
明八戒護九十六　分别差别義相應
倍二十一千福河　流善法水洗除汙
解戒五相九毗尼　解罪五部八緣起
解七罪聚五布薩　解四種失及四得
能善簡擇罪三角　解想眞實立學處
自性立制所有戒　如理分别能解説
了别二部所作業　解破非破類及時
解小隨小非小戒　了别入家正行方
善解定罪三上起　及三顯示説罪方
立戒緣起滅長等　依文善能分别廣
罪及非罪佛所説　如律毗曇之所制
善解一一罪非罪　及上起罪五種方
善解棄捨四種類　善解三衣六憐愍
了别律中四種罪　於六戒解四親應
於七依他得圓德　擇二圓德了别相
善解五種不實語　如法自性修習類
能解四種受命緣　能成就受五種分
作殘食法有十種　各各能解行彼方
能解七種失受因　及三觸動未受食
了别五種非成食　及四摩失有五種
七日有難隨意行　善解三種九品類
解五能成夏住因　及解夏住八種難
於白四等五羯磨　了别功德及過失
於遮四種學處中　善解佛意爲立戒
善解鉢衣三種量　傳傳受持及依願

決鉢衣量於二處　如時如罪間隔方
是處方便及物主　財物能成尼薩耆
如此一切如次第　能解三十所學處
善能了別八尊法　解正教相次第方
於宿住等四地中　解方及依五羯磨
善解至得五種類　解過毗尼有五門
依入及界所生罪　解如世間所決判
解八種拔迦絺那　及迦絺那五功德
善解二守不得戒　二十人及十依謝
善解二守防惡觸　了四羯磨及依寂
能分別四布薩業　智人能了五自恣
了別沙門生具傳　及解沙門五種淨
自他二人及非二　能解所作沙門淨
了義能顯明了德　謂五五十尊師德
此人圓滿佛所讚　毗那耶師德相應
於此等義心決了　由讀誦文事行師
此人於律則明了　佛說此人不依他

已上二十二偈竟

律二十二明了論

音釋

萎邑危切蔫也　絺丑知切　剡以冉切　餉式亮切饋也　螫施隻切蟲行毒也　撩憐蕭切理亂謂之撩理

二頌一讚同卷

清刻龍藏佛說法變相圖

二頌一讚同卷

根本說一切有部毗柰耶尼陀那目得迦攝頌

根本說一切有部毗柰耶雜事攝頌

普賢菩薩行願讚

根本說一切有部毗柰耶尼陀那目得迦攝頌（尼陀五十二頌 目得迦四十八頌）

唐三藏義淨奉　制譯

尼陀五十二頌

大門總攝頌曰

初明受近圓　次分亡人物　圓壇幷戶鏁

菩薩像五門

別門初總攝頌曰　此有十事盡不截皮

近圓知日數　界別不入地　界邊五衆居

不截皮生肉

第一子攝頌曰

近圓男女狀　非近圓爲師　難等十無師

莫授我七歲

第二子攝頌曰

日數每應知　告白夜須滅　六日十八日

說戒不應頻

第三子攝頌曰

界別不告淨　亦不爲羯磨　乘空不持欲

解前方結後

第四子攝頌曰

不入界捨界出放光說二頌

樹界有世尊　不越及可越　羯磨者身死

第五子攝頌曰

地墻等秉事　結界無與欲　但於一處坐

得爲四羯磨

第六子攝頌曰

大界兩驛半　下水上山巔　異見明相過

五衆受七日

第七子攝頌曰

五衆坐安居　親等請日去　於經有疑問

求解者應行

第八子攝頌曰

假令不截衣　有緣皆得著　衣可隨身量

若短作篇衣

第九子攝頌曰

不畜五種皮　由有過失故　開許得用處

齊坐臥容身

第十子攝頌曰

生肉及諸醋　有五種不同　痔病爪不傷

迴施知希望

別門第二總攝頌曰

分亡及唱導　張衣授學人　重作收攝驅

求寂同墻上

第一子攝頌曰

分亡者衣物　互無應互取　見鬭應須諫

隨頭向處分

第二子攝頌曰

唱導乘車輿　得衣應舉掌　僧伽獲衣利

凡聖可同分

第三子攝頌曰

有張有不張　有出有不出　若在於界外

聞生隨喜心

第四子攝頌曰

授學等不秉　作法不成訶　十二人成訶

不淨犯根本

第五子攝頌曰

更應重作法　勿使求寂行　守護善用心

見處離聞處

第六子攝頌曰

收攝於界內　於衆心降伏　截柱及門框

尼等同驅擯

第七子攝頌曰

破戒應驅逐　伏處亦皆除　惱俗應收謝

餘衆咸同此

第八子攝頌曰

與求寂令怖　爲受成近圓　五法成就時

五夏離依去

第九子攝頌曰

同分非同分　有齊限及無　有覆無覆殊

名一種便異

第十子攝頌曰

不墻上行法　非於一二三　不對破戒人

不取授學欲

別門第三總攝頌曰

圓壇求寂墮　一衣烟藥器　鐵椎髮及門

不應隨鐵作

第一子攝頌曰

圓壇及天廟　兩驛半依止　無鉢不度人

鉢等不書字

第二子攝頌曰

求寂墮鉢破　開餘存念者　作二種薰籠

并隨所須物

第三子攝頌曰

一衣不五作　澡浴可遮人　於褥不剃頭

病人隨服食

第四子攝頌曰

烟筒壞色衣　鼻筒飲水器　針筒非寶物

眼藥合并椎

第五子攝頌曰

藥器及氍毹　承足枯瀉藥　苾芻不應作

當擇死人衣

第六子攝頌曰

鐵椎并杵杓　身自不負擔　以食供父母

毛緂不充衣

第七子攝頌曰

髮爪窣堵波　任作鮮白色　隨意安燈處

一畔出高簷

第八子攝頌曰

門戶并簷屋　及以塔下基　赤石紫礦塗

此等皆隨作

第九子攝頌曰
不應以橛釘　及昇窣堵波　開許金銀華
塔上以舍蓋
第十子攝頌曰
鐵作窣堵波　及以金銀等　許播旗供養
并可用香油
別門第四總攝頌曰
户鑁隨處用　露衣大小便　染衣損認衣
賒衣果無淨
第一子攝頌曰
户鑁倚帶網　取米爲衆食　寺内作利房
居人應受用
第二子攝頌曰
隨處當用物　營作人所須　器具食燈油
隨施主應用

第三子攝頌曰
令雨露僧物　夜半共分牀　小座並依年
敷席咸同此
第四子攝頌曰
大小便利處　經行不惱他　洗足及拭鞋
第五子攝頌曰
釜篋不奪用
染釜及水瓶　僧鉢并飲器　刀石爪鼻物
支牀不問年
第六子攝頌曰
羯恥那衣損　絣線正縫時　染汁雜物等
用時不應奪
第七子攝頌曰
外道覆認衣　作記死時施　有五種親友
得法獨應行

第八子攝頌曰

賒取他衣去　及爲他和市　不高下買衣

應二三酬價

第九子攝頌曰

果園差修理　四種不應分　果熟現前分

觀時莫諠戲

第十子攝頌曰

無淨人自行　自取不應食　不還開其病

結界證耕人

别門第五總攝頌曰

菩薩像供養　吉祥大衆食　大會草稕居

集僧鳴大鼓

第一子攝頌曰

聽爲菩薩像　復許五種旗　爲座置尊儀

纖竿隨意作

第二子攝頌曰

供養菩薩像　并作諸瓔珞　塗香及車轝

作傘蓋旗旛

第三子攝頌曰

吉祥并供養　華鬘及香合　諸人大集時

晝開門夜閉

第四子攝頌曰

大衆集會食　薜舍佉月生　香臺五六年

並應爲大會

第五子攝頌曰

大會爲草稕　不應雜亂坐　應打揵椎鼓

告時令普知

第六子攝頌曰

集僧鳴大鼓　供了去幢旛　若多獲珍財

隨應悉分與

目得迦四十八頌

大門總攝頌曰

最初為懺謝　第二定屬物　第三資具衣

目得迦總頌

別門第一總攝頌曰

懺謝草田中　合免王影勝　糖酥根等聽

狗肉盞甘蔗

第一子攝頌曰

懺謝非近圓　觀求寂相貌　苾芻與尼法

若互秉皆成

第二子攝頌曰

草田村略說　生心褒灑陀　賊縛不同僽

六開僧教罪

第三子攝頌曰

合免者應放　穿渠遣眾行　一日至四旬

皮肉皆不淨

第四子攝頌曰

影勝王牀施　王母物入僧　烏鵶鶴鷲鵰

苾芻不應食

第五子攝頌曰

狗肉不應噉　并食屍鳥獸　及以同蹄畜

亦不食獼猴

第六子攝頌曰

小盞及衣角　皮葉等有過　除其鐵一種

餘物任情為

第七子攝頌曰

甘蔗酪肉麻　藥有四種別　大麻蔓菁粥

根等粥應食

第八子攝頌曰

開許砂糖飲　得為七日藥　生心為五事

盖彼應共分
第九子攝頌曰
醫教應服酥　油及餘殘觸　并開眼藥合
除十爲淨廚
第十子攝頌曰
根莖葉華果　皆應淡酒浸　水攪而飲用
并許其異食
別門第二總攝頌曰
定物有主處　須問憍薩羅　從像豫先差
大減會尼衆
第一子攝頌曰
定物不應移　莫拾賊遺物　屍林亦復爾
隨許並應收
第二子攝頌曰
有主天廟物　苾芻不應取　看病人不應
勸他捨法服
第三子攝頌曰
物須問施主　衆利可平分　二大合均分
餘衆應加減
第四子攝頌曰
憍薩羅白氎　佛子因淪褻　窣利芨多緣
廣論營造事
第五子攝頌曰
從像入城中　受吉祥施物　旗鼓隨情設
苾芻皆不應
第六子攝頌曰
預先爲唱令　五衆從行城　應差掌物人
尼無別輪法
第七子攝頌曰
應差分物人　上座宜準價　不得輙酬直

索價返還衣

第八子攝頌曰

寺大減其層　將衣者應用　恐怖若止息

準式用僧祇

第九子攝頌曰

若有大聚會　鳴鼓集衆僧　衆大別爲行

檢校人先食

第十子攝頌曰

凡於尼衆首　應安一空座　爲待餘苾芻

孤苦勿增價

第三別門總攝頌曰

資具衣愚癡　若差不用俗　正作長者施

剃刀窣堵波　餅酪菓承水　及洗鉢等事

此之十二頌　總攝要應知

第一子攝頌曰

十三資具物　牒名而守持　自餘諸長衣

委寄應分別

第二子攝頌曰

癡不了三藏　此等十二人　失性復本時

訶言應採録

第三子攝頌曰

若差十二人　斯語成訶法　受時言我俗

此不成近圓

第四子攝頌曰

不用五種脂　隨應爲説戒　因億耳開粥

王田衆應受

第五子攝頌曰

俗人求寂等　並不合同坐　兩學有難緣

同處非成過

第六子攝頌曰

正作不令起　隨年坐染盆　應共護僧園
勿燒營作木
第七子攝頌曰
長者所施物　問已應留舉　隨處莫廢他
洗身方入寺
第八子攝頌曰
剃刀并鑷子　用竟不應留　便利若了時
無宜室中住
第九子攝頌曰
窣堵波圍繞　廣陳諸聖迹　濁水隨應飲
若鹹分別知
第十子攝頌曰
餅酪等非汙　亦可內瓶中　洗足五種瓨
齊何名口淨　葉手承注口　多疑流鉢中
舉糧持渡河　縱觸非成過　洗鉢應用心

他觸問方受　換食持糧等　無難並還遮
別門第四總攝頌曰
與田分不應　赤體定物施　僧衣字還往
甘蔗果客褚
第一子攝頌曰
與田分相助　車船沸自取　烏鵲蠅無慚
制底信少欲
第二子攝頌曰
不應令賊住　及以黃門等　乃至授學人
行籌破僧衆
第三子攝頌曰
不赤體披衣　冒雨向廚內　便利宜縫補
和泥福久增
第四子攝頌曰
定物施此中　不應餘處食　若有將去者

並須依價還

第五子攝頌曰

僧衣題施主　別人施私記　氎毹許別人

尼夏應修理

第六子攝頌曰

若還往衣物　送來應爲受　爲衆取他財

將衆物還價

第七子攝頌曰

甘蔗等平分　不應分口腹　四事無分法

臥具夜不行

第八子攝頌曰

果由藥叉施　淨之方受食　餘者爲漿飲

不燒地燈臺

第九子攝頌曰

客舊宜詳審　授受分明付　五開應總閉

肘短可隨身

第十子攝頌曰

裙及僧脚攲　香泥汙衣洗　取食除多分

須知十種塵

根本説一切有部毗柰耶尼陀那目得迦攝頌

根本說一切有部毗柰耶雜事攝頌

唐三藏義淨奉制譯

此雜事中總有八門以大門一頌攝盡宏綱一一門中各有別門總攝八頌就別門中各有十頌合九十頌并內攝頌向有千行若能讀誦憶持者即可總閑其義

大門總攝頌曰（總有八頌攝）

瓶石及牛毛　三衣并上座　舍利猛獸筋
苾芻尼除塔

第一別門總攝頌曰

瓶指剪爪鉢　鏡生支蹈衣　水羅生豆殊
洗足裙應結

別門子攝頌十行

瓶指石白土　牛黃香蓋眼　打柱等諸緣
瓔珞即應知　剪爪髮指光　春時飡小果
渴聽五種藥　廣說大生緣　綴鉢畜資具
刀子及針筒　并衣損有三　是大仙開許
照鏡并鑒水　不應用梳刷　項上留長髮
浴室栗姑毗　生支當護面　不爲歌舞樂
許作歌詠聲　用鉢有四種　蹈衣并諸袋
褥及於坐具　有緣離三衣　六種心念法
水羅有五種　器共一衣食　露形噉飲食
洗浴事應知　豆生不淨地　吐食指授索
銅器不應爲　盛鹽等隨畜　應爲洗足處
及以灌足盆　熱時須扇風　蚊蟲開五拂
結下裙不高　不持於重擔　若病許杖絡
服蒜等隨聽

第二別門總攝頌曰

牛毛并傘蓋　披緂勝鬘緣　出家藥湯瓶
門扇鎚斤斧

別門子攝頌十行

牛毛及隱處　同牀不獨被　若得白色衣
染覆方應用　傘蓋無後世　歌聲不放火
遊行見依止　毛緂不翻披　披緂聽不聽
惡聲不置鉢　衣開五種紐　應知條亦三
勝鬘惡生事　次制諸瓔珞　金條及彩物
斯皆不應畜　出家有五利　不捉錢授學
大衆說伽他　烟筒漱聽許　藥湯應洗浴
灌鼻開銅盞　乘輿老病聽　須知便利事
水瓶知淨觸　願世尊長壽　因斯尼涅槃
噉嚼俱開五　安門扇鈕孔　皮替處中窻
內闊網扇樞　開居須半甲　鐵鎚及鎗子
鐵揷井木杴　釜牀竈三百　斧鑿衆皆許
許斤斧三梯　竹木繩隨事　下灌造寺法
說難陀因緣

第三別門總攝頌曰

三衣及衣架　河邊造寺鹽　拭面拭身巾
寺座刀應畜

別門子攝頌十行

三衣條葉量　牀脚拂遊塵　行處著氍毹
衦石須時畜　衣架及燈籠　勿使蟲傷損
熱開三面舍　可記難陀身　河邊制齒木
羅怙遣出門　合詞不合詞　二行應與服
造寺安簷網　廣陳掃地緣　求法說二童
熱時聽造舍　石鹽安角內　藥器用氍毹
安替誦經時　以物承其足　拭面巾疎薄
唾盆并襯體　鐵槽砌基地　日光珠浣衣
拭身覆地咽　石器生疑惑　染衣有多種
隨意盡伽藍　造寺所須物　穿牀禮敬儀
別畜剃髮衣　華鬘挂眠處　好座并牀施

香泥及鉢籠　油器法語行　衣袋持三索
須剃刀應畜　及剪甲等物　支牀并偃机
香土用隨情
第四別門總攝頌曰
上座及墻柵　緣破并養病　旃荼猪蔗寺
鉢依栽樹法
別門子攝頌十行
上座翻次說　或可共至終　濾作非時漿
處不爲限齊　墻柵尼剃具　不著打光衣
得少亦平分　洗淨儀應識　緣破須縫替
明月聞便頌　依止知差別　三人共坐聽
養病除性罪　將圓不昇樹　王臣不受戒
斬手不應爲　旃荼蘇陀夷　大衣暫時用
師謨婆蘇達　取鉢已物想　阿市多護月
賊想取自衣　此與大律同　故更不煩出
猪蔗多羅果　毛緂黑喜還　如置刀子針
不用瑠璃器　寺中應遍盡　然火并洗浴
鉢水不蹈葉　連鞋食不應　無鉢度大賊
安居無依止　五年同利養　負重不應爲
四依求六物　賊盜苾芻衣　委寄五種殊
須知染衣法　須知栽樹法　賊緂作神通
若得上帔衣　不應割去纏
第五別門總攝頌曰
焚屍詰三轉　捨墮我身亡　界苾芻不應
不合五皮用
別門子攝頌十行
焚屍誦三啓　目連因打亡　不應廣大作
多護諸珍寶　詰問令憶念　問彼容許不
教授事不爲　長淨及隨意　佛三轉法輪
初度五人已　不喚名族等　拘尸宣略教

捨墮物不分　蚊幬隨意畜　三股狀作釜
應張羯恥那　亡後囑授別　委寄者身死
他方通委寄　若死對餘人　界外不與欲
將行不展轉　說戒隨意事　違者並招愆
苾芻應知數　隨意任行籌　不與俗同坐
老少應隨夏　不應居貯座　不誘他求寂
不爲誓賭物　亦不食虎殘　不合自藏身
不爲言白等　若得上價緂　賣之應共分
五皮不應用　餘類亦同然　若患痔病時
熊皮履應著

第六總攝頌曰

猛獸筋不應　燈光及勇健　馱索度尼法
因許喬答彌　尼不前長者　可與餘卧具
不合輙漬水　是總頌應知

別門子攝頌十行

猛獸筋皮線　擁前復擁後　兩角及尖頭
諸靴皆不合　四大王初誕　光明並皆照
父母因斯事　各爲立其名　腹中天守護
生巳蹈蓮華　舉手獨稱尊　灌洗華衣落
阿私多覩相　那剌陀勸師　五百瑞現前
父王立三字　付母養太子　今觀大人相
阿私多遠至　親覩牟尼形　燈光得爲王
有五株勝物　因叙奇異事　廣說健陀羅
鵂鶹鶴飲乳　芒草尾身齊　斑駮與毛同
少盆水不溢　鹽麨水差別　衣瓦變成塵
是謂健陀羅　世間思十事　猛光覩問母
知從蠍所生　與彼五百金　驅之令出國
猛光持縛迦　金光醫羅鉢　那剌陀得果
妙髮鉢持油　樓上逢增長　婬女夜觀星
因作馬鳴聲　商人抱枯骨　牛護獵師死

放宮天授歸　猛光向得叉　殺人聲入夢
猛光一切施　影勝捨餅杓　卧具謂給孤
善賢造僧寺　文鳩死赤體　三種難不應
觀無猒不眠　總收其七頌　林内文鳩死
樹下獼猴亡　此世他世中　四盲闇應識
赤體空無用　杵臼唯應一　患害起疑心
輕賤事須漸　三種愚癡人　離間有三別
下品應車裂　姦詐事應知　難得爲他事
孤獨事多虚　相違合重打　失去行無益
不應事不觀　不善合驅却　驚怖不歡捨
渴憶難忍憂　無猒可愛事　不共戲奪財
不共爭惡心　無依伴不信　不睡及不欲
九惱無悲心　十惡十相違　十力天人現
勇健與寶器　妙光蘭若中　因能活鬧醫
不度損衆者　馱索等三同　忘由緒并問

大神通大藥　刀子下天宮　度尼八敬法
尼欲依次坐　二部事各殊　還俗尼不度
近圓從苾芻　半月請教授　依苾芻坐夏
見過不應言　不嗔訶禮少　意喜而衆中
隨意對苾芻　斯名八尊法　因度喬答彌
出家有五利　可於五衆内　訶責事應知
尼不在前行　見僧應起敬　白僧半跏坐
歸俗詰無緣　長者與殘食　殘觸不相避
不問隱屑事　近圓坐應知　苾芻餘卧具
應與苾芻尼　尼不蹋橋板　不著裝身物
不瀆水汙衣　不持死胎子　不呑於不淨
觸巳子非他

第七別門總攝頌曰

笈多尼不住　僧脚崎二形　道小羯磨活
轉根寺外石

别門子攝頌十行

笈多共兒宿 王舍藥叉神 施兒衣繫頂
稱名與祭食 尼不住蘭若 不居城外寺
不許門前望 亦不視窓中 許著僧脚踦
有男池不浴 交衢不應越 宜在一邊行
若是二形女 或是合道類 或常血流出
及是無血人 道小著内衣 近苾芻不唾
僧尼不對説 當於自衆邊 苾芻作羯磨
尼可用心聽 敷座令人坐 尼座應分別
沽酒婬女舍 途中不觸女 隨時開内衣
歌舞不應作 僧尼根若轉 至三皆擯出
廣説法與縁 蓮華色爲使 寺外不爲懺
獨不令剃髮 不賃尼寺屋 輒等不指身
不以骨及石 若木或拳揩 唯用手摩身
餘物皆不合

第八門總攝頌曰

除塔懺門前 被差不應畜 不共女由婦
瀉藥三衣蛇

别門子攝頌十行

除塔損波離 僧制不應越 尼無難聽入
教誡等相隨 尼懺不應輕 隨意不長淨
更互當收謝 尼衆坐應知 門前不長淨
當須差二尼 若至長淨時 差人待尼白
被差不避去 當問教師名 著帽爲鉢囊
結髮尼不合 不應畜銅器 變酒合平復
賃房與俗旅 誑惑作醫巫 不共女人浴
亦不逆流洗 鉢底應安替 不畜瑠璃盃
由婦制錫杖 起舞時招罪 濕餅受請食
説法伴白知 瀉藥齒有毒 刮舌箆應洗
由其罪業盡 證得阿羅漢 三衣隨事者

蘭若法應知　浴守門妙華　不應住非處
由蛇觀卧具　一衣不爲禮　初至寺中時
老年應禮四　世尊爲髙勝　廣説弟子行
行兩問大師　爲説七六法　衆集敬大師
聞法生正信　自述年衰老　説行兩因緣
行兩竹林内　修理波吒邑　渡河詣小樹
漸向涅槃等
第三十七卷説四黒白次明涅槃事
第三十八説善賢外道得果事次説諸國爭
舍利事
第三十九説婆羅門與諸國分舍利及牛主
結集事等
第四十説五百及七百結集事
根本説一切有部毗柰耶雜事攝頌

大唐景龍四年歲次庚戌四月辛巳
朔十五日景申三藏法師大德義淨
宣釋梵本並綴文正字
翻經沙門吐火羅大德達摩秣磨證
梵義
翻經沙門中天竺國大德抜努證梵
義
翻經沙門罽賓國大德達摩難陀證
梵文
翻經沙門淄州大雲寺大德慧沼證
義
翻經沙門洛州崇先寺大德律師道
琳證義
翻經沙門福壽寺寺主大德利明證
義

翻經沙門洛州太平寺大德律師道
恪證義
翻經沙門大薦福寺大德勝莊證義
翻經沙門相州禪河寺大德玄傘證
義筆受
翻經沙門大薦福寺大德律師智積
證義正字
翻經沙門德州大雲寺寺主慧傘證
義
翻經沙門西涼州伯塔寺大德慧積
讀梵本
翻經婆羅門東天竺國左屯衛翊府
中郎將員外置同正員臣瞿金剛證
譯
翻經婆羅門東天竺國大首領臣伊

舍羅證梵本
翻經婆羅門左領軍衞中郎將迦湼
彌羅國王子臣阿順證譯
翻經婆羅門東天竺國左執戟直中
書省臣度頗具讀梵本
翻經婆羅門龍播國大達官准五品
臣李輸羅證譯
金紫光禄大夫守尚書左僕射同中
書門下三品上柱國史舒國公臣韋
洰源等及修文舘學士三十三人同
監
判官朝散大夫行著作佐郎臣劉令
植
使金紫光禄大夫私書監檢校殿中
兼知内外閑廐隴右三使上柱國嗣
號臣王邑

普賢菩薩行願讚六十二頌頌別四句每句七字除題目外計有一千七百三十六字

唐特進試鴻臚卿三藏沙門大廣智不空奉　詔譯

所有十方世界中　一切三世人師子
我今禮彼盡無餘　皆以清淨身口意
身如刹土微塵數　一切如來我悉禮
皆以心意對諸佛　以此普賢行願力
於一塵端如塵佛　諸佛佛子坐其中
如是法界盡無餘　我信諸佛悉充滿
於彼無盡功德海　以諸音聲功德海
闡揚如來功德時　我常讚歎諸善逝
以勝華鬘及塗香　及以伎樂勝傘蓋
一切嚴具皆殊勝　我悉供養諸如來
以勝衣服及諸香　末香積聚如須彌
殊勝燈明及燒香　我悉供養諸如來
所有無上廣供養　我悉勝解諸如來
以普賢行勝解力　我禮供養諸如來
我曾所作衆罪業　皆由貪欲瞋恚癡
由身口意亦如是　我皆陳說於一切
所有十方羣生福　有學無學辟支佛
及諸佛子諸如來　我皆隨喜咸一切
所有十方世間燈　以證菩提得無染
我皆勸請諸世尊　轉於無上妙法輪
所有欲現涅槃者　我皆於彼合掌請
惟願久住刹塵劫　爲諸羣生利安樂
禮拜供養及陳罪　隨喜功德及勸請
我所積集諸功德　悉皆迴向於菩提
於諸如來我修學　圓滿普賢行願時
願我供養過去佛　所有現住十方世
所有未來速願成　意願圓滿證菩提

所有十方諸刹土　願皆廣大咸清淨
諸佛咸詣覺樹王　諸佛子等皆充滿
所有十方諸衆生　願皆安樂無衆患
一切羣生獲法利　願得隨順如意心
我當菩提修行時　於諸趣中憶宿命
若諸衆生爲生滅　我皆常當爲出家
戒行無垢恒清淨　常行無缺無孔隙
天語龍語夜叉語　鳩槃茶語及人語
所有一切羣生語　皆以諸音而說法
妙波羅蜜常加行　不於菩提心生迷
所有衆罪及障礙　悉皆滅盡無有餘
於業煩惱及魔境　世間道中得解脫
猶如蓮華不著水　亦如日月不著空
諸惡趣苦願寂靜　一切羣生令安樂
於諸羣生行利益　乃至十方諸刹土
常行隨順諸衆生　菩提妙行令圓滿
普賢行願我修習　我於未來劫修行
所有共我同行者　共彼咸得常聚會
於身口業及意業　同一行願而修習
所有善友益我者　爲我示現普賢行
共彼常得而聚會　於彼皆得無厭心
常得面見諸如來　與諸佛子共圍繞
於彼皆興廣供養　皆於未來劫無倦
常持諸佛微妙法　皆令光顯菩提行
咸皆清淨普賢行　皆於未來劫修行
於諸有中流轉時　福德智慧得無盡
般若方便定解脫　獲得無盡功德藏
如一塵端如塵刹　彼中佛刹不思議
佛及佛子坐其中　常見菩提勝妙行
如是無盡一切方　於一毛端三世量

佛海及與剎土海 我入修行諸劫海
於一音聲功德海 一切如來清淨聲
一切羣生意樂音 常皆得入佛辯才
於彼無盡音聲中 一切三世諸如來
當轉理趣妙輪時 以我慧力普能入
以一刹那諸未來 我入未來一切劫
三世所有無量劫 刹那能入俱胝劫
所有三世人師子 以一刹那我咸見
於彼境界常得入 如幻解脫行威力
所有三世妙嚴剎 能現出生一塵端
如是無盡諸方所 能入諸佛嚴剎土
所有未來世間燈 彼皆覺悟轉法輪
示現涅槃究竟寂 我皆往詣於世尊
以神足力普迅疾 以乘威力普遍門
以行威力等功德 以慈威力普遍行
以福威力普端嚴 以智威力無著行
般若方便等持力 菩提威力皆積集
皆於業力而清淨 我令摧滅煩惱力
悉能降伏魔羅力 圓滿普賢一切力
普令清淨剎土海 普能解脫衆生海
悉能觀察諸法海 及以德源於智海
普令行海咸清淨 又令願海咸圓滿
諸佛海會咸供養 普賢行劫無疲倦
所有三世諸如來 菩提行願衆差別
願我圓滿悉無餘 以普賢行悟菩提
諸佛如來有長子 彼名號曰普賢尊
皆以彼慧同妙行 迴向一切諸善根
身口意業願清淨 諸行清淨剎土淨
如彼智慧普賢名 願我於今盡同彼
普賢行願普端嚴 我行曼殊室利行

於諸未來劫無倦　一切圓滿作無餘
所修勝行無能量　所有功德不可量
無量修行而住已　盡知一切彼神通
乃至虛空得究竟　衆生無餘究竟然
及業煩惱乃至盡　乃至我願亦皆盡
若有十方無邊刹　以寶莊嚴施諸佛
天妙人民勝安樂　如刹微塵劫捨施
若人於此勝願王　一聞能生勝解心
於勝菩提生渴仰　獲得殊勝前福聚
彼得遠離諸惡趣　彼皆遠離諸惡友
速疾得見無量壽　唯憶普賢勝行願
得大利益勝壽命　善來爲此人生命
如彼普賢大菩薩　彼人不久當獲得
所作罪業五無間　由無智慧而所作
彼誦普賢行願時　速疾消滅得無餘
智慧容色及相好　族姓品類得成就
於魔外道得難摧　常於三界得供養
速疾往詣菩提樹　到彼坐已利有情
覺悟菩提轉法輪　摧伏魔羅并營從
若有持此普賢願　讀誦受持及演説
如來具知得果報　得勝菩提勿生疑
如妙吉祥勇猛智　亦如普賢如是智
我當習學於彼時　一切善根悉迴向
一切三世諸如來　以此迴向殊勝願
我皆一切諸善根　悉以迴向普賢行
當於臨終捨壽時　一切業障皆得轉
親覩得見無量光　速往彼刹極樂界
得到於彼此勝願　悉皆現前得具足
我當圓滿皆無餘　衆生利益於世間
於彼佛會甚端嚴　生於殊勝蓮華中

於彼獲得受記莂　親對無量光如來
於彼獲得授記已　變化俱胝無量種
廣作有情諸利樂　十方世界以慧力
若人誦持普賢願　所有善根而積集
以一刹那得如願　以此羣生獲勝願
我獲得此普賢行　殊勝無量福德聚
所有羣生溺惡習　皆往無量光佛宮

普賢菩薩行願讚

速疾滿普賢行願陀羅尼曰

曩麼悉底哩也(四合)地尾(一合)迦(引)南(二)怛佗(引)
蘖哆南(二)唵(引三)阿(引)戍嚩囉尾擬你娑嚩(二合)
(引)訶(引四)

每日誦普賢菩薩行願讚後即誦此真言纔誦一徧普賢行願悉皆圓滿修三摩地人速得三昧現前福德智慧二種莊嚴獲堅固法速疾成就

音釋

鐶(胡關切)篅(市專切)痔(丈里切後病也)框(去王切)氍毹(氍強魚切毹春朱切氍毹毛席也)緂(吐敢切)礦(古猛切)揁(音貞)絣(補耕切以繩直物也)稕(朱閏切束稈也)鷀(牆之切鸕鷀也)鵰(丁聊切鷲也)蔓菁(蔓謨官切菁子盈切蔓菁菜名)笈(極曄切)鑷(尼輒切箝也)僧脚欹(梵語也此云掩腋欹丘奇切)筋(舉欣切與筋同)刷(數刮切刮刷也)姑(處占昌涉二切)杴(虛嚴切臿屬)衦(古旱切衦石碾衣石也)帔(披義切帬屬)繢(求位切織餘也)幬(陳留大到二切禪帳也)賭(董五切博財也)駮(北角切色不純也)崎(丘奇切)賃(女禁切僦也)罽(居例切)淄(莊持切)廐(居又切馬舍也)

根本說一切有部毗柰耶頌

唐三藏義淨奉制譯

清刻龍藏佛說法變相圖

根本說一切有部毗柰耶頌卷第一

尊者毗舍佉造

唐三藏義淨奉制譯

創明受近圓事及苾芻等要行軌式

開闡於調伏　善閑調伏義　正住調伏中
能捨非調伏　敬禮如是師　法及於聖衆
我今隨所解　略攝毗柰耶　懶墮少慧者
於廣文生怖　雖勤亦不樂　入斯調伏海
欲令彼趣入　不起大疲勞　結頌作階梯
勝人見津路　可讚財圓滿　能生勝梵宮
三摩地涅槃　並由於戒得　離斯毗柰耶
衆事不能淨　還如極浣衣　弗濯於清水
猶如月輪缺　夜分靡光輝　於佛教出家
尸羅虧亦爾　是故捨懈怠　當樂戒莊嚴
欲了作不作　當勤聞律教　苾芻應作意

求解毗柰耶　要由先自明　後當行教授
能於四衆中　得殷重恭敬　過未現諸佛
内藏此人持　勤求正法住　及有情利益
自防於戒蘊　善護勿令虧　他人若有犯
悉皆來請問　於決了義中　獲得於善巧
怨處能降伏　知法與法俱　常不被他輕
大衆中無畏　若所在方隅　有明律教者
佛言我無慮　由彼發光輝　牟尼如是說
律德不思議　由此應勤求　受持於律藏
苾芻滿十夏　自善護律儀　於法式明了
授出家圓具　戒經及廣釋　文義皆精善
爲他作依止　於彼能教授　非唯少解義
淺識事多疑　要剖析分明　大師語無亂
於戒本廣釋　若不能解了　愚癡六十年
終須仗他住　當依老者住　若無依少年

師少不應禮　餘皆如小作　凡欲出家者
隨情詣一師　問難事若無　須時應攝受
若作五無間　及是賊住人　變化非人形
外道聾瘂類　若是扇侘等　及汙苾芻尼
猶如鹹鹵田　不生於戒種　若犯邊罪人
負債兼有病　現是王臣將　大賊及是奴
生處賤關支　十指相黏著　手足皆攣跛
曲脊鼻匾虒　被女擔所傷　及長麤小腦
并過分齵齒　瞷眼不分明　眼大小黃泡
及以紅赤類　如斯不端正　皆不許出家
略說可遮事　要須有三種　謂色形氏族
由斯汙僧衆　色謂赤髮等　形謂惡首面
又驢等耳頭　及無於耳髮　象馬獼猴狀
反鼻唯一目　無目牛馬齒　或復齒全無
族謂旃荼羅　竹師除糞等　及拐行等類

斯皆律所遮　若有淨信者　所說過皆無
徧身應審觀　問知無障法　攝取經八日
存意好瞻相　若先觀察者　無勞經一日
先授與三歸　次與三學處　應著鮮白服
立在於僧前　僧伽旣許可　當依出家法
先請軌範師　次授十學處　旣受求寂法
一切衆俗侶　於彼應讚禮　由離俗纏故
破戒衆翳除　著大仙衣故　爲此光暉盛
猶如日初出　如三十三天　圓生枯葉落
彼受近圓戒　衆罪悉消除　在中方滿十
苾芻減不許　邊方受具者　齊五過隨意
東境奔荼跋達那　此界有樹號娑羅
北山名曰嗢尸羅　寺名答摩娑畔那
西界村名窣吐奴　南邊城號攝伐羅
佛說此内是中方　於斯界外名邊國
苾芻戒清淨　堪授他近圓　非是螺貝鳴
腐爛空中樹　秉法者知律　餘四九清淨
受具可稱讚　諸天應敬禮　衆滿界内同
清淨者秉法　無障羯磨善　謂近圓五因
如毗婆沙說　十種得近圓　世尊一切智
是名自覺受　憍陳如上首　得定道五人
賢部諸淨心　彼悉從歸得　法與由使得
善來成苾芻　大姓迦攝波　元由敬師得
童子鄔陁夷　善能爲問答　稱可大師意
佛言成近圓　中國滿十人　邊方數充五
或復過於此　秉須知法人　又因喬答彌
大世主請佛　爲說八敬法　斯名得近圓
除八餘若受　皆白四羯磨　依前之所說
受具並皆聽　纔受近圓巳　應告五時差
冬春雨終長　量影依人數　冬四九月半

乃至正月半　春四從正半　乃至五月半
雨一從五半　乃至六月半　終時惟日夜
六月十六日　十七旦長時　乃至九月半
三月少一日　此謂五時差　終時進近圓
同夏中最小　長時旦若受　同夏則爲尊
受具從苾芻　半月請教授　近苾芻夏坐
隨意二衆中　不罵於苾芻　不詰其破戒
若犯僧殘罪　兩衆行半月　尼具雖百年
苾芻新受戒　慇懃應致禮　是名八敬法
女作男子狀　丈夫爲女形　俗人及黄門
不應作親教　賊及形殘等　雖是善應遮
授彼近圓時　衆僧皆獲罪　不樂非圓具
及不了生年　形貌善觀瞻　覩相猜其歲
不滿二十年　授與圓具戒　明智計令滿
應數胎閏月　如其數胎等　不滿二十年
應置求寂中　此非成受具　或經一二歲
方憶知年減　足前年若滿　斯名善近圓
若人聞白竟　其耳忽然聾　此亦名善受
佛許開無過　正受近圓時　男形轉爲女
此名爲受具　應置在尼中　若鄔波馱耶
聞白已形變　此不名受具　秉法者無愆
受戒人在地　秉法者居空　二界體旣殊
不名爲受具　輪王養太子　宗胤得興隆
護求寂亦然　令聖教增長　如師遣求寂
有事登高樹　墜墮傷支體　由斯聖教遮
是故佛教中　出家悲作本　雖七歲亦聽
要解驅烏事　若出家受具　無鉢便不許
仙器終須有　斯爲乞食因　如上座近喜
求寂飢無鉢　臨至於食時　從他求食器
借他衣鉢等　與出家受具　勿如梵志去

是世尊聽許 若人未受具 不先說四依
闕此苦難行 梵志便歸俗 若秉一羯磨
一界四人受 此是僧爲僧 不名爲受法
若二若三人 同時受圓具 顏狀雖差別
斯無長幼殊 隨坐而受利 不應更互禮
若遣知事時 隨他差即作 爲餘放逸者
作怖等羯磨 訶已正驅出 令生猒離心
若解三藏教 及有大名稱 能生廣大福
驅遣不應爲 由此邪群鹿 怖於師子兒
能生俗淨心 如大師住世 此住有光顯
猶若大牛王 於彼行訶責 能虧於佛教
四重穢行顯 邪執守愚心 作所不應爲
世俗咸譏議 汙家生鬪諍 如是破戒人
大衆共鳴椎 齊心急驅擯 抱柱即宜截
門框亦復斬 勸化應修理 或可用僧祇

調弄苾芻像 由此不應留 慇懃共驅逐
不應生鬪諍 已說如死屍 今無共住義
衆僧共驅擯 除斯垢穢人 尼不應爲禮
但可致虔恭 近事不交言 乞食時應與
觸妬病生半 名五半宅家 爲諸不了者
略言其相狀 若他來抱身 心貪起婬欲
智者應當識 是持抱黃門 妬謂已男勢
見他交會輿 病謂因病墮 或由刀等害
生者謂生來 二根皆不現 半月男半女
名半等黃門 若於婬欲法 不能爲扇茶
二根若俱有 名二形應識 邪惡見染心
應知是邪外 就彼受其法 斯名趣外人
或時自剃髮 竊法著法衣 妄作苾芻解
皆名爲賊住 四重及惡見 身汙苾芻尼
飲酒毀三尊 是謂求寂過 十事若有犯

斯人即須擯　若捨隨所應　出其治罰罪
若不犯邊罪　如法捨學處　還俗復重來
苾芻歡爲受　無亂心捨戒　了知人現前
我捨汝應知　此名眞捨學　受訖即應說
四波羅市迦　智者先告知　勿令行惡事
由心不覆藏　於一人發露　於邊罪極猒
斯名授學人　次明雜行法　是出家要儀
展轉可相教　勿令尊法滅　天時將欲曉
起心在師前　嚼其淨齒木　應先禮尊像
次可到師邊　安置於坐物　巾水土齒木
審溫須適時　有時應早起　庠審就師邊
敬重按摩身　能生殊勝福　或於初後夜
師處問疑情　師當遣安坐　隨疑決三藏
平明問安等　禮拜生恭敬　由彼多恩益
能親教是非　常作難遭想　於彼起殷心

善灑掃房中　行處令清淨　作壇應供養
香華隨有設　日日敬三寶　斯爲四諦因
或時禮香殿　右繞窣覩波　相近有尊年
隨情行禮拜　爲求堅固體　役使不牢身
勵已勸他人　勿隨愚墮意　隨時供養已
讀誦後安心　不但著袈裟　情喜將爲足
十四十五日　須知長淨時　和合衆應爲
若乖便自作　宜應自察已　有過求清淨
乃至小罪中　常生大怖想　或可往僧廚
看其所營辦　希逢妙果食　察已告尊知
侍養恒勤敬　洗鉢等皆爲　於尊雖普行
師知量應受　不於破戒者　解勞及禮敬
受用皆無分　如燒死屍木　求寂尚不禮
有戒之俗人　何況大苾芻　禮俗貪婬者
苾芻得後果　若小不禮拜　況餘生死内

旋迴癡硬心　說無學爲主　學人如父財
勸定讀誦人　隨許誠無過　自餘懈怠類
名爲負債財　破戒者全遮　受用住處等
信心營寺宇　唯安戒行人　犯重不羞慚
捉足無不許　若近於廁處　勿作諸談說
讀誦浣染等　斯皆不許爲　小便大便室
入時須作聲　一二指別處　大師如是說
大小便風氣　徐出勿爲聲　勢至莫强持
圊中不應語　若籌及土塊　先持拭下邊
次以二三土　多水洗令淨　左手以七土
說此名爲淨　兩手後用七　斯皆別別安
更有一聚土　將用洗軍持　洗臂腨及足
此名爲外淨　事因舍利子　異斯招惡作
兩手好用心　洗令極清淨　淨拭於腨髀
更須洒兩手　洗足及軍持　此名爲外淨

意在除臭氣　令身得清潔　如不依此法
百土欲何爲　不合禮三尊　亦不受他禮
餘皆不應作　世尊親自遮　若不嚼齒木
及以食葷辛　其事並同前　廣如律中說
若不問二師　得爲其五事　大小便飲水
并嚼淨齒木　及於同界中　四十九尋內
隨情禮制底　自餘皆白師　謂洗手足等
輙行勢分外　食噉咸須白　總別在當時
禮一拜低頭　合掌當陳告　白鄔波馱耶
我洗手餐食　自餘但有事　準此白應爲
若不諮啓時　一一皆招罪　食時宜用心
授受須依法　持衣分別等　無令事有虧
乃至十夏來　不得離依止　五歲明閑律
隨意許遊方　然於所到處　還須覓依止
若無依止者　不消衣食利

初部四他勝法不淨行學處第一

佛說三種罪　無餘不可治　有餘衆所除
餘皆別人悔　四波羅市迦　極重當恭敬
若犯一一法　便成壞苾芻　從初十二年
皎如秋水淨　此時無有皰　十三年過生
蘇陣那爲子　於故二行婬　及蘭若苾芻
獼猴處犯過　佛說於學處　欲令貪等除
耽婬罪業中　云何汝當作　見十種大益
利樂於多人　廣制衆式叉　如來大悲故
於三瘡門內　由貪故求人　波羅市迦虵
被蛆難治療　他逼共行非　具戒者耽著
於此情生染　應知犯他勝　於爛壞瘡門
或於極小境　或生支不起　此並得麤僁
寧以已生支　置於毒虵口　不安女根內
若報受無窮　若遭黑虵毒　惟只一身亡
若破持禁時　永劫受辛苦　行婬相多種
犯具八支成　隨緣事不同　智者應詳察
苾芻堪行處　彼此根無損　方便入過限
受樂二心全　初二方便罪　吐羅各二殊
輕重事不同　皆如廣文說　問因雖答二
準問以酬言　如非初二因　應知非彼攝

不與取學處第二

但尼迦苾芻　自爲而作屋　輒取王家木
由斯作犯因　他物作盜心　移離於本處
若作屬己想　五磨灑成邊　過五咸同犯
磨灑準當時　發意得責心　觸物吐羅罪
平坦純色地　曳去但麤罪　若剝裂異色
越過得無餘　若瞋心壞弶　網等獲吐羅
爲福放有情　便得惡作罪　競地有二種
斷處或王家　他兩處得勝　苾芻獲麤罪

兩處勝於他　彼人方便捨　波羅市迦火
燒此苾芻身　呪術取他財　末尼等諸物
苾芻日遥見　便得根本罪　爲巳苗成就
於他不欲成　乏水堰田畦　恐損便決却
自苗得成實　他苗實損壞　應知據子實
得重或時輕　要心遠衆罪　饒益諸有情
如何作苾芻　反盜他財物　被賊偷弟子
金等奪取時　不開悟賊徒　隨事招輕重
爲賊説法乞　半價或全還　將賊付官人
便獲吐羅罪　苾芻盜求寂　慇心爲弟子
將去得吐羅　破僧罪流類　至王稅界分
關津合與財　自負或他持　盜心行異路
盜將便得罪　彼物可稱量　價滿五磨灑
罪必成他勝　至彼稅官處　云爲佛法僧
或云爲父母　廣讃其功德　聽開藥直衣

好物常須畜　作淨過稅處　此非應稅限
布縷宜須截　或時用泥汙　世尊教作淨
梲處可持行　若借他衣等　由貪作巳財
若後不還他　便得吐羅罪　若上於船山
所有鉢等物　二人相授與　謹捉好存心
汝捉我今捨　告知彼損壞　準望其價直
此必定須還　他不請而食　食得惡作罪
苾芻旣如此　餘衆固斯説　或時王賊與
或是委寄人　無別物主心　彼與宜應受
他財他見施　知非是大人　知時不應取
不知無有過　若見卑下與　應可善思量
於彼取非宜　由尊不許故　知事人餘人
將僧伽等物　與貧病應受　用巳鎮思還
若身死無過　有命可隨緣　勵力須乞求
應還得財處　牛羊等重物　受用村田等

僧伽有隨教　別人遮不聽　住處與園田
及卧具等物　以理常守護　令其施福增
此處僧重物　不應質與他　不分不合賣
是律決定說　於寺高處立　呼召得聞聲
當於如是處　安置淨人宅　執作事業時
與衣食饒盋　若病不能作　佛遣亦供看
打拷及髡割　與聖教相違　縛害惱群生
聖賢皆遠離　爲福捨田地　作分數應取
受用時無過　斯成古王法　一切評論處
佛遣不須言　苾芻及求寂　於斯物措口
從他正見得　持與邪見人　及與破戒人
名虛墮信施　受他飮食時　量腹而應取
長多名墮施　淨戒者應知　父母及病人
爲取非成過　如將與餘者　終須告主知
於行處等見　刀子及針等　應與檢校人

何狀方還主　彼物告衆已　衆中三日停
如無認識人　任充常住用　以己事換他
或可爲福故　苾芻受顧作　此事佛不聽
親友及己想　多少隨時用　非盜便無過
或可語他知　親知有三種　上中下應識
純直可相知　輕浮勿親友　於三種相知
上可該中下　處中中及下　下者下應知
問病方教化　應爲求醫藥　是可委寄者
勿同尼乞油

斷人命學處第三

苾芻猒不淨　求鹿杖自殺　爲福貪鉢等
由斯大聖遮　故心非誤殺　自作或使他
勸讃人死時　便招他勝罪　若說殺方便
見他作隨喜　放火燒林野　或斬生支節
若食於人肉　斯皆得吐羅　病及看病人

若愚教法式　應可問醫人　或餘若耆宿
方授病者藥　異此得輕懱　若供給病者
如病狀應畜　餘物亦可持　清淨隨哀愍
世尊遣大衆　咸看於病人　或可依次看
諸事皆隨順　不禮於病者　病亦不禮他
更互好心看　幷安於坐物　不於病者前
讃說死是勝　病若聞斯已　由此樂身亡
汝能行布施　護戒無虧失　深信於三寶
當趣涅槃宮　若汝身亡過　天宮定不遥
涅槃如掌中　莫憂形命盡　苾芻作是言
便得越法罪　應云久存壽　此疾可蠲除
壽存如法住　善人應久留　念念能增長
廣大福德聚　於有病惱者　解醫宜教示
善識於時處　與藥勿隨宜　故勸他人死
不論心善惡　自殺及責人　並獲吐羅罪

鉢等生貪意　起願令他死　如彼旃荼羅
斯人得惡作　縱笑不應爲　以指相擊攊
往時十七衆　由此一人亡　制底等作業
無俗人相助　重擔不擎舉　緣斯殺匠人
若博等拆裂　授他須告知　不應竟日爲
猶如客作者　苾芻監作時　隨處當勸化
宜給晨朝食　欲使解疲勞　若是知事人
賊來聽鬧亂　不得故心擲　石等損衆生
可於十肘外　拋擲木石等　謹念於戒學
勿使損悲心　監知住處人　衆中老應問
若夜中說法　牢防護門等　寺舍勤防盜
關鑰應觀察　說五種關門　爲護於住處
上下二門樞　關居鎖重鎖　隨其現前有
當直者應爲　但安一二等　準次須倍直
如其總不著　計失盡須還　苾芻在路行

同伴染時病　當如父母想　敬教可持將
父老不能行　恐畏午時到　子推因致死
此事不應爲

說上人法學處第四

偸年諸苾芻　實無勝上德　更互虛相讚
活命佛因遮　不得言我得　殊勝增上證
除於增上慢　斯便得邊罪　自無上人法
不能得諸定　言得聖道分　將成大涅槃
言得增上證　幷獲於四果　智謂苦等墒
見謂見眞諦　說靜定四種　樂獨靜住故
此等事我知　我見諸天等　我見天龍等
我共彼言談　彼亦共我言　說時犯邊罪
我聞諸天聲　彼來親事我　或藥叉等類
如此悉成邊　若見糞掃鬼　此但得吐羅
爲是鬼中甲　是故非邊罪　說得果通智
膿壞無常想　自將邊罪劒　不樂强傷身
說有苾芻見　謗素畢舍遮　意許是自身
說時但惡作　說戰勝天雨　生男聞象聲
審觀方告知　異此便麤罪

第二部十三僧伽伐尸沙法故泄精學處第一

若離三瘡門　於自他身分　故泄其不淨
此必犯僧殘　泄謂在身中　精移其本處
創樂便成犯　不要待精流　其精欲動時
攝心居本處　此時無重過　但許得輕愆
如其移本處　流精尚在身　故泄出身中
唯招吐羅罪　精有五種異　謂薄稠幷赤
黃色及青色　最後轉輪王　青輪王長子
餘子並皆黃　赤色諸大臣　稠精謂根熟
根未成女傷　斯等名爲薄　如前精若泄

皆並得僧殘　牆瓶等穴處　故觸泄其精
吐羅罪所傷　過於大石打　雖動而不泄
染心量已根　於空舞動揺　或由捉溺泄
逆風逆流持　並得吐羅罪　若順風流者
得惡作應知　后以染汙意　故視已生支
染心無利益　常當念除捨　浴室中摩觸
行路髀相揩　忽然精自流　及夢皆無罪
如是廣宣説　苾芻並衆教　若是求寂等
悉皆招惡作　初二部罪因　各有其輕重
初重大衆悔　輕便對四人　二因重五人
輕便一人悔　衆教要僧伽　餘罪一人得
不許對犯人　同罪而發露　無容垢除垢
可得令清潔　從犯衆教罪　若有覆藏心
還與爾許時　令行徧住法　應觀心至誠
於衆深恭敬　當與徧住法　異此不應爲

若行徧住法　更被煩惱害　由彼愚癡盛
或時重作罪　此應更與法　令行本徧住
如是乃至三　依律教還與　此成可愍處
知由煩惱生　如若起大慚　或可情謙下
雖如是調伏　於惡不能改　此作留纏棄
乃至猒心生　若生猒離心　了知其意樂
意喜宜應授　僧伽應濟出　意喜水洗濯
令餘垢清淨　此中應出罪　滿二十僧伽
唯僧伽爲主　僧伽知意樂　僧伽與其教
秉法者應行　衆中爲羯磨　處衆教其益
由僧伽教出　故名爲衆教　發露已命終
或於徧住位　雖言未出罪　當生善趣中
由斯可哀念　懷悲勿棄捨　無令自業打
惡趣苦纏身　若徧持三藏　極媿衆中尊
大福德六人　對一便除罪　須有至誠心

殷重無欺誑　一悔不重犯　斯名應法人
除咽已下毛　及爲下灌法　除病緣而作
吐羅罪割身

觸女學處第二

從足至于首　染心觸女人　無衣便衆教
有隔吐羅罪　若故意推牽　從象車等處
有隔無隔觸　受樂罪同前　女人來觸時
苾芻生染著　此則如前説　牽推隔等同
本作行婬意　觸著女人身　便得吐羅罪
是他勝因故　此據堪行婬　餘獲吐羅罪
小男黄門等　旁生皆惡作

鄙惡語學處第三

苾芻麤惡語　全非離欲人　對女作婬言
此亦由僧救　汝身極輭滑　可愛三瘡門
或言非是好　或道醜形勢　持此物與我
汝夫是福人　云何與汝合　令我受樂味
言時道葉婆　便犯衆教罪　葉婆若不説
但得於吐羅　若女來求時　不道麤惡語
同前理應識　麤即是婬言　此中麤惡言
謂是交會語　隨方無定説　約處以論僁
顛狂與心亂　吃及初犯人　及以痛惱纏
斯皆非犯類

索供養學處第四

於自身讚歎　方便説功能　婬言對女前
衆教刀便割　殊勝者讚最　姊妹愛念言
供養謂供奉　解時便得罪　所言尸羅具
與戒蘊相應　應知善法者　定蘊相應故
與慧蘊相應　説名爲淨行　兩兩相交會
方是行婬欲　苾芻染汙心　假令道一句
女人若解語　此亦犯僧殘　若有女人説

非理婬欲言　云汝清淨人　我今與供養
汝如斯具戒　常有於善法　殊勝應供者
濁劫實難逢　彼若如是說　苾芻順答言
內有染汙心　便成衆教罪　女人供養者
得無量果報　不言婬欲事　此得吐羅罪
如是婬欲法　苾芻說如前　不道我如斯
亦得吐羅罪　女人如是說　除於婬欲字
不言汝如斯　吐羅亦如是　或語無知者
或除婬惡作　若不說我言　女說時同此
一切染汙言　苾芻皆得罪　此中染汙者
謂是染著心　此據堪行欲　翻此得吐羅
丈夫扇侘等　傍生惟惡作

媒嫁學處第五

自作若使人　令女男和合　持彼僧殘罪
斬傷於自身　水授財娉等　略有七種婦
私通有十數　此相今當說　七婦謂水授
財娉王旗得　自樂衣食住　共活及須臾
以水授彼故　隨事立其名　若以財取婦
是謂爲財得　大賊强打取　說此作王旗
自許作他妻　是名自樂住　爲衣食故來
是名衣食住　二人財共有　同爲活命緣
作如是結契　是名爲共活　暫時非久居
名曰須臾婦　七婦若分離　事有七種別
初離久生淨　折草爲三種　或復擲三瓦
言汝非我妻　準法而遣出　或高聲唱令
如是初三婦　分離令偶合　一二三如次
突色訖里多　四五六如次　一一三吐羅
和彼第七時　便得僧殘罪　此中私通者
夫死或他行　此若毋護時　說名爲毋護
如是父王父　王毋餘親護　此中所說親

謂是父毋族　父及夫並亡　此名兄弟護
若有姊妹者　姊妹護應知　婆羅門刹利
是名爲種護　婆雌倶雌也　斯則爲宗護
王法護應知　有禁具法住　如斯十種護
差別謂私通　前所説私通　及末後四婦
於斯若偶合　必定得僧殘　此男何不婚
此女何不嫁　苾芻如是語　即便招惡作

造小房學處第六

自爲作小房　秉法觀無過　量等便無犯
異此得僧殘　於此小房處　堪作四威儀
行住坐卧時　受用令安樂　長唯許十二
謂善逝張手　廣唯七張手　是房量應知
唯佛一張手　當中人三倍　合有一肘半
是正量非餘　據彼處中人　計長十八肘
廣謂十肘半　房量如是説　不淨有虵蠍
大小蜂蟻等　有諍謂近道　好樹天王宅
近河崖井等　是謂無進趣　如斯過若除
合理房應作　無指授爲作　無諍有勢分
苾芻不淨處　得罪謂吐羅　一切過咸有
定得於衆教　衆過患悉除　此舍皆無咎
最初者或狂　心亂病苦逼　設造房無犯
此是大開縁

造大寺學處第七

有主毗訶羅　本無其量數　此中言大者
謂量及珍財

無根謗學處第八頌元缺

并假根事第九

説無根他勝　欲壞彼淨行　及陳像似事
此二今當説　時有蓮華色　淨信苾芻尼
因事往池邊　來禮實力子　去此處不遠

友地二相隨　取水往池邊　見兩鹿交會
旣見是事已　友地更相告　苾芻苾芻尼
汝見行婬不　告言我已見　共說宿怨嫌
像似事相謀　欲壞實力子　如是等緣起
隨說有差別　諸智者應知　斯成謗他罪

破僧學處第十

屛諫及衆諫　乃至第三遮　欲破一味僧
便得衆教罪　遮時不作白　說名爲別諫
告言汝具壽　莫作不和合　別諫勸不止
應秉羯磨諫　謂用白四法　并諸助伴人
和合謂一心　建立二種破　隨順破壞法
十四種應知　法說爲非法　非法說爲法
調伏說言非　如是等應識　評論非言諍
犯諍及事諍　此中四種諍　覺慧者當知
謂種種言說　不和衆異心　緣此鬬諍生
說名爲鬬諍　若人因忿惱　非法言相說
由斯鬬諍生　故是非言諍　有身及語心
此三各一種　或二三三種　略言其六緣
苾芻與女人　不知同室宿　未具至三夜
此是身相應　爲女五六句　與彼說法時
非故心句增　應知由語罪　褒洒陀時問
有過而覆藏　此名爲意罪　應知得惡作
有身及有心　故意害生命　不與取酒等
此罪由二得　五六句說已　復故心增句
此名心語二　妄語亦同然　故心與殺害
并言打彼身　說名身語心　造罪由三種
云何善心中　苾芻犯其罪　謂於佛殿上
除草不令生　又如作好心　爲供養佛故
結鬘便得罪　布列許無憮　不故違聖言
及僧伽制令　此說是無記　由其無惡心

故心違越者 斯皆是不善 翻此善應知
謂是傍乘義 如是無量種 造作於罪過
鬪諍緣斯起 謂犯諍應知 如斯白等事
說非是善等 鬪諍生諠擾 是事諍應知
欲作破僧伽 無知招惡作 別諫若不捨
斯成惡作憾 白不捨吐羅 及說初羯磨
如是說第二 最後獲僧教

隨助破僧學處第十一

於此隨轉人 罪惡苾芻衆 別諫等差別
如是悉同前

汙家學處第十二

若有汙家者 說汙二種殊 一名爲雜居
第二謂受用 雜居與女人 作戲掉舉等
受用謂同食 及採華果類 謂眼耳意識
見等三應知 別諫等差殊 如前惡作等

惡性違諫學處第十三

如是惡語人 獲得衆教罪 善言不肯順
名惡語應知 徧學他勝等 說名爲學處
應受教誨言 順於清淨法 巳說同法等
隨順大師教 別諫等不捨 輕重等同前
如斯十三事 教因僧處得 九初便得罪
四由三諫生

二不定法

略於衆教罪 巳說少相應 不定我當陳
大師言二法 苾芻鄔陀夷 與笈多親密
由斯事不定 廣制於僧伽 一苾芻一女
共坐於屏處 爲婬事或無 名二不定法
靜謂無餘人 隱密事非一 牆柵夜簾障
榛叢爲第五 行住及坐卧 苾芻依實言
如淨信者陳 準事應治過 若於行住等

若不依實言　應與求罪性　自等如前作
若得治罰法　不出家近圓　不共他經行
及與依止等　不應一席坐　至死行治罰
於罪不決斷　二不定名生

根本說一切有部毗柰耶頌卷第一

音釋

創初亮切始造也 鹵郎古切鹹地也 黏女廉切著也 孿呂員切拘也 匼土雞切 齵牛俱切齒偏也 瞯胡間切目多白也 拐古買切 嗢烏骨切 框去王切 嚼在爵切咀嚼也 腨時兗切腓腸也 髀傍禮切股也 堰於憾切壅水為埭也 髡苦昆切鬄髮也 攊郎擊切擊也 居徒點切閉戶也 侘丑駕切 娉匹正切問娶也 褒博毛切 柵楚革切編木為柵

根本說一切有部毗柰耶頌卷第二

尊者毗舍佉造

唐三藏義淨奉制譯

三十泥薩祇法十日不分別畜長衣第一

苾芻十日外　畜衣不分別　泥薩祇塵土
坌汙罪人身　衣已縫刺涂　是名衣已成
所言畜持衣　謂攝爲已有　支伐羅成已
未出羯恥那　如是等應知　此中爲四句
毛麻與落麻　羯播死并絹　高呫婆及紵
是謂七種衣　何謂分別財　最小之量度
周圓充一肘　罪成泥薩祇　應捨而不捨
於罪不說悔　復不爲間隔　墮罪不能除
三中若作一　或二非清淨　三事俱作已
方名無過人　於此罪未說　或於鉢袋等
於後若得者　皆同泥薩祇　由有財可捨
復爲墮罪傷　墮落惡趣故　名波逸底迦

離三衣宿學處第二

常共三衣俱　無緣不別宿　除衆爲作法
異斯便得罪　一二衆多舍　村外坑塹繞
牆柵徧皆圍　有一多勢分　勢分謂敞園
及天廟處等　或差別或一　名別一勢分
一行相連故　應知名一舍　野人下賤等
如一類同村　二舍兩行別　如梵志野人
置立於多門　是謂衆多舍　此中勢分者
外周寬一尋　或鷄飛墮處　齊其舂處等
宅庫店樓場　及於外道屋　船樹車園所
是一多勢分　兄弟不分別　或復唯一人
由是一宅故　說爲一勢分　如前說勢分
有多勢分生　由彼別別門　應知門有共
如是多宅處　庫等許同然　諸勢分應知

皆一異差別　外道若見別　一異勢分殊
此勢分不同　謂安皮服等　於樂人等宅
諸事悉同前　外安竿鼓等　及以破竹處
若樹枝相交　斯爲一勢分　影及雨滴處
於外有一尋　人衣同勢分　於此著三衣
苾芻隨處眠　斯皆無有罪　於天祠等處
大門同是一　離衣此處宿　不被罪中傷
道行時勢分　齊四十九尋　坐住卧離衣
無過一尋內
月望衣第三
雖得支伐羅　於餘有希望　得齊於一月
不分別無犯　八半至正半　一月是衣時
於後謂非時　於親等希望　深摩舍那處
若有死人衣　送殯往還衣　他棄糞掃服
糞掃蘭若處　棄路蟻蟲穿　及以破碎衣

復有五種別　火燒或水浸　并乳母棄衣
鼠嚙及牛嚼　應知又五種　因言衣已意
隨事釋三衣　次第辯應知　廣陳其作相
新物及曽用　是謂二種衣　苾芻欲作時
此法今當說　若新僧伽胝　兩重應截作
尼師壇亦爾　餘衣並隨意　經四月服用
若作僧伽胝　此衣應四重　餘衣兩重作
若更增重疊　欲摘令相離　擿離者得持
十日當分別　大衣條不等　九條等九階
後二十五條　此各別當說　三品兩長半
三品半三長　末後三品衣　曼荼羅四半
此中三品者　是大衣壇隔　此衣量應說
上衣三五肘　下者四肘半　二內名爲中
七條及五條　量數皆相似　又復說五條
横四五豎二　貧人難得利　愍念故開聽

此據應量人　說斯等肘量　極長極短者
衣量可隨身　上中下三衣　葉量應須識
狹兩指寬四　二內者名中　減如斯肘量
守持不應法　凡是帶毛衣　不著入村內
亦不往衆內　食禮窣覩波　作施主物想
如是應分別　不截支伐羅　不著入村內
若違招惡作　有難事隨聽　惡罵無信人
好鬪難共住　被擯將行者　委寄不應爲
若委寄苾芻　假令居海外　亦得作親友
應分別長衣　自國及他方　知委寄者死
於餘苾芻處　應爲委寄人　若分別衣時
不近委寄者　不對求寂等　亦非親委人
若人請持物　寄與彼苾芻　若知彼身亡
此衣當與衆　於諸衣緣邊　應可爲墨點
令衣無雜亂　易識不勞心　苾芻若命過
可將其六物　應賞看病者　餘外住僧分
三衣當割截　尼師壇亦然　十三資具衣
略舉其名目　三衣并坐具　泥婆珊二種
僧脚崎有兩　拭面身巾二　及以剃髮衣
并遮瘡疥服　十三藥資具　此並牒名持
自餘諸長衣　各各應分別　隨所應而作
苾芻須者持　內無僧脚崎　不被於上服
愛護應受用　餘物亦皆然　合染者應染
應縫者可縫　應持者當持　作法應分別
苾芻得新衣　應爲三壞色　青赤石樹皮
糞除貪染意
紫鑛紅藍鬱金香　朱砂大青及紅茜
黃丹蘇方八大色　苾芻不應將染衣
氍被高禰婆　毛毯并氍褥　及以輕薄物
此不截應持　除其青毛者　彼皆貼葉持

無令少欲人　縫刺勞辛苦　若五條覆身
得營衆作務　七條於淨處　作業許無遮
僧伽胝處衆　食及禮制底　并入城隍等
此處並應被　氈被高襵婆　褥及駝毛帔
諸重疊衣服　勿浣於蟲水　卧他氈席等
襯無用七條　可疊作四重　夜中應警睡
離衣宿餘處　他衣不割截　假令非染服
權守亦開聽　無病著一衣　不許餐飲食
無衣亦不浴　有難在隨聽　詳心遣一人
借得緂帔等　均平應受用　非唯借得人
自已白色被　晝卧染遮外　受用僧被物
内外並須遮　被緂毛向外　遊行不應著
若怖於蚤虱　坐卧在隨開　阿利耶你緂
惟僧伽聽畜　由其出此國　即以國爲名
僧伽有隨教　合用高襵婆　無餘諸雜緂

別人皆得畜　爲牢於下服　佛許繫腰條
謂匾圓及方　三種條應識　已卧具若新
他物隨好惡　當須以衣襯　不許赤身眠
苾芻有衣服　不應顧人浣　若自使好人
盆内徐徐濯　不惜打傷衣　復令染色脱
速破便廢事　爲此大師遮　若有具尸羅
好受用衣服　令其施不斷　增長福恒流
寛纔一肘半　長中有三肘　是三衣袋量
更增便不合　苾芻得他衣　奮打成光澤
水灑令虧色　方合出家儀　孫陀利得衣
好爲難陀打　由斯大師制　恐生憍逸心
寛唯自張手　長可一肘半　應將赤土染
綴在師伽胝　應可將斯物　貼在當肩頭
恐汙汗大衣　敬心應受用　若近衣緣邊
微知將欲破　應以線縫刺　無令廢守持

死人身未虧　勿取其衣服　不合故傷損
將爲糞掃衣　苾芻取屍服　下至蟲蟻傷
七八日曝之　浣染宜應用　凡著屍衣人
不用僧卧具　乞時住門外　不得入他家
若其他命進　報言尸處人　必更請慇懃
入舍并隨坐　若制底畔睇　周圓離一尋
不食於魚肉　亦不爲舍住　若是僧祇帔
不染帶茸持　逝多林施衣　由斯不聽染
若是僧伽物　不犯泥薩祇　別人衣有犯
捨時應準式

使非親尼浣衣學處

爲於衣上見　有不淨遺精　由斯故起貪
笈多因得子　苾芻使非親　苾芻尼浣服
若染及以打　捨墮罪傷身　若令尼浣等
隨一罪便傷　非親若有疑　此招於惡作
手掌若一打　染汁一揉衣　苾芻雖善心
亦虧於學處

取非親尼衣學處

若非親族尼　苾芻取衣服　爲無憐愍故
得時招捨墮　不與亦不取　換易便無過
買時依價直　或可任其情　苾芻尼有財
決意持相施　或聽微妙語　歡情奉法師
或時見近圓　持物來相助　被賊奪時施
爲受皆無犯

從非親居士婦乞衣學處

於非親俗人　或於俗人婦　苾芻衣現有
從乞遂招愆　乞下衣及線　便得勝上服
覓少得全衣　受取時無過

過量乞衣學處

苾芻衣失奪　有人多施衣　但取上下衣

不應過量受 上衣肘十一 下衣至二肘
此據俗人衣 名爲上下服 大衣三五肘
兩重爲上服 二五肘下衣 謂聖教上下
從彼乞食時 若得盈長物 宜應還本主
更施受隨聽
非親居士婦共辦衣學處
若俗人夫婦 欲爲辦衣價 苾芻從彼覓
若得罪便傷 非親如上說 若得七種衣
衣體是堅牢 說名爲淨物 從他乞衣直
或五乃至十 迦利沙波拏 色量如前說
若求此等衣 乞時招惡作 若得泥薩祇
得多便不犯 苾芻若無衣 容儀不端正
由斯世尊教 制遣著三衣
非親居士婦各辦衣學處
衣事並如前 別與衣價異 當觀緣起處
有罪及無罪
王臣送衣價學處
若是灌頂王 及婆羅門等 大臣并將帥
令持衣價來 見使送衣直 告言非所應
我受清淨衣 開悟於使者 應告執事者
謂是信心人 苾芻可求衣 乃至於六返
若更得餘衣 受取成清淨 過分從求得
此招根本罪 若過於六返 彼自送衣來
語言我息心 當可還衣主 若彼極慇懃
禮敬勸授與 此物應受取 用時無有過
居處有四別 謂廠舍田店 廠謂瓦作等
舍即是居家 田是營田處 謂稻蔗穀麥
店謂貯貨物 是詰處應知 說有六詰門
待語徐爲答 若作急速語 便招惡作愆
彼見苾芻至 告言仁善來 或云極善來

當於此處坐　或云人食餅　或時命噉飯
或飲非時漿　略言斯六種　施主使淨人
三是人清淨　隨有非人者　即招於惡作
苾芻寄衣去　與彼親愛人　使於所寄人
親友用無過　在路知彼死　即是死人物
多時無長過　物如餘處辯

用野蠶絲敷具學處

若作新蠶褥　成時犯捨墮　有二種不同
囊成及杄作　作二皆犯罪　他與用無過
饒益施主故　令其福命增

純黑羊毛作敷具學處

不用純黑毛　而作新卧具　求覓時難得
復妨於正修

過分用毛作敷具學處

且如用羊毛　四斤爲卧褥　黑二餘各一
是應法無犯　黑謂性烏毛　齊項名爲白
在頭腹及足　謂行處應知　白牻毛若欠
乃至於半兩　若造此褥訖　必爲罪相中
黑易餘難求　純黑亦聽作　若從他處得
受用當隨意

六年敷具學處

若自作卧褥　强遣六年持　六內造時犯
除僧爲秉法　若苾芻一年　更造第二褥
與功招惡作　成時得本罪　如是二三四
乃至五年終　若入於六年　縱造非遮限

不貼坐具學處

若作新坐具　以佛一張手　貼在於新者
壞色令牢固　若於張手內　故心減片許
還遭本罪杖　楚痛此人身　舊者極爛壞
久故無所堪　或惟但有新　不貼時非犯

擔羊毛學處
不自將羊毛　行過三驛外　少許爲帽等
密持非是愆　半村擊惡作　及半俱盧舍
俱盧舍若過　越村便得墮
使非親尼擘羊毛學處
非親苾芻尼　苾芻令浣等　持毛彼若洗
斯便損式叉　若別令洗等　或復總皆爲
得罪隨所應　不爲但惡作
捉畜錢寶學處
佛遮苾芻輩　執捉金銀等　若三衣道糧
病藥當持去　苾芻應少欲　少作少營求
存心樂涅槃　知量知時受
出息求利學處
爲利作興生　財穀等出納　覓利金剛杵
便傷貪者身　遠求及期限　出利并納質
成與不成等　與生有四殊　或往他處求
裝束船車等　及覓同行伴　斯名作遠求
七倍等獲利　方始與他財　書券證保人
斯名作期限　本欲求生利　兩倍等利增
書券計時徵　斯名曰生利　末尼珊瑚等
眞珠物貯收　明契作要期　斯名爲納質
此中利未生　已招於惡作　如其生利得
便招於捨墮　成者謂已作　打爲莊嚴具
不成即金等　此並如前説　爲三寶所須
方便欲求利　應差知事者　俗法勿相違
王及諸官屬　施主勿交關　與時追索難
或可全不獲　納質善觀望　籌量可與物
善人堪委付　無質與非傷
賣買學處
無別交易人　苾芻須自買　善觀當出語

決價但三酬　若當有賣買　元不許求利
若別有所須　賣買時無過　若爲三寶事
要須有賣買　知事人應作　勿與俗相違
若人爲設供　就寺爲市易　當須差降與
令彼信心增　油麻穀豆等　於内有蟲出
安在陰涼處　任彼自隨緣　雖安在陰處
生蟲尚自存　置室坑等中　密閉無令損

畜長鉢學處

畜鉢有二種　謂鐵及與瓦　若持過十日
必爲罪相中　若應量及減　有餘應貯畜
爲濟近圓人　不分別無咎

乞鉢學處

得作五種綴　不合乞餘鉢　意遮求妙好
若買則非愆　苾芻綴鉢璺　不應用融物
黒糖錫紫鑛　泥蠟並皆遮　綴鉢有五種
謂銜鍱釘鍱　鐵釘并鐵末　及爲魚齒縫
依法而轉換　若得便無罪　異此乞惡作
得時泥薩祇　所得之長鉢　捨在於僧伽
轉取最後者　應如法持用　指鉤不觸食
受二升米飯　并容於菜茹　此名爲大鉢
受一升米飯　并菹菜名小　此兩内名中
是名三種鉢　若鉢有璺穴　補綴可存情
作具須者持　置於僧庫内　要有鉢方行
不蒙衆秉法　除爲賊恐怖　又復擬還來

自乞縷使非親織學處

若非親織師　無價織衣犯　酬價并親族
遣織時非過

居士婦使非親織學處

俗人令織匠　爲苾芻織衣　不應至彼邊
諂心申愛語　令長刷削打　將食誘織師

彼人如爲作　得便招捨墮　長者謂廣大
刷者令輭滑　削謂除縷結　打謂打令堅
乞鉢與織師　五正等飲食　與其食糧者
米豆等應知

奪衣學處

苾芻與他衣　瞋不應還奪　哀憐者無過
意欲益前人　動身是身業　言陳成語愆
於斯兩業中　隨一便招罪　乃至於衣角
未離身已來　得惡作應知　離身便犯捨

急施衣學處

但是夏中利　坐夏者應分　此不通餘人
預分招惡作　夏無掌衣者　不合受他衣
若有難施衣　金等咸應受　急施有五種
謂病爲病人　欲死或爲亡　將行故行施
隨意十日在　此時當受物　若過於衣時
斯便不合畜　若施主告言　我當自手施
受取應爲舉　合衆罪皆無　若得隨意利
悉屬坐夏人　亦通無夏者　同爲隨意事

蘭若離衣學處

阿蘭若有怖　於自三衣中　俗舍寄一衣
爲防其難故　於斯離衣宿　六夜許無愆
第七明相生　須還蘭若處　非前夏安居
是名爲後夏　此中若有賊　謂是難應知
言有疑畏處　謂師子虎等　有怖謂蝱等
惱亂多衆毒

雨浴衣學處

春餘一月在　四半至五半　若其須雨衣
此時宜可乞　去前安居日　尚有一月在
此月應守持　入夏隨情用　可於兩月半
苾芻用雨衣　早求過後持　此便招捨墮

若於隨意日　施得好衣服　秉白二羯磨
對衆前當受　衆僧旣共許　慇懃各用心
一日作使成　物體須牢固　如法作衣已
華香好嚴飾　置在於衆中　張須知法者
由張羯恥那　苾芻獲饒益　謂於十日内
不須分別持　雖無僧伽胝　人間任情去
別衆食展轉　斯皆無過愆　雖不告苾芻
得入於村内　廣文具有十　此略言其五
謂從八月半　乃至正月半　齊斯五月日
名羯恥那時　行下意及了　行徧住兼出
不滿夏及破　後夏者不應　屬信并求寂
及以授學人　不受羯恥那　餘利皆須與
破尸羅行壞　大衆與作遮　及入非法朋
於餘處坐夏　如斯等五人　無利無饒益
由其不消施　持戒者應爲

迴衆物入已學處

若僧現前物　迴之將屬已　他利最難消
當受泥犂苦　他施衣金等　及以諸飲食
遮斯兩種物　名迴換應知　此衆所生利
迴與別僧伽　惡作必定招　非根本應識
或將他衆利　共迴與此僧　若物屬此時
合衆皆祇罪　佛像制底人　乃至與畜食
上下樓簷等　迴時皆惡作

七日藥學處

受取對苾芻　守持酥蜜等　自取隨情食
齊七日無違　泥薩祇應捨　此須善苾芻
間隔要經宵　其罪應須說　第二日還衣
本主當從乞　慳心不還者　強可奪將來
三中若有一　更復得餘衣　由其未清淨
受時皆惡犯　由衣等須捨　故有捨名生

復墜墮三塗　爲斯名捨墮

故妄語學處

已說三十事　捨與墮相應　九十單墮罪
隨次今當說　王舍城人衆　及以諸苾芻
借問羅怙羅　佛今在何處　此中有世尊
報言在彼處　大師由此事　爲說兩伽陁
故作妄語人　違於一實法　現世造衆惡
當來受苦報　寧呑熱鐵丸　猛燄極可畏
不將破戒口　非法噉人食　由苾芻妄語
佛制於學處　差別有九殊　乃至於二種
於無根五法　波羅市迦等　戒見軌邪命
是九種應知　他勝等五法　見等三不同
於斯作異言　應知妄成八　戒見軌邪命
及以見聞疑　苾芻虛誑時　斯成有七種
已說正當說　不實有三時　復有見等三
說妄言有六　如是一一滅　智者應可思
說語若他知　便成二種妄　何謂五種妄
他勝等應知　說上人法時　名入於他勝
若於兩種謗　不實誑前人　根與無根殊
名入於衆教　若在僧伽前　法說爲非法
由其對衆量　名入吐羅中　若褒灑陁時
問言清淨不　默然而覆過　是名入惡作
作此妄言時　便成四種別　所餘諸妄說
咸入墮中收　此五種妄說　其體重輕異
不相交雜故　各陳其入言　於不見等處
顚倒說見等　故心說他解　墮落罪便傷

毀呰語學處

雖毀呰傍生　喚爲禿角等　懷羞情不忍
何況毀於人　由斯世尊說　常饒益衆生
苾芻毀滅言　便招於墮罪　苾芻毀呰意

問婆羅門種　汝梵志出家　此便生惡作
若問刹帝利　戲心得惡作　薜舍戌達羅
若問成根本　毛木匠織師　客縫竹作等
如斯諸種類　問時便得墮　汝梵志工巧
清淨應須學　沙門汝何用　即招惡作罪
汝是刹帝利　矛稍弓射等　此事應可爲
說時便惡作　如是戌達羅　薜舍所作業
織竹等雜作　便獲根本罪　汝自業應作
乞索教讀等　若作如斯語　同前得惡作
跛瞎攣躄行　侏儒及聾瘂　毀他如是說
墮落火便燒　汝疥癩癰疽　癢瘙痔嘔逆
作如是等語　此人便得墮　汝罪不清淨
有疑悔惡作　汝有忿恨惱　得罪亦同前
苾芻毀呰意　惡說罵詈等　與鄙語相應
墮罪便相害　如是族工巧　作業形容病
罪及煩惱言　咸名毀滅語　意欲簡前人
是何者佛護　答言刹帝利　如是等無愆

離間語學處

苾芻離間語　欲使他分析　由爲觸惱心
定招於墮罪　汝剃髮賤人　問言誰語汝
報云某甲道　此招於惡作　於前學處中
說族工巧等　應知罪相似　智者不應爲

發舉殄諍羯磨學處

和合衆作法　同心許其事　若更毀破者
墮罪遂便傷　大衆共一心　如法如軌則
斷除四種諍　評論等應知　同心共秉法
於事無猶豫　若云不善時　得破羯磨罪
未作作了想　或疑而毀破　斯便得惡作
異此便無犯　若作此斷事　作餘斷事想
應知了未了　得罪並同前　主人秉羯磨

持欲及見等　并客來苾芻　是謂五差別
若識初中後　是名爲主人　此中作法人
謂秉羯磨者　爲他將欲者　此名持欲人
現前居衆中　是名爲見等　我愛如是見
作如此平章　不識初中後　應知此名客
初三若毀破　俱得於墮罪　後二若毀時
並皆招惡作

與女人説法過五六語學處

爲女説法時　惟齊五六語　除有知男子
過時得本愆　一切色無常　受想行亦爾
及識爲五語　明慧者應知　眼耳鼻及舌
身意並無常　此名爲六語　智者應當識
欲説於五句　故心言第六　或可擬説六
故七咸同罪　若口吃無過　及以語忽忽
智女更問時　爲説便非犯

與未近圓人同句讀誦學處

與未近圓者　同句而誦法　隨説即招愆
同誦開無過

向未近圓人説他麤罪學處

知他犯麤惡　告未具得罪　大衆與法者
説時無有過　何者名麤惡　謂波羅市迦
僧伽伐尸沙　非餘事應識

實得上人法向未近圓人説學處

前人未近圓　苾芻向彼説　實得上人法
得波逸底迦　若是五種蓋　凡人法共知
非此名上人　靜慮等境界

謗迴衆利物學處

説他與衆物　迴將入別人　若作妄言時
便遭墮罪割

輕呵戒學處

半月半月說 戒經長淨時 若其輕慢言
定得於本罪 何煩戒經內 說此小隨小
令人惱悔生 是名輕慢戒 猒疑生惱觸
憂熱徧燒煎 能令起悔心 隨說皆招罪
但是律教中 所有諸小戒 苾芻輕慢說
亦皆成本愆

壞生種學處

所有種子類 及以有情村 根莖節開子
自他損皆犯 若從根得生 此說名根種
謂是香附子 薑芽等應知 莖種從莖出
揷地即便生 謂菩提石榴 柳等咸應識
節種截取節 入地能生長 蘆荻蔗竹等
由斯故得名 裂種杏麻豆 子謂穀麥等
有釋異種子 牛糞等生蓮 羊毛生細稊
是一師別釋 有情蟲蟻等 總攝諸生命
村者謂樹等 有情之所依 想疑而損之
皆招於墮罪 如是種果等 稱境定招愆
別種別想疑 應知亦得罪 苾芻持五種
安在臼中舂 若種損壞時 五罪一時得
若不損壞者 但招五惡作 置火及投湯
同前皆本罪 若作故損意 青草處遊行
有壞時便墮 不傷招惡作 若於青草處
曳物而傷損 或湯粥汁等 澆瀉亦同愆
若以一方便 斬斷於一樹 便招一惡作
一波逸底迦 若以二方便 斬斷一樹等
便得兩惡作 一墮罪應知 隨方便多少
得爾許惡作 隨其事差別 悉皆招本罪
葉果未開華 諸藕諸根等 蓮藕及蘋藻
隨壞墮相中 皺皮及黄葉 蓮華等已開
若斷惡作罪 佛言輕重異 若須淨齒木

及皮葉華根　取時爲淨言　不應云斬折
水藻及浮萍　地鷄并鹹鹵　青苔白醭菌
牽挽不應爲　何者是淨言　云汝應知是
解是與淨等　淨了皆無過　作淨二五殊
火刀蕎鳥甲　墮破并拔出　挨斷擘不中
營造伐樹時　應從樹神乞　以諸華果食
設祭可隨時　應爲誦正法　謂三啓等經
宜應具告知　十善十惡報　行善招樂果
異斯生惡趣　顯其功德施　復説慳貪罪
歡喜等園中　天女恒遊戲　長時極樂果
惟有施能招　鎮懷飢渴火　不聞漿水名
輪迴諸趣中　受苦無窮盡　無始來串習
數爲煩惱逼　自他無利益　並由慳所纏
七日不改變　復無流血等　大樹宜應截
有異不應傷

嫌毀輕賤學處

苾芻作嫌言　及爲麤罵語　所得輕重罪
略言其大綱　大衆作白二　差遣分餅粥
分房行餅果　分餘雜物人　羯恥那噐具
藏守支伐羅　及以分衣人　并守雨衣者
毗訶羅波羅　斯人所遣使　行噐持竿水
及以驅烏人　若遣分卧具　行飯并行利
衆差如是人　嫌時皆本罪　如斯十二類
嫌罵者招本　餘使得輕愆　善可觀其事

違惱言教學處

違教得本罪　教謂他問時　惱謂説異言
不陳決定語　他問如是言　欲惱便餘答
除獵人來問　恐彼害前生　我視虚空爪
實理有情無　此人方便言　報彼非成咎
如其他問時　惱意默然住　由斯墮惡趣

苦逼痛方言

不舉敷具學處

若於露地中　安僧牀座等　除有人屬授
捨去罪隨行　若離於本處　欲行向界外
未離牀等分　便招惡作愆　若棄出行時
雨霑得惡作　如是水濕澈　斯便得墮罪
說有三種壞　謂蟲風及雨　表裏俱損時
此說爲蟲壞　被風吹返襵　是名爲風壞
雨濕第二重　名雨壞應識　若在於房中
被蟲等損壞　招惡作等罪　準說並同前
初不思而去　塗中忽爾憶　自忖由癡等
當須苦責心　若遇餘苾芻　見已應相就
爲護卧具故　慇懃好屬看　若彼爲領知
到處不藏舉　波逸底迦箭　便中不憶人
俗人來請食　借座當須與　求寂等將去

苾芻不自持　俗侶詣伽藍　設食供僧衆
應與其座席　宜差守護人　若是看病人
病老朽破戒　又復未圓具　斯皆勿屬觀
二人同一座　小者應收舉　若彼夏相似
後起者應持　若聽法等時　上座年衰老
舉安僧座席　小者應代爲　佛制諸苾芻
於尊老給侍　當爲依止事　利益兩俱兼
若有難事至　牆根及樹根　著座不招愆
無緣勿斷食　行時支伐羅　所有其勢分
必無看守者　卧具準應知　讀誦正法時
應可升高座　居處令安隱　敬重大師言
應可爲高座　四足安師子　高下任時宜
正方應好作　傍邊安蹋道　前爲承足華
踞坐誦尊言　讀時前置按　背後安華障
兩畔任懸繒　上蓋準時宜　置在長廊下

簷下長懸索　用擬挂華鬘　好心來聽經
當前列行坐　俗家敷寳座　欲坐者隨聽
攝念可應居　諸行無常想　當如是作意
此是施主物　雖是寳莊嚴　坐時無有過
在藥叉龍宫　天堂皆許坐　令彼福增長
此教是牟尼

不舉草敷具學處

若其於寺中　用衆草敷具　去時無難事
自舉屬人看　此亦同前説　與褥席不殊
同彼罪應知　護戒者當識　舍中不除去
或棄主人遮　敷在毗訶羅　不除招惡作
習定者經行　敷長十二肘　勤修念誦者
亦十二應知　地硬用草敷　不置便生病
防難爲蘭隔　無斯致惱縁

牽他出僧房學處

若瞋他苾芻　從住去牽出　其人得墮罪
仍除有難縁　設不自手牽　令他苾芻挽
二人俱得罪　謂波逸底迦　若令求寂等
牽苾芻出寺　苾芻招本罪　求寂得輕愆

强惱觸他學處

若以好衣食　或冷或熱等　故惱他苾芻
令食招根本　若食堂煖舍　浴室近門傍
及閤道簷前　此分皆不合　於座及卧具
他未有心移　先住苾芻來　無令後人去

故放身坐卧脱脚牀學處

若在上房住　不坐脱脚牀　以板承牀足
坐時無有過　所言脚脱者　於孔中抽出
謂在故房上　多時朽爛棚　若無承足物
或可仰安牀　不畏損他人　量時應受用
或時以鐵釘　釘脚不令脱　任情安逆榍

或用草繩纓
用蟲水學處
水中有生命　將澆地樹等　自作若使人
悉皆招墮罪　蟲水有想疑　斯還得本罪
無蟲蟲想疑　便招惡作過　從他借鑵綆
他與用無傷　澄濾好觀瞻　濁時安黒果
若水有濁塵　臨之不鑒面　此可慇懃濾
清淨方無犯　若井泉知淨　法瓶等緻密
衆及於別人　五水隨情用　濾羅有五種
謂滲鑵軍持　法瓶并水羅　及以衣角氎
澄心當好視　蟲若小毛端　並須依教看
無勞數觀察　齊幾當觀水　如轉六牛車
竹載摩揭陀　是名觀分齊　若其於水噐
起心疑有蟲　宜應更善觀　無疑方可用
乃至俱盧舍　或時一驛路　彼處決知有
無羅亦可行　若即許還來　半驛去無犯
商侶有相識　傳羅隨意去　順流河岸行
一一俱盧舍　善觀應可飲　異此即不應
泝流隨取處　觀濾並如常　陂池水不流
觀於一尋內　井等取水處　説佛語伽陀
隨處有天神　應從彼求乞　將軍持向口
飲水佛不聽　葉等必其無　屏處非遮限
宜應將絹布　葉繫軍持口　及以蓋瓶項
異斯招惡作　項等有垢膩　用意淨洗治
隨時可曝乾　爲欲令清淨　俗人所作事
求寂不應爲　求寂之所爲　苾芻有不合
苾芻望於尼　事有犯非犯　皆須善觀察
準教可應行　於池井等中　見有飯菜等
澄濾隨情飲　應知此名淨　俗人施水處
準法好須觀　雖在非時中　隨情應飲用

牧牛人等處　苾芻少乏水　酪漿及乳等
洗足亦隨聽　盛酒大小行　此器宜應棄
若盛油等物　火炙水梳治　或令魚鼈舐
垢膩盡皆無　置水此器中　非時用成淨
女人求水時　苾芻應可授　不宜相續注
勿生癡染心

根本說一切有部毗柰耶頌卷第二

音釋

呫他叶切　塹七豔切溝坑也　廠昌兩切曠也　齩五巧切嚙也　擿側格切手擿也　鑛古猛切　茜此見切　毯他敢切毛席也　襵陟葉切　絛土刀切編絲繩也　櫬初覲切近身衣也　睇特計切　牻莫江切白黑雜也　券去願切契也　璺文運切器破而未離曰璺　綴陟衛切　躄

彼戟切足不能行也　藷章魚切藷蔗也　蕱所交切　皴七倫切　醭普木切　菌渠殞切地蕈也　蔫於乾切　捩良結切拗捩也　榍先結切櫼也　緻直利切密也　鑵古玩切汲水器也　綆古杏切汲索也　濾良倨切濾漉也　泝桑之切逆流也　瓨下江切長頸甖也　舐神帋切舌餂也

根本說一切有部毗柰耶頌卷第三

尊者毗舍佉造

唐三藏義淨奉制譯

造大寺過限學處

造大毗訶羅　起基安水竇　著戶扉及居
并可置明窗　若欲起牆壁　應和草作泥
壘至橫扂邊　二三重勿過　若於上更著
即招於墮罪　塼石及木成　雖多無有犯

衆不差教授苾芻尼學處

具戒有聞持　年至二十夏　言辭善圓滿
不曾身汙尼　善說八他勝　八敬能開演
具七可應差　異此便不合　善解素呾羅
毗柰耶母論　此合教授尼　除諍能調伏
除此更有餘　第二略教授　大衆若有教
上座可傳言　尼衆清淨不　又復和合不
此中無苾芻　於尼行教授　姊妹牟尼教
常須不放逸　無令戒損失　此是三塗因
由尊二十夏　能調所化生　於律教善明
王苾芻應識

教授至日沒學處

被差行教授　雖可具尸羅　及明須早歸
無容侵日沒　日沒作沒想　或可生猶豫
仍爲教授事　得墮罪無疑　未沒作沒想
未沒起疑心　被惡作箭中　當受於大苦
若尼門不掩　或可門相近　或爲多教授
日沒並無傷　尼可作供養　應隨自已能
尊人當受食　令其福增長

謗他爲飲食故教授學處

若以嫌嫉意　輕毀教授人　由生不善心
當遭獄火燄　彼有貪染心　教尼求飲食

見實而説者　此誠無有過

與非親尼衣學處

若是非親尼　不合與衣服　由彼心貪覔
來處不籌量

與非親尼作衣學處

於非親尼處　不應爲作衣　由作惡形儀
令俗生譏醜

與尼同道行學處

苾芻向餘處　共尼同伴行　賊等多怖時
共行無有過　若病無人持　不應棄於路
苾芻苾芻女　展轉互相舉　尼自將路糧
苾芻得爲淨　苾芻持尼淨　此並勿生疑

與苾芻尼同乘一船學處

苾芻若與尼　乘船或上下　於斯便不許
直度者無愆

獨與女人屏處坐學處

緣彼鄔陀夷　共女屏處坐　因招衆譏謗
聖制不應然

獨與尼屏處坐學處

又與笈多尼　獨在屏處坐　據緣但道一
餘三並墮愆

知苾芻尼讃歎得食學處

苾芻知彼尼　讃歎故得食　除其先有意
食便招墮罪　讃歎有二種　具戒及多聞
具戒從預流　乃至阿羅漢　多聞素呾羅
毗奈耶母論　實有如斯德　讃食許無愆
若實無有德　爲利受尼讃　知而噉食者
即招其本罪

展轉食學處

苾芻無疹病　非衣作行時　足已更生貪

食時便得罪　一食不能安　此說名為病
但獲衣方肘　是謂施衣時　僧房制底處
其地如小席　掃拭及洗塗　此名為作務
若半踰繕那　苾芻去還返　斯名道行事
更食者無罪　若得有衣請　更受無衣者
受後招惡作　食時便獲本　先得無衣請
後有支伐羅　兩處縱俱餐　此食非遮限
前得有衣請　後請亦有衣　兩處食隨情
此皆無有過　若棄無衣處　行就有衣家
開難緣及衣　非餘事應識　若知於俗舍
並請盡僧伽　授事及餘人　至時鳴揵椎
苾芻於自黨　若客新來至　請處應教示
默去不應為

施一食過受學處

外道所居處　苾芻在彼停　無病一日餐
異斯便不合　無病別日住　便得惡作罪
如更受他食　咽便招本愆　施主意平等
或是親族處　假令多日食　斯非是愆咎

過三鉢受食學處

施主非隨意　若得飯麨等　二三持滿鉢
若過招本罪　大鉢若取三　二大及中一
兩大兼一小　二中并一大　二中兼一小
滿鉢取持歸　斯皆得本愆　三小咸無過
親族歡懷與　受多無有過　受已應持去
平分與苾芻

足食學處

苾芻足食竟　不合更重餐　不作於餘法
咽咽罪隨生　五種珂但尼　斯非是足限
正食若足已　此亦不應餐　五種蒲膳那
米飯麥豆飯　麨肉及諸飯　是正食應知

根莖葉華果　名五珂但尼　此據嚼齧義
五正通合噉　知是蒱膳那　有授者相近
已作遮止法　從座捨威儀　於如是五處
名足食苾芻　此中隨一無　則不名爲足
足罷竟去休　此說名遮足　若道且言者
聖說許無愆　若作餘食法　非側非背後
不安在懷中　非空非置地　兩手極淨洗
然後方受食　食了不離座　是未足應知
執食可蹲踞　對苾芻應告　我作餘食法
仁當憶念知　彼人當取食　若二若三口
語言持取去　隨意可應餐　若彼雖足食
然未離於座　應就彼人前　作法皆如上
彼人不合食　應告食人言　將去任情餐
名第二餘法　若得非正食　謂是乳酪類
薄粥薄麨等　並非成足食　若豎匙不住
此名爲薄粥　指鈎不見迹　謂薄麨應知
若作足食想　及以生猶豫　食便招本罪
便開地獄門　若食雖未足　而爲足食心
及起疑意時　皆招惡作罪

勸足食學處

知他足食竟　不爲餘食法　內懷於惡心
勸食便生罪　知足食想疑　慇懃勸彼足
欲令他犯過　當來苦自傷　不應以雙足
蹈於食葉上　病者便非過　無病起譏嫌
苾芻若無病　連鞋不應食　病應抽出足
蹋鞋上非愆　授食在背側　或遠或隔障
及不仰手時　斯皆不成受　授者立相近
當前無障隔　皆須仰手受　極可用心請
指食令安鉢　如其墮葉盤　此即名爲受
無疑應可餐　微塵有多種　華果飲食衣

有觸與無觸　淨與不淨別　土塵事多種
有淨及不淨　覩色不分明　此則無勞受
塵相若分明　不受不應食　衣食汙須洗
不洗便生過　若行鹽等竟　雖小不應起
及時應可坐　準次勿相排　年甲居老上
知想或生疑　突色訖里多　日日恒增長
持食與他人　便作希望意　彼人重授與
不淨不應餐　決捨絕希望　後從他獲得
此名清淨食　受時無有過　勿語盂送人
與我如是食　隨行得應噉　病人非在遮
苾芻若食了　可留一大抄　普施於衆生
不應爲簡別　若客至將行　檢校人并病
及以看病者　隨情在前食　因籠拏開粥
僧衆並隨聽　由斯影勝王　施地佛聽受
因論於食法　及與藥相應　淨地等要門
隨事皆須識　飯餅及肉魚　豆飯并麨等
斯謂爲時藥　養命噉恒須　蒲萄及芭蕉
醋果并茵蔯　棗等烏曇跋　並曰非時漿
俗人及求寂　熟𢮦當淨濾　酪漿蔗醋漿
斯等非時飲　說有七日藥　酥油蜜諸糖
石蜜及砂糖　許服皆無過　又有盡壽藥
謂是根莖等　如法應守持　無限常聽服
根雞舌薑等　莖謂不死條　黃薑等可知
并諸香雜水　七葉苦瓜苗　果謂胡椒等
及以三果類　準病服皆聽　紫鑛及阿魏
黃蠟諸樹汁　油麻灰等五　復有五種鹽
菴末羅苦木　七葉尸利沙　如斯樹等皮
皆名盡壽藥　如是諸藥類　不擬將充食
但欲排飢渴　希心趣涅槃　蒲萄及石榴
菴婆芭蕉等　根謂蓮藕類　是時攝應知

如斯時藥等　展轉更相雜　各從前藥勢
服用者無傷　熊羆及黿鼉　并江猪等脂
並隨身治病　非時咸可服　醫言食生肉
人蛇象不聽　魚肉若持來　問淨當隨食
門前制底舍　空露地水堂　簷下及房中
並不應煮食　作淨有五種　生心等軌則
若爲作食廚　衆僧共立淨　住處絣繩墨
草創立基時　解法營作人　興心應作法
我今於此處　立作衆淨廚　三心念口言
謂是生心淨　造寺半巳了　知事對僧前
我今普告知　應如是三說　此處我守持
將爲淨食處　作如是告白　名爲共印持
若人造寺宇　房門撩亂開　室相不齊行
此名牛卧淨　若有僧住處　苾芻久棄捨
後至過便無　斯名廢故淨　若僧秉白二
羯磨衆詳許　知法並同心　名爲作法淨
如是五淨廚　苾芻不作法　停食過明相
悉皆成不淨　爲淨二五殊　刀火蔫鳥甲
墮拔截劈壞　作法者無愆　火壞五咸淨
餘損子皆成　傷皮有不成　於中驗生性
當於上座所　行食者應言　三鉢羅佉多
是名行食法　上座當告言　應平等行與
須正意而食　了說顧伽陀　正說福頌時
苾芻不應食　若不聞聲者　食時無有過
正說伽陀時　闇時應諦聽　須了隨情食
更說非遮限　有能者應說　衆首或餘人
演法應時機　當隨施主望　凡是說法人
應須與伴助　由非獨一巳　令法有光輝
爲衆誦經時　夜無燈不許　護蟲爲百目
或復作籠遮　所食魚肉等　與俗勝人同

他持施鉢中　應食全無罪　他爲作肉食
若有見聞疑　此則不應餐　爲慇衆生故
得虎狼等殘　若有聞疑見　由彼心不捨
此皆不合餐　不許無悲心　耽味害他命
準法依三淨　食肉許無愆　蒜葱等諸藥
爲病在隨聽　欲令身命存　斯名善法器
病者食蒜時　當護其臭氣　選處應將息
隱密可應爲　爲病服食了　可洗身令淨
臭氣皆除滅　方入本房中　若服蒜葱韭
爲令身淨故　停七三一夜　如次可應知
巡家行乞食　撩亂有多門　應將飯等記
無令路差失　乞食秉鳴錫　欲使施人知
及怖於大牛　不許行撾打　苾芻於俗舍
若食餅果根　勿嚼作大聲　或時將汁輭
自非有要事　不應相觸食　食時須用心
勿濺傍邊者　儉時若得食　施主歡隨施
亦可多將去　分張與苾芻　若上座受請
食半與餘人　爲濟儉年時　活諸同梵行
欲令壽命久　餘人得應食　若在牟尼教
一日實難逢　若於鉢縫中　見有餘殘食
應以物擿去　三洗用無愆　食罷口應淨
用齒木土等　淨水漱三度　若過亦隨情
苾芻得食已　疑有餘人觸　應覓未具人
重受隨情食　有事須行去　無人持路糧
自擕爲換想　啖時無有過　若無人可換
一日不應餐　他日啖虎拳　不合過斯食
三日兩虎拳　已後當隨意　自作宜應食
希望性命全　須根地可掘　欲果樹宜升
苾芻應自取　除飢得延命　斯等是遮戒
爲難暫開聽　若是性罪者　命斷不應作

親識遠方來　屏處應同食　室羅末尼羅
同餐開怖處　受巳莫放器　左手急堅持
齊手可應餐　食時須用意　如其不蓋覆
置食被烏殘　近紫處應除　餘者隨情食
僧祇若別人　酥油砂糖等　如其誤觸著
不應便即棄　若是四方僧　或復別人食
知淨宜應受　異此即不應　食雜砂糖等
水洗宜應食　雖在非時中　此無不淨過
糖與麨相和　應將淨水投　苾芻須淨濾
非時飲亦聽　苾芻自爲巳　於砂糖守持
隨開於五人　相知更互食　病斷食少食
熱悶及塗中　於此五人聽　餘者皆不合
勝果卒難逢　及上飯食等　苾芻雖足食
不加法亦餐　若乞食苾芻　巡家乞得食
有人請入舍　隨言使福增　舍中食餘飯
施主遣將歸　縱觸還應食　儉歲聽非過
寺三時設食　祭彼護寺神　時非時藥叉
任彼須應食　訶利底母兒　佛遺多祭食
爲護於住處　令教法光輝

別衆食學處

不餐別衆食　唯除病等緣　僧中取少多
或此送無犯　乃至一匕鹽　或一握草葉
送向於餘處　亦得表情和　有人不盡集
四人名別衆　病作道行時　事如前巳說
若是乘船去　至半踰繕那　或可覆還來
食皆無有過　若衆多施主　別別供苾芻
隨彼施主心　此謂時差別　諸外道沙門
彼若施僧食　悲心應爲受　由彼不信故
界中別衆食　有苾芻想疑　得罪若三人
食便無有過　有別定屬利　食時與衆乖

此順施主心　縱食非成犯

非時食學處

從過中已後　至明相未出　苾芻不應食
若食罪侵身　有病在非時　醫人令遣食
當於隱密處　無令俗見譏

食曾觸食學處

苾芻觸食等　此則不應餐　食前食後殊
說觸有兩別　若在食前受　食後噉便愆
若食後受時　夜分過不合　若手有雜膩
謂除衆難緣　不觸於鑰匙　及以觸衣鉢

不受食學處

飲食若不受　怖罪者不餐　食咽罪便傷
除水及齒木　藥及淨齒木　有汁還須受
若是生種者　仍須將火淨　苾芻行乞飯
有餘仍未熟　宜應自煮食　受取可應餐
得魚肉果等　先煮已色變　牛乳等三沸
更自煮非愆　他人來設食　有事便棄去
應爲北洲想　觀時自取食　以藥灌鼻時
若咽當須受　若能不咽者　不受亦無傷
食有蠅蟻等　附近不成觸　觸處除應食
鼠鳥受應知　若手與手受　或物與手請
或手與物請　或物與物受　若人猒賊國
遠置亦成受　更有餘成受　謂象馬獼猴

索美食學處

苾芻身無病　爲已不應乞　生酥并乳酪
諸肉及以魚　爲病故乞求　縱食而非犯
無病乞惡作　若食罪便中　俗舍巡行乞
執鉢黙然住　他問何所須　欲者隨情說

受用有蟲水學處

若知水有蟲　受用全不合　謂外內二種

洗浴飲應知　有蟲無蟲水　此並如前說
羅漉須依法　由是性罪故

有食家强坐學處

苾芻在食家　不應屏處坐　令他生惱意
仍除難怖緣

有食家强立學處

若女人丈夫　欲貪相樂著　說此名爲食
屏立亦招愆

與無衣外道男女食學處

苾芻若自手　不與外道食　擘破與隨聽
欲令除惡見　彼盤器在地　悲心應授與
爲生哀愍想　不得現虔恭

觀軍學處

若觀軍鬬戰　苾芻皆不許　必有緣須往
此則在隨開

軍中過二宿學處

有緣須往時　齊兩夜應宿　如其更過宿
除難便成犯

動亂兵軍學處

軍旅象馬衆　旗王及兵力　國主及大臣
見時便得罪　軍旅謂整莊　兵力謂驍勇
若立標旗處　於此號旗王　人主大臣請
有障難及怖　假使住多時　斯亦非成犯

打苾芻學處

不以瞋恚意　故打他苾芻　違本要期心
不遵於聖教　假令將一指　若打即招愆
況復手足拳　杖木等相害　若將掃箒打
隨有幾多壍　觸彼苾芻身　還招爾許罪
如是把豆等　隨打罪應知　若不墮彼身
準數皆惡作　若爲彼椎噎　或時因誦呪

苾芻將物打　斯等並無愆
以手擬苾芻學處
若於苾芻處　努手相擬時　即便招墮罪
還如打中說
覆藏他麤罪學處
知他有麤罪　元不許覆藏　若有怖畏時
縱覆皆無犯　從波羅市迦　乃至衆教罪
及此重方便　覆至曉招愆
共至食家不與食學處
不作嫌恨心　故令他斷食　彼人無有病
必得罪相中
觸火學處
若不是開緣　然火皆不許　及滅火觸火
有難便非過　皮毛爪洟唾　擲著火中燒
熟炭不守持　觸皆招惡作

與欲已更遮學處
僧伽有事時　苾芻先與欲　後時便不許
墮罪必侵身
與未近圓人同室宿過二夜學處
未進近圓人　與之同室宿　此惟齊二夜
第三便墮罪　說有四種室　一是總覆障
二總覆多障　三多覆總障　四多覆多障
於此四室中　苾芻睡卧時　獲罪隨輕重
如是四種合　至三明相出　於中罪輕重
護戒者應知　有三種明相　謂青黄及赤
青光纔現時　即得根本罪　若在高閣處
言聲不了知　及餘諸屋中　共宿成無過
不應於一牀　二人等同卧　於褥權開許
衣等隔中間　然明室中卧　有病在隨聽
及以瞻病人　餘人皆不許　無病晝日睡

懶墮者便遮　禪誦若勤修　片時隨意卧
闇中禮尊者　不應首至地　當以虔敬心
發言稱畔睇　共求寂道行　同眠應警覺
若困不能者　起坐隨情睡　求寂一切時
慇懃當守護　猶若輪王子　斯爲佛樹牙

不捨惡見違諫學處

苾芻作邪行　說欲非障法　此能爲障礙
由癡無所知　乃至於三諫　若其見不捨
此是罪中極　宜應速驅擯

隨捨置人學處

知此惡見人　未爲隨順法　及不捨惡見
皆不應共住　不共作讀誦　亦不爲親友
共受法食者　得波逸底迦　爲斷彼惡見
或親或病人　讀誦在隨聽　受用便不許

攝受惡見求寂學處

若是未圓人　將求圓寂處　愚癡說欲法
非障道應驅　苾芻離惡黨　益物以爲心
共斯無智人　宿便招墮罪

著不壞色衣學處

苾芻得新衣　當須爲壞色　新衣謂是白
染壞色有三　青謂汙色青　泥者謂赤石
樹皮華葉等　染色號袈裟

捉寶學處

乍可觸瞋蛇　酖毒難治療　不觸於珍寶
及以寶莊嚴　末尼眞珠等　珊瑚寶莊具
刀矟諸戰仗　鼓等皆不觸　寶物眞珠等
觸穿皆不墮　若其觸未穿　此便成越法
鼓樂絲竹等　刀杖弓箭類　若成及未成
觸皆招惡作　若觸彈毛弓　亦得惡作罪
何況刀矟等　擎持罪不傷　像等有舍利

觸時得本罪　若無身骨者　觸時便惡作
歌舞吟詠類　觀聽皆不許　談話并相撲
斯非寂止緣　自爲歌舞樂　旋遊於制底
由不護根門　步步皆招罪　由斯亂心故
不許貪聲色　惟求脫三有　終希趣涅槃
寺內見遺財　所謂金銀等　應將草等覆
護防經八日　若有主來求　記驗同應與
若無貯僧庫　藏舉勿令虧　後主來求索
化彼少智人　半價或全酬　更增便不許

非時俗學處

若非是開緣　半月內洗浴　病道行作業
及以風雨時　若人洗不安　是病當開限
道行及作事　斯並如前說　驚飇動衣角
說此謂風時　雨滴水霑衣　是雨宜應識
如其風雨雜　說此謂相兼　齊兩月半來
是名爲熱節　如從脫衣服　至水未霑臍
洗浴得輕愆　過臍招墮落　渡河非是犯
悶絕水澆身　或可越陂塘　爲難皆無犯
苾芻行水內　及以乘船時　若在大海中
大小便無犯　若有女人洗　王及諸兵衆
并有獰惡人　遠避不應浴　不應水中戲
游泳或沉沒　以水相澆擲　打水作音聲
若其爲學浮　或時須療病　當於隱密處
雖浮亦不遮

殺旁生學處

苾芻殺旁生　自作或遣使　當招極苦處
惡道火燒然

故惱苾芻學處

於同梵行所　不應令悔恨　作惱心便犯
異此許無愆　汝未二十歲　不成受近圓

汝鄔波馱耶　破戒衆不集　若以惡作心
説時僧獲罪　若説實事者　此成無有過
以指擊攊他學處
少智雖一指　擊攊便招過　如無戲弄意
示黨許非愆
水中戲學處
苾芻水中戲　此彼岸往還　於此有開遮
並如前已説
與女人同室宿學處
若無障隔處　不共女同房　若牢關閉門
此成無有過　女於善惡言　解了名及義
此便生重罪　餘者得輕愆　全覆全障等
室相如前説　要待全身卧　是謂眠應知
若其眠睡著　波逸底迦風　能於地獄裏
吹火鐵牀中　於樓閣有女　應可去其梯
或遣苾芻看　縱卧成無犯　若於晝日卧
與上事皆同　并須結下裙　異斯招惡作
恐怖苾芻學處
爲尊重佛教　不惱亂衆生　自作若使人
不應爲恐怖　或作諸鬼形　若羅刹等像
或以聲氣觸　怖彼罪侵身　可意人主天
食香梵志等　報言來害汝　便招惡作愆
欲前人得益　現極苦令怖　説於三惡道
雖怖亦無傷
藏他衣鉢學處
藏他衣鉢等　戲笑不應爲　若作罪侵身
爲益便無過
他寄衣不問主輒著學處
先與苾芻衣　不語用得罪　若是同意者
雖用理無違

以衆教罪謗清淨苾芻學處

若以衆教罪　謗他清淨人　此成燒煑過
餘皆得惡作

與女人同道行學處

若無男子伴　共女涉道行　得波逸底迦
里數如常說　行到一一村　即便招墮罪
若其村未至　惡作罪應知　若於險路處
女人爲引導　或作防援者　此皆無有過

與賊同道行學處

與賊同行去　即得於墮愆　若開無犯者
如前已宣說　商人偷稅道　此尚名爲賊
何況破村坊　打道白劫者

與減年者受近圓學處

若年減二十　未合與近圓　由於飢渴等
不能堪忍故　若實年不滿　後爲此想說
此不名圓具　苾芻皆得罪　若彼有疑心
不滿不滿想　告言年滿者　受時便有過
於滿作滿想　告言我年足　或可迷而說
此皆無有犯　近圓非一事　隨說有多門
護戒者存心　理應詳審問

壞生地學處

於地作故心　自掘教人掘　損濕招本罪
皮壞得輕愆　說有二種地　生及與不生
若經水雨霑　三月名生地　若其無雨霑
事須經六月　此據曾耕壞　餘地不論時
生者招本罪　餘者得輕愆　砂石土及泥
輕重皆須識　若於地釘橛　便得根本罪
拔橛及搖泥　此皆招惡作　隤牆及崩岸
得波逸底迦　若損破裂者　此皆成越法
若作遊行心　崩崖動泥等　記數損地罪

不損者無過　爲衆修園圃　淨語令掘地
無蟲者許爲　有命皆不合

過四月索食學處

若有四月請　苾芻應可受　除極請更請
常請及別請　所言我常請　謂恒時請食
於中別請者　應知施別人　極請謂慇懃
更請數數食　除如是請食　餘食咸招罪
請與上妙食　苾芻索麤者　索時得小罪
食便招本過　請與麤鄙食　更乞上妙者
索時得小愆　食時便罪大　與乳便索肉
施酪反求酥　乞小食本愆　不遮於病者
或信或富人　施主有廣意　欲令福增長
久受亦無遮

遮傳教學處

汝於此學處　告言令遣學　對諸苾芻前
鄙賤云愚小　斯將墮罪劒　自斬愚癡身
墮在惡道中　受苦常燒煮　愚謂漫思度
癡謂不了經　不分明不善　不解於經律
作愚癡等言　口說一一語　前人若聞解
得波逸底迦　問知三藏人　求解者無犯
智者言應用　闇處作燈明　如其彼妄陳
此人應返詰　縱使云愚等　道實理無傷

默聽評論學處

更互不爲忍　瑕隙共相求　默然行竊聽
住時便得罪　他於屏房語　不作聲而聽
了義便招本　聞聲但小愆　若於簷閣中
或出或行道　惡心聽得罪　善意者無愆

不與欲默然起去學處

若論如法言　或作單白等　不語傍人道
默然而捨去　勿爲別衆生　去可語餘人

由其不囑授　獨入無邊海

不恭敬學處

於衆及別人　不爲恭敬事　慢衆得本罪
別人招惡作　大衆守寺人　違言亦得罪
別人衆中老　并及已尊師　他有違逆言
情不欲依順　宜應善開示　此則許無愆

飲酒學處

諸酒飲若醉　茅端不滴口　不飲不與人
由斯放逸故　苾芻口有病　醫遣合無犯
假令命即死　無容輒吞咽　諸麴等雜物
醞釀方得成　衆人共許者　是名爲大酒
若以皮果華　汁等用成就　此名爲雜酒
斯皆能醉人　或可以糖蜜　蒲萄等作成
並在此中收　爲其昬醉故　如其於酒體
未成或可壞　飲時無有過　由其非醉因
諸有醋漿類　及以酪中漿　水和澄濾飲
非時亦無過　諸酒變成醋　飲皆無有犯
醋漿盛貯久　並是醋應知　黍秫等非制
說二酒應知　變壞或未成　明其非醉性
酒有色氣味　能醉招大愆　若不能醉人
便招三惡作　如是三二一　飲時皆得罪
隨招一二三　不醉非根本　若皮華果等
能爲醉惱緣　如其麴等和　此還招惡作

非時入聚落不囑苾芻學處

非時有苾芻　入村不囑語　有緣便罔過
無事即招愆　始從過午後　終至明相初
此即謂非時　大師如是說　苾芻若非時
生疑入得罪　時作非時想　及疑招小愆

食前食後詣餘家學處

苾芻爲請首　向俗家中食　此人曾不許

更轉向餘家　若於赴請者　告言隨意食
或主人聽去　向餘處非愆
入王宮學處
王門或宮門　及以近門處　明相未出至
斯皆得本罪　城門與王門　及以宮門閫
去斯門不遠　此名爲勢分　未曉到城門
復爲未曉想　若入過門閫　便招惡行愆
若爲餘想疑　並皆招惡作　言寶未藏者
謂是未舉置
不攝耳聽戒作不知語學處
已於別脫經　半月曾多聽　言我今方了
戒科咸在斯　此法在經中　自覺世尊說
先當令悔猒　方遣說其愆
用骨牙角作針筒學處
角牙骨所成　針筒不合用　斯人便自人

違教罪筒中　針筒須打破　其罪應須說
棄斯憍逸緣　若留不成悔　針筒有四種
鍮銅赤銅鐵　刀子應鐵作　有三品應知
大者長八指　小者六餘中　應爲烏紫形
復似鷄尾曲　或向餘村等　苾芻雖事急
針須持一箇　爲要擬縫衣
過量作牀學處
苾芻爲衆家　作諸牀座等　高善逝八指
越此不應爲　善逝八指長　當中人一肘
長者宜應截　說罪準常塗
草木綿褚牀學處
衆僧牀卧具　不應絮雜綿　故欲惱餘人
罪箭便來射　蒲黃及荻苗　木綿羊毛等
斯皆須撤却　餘罪方應說　何名爲絮褚
謂布於牀上　粘著苾芻衣　令他意不喜

過量作尼師壇學處

若作尼師壇　大覺三張手　廣便一手半
過此不應爲　長時應截却　其罪便須悔
問言除却來　方可爲蠲愆

過量作覆瘡衣學處

若作覆瘡衣　長佛四張手　寬須張手二
越此遂招愆

過量作雨浴衣學處

如其作雨衣　長佛六張手　廣應二手半
異此不應爲

與佛等過量作衣學處

怛他揭多衣　不合同量作　長十廣有六
斯名佛衣量　生在苦毒處　曾無有少樂
鎮被火燒煮　斯名訓釋辭　若諸犯戒者
墜於三惡趣　愚人罪不悔　由斯墮義成

第四部別悔法從非親尼受食學處

已說於墮罪　方陳四別悔　略言其自相
委悉可應知　非親苾芻尼　於村乞食處
自手受取食　便招別悔愆

受尼指授食學處

若其於俗舍　苾芻正餐食　尼來指授時
與斯酥酪等　舉衆皆須報　姊妹勿爲言
若不一人遮　合衆皆招罪　內中外三舍
三處苾芻餐　上座作遮言　乃至最上座
汝且莫爲言　片時待食了　或可問中外
頗有遮尼不　若不問而食　家中得本愆
若一不遮時　外邊招惡作　始從於衆首
皆犯於別悔　此別別隨愆　異前波逸底
若在尼寺中　施受全無過　自已財將施
并由重信心

學家受食學處

若於學人家　知衆與羯磨　苾芻飢渇逼
雖請不應餐　華果葉等物　縱受亦無傷
受牀座誦經　並開非是過　若於他舍食
餅憙學家兒　擗破乃令餐　勿使空懸望

阿蘭若住處外受食學處

若在阿蘭若　此中多恐怖　苾芻不應出
寺外受人餐　若無觀林者　苾芻出受食
寺中餘處餐　並悉招其罪　苾芻犯罪訖
應還至寺中　應報諸人言　我説鄙賤事

第五部衆學處

四種別悔法　如犯狀已陳　自餘衆式叉
次第今當説　下裠圓整著　不高亦不下
不象鼻虵頭　不作多羅葉　亦不爲豆團
如是應當學　支伐羅被著　好圓整應知
不太高及下　好被正覆身　少爲言語聲
亦不高遠視　但覩六尺量　可長於二尋
是往俗舍像　如是應當學　俗家不覆頭
亦不偏抄服　及不雙抄舉　不叉腰撫肩
不作蹲地行　亦不足指去　不跳不仄足
不作拄身行　亦不搖身行　不掉臂而去
不作搖頭入　不連手肩排　未許不輒坐
坐須善觀察　若重放身時　此能生大過
不疊足重踝　亦不急踡脚　不得長舒足
勿使露身形　不明恭敬食　不應令鉢滿
應留一指許　并羮次第餐　行食未當前
不得預張鉢　鉢不安食上　恭敬可爲餐
團不極小大　不得預張口　如其口含食
不欲輒爲言　不以飯覆羮　亦不菜蓋飯
更作希望意　由此並貪心　不欲不嘖噍

不訶不吹氣　不以飯置脣　不應毀呰食
不脹頰嚙半　不舒舌彈舌　不爲窣覩波
後破方餐噉　不舐手舐鉢　不振鉢振手
當作鉢中想　繫念可應餐　不爲輕慢心
觀他比座鉢　汙手不捉器　亦不灑餘人
不於俗舍中　棄其穢惡水　鉢不除殘食
無替鉢不安　不應立洗鉢　不安崩隤處
逆流不酌水　是護鉢應知　次明說法事
已立前人坐　或已坐他卧　無病並不應
已下他在高　人前自居後　他道已非道
覆頂等同前　他乘象馬轝　及著鞋履等
著冠帽繫頭　及以華鬘飾　持蓋仗劒甲
斯皆是慢儀　除身帶病人　說法便招非
不立大小便　不汙青草上　一二指洟唾
除病並招愆　不上過人樹　唯除有難緣

式叉羯蘭尼　是悉應當學

七滅諍法

已於衆學法　略言其大綱　七滅諍相應
次第今當說　所謂評論等　有隨法能除
方便七種殊　由人有差別　應差中正人
攝斂身語者　衆內當差舉　稱理和其諍
無欲無瞋癡　并以無恐怖　及移不可移
除諍應差此　評論諍若起　可將現前除
及以法現前　當依大師教　由現前能除
故斯名現前　爲少慧念者　具陳其一隅
若九人十人　是大衆差遣　此差五或過
名爲差重差　凡差重差人　正直明三篋
上座不明一　能爲滅諍人　若無其五德
設已差應退　其德者應差　令作行籌者
彼可作二籌　顯法及非法　法籌應可直

香滑稱人心　非法籌須曲　臭澀情不樂
左手蓋而行　法籌應顯露　僧伽應盡集
從初次第行　先呈其法籌　三語慇懃與
如其取法籌　數多於非法　是名爲法滅
諍息理應知　苾芻毀破時　便招其墮罪
非法籌多此　名非法滅諍　諍雖非法滅
毀破得小愆　斯乃是多人　毗柰耶滅諍
已説評論諍　二法可應除　子細述其緣
具如廣文説　次明非言諍　以其三法滅
謂將可惡法　詰他清淨人　謂是現前事
憶念及不癡　現前如上陳　餘二今應辯
應知念調伏　如友苾芻尼　謗毀實力子
六師因此制　應與實力子　作憶念調伏
令在上座前　如是言應説　大德僧伽聽
被他妄説我　我乞憶念法　僧伽應慇聽
如斯三請已　應令一苾芻　秉法爲彼人
作憶念羯磨　次作不癡法　如惡羯苾芻
由彼先癲狂　今秉不癡事　致置上座前
自言我昔日　被狂亂所惱　爲罪不覺知
他便數數詰　云我爲惡行　我今乞不癡
毗柰耶應與　所言犯罪諍　由四法能除
自言及現前　草掩求其性　既作於罪已
或詰或不詰　當在苾芻前　合掌除其罪
言大德存念　我今犯斯罪　問言見罪不
報言我今見　於後不犯不　報言我不犯
彼說奥篦迦　此答言嫛度　犯他勝等罪
對衆而自陳　此並是自言　能令諍消殄
如歌羅苾芻　被他言所及　由衣招詰責
行向釋迦城　現前能滅諍　名爲現前法
此亦是現前　重更言其軌　今說草掩法

更相鬬諍人　上座應就之　正理當教示
報言法難逢　何爲作二黨　無事爲諍競
輕慢大師言　言作如是事　我汝咸有犯
除其後邊罪　應可願蠲除　作斯言告時
如其不違逆　是名住本性　此朋應亦然
彼朋意靜息　不爲違戾言　因此諍能除
名爲草掩息　自言犯斯罪　對衆便言無
猶如手苾芻　說有言非有　與作求罪性
苾芻令彼臣　大聖誨親言　良由具悲性
彼亦上座前　應可從衆乞　大衆宜於此
作法並同前　欲殄作事諍　應須衆咸集
如不作違拒　是諍息應知

已上兩卷明波羅底木叉戒本竟次下一卷明跋窣覩等事也

根本說一切有部毗柰耶頌卷第三

音釋

呾當割切　疹尹忍切疢也　蹲踞蹲徂尊切踞舉衛切蹲踞直前足坐也　麨尺小切乾糧也　蹋徒合切踐也　薁於六切嬰薁也　絣甫庚切以繩直物也　蒜蘇亂切葷菜也　濺子賤切水激灑也　驍古堯切武猛也　噎於結切氣窒不通也　洟唾洟他計切唾湯卧切　醪山檻切酷也　矟所角切矛屬　颷甫遙切風聲　泳爲命切潛行水底曰泳　黶於琰切　援于願切救助也　釘橛釘了定切橛其月切杙也　麴丘匊切酒媒也　醞釀醞於運切釀女亮切醞釀作酒也　紫即委切與觜同　褚智呂切裝綿絮衣也　欱呼合切大醱也　踡具員切曲也　嚩噍嚩補各切噍子立切嚩噍噍貌　顋蘇來切頷下也　癲都年切病也

根本說一切有部毗柰耶頌卷第四

尊者毗舍佉造

唐三藏義淨奉制譯

下明於十七跋窣覩等中述其要事（跋窣覩是事）

若是旃荼羅　唱令及酒舍　婬女王宮處
此五非行境　外道諸典籍　習讀將爲勝
及數犯罪人　所食皆成毒　常應讀佛教
是惡道良醫　開許讀外書　爲欲知其過
一切智言說　美妙多譬喻　豈如外道論
無理言麤淺　多畜諸器具　彫飾皆不許
若畫坐牀足　斯皆外道儀　苾芻身老病
若乘轝隨聽　杖絡及皮衣　斯皆在開限
元由帝釋請　遂開於浴室　并勸定誦人
咸聽小食餅　不注於眼口　亦不香熏衣
不畫傘皮鞋　揩爪令光淨　傘蓋有二種
葉作葦竹成　若至村中時　不應正持入
若作於傘柄　應與傘蓋同　欠欯開口時
應將衣手掩　有緣須笑時　不得露齗齒
讚詠大師德　說法時非過　不得長作聲
宣唱牟尼典　讀誦宜依法　隨處勿相違
若學讚德聲　應在於屏處　爲宣揚正法
不應生染心　苾芻及尼等　五衆許安居
若至夏罷時　五衆集隨意　苾芻苾芻尼
一切戒須學　求寂求寂女　受十戒應知
不獨在道行　亦不獨渡水　不故觸男子
不與衆同宿　不爲媒嫁事　不覆藏他罪
是名爲六法　正學女應知　金銀不應捉
不除隱處毛　亦不掘生地　不斷於青草
不得不受食　及以殘宿食　是名爲六隨
學之經兩歲　上座於日數　分明須憶知

授事在衆前　日日當陳告　可於六時中
月半減一日　減日成其月　至六成一閏
如其王作閏　月數有參差　苾芻應可隨
由王有勢力　灑手洗鉢處　若作曼荼羅
不似日月形　及似塔形勢　苾芻涉路去
若過神廟堂　人彈指作聲　伽陁説佛語
若至神廟所　不應爲損益　苾芻若違教
便招惡作罪　苾芻等五衆　不供養天神
自作若使人　亦得惡作罪　若有餘因緣
許香華祭食　不得違時俗　損益不應爲
事佛之善神　隨情應供養　於諸大經内
遣作皆無犯　於諸有情類　常擁護行慈
由有慈悲種　不生於苦趣　愛敬天神者
常好爲供養　世間皆共然　由貪生死樂
皆求世間果　由是祭邪神　惱害殺衆生
引他歸惡趣　先已歸依佛　轉更事天神
供養獲果少　不知尊敬處　破戒著袈裟
欺弄苾芻像　無慚噉人食　事同剛火炭
應寫律教等　流布能生福　忘念者令憶
自身兼讀持　苾芻入浴室　須揩身體時
應令敬信人　勿使不信者　諸有持戒人
不供破戒者　不可令師子　承事於野干
此是佛法刺　正教中死尸　共住及隨行
皆成不應法　親教軌範師　及父母有病
假令是破戒　悉可爲供給　父母老貧病
乞食半相供　由斯有大恩　是故應贍養
見有缺乏處　隨事皆供給　乃至塗足油
洗沐令身淨　苾芻若用甎　惟得揩踝足
餘身分不許　若爲病皆聽　不三畫揷梳
及帶於呪線　應繫於左臂　爲治病開聽

如其病除愈　應安柱孔中　醫人若遣爲
香塗身不犯　若以香塗身　不應出房外
勿令他嫌慢　增其不信心　若有淨信者
爲福施香泥　應塗户扇邊　齅之能益眼
淨信以香泥　塗摩苾芻足　爲福宜應受
去時當洗除　必有妙香華　苾芻欲得齅
意欲令明眼　不應生愛心　聽持鐵鑰匙
爲防衣藥故　勿與煩惱意　輒捉打衆生
大衆及別人　持印皆聽許　銅鐵木鑛石
輒錫等應爲　刻人髑髏像　或刻爲白骨
大衆法輪形　此是作印相　凡食小香果
皆須待核成　欲令其福增　僧伽果須熟
不應臨水鏡　愛心觀面像　爲病念無常
照時無有過　不自斷生支　亦不輒石打
宜將不淨觀　洗除婬染心　洗足盆内髙

其形如象跡　竹及多羅葉　二種扇應持
若欲除蚊子　五種拂隨聽　枝梢劫貝蘢
麻毛并破帛　若須上高梯　應結裙下緣
苾芻不擎重　應覔俗人持　苾芻之儀式
皆與俗不同　用梳等搔頭　是事咸不可
若髮有塵垢　頭痒手揩摩　或時將故衣
此等皆無犯　寺後西北隅　安置大便室
及以小行室　皆須居門扇　西北角下房
安大衆瓶水　此據門南向　餘面準應知
若見諸俗人　及老苾芻嚏　應云久長壽
不言便得罪　大者見小嚏　應告言無病
小者於尊年　即須云敬禮　凡是噉食時
及便利未洗　或一衣在道　或立穢鬧處
或復食雖了　口猶未澡漱　斯皆不禮他
亦不受他禮　若於旦起時　齒木未淨口

禮他及受禮　普皆招惡作　見行徧住等
皆不應禮拜　佛及大苾芻　惟此二應禮
於斯聖教内　有二種畔睇　一謂以五輪
二乃搊其腨　持戒者不應　毛繩繫虵項
如其不肯去　方便好應驅　應可用輭繩
徐徐繫項棄　宜安嶮叢處　勿對於衆人
如是於鼠等　皆可興悲念　繫放無令害
慇懃善用心　護戒者悲心　蚤虱常存護
置故衣氍内　應安孔隙中　若其除壁虱
可安青草中　隨其樂處行　勿令生苦害
油器有三種　大者受一抄　小半抄餘中
隨情可持用　道行爲法語　或作聖默然
住息説伽陁　宿處誦三啓　聽持三種緪
長百五十肘　短百肘餘中　隨處應當用
如其井池淺　或可水平流　長短在應持
或時全不用　若爲苾芻尼　演説律儀教
中間應慢障　異斯便惡作　不取賊遺物
應可善觀瞻　多人共委知　設取無愆過
苾芻若種樹　擬充僧果園　守看經五年
去時須屬授　苾芻不呪誓　若作似妄語
若不睹衣等　愽奕匪尸羅　苾芻見女人
若有染心起　或女生染意　住處捨應行
若見苾芻尼　爲來聽法故　不可遣其立
與物令安坐　應與瓢木枯　及草稕褥子
惟此令尼坐　餘物並不應　尼來至寺中
應與其卧具　令用中下者　上物無宜與
苾芻苾芻尼　相對不説罪　由於所犯過
愧恥難陳説　苾芻尼有疑　於罪應爲決
尼須起尊敬　勿生輕慢心　尼入僧寺時
至門應遣問　報言無過者　隨意令其入

欲居蘭若人　應先善三藏　日月星行次
皆應分別知　若在蘭若住　應畜油等物
他索可相供　令賊歡喜故　先是工巧人
調度不應畜　醫及解書者　針筆等聽持
苾芻住蘭若　應可務精勤　出家勤最初
懈怠便招罪　縱使行精進　正法亦須求
離此見不明　失信乖修習　若離正教授
無宜習定門　能發狂亂心　損害禪支路
於其所住房　香華等芬馥　牀服咸應爾
異此心難定　僧家營作木　不可持燒染
若是曲爛者　許用在無傷　若爲他解勞
應須觀軌式　彼人有伴屬　勘問乃相容
若見有女人　水火等漂害　苾芻應賑濟
由悲故非犯　若有人來問　云何活命緣
苾芻隨事教　勿使違時俗　若於寺門下
或在房簷前　若有女人時　苾芻不應住
已於五欲境　捨之而不愛　是故常用心
念住勤修習　三世諸如來　獨覺聲聞衆
皆依此道去　能至涅槃城　弟子觀師德
方可請爲依　師於弟子邊　問知應攝受
兩人隨有過　彼此並招愆　爲斯俱用心
慇懃好相察　師須戒行全　瞻病不悋法
隨時常教授　當求如是師　弟子亦具戒
勤策性柔和　恭敬於師長　禪誦無違闕
有緣自行去　或復見本師　入外道歸俗
斯皆失依止　又復隨一人　作捨依止念
此即名爲捨　進否善須知　訶責門徒時
不可便驅逐　權聽寺內住　若改命歸房
說有五種訶　不語不教授　不受其承事
遮善品捨依　呵責及受懺　皆須準教行

此二若乖違　俱招惡作罪　嬾惰無孝心
麤言親惡友　於師不恭敬　斯人勿懺摩
若擯於求寂　隨將上下衣　并與濾水羅
師須善觀察　若已受近圓　應與其六物
必是難容忍　隨去不須留　若離本依止
一宿不應行　仍除滿五年　善明於戒律
如其向餘處　緣開五日停　勤求依止師
若無不得住　宜於彼師處　應爲洗摩身
或染或縫衣　斯爲弟子法　軌範於作法
知量可應爲　養護起慈悲　不應令過分
教讀依止師　報恩俱給侍　然於二人處
恭敬有差殊　若無教讀師　在處住無犯
無依不應住　依止倍存心　雖斷煩惱盡
復善閑三藏　若未滿十夏　仍須伏依止
去師兩驛半　半月一度禮　此半八日禮

同處日須三　若於後夏內　依止師身亡
宜應自守心　更互相監察　若至三月滿
處無依止人　第二褒灑陀　不應於此住
既爲隨意事　勿更褒灑陀　大聖順時開
即名爲長淨　更互相教示　隨意聖遣爲
常開長淨門　對治衆罪業　寺中有客至
主等或時多　十四五參差　應隨主人作
若處客來多　舊住人數少　王應隨彼客
共爲褒灑陀　僧伽不和合　對一人守持
若一人亦無　心念應言說　如是作守持
苾芻衣及鉢　并捨爲分別　兼捨淨應知
大衆若和合　得好人共住　理應詳說戒
心念亦隨聽　必若難緣生　有事開心念
應知隨意事　準此亦應爲　大衆可同心
應共作隨意　異此應須喚　同行者爲之

將去隨意時　可有七八日　應爲告白事
令使衆人知　壇場應秉法　界中或出外
一界不別住　衆事悉應爲　二十十或五
及以四苾芻　有此四僧伽　隨應秉諸法
不得以出尊　添彼僧伽數　佛寶殊僧寶
秉法者應知　出罪須二十　近圓十人等
滿五應隨意　四爲褒灑陀　若處秉羯磨
白等如法成　名住處應知　異斯非住處
苾芻不瘂默　口應宣法言　是外道愚癡
謗誑諸無識　苾芻安居了　三事應隨意
如不作此事　無難不應行　雖有見聞疑
別遇難緣起　爲護於身命　越海亦須行
若有王賊等　樂聞苾芻戒　難緣應爲說
無難不應爲　貧人有信心　富人無信敬
慇懃樂聞戒　世尊開爲說　苾芻善三藏

法師及病人　衆中最大者　咸應放知事
聞有明三藏　遠從他處來　鼓樂及幢旛
應迎兩驛半　大衆鳴揵椎　隨力悉應迎
美食解疲勞　請次宜應告　房舍及卧具
常不在分限　給淨人相供　不差知衆事
戒學佛所制　僧制衆同爲　乍可乖衆言
無違世尊教　衆意有多塗　雖立還復廢
豈有能迴改　無二大師言　五月十六日
應作前安居　六月十六日　苾芻爲後夏
但有此二日　合作安居事　中間但空住
不許作安居　苾芻三月内　不許外遊行
飛禽於夏時　亦不離巢去　若至五月初
逼夏須在意　可於其住處　營飾等應爲
既至十五日　總收於卧具　差分卧具人
應須具德者　於欲瞋癡怖　衆過並皆無

善知分未分　此則應差遣　毗訶羅波羅
應須告僧制　冀令安樂住　勿使有虧違
諸人樂住者　不應爲鬪諍　於此受籌人
當須自審察　單白告大衆　今是十五日
僧當共受籌　明作安居事　從上行籌巳
次可分房舍　及以牀卧具　皆從大至終
若近安居時　當須善觀察　所行乞食境
無令事有廢　若於所住處　知有同行人
具德有多聞　并淳善和合　不令煩惱起
若起即能除　有此善伴處　宜應共居止
病藥并乞食　斯皆易可求　無多婬女家
斯名善行處　當於隱屏處　蹲踞對苾芻
口說安居文　作法應如是　我施主某甲
侍人及作者　我今於此處　作前夏安居
或云作後夏　有破裂修補　我於此夏居
餘並同前說　若於此安居　無法界外宿
現在無饒益　來世受泥犂　若爲寺等事
并諸雜福業　制底衆食緣　及以出罪等
尼違八敬法　爲欲除其罪　或爲下三衆
受戒等須看　若諸俗人輩　有請喚等緣
苾芻察時宜　須時應往赴　三寶及父母
師主等有事　并諸病患緣　皆請七日去
一日二日等　乃至四十夜　苾芻應可去
勿令前事闕　若有如法事　察知非是虛
僧伽共許差　隨情可行去　仍於一夏中
過半不在外　爲斯但四十　若過罪便傷
飲食若有闕　醫藥復難求　全無供侍人
去時非破夏　若處有八難　及婬女黃門
并惡獸等緣　行無破夏罪　若有罪惡人
聞來破和衆　恐爲非樂事　出去者無傷

聞彼鬪諍人　知是巳親友　不往諫得罪
停無破夏愆　若共他作契　向其處安居
至日不赴期　苾芻招惡作　苾芻若守持
七日或多日　在外如逢難　便住者隨聽
若無有餘緣　留住經多日　輒違於本限
得罪并破夏　結界有多塗　略言其四種
住現所須者　隨事今當說　大齊兩驛半
減此在當時　四方應置標　山河樹等記
可於前相中　乃至於住處　除村并勢分
結大界應知　大衆盡須集　一人秉羯磨
白二無差舛　斯名結界成　又爲不離衣
依界秉羯磨　欲令安樂住　元由老病緣
雖復離三衣　界中別處宿　除其村勢分
隨處任遊行　於前大界內　欲作小壇場
應爲白二結　先須解大界　若欲結小界
置標相同前　名曰曼荼羅　於斯在秉法
先結於小場　次結於大界　依如是次第
結界者應知　衆咸無轉根　或時俱捨戒
或盡出界外　明相過不還　或時爲白四
大衆同心捨　有斯五種別　捨大界應知
凡欲結諸界　標相復須知　一樹應兩標
分半爲其界　或時以一樹　爲其四界標
四分各相當　五分便不許　向下兩驛半
向上數亦然　齊山頂樹梢　或至籬牆上
種種莊嚴具　皆悉在隨聽　瑩飾大師形
令施福增長　不許安耳璫　及以足鳴釧
斯爲女人飾　勿累大師形　欲使衆人散
鼓樂可潛聲　供具悉應收　無令有虧失
或時大衆集　諠閙出高聲　不知時至中
應鳴螺擊鼓　若分亡人物　衆大卒難爲

十人爲一朋　或至百千數　各分取大段
隨人更細分　得分未分時　若死須分別
分竟身方死　物入四方僧　若未細分時
當朋人合得　有請苾芻處　并喚苾芻尼
食罷與施時　持財安衆首　此應爲兩分
或隨施主心　飲食可平分　佛亦咸同此
苾芻分施物　等分應與尼　式叉摩那尼
應一分與一　將欲圓具人　亦二分與一
求寂求寂女　三分一應知　若有多苾芻
苾芻尼衆少　應計人頭數　無宜中半分
若至大會日　請像入村城　能令灾橫除
莊嚴爲生福　徧灑康莊道　嚴儀巷陌中
散華懸妙旛　雅麗如天苑　栴檀及龍腦
沉水香普熏　隨風處處行　聞者生欽仰
鳴螺擊鼗鼓　撞鐘告四方　屯聚震鴻音
聽者生隨喜　鼓樂無停息　高聲出雲表
旗旐徧縈羅　斯名大法會　大旗有五種
鯨牛妙翅龍　師子畫旛旗　咸持以供養
人衆皆陪從　法俗兩相依　如是勝莊嚴
引導如來入　由佛入村城　敬心興供養
八部天龍等　能除衆毒惡　因斯獲財利
大衆賣應分　準價上座知　善觀其好惡
若有所須人　隨情當上價　還價未了者
無宜著此衣　敬持妻子等　三寶隨一施
不可爲作價　當隨施主心　歌舞妓樂處
苾芻令作時　諸有護戒人　不應言汝戲
應告言賢首　汝可好用心　供養於大師
勿生於懶惰　窣覩波掛旛　不應將物釘
元初興造日　安櫪在隨聽　塔上然燈供
苾芻不自升　有緣須上者　應可令求寂

餘人無可求　香水洗雙足　苾芻應自上
供養大師心　造寺三五層　香臺或五七
或可隨情作　小寺五三房　略論處中寺
於東西兩邊　三層各九房　房中寬丈二
後面亦三層　上取三房地　中擬安尊像
簷前不廢行　或可此簷前　從地爲重閣
隨安大尊像　每日設香華　前面兩房地
從下作門樓　門在下層開　小作應牢固
入門於一角　閣道上三層　出上並平頭
四邊皆絶壁　尼寺限三層　香臺隨至五
寺中房軌則　準苾芻應知　佛像形虧壞
尊經字滅磨　拭却可重修　令其更增勝
制底尊儀影　新壇足不蹈　必有緣須過
可誦聖伽陁　苾芻乞食時　有人無簡别
佛想喚爲佛　持物而相施　苾芻應問彼
詳審觀其意　汝喚我爲佛　爲是兩足尊
汝喚爲法者　爲是盡苦法　汝喚爲僧者
爲是眞聖衆　既問決知已　隨彼所樂情
施者應受之　此皆無有過　假令惟一尼
受請向他舍　行初留一座　爲擬苾芻來
苾芻應此坐　求寂亦宜居　不解願伽陁
苾芻尼爲作　若無軌事人　隨緣詣村落
獲利應須寄　得人方還持　上明諸雜緣
多是生存事　下論身死後　焚葬事須知
苾芻身既死　告衆鳴揵椎　須喚舁屍人
柴薪用僧物　香華旛鼓樂　送至焚尸林
親識及門徒　慇念相隨去　善觀應可燒
薪火須豐足　助以栴檀等　隨有灌酥油
身瘡若有蟲　埋時勿令損　或安於露地
草葉覆其身　一一身軀内　八萬種蟲居

隨身共死生 雖燒亦無過 應持上下衣
覆屍令好密 自餘衣鉢等 準法可應分
燒時隨處坐 略誦無常經 三啓用心聽
各須生猒離 諸行盡無常 緣生法皆滅
刹那不暫住 如露被風驚 徧觀諸世間
無有長存者 咸趣無常海 共被死波漂
四大堅性等 此不可遷移 生者必無常
死王威力大 無常不揀擇 善惡戒多聞
一種皆歸死 不論凡與聖 諸佛及緣覺
聲聞弟子衆 尚捨無常身 何況諸凡夫
如斯法誦已 方說特崎拏 還歸洗手足
制底行旋遶 或可連身洗 更復著餘衣
去時持故衣 勿損鮮華服 諸行無常等
牟尼之所說 行思歸寺中 當息慳貪想
所有諸衣物 應隨阿笈摩 佛子共平分

作法如常制 揵椎誦三啓 禮制底行籌
及爲羯磨時 五時皆得分 不應衆未聚
輒共分亡物 上座及行終 應行其兩分
作斯定記已 然後共分財 設後客人來
不應與其分 我死方持與 慳心作此言
準斯無決情 死後宜歸衆 決情無恪意
生存現付與 隨心施別人 此等成依法
俗死多希望 出家不合然 如爲顧戀心
是曰增生死 若苾芻身死 自他財雜亂
宜應將鉢等 置在於僧前 觀知是亡物
即應如法分 所有諸寶等 準教而處分
苾芻身若死 還合苾芻分 當時無苾芻
尼衆應分取 苾芻尼若死 苾芻尼合得
如其尼若無 苾芻應作主 俗舍苾芻死
無僧由俗人 宜可與先來 俱來與求者

兩人俱並乞 斯應與二人 或隨施主情
與者宜當受 或時近多寺 此處苾芻亡
隨其頭所指 合得亡衣鉢 苾芻負他債
忽爾卒身亡 應須細問知 衆用亡衣與
若是知事人 爲衆取他物 應將衆物與
還債善籌量 凡是知事人 向他邊取物
宜應告上座 保券可分明 送死旛衣等
持來施苾芻 受取理無傷 令其福增長
若彼情生悔 還來索此衣 苾芻應盡還
勿令憂火迫 被舉共好人 同居隨一死
亡衣好人得 舉者不應分 若無持戒人
被舉有人死 雖舉未蒙解 宜應共分物
既有明書券 出物與他人 爲衆若身亡
衆應依契索 合入衆與衆 制底亦皆然
堪王送與王 仍除刀箭等 應用此等物

作刀子及針 餘並現前分 本物非分限
若人宣一頌 依佛所說經 由法語得財
此物宣應受 牟尼有二法 教及證應知
教是阿笈摩 施法應請分 安居若過半
便有捨戒人 此際苾芻亡 應與其人分
造佛窣覩波 蘇迷盧等量 四畔基牢固
乃至安寶瓶 輪一二三四 如次果應知
凡夫具德人 兀頭爲制底 若作佛制底
輪蓋無定數 過千妙高量 獲福乃無邊
獨覺麟喻佛 不過十三槃 於彼相輪頭
寶瓶不合置 制底中安佛 兩邊二弟子
餘聖次爲行 諸凡應在外 次明看病事
更互可應爲 藥直若貧無 僧物宜當與
若病人來乞 洗鉢盛淨水 應誦佛伽他
三徧存心呪 苾芻爲受藥 持將與病人

如其授者無　自取亦聽服　不應就病人
教化取衣鉢　假令雖捨施　大衆不應分
施者及受者　教化者情貪　三俱非淨心
此不應受用　病者若樂欲　供養於佛僧
應用好衣等　守持麤惡服　若彼貧無物
教化可應爲　隨情施少多　令其信增長
乃至一盤華　或可持瓶水　應隨病人語
供養使心歡　若於已財物　慳心苦難捨
宜應用心勸　令彼供三尊　或可瞻病人
爲捨衣鉢等　令其覩供養　引生檀施心
若於資具内　有愛著須捨　當於戒德人
隨情施衣鉢　苾芻雖持戒　愛鉢至身死
還生自鉢中　受惡毒虵報　若患痔瘻等
勿使不信人　造次輒行醫　割除令苦惱
如其療痔病　藥呪可應治　無醫爲處方

不以爪甲截　若無看病人　無弟子及藥
大衆咸供給　藥乃出僧伽　必是孤獨類
全無供侍人　合衆並應看　或可爲番次
若患疥癩病　勿汙僧牀褥　宜將厚衣替
咸用已私財　簷廳及門屋　大小便舍中
不應看病人　可居安隱處　造寺主身死
被禁或他行　於斯住五年　雖貧不應棄
更可於五年　與近寺同利　別爲長淨事
守護不合虧　看守滿十年　若心不樂住
宜將卧具等　移安近寺中　宜應好閉門
隨情向餘處　苾芻如樂住　任意可應居
他寺所寄物　他索即應還　必若有餘緣
受用誠無過　施主有先心　施此非餘處
迴將與他寺　宜應强奪來　若著僧衣服
及自上價衣　不應浣染等　福增無損故

若於雨雪時　不應安露地　無宜著此服
入不淨室中　若其過初夜　卧具不應分
必知長久停　宵中亦應給　應隨老次第
與牀并坐枯　常留一所房　與客苾芻住
縱在阿蘭若　隨老樂應分　地樹及叢林
準次皆分給　設居於靜林　亦須留客處
爲護其衣鉢　異此遂招愆　若在於迮處
肘地應分卧　瓶水及齒木　藥雜器皆分
有意欲他行　房須淨掃拭　如其故令壞
惡作罪侵身　正值分房際　不屬便外出
更令依次行　雖啼不應與　卧具及飲食
小者共平分　華果等亦然　大師法恒爾
若彼身重病　不樂出本房　乃至未差來
放免其分次　若見僧房外　卧具露地安
應可持令入　老病令人舉　見大衆卧具

被火燒水漂　護身當救持　不應爲造次
先須出巳財　次出於僧法　後當持佛物
是次第應知　先須請容許　次可相時宜
方於三藏中　隨情問疑處　凡爲教授者
隨行住坐卧　於此四儀中　說法皆非犯
諸有受學人　先須起恭敬　但除寢卧事
餘三不在遮　教授學人時　彼愚心未曉
悲情善開喻　百徧不應辭　苾芻舉手打
屋柱樹及牆　斯皆有愆過　智者不應作
臂上不安釧　呪線任情持　若有所須時
繫臂無令現　若誦諸明呪　不得敬餘天
宜應禮三寶　持外道呪術　不於覆鉢家
受飲食牀座　亦不往彼舍　爲其說法等
必有淨信心　敷妙衣布地　苾芻應爲蹈
念諸行無常　但畜三衣者　惟開一洗裙

若更畜餘衣　便乖杜多行　若諸麥豆等
曾經蒸煑來　雖復尚堅生　鞕種皆非犯
嘔食出咽喉　吐却淨漱口　仍除先業力
頸內有雙喉　若有彫彩扇　爲衆畜時聽
苾芻所著衣　不應同一色　若是乞食人
隨衣著鉤紐　於華果樹下　不棄大小便
寺角中閣道　木作石不爲　重病不禮他
亦不受他禮　洗待身乾已　方可著餘衣
或手拂令乾　或用身巾拭　若得華香物
屏處隨情齅　能使眼目明　令施福增長
孫陀利打衣　寄與難陀著　世尊聞此事
因斯制打衣　得他先打衣　水灑柔方著
依舊光華者　便招越法愆　知是賊所棄
死肉有殘餘　甘蔗等同然　對衆無宜取
若以頭背髁　持物路中行　現苦已招譏

當來更被壓　若有貴價毯　舉置被蟲穿
苦木葉餘香　裹末便不食　父母終亡日
遺言與苾芻　此物可應收　宜將供三寶
身在他界住　與彼苾芻欲　此作法不成
仍招惡作罪　貴價高襵婆　他施應須受
賣却同分取　割破不應爲　苾芻不見虵
被螫便命過　壓時虵復死　爲此卧觀牀
卧時不照牀　即便招惡作　不應令象馬
鷄雀鬪傍觀　若須其偃帶　是善逝所聽
老病及風羸　隨情可應用　從斯住處去
或復擬旋歸　卧具囑方行　拂拭令清淨
被他屬授人　應須爲堅守　若還應即與
存心爲掌持　八日十五日　曬暴看卧具
每半月常然　異斯招越法　大小便利室
及以衆器具　先至宜應用　不應隨大小

若衆家器物　當其受用時　應與先借人
無令廢其事　上妙繩牀座　衆許非別人
倚板爲除勞　僧私皆悉許　若大過三夏
開聽一座坐　如未近圓人　曾不許同席
若於俗舍内　別座不可求　設令親教師
許暫同居席　如有難緣事　持衆卧衣行
將者可應眠　無怖還隨次　若恐怖止息
受用可如常　爛破孔穿時　如法應縫補
必不堪受用　乃至襯替衣　裂破作燈心
或作泥填孔　如斯受用時　欲使身安樂
復令於施主　恒爲福業因　別寺有定分
餘人輒來食　計價當酬直　此不許分踈
僧祇卧具物　記誌宜須作　此是某甲施
書字好分明　枯上更安枯　苾芻重疊坐
黒耳惡作女　被壓向幽關　求寂有信心
存情恭敬戒　常住之卧具　此亦合同分
開皮卧具者　不許在中方　俗舍坐權開
用卧元非許　熊羆皮總許　若坐并承足
邊方並悉開　以皮爲卧具　金銀眞珠等
希奇寶莊飾　并將象牙帖　此名爲大牀
苾芻牀上坐　垂足不至地　此即是高牀
奉戒者應識　此二大高牀　苾芻不許坐
俗亦遮非許　謂受褒灑陀　必是堅牢座
兩人容共坐　牀亦許三人　仍須檢新舊
必欲分財物　或告或鳴椎　或可共行籌
總告僧伽衆　揵椎有五種　所爲事不同
任用在當時　無違大師教　一度歛椎訖
更不打一椎　此即是因緣　爲表亡人事
作業三迴歛　搬打兩下椎　加增一大椎
是爲衆常法　急難椎無定　爲欲警衆人

若爲警禪思　應可搖鳴錫　客人將入寺
門外洗手足　若處水難求　宜將葉拂打
既入於寺中　合掌就尊處　主唱善來已
答曰極善來　主人隨所有　斟量爲解勞
并設非時漿　令彼心歡喜　無違濯手足
即問僧常制　聞已可隨行　還如佛親說
舊主諸苾芻　所爲作制令　咸依稱理教
勿使惱衆人　不得於如知　尊極大師處
苾芻喚名族　及以具壽等　小師於大者
應喚爲大德　大者於小年　應命爲具壽
既被衆處分　隨力淨僧坊　八日十五朝
鳴椎集依止　大小便洟唾　及以吐血等
謦欬或彈指　再三令警覺　勿在生草上
及於清水中　好樹及淨田　無宜棄不淨
身安無病苦　不數食檳榔　爲病及無違
苾芻應噉服　非時欲受用　於諸果味中
雖不有開遮　略教宜詳悉　猶如日日中
供身恒噉食　還須安服藥　佛說遺常爲
於寺內淨地　不可輒剃頭　有病在隨聽
了時須掃拭　若於剃髮時　必須依小大
若已下手剃　喚起理不應　鬚髮隨先後
次拔鼻中毛　手足爪方除　須知其次第
苾芻剃髮時　不作牛毛剪　若有瘡病者
近處剪無傷　於三隱密處　不許輒除毛
若有病時開　報知同淨行　剪爪如斧刃
或可剃刀彎　甲上聽除垢　不合求光飾
若在蘭若處　髮不過兩指　二指便非咎
城村不合然　凡剃髮了時　徧身皆淨洗
有事便開許　但須淨五支　無俗剃髮者
應可在房中　苾芻若善閑　爲剃時非犯

晨朝嚼齒木　或爲說法時　及以食了時
不作便招罪　齒木有三殊　長須十二指
短便八指量　此內總名中　隨是何木條
大如小指許　嚼頭輭成絮　苦澀者爲佳
齒木既嚼了　刮舌須存意　銅鐵赤銅鍮
刮箆隨樂作　若住村城內　四中隨一持
淨洗用灰揩　勿令生垢汙　必其無此者
用前所嚼木　擘破兩相揩　刮舌貧人用
齒木卒難得　口齒終須淨　三屑隨時用
權開亦無犯　前身作毒虵　令爲長者子
出家因淨口　常須刮舌箆　既除其舌垢
置地殺小蟲　由此佛興悲　不許隨宜棄
凡是淨口時　齒木洗方棄　無水揩塵土
不然招惡作　蠅於齒木死　食此守宮亡
黃鼬噉斯終　狗餐還命過　苾芻有三事
宜於屏處爲　謂是大小便　及以嚼齒木
苾芻許皮屩　但惟開一重　不許作多重
俗淨方聽著　踏時作聲響　縱淨不應畜
爲衆在隨聽　著時無有罪　若在嚴寒國
冰雪滿田中　此時開富羅　著否皆隨意
師子象馬等　五皮不合持　并及此諸筋
不可將連綴　自餘牙爪獸　犲及猫狸等
不合用其皮　由斯能作害　若在毗訶羅
總不聽著屐　得安便轉室　并開俗舍中
芒竹等爲鞋　苾芻不合著　脚有風血病
須著在隨聽　若是無船處　憑牛尾渡河
象馬特水牛　此悉非遮限　租田合取分
耕業絕不聽　守看宜用心　無令損常住
險塗逢難緣　自亦持將去　寺中如有賊
鬧亂可應爲　若在牧牛坊　慇懃好看守

不應言穀將　方便遣如常　求寂等持糧
身羸須借助　勿令其手放　舉下並無傷
若其全困乏　苾芻應爲持　袋上繫長繩
可令求寂捉　賊來驚走棄　或可渡河時
此即自收來　食時無有過　將車載糧食
險處恐摧轅　苾芻應共推　仍須防軾處
船中穀食滿　觸淺過灘渦　牽拔助舟人
無宜觸其柁　染衣須靜日　復非陰午時
好地不應爲　恐汙生譏過　忽爾逢風雨
塵驚恐汙衣　可移簷宇中　汙處應摩拭
同法諸苾芻　見鬭宜應解　彼若不用語
捨去不須看　破持戒信持　俱持取聞者
同聞信少欲　少欲有差殊　此二共鬭時
兩言俱可信　可問極少欲　二極乃無爭
若因論法相　鬪諍遂便生　如其惡不除
應須爲捨置　合禮處相逢　雖鬭應行敬
大告言無病　若違俱得罪　若入浴室時
令人防守戶　洗浴事未了　少信勿令前
去用衆雜彩　繪畫在隨聽　不得畫衆生
仍開剪華葉　若在僧房壁　畫白骨死屍
或時爲髑髏　見者令生猒　大門扇畫神
舒顏喜含笑　或爲藥叉像　執杖爲防非
畫大神通事　華中現佛形　及畫生死輪
可於門兩頰　畫香臺戶扇　藥叉神執華
若於僧大廚　畫神擎美食　庫門藥叉像
手持如意袋　或擎天德瓶　口寫諸金寶
若於供侍堂　畫老苾芻像　應爲敷演勢
開導於衆生　温堂并浴室　畫作五天使
生老病死繫　其事準經爲　若在養病堂
畫作大師像　躬持大悲手　親扶重病人

若於水堂處　彫彩畫龍虵　若於國廁中
應作屍林像　可在簷廊壁　畫佛本生時
難行施女男　捨身并忍事　如斯畫軌式
縁在逝多園　長者造寺成　世尊親爲説
若在簷房處　不許火煙熏　必若有餘縁
無煙可持進　於好輒地上　不應輒然火
若有要縁者　宜可在爐中
佛及衆中尊老者　國王恩濟於兆庶
親教軌範二尊人　此五善教無宜越
若有苾芻所爲事　世尊不開亦不遮
清淨不與俗相違　斯事應行勿疑慮
若是世間起譏議　苾芻受用不應爲
略教能令弟子安　亦明佛是一切智
若毗柰耶蘇怛羅　於其縁起不能憶
六大都城隨意説　縱令差互並無愆

室羅伐城娑雞多　婆羅痆斯及占波
薜舍離城與王舍　是謂六城隨處説
長者謂是給孤獨　憍薩羅國勝光王
女人謂是毗舍佉　斯等臨時任稱説
婆羅痆斯大城内　國主名爲梵授王
近住女名褒灑陀　有大長者名相續
創在婆羅痆斯國　法輪初轉濟群迷
於斯説法度五人　爲報昔時先願意
第二五人隣次度　爲説色等空無我
總觀諸蘊若浮泡　生死輪迴因得出
初由五人著下裙　高低不等招譏醜
令如梵天圓整著　因斯遂制式叉門
從次牟尼方制戒　蘇陳那等作婬非
縁起學處免初人　此是生天涅槃路
大哉大德六人衆　由斯廣制式叉縁

悉皆明辯冠當時　所作事業無重犯
雖爲此等制學處　因斯洗濁破尸羅
如信度河至春時　流澍平原灌衆澤
鄔波難陀阿濕迦　闡陀難陀鄔陀夷
補捺跋素六難調　世尊教中爲滓穢
若有要心不犯戒　斯則名爲上智者
雖犯能悔亦勝流　長時不悔生惡趣
諸佛能超德海岸　所有施作叵稱量
宣說調伏濟衆生　於勝善人能引導
凡夫無始積無明　輪轉恒迷處長夜
惟佛能將正法手　慇懃牽使出幽冥
阿僧企耶劫跛時　常習大悲熏妙智
善能調御巡生界　十種大事必須爲
所謂授記當來佛　留第三分爲衆生
舍利目連第一雙　佛應化者皆自度
結界之事終須作　現大神變下天宮
父母獲果説業緣　最後涅槃歸命禮
敬禮結集諸大德　牟尼隱教能彰者
寶舟沉没重令浮　光明普照無邊海
亦禮侍者阿難陀　聞持善集於經藏
令諸品類生欣樂　煩惱繫縛得蠲除
次禮聖者鄔波離　能正宣通調伏藏
譬如善持明呪者　能除惡趣毒虵王
次禮尊者迦攝波　善閑摩窒里迦藏
於此世間光普照　皆令隱義盡敷揚
次於王城五百衆　結集三藏是應人
重流法雨潤生津　我悉至誠歸命禮
帝釋天王爲上首　阿蘇羅衆咸恭敬
徧滿空中悉雲集　稽首深心讃希有
爾時王舍大城側　天香普馥滿山林

諸天婇女散名華　流芳下落彌山際
次復於彼廣嚴城　獼猴池邊重結集
七百羅漢弘眞軌　冀令正教得增長
大哉佛日埋光盡　遺餘法寶恐沉輝
幸蒙衆聖結微言　得使人天重歸仰
牟尼忘倦久輪迴　爲求正法於生死
願欲濟斯無救者　冀令衆苦盡消除
頭目手足咸持施　骨肉流血濟求人
男女愛如初月輪　皆隨喜捨歸圓寂
大師牟尼所宣說　乃至正法未滅來
應除懈怠斷愚癡　至願要心勤策勵
言論佛教言中勝　頌陳正法頌中尊
我毗舍佉鑿微心　結頌令生易方便
若於聖說有增減　前後參差乖次第
願弘見者共相容　無目循塗能不失

我於苾芻調伏教　略爲少頌收廣文
願得普共諸群生　因此能成福智業
五欲淤泥生猒背　恒持淨信作莊嚴
生生常得苾芻身　堅持佛語窮眞際
若希戒品常清淨　無疑正趣涅槃宮
常於略頌憶修行　勿慮一生虛命盡
乃至世間常煎生死熱　乃至心内恒爲染火燒
大仙等教猶若殑伽流　常願久住洗濁無明垢
在那爛陀　巳翻此頌　還至都下　重勘疎條
所有福因　願霑含識　等希解脫　早出生津

根本說一切有部毗柰耶頌卷第四

音釋

欫丘恕切張口也　齗語巾切齒根肉也　礦古猛切銅鐵朴也　嚏都計切氣噴鼻也　搦尼厄切持也　睹當古切　枮知林切木趺也　稕朱閏切束稈也　舛昌兖切差也　璫都郎切充耳珠也　釧尺絹切臂鐶　鼗徒刀切有柄皷也　潄蘇奏切蕩口也　紐女久切結會也　壓烏甲切笮也　曬所戒切日乾也　彎烏關切　鼬余救切鼠也　屩居勺切屨也切　渦烏和切水回也　柁徒可切正船木也　圊七情切　痆女八切　滓側氏切濁也　企丘體切　窒陟栗切　罄苦定切盡也　弶其亮切

十誦律毗尼序

東晋三藏卑摩羅叉續譯

清刻龍藏佛說法變相圖

十誦律毗尼序卷上

東晉三藏卑摩羅叉續譯

善誦五百比丘集滅善法品第一

佛婆伽婆在拘尸城娑羅雙樹間力士住處般涅槃拘尸諸力士供養佛身是時長老摩訶迦葉將王百比丘從波婆城欲到拘尸城二城中間爾時有梵志持天曼陀羅華發拘尸城欲詣波婆城長老摩訶迦葉問汝識我大師不答言識汝大師娑羅雙樹間力士住處般涅槃今已七日諸天世人供養佛身我從彼得此天曼陀羅華來摩訶迦葉不樂諸弟子中有大憂愁者有舉手哭者有躃地者皆言佛趣涅槃一何駛哉世間眼滅諸比丘有宛轉地者有心中愁感者有行捨心觀諸法相者所謂一切無常空無我此無常相法

何可得常佛在時常説一切衆生所可樂著不可久保皆當別離散壞磨滅爾時有一愚癡不善不及老比丘發此惡言彼長老常言當應行是不應行是我今快得自在所欲便作不欲便止如是惡言唯迦葉獨聞餘無知者是諸天神力所隱蔽故爾時閻浮提中長老阿若憍陳如第一上座長老均陀第二上座長老十力迦葉阿難和尚第三上座長老摩訶迦葉第四上座摩訶迦葉多知廣識四部衆盡皆供養信受其語四部衆聞摩訶迦葉從波婆城來欲詣拘尸城四部衆皆出到半道奉迎摩訶迦葉摩訶迦葉見四衆來於道外樹下敷尼師壇結跏趺坐四衆既到頭面敬禮在一面聽其説法時大迦葉説種種法示教利喜竟發遣四衆還至雙樹頂結支

夷大迦葉言我正爾當到莫然佛積我欲禮佛全身爾時大迦葉與大衆俱到頂結支夷到已天爲開發金棺解撤纏裹時大迦葉稽首敬禮佛身四部大衆亦得禮拜又告諸人言更以天新綿氎好纏佛身以新香油灌滿金棺安厝佛身而闔棺蓋更積一切衆香雜薪以爲大積大迦葉告諸力士汝自知時諸力士主即然香薪大積爾時長老阿難見積然悲惱哽塞即説偈言

世尊此身　乃至梵天　今在金棺　以千氎纏
在香油中　然以香薪

爾時佛積然盡大迦葉思惟言當云何滅火即念應以牛乳滅之爾時大迦葉適生此念四邊自然有牛乳池淨潔香好是時大迦葉即取此乳以滅是火而説偈言

千氎纏佛身　以火闍維之　佛之神力故
常一內衣在　最外亦不燒　中者皆然盡
爾時長老摩訶迦葉以成治氎取佛舍利與諸力士諸力士從長老摩訶迦葉取佛舍利盛以金瓶舉著車上燒種種香持諸旛蓋作諸伎樂入拘尸城爾時拘尸城中有新論義堂掃灑清淨香潔無量懸繒旛蓋散諸雜華敷象牙牀以佛舍利金瓶著上阿難先以華香伎樂種種供養亦教諸比丘比丘尼優婆塞優婆夷供養禮拜爾時波婆城中諸力士聞佛在拘尸城般涅槃念言佛是我師我之所尊來從諸人請舍利分欲於波婆城中起塔燒香懸繒旛蓋盡世供養拘尸城諸力士答言佛在我國般涅槃我自起塔香華供養舍利分不可得時遮勒國諸剎帝利姓婆蹉娑婆羅羅摩聚落拘樓羅種毗菟國中諸婆羅門毗耶離國諸利昌種迦毗羅婆國諸釋子摩伽陀國主阿闍世王韋提希子聞佛於拘尸城般涅槃今衆人以香華供養舍利爾時阿闍世王勑其大臣婆羅門婆利沙迦羅言汝往到拘尸城諸力士所持我言致問無量氣力安隱身心樂不又語諸人佛亦我師我之所尊今於汝國般涅槃請分舍利欲於王舍城中起塔供養與我者善若不見與當舉兵衆以力奪汝受勑即嚴四種兵直至拘尸城語諸力士言摩伽陀國主阿闍世王致問無量氣力安隱身心樂不又言佛亦我師我之所尊在此般涅槃來請舍利分汝當與我我於王舍城起塔供養拘尸城諸力士答大臣婆羅門言佛在我國土地般涅槃我自

於此拘尸城起塔供養舍利分不得與汝大臣婆羅門言摩伽陀國主阿闍世王語汝汝等以舍利與我者善若不見與當舉四兵以力奪汝諸力士言我自供養不以與汝波婆城力士亦集四兵在一面住羅婆聚落拘婆羅亦集四兵在一面住遮勒國諸刹帝利亦集四兵在一面住毗㝹國諸婆羅門亦集四兵在一面住毗耶離國諸利昌亦集四兵在一面住迦毗羅婆諸釋子亦集四兵在一面住婆羅沙迦羅婆羅門更增四兵拘尸城一面住爾時拘尸城外八軍圍繞爲舍利故各欲奪取爾時大衆中有一婆羅門姓烟在八軍中高聲大唱拘尸城諸力士主聽佛無量劫積善修忍諸君亦常聞讚忍法今日何可於佛滅後爲舍利故起兵相奪諸君當知此非敬事舍利現在但當分作八分諸力士言敬如來議爾時姓烟婆羅門即分舍利作八分分竟復高聲大唱汝諸力士主聽盛舍利瓶請以見惠欲還頭那羅聚落起瓶塔華香旛蓋伎樂供養諸力士答言敬從來請爾時必波羅延那婆羅門居士以復高聲大唱拘尸城中諸力士主聽燒佛處炭與我欲還我國起炭塔華香伎樂供養諸力士答婆羅門敬從來請爾時拘尸城諸力士得第一分舍利即於國中起塔華香伎樂種種供養波婆國得第二分舍利還歸起塔種種供養羅摩聚落拘樓羅得第三分舍利還歸起塔種種供養遮勒國諸刹帝利得第四分舍利還國起塔種種供養毗㝹諸婆羅門得第五分舍利還國起塔種種供養毗耶離國諸利昌種

得第六分舍利還國起塔種種供養迦毗羅婆國諸釋子得第七分舍利還國起塔華香供養摩伽陀國主阿闍世王得第八分舍利還王舍城起塔華香供養姓烟婆羅門得盛舍利瓶還頭那羅聚落起塔華香供養必波羅延那婆羅門居士得炭還國起塔供養爾時閻浮提中八舍利塔第九瓶塔第十炭塔佛初般涅槃後起十塔自是以後起無量塔爾時長老摩訶迦葉知佛舍利流布十方白衣起塔以是因緣故會僧會僧竟語諸比丘我昔時從波婆城將五百比丘向拘尸城於二城間見一梵志持天曼陀羅華從拘尸城來欲詣波婆城我問梵志言憂婆伽從何所來欲至何所梵志答言我從拘尸城來欲到波婆城問識我大師不梵志答言識汝大師娑羅雙樹間般涅槃今已七日諸天世人供養舍利我從彼得此天曼陀羅華我爾時心不樂作是言佛趣涅槃一何駛哉世間眼滅諸比丘中有大憂愁者有舉手哭者有躃地者皆言佛趣涅槃一何駛哉世間眼滅諸比丘有宛轉地者有愁感者有行捨心觀諸法相者一切無常苦空無我此無常法相何可得常佛在時自言一切衆生所可樂著難得久保皆當別離散壞摩滅爾時有一頑愚不善不及老比丘出惡口言彼長老常言應當行是不應行是我今得自在所欲便作不欲便止是愚癡比丘作是語時唯我獨聞餘無知者是諸天神力之所隱蔽復有一比丘在我前說法言非法非法言法善言不善不善言善我等今當集一切修妬路一切毗尼一

切阿毗曇摩訶迦葉自思惟我當僧中集一切修妬路一切毗尼一切阿毗曇或有無知比丘作如是言不應如是集一切修妬路一切毗尼一切阿毗曇我等今當於僧中擇取聰明能集法人僧中作羯磨取爾時長老摩訶迦葉僧中取五百少一比丘一一稱字是諸比丘皆讀三藏得三明滅三毒皆得共解脫摩訶迦葉僧中唱大德僧聽是五百少一比丘稱名字皆讀三藏得三明滅三毒皆得共解脫若僧時到僧忍聽是五百少一比丘皆是集法人如是白爾時長老阿難在僧中長老大迦葉思惟是阿難好善學人佛說阿難於多聞人中最第一我等今當使阿難作集法人長老大迦葉思惟已僧中唱大德僧聽是阿難好善學人佛說阿難多聞人中最第一若僧時到僧忍聽我等今當使阿難作集法人如是白大德僧聽是阿難好善學人佛說阿難於多聞人中最第一我等今當使阿難作集法人誰長老忍阿難作集法人者默然誰不忍是長老說僧已聽長老阿難作集法人竟僧忍默然故是事如是持長老大迦葉復思惟今集一切修妬路一切毗尼一切阿毗曇是事多非一日二日乃至七日可竟今僧中當作羯磨能作集法人共一處安居不作羯磨人不得共一處安居如是思惟竟長老摩訶迦葉僧中唱大德僧聽今集法多非一日二日乃至七日可竟今僧中作羯磨能集法人共一處安居不作羯磨人不得共一處安居如是白爾時長老摩訶迦葉復作是念何處國土安隱有好精舍四事供養

飲食無乏無諸寇賊即念王舍城中四事供養具足無乏國土安隱無諸賊寇我等今當往到王舍城安居如是思惟已摩訶迦葉獨身先往治精舍泥塗壁孔治土墡敷牀灑掃抖擻被褥教備藥草具飲食衣被摩訶迦葉知安居時到共五百比丘於王舍城安居摩訶迦葉清旦著衣持鉢入王舍城教化諸人持飲食供養集法人教已摩訶迦葉自次第乞食竟出城還至精舍以是因緣會僧會僧已思惟何等比丘能誦毗尼明了我等難問能隨問答當從此人集毗尼即念優波離比丘佛常讚誦毗尼比丘中明了第一念已白僧佛常讚優波離比丘於誦毗尼比丘中明了第一優波離比丘我等問難能隨問答爾時摩訶迦葉爲法敷座優波離比丘昇高座坐竟摩訶迦葉問優波離初波羅夷罪因緣從何處出優波離答言波羅夷罪初從毗耶離國須提那比丘迦蘭陀子出是中云何犯云何不犯爾時優波離廣說犯不犯相摩訶迦葉問阿若憍陳如爾不答言爾如優波離所說摩訶迦葉問阿若憍陳如竟次問長老均陀次問十力迦葉次第問五百阿羅漢乃至阿難阿難答言我如是聞是事是法是善如長老優波離所說阿難問摩訶迦葉爾不答言爾是中長老摩訶迦葉僧中高聲大唱大德聽僧初波羅夷法集竟是法是毗尼是佛教無有比丘言是法言非法非法言是法是毗尼言非毗尼非毗尼言是毗尼是法是毗尼是佛教僧忍默然故是事如是持摩訶迦葉復問長老優波離第二波羅夷因緣從

何處出優波離答王舍城中爲達尼迦比丘瓦師子第三波羅夷因緣何處出優波離答跋耆國中爲婆求摩題河邊住諸比丘第四波羅夷因緣何處出答爲毗耶離國爲婆求摩題河邊住諸比丘第一僧伽婆尸沙因緣罪何處出答爲舍婆提國中迦留陀夷比丘第二第三第四皆爲舍婆提國迦留陀夷比丘第五僧伽婆尸沙因緣何處出爲舍婆提國中迦羅比丘彌梨迦子摩訶迦葉復問云何犯云何不犯優波離廣說犯不犯相摩訶迦葉問優波離竟次問阿若憍陳如爾不阿若憍陳如答言長老迦葉我亦如是知如優波離所說次問長老均陀次問十力迦葉次第問五百羅漢乃至阿難阿難答言長老大迦葉我亦如是知如長老優波離所說阿難問摩訶迦葉如優波離所說不答言阿難我亦如是知如優波離所說如是作一切毗尼集竟爾時長老大迦葉僧中高聲大唱大德僧聽如是一切毗尼法集竟是法是毗尼是佛教無有比丘言是法言非法非法言是法是毗尼言非毗尼非毗尼言是毗尼是法是毗尼是佛教僧忍默然故是事如是持長老摩訶迦葉思惟何等比丘誦修妬路阿毗曇明了我等難問能隨問答我等當從此人集修妬路阿毗曇即時作是念佛讚阿難比丘於諸多聞比丘中最第一持一切修妬路一切阿毗曇迦葉思惟竟僧中唱大德僧聽是阿難比丘好善學人佛常讚阿難比丘於諸多聞中最第一我等從是人了了聞修妬路阿毗曇集如是白爾時摩訶迦葉敷好高座

阿難昇高座竟摩訶迦葉問阿難佛修姤路初從何處說阿難答如是我聞一時佛在波羅柰仙人住處鹿林中阿難說此語時五百比丘皆下地胡跪涕零而言我從佛所面聞見法而今已聞摩訶迦葉語阿難從今日一切修姤路一切毗尼一切阿毗曇初皆稱如是我聞一時阿難言爾是時佛告五比丘是苦聖諦我先不從他聞法中正憶念時於諸法中生眼生智生明生覺是集聖諦是盡聖諦是道聖諦我先不從他聞法中正憶念時於諸法中生眼生智生明生覺諸比丘是苦聖諦知故應知我先不從他聞法中正憶念時於諸法中生眼生智生明生覺是苦集聖諦知已應斷是苦滅聖諦知已應證是苦滅道聖諦知已應修我先不從他聞法中正憶念時於諸法中生眼生智生明生覺諸比丘是苦聖諦知故知已我先不從他聞法中正憶念時於諸法中生眼生智生明生覺是苦集聖諦知故斷已是苦滅聖諦知故證已是苦滅道聖諦知故修已我先不從他聞法中正憶念時於諸法中生眼生智生明生覺諸比丘若我隨爾許時四聖諦中三轉十二分轉法輪行不生眼智明覺我於一切世間若魔若梵及沙門婆羅門天人等衆中不得解不得離不得捨亦不得不顛倒心是時我亦不作是念得阿耨多羅三藐三菩提若我若爾許時四聖諦中三轉十二分轉法輪行生眼智明覺我於一切世間若魔若梵及沙門婆羅門天人等衆中得解離得捨得不顛倒心是時我作是念得阿耨多羅三藐三菩提

說是法時長老憍陳如及八萬諸天遠塵離垢諸法中法眼生爾時佛告憍陳如得法已不憍陳如言得已世尊憍陳如得法已不憍陳如言得已世尊憍陳如得法已不憍陳如言得已婆伽婆憍陳如得已以初得故故名阿若憍陳如阿若憍陳如得法已是時地神高聲大聲唱言諸衆生佛在波羅柰國仙人住處鹿林中三轉十二分轉法輪諸餘沙門若婆羅門若天若魔若梵如是等一切世間中不能如法轉爲饒益衆生故安樂多衆生憐愍世間故利益安樂諸天人增益諸天種減損阿修羅衆虛空中神聞地神唱聲已亦高聲大聲唱佛轉法輪四天王聞虛空神唱亦高聲大聲唱三十三天夜摩天兜率陀天化樂天他化自在天即時唱聲乃到梵天處

皆高聲大聲唱言諸衆生佛在波羅柰國仙人住處鹿林中三轉十二行法輪諸餘沙門若婆羅門若天若魔若梵如是等一切世間中不能如法轉爲饒益多衆生故安樂多衆生憐愍世間故利益安樂諸天人增益諸天種減損阿修羅衆佛在波羅柰國仙人住處鹿林中三轉十二行法輪已是故是經名轉法輪經大迦葉問阿若憍陳如阿難所說爾不答言爾長老大迦葉我亦如是知如阿難所說次問長老均陀次問十力迦葉乃至次第問五百阿羅漢末後問優波離如阿難所說不答言爾長老優波離問摩訶迦葉如阿難所說不答言長老優波離我亦如是知如阿難所說如是展轉問已一切修妬路藏集已爾時摩訶迦葉僧中大唱大德僧聽一切

修妬路集竟是法是毗尼是佛教無有比丘言是法言非法非法言是法是毗尼言非毗尼非毗尼言是毗尼是法是毗尼是佛教僧忍默然故是事如是持長老摩訶迦葉復問阿難佛何處始說阿毗曇阿難答言如是我聞一時佛在舍婆提爾時佛告諸比丘若人五怖五罪五怨五滅是人五怖罪怨滅故死後譬如力人屈伸臂頃墮於地獄何等五一者殺二者偷三者邪婬四者妄語五者飲酒若人五怖五罪五怨五滅是人五怖罪怨滅故死後譬如力士屈伸臂頃生於天上何等五一者不殺怖罪怨滅不偷不邪婬不妄語不飲酒亦如是怖罪怨滅長老摩訶迦葉問阿若憍陳如如阿難所說不答言大迦葉我亦如是知如阿難所說次問長老均陀次問十力迦葉乃至次第問五百阿羅漢末後問優波離如阿難所說不答言長老大迦葉我亦如是知如阿難所說長老優波離問摩訶迦葉爾不答言實爾如是一切阿毗曇集已爾時摩訶迦葉僧中大唱大德僧聽一切阿毗曇集竟是法是毗尼是佛教無有比丘言是法言非法非法言是法是毗尼言非毗尼非毗尼言是毗尼是法是毗尼是佛教僧忍默然故是事如是持爾時一切修妬路一切阿毗曇一切毗尼集竟長老阿難偏袒右肩長跪叉手白大德摩訶迦葉我面從佛聞受是語佛言我般泥洹後若僧一心和合籌量放捨微細戒摩訶迦葉答阿難汝從佛問不何名微細戒一心和合放捨阿難答大德不問迦葉言汝應當了了問何名微細戒僧一

心和合而故捨此戒長老阿難汝若不問佛汝得突吉羅罪是罪汝當如法懺悔莫覆藏阿難答言我不輕戒故不問是時佛欲滅度我心愁悶故不問摩訶迦葉語阿難佛三語汝閻浮提地種種事樂壽命最快若有修四如意足能住壽一劫若減一劫阿難佛四如意足善修若欲住壽一劫若減一劫自在能住汝何以不請佛久住以是事故汝得突吉羅罪是罪汝當如法懺悔莫覆藏阿難答言我非輕戒非不敬佛故不請久住是時魔蔽我心不自覺知是故不即請佛久住摩訶迦葉復語阿難汝以足躡佛衣得突吉羅罪是罪如法懺悔阿難答言我不輕戒非不敬佛是時大風卒起更無餘人我襞佛衣以是故足躡摩訶迦葉復語阿難佛語汝迦拘陀河取一鉢水汝言迦拘陀河水濁未清不即取水以是事故汝得突吉羅罪是罪如法悔過阿難答言我不輕戒非不敬佛時五百乘車渡河未久水濁未清以是故不即取水與佛摩訶迦葉復語阿難佛不聽女人出家汝乃至三請令女人出家以是事故得突吉羅罪是罪如法悔過阿難答言我不輕戒非不敬佛但以過去諸佛皆有四衆今我世尊云何獨無四衆是故乃至三請摩訶迦葉復語阿難佛滅度後汝何以出佛陰藏相以示女人以是事故汝得突吉羅罪是罪如法悔過阿難答言是女人福德淺薄欲得見佛相見已厭離女身後得男形以是故示爾時大迦葉令長老阿難六突吉羅罪僧中悔過長老摩訶迦葉集僧言我等不聽故捨微細戒何以

故外道異學若聞是事便言弟子聰明所以者何師結戒弟子放捨以是故我等一心會集籌量不聽捨微細戒外道異學有如是言大師在時釋子沙門皆具持戒師滅度後不能具持戒便還放捨釋子法滅不久譬如然火烟出火滅烟止以是事故我等一心集會籌量不聽捨微細戒若我等聽放捨微細戒諸比丘不知何者是微細戒如是言微細戒非獨是突吉羅更有四波羅提提舍尼亦名微細戒以是故我等不聽捨微細戒若我等一心會集聽捨微細戒者或有比丘不知何者是微細戒作如是言非獨突吉羅四波羅提提舍尼九十波夜提亦名微細戒以是故我等一心會不聽放捨微細戒若我等一心會集聽捨微細戒者或有諸比丘不知何者是微細戒作如是言非獨突吉羅四波羅提提舍尼九十波夜提是微細戒三十尼薩耆波夜提亦名微細戒以是故我等不聽捨微細戒若我等一心會集聽捨微細戒者或有諸比丘不知何者是微細戒作如是言非獨突吉羅四波羅提提舍尼九十波夜提三十尼薩耆波夜提二不定法亦名微細戒以是故我等不聽捨微細戒若我等一心集會籌量聽捨微細戒者或有比丘不知何者是微細戒如是言微細戒非獨是突吉羅四波羅提提舍尼九十波夜提三十尼薩耆波夜提二不定法十三僧伽婆尸沙亦名微細戒以是故我等不聽捨微細戒若我等一心集會籌量聽捨微細戒者或有比丘但受持四戒作如是言餘殘戒放捨以是故我等一心會

集籌量不聽捨微細戒我等隨佛結戒若佛結戒一切受持佛經中說摩伽陀國中大臣婆羅沙迦羅婆婆羅門因緣七不滅法中若諸比丘佛不結戒不結已結戒不捨如說戒受持諸比丘善法增益不滅以是故我等盡當受持不應放捨三藏集法品竟

善誦七百比丘結集滅惡法品第二

佛般涅槃後一百一十歲毗耶離國十事出是十事非法非善遠離佛法不入修妬路不入毗尼亦破法相是十事毗耶離國諸比丘用是法行是法言是法清淨如是受持何等十事一者鹽淨二者指淨三者近聚落淨四者生和合淨五者如是淨六者證知淨七者貧住處淨八者行法淨九者縷邊不益尼師壇淨十者金銀寶物淨毗耶離諸比丘又持憍薩羅國大金鉢出憍薩羅國入毗耶離國次第乞錢隨多少皆著鉢中時人或以萬錢或千百五十乃至以一錢著鉢中是時有長老耶舍陀迦蘭提子毗耶離住得三明持三藏法修妬路毗尼阿毗曇耶舍陀是長老阿難弟子耶舍陀聞毗耶離國十事出已非法非善遠離佛法不入修妬路不入毗尼亦破法相是十事毗耶離國諸比丘用是法行是法言是法清淨如是受持何等十一者鹽淨乃至金銀寶物淨毗耶離國諸比丘又持憍薩羅大金鉢出憍薩羅國入毗耶離國次第乞錢隨多少皆著金鉢中時人或以萬錢千百五十一錢著鉢中長老耶舍陀聞是事已遣使詣毗耶離諸白衣所語言沙門釋子不應乞金銀寶物畜佛種種因緣爲摩尼周羅

聚落主說法從今日比丘須薪乞薪須草乞草須乘借乘須作人借作人沙門釋子是中佛不聽乞金銀寶物畜毗耶離國諸比丘聞耶舍陀遣使詣毗耶離諸白衣所言沙門釋子不應乞金銀寶物畜佛種種因緣爲摩尼周羅聚落主說法從今日諸比丘須薪乞薪須草乞草須乘借乘須作人借作人沙門釋子佛不聽乞金銀寶物畜聞巳集會所有金銀寶物當分是中有比丘自取分持出或使沙彌白衣持去或著牀上持去或著鞾中持去或衣裏持去或遣使持分與耶舍陀耶舍陀即還遣使此不淨物何以教我受沙門釋子不應受此不淨物佛種種因緣說法從今日比丘須薪草應乞須車乘作人應借金銀寶物不聽受畜毗耶離比丘思惟言耶舍陀於諸白衣前出我等罪我等當與耶舍陀作下意羯磨令向毗耶離諸白衣懺悔思惟巳集僧與耶舍陀作下意羯磨令向毗耶離諸白衣懺悔耶舍陀聞毗耶離諸比丘作下意羯磨令向毗耶離諸白衣懺悔聞巳如是思惟我向諸白衣懺悔時能事事說法使諸白衣得信言佛種種因緣爲摩尼周羅聚落主說因緣乃至沙門釋子不應乞金銀寶物畜爾時耶舍陀明日食時著衣持鉢入毗耶離城乞食乞食巳到毗耶離諸白衣所懺悔時事事說法使諸白衣得信言佛種種因緣爲摩尼周羅說比丘須薪草應乞車乘作人應借不應乞金銀寶物畜如是長老耶舍陀事事說法諸白衣即得信解知沙門釋子不應乞金銀寶物畜毗耶離諸比丘聞長老耶舍

向毗耶離白衣懺悔時事事説法使白衣信解知佛種種因縁説比丘須薪草應乞車乗作人應借不應乞金銀寶物畜聞已如是思惟我等不應令耶舍陀是中住今當作出羯磨汝不應毗耶離住如是思惟已集僧與耶舍陀作出羯磨不得毗耶離住長老耶舍陀聞毗耶離諸比丘作出羯磨不得住毗耶離聞已還房付授卧具持衣鉢發毗耶離去未遠自念我於毗耶離諸比丘邊得脱是諸比丘畜金銀寶物多欲多求惡法成就耶舍陀住憍薩羅國夏安居爾時長老三菩伽住摩偷羅國僧伽遮僧伽藍精舍阿波大羅林中烏頭婆羅樹下是三菩伽持三藏得三明有名稱大阿羅漢長老阿難弟子長老耶舍聞長老三菩伽住摩偷羅國僧伽遮僧伽藍阿波大羅林中烏頭波羅樹下持三藏得三明有名稱大阿羅漢聞已遣使詣三菩伽言長老知不毗耶離國有十事出非法非善遠離佛法不入修妬路不入毗尼亦破法相毗耶離諸比丘用是法行是法言法清淨如是受持何等十一者鹽淨二指淨三者近聚落淨四者生和合淨五者如是淨六者證知淨七者貧住處淨八者行法淨九者縷邊不益尼師壇淨十者金銀寶物淨毗耶離國諸比丘又持憍薩羅大金鉢出憍薩羅國入毗耶離國乞錢次第乞隨多少皆著鉢中或萬錢千百五十乃至一錢諸長老比丘應集會是諸惡法當滅今若不滅後將大長老三菩伽聞是事已即遣使詣達嚫那國阿槃提國如是諸國皆遣使詣言汝知不毗耶離國十事出

何等十一者鹽淨乃至金銀寶物淨是諸惡法令不滅後必將大爾時達嚫那國阿槃提國等諸比丘即集會毗耶離是時長老梨婆多住薩寒若國持三藏得三明有名稱大阿羅漢好行四無量心是長老阿難弟子長老三菩伽聞長老梨婆多住薩寒若國持三藏得三明有名稱大阿羅漢好行四無量心聞已長老三菩伽如是思惟我等以何長老爲上座當求是長老爲上座攝諸比丘作是思惟已我等當求長老梨婆多爲諸比丘說實法爾時長老三菩伽會諸比丘從白衣索四事供養索已乘船至薩寒若國到長老梨婆多所長老梨婆多遥見三菩伽來善心起迎問訊道路疲不代持衣鉢示房舍語三菩伽等諸比丘是汝牀榻被褥臥具若上座爲辦浴具澡豆灰麻油薪是時梨婆多與三菩伽共一房宿夜多坐禪至天明時長老梨婆多語三菩伽我供養客法作竟汝從出家法長老三菩伽聞道語竟食時著衣持鉢入薩寒若城乞食乞食竟食後還梨婆多所頭面禮足爾時長老三菩伽思惟是梨婆多大法師或能難問我阿毗曇我或不疾解我今當先問梨婆多毗耶離比丘十事即合手問鹽淨應受不梨婆多還問三菩伽云何名鹽淨大德梨婆多毗耶離諸比丘鹽舉殘宿著淨食中噉言是事淨我問長老實淨不梨婆多答不淨不應食若食得何罪答得突吉羅罪三菩伽又問佛何處結戒是事不應食答舍婆提毗尼藥法中說三菩伽問大德梨婆多應受二指淨不還問云何名二指淨答言毗耶

離諸比丘食竟從坐起不受殘食法兩指抄食噉言是事淨我問長老實淨不梨婆多答不淨不淨得何罪答得波夜提罪又問佛何處結戒是事不應行答毗耶離國爲不受殘食法故結戒三菩伽言大德梨婆多近聚落淨實淨不還問云何名近聚落淨答言毗耶離諸比丘近聚落邊得食不受殘食法噉言是事淨我問長老實淨不梨婆多答不淨不淨得何罪答得波夜提罪又問佛何處説是事不應行答毗耶離國佛爲不受殘食法結戒三菩伽言大德梨婆多應受生和合淨實淨不還問云何名生和合淨答言毗耶離諸比丘食竟從坐起不受殘食法乳酪酥共和合而噉言是事淨我問長老實淨不答不淨不淨得何罪答得波逸提罪又問佛何處結戒是事不應行答毗耶離佛爲不受殘食法結戒三菩伽言大德梨婆多如是淨實淨不梨婆多還問云何名如是淨答毗耶離諸比丘內界共住處別作羯磨竟入僧中唱言彼住處作羯磨長老是事淨今我問是實淨不答不淨不淨得何罪答得突吉羅罪又問佛何處結戒答占波國毗尼行法中三菩伽言大德梨婆多證知淨實淨不梨婆多還問云何名證知淨答毗耶離諸比丘各各住處作不如法羯磨竟入僧中白我等處作羯磨諸僧證知言是事證知淨今我問長老實淨不答不淨不淨得何罪答得突吉羅罪又問佛何處結戒答瞻波國毗尼行法中三菩伽言大德梨婆多貧住處淨實淨不梨婆多還問云何貧住處淨答毗耶離諸比丘言我等住

處貧作酒飲言是貧住處淨實淨不答不淨不淨得何罪答得波逸提罪又問佛何處結戒答婆提國颰陀婆地城爲長老婆伽多阿羅漢結戒不得飲酒三菩伽言大德梨婆多行法淨實淨不梨婆多答有行法淨行亦淨不行亦淨有行法不淨行亦不淨不行亦不淨何等行法不淨行亦不淨不行亦不淨答殺罪行亦不淨不行亦不淨偷邪婬妄語兩舌惡口綺語慳貪瞋恚邪見行亦不淨不行亦不淨是爲行法不淨行亦不淨不行亦不淨何等行法淨行亦淨不行亦淨答不殺不偷不邪婬不妄語兩舌惡口綺語慳貪瞋恚邪見是爲行法淨行亦淨不行亦淨三菩伽言大德梨婆多不益縷邊尼師壇淨實淨不還問云何不益縷邊尼師壇答毗耶離諸比丘作不益縷邊尼師壇是事淨爲淨不答不淨問不淨得何罪答得波逸提罪又問佛何處結戒答舍婆提國佛爲長老迦留陀夷聽縷邊益一磔手尼師壇結戒三菩伽言大德梨婆多金銀寶物淨實淨不還問云何金銀寶物淨答毗耶離諸比丘取金銀寶物又問是淨實淨不答不淨不淨得何罪答得波夜提罪佛何處結戒答毗耶離佛爲跋難陀結戒不得取金銀寶物三菩伽言善哉善哉大德梨婆多善說十事三菩伽言此諸比丘當云何梨婆多答當共勤方便滅是不善法

爾時長老娑羅住毗耶離國持三藏得三明有名稱大阿羅漢是長老阿難弟子如是思惟我所學知皆從和尚口受誦我當分別觀察客比丘毗耶離比丘如是思惟已著衣持

鉢入城乞食食後向娑羅樹林間入樹林已於一樹下敷尼師壇坐觀所誦法知誰是爲毗耶離比丘是爲客比丘是如是觀已知毗耶離比丘不是知阿槃提達嚫那波多國諸客比丘是是樹林中有神天合手向娑羅言如是如是諸長老是毗耶離比丘非法語諸客比丘是法語大德娑羅汝欲作何等答當勤方便滅是不善法毗耶離諸比丘聞阿槃提達嚫那波多國諸客比丘勤方便欲滅是事聞已如是思惟我等當請何等上座爲好上座故多比丘來上座梨婆多我等當請爲是上座故諸比丘當來集如是思惟竟毗耶離諸比丘著衣持鉢詣薩寒若國到已見長老梨婆多以同阿槃提達嚫那婆多國諸比丘見已如是思惟長老梨婆多以同彼復作是念諸上座弟子我等今當輭語令請是上座當用弟子語毗耶離諸比丘到上座弟子所與衣鉢戶鉤革屣與三種藥盡與竟諸上座弟子即覺問是上供養何以故與我毗耶離諸比丘答當語汝師毗耶離比丘是有法語阿槃提達嚫那婆多國諸比丘不是法語一切諸佛皆出東方長老上座莫與毗耶離中國比丘鬭諍諸上座弟子答此是小事我經營之汝等當受我恩諸弟子即到上座梨婆多所言阿槃提達嚫那婆多國諸比丘非法非善言一切諸佛皆出東方長老上座莫與毗耶離中國比丘鬭諍梨婆多語弟子汝愚癡人我自知見毗耶離諸比丘非法非善阿槃提達嚫那波多國諸比丘實是法是善語汝愚癡人云何教我非法非善非佛語汝

去莫來我乃至死不用見汝是時長老梨婆多語三菩伽此事是闍可滅或有不智人言此事不可是闍滅本從何處出應還至本處滅爾時長老梨婆多三菩伽及阿槃提達嚫那婆多國諸比丘隨意多少往薩寒若國持衣鉢向毗耶離國次第行到毗耶離毗耶離國比丘亦持衣鉢向毗耶離城次第行到是時長老薩婆伽羅鉢婆羅上座住毗耶離持三藏得三明有名稱大阿羅漢好行空三昧是長老阿難弟子長老梨婆多到薩婆伽羅鉢婆羅波梨婆羅上座所是上座遙見梨婆多來歡喜問訊長老具醯善來具醯久不相見具醯到已共坐諸上座有如是法若客比丘來共一處宿告給事汝爲客比丘敷臥具給事如是思惟上座如是約勑我與客比丘敷牀臥具上座必與客比丘一房宿給事受教已即向上座房與客比丘敷牀臥具弟子受勑與客比丘敷牀臥具竟還白上座言與客比丘敷牀臥具已上座自知時上座即從坐起向房舍自臥處敷尼師壇結跏趺坐長老梨婆多亦向上座房入已頭面禮上座足臥具上敷尼師壇結跏趺坐薩婆伽羅波梨婆羅上座如是思惟長老梨婆多客來道路疲極客比丘未臥我不應先臥客比丘臥竟我乃應臥長老梨婆多亦思惟今僧中第一上座未臥我不應先臥上座臥竟爾乃我臥是夜二人俱坐禪後夜長老第一上座問長老梨婆多汝何以不臥答我如是思惟長老是僧中第一上座未臥我不應先臥上座臥竟爾乃我臥上座問梨婆多是夜心入何等

三昧答我多行慈三昧上座言汝長老具醯此是小三昧行汝夜行小三昧行梨婆多荅此實小三昧行我阿羅漢一切漏盡是行長夜喜念以是故常行是三昧行問上座何以不臥上座答我亦思惟汝道路行極未臥我不應先臥汝臥竟我乃應臥問上座是夜入何等三昧上座答多行空三昧梨婆多言此是上三昧行汝夜行上三昧行上座答此實上三昧行我阿羅漢一切漏盡是行長夜喜念以是故常行是三昧是二善人俱得阿羅漢道出所行法長老三菩伽是夜過已向第一上坐頭面禮足一面坐上座問三菩伽是事云何欲滅答長老一切僧中上座當知是事云何滅汝三菩伽今日食後會一切僧三菩伽受上座語竟食時著衣持鉢入毗耶離城乞食食後一處集僧是時毗耶離國少一比丘不滿七百集會爲滅是非法非善非佛語惡事滅故是時有長老名富闍蘇彌羅在婆羅梨弗國住持三藏得三明有名稱大阿羅漢喜用天眼是長老阿難弟子以天眼遥見少一比丘不滿七百在毗耶離國集爲滅非法非善非佛語惡事故即入三昧如力士屈伸臂頃於婆羅梨弗國沒毗耶離國僧住處門下出住是富闍蘇彌羅出三昧說偈索開門

婆羅梨弗國　諸舊比丘中　持律多聞人
婆羅梨弗國　以斷諸狐疑　今從彼間來
在此門下立　諸舊比丘中　持律多聞人
調御六情根　今從彼間來　在此門下立
婆羅梨弗國　諸舊比丘中　持律多聞人

富闍蘇彌羅　今從彼間來　在此門下立

十誦律毗尼序卷上

音釋

躃蒲益切仆也　駛踈士切疾也　撤直列切除也　氎徒協切毛布也　闔胡臘切閉也　抖擻抖當口切擻蘇后切抖擻振舉貌　褥而欲切裀褥也　躡尼輒切蹈也　韡許戈切與靴同有靿履也　嚫初覲切　磔陟革切張伸曰磔　屣所爾切履屬　醯呼雞切

十誦律毗尼序卷中

東晉三藏卑摩羅叉續譯

善誦七百比丘集法品之餘

長老級闍蘇彌羅來滿七百衆蘇彌羅入僧中已是時長老三菩伽如是思惟我等若在僧中滅是惡事或有不智比丘言是事不應如是滅是事應如是滅我今當僧中作羯磨一切僧當聽滅是事長老三菩伽僧中唱大德僧聽我等僧中滅是惡事若有不智比丘言是事不應如是滅是事應如是滅我今當僧中作羯磨一切僧當聽滅是事如是白是時三菩伽僧中唱四比丘名字阿槃地達嚫那波多四客比丘東方四舊比丘何等阿槃地達嚫那波多四客比丘一薩婆伽羅波梨婆羅上座二沙羅三耶輸陀四級闍蘇彌羅是爲四客比丘何等東方四舊比丘一上座梨婆多二長老三菩伽三修摩耶四波薩摩伽羅摩是爲東方四舊比丘長老三菩伽僧中唱大德僧聽我唱是八人名字阿槃地達嚫那波多四客比丘東方四舊比丘若僧時到僧忍聽是八人作烏迴鳩羅爲斷滅僧中惡事故如是白是時長老阿耆多受戒五歲善誦持毗尼藏在僧中長老三菩伽如是思惟是阿耆多比丘受戒五歲善誦持毗尼藏在此間僧中若我等令阿耆多比丘依上座烏迴鳩羅於沙樹林中與上座敷坐具故作滅僧中惡事諸上座或能不喜我等使阿耆多依受上座作烏迴鳩羅沙樹林中爲諸上座作敷坐具人三菩伽如是思惟竟僧中唱大德僧聽是阿耆多比丘受戒五歲善誦持

毗尼藏學持阿含若僧時到僧忍聽是阿耆多比丘依受諸上座作烏迴鳩羅沙樹林中作敷坐具人如是白如是白二羯磨僧聽阿耆多比丘依上座作烏迴鳩羅沙樹林中與上座敷坐具竟僧忍默然故是事如是持是時阿耆多比丘從座起至樹林中與諸上座比丘敷坐具還到集僧中白諸上座大德上座我已於樹林中敷坐具竟上座自知時諸上座從坐起向樹林中敷坐具處自敷尼師壇結跏趺坐長老三菩伽從座起偏袒右臂合掌向上座薩婆伽羅波梨婆羅如是言大德上座鹽淨實淨不上座還問云何名鹽淨三菩伽言毗耶離諸比丘鹽共宿著淨食中噉言是事淨實淨不上座答不淨不淨得何罪答得突吉羅罪三菩伽問佛何處結戒上座答舍婆提國毗尼藥法中三菩伽問薩婆伽羅波梨婆羅上座竟次問上座沙羅上座耶輸陀級闍蘇彌羅梨婆多修摩那婆棄伽彌問一切上座乃至問阿耆多汝亦如是知如上座答不阿耆多答我亦如是知如上座答阿耆多亦問三菩伽長老亦如是知如上座答不三菩伽答我亦如是知如上座答是時長老三菩伽僧中唱大德僧聽今僧以滅十事中第一事已如法如善如佛教現在僧中是滅惡事是中無有一比丘非法言法法言非法非善言善善言非善是非法非善非佛教如是不淨作是語竟行一籌爲滅一惡事故三菩伽問上座薩婆伽羅波梨婆羅大德二指淨實淨不上座還問云何名二指淨答毗耶離諸比丘食竟從座起不受殘食法

兩指抄飯食噉言是事淨實淨不上座答不淨不淨得何罪上座答得波逸提罪問佛何處結戒答毗耶離國爲不受殘食法結戒三菩伽問薩婆伽羅波梨婆羅竟次問上座沙羅耶輸陀級闍蘇彌羅梨婆多修摩耶婆棄伽彌問一切上座乃至問阿耆多汝亦如是知如上座答不阿耆多答言我亦如是知如上座答阿耆多轉問三菩伽長老亦如是知如上座答不三菩伽言我亦如是知如上座答是時長老三菩伽僧中唱大德僧聽今僧已滅十事中第二事已如法如善如佛教現在僧中滅是事是中無有一比丘非法言法法言非法非善言善善言非善是非法非善非佛教如是不淨作是語竟行二籌爲滅二惡事故三菩伽問二座薩婆伽羅波梨婆羅

大德近聚落淨實淨不還問云何名近聚落淨答毗耶離諸比丘近聚落邊得食不受殘食法噉言是事淨爲實淨不上座答不淨不淨得何罪答得波逸提罪問佛何處結戒答毗耶離國爲不受殘食法故結戒三菩伽問薩婆伽羅波梨婆羅上座竟次問上座沙羅耶輸陀級闍蘇彌羅梨婆多修摩耶波棄伽彌問一切上座乃至問阿耆多汝亦如是知如上座答不阿耆多言我亦如是知如上座答阿耆多亦問三菩伽長老亦如是知如上座答不三菩伽言我亦如是知如上座答是時長老三菩伽僧中唱大德僧聽今僧以滅十事中第三惡事已如法如善如佛教現在僧中滅是惡事是中無有一比丘非法言法法言非法非善言善善言非善此非法非善

非佛教如是不淨作是語竟行三籌爲滅三惡事故三菩伽問薩婆伽羅波梨婆羅生和合淨大德上座是淨實淨不還問云何名生和合淨答毗耶離諸比丘食竟從座起生乳酪酥共和合噉言是事淨爲實淨不答不淨問不淨得何罪答得波逸提罪問佛何處結戒答毗耶離爲不受殘食法故結戒三菩伽問薩婆伽羅波梨婆羅上座竟次問上座沙羅耶輸陀級闍蘇彌羅梨婆多修摩耶波桒伽彌問一切上座乃至問阿耆多汝亦如是知如上座答不阿耆多言我亦如是知如上座答阿耆多還問三菩伽長老亦如是知如上座答不三菩伽言我亦如是知如上座答是時長老三菩伽僧中唱大德僧聽令僧以滅十事中第四事巳如法如善如佛教現在僧中滅是惡事是中無有一比丘非法言法法言非法非善言善善言非善此非善非法非佛教如是不淨作是語竟行四籌爲滅四惡事故三菩伽問薩婆伽羅波梨婆羅大德上座如是淨實淨不上座還問云何名如是淨答毗耶離諸比丘内界共住處別作羯磨言是事淨爲實淨不答不淨問不淨得何罪答得突吉羅罪問佛何處結戒答瞻波國中毗尼行法中三菩伽問一切上座竟乃至阿耆多汝亦如是知如上座答不阿耆多言我亦如是知如上座答阿耆多轉問三菩伽長老亦如是知如上座答不答我亦如是知如上座答三菩伽僧中唱大德僧聽令僧以滅十事中第五事巳如法如善如佛教現在僧中滅是惡事是中無有一比丘非法言法法

言非法非善言善善言非善此非善非法非佛教如是不淨作是語竟行五籌爲滅五惡事故三菩伽問薩婆伽羅波梨婆羅大德上座證知淨實淨不上座還問云何名證知淨答毗耶離諸比丘各各住處作非法羯磨竟入僧中白我等處處作羯磨諸僧證知言是事證知淨爲實淨不答不淨問不淨得何罪答得突吉羅罪問佛何處結戒答瞻波國毗尼行法中三菩伽問薩婆伽羅波梨婆羅上座竟次問一切諸上座乃至阿耆多汝亦如是知如上座答不阿耆多言我亦如是知如上座答阿耆多轉問三菩伽長老亦如是知如上座答不答言我亦如是知如上座答三菩伽僧中唱大德僧聽今僧以滅十事中第六事已如法如善如佛教現在僧中滅是惡事是中無有一比丘非法言法法言非法非善言善善言非善此非法非善非佛教如是不淨作是語竟行六籌爲滅六惡事故三菩伽問薩婆伽羅波梨婆羅大德上座貧住處淨實淨不上座還問云何名貧住處淨答毗耶離諸比丘言我等住處貧作酒飲言是事淨爲淨不答不淨問不淨得何罪答得波逸提罪問佛何處結戒答婆提國跋陀婆提城爲長老娑伽陀結戒不得飲酒三菩伽問薩婆伽羅波梨婆羅上座竟次問一切上座乃至阿耆多汝亦如是知如上座答不阿耆多言我亦如是知如上座答阿耆多轉問三菩伽長老亦如是知如上座答不答言我亦如是知如上座答三菩伽僧中唱大德僧聽今僧以滅十事中第七事已如法如善如佛教

現在僧中滅是惡事是中無有一比丘非法
言法法言非法非善言善善言非善此非法
非善非佛教如是不淨作是語竟行七籌爲
滅七惡事故三菩伽問薩婆伽羅波梨婆羅
大德上座行法淨實淨不答有行法淨行亦
淨不行亦淨有行法不淨行亦不淨不行亦
不淨何等行法不淨行亦不淨不行亦不淨
答殺罪行亦不淨不行亦不淨偷婬妄語兩
舌惡口綺語慳貪瞋恚邪見行亦不淨不行
亦不淨是爲行法不淨行亦不淨不行亦不
淨何等行法淨行亦淨不行亦淨答曰不殺
不偷不邪婬不妄語兩舌惡口綺語慳貪瞋
恚邪見是爲行法淨行亦淨不行亦淨三菩
伽問薩婆伽羅波梨婆羅上座竟次問一切
上座乃至阿耆多汝亦如是知如上座答不

阿耆多言我亦如是知如上座答阿耆多轉
問三菩伽長老亦如是知如上座答不三菩
伽言我亦如是知如上座答三菩伽僧中唱
大德僧聽今僧以滅十事中第八事已如法
如善如佛教現在僧中滅是惡事是中無有
一比丘非法言法法言非法非善言善善言
非善此非法非善非佛教如是不淨作是語
竟行八籌爲滅八惡事故三菩伽問薩婆伽
羅波梨婆羅大德上座不益縷邊尼師壇淨
實淨不還問云何不益縷邊尼師壇答毗耶
離諸比丘作不益縷邊尼師壇言是事淨爲
淨不答不淨不淨得何罪答波逸提罪問佛
何處結戒答舍婆提國佛爲長老黒優陀耶
聽益縷邊一搩手尼師壇結戒三菩伽問薩
婆伽羅波梨婆羅上座竟次問一切上座乃

至阿耆多汝亦如是知如上座答不阿耆多言我亦如是知如上座答阿耆多轉問三菩伽長老亦如是知如上座答不三菩伽言我亦如是知如上座答三菩伽僧中唱大德僧聽今僧以滅十事中第九事已如法如善如佛教現在僧中滅是惡事是中無有一比丘非法言法法言非法非善言善善言非善此非法非善非佛教如是不淨作是語竟行九籌爲滅九惡事故三菩伽問薩婆伽羅波梨婆羅大德上座金銀寶物淨不還問云何金銀寶物淨答毗耶離諸比丘言金銀寶物淨爲實淨不答不淨不淨得何罪答得波逸提罪問佛何處結戒答毗耶離爲跋難陀釋子結戒不得取金銀寶物三菩伽問薩婆伽羅波梨婆羅上座竟次問一切上座乃至阿耆多汝亦如是知如上座答不阿耆多言我亦如是知如上座答阿耆多轉問三菩伽長老亦如是知如上座答不三菩伽言我亦如是知如上座答三菩伽僧中唱大德僧聽今僧以滅十惡事盡皆如法如善如佛教現在僧中滅是惡事是中無有一比丘非法言法法言非法非善言善善言非善此非法非善非佛教如是不淨作是語竟行十籌爲滅十惡事故是時上座薩婆伽羅波梨婆羅語長老三菩伽是事今以滅已如法如善如佛教現前行籌了了問或有不智比丘作是語今滅是十事爲如法滅耶爲不如法滅耶皆不可知以是故汝三菩伽當往大會僧中使大會僧皆共善問是十事如此我答汝令一無異如是教竟諸上座從座起往至大會僧處還

至本坐處坐長老三菩伽起合手向上座薩婆伽羅波梨婆羅如是言大德上座鹽淨實淨不答不淨不淨得何罪答得突吉羅罪佛何處結戒答舍婆提國毗尼藥法中大德上座二指淨實淨不答不淨不淨得何罪答波逸提罪佛何處結戒答毗耶離爲不受殘食法故結戒大德上座近聚落淨實淨不答不淨不淨得何罪答得波逸提罪佛何處結戒答毗耶離爲不受殘食法故結戒大德上座生和合淨實淨不答不淨不淨得何罪答得波逸提罪佛何處結戒答毗耶離爲不受殘食法結戒大德上座如是淨實淨不答不淨不淨得何罪答得突吉羅罪佛何處結戒答瞻波國毗尼行法中大德上座證知淨實淨不答不淨不淨得何罪答得突吉羅罪佛何處結戒答瞻波國毗尼行法中大德上座貧住處淨實淨不答不淨不淨得何罪答得波逸提罪佛何處結戒答婆提國跋陀婆提城爲長老娑伽陀結戒不得飲酒大德上座行法淨實淨不答有行法淨行亦淨不行亦淨有行法不淨行亦不淨不行亦不淨何等行法不淨行亦不淨不行亦不淨答殺罪乃至邪見行亦不淨不行亦不淨何等行法淨行亦淨不行亦淨答不殺等法是爲行法淨行亦淨不行亦淨大德上座不益縷邊尼師壇淨實淨不答不淨不淨得何罪答得波逸提罪佛何處結戒答舍婆提國爲黑優陀耶聽益縷邊一磔手尼師壇結戒大德上座金銀實物淨實淨不答不淨不淨得何罪答得波逸提問佛何處結戒答毗耶離爲跋難陀結

戒不得取金銀寶物長老三菩伽僧中如法滅是毗耶離諸比丘十事罪如法滅竟便說此偈

若人不知罪不除　他爲除罪便瞋恚
是名無智愚癡人　日日忘失功德利
譬如月十六日後　其光漸漸銷滅盡
若有人知罪得除　他爲除罪便歡喜
是名有智黠慧人　日日大得功德利
譬如月生一日後　其光漸漸轉增上

七百比丘集滅惡法品竟

善誦毗尼雜品第三

佛在舍婆提城有比丘與一比丘相嫌禮拜恭敬是比丘高聲大喚諸比丘大集問何以故大聲喚答言此比丘打我諸比丘問此比丘實打不比丘答言我禮拜恭敬實不打是比丘先相嫌故爲我作過耳諸比丘是事白佛佛以是因緣會僧會僧已告諸比丘從今日若先相嫌不應禮拜若禮拜得突吉羅罪長老優波離問佛如佛所言先相嫌不應禮拜若未受具戒人先相嫌者得禮拜不佛言不得若僧都會時聽禮無罪優波離問沙彌受具足羯磨時男根轉成女爲名比丘名比丘尼耶佛言名比丘尼又問式叉摩尼受具戒羯磨便女根轉成男爲名比丘尼名比丘耶佛言名比丘又問若一切比丘結界羯磨時僧都轉成女是界名比丘界名比丘尼界耶佛言名比丘尼界問若一切比丘尼結界羯磨時都轉成男是界名比丘尼界名比丘界耶佛言是名比丘界問若比丘結界羯磨時或轉者或不轉者是界名比丘界名比丘

尼界耶佛言若說羯磨人男界屬比丘成女界屬比丘尼問比丘結界羯磨時說羯磨比丘獨轉成女是界名比丘尼界耶佛言名比丘尼界問比丘尼結界羯磨時說羯磨人獨轉成男是界名比丘尼界名比丘界耶佛言名比丘界

諸比丘爲比丘尼作種種羯磨諸比丘尼不受是事白佛佛言比丘不應與比丘尼作羯磨還比丘尼應與比丘尼作羯磨除三種羯磨何等三一者受具戒二行摩那埵三者出罪羯磨諸比丘尼爲比丘作種種羯磨諸比丘不受是事白佛佛言比丘尼不應與比丘作羯磨還比丘應與比丘作羯磨除三種羯磨何等三一者不禮拜二者不共語三者不敬畏羯磨

佛在舍衛國時諸比丘尼到祇洹欲聽法其日說戒諸比丘語姊妹汝出去我欲作法事說戒比丘尼言我等欲聽諸比丘戒諸比丘言佛未聽我等比丘尼前說比丘戒是事白佛佛言聽比丘比丘尼前說比丘戒不聽比丘尼說比丘戒若比丘說戒時忘聽比丘尼口授時諸比丘到王園比丘尼精舍中欲聽法其日說戒諸比丘尼言大德汝出去我欲作法事說戒諸比丘言我欲聽比丘尼戒諸比丘尼言佛未聽我等比丘前說比丘尼戒是事白佛佛言聽比丘尼比丘前說比丘尼戒不聽比丘說比丘尼戒若比丘尼說戒時忘聽比丘口授

波斯匿王請佛及阿難明日入宫食阿難先已受他請時忘不憶復受王請佛默然受請

竟王頭面禮佛足還宮是夜辦種種飲食辦竟敷佛坐處遣使白佛唯聖知時食具已辦佛著衣持鉢共阿難入王宮食爾時阿難二請忘不與他一請阿難以食著口中是時乃憶知有二請不與他一請不敢吐食爲恭敬佛故又不敢咽爲持戒故佛知阿難心悔告阿難心念與他已便食長老優波離問佛佛聽阿難心念與他得食若餘人心念與他亦得食不佛言不得除五人一者坐禪人二者獨處三者遠行四者長病五者饑餓時依親里住如是人更無餘人聽生念與他

有比丘與一比丘相嫌與清淨是人高聲大喚諸比丘大集問何以大喚答言是比丘重罪欲我邊懺悔諸比丘問是比丘汝實重罪欲懺悔不答言不我欲與清淨此人與我相嫌是故大喚與我作過是事白佛佛言從今日先相嫌人不應與清淨不應與欲不應與自恣不應與懺悔若與懺悔得突吉羅罪優波離問佛若比丘一處僧擯餘處得懺悔不佛言不得除是精舍空若諸比丘死若反戒若入外道聽餘處懺悔無罪憍薩羅國有二聚落界相連是中一比丘尼謂是一聚落入異聚落界諸比丘尼語此比丘尼汝得僧伽婆尸沙罪是比丘尼言何等僧伽婆尸沙諸比丘尼言汝獨入異聚落是比丘尼心中悔出界故得僧伽婆尸沙以是事白佛佛知故問汝謂是一界謂是異界耶比丘尼言我謂是一界佛言無罪從今日聽若有兩聚落界相連是中應作一界羯磨云何作一比丘尼應僧中唱大德尼僧聽某甲某甲聚落界是

中欲作一界羯磨若僧時到僧忍聽某甲某甲聚落界作一界羯磨如是白白二羯磨僧已聽某甲某甲聚落界相連是中應作一界羯磨竟僧忍默然故是事如是持諸比丘從憍薩羅國遊行欲至舍婆提城近祇洹有好林茂盛其中淨潔諸比丘心樂是處其日說戒諸比丘言是中作說戒說戒竟入祇洹祇洹比丘打揵椎欲說戒客比丘問何以打揵椎答欲說戒客比丘言我等已說戒竟問長老汝等何處說戒答某處祇洹比丘言汝等破僧客言云何破汝等界內二處說戒輕我等故客比丘心悔我等破僧或得偷蘭遮罪是事白佛佛知故問汝心云何客比丘言我謂是外界佛言無罪從今日不得爲小因縁故住道中說戒若欲說戒當上高處立觀知近處有精舍無若有應入中作布薩說戒憍薩羅國有邊聚落諸比丘畏賊棄精舍入是聚落其日說戒日有比丘共賊來是比丘不知何者是外界何者是內界是事白佛佛言有聚落屬賊是一切外界是時隨所在處自在說戒

舍婆提國有賈客主欲至他國占沸星日發有比丘以比布薩日欲共賈客主去是比丘到賈客主所語言小住我有法事賈客主答今是沸星日好不得住汝作法事竟隨後來諸比丘不知當云何是事白佛佛言若賈客住廣說戒若小住略說戒若不住三語說若都不聽住各各口語今日布薩說戒若白衣在比丘中不得各各口語是時應一心念今日布薩說戒是賈客主發到宿處作制限不

得散住若散住盡奪財物及奪命是日說戒日諸比丘不知當云何是事白佛佛言從今日若有如是布薩說戒日應但一心念今日布薩說戒有賈客主到有龍處宿諸比丘語賈客主我等欲作法事賈客言大德是處龍處莫作聲龍或瞋我等得大愁怖諸比丘不知當云何便白佛佛言從今日如是布薩說戒日應但一心念今日布薩說戒有賈客主到鬼神處宿是日說戒日諸比丘語賈客主我等欲作法事賈客主言大德是處鬼住處莫作聲鬼或來我等得大愁怖諸比丘不知當云何便白佛佛言從今日若如是布薩說戒日但應一心念今日布薩說戒

長老優波離問佛阿蘭若比丘在獨處一身當云何說戒云何自恣云何受衣云何受七日法云何受七日藥云何與一請云何衣物以清淨故施佛告優波離若阿蘭若比丘獨處一身聽一心念今日布薩說戒得說戒法自恣受衣受七日法受七日藥與一請及淨施衣物亦爾

神通大德大力比丘至淨國乞食國人多惡若受飲食先好洗手是比丘受食便欲噉淨人言我等非不淨人持飲食來與比丘不手授便著地諸比丘不知當云何白佛佛言從今日淨國中聽不手授得取以淨國土故

有一住處一上座犯僧伽婆尸沙上座言我行波利婆沙行摩那埵諸人言上座行波梨婆沙摩那埵何況中座下座生不信心諸比丘是事白佛佛言若一心生念從今日更不作是時即得清淨

有一住處有比丘大德多知我行波梨婆沙行摩那埵諸人言大德多知比丘行如是事何況餘人生不信心諸比丘以是事白佛佛言若一心生念從今日是事更不作是時即得清淨

有比丘犯僧伽婆尸沙罪諸比丘言汝行波梨婆沙摩那埵是罪如法懺悔其人言我不能行我寧當反戒諸比丘以是事白佛佛言若一心生念從今日更不作是時即得清淨

有比丘病犯僧伽婆尸沙罪諸比丘言汝行波梨婆沙摩那埵是罪如法懺悔其人言我不能行僧伽婆尸沙懺悔法無力故諸比丘言汝乞出罪羯磨其人言我不能胡跪住諸比丘以是事白佛佛言若一心生念從今日更不作是時即得清淨

有一住處比丘犯僧伽婆尸沙罪衆不滿二十人是比丘欲至他處懺悔道路遇賊死諸比丘言是比丘不清淨死或墮惡道是事白佛佛言一心生念如法懺悔是人清淨死不墮惡道得生天上

有一住處比丘犯僧伽婆尸沙罪衆不清淨是比丘至他衆欲懺悔道路遇賊奪命諸比丘言是比丘不清淨死或墮惡道是事白佛佛言一心生念如法懺悔是人清淨死不墮惡道得生天上（凡有六種懺悔法不可妄用又有僥倖也此爲自欺罪亦不除要須廣問明律者能斷之耳）

憍薩羅國遠住處二比丘共住有賊來捕是比丘欲祠祀故賊一面住守是二比丘其日說戒日二比丘言聚落主小放我等欲作法事賊主言聽汝作法事二比丘小遠一人言

我有罪一人言我亦有罪佛說俱有罪人不得清淨賊言汝道何物汝欲走去耶答不去道何等答言我等有過欲懺悔耳賊言汝有何過答如是如是過賊言汝等是好人有爾許小事持作過我等是惡人惱如是好善人賊到賊主所言是比丘好善人可放使去我更覓餘人賊主言放去比丘從恐怖中得脫是二比丘以是事向諸比丘說諸比丘以是事白佛佛言從今日如是急事若不相應罪聽懺悔

憍薩羅國遠住處有二比丘共住有賊來捕是比丘爲祠祀故賊一面住守是二比丘其日是說戒日比丘言聚落主小放我等我等欲作法事賊言聽汝作法事二比丘小遠一人言我有罪一人言我亦有罪佛說相應罪不得懺悔不相應罪得懺悔今我等是相應罪不得共懺悔賊言汝道何等欲走去耶答言不去問若不走道何等答言我等有過欲懺悔耳賊言汝有何過答如是如是過賊言汝等是好善人有爾許小事持作過我等是惡人惱如是善人賊到賊主所言是比丘善人可放使去我等更覓餘人賊主言放去是二比丘恐怖中得脫向諸比丘說諸比丘白佛佛言從今日若有相應罪是比丘一心生念口言從當向清淨比丘懺悔聽受相應罪懺悔

有一住處比丘病墮罪語看病人我有罪看病人言我亦同有是罪佛說有相應罪一心生念口言懺悔後聽受他懺悔我等是事故欲從汝懺悔看病人答遠住處二比丘爲賊

捕得欲祠祀是故佛聽若相應罪懺悔不聽病人如是懺悔是病比丘死心悔故墮惡道是事白佛佛言從今日若有相應罪若賊捕得若病人聽心生口言懺後從清淨比丘懺悔後聽受他懺悔

憍薩羅國舍利弗欲遊行至舍婆提國中道有空精舍是說戒日不知何者是内界何處是界外是事白佛佛言若有棄空精舍是名一切界外是中隨意說戒

憍薩羅國有二聚落連界是時饑餓有比丘尼將一比丘尼伴到異聚落親里舍與二三日食更不能與語比丘尼言汝一人尚不能活何以將人來比丘尼答佛不聽我獨餘聚落行以是故將來比丘尼不知當云何便白佛佛言從今日連界是中應作一界羯磨云何作僧一心念一比丘尼唱大德尼僧聽某甲某甲聚落作一界羯磨若僧時到僧忍聽某甲某甲聚落作一界羯磨如是白白二羯磨僧已聽某甲某甲聚落作一界羯磨竟僧忍默然故是事如是持

憍薩羅國諸比丘遊行與賈客俱經過大澤諸比丘從賈客主乞水賈客主即出水與著鉢中水上有少食諸比丘棄水賈客主言汝亦知是中無水水難得何以棄水比丘言日時已過是水上有少食不應飲故是比丘不知當云何是事白佛佛言不應一切棄棄上少許水下淨水聽飲

憍薩羅國諸比丘遊行與賈客俱經過大澤故諸比丘從賈客主乞水賈客主即出水與著鉢中水底有少許食諸比丘棄水賈客主

言汝亦知是中無水水難得何以棄是水比丘答言日過中是水底有少食不應飲是故棄是比丘不知當云何是事白佛佛言不應一切棄上水聽飲下底應棄諸比丘從放牛人乞水水瓶膩瀉水著鉢中水上凝酥如芥子諸比丘不知當云何是事白佛佛言酥可却者却淨水應飲

諸比丘持膩鉢著潢池水中取水膩盡凝諸比丘不知當云何是事白佛佛言酥可却者却水應飲諸比丘鉢有殘食著鉢著潢池水中取水食沒入水遙見飯白諸比丘不知當云何便白佛佛言可却者却殘餘淨水得飲沙彌白衣捉瓶酥麻油注著比丘鉢中不斷諸比丘心中疑我或非是受法便白佛佛言是注下流非上流不破受

憍薩羅國比丘遊行至舍婆提國經過大澤是時有小沙彌持淨物沙彌不能擔便白佛佛言比丘應併擔淨人去諸比丘舍內壁上有棚棚上有食沙彌小不及舉食不及取食諸比丘不知當云何便白佛佛言比丘明日當擔淨人棚上取食

憍薩羅國諸比丘遊行至舍婆提道中值河水沙彌小擔淨物不能渡諸比丘不知當云何便白佛佛言比丘當擔沙彌渡河

憍薩羅國諸比丘遊行至舍婆提道中值河水沙彌小擔淨物是河水駃長比丘擔沙彌渡爲水所漂比丘手觸食諸比丘疑是食或能不淨便白佛佛言淨人恒念守視食囊雖觸無罪

有河浮囊渡擔淨物沙彌小諸比丘不知當

云何便白佛佛言比丘當使淨人持食著浮囊上渡到彼岸上莫手觸食還使淨人捉比丘新熏鉢酥著鉢二三過洗膩氣不淨便白佛佛言若一心三洗是鉢名淨比丘用不淨脂塗鉢受麨是比丘一切棄白佛佛言不應一切棄瀉著餘器中應食餘著鉢麨是應棄比丘繩綴鉢用受熱粥少膩從綴間出比丘都一切棄佛言不應一切棄應棄此膩餘應食比丘使沙彌持鉢是沙彌持食不淨鉢與師是比丘不知當云何便白佛佛言無急事不應使沙彌持鉢若使持應從沙彌受比丘淨食中著不淨食諸比丘不知當云何便白佛佛言不淨除却餘殘應食比丘不淨食中著淨食諸比丘不知當云何便白佛佛言不淨者却應取淨者食比丘淨飯中著不淨飯諸比丘不知當云何便白佛佛言不淨除却餘殘應食比丘不淨飯中著淨飯諸比丘不知當云何便白佛佛言不淨者却應取淨者食憍薩羅國諸比丘與賈客俱向舍婆提城經過大澤諸比丘從賈客主乞食賈客主言汝知此間食難得何以不自擔粮諸比丘答佛未聽我等道路賷粮諸比丘不知當云何便白佛佛言從今日聽自擔粮從他易淨食乃聽啗不易不聽啗諸比丘欲易食他人不與言汝食中有何不可故易諸比丘不知當云何便白佛佛言從今日清淨故與與竟他不還是事白佛佛言當從乞取是賈客主到宿處淨人辦飲食滿鉢著一面賈客夜半發去諸比丘忘自持食後憶念此食不淨便棄佛言不應棄憶念時從人受

有守邏人從比丘乞食若與食少若不與比人瞋作不可事是事白佛佛言從今日聽擔食藏莫使人見若食當出道取一搦不受得食以經曠澤故頻婆娑羅王請佛及僧施與粥田諸比丘守穀不肯取以上場不淨故佛言未分應取若分不應故取若取得突吉羅罪飲食具車載將入車欲傾將車人呼大德佐捉諸比丘不肯捉以不淨故佛言聽佐正車正車後不應更捉若捉得突吉羅罪

飲食具船載諸比丘不肯上船以不淨故佛言從今日聽著蘆箔若席應坐若坐觸食具佛言敎令遍莫觸食具

飲食具騾驢牛象馱來諸馱傾轉驅馱人喚諸大德佐我正馱比丘不肯佐是食具或不淨是事白佛佛言從今日聽正若正後更莫捉若觸得突吉羅罪白衣沙彌負食具來負傾轉語諸大德與我正負諸比丘不肯以是事白佛佛言從今日聽正若正已莫復觸若觸得突吉羅罪沙彌白衣持酥油瓶瀉著異瓶中瓶傾轉淨人語大德與我正諸比丘不肯是事白佛佛言從今日聽與正正已莫復觸若觸得突吉羅罪比丘使沙彌白衣僧釜中煑肉飯粥羹釜傾轉呼佐我支諸比丘不肯是事白佛佛言從今聽佐正正已不應復觸若觸得突吉羅罪有看馬人從波羅奈國詣舍婆提放馬是人信佛法辦種種飲食入著僧前是人聞馬屋失火是人言大德自食我等有急事留食便去諸比丘不知當云何是事白佛佛言信佛法人一心與若捨去便應食比丘乞食食著一面待時到我當食烏

來啄一口去比丘一切棄食佛言不應一切棄但棄啄處餘殘應食比丘乞食食著一面待時當食蠅來入食鉢中比丘言此食或破受法日近中無淨人是比丘心疑不敢食佛言蠅不可遮不破受法

長老優波離問佛有比丘求水瓶誤取酥油瓶是瓶破淨應棄不佛言有二種不壞淨一無着破戒人捉二持戒人忘誤捉俱淨應食

諸比丘爲小沙彌擔飲食行道中與沙彌食沙彌食時還與比丘比丘不肯受共宿故佛言先不共要得食若要不應食

諸比丘夏安居聚落中有因緣應出是比丘畏犯戒不去是衆可作事廢佛言聽受七日去諸比丘受七日到聚落若七夜未盡所作事未竟來還比丘不知云何是事白佛佛言受餘殘日去我受七夜法二夜已過餘若干夜受彼出界佛在舍婆提波斯匿王有園名波羅陀清涼淨潔衆事作竟唯無水一時波斯匿王出詣園四顧看不見水王告大臣侍人此中何以無水大臣答素無水王告大臣汝等方便引水令來園無水不可愛樂大臣侍人中惡心不信言有一因緣水可來王言水云何可得大臣言當於祇洹中作渠通水來作渠者當破祇洹中樹及佛圖精舍王言吾欲使水來不知餘事王爲是故至桑奇多國恐諸比丘儻來從我乞救是事工匠即詣祇洹引繩使直欲鑿渠諸比丘言聚落主欲作何等工匠言波斯匿王有園名波羅陀清涼淨潔衆事作竟唯無水欲於祇洹中通渠諸比丘言聚落主汝等欲伐樹木房舍非復

僧伽藍工匠答言大德我是官人不得自在從主約勑非是我意憍薩羅主波斯匿王意耳工匠言我等唯能小停不作汝自詣王求命不作渠諸比丘不知當云何是事白佛佛言應受七夜去到彼間久住無人與白王七日向盡事未了心疑即還祇洹諸比丘見彼比丘來問是事辦不是比丘言不辦祇洹比丘言何以不辦答我等彼間久住無人白王我等心疑七夜向盡而事未了即還是事白佛佛言聽受三十九夜去云何應受一比丘應僧中唱大德僧聽某甲某甲比丘受三十九夜僧事故出界是處安居自恣若僧時到僧忍聽某甲某甲比丘受三十九夜僧事故出界是處安居自恣如是白大德僧聽某甲某甲比丘受三十九夜僧事故出界是處安居自恣誰諸長老忍某甲某甲比丘受三十九夜僧事出界是處安居自恣者默然誰不忍者便說僧已聽某甲某甲比丘受三十九夜僧事出界是處安居自恣竟僧忍默然故是事如是持

彼比丘去到彼久住無人白王王餘時小出王舉眼視遙見比丘王語臣言往問沙門釋子爲何所作即去王問比丘爲何所作比丘言我欲見王臣還白言比丘欲見王即語臣言喚比丘來即往言王喚比丘比丘即入就座坐共相問訊樂不樂王小默然王忘先事問比丘何故來比丘即以此事向王廣說王言去莫使作工匠即不作渠

六羣比丘畜五大皮師子皮虎皮豹皮獺皮猫皮是事白佛佛言五大皮不應畜若師子

皮虎皮豹皮獺皮猫皮更有五皮不應畜象皮馬皮狖皮狗皮黑鹿皮若畜得突吉羅罪阿闍世王見父諸好大牀心悔憂惱以是物故我父清淨人無過人而枉死告大臣侍者持是諸床去即持著空地王出復見王言除却彼即移著外門屋下王出入常見王言持去彼即移著中門屋下王見唯數王言何以敷置臣言大王不知當移置何處王言持去施竹園僧臣即持去與竹園僧僧著空地講堂門間諸兵將吏到竹園看見之言我眼初不得見是好物何緣棄之若王聞或心不淨諸比丘不知當云何是事白佛佛言從今日聽白衣舍大牀高牀比丘不得畜不得坐不得卧若人施高牀大牀聽護應藏舉不得坐不得卧

波斯匿王母死母所有生時一切衆物持詣祇洹與諸比丘諸比丘得貴衣被阿蛾羅彌國出尸摩根衣婆蹉阿婆多蘭國出以是好貴衣被敷著地在上經行諸兵將吏到祇洹觀看見已言我等初不得手捉著頭上云何敷地脚蹋若波斯匿王聞心或不淨諸比丘不知當云何便白佛佛言聽貴衣中可作卧具者便作中作衣者便作是物任所用者便作是大貴衣阿蛾羅彌國出尸摩根衣婆蹉阿婆多蘭國出貴價衣是比丘受用作四方僧卧具

又時大雷諸飛鳥怖死諸居士知是事即出擇取好鳥除烏大烏鷲禿鳥角鵄阿羅如是諸鳥不取不中食故諸比丘時到著衣持鉢入舍婆提乞食見此諸鳥皆死無人取諸比

丘語餘比丘汝持去煮炙我乞食還共汝等噉是時有比丘持鳥來煑炙有諸比丘問是何等肉答烏肉諸比丘以種種因緣呵云何名比丘噉烏肉佛所未聽諸比丘種種因緣呵竟是事白佛佛言烏肉不得噉若噉得突吉羅罪諸比丘問是復何等肉答大烏肉鷲肉鴻肉婆婆娑秃梟角鵄阿羅肉等諸比丘一一答種種因緣呵云何名比丘噉大烏肉鷲肉鴻肉婆婆娑秃梟角鵄阿羅等肉佛所不聽呵竟白佛佛言不得噉如是等肉一切噉死屍鳥肉皆不得噉若噉得突吉羅罪諸比丘食後至阿耆羅河上經行見水中漂犲肉來諸比丘語一比丘取此犲來明日當食是比丘即取明日有煑犲肉者乞食者諸比丘問長老是何等肉答犲肉諸比丘種種因緣呵云何名比丘佛未聽噉犲肉而噉呵竟白佛佛言云何名比丘噉犲肉犲肉狗肉無異從今日不得噉犲若噉得突吉羅罪諸人騾死棄著塹中諸比丘食時著衣持鉢入舍波提城乞食見塹中有死騾語餘比丘持去煑我等乞食還當共噉諸比丘問是何等肉答騾肉諸比丘種種因緣呵云何名比丘佛未聽噉騾肉而噉是事白佛佛言騾馬何異從今日不得噉騾肉若噉得突吉羅罪諸比丘食後入安陀林經行見死獼猴語餘比丘持去明日當食是比丘即取明日有煑者有行乞食者諸比丘問長老是何等肉答獼猴肉諸比丘種種因緣呵云何名比丘佛未聽噉獼猴肉而噉是事白佛佛言獼猴似人肉與人何異若噉得突吉羅罪

毗尼雜品竟

十誦律毗尼序卷中

音釋

膩女利切肥也 瀉先野切去水也 潢胡光切積水池也 棚蒲庚切棧也 綴陟衛切聯也 邏郎可切巡也 搦昵格切捉搦也 釜扶雨切鑊屬 啄竹角切鳥鷗也 獺他達切水狗也 鷲疾救切鳥名 梟古堯切鳥名 鵄赤脂切鳶屬 犲士皆切狼屬 塹七豔切坑也

十誦律毗尼序卷下

東晉三藏卑摩羅叉續譯

善誦因縁品第四

佛在迦毗羅婆國諸貴釋子出家得長病病人早起到親里家檀越知識家諸主人問言樂不答長病不樂主人問得何等病答得如是如是病主人言白衣時病云何治答牛胞中著藥灌主人言與汝是藥治比丘言佛未聽我著是藥是事白佛佛言聽灌用薄皮不中灌佛言聽厚皮灌屏處聽若藥師教親親人灌

諸貴釋子出家得長病病人早起到親里檀越知識家主人問樂不答長病不樂主人問何等病答如是如是病主人言白衣時病云何治答用刀治主人言與汝刀比丘言佛未聽我等用刀治是事白佛佛言聽蓮華莖割比丘言不中用佛言聽用金銀瑠璃銅鉛錫珠刀割比丘言如是諸刀不中用治佛言屏處聽用鐵刀治

有比丘病語看病人言持生熟酥油蜜石蜜來看病人言無若有是佛僧物不淨舉宿惡捉不受内宿是事白佛佛言聽若佛物僧物不淨舉宿惡捉不受内宿若病人得上物差竟與

長老畢陵伽婆蹉患眼痛藥師教羅散禪那著眼中作是言佛未聽羅散禪那著眼中佛言聽用治眼畢陵伽婆蹉鉢中有羅散禪那小鉢半鉢大鍵鎡小鍵鎡絡囊懸著象牙杙上取流汙壁臥具房舍臥具垢臭是事白佛佛言聽羅散禪那奩盛比丘作奩不蓋比丘

不知當云何是事白佛佛言聽作蓋比丘直作蓋喜墮佛言作子口蓋用烏翅雞翅收漏羅翅塗著眼中痛增佛言作籌長老優波離問何物作籌佛言鐵銅貝牙角木瓦作佛言從今日界內不應作淨處若作得突吉羅罪長老優波離問佛阿祇達婆羅門爲佛作八種粥酥粥胡麻粥油粥乳粥豆粥摩沙豆粥麻子粥清粥是八種粥雜根藥莖藥葉藥華藥果藥煮可飲不佛言病比丘可飲不病者不得飲

佛在蘇摩國是時長老阿那律比丘弟子病服下藥中後心悶佛言與熬稻華汁與竟悶不止佛言竹笋汁與竟佛言囊盛米粥絞汁與與竟不差佛言將屏處與米粥

優波離問佛佛聽結髮雞尼耶梵志施八種漿招梨漿牟梨漿拘梨多漿舍梨漿阿說陀漿波流沙漿劫必陀漿蒲萄漿是八種漿根湯莖湯葉湯華湯果湯合可飲不佛言若無酒味不雜食清不濁聽飲

佛在舍婆提爾時憍薩羅國諸居士道中無水處以水施并施石蜜六羣比丘從憍薩羅國至舍婆提次第行到施水處六羣比丘但噉石蜜不飲水居士言何以獨噉石蜜不飲水六羣比丘言嗜石蜜不喜飲水施主言我爲飲水故施石蜜今汝何以但噉石蜜不飲水六羣比丘言我嗜石蜜不喜飲水是六羣比丘有大力復不畏破戒是居士不能面前譏說去後心瞋呵罵沙門釋子自言善好有德但噉石蜜不欲飲水諸比丘少欲知足行頭陀聞是事心慚愧是事白佛佛言從今日

五時聽噉石蜜一遠行來二若病三若食少四若不得食五若施水處是五時聽噉石蜜從今日若不飲水不聽噉石蜜若噉得突吉羅罪優波離問佛石蜜漿舉宿得飲不佛言病比丘得飲不病不得飲

比丘若得二種請一請與他一比丘受問汝與不答我與更問何時與答洴沙王請佛及僧百歲四事供養是時與是事白佛佛言比丘有二請一今日請二冷請若有一日得二請一請與他一請自受冷請有二種淨隨受不淨隨受云何淨隨受五佉陀尼五食五似食何等五佉陀尼根莖葉果磨何等五食飯麨糒魚肉何等五似食糜粟大麥迦師莠子何等不淨隨受五寶五似寶五寶者金銀摩尼珠玻瓈瑠璃何等五似寶赤銅鐵鍮石水精鉛錫白鑞若淨物直受不淨物作淨已受

阿羅毗國諸比丘日日借作具居士言諸作具何以不自作而日日借比丘言佛未聽我等畜作具是事白佛佛言爲僧聽畜一切作具有居士祇洹作房舍是中有少供養具客比丘房舍中宿問是房舍誰作答某甲居士作是比丘一宿早起著衣持鉢詣居士所語言汝房舍中供養具何以少居士言我先時大多與是比丘言我是中一宿住見供養具少不足言居士語比丘共詣本作房舍比丘所居士到本營房舍比丘所言我本與長老是中供養具斯何所在比丘答本所與供養具異房比丘用去居士言我本不與異房比丘用與自作房舍中住比丘用我房舍空是供養具著異處是不應爾是比丘不知當云

何是事白佛佛言從今日聽檀越與何房舍是中住者應用應分

舍婆提有一人親里爲他殺著祇洹壍中空處比丘求覓糞掃衣到死人邊取一衣去諸親里覓到祇洹見是比丘問言大德如是人若見若聞不比丘答此人死棄在祇洹壍中我是邊取一衣來親里言將我示處比丘即將示處親里見死悲咽言汝或能以衣故殺我人比丘言我實不殺若殺何以不取餘殘衣物也親里如是思惟我等輙語是比丘不實語我當將去詣官便將去詣官官問是比丘汝實殺不比丘答言我是比丘云何殺人我若殺應當持餘衣物去官人聰明信佛法知釋子比丘不作是事放此比丘去若後如是比丘不問他莫取是比丘從恐怖得脫是事語諸比丘諸比丘是事白佛佛言從今日不問他殺人衣不應取若取得突吉羅罪

諸比丘取有主死人地衣旃陀羅言死人地衣莫取我曹輸王如是如是物諸比丘不知當云何是事白佛佛言有主死人地衣不應取若取得罪諸比丘取有主死地四邊有糞掃衣是中旃陀羅亦遮是事白佛佛言若遮莫取若取得突吉羅

時舍婆提有大疫病多有人死諸比丘取燒死人閒薪爲僧辦溫室是燋薪鬼逐來一切僧得病若是事白佛佛言不聽取死人閒薪若取得突吉羅

諸比丘取天祠中衣毦劫貝白氎守祠人言大德此諸衣物屬祠莫取比丘言此泥木天用衣物爲守祠人言佛阿羅漢塔物我亦當

取是事白佛佛言從今日天祠中衣毳劫貝白氎不得取若取得偷蘭遮罪

有比丘病多鉢多衣多物看病人思惟若教與我一切物或教與我六物或教與僧六物餘殘與我思惟竟語病比丘汝病久不差汝死後現前一切物僧當分汝亦不得大福不得恩分汝今活時分處六物與僧餘殘物與我病比丘思惟若不與恐不好看我思惟竟即以六物與僧餘殘物與看病人是比丘後病差是時佛及僧夏後月遊行諸國土餘比丘著新染衣是比丘獨著弊衣佛知故問比丘何以獨著弊故衣是比丘是事白佛佛種種因緣呵何以名比丘六物不應與僧不應分與他亦不應教他與佛種種因緣呵竟告諸比丘從今日六物不應自與不應教與若自與教他與得突吉羅罪

長老優波離問佛僧坊中房舍破是中有所用敷具覆具得持博貿治不佛言得若僧中兩房舍欲壞得賣一房治一房不佛言得憍薩羅國有邊聚落是時有賊諸居士畏賊棄聚落去是時諸比丘乞食難得便棄塔物僧物已自持衣鉢出去是賊世靜已諸居士還本住處諸比丘爲塔物僧物乞求錢財居士言先有塔物僧物皆何所在比丘言於賊世中失去居士言汝自衣鉢在不比丘言我持隨身居士言汝等自愛衣鉢不愛佛物僧物諸比丘不知當云何是事白佛佛言若賊世怖畏時聽擔去後還著本處

更有賊世諸比丘取自衣鉢及佛物僧物持出去六羣比丘道中逢言是僧臥具我當用

之時比丘不與便鬪諍諸比丘不知當云何是事白佛佛言擔去者應用餘不應索諸比丘持塔物僧物著空地自著衣持鉢乞食來還失是物去佛言行乞食時擔佛物僧物自持衣鉢擔荷不好佛言乞食時聽以物著衣裹是比丘持佛物僧物著空地上廁出失衣物白佛佛言護是物欲使不失當寄人著屏處憍薩羅國一住處檀越爲比丘僧施衣是中比丘僧不在是事白佛佛言現在三比丘應分二比丘亦應分一比丘心生口言受沙彌若三若三應分一人心生口言應受

憍薩羅國一住處檀越爲比丘尼僧施諸衣物是中比丘尼僧不在是事白佛佛言現前三比丘尼應分二比丘尼亦應分一比丘尼心生口言應受三式叉摩尼二式叉摩尼應分一式叉摩尼心生口言應受三沙彌尼二沙彌尼應分一沙彌尼若心生口言應受憍薩羅國一住處檀越爲比丘僧施衣物比丘僧不在是事白佛佛言現在三比丘二比丘應分一比丘心生口言應受三沙彌二沙彌應分一沙彌心生口言應受若時都無比丘無沙彌是事白佛佛言是物比丘尼僧應分若時亦無比丘尼僧三比丘尼二比丘尼應分一比丘尼心生口言應受三式叉摩尼二式叉摩尼應分一式叉摩尼心生口言應受三沙彌尼二沙彌尼應分一沙彌尼心生口言應受

憍薩羅國一住處檀越爲比丘尼僧施衣物是中無比丘尼僧白佛佛言現在三比丘尼二比丘尼應分一比丘尼心生口言應受三

式叉摩尼二式叉摩尼應分一式叉摩尼心生口言應受三沙彌尼二沙彌尼應分一沙彌尼心生口言應受若時都無比丘尼式叉摩尼沙彌尼爾時比丘僧應分乃至沙彌亦如是

憍薩羅國一住處檀越爲二部僧施衣物比丘僧不在佛言比丘尼僧應分比丘尼僧亦不在佛言三比丘二比丘應分一比丘若心生口言應受三比丘尼二比丘尼應分一比丘尼心生口言應受三式叉摩尼二式叉摩尼應分一式叉摩尼若心生口言應受三沙彌二沙彌應分一沙彌心生口言應受三沙彌尼二沙彌尼應分一沙彌尼若心生口言應受

佛在舍婆提有一居士請佛及僧明日食佛默然受居士知佛默然受已從座起頭面禮佛足遶竟還歸是夜辦種種飲食早起敷牀坐遣使白佛食具已辦唯聖知時僧著衣持鉢入居士舍佛住精舍迎食分是居士見衆坐定自行澡水上座中座多美飲食下座及沙彌與六十日稻飯胡麻滓合菜煑與諸居士與衆僧多美飲食竟自行澡水取小座具僧前坐聽說法上座舍利弗說法竟從座出去是時羅睺羅作沙彌食後行到佛所頭面禮佛足一面立諸佛常法比丘食後如是勞問多美飲食飽滿不爾時佛問羅睺羅僧飲食飽滿足不羅睺羅言得者足不得者不足佛問何以作是語羅睺羅言世尊諸居士與上座中座多美飲食飽滿下座及沙彌與六十日稻飯胡麻滓合菜煑是時羅睺羅羸瘦

少氣力佛知故問羅睺羅汝何以羸瘦少氣力羅睺羅即說偈言

食胡麻油大得力　有食酥者得淨色
胡麻滓菜無色力　佛天中天自當知

佛知故問羅睺羅是僧中誰作上座答和尚舍利弗佛言比丘舍利弗不淨食長老舍利弗聞今日世尊呵言比丘舍利弗不淨食聞竟吐食出盡壽斷一切請食及僧布施常受乞食法諸大貴人居士欲作僧食欲得舍利弗入舍白佛願佛勑舍利弗還受請佛告諸人汝等莫求舍利弗使受請舍利弗性若受必受若棄必棄舍利弗非適今世有是性乃前過去亦有是性若受必受若棄必棄汝等今聽爾時世尊廣說本生因緣過去世時有一國王爲毒蛇所螫能治毒師作舍伽羅呪將毒蛇來先作大火語蛇言汝寧入火耶寧還㖟毒毒蛇思惟㗲竟云何爲命故復㖟已吐不可還噉我寧入火死如是思惟竟投身火中佛語諸人蛇者今舍利弗是此人過去世若受必受若棄必棄今亦如是是時佛種種因緣呵舍利弗竟告諸比丘從今日應行上座法云何應行若聞揵槌聲若時到聲應疾往坐處坐觀中座比丘下座比丘或有坐不應法者若坐不應法者應示是比丘若不覺應彈指彈指不覺應語比丘座安詳語若上座施主與僧食時不應先食待得遍聞等供聲乃食一切僧應隨上座法行

佛在王舍城王舍城中有居士名尸利仇多大富多錢財有大德力是外道婆羅門弟子此人疑沙門瞿曇有一切智不行到佛所問

訊佛竟一面坐佛爲尸利仇多說法示教利喜是應行是不應行種種因緣說法已默然居士尸利仇多聞法已叉手向佛白佛言沙門瞿曇明日我舍食憐愍故以彼應度故佛默然受請時尸利仇多見佛默然受從座起爲佛作禮遶佛三帀而還到舍於外門間作大火坑令火無烟無燄以沙覆上如是心生口言若沙門瞿曇是一切智人當知是事若非一切智人沙門瞿曇幷諸弟子當墮此坑中即入舍敷不織坐牀上敷白氎如是心生口言若是一切智人當知是事非一切智人幷弟子當墮尸利仇多以毒和飲食心生口言若是一切智人當知是事非一切智人當中毒死早起遣使白佛飲食已辦佛自知時爾時佛語阿難令僧諸比丘皆不得先佛前

行一切應在佛後阿難受教令諸比丘皆不得先佛前行一切應在佛後令僧竟是時佛著衣持鉢在前行諸比丘從佛後佛入尸利仇多舍佛變火坑作蓮華池滿中清淨水既甘而冷水中有赤白種種色蓮華遍覆水上時佛與僧皆行廣葉蓮上告尸利仇多汝居士當除心中疑我實一切智人佛作是語竟入舍上不織牀變令成織告尸利仇多汝居士當除心中疑我實一切智人是尸利仇多見二神力信心即生清淨恭敬尊重於佛是時尸利仇多歡喜叉手白佛言食中有毒僧或得病願佛小待更作飲食佛言居士但施此食僧不得病佛告阿難僧中令未唱等供一不得食阿難受教即僧中令大德僧佛約敕未唱等供一不得食是時佛如是呪願娙

欲瞋恚愚癡是世界中毒佛有實法除一切毒解除捨已一切諸佛無毒以是實語故毒皆得除佛作是語食即淨無毒是時居士尸利仇多從坐起行澡水手自斟酌多美飲食飽滿多美飲食飽滿與竟洗手攝鉢尸利仇多取小坐具於佛前欲聽法佛隨意說甚深淨妙法尸利仇多即於坐處得諸法法眼淨如是尸利仇多得法見法知法善法淨法心除疑悔不信他法得不隨他語佛法中得無畏力從坐起頭面禮佛足大德我從今日歸依佛歸依法歸依僧持五戒爲優婆塞佛爲尸利仇多更多說法示教利喜佛從座起而還以是因緣故會僧會僧已告諸比丘從今日不得在佛前行不得和尚阿闍黎一切上座前行從今日未唱等供不得食若食得突吉羅罪

憍薩羅國一住處二部僧得衣物比丘多比丘尼少比丘言我取二分汝取一分比丘尼言中半分諸比丘不知當云何白佛佛言比丘比丘尼等分式叉摩尼沙彌沙彌尼四分與第四分

佛在王舍城有居士名波提爲佛及僧作房舍極好莊嚴多備飲食多比丘會千二百五十更有居士爲大衆布施衣物是居士言佛聽於衆中大聲唱是事白佛佛言聽布施時於衆中大聲唱比丘平地立唱衆多不聞是事白佛佛言聽座上立唱立唱亦不聞高處立唱亦見亦聞更有居士見大衆集布施衣物作是言佛若聽我衣摩羅鞞訶羅施佛言聽摩羅鞞訶羅施衆人言佛若聽我人捉衣

角去曳土中或脚躡上是事白佛佛言聽著繩上繫兩頭各一人捉中央故曳泥土中是事白佛佛言聽作木叉擧時小兒男女擧木叉道中見人作伎樂飲食嬉戲便捨衣繩著一面走往看失衣物佛言若六歲以下至無歲及式叉摩尼沙彌沙彌尼爲五衆擔衣居士更言佛聽持香鑪在前白佛佛言聽時衆默然行諸外道人嫉妬言是沙門釋子如擔死人無異居士言佛若聽我如世俗法作唱妓樂去佛言聽

有一居士見大衆集多施衣物居士言佛若聽處處唱讚佛言聽無人受是衣物佛言聽先作羯磨使一人受無人守佛言聽作羯磨使一人守比丘無五法不應作羯磨受衣物何等五不知得不知不得不知受得物不知價不知數若著不知憶念處比丘有五法應作羯磨受衣知得知受得物知價知數若著憶念處

憍薩羅國一住處二部僧得衣物比丘尼言佛聽我布施物各著一處佛言聽諸比丘尼無人布施衣物飲食臥具隨病藥或有人少多與餘人輕笑言愛念婦故與諸比丘尼白佛言聽我施物還著一處佛言聽無人分是衣物佛言知分物人應作羯磨無五法是比丘不應羯磨作分衣人何等五不知相不知衣色不知衣價不知數若與若不與不憶念比丘尼有五法應作分衣人知衣相知衣色知衣價知數與不與憶念諸比丘尼分衣時讚歎是好是不好亂衆佛言分衣時不應讚歎亂衆應默然受衣分

佛在舍婆提爾時祇洹有人爲新房舍因緣故作飲食多比丘會千二百五十諸比丘亂入亂坐亂食無有次第或有比丘先食入或有比丘食時入或有比丘食後入是事白佛佛言應唱時到雖唱時到遠處不聞是事白佛佛言應打揵椎雖打遠處不聞佛言應打鼓平地打鼓遠處不聞佛言應立墻上打亦不聞佛言應高處立打亦見亦聞或時無有看食人食未辦未熟雖時到食不好或時有看食人食辦食熟時到食好是事白佛佛言看食人應僧中作羯磨

憍薩羅國一住處二部僧得衣物比丘少比丘尼多比丘言是衣物作中半半與比丘僧半與比丘尼僧比丘尼言我本衆少諸比丘取二分我等取一分今日多何以與半分是事白佛佛言比丘比丘尼應等分式叉摩尼沙彌沙彌尼四分與第四一分

有時檀越施僧食在空露地槃上有殘餅筐中有殘飯木瓮器中有羹諸外道異學嫉妬持酒糟著諸飯羹中如是思惟是食不淨使出家人不得食諸比丘不知當云何便白佛佛言若可却者却餘可食之若諸比丘若沙彌傳鉢食比丘轉食與沙彌沙彌食轉與比丘比丘洗手更從沙彌受意中疑此或不淨食便白佛佛言若一心實與沙彌鉢食是爲淨諸沙彌持器瓮筐魁杓行食時比丘爲沙彌受食分若沙彌行食比丘爲受比丘心疑將非觸食不知云何是事白佛佛言比丘受觸無所犯諸比丘食竟以食不淨鉢與沙彌白衣沙彌白衣洗鉢竟還著諸瓮筐器中諸

比丘思惟是或不淨佛言一心與淨人鉢是爲淨

諸比丘有檀越施食在空地諸比丘食竟捨諸食器去風雨汙泥不淨佛言器物淨洗應著覆處諸比丘二三用澡豆膩故不盡以木刮却膩與澡豆淨洗取水極遠諸居士以水布施居士言知水極遠何以大用水諸比丘不知當云何佛言若一心二三遍與澡豆淨洗是事應淨時有潢水僧取用是中有象馬驢牛羊猪狗皆入中飲屎尿不淨樹葉華果皆墮水中爛臭不淨是事白佛佛言水中不淨者可却便却餘水應飲諸比丘白佛水濁鹹應得飲不佛言先疑不淨不應飲若先不疑應飲

憍薩羅國有一住處僧得衣物施非一切處得羯磨比丘不知當云何便白佛佛言是衣物應作二分如是言是分屬上座是分屬下座如是言是分屬下座是分屬上座作竟即應羯磨竟異比丘來不欲與不應與若不作如上法不應受若受得突吉羅罪若不如是作出界得突吉羅罪亦應共異比丘分是衣物中應作價數如是分我應取餘殘屬汝我如是分我應受若作如上法應羯磨竟異比丘來不欲與不應與若不如是作應與餘比丘分若不如上法不應受出界得突吉羅罪若一比丘言取是衣中一衣言我分足餘殘屬汝等如是作應羯磨法竟餘法如上

是衣物應與一比丘作羯磨云何應與一心會僧應一比丘衆中唱大德僧聽是衣物是住處現前僧應分若僧時到僧忍聽比丘其

甲僧羯磨與如是白白四羯磨僧某甲比丘羯磨與衣物竟僧忍默然故是事如是持是比丘受衣竟不肯還歸作是言何處善法善言善施法與都是僧中我何以還歸諸比丘不知當云何便白佛佛言清淨故與如是言是比丘還歸便好不歸應强奪是比丘應教突吉羅罪懺悔

優波離問佛佛聽諸比丘所著衣覆身衣拭身巾拭脚巾拭面巾僧祇支泥洹僧是衣名何等佛言名波伽羅（此言助身衣）優波離問是衣云何受答是衣如是言是波伽羅衣我受用故何等人邊應受佛言五衆邊應受

優波離問佛上座比丘不聰明作非法遮如是成遮不佛言不成復問持戒作非法非善遮如是成遮不佛言不成

優波離問佛如佛所説遮如法羯磨不成遮羯磨一切不成遮耶佛言不也優波離或有沙彌受具戒時心悔不用受具戒作是言我不用受具戒是言成遮沙彌尼受六法作式叉摩尼作是言我不用受六法是言成遮式叉摩尼受具戒時作是言我不用受具戒是言成遮若比丘有僧伽婆尸沙罪與作波利婆沙摩那埵本日治作阿浮呵那羯磨是比丘言莫作我不用是言成遮若比丘十四人應僧中羯磨作是言我不用是言成遮

優波離問有比丘被擯欲懺悔懺悔時下意隨僧法界外得作羯磨解擯不佛言不得作解擯者得罪

優波離問佛佛餘處説有二因緣知破僧一僧中唱二受籌有賊住僧中唱行籌是名破

僧不佛言不破與學沙彌僧中唱行籌是名破僧不佛言不破優波離問四人本白衣衆中唱行籌破僧不佛言不破數滿一比丘男根轉爲女破僧不佛言不破

優波離問若草敷座若長牀得共未受具戒人坐不佛言可坐得共黄門坐不佛言不可與學沙彌可共坐不佛言可坐二與學沙彌可共坐不佛言不可

優波離問佛幾許爲長牀坐處佛言極小容四人坐處是名爲長牀

有居士於祇洹中作房舍是房舍中比丘著衣持鉢入舍婆提城乞食居士見問汝何以乞食比丘言不能得食故居士言長老可還我當爲長老送食言已便送比丘問是食與誰使人言是食與僧比丘即將使人持食著僧食處是比丘明日更著衣持鉢入舍婆提乞食居士見復問長老何以乞食比丘言無食故乞居士言我昨日送食何以不敢比丘言汝所遣食我問使人是食與誰使人言與僧我即持著僧食處是故不食居士言我不爲一切僧送食爲住我房中僧送食比丘不知當云何便白佛佛言若施主供養物爲住房舍中僧住房舍比丘應取

有一居士祇洹中作房是居士過數日到祇洹中欲聽法入所作房日暮打揵槌欲聽法諸比丘闇中坐説法居士言大德然燈比丘言無酥油居士言我與大德遣人送即送比丘言與誰使人言與僧比丘即將使人持酥油著僧然燈處用居士餘時到祇洹入自所作房欲聽法如本日暮打揵槌僧闇中坐説

法居士言大德然燈比丘言無酥油居士言我前與送何以不然比丘言汝送與僧我便將使人持酥油著一切僧然燈處居士言我不與一切僧送酥油爲住房比丘送比丘不知當云何便白佛佛言若是供養物爲住房中比丘是物住房比丘應用應分取塗脚酥油革屣衣鉢果藥亦如是佛言若檀越言大德於中幾時住隨大德所用聽用若言是物屬汝聽擔出去得持去

諸比丘僧臥具不著覆身衣便取用僧臥具弊失色不好垢臭有蝨是事白佛佛言從今日僧臥具不聽比丘不著覆身衣便取用若用得突吉羅罪

諸比丘不知長幾許作覆身衣佛言極下乃至能覆身三分何等三胷腰膝諸比丘不護惜用僧臥具餘比丘以是事白佛佛言僧臥具不得不護惜用若不護用得突吉羅罪五事不護惜何等五水日塵垢揩突是爲五不護惜

諸比丘用僧臥具雨中立臥具失色染汁流出是事白佛佛言從今日不得著僧物雨中立若立得突吉羅罪比丘用僧臥具向火炙身是衣烟臭色弊減損脆爛褔皺佛言著僧臥具不應向火炙身若炙得突吉羅罪若被著脊上向火炙身無罪

比丘著僧臥具入大小便處入洗大小便處入浴室是衣臥具失色垢臭生蝨佛言從今日不得著僧臥具衣入大小便處及洗大小便處入浴室若著入得突吉羅罪

六羣比丘欲剃髮一小比丘剃未竟未著袈

裟六羣比丘驅小比丘去汝小佛言剃髮時小比丘有少許髮在不應驅去若驅去得突吉羅罪

僧剃刀鑷剪爪刀子諸比丘已磨利欲用六羣比丘來驅去我上座汝小與我用諸比丘不與鬬諍罵詈佛言不應與若有先受磨利者用竟後應與他

六羣比丘見諸小比丘入大小便處入洗大小便處入驅去言我上座汝小令諸無病者得病病者增劇佛言大小便處洗大小便後入者不應驅先入者出若驅得突吉羅罪

六羣比丘浴室中語餘比丘汝起去我是上座汝小佛言浴室中上座不應驅下座去待出時若驅得突吉羅罪

佛在舍婆提時長老阿難在多衆中說法有第一上座來阿難敬起第二第三亦如是起是衆散去皆不一心諸白衣言大德此中無小食亦無中食上座來何以起使衆散去破聽法衆若上座欲上座處坐何以不先入是阿難說法不知初不知後不知次第不知因緣爲誰故說是事白佛佛言從今日說法時聽法時上座來不應起上座亦不應驅下座起若自起若驅他起俱得突吉羅罪佛言若和尚阿闍黎來恭敬故起不應語餘人起若語餘人起得突吉羅罪從今日麤脞長繩牀上聽三人共坐若三歲中間得共坐四歲不得共坐細脞繩牀上聽二人共坐獨坐牀上聽一人坐

有僧釜鑊瓶瓮諸比丘用煑染汁竟著餘處持衣著染汁中六羣比丘來語餘比丘與我

釜瓮瓶我上座汝小我欲用持染汁注著一物中竟復注著一物中染汁漸少衣色變黑諸比丘不與鬬諍罵詈是事白佛佛言不應與比丘若先取用竟後應與上座染汁殘少許在上座來索不欲與佛言若少許殘可却著餘處者應與

諸比丘取僧園中樹木用煮飯煮羹煮肉煮湯煮藥煮染舊比丘不喜如是言我等經營種樹木勤苦汝等客比丘不語我默然取燒佛言應語舊比丘佛言從今日僧園中樹華應取用供養佛塔及阿羅漢塔若有淨人應使取果噉樹上大木四方僧應用作梁椽樹皮枝葉諸比丘自在用

佛在舍婆提給孤獨作祇洹竟種種莊嚴四事供養與僧諸比丘不受言佛未聽我等受如是莊嚴房舍是事白佛佛言聽受清淨房舍六羣比丘驅坐禪比丘汝起我上座汝小是事白佛佛言坐禪時不應計大小不應驅去若驅去得突吉羅罪

諸比丘用僧水洗脚六羣比丘驅去汝小我上座是事白佛佛言洗脚時不應計大小驅去若驅得突吉羅罪

諸比丘捉僧拭脚物浣捩曬欲拭富羅革屣六羣比丘言汝起去我上座汝小取拭脚物來我用諸比丘不與鬬諍罵詈是事白佛佛言不應與若前人用竟應與

有一住處舊比丘屬塔物自貸用是比丘死諸比丘不知當云何是事白佛佛言衣鉢物還計直輸塔餘殘僧應分

一住處一比丘衣鉢物爲塔用是比丘死諸

比丘不知當云何是事白佛佛言塔物計直還取現前僧應分

一住處一比丘貸取四方僧物私用是比丘死諸比丘不知當云何是事白佛佛言財物還計直輸四方僧餘殘現前僧應分

一住處一比丘衣鉢物貸四方僧用是比丘死諸比丘不知當云何是事白佛佛言衣鉢物四方僧物計直還現前僧應分客比丘舊比丘亦如是

一比丘衣鉢寄居士居士失去是比丘往居士邊索居士言失比丘言汝自失我不失若失汝自償諸比丘是事白佛佛言若好看失不應償若不好看失應償

有賈客寄比丘衣物比丘失去是賈客往比丘邊索比丘言失去賈客言汝自失我不失若失汝自償諸比丘是事白佛佛言若得自在不應償若不得自在應償

有居士祇洹中作房舍竟設飯食衆多比丘千二百五十是時四方國土不知法人皆來會有布施諸比丘者諸比丘呪願時讃佛言佛大力大德讃法大德大力讃僧大德大力讃大德舍利弗目揵連阿那律難提金毗羅如是三寶無數無量阿僧祇是中或有人持佛名字或人持法名字或人持僧名字或人持舍利弗目揵連阿那律難提金毗羅名字或人持無數無量阿僧祇名字是大衆會不久各還散去是人輩各還田舍聚落餘時諸比丘出諸國田舍乞有持佛名字者言佛來與布施持法名字者言法來與布施持僧名字者言僧來與布施持舍利弗名字者言舍

利弗來與布施持目連阿那律難提金毗羅無數無量阿僧祇如是等名字者言無數無量阿僧祇來與無數無量阿僧祇布施諸比丘不受是食是事白佛佛言是邊國人不知爲是比丘故與食而名與佛法僧舍利弗無數無量阿僧祇飲食自在應受

有比丘病餘住處有親親比丘來問訊病比丘語坐坐已問訊客比丘小住便起欲去病比丘言何以去答我不持衣鉢來病比丘言我與汝衣即與容比丘一處宿明日擔此衣去病比丘見言我衣莫擔去客比丘言是衣實與我病比丘言非常與汝受故與汝客比丘言是實常與病比丘不知當云何便白佛佛言是非實與清淨故與是比丘應還歸衣輭語歸好不歸强奪取教受突吉羅罪懺悔

佛在祇洹精舍住時火災漸次來燒祇洹是時佛咒願言我一切漏盡具阿羅訶得佛道是實語故火即滅諸比丘持僧臥具出著一處火滅後不知此諸臥具本屬何房舍是事白佛佛言應作識作識故不可分別應更作異相作異相故不可知應作輪應作篆文應作德字如是作故不識佛言應作字是物某甲某甲居士所布施屬某甲某甲房舍是臥具物雖知有所屬復不知是物爲屬何重閣何者屬上閣何者屬中閣何者屬下閣佛言應了了上作字是屬上是屬中是屬下

給孤獨居士作樓施僧僧不受是事白佛佛言聽受樓給孤獨居士施僧褥僧不受白佛佛言聽受褥居士白佛聽我縷文氍毹施僧佛言除作女像餘盡聽

給孤獨居士作五百獨坐漆畫牀并褥施僧。僧不受言佛未聽我等畜如是上好獨坐牀。是事白佛佛言聽受如是淨上好獨坐牀。

佛在舍婆提居士給孤獨已死以是故祇陀槃那破壞無人治諸比丘是事白佛佛言應作羯磨如七法衣法中說

佛在舍婆提諸人親里死以白氎裹棄著死人處如是思惟是死人用是氎爲持布施僧可得福德思惟竟即持白氎詣祇洹布施諸比丘諸比丘不受言佛未聽我等受棄死人處衣物是事白佛佛言聽受

有一貧窮人死以衣裹棄死人處如是思惟是死人用是衣爲當布施僧可得福德思惟竟即持詣祇洹布施諸比丘諸比丘不受言此衣無主當從誰受是事白佛佛言無餘人法應受彼人親里死如是思惟更用異衣裹異衣裹不淨還從比丘索本衣裹送著棄死人處諸親里往到比丘所索本衣諸比丘不與是事白佛佛言應與親里裹死人如是思惟是衣不吉裹二死人誰當受者并死人棄棄竟還去是衣即失諸比丘還從彼人索答言已失以是事白佛佛言出來輙語索得好不得法不應强索

有一比丘賖酤酒未償便死酒主從諸比丘責酒價諸比丘答此比丘在時何以不責酒主言償我酒價不償者出汝惡名聲釋種沙門飲酒不肯償價諸比丘不知當云何以是事白佛佛言是比丘有衣鉢物應用償若主無物應取僧物與償何以故恐出諸比丘惡名聲故

佛在舍婆提舍婆提諸賈客欲發去是賈客道中空澤畏處有極好精舍賈客入精舍中見諸比丘默然坐不眠不睡坐禪入深禪定是賈客見諸比丘心生厚信清淨語諸子弟汝看少多有飲食者取來布施是好比丘子弟答更無餘食有少蒲萄賈客言隨少多與若不布施無福德即以蒲萄施諸比丘諸比丘各各分人得五枚諸比丘各各覓淨人或得或不得不知當云何以是事白佛佛言都合諸蒲萄一處火淨應食

佛在阿羅毗國諸上座比丘初夜坐禪中夜各各還房宿道中諸惡蟲怖師子怖虎豹豺羆怖以是事白佛佛言從今日聽然炬行末利夫人詣祇洹欲聽法諸比丘闇冥中說法末利夫人言大德然燈諸比丘答無酥油夫人言我當送後日即送諸比丘即然燈著地不大明末利夫人即與燈樹諸比丘言佛未聽我等受燈樹諸比丘不知當云何是事白佛佛言從今日聽受燈樹

佛在王舍城六羣比丘以不淨脂用師子虎豹豺羆脂塗脚已到他象馬牛羊驢廄是畜生等聞脂臭挽拖韁靽驚走諸人問畜生何以驚走六羣比丘言我有大威德神力是故驚走諸居士瞋呵罵言沙門釋子自稱善好有德心如似獵師用惡獸脂塗脚使畜生驚怖散走而言我有大神力威德諸比丘少欲知足聞是事心不喜是事白佛佛言從今是諸惡獸脂不應用塗脚若用得突吉羅罪

佛在舍婆提波斯匿王詣祇洹欲聽法其日布薩說戒諸比丘言大王汝出我等欲作法

事王言我欲聽法事諸比丘言佛未聽我等未受大戒人前說戒法事是王必欲得聽諸比丘不知當云何是事白佛佛言從今日聽在波斯匿王等諸王前說戒大臣兵吏遣去時波斯匿王得心清淨

有一人大有諸地布施諸比丘諸比丘不受以是事白佛佛言從今日聽衆僧受用作園林別房房舍經行處受用

五比丘著五三肘衣入聚落乞食是衣曳地脚躡土汙風吹露身以是事白佛佛言從今日聽諸比丘受泥洹僧著入聚落泥洹僧長四肘廣二肘阿羅毗國諸比丘日日擔石土墼瓻甎泥土治佛塔精舍衣不淨垢汙行乞食諸居士瞋呵罵沙門釋子自言善好有德諸外道婆羅門尚著淨衣來乞食是釋子今著作垢衣來乞食如作胡麻油人如土作人諸比丘以是事白佛佛言從今日若作時聽著內小泥洹僧

佛在迦毗羅衛國諸貴釋子出家戲笑露胷行乞食婆羅門言諸釋子自言善好有德今戲笑露胷乞食使衆人見以是事白佛佛言從今日聽著僧祇支用覆胷入聚落乞食諸比丘早起入聚落乞食得食著一面待時當食是時大風雨塵土入鉢食中諸比丘心悔言是食更受日時到求淨人不可得諸比丘不得淨人日時欲過是事白佛佛言從今日聽五塵不受應食米塵穀塵水塵衣塵風塵是爲五塵

憍薩羅國諸比丘得甘蔗作分諸上座得多無齒中座下座及沙彌得少齒利噉即盡眼

看上座欲更得以是事白佛佛言從今日飲食時應等分

憍薩羅衆多比丘夏安居諸居士等見衆多比丘便次第請食若自減食分布施比丘或半月食或一月食諸比丘受食竟自恣已夏後月分衣物分食分竟各各自出去餘比丘憍薩羅遊行欲至舍婆提到住處非時大雨墮諸比丘問是中有檀越能與食不有比丘言無問有僧食不答本有僧食夏後月安居竟分衣物分食分已各自去諸比丘少欲知足聞是事心不喜訶責諸比丘言何以名比丘僧食物夏安居竟各自分去諸比丘種種因緣訶竟以是事白佛佛言從今日僧食不應分若分得突吉羅罪從今日聽樹下安居時若有好樹讓上座如樹下露地亦如是有事應羯磨十四人

佛在婆伽國國中有貴人子名滿提請佛及僧明日於舍食佛及僧默然受請滿提知佛受請爲佛作禮遶三帀還歸是夜辦種種飲食布坐處遣使白佛食具已辦唯佛知時佛與比丘僧前後圍遶俱入滿提舍佛在僧中敷座處坐滿提子弟不信佛法僧皆是婆羅門邊國人下食時不疾與少與不一心與與時觸比丘手比丘語言高舉手莫觸我手子弟言我非白癩非旃陀羅汝等何以惡我諸比丘不知當云何是事白佛佛言若不輕與得受若輕故觸手不應受

憍薩羅國一住處一比丘死是比丘以衣鉢物寄比丘尼精舍諸比丘言我等應分比丘尼言我等應分比丘不知云何以是事白佛

佛言若比丘死前寄比丘尼衣鉢物現前比丘僧應分

憍薩羅國一住處比丘尼死是死比丘尼以衣鉢物寄比丘精舍諸比丘尼言我等應分比丘言我等應分比丘尼不知云何以是事白佛佛言若比丘尼死前寄比丘衣鉢物現前比丘尼僧應分

佛在舍婆提釋子跋難陀死衣鉢直三十萬金憍薩羅國王波斯匿言是人無兒子故是物應屬我佛遣使語波斯匿王言大王王賜城邑聚落人稟頗少多與跋難陀稟分不王言不與佛言誰力故令得生活是應分僧力故令應取王聞好教便止諸刹利輩言是比丘與我同姓同生同是刹利種是衣鉢物應屬我等佛遣使語刹帝利言汝等作國事大事官事頗問跋難陀不答不問跋難陀不在時汝作官事頗待跋難陀不答言不待佛言跋難陀共僧羯磨跋難陀不在時僧不羯磨是衣鉢物應屬僧諸刹利聞是好教便止諸親俗中表內外皆言是跋難陀是我伯叔父舅外甥兄子是衣鉢物應屬我等

佛遣使語言汝等嫁女娶婦會同取與錢財頗待跋難陀與分不答言不佛言諸與跋難陀衣食分者應得是衣分跋難陀僧與食故是衣鉢物應屬僧諸親族聞是好教便止跋難陀衣鉢物寄在餘處是跋難陀於餘處死寄物處諸比丘言是衣鉢物我等應分死處諸比丘言是衣鉢物我等應分以是事白佛佛言是諸衣鉢物在界內現前僧應分

跋難陀衣鉢物處處出息與人異處死異處

人負其責死後負責處諸比丘言是物我等應分死處諸比丘言是物我等應分佛言負責處界内彼比丘應分

跋難陀衣鉢物保任出息餘處死餘處出息餘處保任死處諸比丘言是衣鉢物應屬我等出息處諸比丘言是衣鉢物應屬我等保任處諸比丘言是衣鉢物應屬我等佛言保任處界内現前僧應分

跋難陀衣鉢出息質物跋難陀異處死質物復在異處取錢人亦在異處死處諸比丘言是財物應屬我等質物處諸比丘言是財物應屬我等取錢處諸比丘言是財物應屬我等佛言質物處界内現前比丘應分

跋難陀衣鉢財物與他作券出息跋難陀異處死取錢者在異處作券人亦在異處死處諸比丘言是物應屬我等取錢處諸比丘言是物應屬我等有手執券處

諸比丘言是物應屬我等諸比丘不知當云何以是事白佛佛言有手執券處界内現前比丘應分若手執券若質物是二無異

佛在舍婆提牟羅破求那比丘死是衣鉢物本寄長老阿難牟羅破求那在異處死長老阿難在異處所寄衣鉢物在異處死處諸比丘言是衣鉢物應屬我等長老阿難所住處諸比丘言是衣鉢物應屬我等寄衣鉢物處諸比丘言是衣鉢物應屬我等諸比丘不知當云何以是事白佛佛言阿難所在處界内現前比丘應分

十誦律毗尼序卷下

音釋

胞班交切　灌古玩切注也　鍵鎔梵語也此云淺鐵鉢鍵渠馬切鎔即移切　杙與職切橜也　匳力鹽切匣也　翅矢利切翼也　熬五勞切煎也　絞古巧切挾也　洴沙梵語也此云模實洴薄經切　糒蒲秘切糒糗也　莠與久切稂莠也　鍮託侯切銅屬　毳充稅切細毛也　滓側氏切澱也　螫施隻切蟲行毒也　嗽雙角切含吸也　仇巨鳩切　鞞駢迷切　曳以制切拖也　坌蒲奔切與盆同　屎尿屎詩止切尿奴弔切　炙之石切燔炙也　脆比芮切易斷也　襵質涉切猶摺也　皺側救切猶縮也　鑷尼輒切箝也　鑊胡郭切釜屬　浣胡管切濯垢也　捩練結切絞也　氍毹氍其俱切毹山芻切氍毹毛席也　豺士皆切狼屬　拽拕拽羊列切拕搜也拕都困切撼扡也　䩭靽䩭居宜切首絡也靽補畔切足縶也　墼古歷切未燒塼也　甗甎甗盧谷切甎職緣切甗甎甓也　券去願切契也

沙彌十戒法并威儀

失譯人名今附東晉録

清刻龍藏佛説法變相圖

沙彌十戒法并威儀序

失譯人名今附東晉錄

夫乾坤覆載以人爲貴立身處世以禮儀之本君臣父子非禮不立防邪止姦非禮不禁和國崇婚非禮不定遜悌鄉邑非禮不通師徒朋友非禮不敬吊喪問疾非禮不行昔先賢垂範永以爲軌則喪祭之儀世務之急是以信行之機旦夕之要今世浮遊或輕或重或深或淺不諧法則以致譏論

沙彌十戒法并威儀

佛語舍利弗汝去度羅睺羅出家舍利弗言我當云何度佛教言我羅睺羅歸依佛歸依法歸依僧（如是三說）我某甲歸依佛竟歸依法竟歸依僧竟（如是三說）

盡形壽不殺生盡形壽不盜盡形壽不邪婬盡形壽不妄語盡形壽不飲酒

佛婆伽婆出家我某甲因和尚某甲隨佛出家（如是三說）

佛婆伽婆出家捨俗服著袈裟我某甲因和尚某甲隨佛出家捨俗服著袈裟

盡形壽不殺生持沙彌戒

盡形壽不盜持沙彌戒

盡形壽不婬持沙彌戒

盡形壽不妄語持沙彌戒

盡形壽不飲酒持沙彌戒

盡形壽不著香華鬘不香塗身持沙彌戒

盡形壽不歌舞倡妓不往觀聽持沙彌戒

盡形壽不坐高廣大牀持沙彌戒

盡形壽不非時食持沙彌戒

盡形壽不捉持生像金銀寶物持沙彌戒

汝今已受沙彌十戒竟當盡形壽頂戴奉持終身不得犯應供養三寶和尚阿闍梨一切如法教不得違逆上中下座心常恭敬勤求方便坐禪誦經學問勸助作福閉三惡道開涅槃門於比丘法中增長正業得四道果

沙彌之戒盡形壽不得殘殺傷害人物當念所生及師友恩精進行道欲度父母慎無慍訟推直於人引曲向己蠉飛蠕動蚑行之類無所尅傷施恩濟乏使其得安心念爲人言

無及殺見殺不食聞聲不食疑殺不食若見殺時當起慈心誓吾得道國無殺者草木不用愼無毁傷有犯斯戒非沙彌也

沙彌之戒盡形壽不得偷盜圭合銖兩一無欺人心存于義口不教取販賣僕使奴婢借債僮客或有惠施一不得取無服飾珍玩高牀幃帳衣趣蔽形無以文綵食趣支命不得嗜味無得貯畜穀糧藏積穢寶人與不受受則不留轉濟窮乏常爲人說不貪之德寧就斷手不取非財有犯斯戒非沙彌也

沙彌之戒盡形壽不得取婦畜養繼嗣防遠女色禁閉六情莫覩美色目不瞻眄心無念婬口無言調華香脂粉無以近身好聲邪色一無視聽寧破骨碎心焚燒身體不得爲婬雖婬泆而生垢穢不如貞潔而死有犯斯戒非沙彌也

沙彌之戒盡形壽誠信爲本不得兩舌惡罵妄言綺語前譽後毁證人入罪徐言持政無宣人短爲人說法思合議理見有諍者兩說和善夫士處世斧在口中所以斬身由其惡言不愼言者非沙彌也

沙彌之戒盡形壽不得飲酒無得嘗酒無得齅酒亦無粥酒無以酒飲人無飲藥酒無止酒舍酒爲毒水衆失之原殘賢毁聖招致禍咎四等枯朽去福就罪靡不由之寧飲洋銅愼無犯酒有犯斯戒非沙彌也

沙彌之戒盡形壽不得習弄兵仗手執利器畜養六畜籠繫飛鳥車轝騎乘快心恣意馳騁遊獵彈射禽獸無得放火焚燒山林傷害衆生無得就決湖池堰塞泒瀆鉤釣魚網殘

害水性有犯斯戒非沙彌也

沙彌之戒盡形壽不得習弄棊局摴蒱博賽諍於勝負弄舞調戲吟詠歌音手執樂器琴瑟箜篌箏笛竽笙以亂道意無得墾掘山澤耕犂田畝修治園圃種植五穀船車賈作於市販買與百姓諍利有犯斯戒非沙彌也

沙彌之戒盡形壽不得學習奇伎巫醫蠱道時日卜筮占相吉凶仰觀曆數推步盈虛日月博蝕星宿變恠山崩地動風雨旱澇歲熟不熟有疫無疫一不得知不得論說國家政事評量優劣出軍行師攻伐勝負有犯斯戒非沙彌也

沙彌之戒盡形壽男女有別居不同寺跡不相尋無同船車俱載逢無道談若持異物無察視之遠嫌避疑無書疏往來假借裁割浣濯衣服及所乞求彼若惠已亦不宜受若欲往時必須耆年慎無獨行無止坐宿有犯斯戒非沙彌也

沙彌之戒盡形壽非賢不友非聖不宗不孝之子屠兒獵者偷盜嗜酒之徒志趣邪僻履行凶險不得交遊往來之藝濁虧損道行法服應器常與身俱非時不食非法不言食則無語卧則無談精勤思義温故知新坐則禪思起則諷誦戒行如是眞佛弟子說戒已竟次說威儀

已受沙彌十戒爲賢者道人次教之常用漸漸稍從小起當知威儀施行所應當知和尚幾歲三師名字當教識知初受戒時歲日月數當知事和尚有幾事亦當知隨事阿闍黎有幾事亦當知給楊枝澡水有幾事亦當知授袈裟攝袈裟及持鉢有幾事亦當知捉錫

杖持履有幾事與和尚阿闍黎俱應請時若至國王家時若至迦羅越家時若至婆羅門家時若連坐飯時若别坐飯時若俱入城乞食時若俱還時至故處時若日晚時若止水邊飯時若道邊時若樹下飯時若自先去住相待時若合鉢食時若博貿鉢時若俱共對飯時若前後飯時若飯已澡漱時若澡鉢去時各當具知有幾事當知給衆僧作直日時各當知有幾事年滿二十欲受具足戒時皆悉當知設爲賢者比丘所問不具對者不應與受具足戒何以故作沙彌乃不知沙彌事所應施行沙門事大難作甚微妙賢者沙彌卿且去熟學當悉聞知乃應授與具足戒所以卿不知沙彌法者但未諦知身苦故不伏意耳而反欲受具足戒今授卿具足戒者人謂佛法易行沙門易作不知佛道至妙罪福運行法律交互以是數日之中相之是故當先問設能具對能如法者三師易得耳

師教沙彌有五事一者當敬大沙門二者不得呼大沙門名字三者大沙門說戒經時不得盜聽四者不得求大沙門長短五者大沙門誤失時不得轉行說是爲沙彌威儀

又教沙彌有五事一者不得屏處罵大沙門二者不得輕易大沙門於前戲笑效其語言形相行步三者見大沙門過即當起住若讀誦經若飯時若作衆事不應得起四者行與大沙門相逢當下道正住避之五者若調戲時若見大沙門即當止謝言不及是爲施行所應爾

沙彌事和尚有十事一者當早起二者欲入

戶當先三彈指三者具楊枝澡水四者當授袈裟却授履五者當掃地益澡水六者當襞被枕拂拭牀席七者師出未還不得捨房中去師還當逆取袈裟內襞之八者若有過和尚阿闍黎教誡不得還逆語九者當低頭受師語去當思念行之十者出戶當還牽戶閉之是爲事和尚法

教沙彌事阿闍黎有五事一者視阿闍黎一切當如視我二者不得調戲三者設訶罵汝不得還語四者若使汝出不淨器不得唾惡怒五者暮當按摩之是爲阿闍黎法也

事阿闍黎法沙彌事師當早起具楊枝澡水有六事一者斷楊枝當隨度數二者當破頭三者當洗使令淨四者當易故宿水五者當淨澡軍持六者當滿中水持入不得使有汙濺有聲是爲具楊枝澡水法

授袈裟有四事一者當徐徐一手排一手捉下授之二者當次視上下三者當正住持師衣已四者當上著師肩上是爲授袈裟法攝袈裟有四事一者當視上下二者不得使著地三者當著安常處四者覆上是爲攝袈裟法持鉢有四事一者當洗令淨二者拭令燥三者帶令堅四者不得使有聲是爲持鉢法

持錫杖有四事一者取拭去生垢二者不得著地使有聲三者師出戶乃當授四者師出還當受取若俱行若入衆若禮佛亦當取持是爲持錫杖法

持履有四事一者當先抖擻之二者當視次比之三者當澡手不得便持袈裟四者師坐當取次比之是爲持履法

若俱應請連坐飯時有四事一者坐當離師六尺二者當視師達覶竟乃應授鉢三者不得先師食飯四者師飯已當起取鉢自近是爲連坐飯時法也

別坐飯時有四事一者當立住師邊二者師教食去乃當坐去三者頭面著地作禮四者食飯不得倨坐上戲飯已當至師邊住師教還坐乃應坐是爲別飯時法也

入城乞食時有四事一者當持師鉢二者當隨師後不得以足蹈師影三者於城外當取鉢授師四者入城欲別行當報師是爲行乞食時法

俱行還至故處有四事一者當先徐開戶出坐具敷之二者澡師手已乃却自澡三者當授師鉢自却叉手住四者當預具澡豆手巾等是爲還歸飯時法

過水邊飯時有四事一者當求淨地二者當求草作坐三者當取水澡師手已還自洗手已乃却授師鉢四者師教使飯當作禮却坐是爲水邊飯時法

止陰樹下飯時法有四事一者當持鉢巾著樹上採取葉作坐二者取水澡師手設不得水取淨草授與師三者還取鉢授師四者當預具淨草澡師鉢已却以草熟拭鉢乃去是爲樹下飯時法

道中相待有三事一者持鉢著淨地作禮如事說二者當視日早晚可疾還歸若道止三者當取師鉢并持隨師後去是爲道中相待時法

合鉢飯時有二事一者若師鉢中無酪酥漿當自取所得鉢飯授師若師不取且當

却住二者徐取師鉢中半飯出著淨地樹葉上却自取鉢中半飯著師鉢中却住是爲合鉢飯時法

博貿鉢飯時有三事一者若師鉢中得美善者自得不如者便當授師二者師欲貿鉢飯當讓不受三者師堅呼貿鉢當取再食便當拭鉢還授師是爲貿鉢飯時法

對飯時有三事一者當授師鉢乃却坐飯二者當數視師所欲得即當起取與三者食不得大疾亦不得後竟以起當復問欲得何等師言持去乃當取去是爲對飯時法

前後飯時有三事一者授師鉢具已當却坐屏處住聽師呼聲即當應之二者當預取澡水著一邊三者師飯畢當澡師手却住師教去飯乃當作禮去飯是爲前後時法

飯已澡鉢有三事一者澡漱已當先取師鉢澡令淨已著樹葉上二者却自澡鉢已亦著樹葉上先取師鉢已手摩令淨燥内著囊中付師三者還自取鉢拭令燥亦内著囊中帶之止住是爲澡鉢時法

澡鉢去時法有三事一者師言我今欲過某許賢者某自先歸二者頭面著地作禮便去三者獨還去不得過餘聚落中戲笑直歸故處誦經是爲澡鉢去時法

沙彌入衆有五事一者當明學二者當習學三者當給衆四者當授大沙門物五者欲受大戒時三師易得耳

復有五事一者當禮佛二者當禮比丘僧三者當問訊上下座四者當留上座坐處五者不得諍坐處

復有五事一者不得於坐上遥相呼語笑二者不得數起出三者若衆中呼沙彌某甲即當起應四者當隨衆僧命五者摩摩帝呼有所作當還白師是名入衆時法用

沙彌作直日有五事一者當惜衆僧物二者不得當道作事三者作事未訖不得中起捨去四者若和尚阿闍黎呼不得便徃應當報摩摩帝五者當隨摩摩帝教令不得違戾是爲作直日法

擇菜有五事一者當却根二者當齊頭三者不得使有青黄合四者洗菜當三易水令淨已當三振去水五者作事畢竟當掃處令淨

復有五事一者不得私取衆僧物二者若有所欲取當報摩摩帝三者盡力作衆僧事四者當掃除食堂中乃却布席空按五者當朝暮掃除舍後盂水棄灰土

汲水有十事一者手不淨不得便用汲水當先澡手二者不得大投罐井中使有聲三者當徐徐下罐不得大挑擊左右著使有聲四者不得使繩頭還入井中使有聲五者不得持履覆井欄上六者不得持罐水著入釜中七者不得持罐置地八者當洗澡器令淨九者舉水入當徐徐行十者著屏處不得妨人道中

澡釜有五事一者當澡釜緣口上二者當澡釜緣裏三者當洗腰腹四者澡裏底五者當三易水

吹竈有五事一者不得蹲吹火二者不得燃生薪三者不得倒燃濕薪四者不得燃腐薪五者不得以熱湯澆火滅

掃地有五事一者當順行二者灑地不得有厚薄三者不得有汙濺四壁四者不得蹈濕地壞五者掃已即當自撮草糞棄之

比丘僧飯時沙彌掃地有五事一者常却行二者不得挑手持三者過六人土作聚四者悉掃令遍爲善五者即當自手掃除持出棄之

持水澡罐瀉水有五事一者一手持上一手持下不得轉易二者當近左面堅持直視前三者當視人手澆下水不得多不得少正當投人手中四者下水當去人手四寸不得高不得下當相視水多少設水少不足一人當益水不得住人手五者以澡手還著袈裟

如法持澡盤有五事一者不得曳盤使有聲二者當兩手堅持左面三者當隨人手高下不得左右顧視四者澡盤中水滿當出棄之不得澆人前地五者已當過澡手還著袈裟如法

持手巾有五事一者當左手持下頭右手持上頭授人二者去坐二尺不得倚人膝三者持手巾不得隨障人口四者人拭手未放巾不得引去以下竟當持付主若著故處五者已當澡手還著袈裟如法

布履有五事一者當先抖擻去中所有二者當從上座起三者當從澡盤從示主令自識四者不得持左著右皆當下意沙彌五者已竟當還澡手著袈裟如法

沙彌澡鉢有七事一者鉢中有餘飯不得便取棄之二者欲棄中飯當著淨地三者當用澡豆若草葉四者澡鉢不得於淨地當人道中五者澡鉢當使下有枝六者當更益淨水不得遠棄汙濺人七者欲棄鉢中水當去地

四寸不得使有高下
拭鉢有五事一者當更澡手拭令燥二者當持淨手巾著膝上三者當拭裏使燥四者手已拭表不復得拭裏五者鉢已燥即當持淨手巾并覆著囊中安常處
行會飯時教沙彌持鉢有五事一者不得置地二者不得累使有聲三者不得持楊枝著鉢中四者人來授按不得持鉢枝著人按上五者不得從人後授鉢當正從前亦不行衆中視師飯已當起取鉢還坐是爲持鉢法爲師遣行答謝人有七事一者當直往二者當直還三者當識師所語亦當識人報語四者不得妄有所過五者若所索不得止留宿六者不得調譺七者出行當有法則
沙彌給比丘僧使未竟不得妄入大沙門戸有三事得入一者若和尚阿闍黎暫使往二者若倩有所取三者欲往問經應得入欲入戸有七事一者當三彈指乃得入二者不得當人道住坐若障火光三者不得忘語他事四者當叉手如法説五者若教坐不得交脚六者不得調譺七者不得障人光欲出戸當向戸出迴面向戸却行而出不得背去
獨使沙彌遠出行當教上頭有三事一者彼人問卿和尚名何等便報言字某甲二者復問卿和尚作沙門來幾歲便報言若干歲三者復問卿和尚是何許人便報言某郡縣人設復問卿阿闍黎名何等人便報言字某甲復問卿阿闍黎年幾許便報言年若干復問卿阿闍黎是何許人便報言是某國縣人若復問賢者名何等字便報言字某甲復問卿

作沙彌已來幾時便報言若干歲若干月若干日若干時是爲知和尚阿闍黎亦自知時名字歲日月數

入浴室有五事一者低頭入二者入當避上座處三者上座讀經時不得狂語四者不得以水互相澆五者不得以水澆火滅

復有五事一者不得調譺二者不得破中瓮盎三者用水不得大費四者不得潘中澡豆麻油五者當疾出去不得止中浣衣

沙彌至舍後行有十事一者欲大小便即當行二者行不得左右顧視三者至當三彈指四者不得迫促中人使出五者已至上復三彈指六者不得大咽七者不得低頭視陰八者不得弄上灰土九者不得持水澆壁十者已還當澡手未澡手不應持物

復有五事一者不得正唾前壁二者不得左顧右視望三者不得持草畫壁地四者不得持火燯畫地及壁五者不得久固圊厠上當自下去設當逢人不得爲作禮當避道去說

沙彌威儀式竟

沙彌七十二威儀總有十四事

師與語有二事一者不得報語二者不得自理沙彌爲師作禮有十事一者師頭前有盤不應作禮二者師坐禪不應作禮三者師經行不應作禮四者師食不應作禮五者師說經不應作禮六者與師相逢左面不應作禮七者師梳齒不應作禮八者欲入戸作禮應彈指三返師不應應去九者不得離師七步十者師户開應作禮

早起入户有五事一者整理衣被二者出皿

三者掃地四者問經五者與物
襞三衣有五事一者不得當前二者當於左
面三者當識衣表裏四者不得倒襞五者當
置常處
隨師行有五事一者不得過歷人家二者不
得止住道與人共語三者不得左右顧視四
者當低頭隨師後五者到檀越家當住一面
師教應坐
給師所須有五事一者當得楊枝二者當得
澡豆三者不得宿水四者當更汲五者手巾
用應浣淨
沙彌洗齒有五事一者不得向塔二者不得
向和尚三者不得向阿闍黎四者當於屏處
五者當自取水不得取他人成事水
暮入戸有五事一者當掃除牀二者當理衣
被三者當内甌四者當燃燈五者教臥去應
去出時當背向牽戸閉
沙彌從師受經有五事一者整衣服二者當
叉手作禮三者不得前却四者兩足當齊五
者當小傴僂
沙彌授師三衣有五事一者當洗手二者當
與安陀會三者當與優多羅僧四者當與僧
伽梨五者當與手巾
沙彌洗鉢有五事一者當得牛糞灰二者當
得澡豆三者去地七寸四者洗之莫使有聲
三易水欲棄水不得灑地五者當令燥
沙彌掃地有五事一者不得背師二者不得
逆掃三者當令淨四者不得有跡五者當即
時棄却
沙彌隨師至檀越家有五事一者當持鉢二

者當捉手巾三者當博戶四者到檀越家索淨水洗鉢五者師坐捉手巾鉢授與師乃應還自坐

沙彌入浴室有五事一者不得先師入二者不得在上座前三者師未獲水不得動四者設欲揩背當先報之五者浴已當先取可著衣沙彌禮節威儀又朝晡問訊禮敬有十三事一者當早起澡漱二者當整頓衣服三者問訊起居四者師若在內欲進之法當先脫頭上所著物及足所著物五者不得躡跡六者當生外立三彈指呼前乃進入七者當頭面著地稽首爲禮八者若命令坐三讓乃坐九者坐必端嚴十者有問即對應聲分明十一者無問即默十二者事畢宜退稽首如初十三者欲出戶時當迴身還向去

沙彌又持師澡罐有十五事一者淨洗澡瓶二者當著常處三者當令淨水滿器四者不得宿水五者預具楊枝六者治楊枝當令如法七者澡瓶去膝一尺八者執澡瓶當左手持上右手捧下九者寫水調適當得其多少十者不得令有聲十一者手巾必著常處十二者持巾左執其手巾右以授師十三者棄不淨水當著常處十四者無令澆濆淨地十五者用巾已當復常處

又灑掃拂拭牀有八事一者常向於尊二者不得背尊三者灑地當輕手裁水多少四者用糞箕當以自向五者棄糞當著常處六者掃拭牀席七者疊衣被枕八者掃拭牀不令有聲又持師食有十四事一者當具淨巾二者所欲進食皆當兩手捧下三者當直進四者

跪以授師五者不得道中與人言笑六者進食不得有聲七者凡所進飲食當適其寒温八者匙筯當令淨潔九者若有所益必令調均十者住必有常處十一者宜端嚴十二者食畢斂器務令徐徐十三者隨次舉十四者掃灑澡器一如常法

又取法衣及履有十事一者當左執其上右執其下二者當跪以授師三者當襞袈裟不得以口銜之四者不得振令有聲五者還復其常處六者以巾覆上七者取履當先抖擻之八者不得使有大聲九者著地當令端正十者還當復其常處

又取應器及澡瓶有八事一者先摩拭令淨二者當兩手捧其下三者跪取師鉢四者洗當用皂莢豆末五者畢令於手中燥六者有急事當行宜著日中七者若向火令其燥八者畢令復其常處

若取錫杖有七事一者當掃拭令淨二者不得下拄地三者不得以有所指擬四者無使有聲五者當兩手捧之六者當跪以授師七者畢還復常處

又侍師沐浴剃頭朝當著法衣有十二事一者務當恭敬執所宜作二者隨時寒温三者拂除浴室四者具淨湯水五者當先具皂莢澡豆及麻油六者預取淨手巾七者寒具爐火八者當端住於外無令人入九者若去髮必令有常處十者若曝法衣當待乾燥十一者急事行當有所付不得使忘去十二者執事畢宜復其常處

又持香付華有七事一者當淨拭香爐二者

當捨去宿華三者當裁火多少四者付香華從上座始五者付香時手相離五寸六者執香爐無以自薰七者畢竟當著常處

又燃燈有八事一者去故炷二者梳洗燈爐令淨三者當調適盛油四者求淨炷五者不令欲盡數往益之六者朝當早起視護七者油未盡當扶出餘炷聚著倚處別然令盡八者畢竟徐還著本處

若行採華及取楊枝有九事一者有主問其主二者無主當呪願山澤樹神三者取華及楊枝不得拔其根株四者於道路當直往還五者不得慢惰語戲六者設爲人所犯慎無與人交通七者低頭内自剋責勿令有恨心八者若欲付華當於上座始九者當去萎華

凡所施行不得自用有十八事一者出入行來當先白師二者若欲宿行當先白師三者若作新法衣當先白師四者若欲著新法衣當先白師從受五者若欲浣法衣裳當先白師六者若欲剃頭當先白師七者若疾病服藥當先白師八者若作衆僧事當先白師九者若欲私有具紙筆之輩當先白師十者若諷起經唄當先白師十一者若人以物惠施先白師已受取十二者已物惠施人當先白師師聽然後與十三者人從已假借一一當先白師師聽然後有與十四者已欲從人假借皆當白師師聽得去十五者欲白之儀先整衣服稽首爲禮十六者若其聽或不聽皆當恭敬稽首作禮十七者陳所欲知十八者不得有恨意有所應辟報

又從師行先後還有十六事一者當整衣服

二者識所言趣常報應答隨持錫杖手巾之輩三者尋師後四者無躡其影五者無錫杖戲前行六者不得道中與人語七者不得惡師有過八者師若遣還有所取當尋其來道九者即當如其教行十者愼無淹留十一者師若使住爲檀越說經即當稽首承受節度十二者暮當早還十三者愼無留宿十四者還到請禮問事先整衣服十五者當五體投地稽首爲禮十六者禮師自如常法

若獨行送死問疾有九事一者當主人門常相進退之儀有異座當坐設無異座不宜雜坐二者當視其座席無犯宜跪端坐三者人若欲問經當宜知時四者愼無爲非時之說五者主人設食雖非時法會之食無令失其儀軌六者宜還及日七者無犯夜行八者若逼暮疾風雨臨時制宜九者還畢如舊

若於道路與師相逢有六事一者當先整衣服二者當脫華屣三者禮師當稽首足下四者身尋師後五者師若自別去當稽首承受節度六者雖不與師相隨所行禮節必令如常

若衆僧食飯時十六事一者聞揵椎聲即當整衣服二者當務肶年往住塔下三者住必端嚴四者若從師後到位便住愼勿言笑有所及五者若上人說經呪願皆當恭敬愼無失儀六者欲食之初當先瞻望上下七者食無衆人前食止無衆後八者無訶食好惡九者不得大飡小飡十者愼無大食十一者不得大撓刮鉢中十二者不得筋叩按上十三者不得求益十四者不得以食私所與若摘與狗十五者有來益食不得言不用十六

者若已飽當以手讓却之又衆僧說經有十三事若法會說經在温室及清涼室若浴室一者當整理衣服二者當平視直進三者無得道中與人語笑四者以次禮所尊五者却入偶坐席六者上座說經及位便坐七者坐必端嚴八者愼無亂語九者無大欬唾十者無唾淨地違禮律十一者若次應說經即當說十二者爲衆人所差上高座當先審所舉措愼莫失儀十三者若坐中有失儀當遏惡揚善愼無苟且現之過又衆僧說經十三事若番次直日朝晡行禮一者闢揵椎聲預具香火二者付香如舊三者整所宜次四者淨拂牀席五者掃灑如法六者若法會出所領分明付授檀越諸宜用七者事畢領受畢令如初八者門鑰相付早開晚闔一以爲常九者若有異賓常師邊聽所須當付十者若有賓宿皆當整衣服住其常位十一者有問即對應聲分明十二者住必端嚴無令失儀十三者若欲暫出輒者令人自代無令處空重呼又直日所領知後十事若爲直日儀軌所修其有衆事功夫一者起塔二者講堂設僧諸事三者若作佛像當早起憂識事四者當選所宜五者用錯斧鋸必使常處六者若所畫朱彩膠墨預具所得無令臨時有乏七者畢宜選録復有常處八者數所領受分明付授無令差跌九者若有所市求皆問於摩摩帝十者出用令餘宣陳列令有本末又獨行分衛有十六事若行分衛一者務與人俱二者若無人俱當知所可行處三者應器常在左腋四者帶應器之宜出時當以外向五者

以食來還當以內向六者到人門戶宜審舉措七者家無男子慎無入門八者若欲坐先當瞻視座席九者設座有刀兵不應坐十者設有寶物不應坐十一者若設有婦女衣被嚴具之輩不應坐都無此者然後乃坐十二者主人設食十三者所食者便當呪願十四者不得問食好醜十五者不先食說經十六者雖欲說經當知所應說時不宜說時

又市所求有九事一者當低頭直往直還二者若覩異物慎無察視三者無諍貴賤四者無坐女肆五者若為人所犯方便避之勿從求直六者賣買若於誠諦送直無言來取致及反覆七者以許甲物雖復更賤無捨彼取此令主有恨八者若見四輩人有賣買賤直不令己住如當言法不得爾九者慎無保任致憿負

又到比丘尼寺中有九事若師使到比丘尼寺中一者當與俱二者遠塔作禮一如常法三者若有異座訖無異座不得坐四者疾病欲問經當說所宜說五者不得為非時之說六者不得犮人之非七者若坐以珍異衣服巾履施惠一不得受八者若還不得還說其好醜九者餘人不得言但用供養其

又講經誦法有八事一者必令詳審所見不同或左右各有所習二者慎無專知據言此是彼非三者同學變諍務令和解無令頗我四者衆事後勞慎無自伐顯己之功五者大沙門說戒慎無矚之六者知己有過犯於衆人即當言悔與共和解七者師若問言其說卿有過即當如事道之八者無得隱蔽以成

僣負

又論語有十事常晝夜三時誦經行道一者整衣服二者若經行必令有常處三者常於中四者講堂中五者或於塔下六者亦飯堂中七者不得蹋革屣入者不得著木履九者不得持杖十者愼無卧誦經

又誦經行有十事房室中常法一者寢息各異不相涉入二者受經句讀三者論經義四者問訊疾病五者或爲便往六者不得說不急之事七者不得示人之非八者不得轉相評論九者借取與必分明十者無違期約以失信道

五德者一者發心離俗懷佩道故二者毀其形好應法服故三者永割親愛無適莫故四者委棄身命遵崇道故五者志求大乘爲度人故十數者一者一切衆生皆依飲食而存二者名色三者三受四者四諦五者五陰六者六入七者七覺分八者八正道九者九衆生居十者十一切入

沙彌十戒法并威儀

音釋

螺 許玄切蟲飛貌　蠕 乳兖切蟲動貌　蚑 去縊切蟲行貌　銖 慵朱切十黍重日銖　眄 彌珍切邪視也　轝 羊諸切車也　騁 丑郢切馳騖也　堰 於建切壅水爲埭也　摴蒱 摴抽居切摴蒱博戲也　蠱 公土切惑也　筮 時制切揲蓍以占吉凶也　蝕 實職切虧敗也　澇 郎到切霖雨也　覵 初覲切　倨 居御切與踞司　盎 於浪切盆也　圊 七情切圂也　僂 龍主切傴僂背曲也　澆濽 澆堅堯切沃也濽則旰切灑也　莢 古協切　曝 步木切日乾也　萎 於危切蔫也　撓刮 撓奴巧切攪動也刮古滑切刷刮也　欬 口溉切逆氣也　跌 徒結切差也

羯磨

曹魏沙門曇諦集

清刻龍藏佛說法變相圖

羯磨卷上 出曇無德律部

曹魏沙門曇諦集

結界法第一

凡諸羯磨作法應先白未受具戒者出不來比丘說欲及清淨僧今和合何所作爲僧中一人隨事答言某甲羯磨除結界無受欲法故又結法二界不得相接應留中間亦不得隔駛流水結除常有橋樑若大界內安戒場者先竪戒場四方相竟於外下至相去一肘竪大界內相外隨近遠亦竪四方相使一舊住比丘唱其方相衆中若堪能羯磨者結應先結大界後結戒場如欲唱此大界相者先從外相東南角起四方一周又唱內相亦合一周言彼爲外相此爲內相是大界內外相一周如是三唱若內無戒場者直唱外相結大界法僧應盡集不得受欲受欲者不知相故失衣破夏故

凡說欲有三種一者說戒時與欲清淨二者自恣時與欲自恣三者自餘羯磨但言與欲

結大界羯磨文

大德僧聽此住處比丘某甲唱四方大界相若僧時到僧忍聽僧今於此四方相內結大界同一住處同一說戒白如是

大德僧聽此住處比丘某甲唱四方大界相僧今於此四方相内結大界同一住處同一說戒誰諸長老忍僧於此四方相内結大界同一住處同一說戒者嘿然誰不忍者說僧已忍於此四方相内同一住處同一說戒結大界竟僧忍嘿然故是事如是持

一結戒場羯磨文 原戒場之興爲其住處衆大難集故别結此界用擬中有於要事隨時得作故不容即解若不依住處但爲暫時作法者事訖去即便解不容不解得罪爲礙後人結界故

大德僧聽此住處比丘某甲稱四方小界相若僧時到僧忍聽今於此四方小界相内結作戒場白如是

大德僧聽此住處比丘某甲稱四方小界相僧今於此四方小界相内結作戒場誰諸長老忍僧於此四方相内結戒場者嘿然誰不忍者說僧已忍於此四方相内結戒場竟僧忍嘿然故是事如是持

一解大界戒場羯磨文 此一羯磨通解二界故羯磨文中但云解界名無偏局共致在兹住現作法時隨事所稱解界場唯除同住同說戒爲異

大德僧聽今此住處比丘同一住處同一說戒若僧時到僧忍聽解界白如是

大德僧聽此住處比丘同一住處同一說戒今解界誰諸長老忍僧同一住處同一說戒解界者嘿然誰不忍者說僧已忍同一住處同一說戒解界竟僧忍嘿然故是事如是持

一結不失衣界羯磨文 不失衣界即依大界相結無别異相故文言還稱此住處若有村除村無村不須唱除村村外界

大德僧聽此住處同一住處同一說戒若僧時到僧忍聽僧今結不失衣界除村村外界白如是大德僧聽此住處同一住處同一說

戒僧今結不失衣界除村村外界誰諸長老忍僧於此住處同一住處同一說戒結不失衣界除村村外界者嘿然誰不忍者說僧巳忍聽同一住處同一說戒結不失衣界除村村外界竟僧忍默然故是事如是持

解不失衣界羯磨文大界不失衣界既是一處重結故前後解結互易不同若欲解者應先解不失衣界却解大界

大德僧聽此住處比丘同一住處同一說戒若僧時到僧忍聽僧今解不失衣界白如是

大德僧聽此住處比丘同一住處同一說戒僧今解不失衣界誰諸長老忍僧同一住處同一說戒解不失衣界者嘿然誰不忍者說僧巳忍同一住處同一說戒解不失衣界竟僧忍默然故是事如是持

結小界羯磨文若布薩日諸比丘於村野路中行欲說戒衆多難集不得和合聽隨同師善友知識下道別集一處結小界說戒不須唱相數人結故

大德僧聽今有爾許比丘集若僧時到僧忍聽結小界白如是

大德僧聽今有爾許比丘集結小界誰諸長老忍爾許比丘集結小界者默然誰不忍者說僧巳忍聽爾許比丘集結小界竟僧忍嘿然故是事如是持四人言四人五人言五人等亦如是不定數故言爾許比丘集

解小界羯磨文

大德僧聽今有爾許比丘集若僧時到僧忍聽解此處小界白如是

大德僧聽今有爾許比丘集解此處小界誰諸長老忍僧解此處小界者默然誰不忍者說僧巳忍解此處小界竟僧忍默然故是事如是持

結小界自恣法非村阿蘭若道路行欲自恣非同意不得和合自恣應同師親友異處結小界自恣此是人坐已滿界不須唱相也

大德僧聽諸比丘坐處已滿齊如是比丘坐處若僧時到僧忍聽僧於此處結小界白如是

大德僧聽齊如是比丘坐處僧於此處結小界誰諸長老忍齊如是比丘坐處僧於中結小界者默然誰不忍者說僧已忍齊如是比丘坐處結小界竟僧忍默然故是事如是持

結同一說戒同一利養羯磨文若二住處彼此各別令欲共合同一說戒同一利養者先彼此各解本界然後兩住處通豎標相合爲一界僧盡集一處羯磨結界

大德僧聽如所說戒相若僧時到僧忍聽僧於此處彼處結同一說戒同一利養白如是

大德僧聽如所說界相今僧於此處彼處結同一說戒同一利養誰諸長老忍僧於此處彼處同一說戒同一利養結界者默然誰不忍者說僧已忍於此處彼處同一說戒同一利養結界竟僧忍默然故是事如是持

結同一說戒別利養羯磨文亦先彼此各解本界然後兩住處通豎標相合爲一界僧盡集此一處羯磨結也

大德僧聽如所說界方相若僧時到僧忍聽僧今於此處結同一說戒別利養白如是

大德僧聽如所說界方相僧今於此處結同一說戒別利養誰諸長老忍僧於此四方相內結同一說戒別利養者默然誰不忍者說僧已忍於此四方相內結同一說戒別利養竟僧忍默然故是事如是持若二住處先共同說戒同利養或別利養後還欲別應先解界後各自唱界相依舊別結

結別說戒同一利養羯磨文

大德僧聽若僧時到僧忍聽今於此彼住處結別說戒同一利養爲守護住處故白如是

大德僧聽今於此彼住處結別說戒同一利養爲守護住處故誰諸長老忍僧於此彼住處結別說戒同一利養爲守護住處故僧忍者默然誰不忍者說僧已忍於此彼住處結別說戒同一利養爲守護住處竟僧忍默然故是事如是持

受戒法第二

度沙彌法若欲在僧伽藍中剃髮當白一切僧若不和合房房語令知已與剃髮若和合合掌作白白已然後剃髮當如是白

大德僧聽此某甲欲求某甲剃髮若僧時到僧忍聽與某甲剃髮白如是若欲僧伽藍中度令出家者當白一切僧白已然後聽與出家當如是白

大德僧聽此某甲從其甲求出家若僧時到僧忍聽與某甲出家白如是作如是白已出家教使著袈裟偏露右肩脫革屣右膝著地合掌教作如是言

我某甲歸依佛歸依法歸依僧隨佛出家其甲爲和尚如來至眞等正覺是我世尊如是三說

我某甲歸依佛竟歸依法竟歸依僧竟隨佛出家竟某甲爲和尚如來至眞等正覺是我世尊如是三說

盡形壽不得殺生是沙彌戒能持不答言能

盡形壽不得盜是沙彌戒能持不答言能

盡形壽不得婬是沙彌戒能持不答言能

盡形壽不得妄語是沙彌戒能持不答言能

盡形壽不得飲酒是沙彌戒能持不答言能

盡形壽不得著華鬘香油塗身是沙彌戒能持不答言能

盡形壽不得歌舞倡伎及故往觀聽是沙彌戒能持不答言能

盡形壽不得高廣大牀上坐是沙彌戒能持不答言能
盡形壽不得非時食是沙彌戒能持不答言能
盡形壽不得捉持生像金銀寶物是沙彌戒能持不答言能
此是沙彌十戒盡形壽不得犯能持不答言能
汝已受戒竟當供養三寶佛寶法寶僧寶勤修三業坐禪誦經勸作衆事

受大戒法請和尚文

大德一心念我某甲請大德爲和尚願大德爲我作和尚我依大德故得受具足戒慈愍故第二第三亦如是說和尚應言好若言可爾爾時衆僧應安欲受具足者離聞處著見處已戒師應問衆中誰能爲某甲作教授師若有能者答言我能戒師即應作白

差教授師法

大德僧聽是某甲從和尚某甲求受具足戒若僧時到僧忍聽某甲作教授師白如是教授師應往受戒人所問言此安陀會欝多羅僧僧伽梨鉢是汝已有不答言是應即爲受持衣鉢善男子諦聽今是眞誠時實語時實當言實不實當言不實汝不犯邊罪不汝不犯比丘尼不汝不賊心受戒不汝不破内外道不汝非黄門不汝不殺父不汝不殺母不汝不殺阿羅漢不汝不破僧不汝不惡心出佛身血不汝非非人不汝非畜生不汝非二根不汝字何等和尚字誰年滿二十未三衣鉢具不父母聽汝不汝不負債不汝非奴不汝非官人不汝是丈夫不丈夫有如是病癩癰疽白癩乾痟顛狂汝無如是諸病不答言無應語言如我今問汝僧中亦當如是問汝汝向者答我僧中亦如是答

教授師如是問巳還僧中如常威儀至舒手及僧處立應如是白

大德僧聽是某甲從和尚某甲求受具足戒若僧時到僧忍聽我問巳聽將來白如是教授師喚受戒人言汝來來巳爲提衣鉢與戒師教禮僧足在戒師前長跪合掌教授師應教乞戒如是白

大德僧聽我某甲從和尚某甲求受具足戒我某甲今從僧乞受具足戒和尚某甲願僧濟度我慈愍故第二第三亦如是說戒師應作白

大德僧聽是某甲從和尚某甲求受具足戒此某甲今從衆僧乞受具足戒和尚某甲若僧時到僧忍聽我問諸難事白如是作是白巳應問言善男子聽今是眞誠時實語時我今問汝當隨實答汝不犯邊罪不汝不犯淨戒尼不汝不賊心受戒不汝不破內外道不汝非黃門不汝不殺父不汝不殺母不汝不殺阿羅漢不汝不破僧不汝不惡心出佛身血不汝非非人不汝非畜生不汝非二根不汝字何等和尚字誰年滿二十未三衣鉢具不父母聽汝不汝不負債不汝非奴不汝非官人不汝是丈夫不丈夫有如是病癩癰疽白癩乾痟顛狂汝無如是諸病不若言無應作白四羯磨

大德僧聽是某甲從和尚某甲求受具足戒此某甲今從衆僧乞受具足戒和尚某甲某甲自說清淨無諸難事年滿二十三衣鉢具若僧時到僧忍聽僧今授某甲具足戒和尚某甲白如是

大德僧聽是某甲從和尚某甲求受具足戒此某甲今從衆僧乞受具足戒和尚某甲某甲自說清淨無諸難事年滿二十三衣鉢具僧今授某甲具足戒和尚某甲誰諸長老忍

僧與某甲受具足戒和尚某甲者默然誰不忍者説是初羯磨第二第三亦如是説僧已忍與某甲受具足戒和尚某甲竟僧忍默然故是事如是持

善男子諦聽如來無所著等正覺説四波羅夷法若比丘犯一一法非沙門非釋種子汝一切不得犯婬作不淨行若比丘犯不淨行受婬欲法乃至共畜生非沙門非釋種子如析石破不可還合是中盡形壽不得犯能持不答言能一切不得盜乃至草葉若比丘盜人五錢若過五錢若自取若教人取若自斫教人斫若自破教人破若自燒若埋若壞色非沙門非釋種子猶如截頭不復還活汝是中盡形壽不得犯能持不答言能一切不得故斷衆生命乃至蟻子若比丘故自手斷人命持刀授與人教死讃死勸死與人非藥若墮胎若壓禱殺若方便若教人作非沙門非釋種子猶如多羅樹心斷不復生汝是中盡形壽不得犯能持不答言能

一切不得妄語乃至戲笑若比丘不眞實非已有自稱言得上人法得禪得解脱得定得四空定得須陀洹果斯陀含果阿那含果阿羅漢果言天來龍來鬼神來供養我非沙門非釋種子如針鼻破不復用汝是中盡形壽不得犯能持不答言能

善男子諦聽如來無所著等正覺説四依法比丘依是出家依糞掃衣是比丘出家人法是中盡形壽能持不答言能

若得長利檀越施衣割壞衣得受

依乞食是比丘出家人法是中盡形壽能持

不答言能

若得長利若僧差食若檀越送食月八日食十五日食月初日食衆僧常食檀越請食得受依樹下坐是比丘出家人法是中盡形壽能持不答言能

若得長利別房尖頭屋小房石室兩房一戶得受

依腐爛藥是比丘出家人法是中盡形壽能持不答言能

若得長利酥油石蜜得受

汝已受戒竟白四羯磨如法成就得好處所和尚如法阿闍黎如法衆僧具足當善受教法應勸化作福治塔供養衆僧和尚阿闍黎一切如法教不得違逆應學問誦經勤求方便於佛法中得須陀洹果斯陀含果阿那含果阿羅漢果汝始發心出家功不唐捐果報不絕餘所未知當問和尚闍黎應令受戒人在前而坐

長老一心念此僧伽梨若干條割截成今受持不離宿如是三說二衣亦爾

餘長老一心念此鉢多羅應量器今受持常用故如是三說

請依止文

大德一心念我某甲請大德爲依止阿闍黎願大德爲我作依止阿闍黎我依大德故得如法住慈愍故若言如是三說師應語言莫放逸若言好若言去彼答言爾

除罪法第三

懺僧殘罪法此第二篇其罪既重故須徒衆悔行調伏法然調伏法要有於二一者治過二者治罪故初覆藏羯磨先治過非治罪故乞覆藏羯磨時先懺覆藏突吉羅罪後方與覆藏羯磨治法六夜出罪此二是治罪法正懺僧殘故有覆藏者備三種羯磨無覆藏者唯與六夜出罪

乞覆藏羯磨文

大德僧聽我比丘某甲犯某甲僧殘罪覆藏我比丘某甲犯僧殘罪隨覆藏日從僧乞覆藏羯磨願僧與我隨覆藏日羯磨慈愍故如是三說

與覆藏羯磨文

大德僧聽比丘某甲犯某甲僧殘罪覆藏此比丘某甲犯僧殘罪隨覆藏日已從僧乞覆藏羯磨若僧時到僧忍聽僧今與比丘某甲隨覆藏日羯磨白如是

大德僧聽比丘某甲犯某甲僧殘罪覆藏此比丘某甲犯僧殘罪隨覆藏日已從僧乞覆藏羯磨僧今與比丘某甲隨覆藏日羯磨誰諸長老忍僧與比丘某甲隨覆藏日羯磨者默然誰不忍者說是初羯磨第二第三亦如是說

僧已忍與比丘某甲隨覆藏日羯磨竟僧忍默然故是事如是持行覆藏者應當備修四法羯磨是其教法尅宜遵之在心奪三十五事是折伏法勿得有違下執衆苦事敬奉清淨比丘是調伏法違失夜得八突吉羅罪何等八往餘寺不白有客比丘來不白有餘事出界外不白寺內徐行者不白病不遣信白二三人共室宿在無比丘處住不半月半月說戒時白是爲八事失夜佛聽半月半月說戒時白應如是白彼行覆藏者應至僧中偏露右肩脫革屣右膝著地合掌白如是言

大德僧聽我比丘某甲犯僧殘罪覆藏我比丘某甲犯僧殘罪隨覆藏日從僧乞覆藏羯磨僧已與我隨覆藏日羯磨我比丘某甲已行若干日未行若干日白大德令知我行覆藏

乞摩那埵羯磨文

大德僧聽我比丘某甲犯某甲僧殘罪覆藏我比丘某甲犯僧殘罪隨覆藏日已從僧乞覆藏羯磨僧已與我隨覆藏日羯磨我比丘某甲行覆藏竟今從僧乞六夜摩那埵願僧

與我六夜摩那埵慈愍故（如是三說）

與摩那埵羯磨文

大德僧聽比丘某甲犯某甲僧殘罪覆藏此比丘某甲犯僧殘罪隨覆藏日已從僧乞覆藏羯磨僧已與比丘某甲隨覆藏日羯磨此比丘某甲行覆藏竟今從僧乞六夜摩那埵若僧時到僧忍聽今與比丘某甲六夜摩那埵白如是

大德僧聽比丘某甲犯某甲僧殘罪覆藏此比丘某甲犯僧殘罪隨覆藏日已從僧乞覆藏羯磨僧已與比丘某甲隨覆藏日羯磨此比丘某甲行覆藏竟從僧乞六夜摩那埵僧今與比丘某甲六夜摩那埵誰諸長老忍僧與比丘某甲六夜摩那埵者默然誰不忍者說是初羯磨（第二第三亦如是說）

僧已忍與比丘某甲六夜摩那埵竟僧忍默然故是事如是持（佛言聽摩那埵比丘亦行如上事行摩那埵者應常在僧中宿日日白應如是白偏露右肩脫革屣右膝著地合掌白如是言）

大德僧聽我比丘某甲犯某甲僧殘罪覆藏我比丘某甲犯僧殘罪隨覆藏日已從僧乞覆藏羯磨僧已與我隨覆藏日羯磨我比丘某甲行覆藏竟從僧乞六夜摩那埵僧已與我六夜摩那埵我比丘某甲已行若干日未行若干日白大德令知我行摩那埵（三說）

乞出罪羯磨文

大德僧聽我比丘某甲犯某甲僧殘罪覆藏我比丘某甲犯僧殘罪隨覆藏日已從僧乞覆藏羯磨僧已與我隨覆藏日羯磨我比丘某甲行覆藏竟從僧乞六夜摩那埵僧已與我六夜摩那埵我比丘某甲行六夜摩那埵

竟今從僧乞出罪羯磨願僧與我出罪羯磨慈愍故（第二第三亦如是說）

與出罪羯磨文

大德僧聽比丘某甲犯某甲僧殘罪覆藏此比丘某甲犯僧殘罪隨覆藏日已從僧乞覆藏羯磨僧已與比丘某甲隨覆藏日羯磨此比丘某甲已行覆藏竟從僧乞六夜摩那埵僧已與比丘某甲六夜摩那埵此比丘某甲行六夜竟從僧乞出罪羯磨若僧時到僧忍聽僧今與比丘某甲出罪羯磨白如是大德僧聽比丘某甲犯僧殘罪覆藏此比丘某甲犯僧殘罪隨覆藏日已從僧乞覆藏羯磨僧已與比丘某甲隨覆藏日羯磨此比丘某甲行覆藏竟從僧乞六夜摩那埵羯磨僧已與比丘某甲六夜摩那埵羯磨此比丘某甲行六夜摩那埵竟從僧乞出罪羯磨僧今與比丘某甲出罪羯磨誰諸長老忍僧與比丘某甲出罪羯磨者默然誰不忍者說是初羯磨第二第三亦如是說

僧已與比丘某甲出罪羯磨竟僧忍默然故是事如是持

捨墮懺悔法（此第三篇尼薩耆波逸提過犯兩篇故加以折伏法要須僧中捨若住處無僧亦得三人二人一人前捨但不得別衆捨不成捨）

持捨墮衣於僧中捨文

大德僧聽我比丘某甲故畜爾許長衣過十日犯捨墮今捨與僧（第二第三亦如是說捨已即應僧中懺悔）

從僧乞懺悔文

大德僧聽我比丘某甲故畜爾許長衣過十日犯捨墮此衣已捨與僧犯某甲罪今從衆僧乞懺悔願僧聽我比丘某甲懺悔慈愍故

第二第三亦如是說僧中別請一人對懺悔至清淨比丘所作如是白

我比丘某甲請大德懺悔受懺者應白僧已然後受懺悔

受懺者僧中白文

大德僧聽比丘某甲故畜爾所長衣過十日犯捨墮此衣已捨與僧有某甲罪今從衆僧懺悔若僧時到僧忍聽我受比丘某甲懺白如是

對一人僧中懺悔文

大德一心念我比丘某甲故畜爾所長衣過十日犯捨墮此衣已捨與僧今有某甲罪今從大德懺悔不敢覆藏懺悔則安樂不懺悔不安樂憶念犯發露知而不敢覆藏大德憶我清淨戒身具足清淨布薩第二第三亦如是說說已受懺悔者應語言

自責汝心生猒離彼即應答言爾

僧還此比丘衣羯磨文捨墮還衣法若有畜染者應經宿方羯磨還若有緣亦聽即日作羯磨俱須別稱人轉付不得直還若無畜染者皆即日還今此畜長犯捨墮還衣是經日還羯磨文

大德僧聽比丘某甲故畜爾所長衣過十日犯捨墮此衣已捨與僧若僧時到僧忍聽僧今持此衣與某甲某甲當還比丘某甲白如是大德僧聽比丘某甲故畜爾所長衣過十日犯捨墮此衣已捨與僧僧今持此衣與某甲某甲當還比丘某甲誰諸長老忍僧持此衣與某甲某甲當還比丘某甲者默然誰不忍者說僧已忍僧持此衣與某甲某甲當還比丘某甲衣竟僧忍默然故是事如是持

三人二人一人前捨墮文若三人二人一人前捨法同上唯不稱僧爲異三人二人一人中懺法受懺者應語邊人然後受懺對一人者直爾捨已而懺悔也

三人二人中受懺者語邊人聞長老聽我受比丘某甲懺悔彼答言爾懺法如上

餘罪懺悔法言餘罪者除上二篇及尼薩耆自餘波逸提下一篇偷蘭遮突吉羅等此餘罪中波逸提捨尼皆是對首悔第五篇罪皆是心悔偷蘭遮罪小重者衆中悔微者對首悔故致悔法階降不同

向一比丘懺悔文應至一清淨比丘所偏露右肩若上座禮足右膝著地合掌說罪名說罪種作如是言

長老一心念我某甲比丘犯某甲罪今從長老懺悔不敢覆藏懺悔則安樂不懺悔不安樂憶念犯發露知而不覆藏長老憶我清淨戒身具足清淨布薩第二第三亦如是說彼受懺者應語言自責汝心生猒離即答言爾

二比丘前懺悔文應至一清淨比丘所請一比丘對懺悔受懺者應先問彼第二比丘作如是言

長老聽我受比丘某甲懺彼答言爾其懺法同上

三比丘前懺悔文應至三清淨比丘所亦請一比丘對懺悔餘與上二人法同也

僧中懺悔文應往僧中偏露右肩脫革屣禮僧足已右膝著地合掌白如是言

大德僧聽我比丘某甲犯某甲罪今從僧乞懺悔如是三說僧中別請一人對懺悔至清淨比丘所作如是言

我比丘某甲請大德懺悔受懺者應白僧已然後受懺應作如是白

大德僧聽彼比丘某甲犯某甲罪今從僧懺悔若僧時到僧忍聽我受比丘某甲懺白如是作如是白已受懺其悔法同上

一切僧同犯即僧中懺悔文於一住處當說戒時一切僧同犯而同犯者不得相向懺悔既臨說戒時復不容於外求清淨比丘說求事重故聽衆以單白而懺得爲說戒應作如是白

大德僧聽此一切衆僧犯罪若僧時到僧忍

聽此一切僧懺悔白如是（作如是白然後說戒）

疑罪發露文（至一清淨比丘所偏露右肩脫革屣禮僧足已右膝著地合掌自稱所犯戒名口作是語）

大德憶念我於某罪生疑今向大德說須後無疑時當如法懺悔一切僧同犯罪疑於僧中發露文（亦是當說戒時疑罪發露與上懺悔法同應作如是白）

大德僧聽此一切僧於罪有疑若僧時到僧忍聽此衆僧自說罪白如是（作如是白然後得說戒）

說戒法第四

與欲及清淨文（若有佛法僧事病患及看病與欲清淨法）

大德一心念我某甲爲某緣事故如法僧事與欲清淨（有五種與欲若言與我若言我說欲若言與我說欲若現身相若廣說盡成與欲不者不成與欲自恣時與欲亦同但言我與欲自恣爲異也）

受欲清淨文（隨能知字多少受至僧中應如是說）

大德僧聽衆多比丘爲某緣故如法僧事與欲清淨

轉與欲清淨文（受彼欲清淨已後自有事起故）

長老一心念我比丘某甲與衆多比丘受欲清淨今有緣事彼及我身如法僧事

與欲清淨布薩說戒文（布薩日若小食上若大食上上座應唱言）

今布薩日某時衆僧和合集某堂說戒（若四人若過四人應先白已然後說戒白者如戒中說若三人若二人各各相向共作三語布薩）

長老一心念今日衆僧十五日說戒我某甲清淨（如是三說若一人應心念口言）今日衆僧十五日說戒我某甲清淨（如是三說）

告清淨文（布薩日有三或十六日十五日十四日若有客舊已說未說來有先後衆有多少及等客已說有舊比丘來多之以等皆重說戒若舊比丘少當出界外說戒若舊比丘已說戒後客比丘來多舊比丘應更重說戒客比丘少之以等應自出界外說戒日同而時不同客舊先後多少以等若舊比丘說戒後客比丘來多之以等皆便重說戒若比丘少當告清淨若客比丘說戒後舊比丘來多之以等客亦當更重說戒少當告

清淨依次坐聽若舉衆未起若多以起說以不說義皆同亦告清淨法應言耳

大德僧聽我某甲清淨如是三說已隨次坐聽

八難事起及餘緣略說戒文八難者王難賊難火難水難病難人難非人難惡虫難是爲八難及餘緣者大衆集床座少若衆多病大衆集坐上覆蓋不周或天雨若布施多若鬪諍事起論阿毗曇毗尼說法夜已夂明相不出應作羯磨說戒若明相出不得宿受欲淸淨羯磨說戒應隨事遠近可廣說便廣說不者如法治可略說便略說不者如法治若難事起不得略說即應從座起去略說戒者說戒序已餘者應言僧常聞若說戒序四事已餘者應言僧常聞如是乃至提舍尼餘者應言僧常聞

教誡比丘尼法僧說戒時誦戒者應問誰遣比丘尼來受教尼囑授者爲白僧言

大德僧聽比丘尼僧某甲等和合禮大德僧足求教授如是三說衆中若有教授人應差若無上座應設教授勅法

差教授比丘尼人羯磨文

大德僧聽若僧時到僧忍聽差比丘某甲教授比丘尼白如是

大德僧聽僧差比丘某甲教授比丘尼誰諸長老忍僧差比丘某甲教授比丘尼者默然誰不忍者說僧已忍差比丘某甲教授比丘尼竟僧忍默然故是事如是持被差人往尼寺中應教集尼僧

先爲說八不違法何等爲八一者雖百歲比丘尼見新受戒比丘應起迎逆禮拜與敷請坐此法應尊重讚歎盡形壽不得違

二者比丘尼不應罵比丘責比丘不應誹謗言破戒破見破威儀此法應尊重讚歎盡形壽不得違

三者比丘尼不應爲比丘作舉作憶念自言不應遮他覓罪說戒自恣不應呵比丘比丘應呵比丘尼此法應尊重讚歎盡形壽不得違

四者式叉摩那學戒已從比丘僧乞受大戒此法應尊重讃歎盡形壽不得違

五者比丘尼犯僧殘罪應在二部僧中半月行摩那埵此法應尊重讃歎盡形壽不得違

六者比丘尼半月半月從僧乞教授此法應尊重讃歎盡形壽不得違

七者比丘尼不應無比丘僧處夏安居此法應尊重讃歎盡形壽不得違

八者比丘尼僧安居竟應往比丘僧中求三事自恣見聞疑此法應尊重讃歎盡形壽不得違說八不可違已然後隨意爲說法廣教法也

上座教授勑文答言此處無教授人尼衆等當如法布薩謹慎莫放逸明日尼來時受囑者應還依此文答遺此略教法

安居法第五并自恣法第六

僧差人分房舍卧具羯磨文

大德僧聽若僧時到僧忍聽僧差比丘某甲分房舍卧具白如是

大德僧聽僧差比丘某甲分房舍卧具誰諸長老忍僧差比丘某甲分房舍卧具者默然誰不忍者說僧已忍差比丘某甲分房舍卧具竟僧忍默然故是事如是持分房法先使營事人選擇一房取已餘房白上座次第取房白言大德上座如是好房舍卧具隨意所樂便取先與上座房以次座與第三第四乃至下座亦如是若長房應留客比丘

安居文

長老一心念我某甲比丘依某甲聚落某甲僧伽藍某甲房舍前三月夏安居房舍破修治故第二第三亦如是說依某甲持律若有疑事當往問後安居亦如是法唯言後安居爲異

受七日文

長老一心念我比丘某甲受七日法出界外爲某甲事故還此中安居白長老令知（第二第三亦如是說）

受過七日羯磨法（其羯磨法出在律本聽波揵度據此以驗舊本受日羯磨文少不足故宜須詳准改以從正）

乞受過七日羯磨文

大德僧聽我比丘某甲此處夏安居受過七日法十五日若一月日出界外爲某事故還此中安居今從僧乞受過七日法十五日若一月日羯磨願僧與我比丘某甲受過七日法十五日若一月日羯磨慈愍故（第二第三亦如是說）

與過七日羯磨文

大德僧聽比丘某甲此處夏安居受過七日法十五日若一月日出界外爲某事故還此中安居今從僧乞受過七日法十五日若一月日羯磨若僧時到僧忍聽僧今與比丘某甲受過七日法十五日若一月日羯磨白如是

大德僧聽比丘某甲此處夏安居受過七日法十五日若一月日出界外爲某事故還此中安居今從僧乞受過七日法十五日若一月日羯磨僧今與比丘某甲受過七日法十五日若一月日羯磨誰諸長老忍僧今與比丘某甲受過七日法十五日若一月日羯磨者默然誰不忍者說僧已忍與比丘某甲受過七日法十五日若一月日羯磨竟僧忍默然故是事如是持

自恣法第六

僧差自恣人羯磨文

大德僧聽若僧時到僧忍聽僧差比丘某甲作受自恣人白如是

大德僧聽僧差比丘某甲作受自恣人誰諸長老忍僧差比丘某甲作受自恣人者默然誰不忍者說僧已忍差比丘某甲作受自恣人竟僧忍默然故是事如是持

白僧自恣文

大德僧聽今日衆僧自恣若僧時到僧忍聽僧和合自恣白如是作如是白已然後自恣

衆僧自恣文

大德一心念衆僧今日自恣我比丘某甲亦自恣若見聞疑罪大德長老哀愍故語我我若見罪當如法懺悔第二第三亦如是說

若四人更互自恣文

長老一心念衆僧今日自恣我比丘某甲亦自恣清淨如是三說若二人若三人亦如是說若一人心念口言自恣衆僧今日自恣我比丘某甲亦自恣清淨如是三說

自恣法若五人若減五人不得受欲

有八難事起白僧各三語自恣

大德僧聽若僧時到僧忍聽僧今各各三語自恣白如是如是白已各各共三說自恣再說一說亦如是若難事近不得各各共三語自恣亦不得作彼比丘即應以此難事故去

白僧受功德衣法

大德僧聽今日衆僧受功德衣若僧時到僧忍聽僧今和合受功德衣白如是

付持衣羯磨文

大德僧聽此住處僧得可分衣現前僧應分若僧時到僧忍聽僧今持此衣與比丘某甲此比丘某甲當持此衣爲僧受作功德衣於此住處持白如是

大德僧聽此住處僧得可分衣現前僧應分僧今持此衣與某甲比丘某甲比丘當持此衣爲僧受作功德衣於此住處持誰諸長老忍僧持此衣與某甲比丘某甲比丘當持此衣爲僧受作功德衣於此住處持者默然誰不忍者說僧已忍與比丘某甲衣此比丘某甲持此衣於此住處持竟僧忍默然故是事如是持

白僧受功德衣法

大德僧聽今日衆僧受功德衣若僧時到僧忍聽僧今和合受功德衣白如是持功德衣人持衣衆僧前說法以功德衣橫疊長廣從上次第蹮手及衣者人各捉衣已持應作如是說也此衣衆僧當受作功德衣此衣衆僧今受作功德衣此衣衆僧已受作功德衣如是三說

捉衣者受功德衣法其手捉衣人隨次各自言受之應作如是說其受者已善受此中所有功德名稱屬我衣持者答言爾如是乃至下座

出功德衣白羯磨法

大德僧聽今日衆僧出功德衣若僧時到僧忍聽僧今和合出功德衣白如是過限不出得罪五利功德亦失

羯磨卷上

音釋

嘿密北切不語也　癰疽癰於容切腫也疽七餘切癕也　痟思邀切渴疾也　析先的切剖也　禳禱禳云㺂切禳也禱覩老切祈求也　誹謗誹妃尾切非議也謗補曠切訕也　埵都果切

羯磨卷下

曹魏沙門曇諦集

分衣法第七

分非時僧得施羯磨法僧得施凡有二種一得亡比丘施二檀越施故作羯磨法分

大德僧聽此住處若衣若非衣現前僧應分若僧時到僧忍聽僧與比丘某甲彼某甲當還與僧白如是

大德僧聽此住處若衣若非衣現前僧應分僧與比丘某甲彼某甲當還與僧誰諸長老忍此住處若衣若非衣現前僧應分僧與比丘某甲彼某甲當與僧者默然誰不忍者說

僧已忍與比丘某甲彼某甲當還與僧竟僧忍默然故是事如是持若住處有三人二人得施衣物應各各相向作如是說

長老一心念是住處得可分衣物現前僧應分是中無僧此衣物屬我及長老我及長老受用如是三說若一人應心念口言是住處得可分衣物現前僧應分是中無僧此衣物屬我我應受用如是三說

分亡者衣物羯磨法以出家人同遵出離身行所爲莫不皆是僧法所攝故身亡已後所有資生皆屬四方僧義同非時僧得施又僧得施其用有二一者隨處二者隨人故非時僧得施從施主爲定亡比丘衣物據輕重爲判重者隨即入住處輕者僧作羯磨法分

看病人持亡者衣物資具僧中捨法

大德僧聽比丘某甲此住處命過所有若衣若非衣此住處現前僧應分如是三說

持亡者衣鉢與看病人羯磨文

大德僧聽比丘某甲此住處命過所有衣鉢坐具針筩盛衣貯器現前僧應分若僧時到

僧忍聽與比丘某甲看病人白如是

大德僧聽比丘某甲此住處命過所有衣鉢坐具針筒盛衣貯器現前僧應分僧今與比丘某甲看病人誰諸長老忍僧與比丘某甲看病人衣鉢坐具針筒盛衣貯器者默然誰不忍者說僧已忍與比丘某甲看病人衣鉢坐具針筒盛衣貯器竟僧忍默然故是事如是持

分亡者衣物法

大德僧聽比丘某甲此住處命過所有若衣若非衣現前僧應分若僧時到僧忍聽僧今與比丘某甲比丘某甲當還與僧白如是

大德僧聽比丘某甲此住處命過所有若衣若非衣現前僧應分僧今與比丘某甲比丘某甲當還與僧誰諸長老忍比丘某甲此住處命過所有若衣若非衣現前僧應分僧今與比丘某甲比丘某甲當還與僧者默然誰不忍者說僧已忍與此比丘某甲比丘某甲當還與僧竟僧忍默然故是事如是持

三人二人分亡者衣物文（若住處有一人三人欲分亡者衣物應一人作法餘不須作如是言）

長老一心念比丘某甲此住處命過所有若衣若非衣現前僧應分此處無僧衣物屬我及長老我及長老受用（如是三說若獨一比人應心念口言）丘某甲此住處命過所有若衣若非衣現前僧應分此處無僧是物應屬我我應受用（如是三說）

衣藥淨法第八

長老一心念我比丘某甲有此長衣未作淨今爲淨故捨與長老爲眞實淨施故

展轉淨施文

長老一心念我比丘某甲有此長衣未作淨施與長老爲展轉淨故（彼受請者應如是言）長老一心念汝有此長衣未作淨爲淨故施與我我已受之（受已當問彼言汝施與誰彼應答言）施與某甲（受請者應語如是言）

長老一心念汝有是長衣未作淨爲淨故施與我我今受之受已汝與某甲是衣某甲已有汝爲某甲善護持著用時隨意（作眞實施者應問主然後得用展轉淨施者不問隨意用之）

足食已作餘食文（應持食至彼比丘前應如是言）

大德我已足食長老看是知是作餘食法（彼應即取少許食食已語言）我已食止汝取食之（若受請足食作餘食法亦如是唯稱受請爲異）

受請已食後入村囑授文

長老一心念我比丘某甲已受某甲請有緣事欲入某甲聚落至某甲家白長老令知

受七日藥文（先從淨人邊受已持至大比丘所作如是言）

長老一心念我比丘某甲有病因緣是七日藥爲共宿七日服故今於長老邊受（如是三說）

受盡形壽藥文（先從淨人邊受持至大比丘所作如是言）

長老一心念我比丘某甲有病因緣此盡形壽藥爲共宿長服故今於長老邊受（如是三說）

結淨地文（淨地法有四種一者初作僧伽藍時處分二者僧伽藍半墻障三新作僧伽藍未在中宿此三不須羯磨結四者僧已住宿作羯磨結若故僧伽藍疑先有淨地應解已然後更結）

大德僧聽若僧時到僧忍聽僧今結某處作淨地白如是

大德僧聽僧今結某處作淨地誰諸長老忍僧結某處作淨地者默然誰不忍者說僧已忍結某處作淨地竟僧忍默然故是事如是

持

房舍雜法第九

乞作小房羯磨文

大德僧聽我比丘某甲自乞作房無主自爲已今從僧乞處分無難處無妨處（第二第三亦如是說）（僧應當觀此比丘若可信即應與法若不可信一切僧應當到彼處看若遠遣可信者看已作羯磨）

大德僧聽比丘某甲自乞作房無主自爲已今從僧乞處分無難處無妨處若僧時到僧忍聽僧今與比丘某甲處分無難處無妨處白如是

大德僧聽此比丘某甲自乞作房無主自爲已從僧乞處分無難處無妨處僧今與比丘某甲處分無難處無妨處誰諸長老忍僧與比丘某甲處分無難處無妨處者默然誰不忍者說僧已忍與比丘某甲處分無難處無妨處竟僧忍默然故是事如是持（次後大房羯磨與此同但稱有主爲異）

結房作庫藏文

大德僧聽若僧時到僧忍聽僧結某甲房作庫藏屋白如是

大德僧聽僧結某甲房作庫藏屋誰諸長老忍僧結某甲房作庫藏屋者默然誰不忍者說僧已忍結某甲房作庫藏屋竟僧忍默然故是事如是持

差守庫藏物人羯磨文

大德僧聽若僧時到僧忍聽僧差比丘某甲作守物人白如是

大德僧聽僧差比丘某甲作守物人誰諸長老忍僧差比丘某甲作守物人者默然誰不

忍者說僧已忍差比丘某甲作守物人竟僧忍默然故是事如是持（差作維那使如法作飲食淨菓菜楊枝敷僧卧具分僧粥分餅分雨衣處分沙彌守僧園人如是等羯磨文同但稱事爲異也）

老病比丘畜杖絡囊乞羯磨文

大德僧聽我比丘某甲老病不能無杖絡囊而行今從僧乞畜杖絡囊願僧聽我比丘某甲畜杖絡囊慈愍故（如是三說）與老病比丘畜杖絡囊羯磨

大德僧聽比丘某甲老病不能無杖絡囊而行今從僧乞畜杖絡囊若僧時到僧忍聽比丘某甲畜杖絡囊白如是

大德僧聽比丘某甲老病不能無杖絡囊而行今從僧乞畜杖絡囊僧今聽此比丘畜杖絡囊誰諸長老忍僧聽比丘某甲畜杖絡囊者默然誰不忍者說僧已忍聽比丘某甲畜杖絡囊竟僧忍默然故是事如是持

非時入聚落囑授文

長老一心念我比丘某甲非時入某甲聚落至某甲家爲某緣事白長老令知

比丘尼羯磨法

結界法第一（其諸結界羯磨作法一與上大僧同唯稱尼大姊爲異也）

受戒法第二

比丘尼乞畜衆羯磨文（若比丘尼欲度人者當往比丘尼僧中偏露右肩脫革屣禮僧足已右膝著地合掌乞畜衆羯磨作如是白也）

大姊僧聽我比丘尼某甲今從僧乞度人授具足戒願僧聽我度人授具足戒

與畜衆羯磨文

大姊僧聽此比丘尼某甲今從僧乞度人授人具足戒若僧時到僧忍聽僧今聽比丘尼某甲度人授人具足戒白如是

大姊僧聽此比丘尼某甲今從僧乞度人授人具足戒僧今聽比丘尼某甲度人授人具足戒誰諸大姊忍僧聽比丘尼某甲度人授人具足戒者默然誰不忍者說僧已忍聽比丘尼某甲度人授人具足戒竟僧忍默然故是事如是持

度沙彌尼文若欲在寺内剃髮者應白一切僧知若不和合應房房語令知若和合應作白然後與剃髮應作如是白也

大姊僧聽此某甲欲從某甲求剃髮若僧時到僧忍聽爲某甲剃髮白如是白已爲剃髮欲在寺内出家者應白一切僧若不和合應房房語令知若和合應作白然後與出家應作如是白也

大姊僧聽此某甲欲從某甲求出家若僧時到僧忍聽與某甲出家白如是應作如是出家教出家者著袈裟已偏露右肩脫革屣右膝著地合掌教作如是言

我阿姨某甲歸依佛歸依法歸依僧我今隨佛出家和尚尼某甲如來無所著等正覺是我世尊如是三說

我阿姨某甲歸依佛竟歸依法竟歸依僧竟我今隨佛出家和尚尼某甲如來無所著等正覺是我世尊第二第三亦如是說說如是已應與受戒

盡形壽不得殺生是沙彌尼戒能持不答言能

盡形壽不得盜是沙彌尼戒能持不答言能

盡形壽不得婬欲是沙彌尼戒能持不答言能

盡形壽不得妄語是沙彌尼戒能持不答言能

盡形壽不得飲酒是沙彌尼戒能持不答言能

盡形壽不得著華鬘香油塗身是沙彌尼戒能持不答言能

盡形壽不得歌舞倡伎亦不得故往觀聽是沙彌尼戒能持不答言能

盡形壽不得高廣大牀上坐是沙彌尼戒能

持不答言能
盡形壽不得非時食是沙彌尼戒能持不答言能
盡形壽不得捉持生像金銀寶物是沙彌尼戒能持不答言能
如是沙彌尼戒盡形壽不得犯能持不答言能
已受戒竟當供養三寶佛寶法寶僧寶當修三業坐禪誦經勸助衆事聽童女十八者二年學戒年滿二十僧中受大戒若年十歲曾出適者聽二歲學戒年滿十二與受大戒應如是與二歲學戒

式叉摩那受六法文沙彌尼應往比丘尼衆中偏露右肩脱革屣禮比丘尼僧足已右膝著地合掌白如是言

大姊僧聽我沙彌尼某甲今從僧乞二歲學戒和尚尼某甲願僧濟度我慈愍故與我二歲學戒第二第三亦如是說應將沙彌尼至離聞處著見處已衆中差堪能作羯磨者如上言

大姊僧聽此某甲沙彌尼今從僧乞二歲學戒和尚尼某甲若僧時到僧忍聽僧今與某甲沙彌尼二歲學戒和尚尼某甲白如是

大姊僧聽此某甲沙彌尼今從僧乞二歲學戒和尚尼某甲僧今與某甲沙彌尼二歲學戒和尚尼某甲誰諸大姊忍僧與某甲沙彌尼二歲學戒和尚尼某甲者默然誰不忍者說是初羯磨如是三說僧已忍與某甲沙彌尼二歲學戒和尚尼某甲竟僧忍默然故是事如是持應如是與六法

某甲諦聽如來無所著等正覺說六法不得犯不淨行婬欲法若式叉摩那行婬欲法非式叉摩那非釋種女與染汙心男子共身相磨觸缺戒應更與受戒是中盡形壽不得犯能持不答言能

不得偷盜乃至草葉若式叉摩那取人五錢若過五錢若自取教人取若自斫教人斫若自破教人破若燒若埋若壞色非式叉摩那非釋種女若取減五錢缺戒應更與受戒是中盡形壽不得犯能持不(答言能)

不得故斷衆生命乃至蟻子若式叉摩那故自手斷人命持刀授與人教死勸死讚死若與非藥若墮胎厭禱呪術自作教人作者非式叉摩那非釋種女若斷畜生不能變化者命缺戒應更與受戒是中盡形壽不得犯能持不(答言能)

不得妄語乃至戲笑若式叉摩那不眞實非已有自稱言得上人法言得禪得解脫得三昧正受得須陀洹果斯陀含果阿那含果阿羅漢果言天來龍來鬼神來供養我此非式叉摩那非釋種女若於衆中故作妄語缺戒應更與戒是中盡形壽不得犯能持不(答言能)

不得非時食若式叉摩那非時食缺戒應更與戒是中盡形壽不得犯能持不(答言能)

不得飲酒若式叉摩那飲酒犯戒應更與戒是中盡形壽不得犯能持不(答言能)

式叉摩那於一切尼戒中應學除爲比丘尼過食自受食食

式叉摩那受大戒法(若式叉摩那學戒已年滿二十應與受大戒先至比丘尼僧中請和尚應如是說言)

大姊一心念我某甲求阿姨爲和尚願阿姨爲我作和尚我依阿姨故得受大戒(第二第三亦如是說和尚應如是受戒人離聞處著見處尼應答言爾應差教授師是中戒師應如是問言)此衆中誰能爲某甲作教授師(若有者答言我能爾時戒師即應作白)

大姊僧聽此某甲從和尚尼某甲求受大戒若僧時到僧忍聽某甲爲教授師白如是（教授師應往至受戒人所語言）此安陀會鬱多羅僧僧伽梨此僧祇支覆肩衣此衣鉢是汝有不（答言是）善女人諦聽今是眞誠時我今問汝有便言有無當言無汝不犯邊罪不汝不犯淨行比丘不汝不賊心受戒不汝不破內外道不汝非黃門不汝不殺父殺母殺眞人阿羅漢不汝不破僧不汝不惡心出佛身血不汝非非人不汝非畜生不汝非二根不汝字何等和尚尼字誰年歲滿不衣鉢具足不父母夫主聽汝不汝不負債不汝非婢不是女人不女人有如是諸病癩癰疽白癩乾痟顚狂二根二道合道小大小便常漏涕唾常出汝有如是諸病不（答言無應語言）如我向問汝僧中亦當如是問汝如向者答我僧中亦當如是答（教授師問已應至僧中如常威儀至舒手及處立作白）

大姊僧聽此某甲從和尚尼某甲求受具足戒若僧時到僧忍聽我已問竟聽將來白如是（彼應語言來來已應與捉衣鉢教禮僧足已在戒師前胡跪合掌教作如是乞）

大姊僧聽我某甲從和尚尼某甲求受大戒我某甲今從僧乞受大戒和尚尼某甲願僧濟度我慈愍故（如是三說是中戒師應作白）

大姊僧聽此某甲從和尚尼某甲求受大戒此某甲今從僧乞受大戒和尚尼某甲若僧時到僧忍聽我問諸難事白如是汝諦聽今是眞誠時我今問汝有當言有無當言無汝不犯邊罪不汝不犯淨行比丘不汝不賊心受戒不汝不犯破內外道不汝非黃門不汝不殺父殺母殺眞人阿羅漢不汝不破僧不

汝不惡心出佛身血不汝非非人不汝非畜生不汝不二根不汝字何等和尚尼字誰年歲滿不衣鉢具足不父母夫主聽汝不汝不負債不汝非婢不汝是女人不女人有如是諸病癩瘫疽白癩乾痟顛狂二根二道合道小大小便常漏汝有如是諸病不（答言無應作白）

大姊僧聽此某甲從和尚尼某甲求受大戒此某甲今從僧乞受大戒和尚尼某甲某甲自說清淨無諸難事年歲巳滿衣鉢具足若僧時到僧忍聽僧今爲某甲受大戒和尚尼某甲白如是大姊僧聽此某甲從和尚尼某甲求受大戒此某甲今從僧乞受大戒和尚尼某甲某甲自說清淨無諸難事年歲巳滿衣鉢具足僧今爲某甲受大戒和尚尼某甲誰諸大姊忍僧今爲某甲受大戒和尚尼某甲者默然誰不忍者說是初羯磨（如是三說）僧巳忍與某甲受大戒竟和尚尼某甲僧忍默然故是事如是持

尼往比丘僧中受大戒法（彼受戒者與比丘尼僧俱至僧中禮僧足巳右膝著地合掌作如是言）

大德僧聽我某甲從和尚尼某甲求受大戒我某甲今從僧乞受大戒和尚尼某甲願僧救濟我慈愍故（如是三說此中戒師應問難事）

大德僧聽此某甲從和尚尼某甲求受大戒此某甲今從僧乞受大戒和尚尼某甲若僧時到僧忍聽我問諸難事白如是

善女人諦聽今是眞誠時實語時我今問汝有當言有無當言無汝不犯邊罪不汝不犯淨行比丘不汝不賊心受戒不汝不破內外道不汝非黃門不汝不殺父殺母殺眞人阿

羅漢不汝不破僧不汝不惡心出佛身血不
汝非非人不汝非畜生不汝不二根不汝字
何等和尚尼字誰年滿二十未衣鉢具足不
父母夫主聽汝不汝不負債不汝非婢不汝
是女人不女人有如是諸病癰疽白癩乾痟
顛狂二根二道合道小大便常漏涕唾常
出汝有如是諸病不答言無者應問言汝學戒未清
淨不答言學戒清淨應問餘比丘尼某甲學戒未清淨不答言
已學戒清淨
大德僧聽此某甲從和尚尼某甲求受大戒
此某甲今從僧乞受大戒和尚尼某甲某甲
自說清淨無諸難事年歲已滿衣鉢具足已
學戒清淨若僧時到僧忍聽僧今爲某甲受
大戒和尚尼某甲白如是
大德僧聽此某甲從和尚尼某甲求受大戒
此某甲今從僧乞受大戒和尚尼某甲某甲
自說清淨無諸難事年歲已滿衣鉢具足已
學戒清淨僧今爲某甲受大戒和尚尼某甲
誰諸長老忍僧爲某甲受大戒和尚尼某甲
者默然誰不忍者說是初羯磨如是三說僧已忍
爲某甲受大戒竟和尚尼某甲僧忍默然故
是事如是持善女人諦聽如來無所著等正
覺說八波羅夷法若比丘尼犯者非比丘尼
非釋種女不得犯不淨行行婬欲法若比丘
尼作不淨行行婬欲法乃至共畜生非比丘
尼非釋種女是中盡形壽不得犯能持不諾
能
不得偷盜乃至草葉若比丘尼盜人五錢若
過五錢若自取教人取若自斫教人斫若自
破教人破若燒若埋若壞色非比丘尼非釋

種女是中盡形壽不得犯能持不能答言

不得斷衆生命乃至蟻子若比丘尼若自手斷人命持刀授與人教死讚死勸死與人非藥墮胎厭禱呪術若作方便教人作方便彼非比丘尼非釋種女是中盡形壽不得犯能持不能答言

不得妄語乃至戲笑若比丘尼不眞實非已有自稱言得上人法得禪得解脫三昧正受得須陀洹果斯陀含果阿那含果阿羅漢果言天來龍來鬼神來供養我彼非比丘尼非釋種女是中盡形壽不得犯能持不能答言

不得身相觸乃至共畜生若比丘尼有染汙心與染汙心男子身相觸腋已下膝已上若摩若捺若逆摩若順摩若牽若推若舉若下若捉急捺彼非比丘尼非釋種女是中盡形壽不得犯能持不能答言

不得犯八事乃至共畜生若比丘尼有染汙心與染汙心男子受捉手捉衣至屏處屏處立屏處語若共行若身相近若共期犯此八事彼非比丘尼非釋種女是中盡形壽不得犯能持不能答言

不應覆藏他罪乃至突吉羅惡說若比丘尼知比丘尼犯波羅夷不自舉亦不白僧不語人令知後於異時此比丘尼若休道滅擯若作不共住若入外道後作是言我先知此人非是彼非比丘尼非釋種女覆藏重罪是中盡形壽不得犯能持不能答言

不得隨被舉比丘語乃至沙彌若比丘尼知比丘爲僧所舉如法如毗尼如佛所教犯威儀未懺悔不作共住便隨順彼比丘彼比丘

尼諫此比丘尼言大姊彼比丘爲僧所舉如法如毗尼如佛所教犯威儀未懺悔不共住莫隨順彼比丘彼比丘尼諫比比丘尼時堅持不捨彼比丘尼應乃至三諫捨此事故乃至三諫捨者善若不捨者彼非比丘尼非釋種女犯隨舉是中盡形壽不得犯能持不答言能

善女人諦聽如來無所著等正覺說四依法比丘尼依此出家受大戒是比丘尼法依糞掃衣出家受大戒是比丘尼法是中盡形壽能持不答言能

若得長利若檀越施衣若得輕衣若得割截衣應受

衣乞食出家受大戒是比丘尼法是中盡形壽能持不答言能

若得長利僧差食若檀越送食月八日食十五日食月初日食僧常食檀越請食得受

依樹下坐出家受大戒是比丘尼法是中盡形壽能持不答言能

若得長利若別房樓閣小房石室兩房一戶應受

依腐爛藥出家受大戒是比丘尼法是中盡形壽能持不答言能

若得長利酥油生酥蜜石蜜應受汝已受戒竟白四羯磨如法成就得處所和尚如法阿闍梨如法二部僧具足滿當善受教法當勤供養佛法僧和尚阿闍梨一切如法教勑一不得違逆當學問誦經勤求方便於佛法中得須陀洹果斯陀含果阿那含果阿羅漢果汝始出家功不唐捐果報不絕餘所未知者

當問和尚阿闍梨使受戒人在前而去
除罪法第三
尼懺悔僧殘罪法尼以女弱事須假其強緣加其日數如若私已容惡
則自壞壞彼犯在不輕故尼覆僧殘但增罪治半月行摩那埵無別覆藏調伏法故尼懺
僧殘要在二部僧中作摩那埵羯磨大僧與尼二部各滿四人若作出罪羯磨大僧與尼
二部各滿二十人不得減也
乞摩那埵羯磨文比丘尼犯僧殘罪應二部僧中半月行摩那埵行摩
那埵時應至二部僧中偏露右肩脫革屣禮僧足右膝著地合掌作如是乞也
大德僧聽我比丘尼某甲犯某甲若干僧殘
罪今從二部僧乞半月摩那埵願僧與我半
月摩那埵慈愍故如是三說
與摩那埵羯磨文
大德僧聽此比丘尼某甲犯某甲若干僧殘
罪今從二部僧乞半月摩那埵若僧時到僧
忍聽今與比丘尼某甲半月摩那埵白如是

大德僧聽此比丘尼某甲犯某甲若干僧殘
罪從二部僧乞半月摩那埵僧今與比丘尼
某甲半月摩那埵誰諸長老忍僧與比丘尼
某甲半月摩那埵者默然誰不忍者說是初
羯磨如是三說僧已忍與比丘尼某甲半月摩那
埵竟僧忍默然故是事如是持比丘尼摩那埵法與上大
僧同唯應二部僧中日日應作如是白也
大德僧聽比丘尼某甲犯某甲若干僧殘罪
已從二部僧乞半月摩那埵僧已與我半月
摩那埵我比丘尼某甲已行若干日過餘若
干日在白大德令知我行摩那埵
乞出罪羯磨文比丘尼半月行摩那埵竟應至二部僧中如是作乞言也
大德僧聽我比丘尼某甲犯某甲若干僧殘
罪已從二部僧乞半月摩那埵僧已與我半
月摩那埵我已於二部僧中行半月摩那埵

竟今從僧乞出罪羯磨願僧與我出罪羯磨慈愍故如是三說

與出罪羯磨文

大德僧聽此比丘尼某甲犯某甲若干僧殘罪已從二部僧乞半月摩那埵僧已與比丘尼某甲半月摩那埵此比丘尼某甲已於二部僧中行半月摩那埵竟今從僧乞出罪羯磨若僧時到僧忍聽僧今與比丘尼某甲出罪羯磨白如是

大德僧聽此比丘尼某甲犯某甲若干僧殘罪已從二部僧乞半月摩那埵僧已與比丘尼某甲半月摩那埵此比丘尼某甲已於二部僧中行半月摩那埵竟今從僧乞出罪羯磨僧今與比丘尼某甲出罪羯磨誰諸長老忍僧今與比丘尼某甲出罪羯磨者默然誰不忍者說是初羯磨第二第三亦如是說

僧已忍與比丘尼某甲出罪羯磨竟僧忍默然故是事如是持

說戒法第四其說戒法一與上大僧同

尼僧差請教授人羯磨文尼僧應半月至大僧中請教戒故今須差此使若尼僧請教戒應如是差

大姊僧聽若僧時到僧忍聽僧今差比丘尼某甲爲比丘尼僧故半月往比丘僧中求教授白如是

大姊僧聽僧今差比丘尼某甲爲比丘尼僧故半月往比丘僧中求教授誰諸大姊忍僧差比丘尼某甲爲比丘尼僧故半月往比丘僧中求教授者默然誰不忍者說僧已忍差比丘尼某甲爲比丘尼僧故半月往比丘僧中求教授竟僧忍默然故是事如是持更差二人

爲伴往大僧中至舊住比丘所禮足曲身低頭合掌白如是言

大德一心念比丘尼僧和合禮比丘僧足乞求教授第二第三亦如是說受囑比丘說戒時應作如是白

大德僧聽比丘尼僧衆和合禮大德僧足求教授如是三說比丘尼明日應問可否比丘教授師應期往比丘尼應期迎比丘期往不往者突吉羅比丘尼僧期迎而不迎者突吉羅若比丘尼聞教授師來當半由旬迎至寺內供給所須洗浴具羹粥飲食菓蓏以此供養若不者突吉羅若比丘僧盡病若衆不和合若衆不滿遣信往禮拜問訊若比丘尼僧盡病不和合若衆不滿亦當遣信往禮拜問訊若不往者突吉羅

安居法第五其安居法皆與上大僧同

自恣法第六

尼僧差往大德中受自恣人羯磨文比丘尼僧夏安居竟應往大僧中受自恣故今須差此使爲尼僧詣大僧中求自恣應如是差之也

大姊僧聽若僧時到僧忍聽僧今差比丘尼某甲爲比丘尼僧故往大僧中說三事自恣見聞疑白如是

大姊僧聽今差比丘尼某甲爲比丘尼僧故往大僧中說三事自恣見聞疑誰諸大姊忍僧差比丘尼某甲爲比丘尼僧故往大僧中說三事自恣見聞疑者默然誰不忍者說僧已忍差比丘尼某甲爲比丘尼僧故往大僧中說三事自恣竟僧忍默然故是事如是持

往大僧中受自恣文差二人爲伴往大僧中禮僧足已曲身低頭合掌作如是說

比丘尼僧夏安居竟比丘僧夏安居竟比丘尼僧說三事自恣見聞疑大德僧慈愍故語

我我若見罪當如法懺悔（如是三說）彼比丘僧自恣日便自恣而皆疲極佛言不應爾若比丘僧十四日自恣比丘尼僧十五日自恣若大僧病若衆不和合若衆不滿比丘尼應遣信禮拜問訊不者突吉羅若比丘尼僧病若衆不和合若衆不滿比丘尼僧亦當遣信禮拜問訊不者突吉羅（其至大僧中受自恣人還共尼僧作自恣其自恣法與上大僧同也）

分衣法第七（與上大僧同）

衣食淨法第八（如上）

雜法第九（尼無乞分處作房法自餘皆與上大僧同）

內護匡救僧衆擯罰羯磨法

律藏所明僧之正法宗要有三故結集稱言是法是毗尼是佛所教

法者謂五種遠離行何等五（一出離非世法二越度非受法三無欲非有欲四無結非有結五不親近生知非親近）毗尼者謂五種出要行何等五（一少欲非多欲二知足非無猒三易護非難護四易養非難養五智慧非愚癡）佛所教者謂五種教戒行何等五（一有罪行者制二無罪者聽三若制若聽法有缺戒者如法舉之四數違犯者折伏與念五眞實功德愛念稱美）故經云正法住正法滅謂之於此傳法之人亦有於三故聖語稱言知法知律知摩夷知法者謂善持脩多羅藏如阿難等知律者謂善持毗尼藏如優波離等知摩夷者謂善於訓導宰任玄綱如大迦葉等故凡欲暉蹤聖跡以隆道教繼軌後代不絕於時者非茲而誰

五種入衆法何等五（一應以慈心二應自卑下如拭塵巾三應善知坐起上下威儀四不雜說俗事爲衆說法若請他說五者若見僧中有不可事心安忍應作默然）

五種如法默然何等五（一見他非法而默然二不得伴而默然三犯重而默然四同住默然五在同住他默然）

五種非法默然

何等五如法羯磨而心不同默然任之二得同意伴亦默然任之三若見小罪而默然四為作別住而默然五在戒場上而默然五種棄法何等五一比丘犯罪餘比丘問汝犯罪見不答言不見彼語言汝若見罪應懺悔二比丘犯罪餘比丘問汝犯罪見不答言不見彼語言汝若見罪應僧中懺悔三比丘犯罪餘比丘問言汝犯罪見不答言不見彼語言若見罪當於此僧中懺悔四比丘犯罪餘比丘問言汝犯罪見不答言不見衆僧應捨棄語言汝不見罪隨所至處不聽汝布薩如惡馬難調合韁杙俱棄汝亦如是五比丘犯罪餘比丘問言汝犯罪見不答言不見彼應僧中作不見舉羯磨也五種作羯磨法何等五一現前二自言三不清淨四如法五和合斯謂知病知藥知對治善於廢立通塞存護之儀故致任持之功義顯於此

三種調法謂呵責羯磨擯羯磨依止羯磨三種滅法謂罪處所多人語如草覆地也三種不共住法謂三舉羯磨惡馬治滅擯羯磨

呵責羯磨法先作舉作憶念與罪已然後作羯磨

大德僧聽此某甲喜共鬬諍共相罵詈口出刀劒互求長短彼自共鬬諍已若更有餘比丘鬬諍者即復往彼勸言汝等勉力莫不如他汝等多聞智慧財富亦勝多有知識我等當為汝作伴黨令僧未有諍事而生諍事已有諍事而不除滅若僧時到僧忍聽為比丘某甲作呵責羯磨若後復更鬬諍共相罵詈者衆僧當更增罪治白如是

大德僧聽此比丘某甲喜共鬬諍共罵詈口出刀劒互求長短彼自共鬬諍已若復有餘比丘鬬諍者即復往彼勸言汝等勉力莫不如他汝等智慧多聞財富亦勝多有知識我等當為汝作伴黨令僧未有諍事而有諍事已有諍事而不除滅僧為比丘某甲作呵責羯磨誰諸長老忍僧與比丘某甲作呵責羯磨若復後更鬬諍共相罵詈者衆僧當更增罪治者默然誰不忍者說是初羯磨如是三說僧

已忍爲比丘某甲作呵責羯磨竟僧忍默然故是事如是持與羯磨已以三十五事令其折伏後若其隨順改悔者僧應與解羯磨

與罪處所羯磨法先作舉作憶念與罪已然後作羯磨

大德僧聽是比丘某甲無慚無愧多犯諸罪有見聞疑先自言犯後言不犯前後言語相違若僧時到僧忍聽僧今與比丘某甲罪處所羯磨白如是

大德僧聽是比丘某甲無慚無愧多犯諸罪有見聞疑先自言犯後言不犯前後言語相違僧今與是比丘某甲罪處所羯磨誰諸長老忍僧今與比丘某甲罪處所羯磨者默然誰不忍者說是初羯磨如是三說僧已忍與比丘某甲罪處所羯磨竟僧忍默然故是事如是持與羯磨已以三十五事令其折伏後若隨順改悔僧應還與解羯磨

與滅擯羯磨文先作舉作憶念與罪已然後作羯磨

大德僧聽是比丘某甲犯波羅夷罪若僧時到僧忍聽僧今與比丘某甲波羅夷罪滅擯羯磨不得共住不得共事白如是

大德僧聽是比丘某甲犯某甲波羅夷罪僧今與比丘某甲波羅夷罪滅擯羯磨不得共住不得共事誰諸長老忍僧與比丘某甲波羅夷罪滅擯羯磨不得共住不得共事者默然誰不忍者說是初羯磨如是三說僧已忍與比丘某甲波羅夷罪滅擯羯磨不得共住不得共事竟僧忍默然故是事如是持此永擯無解法

此後三羯磨皆是治罰法但以過有輕重階之爲三前呵責羯磨等是調伏法罪處所羯磨等是折伏法滅擯羯磨等是驅出法故經言應調伏者而調伏之應折伏者而折伏之

應罰黙者而罰黙之若隨事而言羯磨非一備明律典寧容具集故各當其分唯標一羯磨示之餘類准以可知

僧祇律受事訖羯磨文

大德僧聽比丘某甲於此處兩安居若僧時到僧忍聽比丘某甲於此處兩安居爲塔事僧事出界行還此是住諸大德聽比丘某甲於此處兩安居爲塔事僧事出界行還此中安居僧忍黙然故是事如是持

十誦律受三十九夜羯磨文

大德僧聽某甲某甲諸比丘受三十九夜僧事故出界是處安居自恣若僧時到僧忍聽某甲某甲諸比丘受三十九夜僧事故出界是處安居自恣如是白

大德僧聽某甲某甲諸比丘受三十九夜僧事故出界是處安居自恣誰諸長老忍某甲某甲諸比丘受三十九夜僧事故出界是處安居自恣者黙然誰不忍者說僧已忍聽某甲某甲諸比丘受三十九夜僧事故出界是處安居自恣竟僧忍黙然故是事如是持

十誦律受殘夜法若比丘受七夜未盡而還事未竟佛言聽受殘夜法

我受七夜法若干夜已過若干夜在受彼出如是一說

凡諸部律受日文各不同後來諸師用事者若執一部不用餘部此亦是一家今詳此諸部律文及以前事互用皆得所以者如其定知前事或須一夜即用十誦受一夜法乃至七夜亦如是或須三十九夜亦用十誦羯磨受法若須七日十五日一月日即用四分律文受日法若不定知前事幾日當了即用僧

祇律文受日法復有人不解即誦四分羯磨文爲他受僧祇事訖十誦三十九夜此皆非法不成何以知羯磨文中牒事作法各各不同故知不成也今畏諸人謬用總抄諸部律正羯磨文呈簡諸賢任見作法隨事所用九段也

羯磨卷下

音釋

貯 展呂切積也　捺 乃曷切手按也　蓏 郎果切果蓏木實曰果草實曰蓏　韁 居良切紲也　杙 逸織切衛橛也　詈 力智切罵詈止斥曰罵旁及曰詈

佛說大愛道比丘尼經

北涼失譯人名

清刻龍藏佛說法變相圖

佛說大愛道比丘尼經卷上

北涼失譯人名

爾時佛遊於迦維羅衛釋氏精廬與諸大比丘衆俱是時大愛道裘曇彌行到佛所稽首作禮遷住一面叉手白佛言我聞女人精進可得沙門四道願得受佛法律我以居家有信有樂欲出家爲道佛言且止裘曇彌無樂以母人入我法律中服我法衣者當盡壽命清淨潔巳究暢梵行靜意自守未曾起想如道淡然無邪念欲心與空寂爲娛樂時大愛道即復求哀言如是行者爲可不乎願佛見過度得至泥洹如是至三佛不肯聽之便復前作禮遶佛而去去後未久佛與諸大比丘俱從釋氏精廬行入迦維羅衛時大愛道聞佛從諸弟子來入國中心大歡喜即行到佛

所叉手前稽首禮佛足下却坐須臾起長跪叉手前復白佛言我聞女人精進可得沙門四道願得受佛法律使得無上正眞之道我以居家有信有樂曉知無常如是樂欲出家爲道佛言止止裘曇彌無樂以母人入我法律服我法衣者當盡壽命清淨潔已究暢梵行靜意自守未曾起想如道淡然無邪念欲心與空寂爲娛樂時大愛道即復求哀言如是行者爲可不乎願佛見過度得至泥洹如是至三佛復不肯聽之前復作禮遶佛而去自感愁毒悔過悲哀淚出不能自止自念作女人情態罪患乃當如是即便作大願願一切諸菩薩及人非人莫復更此女人想態也今要當求佛盡形壽終不懈倦佛時與大比丘留止是國避雨三月補納成衣已著衣持鉢出國而去大愛道即與諸老母等俱行隨佛佛轉到那和縣頓止河上大愛道便前稽首作禮還住白佛言我聞女人精進可得沙門四道願得受佛法律我以居家有信有樂曉知無常如是樂欲出家爲道佛言止止裘曇彌無樂令母人入我法律中服我法衣者當盡壽命清淨潔已究暢梵行靜意自守未曾起想如道淡然無邪念欲心與空寂爲娛樂時大愛道即復求哀言如是行者爲可不乎願佛見過度得至泥洹如是至三佛復不肯聽之便復前作禮遶佛而去退住於外門被弊敗之衣蹉跣而立淚出如雨面目顏色垢穢流離衣服汚塵身體疲勞噓唏悲啼不能自勝自悔姿態惡有八十四迷亂丈夫使失道德佛知深諦實如是審天下男子無不

爲女人所惑者甚難甚難我今用是態欲故要當潔已不敢闕廢也唯子當度母耳終不失子本願也賢者阿難見母大愛道如是不樂即問言裘曇彌何因著弊衣蹉跣面目流離身上蒙塵疲勞悲泣乃爾耶大愛道答言賢者阿難今我用毋人故不得受佛法律是故自悲傷耳阿難言止止裘曇彌且自寬意莫復悲懷乎待我今入當向佛説是事令毋得安隱使毋歡喜大愛道報言阿難唯賢者當見過度使得成立賢者阿難即入叉手長跪稽首佛足下三自歸命前白佛言我從佛聞毋人精進可得沙門四道今大愛道以至心欲受佛法律其以居家有信有樂曉知無常自審欲態深知已諦今欲出家爲道願佛許之佛言止止阿難無樂使毋人入我法律爲沙門也所以者何必危清高之士故譬如阿難族姓之家生子多女少男者當知其家欲微矣爲已弱衰不得大强盛也今使毋人入我法律者必令佛法地清淨梵行不得久住也復譬如稻田禾稼且熟而有惡露灾氣則令善穀傷敗今使毋人入我法律者必令佛法地清淨梵行大道不得久興盛何以故阿難復譬如好良田持蒺梨種散其中必敗良田今使毋人入我法譬如是毋人入我法律中者無有成我法時但猗我法欲壞敗清淨梵行使墮欲中立罪之根耳阿難復言今大愛道多有善意於佛佛初生時乃自育養至于長大皆從大愛道善樂之德也佛言阿難有是大愛道信多有善意於我有大恩我生七日而毋亡大愛道育養我至于長大今

我天上天下最尊自致作佛號名如來無上正眞覺亦念多有恩德於我我念大愛道其恩大重大愛道但由是恩故得來自歸佛自歸法自歸比丘僧又信佛信法信比丘僧不復疑若不復疑習不復疑盡不復疑諦乃成其道成其信成其禁戒成其名聞成其布施成其智慧亦能自禁制不殺生不盜竊於他人不婬泆於女欲不妄語證人罪不飲酒迷亂如是阿難正使人終身相給施與衣被飲食牀卧具病瘦因緣醫藥不及此恩德也億百千分也佛告阿難假使母人欲作沙門者有八敬之法不得踰越當盡形壽學而持之自紀信解專心行之譬如防水善治堤塘勿令漏溢其已能如是者可得入我法律戒中也何謂爲八敬一者比丘持大戒母人比丘尼當從受正法不得戲故輕慢之調欺咍笑說不急之事用自歡樂也二者比丘持大戒半月以上比丘尼當禮事之不得故言新沙門勞精進乎今日寒熱乃爾耶設有是語者便爲亂新學比丘意常自恭敬謹勑自修勸樂新學遠離防欲淡然自守三者比丘比丘尼不得相與並居同止設相與並居同止者爲不清淨爲欲所纏不免死根堅當自制閉斷欲情淡然自守四者三月止一處自相檢校所聞所見當自省察若邪語受而不報聞若不聞見若不見亦無往返之緣淡而自守五者比丘尼不得訟問自了設比丘以所聞所見若比丘有所聞見訟問比丘尼比丘尼即當自省過惡不得高聲大語自現其欲態也當自檢校淡而自守六者比丘尼有庶幾

於道法者得問比丘僧經律之事但得說般若波羅蜜不得共說世間不急之事也設說不急之事者知是人非爲道也是爲世間放逸之人耳深自省察淡而自守七者比丘尼自未得道若犯法律之戒當半月詣衆僧中自首過懺悔以棄憍慢之態令復如是自恥慙愧深自省察淡而自守八者比丘尼雖百歲持大戒當處新受大戒比丘下坐當以謙敬爲作禮是爲八敬之法我教女人當自束修不得踰越當以盡壽學而行之假令大愛道審能持此八敬法者聽爲沙門賢者阿難受佛語已以熟諦思惟深而且要便起作禮而出報大愛道言裘曇彌勿可復愁憂也已得捨家之信去家就道亦甚安隱矣佛說女人作沙門者有八敬之法不得踰越但當終身懃意學而行之耳持意當如防水善治堤塘勿令漏溢爾時阿難便一一爲母說佛教勑八敬之事言能如是者可得入佛法律於是大愛道聞是語即大歡喜而言唯諾阿難聽我一言譬如四姓家女沐浴塗香衣被莊嚴之事而人復欲利之如是寧當益安隱不對曰無不安隱也復以好華香珠寶結爲步瑤持與女人豈不愛樂頭首受乎今佛所教勑八敬法者我亦觀心願以頭頂受而行之遂樂所業萬不惟恨自約如是無不悅豫爾時佛便授大愛道十戒爲沙彌尼沙彌尼奉戒者斷之根也不得殺生禽獸蟲蛾斫樹生折草華終無害心不得盜不得偷不得貪人財物或娛色欲輭細語言令人迷亂貪得布施以爲家業此利墮貪盜之中比丘尼當慎

莫豫也爾時大愛道便受十戒爲沙彌尼何者爲十戒爲賢者道當以慈心不起毒意盡形壽不得殘殺群生傷害人物常念所生當慈念之精進行道欲度父母及一切人愼無温訟求直害彼蜎飛蠕動跂行之類一不得傷害恒欲濟生慈心於道及見殺者爲其墮淚聞聲不食常當悲哀之自誓嫉欲之根乃致是哉乎作是得是不與他人有犯斯戒非沙彌尼也二者盡形壽不得偷盜不得貪財買賤賣貴圭合銖兩一不得欺人心存于道靜志自守口不教人買使奴婢借倩僮客或人惠施財寶及男子衣被一不得取若受者爲不清淨是爲勃亂不得服飾衣珍寶之衣不得著珠環瓔珞不得坐高牀幃帳之中若有此想爲不清淨衣取蓋形莫用文采飾取充口立其四大莫著味積穢惡寶人與莫受惡從何得前耶若設受者爲不清淨爲人説經前歎罪惡地獄之患賢者當知天上之福不可稱量違説世間生死之事也若設布施者寧就斬手不取非財也寂然自守堅離色欲有犯斯戒非沙彌尼也三者沙彌尼盡形壽不得婬不得畜夫壻不得思夫壻不得念夫壻防遠男子禁閉情態心無存婬口無言調華香脂粉無以近身常念欲態垢濁不淨自念態惡萬事百端寧破骨碎心焚燒身體死死無婬非婬妷而生不如守貞潔而死婬妷之態譬如須彌山溺在海中無有出期婬妷之欲没在泥犂中甚於須彌山有犯斯戒非沙彌尼也四者沙彌尼盡形壽至誠有信心直爲本口無二言不得兩舌説道姦非不

得惡罵詈中傷他人妄言綺語前譽後毀證入人罪不得誹謗於他人是不是好不好徐語惟正乃宣不正無宣也若人說法一心聽之思念要義意以爲慶夫士處世斧在口中所以殺身皆由惡言恣心快語乃致禍患檢身口意失當何緣智者所達自守節一心有犯斯戒非沙彌尼也五者沙彌尼盡形壽不得飲酒不得嘗酒不得嗅酒不得粥酒以酒飲人不得言有斯藥酒不得至酒家不得與酒客共語言夫酒爲毒藥酒爲毒水酒爲毒氣衆失之原衆惡之本殘賢毀聖敗亂道德輕毀致災立禍根本四大枯朽去福就禍靡不更之寧飲烊銅不飲酒味所以者何酒令人失志迷亂顛狂令人不覺入泥犂中是故防酒耳有犯斯戒非沙彌尼也六者沙彌尼盡形壽不得乘車馬輦快心恣意口罵詈呪咀自可不得戲故五歲男兒不得引撑雄畜生不得撾捶雄畜生不得摸捺雄畜生陰靜志自守思念經道常以空寂爲娛樂一切群生無乾快死者欲買其肉五肉不食常自慙愧惡露不淨懺悔慈心無所傷害有犯斯戒非沙彌尼也七者沙彌尼盡形壽不得彩畫不得金縷繡不作織成衣與他人不得坐高牀上抵推而坐不得照鏡自現其形相好不好不得施牀襜衣不得踞牀而吟不得大笑而語不得高聲大語語時常輭聲不得彈琴手執樂器不得歌儛自搖身體不得顧視而行不得邪視而行不得市買百姓諍欲利害使人誹謗有犯斯戒非沙彌尼也八者沙彌尼盡形壽不得學習巫師不得作醫蠱飲

人不得説道日好日不好占視吉凶仰觀曆數推步盈虛日月薄蝕星宿變殞山崩地動風雨水旱占歲寒熱有多疾病一不得知不得論説國家正事某國强某國弱某國人健某國人劣可出軍行師攻伐勝負可得財利以爲家業不得道説某家富樂某家貧苦不得相人某相富某相貧不得斫伐生樹自治屋舍不得自手折生華以散佛上若人持華來上佛應受當爲三反呪願當愍傷於人此華化華耳不得久立一切人亦復如化皆從女人生形而不久立坐之苦痛生老病死更相哭吊憂惱意亂善神日遠邪鬼復近身當復死是以如化而不久立有犯斯者非沙彌尼也九者沙彌尼盡形壽男女各别不得同寺而止行迹不與男子迹相尋不得與男子同舟車而載不得與男子衣同色不得與男子同席而坐不得與男子同器而食不得與男子染作彩色不得與男子裁割作衣不得與男子浣濯衣服不得從男子有所求乞若男子進貢好物當重察視之當遠嫌避疑愼所惡名不得書疏往來假借倩人使若有布施亦不宜受若欲行者必須年者愼莫獨行行必有所視視設見色爲不清淨不得别行獨止一室而宿也有犯斯戒非沙彌尼也十者沙彌尼盡形壽身不犯惡口不犯惡心不犯惡言行相應非賢不友非聖不宗何以故非賢不友也夫賢者心無起滅故何以故非聖不宗也夫聖無縛著之色滅斷種姓貪垢已盡故不宗不孝之子屠兒賊寇嗜酒之徒志起邪冥履行兇危愼莫交遊往來往來者

與之滓濁毀損道行堅當自持無大笑戲調不得奔走著長者前不得仰頭而行不得數與國王相見若道街里有伎樂不得攀垣墻視之不得倚壁而視不得交脚而坐不得展脚而坐不得伏座上而語常當自羞恥女人惡露有犯斯戒非沙彌尼也爾時比丘尼裘曇彌受佛十戒一一不失如十戒行之無有漏缺常在佛左右逮爾三年聰明智慧博覽衆經歡喜不亂志如太山心端意正平直無邪恒自愍傷及一切人蜎飛蠕動蚑行之類莫不悲歎勸化善法終離惱患三年之中未常拒愆復還詣佛稽首陳情叩頭悔過靡所不言佛有慈慧告訴罪患以見成立以脫惡愆萬不惟恨願啓一言十戒便止復有殘餘十戒微少不足設心願告異戒令心酸懃當學問無有懈慢當如法律行菩薩爲佛告比丘尼裘曇彌汝行十戒如法者有大戒名具足眞諦行之疾得作佛凡有五百要事若且復行十事可得道場若不能行者不得至終不能得是大具足戒也爾時裘曇彌見佛説是語大歡喜前以頭面著地稽首禮佛足下却長跪叉手白佛言受恩便復受十戒之慧佛告沙彌尼已作沙彌尼依其法律奉行十事可疾得入何等十一者常有慈心内外清白無傷害意二者思念布施無愛慳惜不畜遺餘無竊盜意三者常自淨潔靜志自守無婬邪垢四者常當至誠口無異言五者常當自清淨終離蜜酒無醉亂意六者常自守志無惡口罵人七者常謙卑無貢高坐珍寶高牀八者常持齋日中乃食九者常持等心無

嫉妬意十者當觀菩薩及諸師如視佛想心常柔輭無瞋怒意是爲沙彌尼十事法律也沙彌尼復有十事法何謂爲十一者當敬佛至心無邪持頭腦著地常自懺悔宿世罪行惡二者常敬法心存於道慈孝於經三者常敬於僧心平不廢至誠有信四者晝夜事師心不懈倦如事佛五者視一切衆生心皆平等如自視其師六者還自視諸沙彌尼心敬愛之如視父母七者視一切惡以等心如視兄弟姊妹八者視一切畜獸心愍傷敬愛如視夫主兒子九者視一切置心樹草木葩甚敬之視之無猒如視身十者當念十方天下蠕動蚑行勤苦不可言是爲沙彌尼十事法律也沙彌尼事師有十事何等爲十一者當敬於師常附近之如法律行二者當如師教常當和順三者常當早起勿後師起自敬其心勿令師呼四者常誠信於師心直有實五者慈孝於師心存左右不去食息六者若行國中見怪異之事當啓語師問其變異七者從師受經當端心至實身心口意無差特如毛髮八者師設使行所至到當疾去疾來還設有人問沙彌尼汝師在不當默然而去不當共相應知也九者設有過惡尋當疾向師首過言無狀十者一切當信向師若聞人說師即當呵之是爲沙彌尼十事法律行之得道佛言已說沙彌尼十戒復說行十事具足無毛髮之鈌可師意無增無減一心持之時沙彌尼裘曇彌即頭腦著地作禮而去爾時裘曇彌自檢押奉持十行事無一鈌減行如中事一心行之終無差特意無退轉精進誠

感應時佛知沙彌尼至誠有信佛語阿難汝見是沙彌尼瑞應百鳥侍之不也阿難對曰蒙佛恩時沙彌尼復來到佛所稽首作禮却住一面須臾前叉手頭腦著佛足下復白佛言佛道恩慈多所過度前受佛十戒爲沙彌尼次行十事悉具足不審如行不也佛言大愛道汝自當知之大佳耳大愛道復白佛言人命無常恍惚之間如大愛道輩旦日當過去恐不及佛時願佛愍念授我大戒令至無上之覺一切蒙度也佛告沙彌尼裘曇彌汝欲受具足戒大善爾時大愛道便更整衣服叉手作禮遶佛十帀却住一面爾時佛便授大愛道裘曇彌大具足戒爲比丘尼奉行法律遂得應眞道且覩生死本際所見已諦眼能徹視耳能通聽鼻能禪息心知他人意所念身能飛行然後大愛道比丘尼與諸長老比丘尼俱行詣佛賢者阿難而問言阿難是諸長老比丘尼受大戒皆已久矣勤修梵行且已見諦云何阿難甫當使我爲新受大戒幼少比丘作禮也阿難言小住且待須我問之須臾阿難即入稽首佛足下白佛言大愛道比丘尼言是諸長老比丘尼皆久修梵行且以見諦云何甫使當爲新受大戒幼少比丘作禮也佛言止止阿難當愼此言勿得說是汝所知何以薄少也汝尚未知一馬能知二汝所知似不如我知諦耶若使女人不於我道作沙門者外諸梵志及諸居士皆當以衣被用持布施以頭腦著地求哀於諸沙門當言賢者有淨戒志願以足行此衣上令我長夜得其福德不可稱量皆從心計如其所

願皆得其證若使女人不於我道作沙門者天下人民皆當解髮布地以頭腦著地求哀於諸沙門皆言賢者有淨戒聞慧之行願以足行此髮上令我長夜身得安隱福德無量若使女人不於我道作沙門者天下人民當豫具衣被飯食牀卧具病瘦因緣醫藥賑給願諸沙門當自來取之使我國土人民無啼哭者若使女人不於我道作沙門者天下人民奉事諸沙門當如事日月當如事天神過踰於外道異學者上沙門亦清淨不可沾污如摩尼珠若國中有沙門者國中常安隱勝於餘國土若使女人不於我道作沙門者佛之正法當住千歲興盛流布歸留一切悉蒙得度今以女人在我法中爲沙門故當除減五百歲壽法稍衰微所以者何阿難女人有五處不得作沙門何等爲五處女人不得作如來至眞等正覺女人不得作轉輪聖王女人不得作第七梵天王女人不得作天帝釋女人不得作魔天王如是五處者當皆丈夫得作爲之尊丈夫得作佛得作轉輪聖王得作天帝釋得作魔天王得作梵天王得作人中王如是阿難諸女人譬若毒蛇人雖取殺之破其頭出其腦是蛇以死復有人見之心中驚怖如此女人雖得沙門惡露故存一切男子爲之迴轉用是故令一切人不得道佛言如是女人政使作沙門持具足戒百歲乃至得阿羅漢故當爲八歲沙彌作禮何以故沙彌具足亦得阿羅漢身中能出水火以足指案須彌山頂三千大千國土皆爲六反震動如是女人雖得阿羅漢道不能動搖一鍼

大如毛髮也云何阿難女人坐貢高以陰不淨以陵男子用是故不得道也佛言夙夜不學自無所見動入罪中宛轉益深自没其體其亦苦辛往而不及投命太山地獄之罪難可堪任生時不學死當入淵老不止婬塵滅世門呼吸而盡何足自珍能自改悔守身良直今世滅罪後世得申有財不施世世受貧常多疾病面目萎黄行步須人卧亦不安甫能自悔深遠之端令入我法律得全人身却後無數亦得自然爾時大愛道比丘尼與諸長老比丘尼聞佛説經如是皆大愁憂不樂淚下如雨前頭面著佛足下白佛言如是女人爲不可度耶佛報言有女人作沙門精進持戒具足無缺減不犯如毛髮現世得化成男子身便得無量決得作佛無所罣礙自恣所作若所求皆可得大愛道裘曇彌比丘尼復問佛言寧有比乎佛言有乃前過去佛時有女人持金華散佛上佛即授決却後如恒沙數劫當得作佛號名金華佛其女人名恒竭優婆夷受決已大歡喜踊在虚空中化成男子身時我上佛華五莖佛亦授我決却後無數劫當得作佛號字釋迦文今我身是也我爲釋迦文佛時爾時恒竭優婆夷來生我國土爲女人身號字須摩提誰能當此慧爲文殊師利瑞應故化成男子爲作八歳沙彌如是分明當勤精進可得無上正眞之道佛言復有明比前過去迦葉佛時國王家有七女人從生至長大不樂綺飾六情斷滅無餘垢欲行觀死人分別身中惡露愁悲不樂乃徹第七梵天時第二釋提桓因來下問訊之

欲求何願乎吾皆能得之時七女各各說願
乃願摩訶衍不可思議事爾時釋提桓因了
不能得是願天神語之迦葉佛近在此可往
問之也七女即從諸女人共到佛所稽首佛
足下釋提桓因叉手白佛言七女願如是我
不能得之願佛開解之使得安隱佛言如是
七女前過去佛時世世作功德今得生國王
家當得受決此願阿羅漢辟支佛尚不能及
知何況諸天釋梵也爾時七女踊躍歡喜踊
在虛空中皆成男子身却後亦當受決當得
作佛今大愛道輩常行大慈大悲却後亦當
成男子受決作佛大愛道聞佛說是語頭腦
著地作禮而去

佛說大愛道比丘尼經卷上

音釋

踱跣踱徒冬切跣蘇典切踱跣徒足親地也　嘘唏嘘音虛唏許既切嘘唏泣餘聲也　妷弋質切淫放也　咍呼來切笑聲　輭乳兖切柔也　蜎許玄切小飛也　蠕乳兖切蟲動貌　蚑去繼切蟲行貌　倩七正切假借使人也　勃蒲昧切　壻思計切夫也　烊余章切銷烊也　捶主蘂切打也　摸摖摸末各切摖昔各切　襜蚩占切襜褕也　踞居御切據物而坐曰踞　蠱果五切蟲毒也　薄蝕薄伯各切侵迫也蝕實職切虧敗也　殞羽敏切　濯直角切浣也　兇許容切惡暴也　押古狎切束也　賑止忍切舉救也　萎於危切枯也

佛說大愛道比丘尼經卷下

北涼失譯人名

爾時大愛道及長老比丘尼語阿難言如是佛以爲授我決巳願佛當復授我法律入出房室行步威儀止住處所檀越請食之法入禪思之慧大行小行之禁願樂欲聞當奉行之賢者阿難言且待我須臾入白之阿難入稽首佛足下白佛言大愛道裘曇彌比丘尼與諸長老比丘尼言佛以爲授我決以其恩無量願佛復授我法律入出房室行步威儀法則止住處所檀越請食之法入禪思之慧大行小行之禁願樂欲聞當奉持之佛言阿難是法律大重甚難甚難能持者自然成男子身可得作佛賢者阿難即出語大愛道比丘尼佛說法律大重甚難甚難持之疾得作男子可得作佛大愛道歡喜即禮阿難而去

佛告比丘尼出家求道滅斷陽欲陰氣巳盡旣隆勸進建立大乘修恂道德精修佛戒行如佛行住如佛住視如佛視無以虛危損除俗網正修進度可勉女身受金剛志作福一日受無量德無以綺飾幽妙之恣育養媚色迷惑丈夫自纏入罪十死有餘不念道法專作罪根思之思之愼莫復婬積功累德可得全身是爲比丘尼立德之本法也比丘尼以捨家立法當如法行如法立德如法立志如法立行却情欲態心常良潔滅除妖惑入深微妙之法闚及大法若能自分別本際之源一切絕滅與色永然是爲比丘尼立法之本也比丘尼以捨家立志除去惡露常自慙愧羞恥罪患受女人身不得縱意迷惑於衆欲

破敗道意展轉生死與罪相值自省態惡無過是患因拔罪根求金剛體終離女身求鮮潔志是故捨家行作沙門斷諸惡論遠離罪患是爲比丘尼立德之本也比丘尼已受具足戒有三法何等爲三一者常供養於佛無有懈倦心常用大悲大慈救濟衆生二者常敬順於法行無失宜直言至誠所説當諦依按法律不以憍慢三者當敬比丘僧視之如見佛至心恭敬是爲三尊也敬之得道終離惱患不更三處自然生天莫不離欲其福永安是爲比丘尼立德之本也比丘尼已受具足戒有三事何謂爲三一者自念惡露不淨潔二者自念多欲妖惑一切人皆令意亂三者自念多恣態嬈亂正法皆令敗壞自謂姝好天下無雙不知罪至欲來纏身是爲比丘

尼觀欲之本也比丘尼若受檀越請食當如法行當如法食有三事一者不得與比丘僧共會坐而食二者不得與優婆塞共會坐食三者不得貪持食用餉年少優婆塞也是爲比丘尼食法也比丘尼若檀越請食不得受宿請何以故有宿昔思想故受請即當進道不得留遲若失一時不應復往也違時行者是爲犯盜食爲犯禁法非賢者比丘尼也比丘尼若詣檀越家當大小更相檢校行當低頭直去不得左右顧視戲笑直行也若於道上見大比丘若沙彌平等視之當直作禮而去不得與相視顏色若視顏色者心爲不淨亦不得問訊起居欲至何所設相問訊者必有情態起何以故用心意識想故雖不得交其心亂矣正爾爲兩墮已若有犯者非賢者

比丘尼也比丘尼若受檀越請食當先淨心無餘結恨靜修齋戒無鈌如毛髮心思經道無懈怠意當自洗心無起滅意常有慈心無瞋怒意是爲比丘尼爲行大慈食也犯者非賢者比丘尼也比丘尼若受檀越請食當如法食若時到當食上座當令下座皆起呼檀越來各布香訖三唱禮佛訖還坐檀越下手巾竟下食訖悉平等乃呪願達嚫而食食不得有聲不得左右顧視也不得含飯而戲笑亦無含飯而語犯者非賢者比丘尼也比丘尼受檀越食訖上座當教語下座各出澡手漱口還坐各說一偈訖乃辭去行當低頭視地不得過三尺口誦呪願徐徐安詳而行行不得踰地而行不得跳地而行不得雙脚而行不得一脚而行不得搖頭行不得搖身行不得掉兩臂行不得掉尻行不得邪身行不得語笑行不得與男子並行不得與男子語行不得與男子笑行行當如佛行住當如佛住視當如佛視語當如佛語不得高足行不得奔走行不得遲行不得單足行行應舉足足去地三寸半應三爲一步還到塔寺當禮佛禮佛竟還室禮經像自懺悔惡露不淨今食檀越其食當使十方天下人非人無女之態檀越家門現世得安隱早得佛三十二相八十種好十力具足一切蒙度得福無量皆發大道意等正覺乘作是願者乃是比丘尼耳犯者非賢者比丘尼也比丘尼受檀越食訖還歸入室靜修厥德學六度無極共相檢勑絶欲情態無有沾汚意在空寂無餘結縛志淨如是可疾得道若無請者自須其食亦

無驚怪今日無食非道不言非時不食過日中後無得行來經於街里過中之後一不得復食深密在室經行如法有犯斯者非賢者比丘尼也比丘尼入室有十三事法何等爲十三事一者常當自念惡露不淨迷惑於人純纏罪根不能自免二者常當自念過惡不能自還三者常當自念造罪原深不能自出四者常當自念多婬欲態不能自淨五者常當自念婬欲乃亂清淨道志不能自拔六者常當自念破壞道意不能遠離七者常當自念心如水中船多欲載人忽然沒水中盡亡其人不能自全八者常當自念口舌丹赤迷惑人心心亂意惑自無所見九者常當自念身體是錦綵之囊用盛臭屎衣甚姝好其人利之近之必汚不淨流出臭不可當十者常當自念態惡妖治姿則貢高自快欲動人心十一者常當自念弱態欲令人哀之不能自止十二者常當自念受女人形爲欲態自纏不能自勉十三者常當自念恃怙惡露不淨不能自解是爲入室十三者匿事眞爲極大罪若有勇猛勊戾女人自觀態欲無離此患深思見諦能斷態欲自拔爲道行如戒行依按法律禮節安詳言如威儀可疾得作男子身宿識故存復加勸助滅諸思想可得須陀洹亦可得斯陀舍阿那含阿羅漢辟支佛道若不取證無數劫中當成作佛比丘尼入室有四事法何等爲四一者當自伏意無起滅心心存于道二者當自檢校心常束修志存于法三者當自念惡露欲滅意患無放逸心自捐睡卧謹勑修身不自憍恣約己自守四

者當建立戒法使衆人樂從無猗著佛法放縱其心迷亂色欲惑於清淨道士妖冶自媚求豫聲名令人墮墜遭值凶患當自愼護衆獲大安有犯斯者非賢者比丘尼也比丘尼入室有四事法何等爲四一者當宜低頭而前不得左右顧視有所比像二者不得咳唾室中淨地及四壁三者不得却倨所止牀不得傍臥牀上不得伏牀上不得偃臥牀上四者不得背所止牀立不得背經像立不得背火立是爲比丘尼入室四事諦自校計可得自然若犯斯者非賢者比丘尼也比丘尼入室有四事法何等爲四一者當禮經像及自所止牀二者當安坐自思念姿態多當自慙愧三者當讀經行道無懈倦時斷諸邪念四者淡然自守身口心意亦爾當念欲除此惡露之患是爲四有犯斯者非賢者比丘尼也比丘尼入室復有四事法何等爲四一者常端坐不得倚臥熟視戶中二者當默然靜意思念經道三者當閉目閉耳閉鼻閉口閉身閉意安心著空中四者當堅自持不得放心恣意身伏座上發衣爬搔現露形體及諸垢惡不淨令鬼神見設鬼神見爲無禮敬是爲四若犯斯者非賢者比丘尼也比丘尼入室復有四事法何等爲四一者當直視其前端正心意無有邪想二者當端正而坐不得自搖身體不得搖頭搖手不得搖足若自搖者其心悉搖情態起矣三者當自守志守眼守耳守鼻守口守身守意守心守是八者能自致得道四者不得與伴輩相呼談笑論說世間不急之事小語大笑動亂道德清淨之志

常當自重不妄出戸三尺罪何從得入耶若犯斯者非賢者比丘尼也比丘尼出室小便大便當樹鈴師即遣沙彌尼二人往整衣服沙彌尼乘掌袈裟裹識還頭出當禮師下漏而去行不得留遲還至師所漏無餘闕失禮師而去還到室戸當三彈指沙彌尼皆還至師所坐當經行是爲比丘尼出室法若犯斯者非賢者比丘尼也比丘尼出至舍後有十事一者欲大小便即當行不得自難濡在身中二者行不得左右顧視及自身陰三者至圊廁上當三彈指四者當先問沙彌尼此無人耶沙彌尼言無也乃當前若有人不得迫促人也五者已至廁上當三彈指便訖復三彈指乃下六者不得大咽七者不得低頭熟自視陰八者不得弄廁上掘土九者不得持澡水澆壁十者已澡手未燥不得持物若犯斯者是爲非法比丘尼若小便還當澡手漱口禮經像深自懺悔及自禮牀乃當還坐經行如法思尋要義自已行之若犯斯者非賢者比丘尼也比丘尼出室有三事應得出何等爲三一者詣師受經二者若人欲求見者被師教即當出禮師徐與相見不得離師所二丈三者日中食訖當起禮師三事應出若犯斯者非賢者比丘尼也比丘尼出室戸有三事法何等爲三一者出戸當低頭直出不得舉頭四向顧望二者當默聲而行不得自縱大咳唾三者當徐出戸當自慙愧受女人身惡露不淨欲態怨讎爲之患猒若如是女人甚難若犯斯者非賢者比丘尼也已説出入房室三十九事如初從月至月受持戒法

無令有失默然而持之次說奉之令人疾得道

賢者阿難叉手長跪前白佛言佛所說比丘尼法律亦自備足莫不得度者恐佛般泥洹後當復有女人沙門者便可比丘尼作師不也佛語阿難若長老比丘尼戒法具足可爾雖爾當由比丘僧若衆可得耳一比丘不肯不得作沙門也阿難復問佛言爾爲故爲故當得比丘僧以成女沙門乎佛言爾阿難所以者何女人多欲態但欲惑色益畜弟子亦不欲學問但知須臾之事是故當須比丘僧耳阿難復問佛言便當令比丘作師耶佛言不也當令大比丘尼作師若無比丘尼者比丘僧可阿難復問佛言願佛說女沙門幾歲應受大戒幾歲應作沙彌尼師幾歲應作沙彌尼和尚幾歲作小阿祇梨幾歲應作大阿祇梨幾歲應作和尚也幾歲應就檀越請食所止處所爲可在塔寺中不也

佛告阿難汝所問大深多所過度諦聽諦聽我當具爲說之阿難言當諦受思是時阿難及諸長老比丘尼大愛道裘曇彌志姓比丘尼皆一心叉手而聽佛告阿難已受女人作沙門緣是後世亦當有女人作沙門今爲汝說沙彌尼法敎授當來及新發意者欲作沙門念欲度已遠離罪門當得衆比丘僧五十人比丘尼三十人若無比丘尼者不滿其數從師所請比丘衆皆會坐其女人皆作禮畢竟叉手却住師呼女人剃頭竟授袈裟及履鞋訖即授十戒爲沙彌尼皆禮衆僧當言不宜衆便付其師年滿七十應具足比丘尼受

三般具足戒五年應作沙彌尼阿祇梨比丘尼受三般具足戒十年應作沙彌尼和尚比丘尼受三般具足戒十年應具足戒作威儀阿祇梨比丘尼受三般具足戒十五年應具足戒作大阿祇梨比丘尼受三般具足二十年應具足戒作和尚佛言比丘尼正使年過七十有若干事不得受具足戒何等爲若干事不應具足戒情欲未斷不應得具足戒喜嗔恚不應受具足戒喜行來不應受具足戒喜美酒食不應受具足戒喜貢高洪聲大呼不應受具足戒能自慎如法律者疾得男子身轉當作佛阿難復問言如是誠爲難矣佛言不難也但女人自作罣礙耳阿難復問佛言如是大愛道裘曇彌志姓比丘尼爲應在山中樹下若石窟中止不也應在丘澤塚間人中私寺止不乎應受檀越請歸食不應療救勞一切人病不願佛一一解說其大要使立生死之本令後世當來悉皆聞知成立大法如佛在時莫不得度佛告阿難亦有二因緣諦聽諦聽我當具爲汝說之善持內著心中若比丘尼猗來在我法中因不能自還若居山中樹下樹即枯死若居石窟中舉石燋焊樹木枯燥禽獸饑餓水泉竭盡衆魔亂矣若居丘澤草木園果悉閉不生若居塚中死人更相刻校天地爲動若居人中國土不安賊寇橫出兵不息甲人民呼嗟皆有饑色若居私寺使諸沙門迷惑於色貪著財寶飲酒噉肉身衣繒綵欲令身好綺行雅步亡失經道轉相誹謗更相愁惱若受檀越請食檀越不得福德便多疾病錢財消散若勞人病鬼

神更興災禍日增何以故用是兩罪相向故疾者當何從得愈也是故裘曇彌志姓比丘尼等入我法中却五百歲壽如是阿難女人過患現在如是汝諦奉持阿難復更長跪叉手白佛言甚可怪之怪哉何以故比丘尼罪乃如是乎佛語阿難此是我小説耳女人凡有八萬四千匿態迷惑清淨道士使墮泥犂中動有劫數不能自勉然外態有八十四亂清淨道士迷憒惑欲亡失經道夫爲女人所惑者皆是泥犂薜荔禽獸地獄也爾時阿難聞佛説是語大驚怪恐怖不知是何言低頭不樂淚下如雨不能復自動搖佛告阿難莫恐怖也我當具爲若説之使汝開解得至泥洹佛告阿難若比丘尼居山中樹下樹爲枯死者用女人多安態嫈嫇細視丹脣赤口坐樹下亦不念道但念身好欲惑他人壞人善心令其顛狂亡失道德用是故樹死不生比丘尼若居山窟中舉山燋焊樹木枯燥禽獸饑餓水泉竭盡者用女人多欲態愚惑自癡不念思道但念婬欲之事心不自安嗟嘆涕泣劇於念道外説經中之義内有情欲之心有人嗟歎者是愚者所見也夫智者深知此女人不念大道也但念他男子耳是故致于燋焊水泉竭盡不生比丘尼若居澤中澤中禽獸更相噉食荆棘百草悉枯不生何以故用女人多姿態專行妖惑思念卧起之原本末其心意起求不見道亡失本業從欲致結毒意一起目無所見諸魔悉作皆爲震動用是之故並令荆棘草木枯死不生比丘尼若居塚間塚中死人悉坐撈笞丘墓松栢皆便

枯死何以故用女人多姿態情不念道但念色欲婬泆之心婬態一起天地悉動鬼神百獸悉爲恐懼用是故丘墓松栢死而不生比丘尼若居人間國中不安蝗蟲數出賊寇數起兵甲不息人民呼嗟皆有饑色何以故用女人多姿態貪著色欲婬泆之垢欲令人敬都不念道但念男子相好不好某男子健某男子不健晝則談笑暮則思惟卧起之事用是故令人民窮困不安隱比丘尼若居私寺使諸沙門迷惑於色貪著財寶飮酒噉肉身衣繒綵欲令身好綺行雅步亡失經道轉相誹謗更相愁惱何以故用女人多姿態亦不讀經行道但作細輭音聲迷惑丈夫使令心動未得道者其心亂矣更相占視覩其惡露劇於洞視悉見所有其心歡喜計利一時即墮生死十五劫中當作黃門用是使比丘相憎耳比丘尼若受檀越請食檀越不得其福錢財日盡又多疾病何以故用是女人多姿態亦不如法食但作姿則欲令人觀亦不以食爲味但相他人男子中壻不中壻也如是檀越欲作福施更合大罪所以者何用此比丘尼心意亦不用法來食而但持婬泆意來食耳用是故使檀越不得安隱也比丘尼若行勞疾病者不愈鬼神更與災禍日增何以故用女人多姿態不能自端心馬能端他人心尚不能自度馬能度人身自在罪中馬能脫他人罪也何以故用多欲有所希望故用是故不能愈人疾令鬼神亂也

佛告阿難我法中令有比丘尼即却壽五百歲我般泥洹後當復有三千比丘尼有千八

百比丘奉持是法律皆得阿羅漢末世時當有八萬比丘尼有七百六十比丘尼奉是法律經皆得阿羅漢其餘者却後百三十劫當復奉是法律當復得阿羅漢爾時阿難問佛言比丘尼當云何行得道也當用何法行之乎佛語阿難夫天下欲婬垢大重若能斷是態者便可得道女人身譬如珠寶其像大好不可久立迷亂道德亡失人身何以故用珠寶好故當入深海中求之不止殺身不久女人求道但坐外八十四態還自纏身有墮八十四態者如入大深海必沒其身有能除此八十四態者即是阿羅漢也阿難復叉手長跪前白佛言何等爲八十四態令人不得道也願佛加威神解說威德現敬使衆人開解信樂其義終日習聞令脫罪患使得正眞即皆歡喜及後當來皆使開解佛言阿難諦聽善思念之内著心中我當具爲若說之如是阿難諦受奉持之爲當來過去今現在比丘尼布說其要使奉持之行如是法者疾令人得道佛言女人八十四態者迷惑於人使不得道何等爲八十四態女人喜摩眉目自莊是爲一態女人喜梳頭剃掠是爲二態女人喜付脂粉迷惑丈夫是爲三態女人喜嫈嫃細視是爲四態女人喜丹脣赤口是爲五態女人喜耳中著珠璣是爲六態女人頸下喜著瓔珞金珠是爲七態女人喜著珠寶綃綵之衣是爲八態女人喜著糸履是爲九態女人喜掉兩臂行是十態女人喜邪視是十一態女人喜盜視是十二態女人欲視男子見之復却縮是十三態女人見男子去復在後視

之是十四態女人欲見男子見之復低頭不語是十五態女人行喜摇頭摇身是十六態女人坐喜摇頭摇身是十七態女人坐低頭摩手抓是十八態女人坐喜含笑語是十九態女人喜細輭聲語是二十態女人喜㨨兩眉是二十一態女人坐喜大聲呵狗是二十二態女人設見男子來外大瞋恚內自喜歡是二十三態女人貢高自可憎妬他人是二十四態女人欲得夫壻適見佯瞋怒是二十五態女人見夫壻佯瞋恚之設去復愁憂心悔是二十六態女人見男子來共語佯瞋怒罵詈內心歡喜是二十七態女人設見男子去口誹謗之其心甚哀是二十八態女人輕口喜罵詈疾快逐非是二十九態女人喜專權縱橫非他自是爲三十態女人慢易孤弱以力勝人是三十一態女人威勢迫愶語欲得勝是三十二態女人借不念還貸不念償是三十三態女人喜曲人自直惡人自善是三十四態女人怒喜無常愚人自賢是三十五態女人以賢自著惡與他人是三十六態女人以功自與專己自可名他人功是三十七態女人已勞自怨他勞歡喜是三十八態女人以實爲虛喜說人過是三十九態女人以富憍人以貴凌人是四十態女人以貧妬富以賤訕貴是四十一態女人喜讒人自媚以德自顯是四十二態女人喜敗人成功破壞道德是四十三態女人喜私亂妖迷正道是四十四態女人喜陰懷嫉妬激厲謗勃是四十五態女人論評誹議推負與人是四十六態女人又巨說謗正道清淨之士欲令壞

亂是四十七態女人喜持人長短迷亂丈夫是四十八態女人喜要人自誓施人望報是四十九態女人喜與人施追悔責人毀呰高才是五十態女人喜自怨訴駡詈蟲畜是五十一態女人喜作妖媚蠱道猒人是五十二態女人憎人勝已欲令早死是五十三態女人喜持毒藥鴆餌中人心不平等是五十四態女人喜追念舊惡常在心懷是五十五態女人喜自用不受人諫諛諂慵悷自可是五十六態女人喜疎内親外伏匿之事發露於隣落是五十七態女人喜自健煩苛輕躁不由丈夫是五十八態女人喜自憍矜撾捶無理自瞋自喜欲令人畏之是五十九態女人喜貪欲之行威設自由欲作正法違戾丈夫是六十態女人喜貪婬心懷嫉妬多疑少信怨憎漸地是六十一態女人喜恚怒蹲踞無禮自謂是法是六十二態女人喜醜言惡語不避親屬是六十三態女人喜憍傲自恣輕易老小無有上下是六十四態女人喜自可惡態醜懟言語無次是六十五態女人喜好嗜美不避禁法是六十六態女人喜禁固丈夫不得與人言語戲調是六十七態女人喜繚戾自用輕毀丈夫言不遜慎是六十八態女人喜危人自安以爲歡喜是六十九態女人喜詛賴憋惡毀傷賢士諂詭姿則惑亂道德是七十態女人喜鬼黠諛諂謂人不覺是七十一態女人喜貪得惡亡得便歡喜亡便愁惱呼嗟怨天語言嗹口是七十二態女人喜駡詈風雨向電呪咀惡生好殺無有慈心是七十三態女人喜教人墮胎不欲令生是

七十四態女人喜孔穴竊視相人長短有錢財不是七十五態女人喜調戲必固迷誤人意是七十六態七十七元缺女人喜擿嬈丈夫令意迴轉不能自還是七十八態女人喜剗胎剖形視其惡露是七十九態女人喜笑盲聾瘖瘂蹇躄自決惡他人是八十態女人喜教人去婦欲令窮困是爲八十一態女人喜教人相摑捶合禍證受是八十二態女人喜教人作惡鬬訟相言縣官牢獄繫閉是八十三態女人喜倡禍導非大笑顛狂人見便欲得以猗狂勑强奪人物令人呼嗟言女人甚可畏也是爲八十四態明當知之女人能除此八十四態者無不得度無不得道無不得佛也賢者阿難白佛言如是女人婬欲姿態爲可除不乎佛語阿難此態自是女人所作耳女人能自滅者極可得滅耳滅者是現世阿羅漢也阿難復白佛言天上天下莫不愍濟群黎之類皆得度脱願佛當復解説滅除態欲之患使大愛道等比丘尼皆得開解佛言善哉阿難諦聽我所説善思念之内著心中奉持如法爲報佛恩不如法者勞女人耳諦聽諦聽阿難及諸長老比丘尼皆同聲言諾受恩歡喜叉手而聽

佛説大愛道比丘尼經卷下

音釋

恂須倫切嚴謹貌　闚缺規切視也　啗徒濫切食也　尻苦高切脽也　咳口漑切與欬同　倨居御切與踞同　杷蒲巴切掻也　滀丑六切結聚也　圊廁圊七情切廁初吏切圊廁並溷也　薜荔梵語具云薜荔多此云餓鬼薜蒲細切荔郎計切　嫈嫇嫈烏耕切嫇莫耕切嫈嫇幼婦貌　焊呼旱

切貌
乾
撈笞　撈蒲庚切笞趣之切撈笞棰擊也
抓　側交切播也
捫　音門
愶　虛業切恐迫也
貸　他代切施與也
訕　所晏切謗也
鴆餌　鴆直禁切鴆毒也餌仍吏切食也
憹悷　憹力董切悷郎計切憹悷多惡不調也
憍⿰亻蹇　憍居妖切憍恣也⿰亻蹇紀偃切偃⿰亻蹇也
憋　匹蔑切急性也
喠　之勇切不能言也
蹇躄　蹇紀偃切跛也躄必益切足不能行也

佛說目連問戒律中五百輕重事經

失譯人名今附東晉録

清刻龍藏佛說法變相圖

佛說目連問戒律中五百輕重事經卷上

失譯人名今附東晉錄

五篇事品第一

如是我聞一時佛住王舍城迦蘭陀竹園是時目連從坐而起白佛言世尊我今欲有所問唯願世尊爲我演說佛言善哉汝所問者能大利益無量衆生恣汝所問目連白佛言世尊末世比丘輕慢佛語犯衆學戒雜用三寶物當墮何處爾時佛告目連諦聽諦聽當爲汝說若比丘無慚愧輕慢佛語犯衆學戒如四天王壽五百歲墮泥犂中於人間數九百千歲犯波羅提提舍尼如三十三天壽千歲墮泥犂中於人間數三億六十千歲犯波夜提如夜摩天壽二千歲墮泥犂中於人間數二十億千歲犯偷蘭遮如兜率天壽四千

歲墮泥犂中於人間數五十億六十千歲犯僧伽婆尸沙如不憍樂天壽八千歲墮泥犂中於人間數二百三十億四十千歲犯波羅夷如他化自在天壽十六千歲墮泥犂中於人間數五百二十一億六十千歲

問佛事品第二

問佛物先在一處有比丘齋至餘處作佛事犯何事答犯棄一切佛物都不得移動若有事難衆僧盡去當白衆若衆聽得賫至餘處無罪

問佛物得買供養具不答得

問佛物造堂與直可賃不答一切佛物得買不得賃

問比丘作佛事得佛奴牛驢馬得借使不答若知本是佛物不得不知得以非法得故

問僧地起塔用佛物作籬籬裹可住不答若知而故入犯墮不知不犯若知故住過三諫犯決斷過四諫轉犯重

問先佛堂壞主人更出私財作堂用故財施比丘比丘可取不答言不得

問僧地佛物用作都籬籬裹先有井果菜可食不答不得若是檀越物作佛事先要以果弁菜施僧得食不要不得食若買五倍價若知不買而食計錢多少犯罪

問欠負佛物物云何償答直償本物以佛不出入故不加償雖爾故入地獄昔佛泥洹後一比丘精進聰明有一婆羅門見比丘精進聰明持女施比丘作比丘尼比丘即受其女姝好比丘後生染意作不淨行共生活用佛法僧物各一千萬錢用衣食而此比丘極聰

明能説法使人得四道果自惟罪深重便欲償之即詣沙佉國乞大得錢物還欲償之道路山中爲七歩蛇所螫比丘知七歩當死六歩裏便向弟子言何處償物遣還本國言汝償物已還我住此待汝弟子償物訖還報之即起七歩便死墮阿鼻地獄中初入温煖未至大熱謂是温室便舉大聲經唄呪願獄中諸罪人鬼聞經唄者數千人得度獄卒大瞋便舉鐵扠打之即命終生三十三天以此驗之佛法僧物不可不償雖復受罪故得時出矣

問佛塔上掃得土棄之有罪不答得棄不得餘用

問佛物出與人取子息用犯罪不答與佛物同體俱犯重出入合子與佛由故無福以壞法身而爲形故

問佛圖主遣佛奴小兒給比丘可使不答不得使以是佛物故

問比丘要與佛作得食佛食不答不得比丘無客作之理何況取佛物衣食用耶

問白衣與佛作得佛物用此物作食請僧僧得食不答不得食

問佛事法事得捉金銀錢不答不得捉犯捨墮罪

問人施牛驢馬奴造佛事法事可受不答得受使用但不得賣弓刀軍器一不得受

問人施佛屋宅未用可寄住不答不得便是佛物

問續佛光明晝可滅不答不得若滅犯墮雖云佛無明闇施者得福故滅有罪

問非佛屋佛像在中可在前食卧不答得若佛在世猶於前食卧況像不得但卧須障若有燈光明不得足光中過住若自有燈得

問上佛圖佛塔佛牆遠望犯何等事答不知不犯若必急難事上亦不犯知而上犯捨墮過三諫犯決斷過四諫故上犯棄

問指物造佛經更得他物不用前物得爾不答不得以許便是

問得買佛上繒作衣不答不得

問形相佛像犯何事答一切佛像不問好惡不得形相其罪甚重必不可爲

問人作佛像鼻不作孔後人得作不答不得

問佛牆得持物倚不答不得犯捨墮昔有一比丘入寺禮佛有婆羅門知相相比丘有天子相便語比丘我有一女嫁與比丘比丘言須我禮佛還比丘便持錫杖倚佛圖牆入寺禮佛已還出婆羅門便不復與語比丘問故與我女不婆羅門言不與婆羅門言向見比丘有貴相故與今無復此相是故不與所以爾者消其功德故以是佛墻及塔壁不可持物倚既犯戒又消其無量功德

問佛物得作天人世人畜生像不答佛邊得作

問比丘度人不知本末後度知是佛奴而不發遣犯何事答知而度犯重若先不知知便發遣若不發遣犯重問其人是大道不答非

問自有私財顧比丘作佛像作者得取物不答不得

問先上佛旛得取用作佛事不答佛事得用檀越不聽不得

問得通禮過去七佛不答得以法身同故
問若人先許佛三會然後作一會或三行香
三布施得了不答言不得自違言有罪
問比丘犯決斷得佛地中懺悔不答不得
問久遠故寺都無垣障不知佛地遠近若欲
作者云何得知齊畔答不知當以意作齊畔
以不知故增損無罪
問佛物作鬼子母屋及作像有罪不答同以
佛物施人
問佛塔前得禮比丘不答不得犯捨墮
問比丘賣佛像有何罪答同賣父母
問比丘自手斷樹掘地作佛塔寺及造形像
有福不答尚不免地獄受大罪苦有何福耶
以故犯戒故
問法事品第三
問高座說法前人著俗服可與說法不答聽
法說者二俱犯衆多過三諫不改犯突吉羅
復過三諫犯墮復過三諫犯決斷復過三諫
至棄若使不諫經三說戒轉增
問爲說法者如法餘聽者不如法得說不答
同上
問請人說法先高座上有帳蓋是供養佛物
得於下坐不答都不知不犯知不得
問僧坐先寄佛在上後可於上坐說法不答
佛坐得先是僧坐不得
問若人請比丘讀經及說法施物得受不答
若有希望心受犯捨墮若無貪心受不犯若
無衣鉢受不犯
問僧中說法高座上得備机捉麈毛尾不答
病得備机捉麈毛尾犯墮非毛得

問秘經及戒律有事不答犯捨墮
問師具著俗服向說法得禮不答得不病不
得爲說法
問白衣頭上有帽得爲說法不答除有病必
須覆頭餘悉不得
問經上有塵土草穢得吹去不答不得
問比丘得書經取物不答不得取犯捨墮
問經上有飯食犯何事答有慢意故爲犯決
斷不慢意犯墮
問戒律不用流落可燒不答不得不知有罪
燒捨墮若知燒有罪故燒犯決斷與方便破
僧同亦如燒父母
結界法品第四
問結界爲云何答結界法若山澤無人處隨
意遠近若在城邑聚落不得遠結亦不得夜
結結時要須比丘在四角頭立不得使外人
入外人入則界不成先結界場僧家白衣奴
子盡著界場上然後視度四方結界時除四
處一者聚落二者聚落外俗人田地常作事
處三者若有阿練若獨處山澤恐說戒羯磨
時有種種事難不得來白衆求別結小界衆
若聽可彼無五人衆當遣僧與結別界此謂
阿練若坐處四者受戒場先結界文均除結
戒場除是結界以是其事或先結大界後結
戒場於中受戒如界公所云恐無所獲然云
不知同於取別顯通此路可有僥倖其人云
若有病比丘不能得往僧中求索別一屋中
結界僧亦應聽先解大界與結別界訖然後
結大界一切比丘不持衣夜中得入中
有一住處有界一比丘亦可打揵槌廣說戒

先向四方僧懺悔然後説亦可三語三語者
謂三説
問結界得通佛地結不答不得於中受戒若
先不知法已受得戒師僧若知故違有罪
問行船船上得結界不答得若有沙彌白衣
驅著岸上然後結界若不驅出當障隔著一
處然後結界結界後比丘夜不持衣不得入
中
問大僧盡行唯有沙彌在界爲得不答但有
一清信士界便不壞況沙彌盡無一宿界壞
若僧盡去不還亦不須解
問賊來界裏殺比丘界壞不答不壞
問一人三四人行道或在白衣家得結界不
答不得五人以上得結界
問結界得通流水池水結不答一切亭水盡
得分流不得以不知齊畔故
問結界後不打揵槌界壞不答不壞
問結界得通王路結界不答得當結界時遣
人兩頭斷行人然後結界
問無主地可得結界不答得便如鬱單越法
問先結界後有大水或掘坑長十五步或復
於中行欲此界壞不答盡不壞其人云假使
掘大坑深廣一由旬界猶不壞況小小坑耶
問比丘得比丘尼界裏宿不答得亦不得失
衣但不得入其房內耳
問僧結界竟後來僧共住不持衣失衣不答
不失當結時已通三世僧故
問僧不盡集得結界不答若有事囑授得無
事不得
問一結界得幾時答不限年數若施主要增

地更結耳
問先僧結界不解而去後來僧得於中結界不答得
問結戒場時要須集一切僧爲隨意多少答五人以上得以無大界故衆不集無犯
問結界場要須至場上亦得遥結耶答要須至場上乃得結耳
問二衆結界得互相叉結不答不得相叉得共通結耳
問一界裏得鳴二揵槌不答得但不得二處說戒及以羯磨種種僧事唯得燒香飯食而已
問大僧得與尼通結界不答得
問歲坐事品第五
問夏中幾日得結坐答從四月十六日盡五月十五日日日可結此謂坐初有事難不得結或五三四日乃至一月盡不失前坐此名三十日結坐一日受歲後坐人唯得一日結坐過七月十五日有事難日日可受歲盡八月十五日此名一日結坐三十日受歲
問結坐受七日法爲坐初受爲臨行時受答若坐初受者好坐初不受亦可臨行時受夫受七日法行不滿七日還後行不復更受計滿七日乃復更受若慮忘亦可日受
問夏坐中不受牀坐房舍十二物得坐不答不須受
問結坐而不坐得歲不答若先不知坐法受歲得若知故違不得
問都不結不坐受歲得不答若先不知有結不知有坐法受臘得有結知便應向僧悔若

先知法故違不得

問不結而坐得歲不答同上事

問夏坐中得入流水池水浴不答界内盡得若受七日行過水亦得

問夏中犯決斷不悔受歲得不答雖有罪得歲所以爾者故是比丘故

問受歲不和合得歲不答要先懺悔然後受歲若其人不悔擯出得受若不擯出衆當三諫過三諫不受犯決斷過四諫犯重若力能驅逼出界好若其不出當牢閉著一房中然後受歲無苦以其非復比丘故若惡人多衆所不敵當避出界若共受不得歲

問夏坐中得爲亡師造福不答得但不得手自造事

問夏中得捉扇拂不答一切毛不得捉竹扇得

問後坐人得七月十五日受歲起去不答不得若先不知已受得歲若知法故違不得若已和合僧就受籌而已若後坐人受歲時前坐人亦爾

問二人同臘小者前坐大者後坐前坐者已受歲後者未受於一月中何者應大答先大故大計本日故

問夏中不受七日法暫小小出界故得坐不答懺悔得

問夏中一因緣得三受七日不答言得

問夏中不坐或十人至十五人欲來寄住共受歲得共住共受歲不答若及後坐當結若不及後坐不得此人若全不知有坐法得容若知有故違不得

問夏中坐若爲三寶事若疾病種種衆難得移坐不答得坐當白衆中受三十九日法三十九日已有事便出界三十九日法三十九日滿得還好若不得亦可彼處受歲無犯若坐初不受臨行時亦得受若坐已滿三十九日者事便出界不須復受若不還亦得於彼處受歲

問不結坐或不受七日已受臘得不答不知法已受得臘不得夏若已夏僧一諫取好過三諫不取犯戾語決斷懺還取得當取時白衆然可得

問比丘不受歲犯何事答若一比丘不受歲衆諫使受一諫至三受好若過三不受犯決斷過四不受非沙門以不肯受法故

問夏坐新受戒人日中後結坐得歲不答得唯後夜不得

問夏中坐忘不受七月法一出行得坐不答憶即悔得一坐中不過二三悔過三三悔不得歲

問受歲時若天雨得屋下受歲不答得

問既至某方結坐有礙不達得進退結坐不答不得正可到彼結後坐若道路有僧住處便應就坐住二三日治房室然後受三十九日去若無僧住處五人以上共結界坐然後坐留一二人守界滿三十九日乃得去若後人不滿三十九日去者前去人不知不失坐後人失

問一人至四人得白衣家結坐不答不得五人以上得

問一人靜處得結坐不答先有結界二人以

上得一人以不得無人共受坐故無界盡不得若欲別坐當更請僧結界坐然後得

問比丘夏坐中得受請他施及受他寄物或經十日至三月得爾不答作不貪受不限時節

問夏坐中界内作有爲事得應坐不答福事得指授餘不得

問受夏坐人云何房舍破當補治爲謂始坐坐訖時耶答三月中破即治

問受歲時尼來界内求索受歲應與受不答二尼以上得一不得所以爾者以尼獨出界犯重故

度人事品第六

問一人得度沙彌不答二人得

問度沙彌得遥請和尚不答不得

問未滿五臘度人犯何事其弟子爲得戒不答若知非法而度犯捨墮過三諫不止犯決斷若弟子不知是非法得戒若知不得

問比丘都不誦戒又不知法種種僧事而多度人或作三師有所犯不答此人尚不應食人信施況復度人

問若人父母王法不聽比丘盜將去度犯何事答犯重若官人走奴投比丘爲道比丘若知而安止未度亦犯重

問若兒前出家父母後出家來投其兒其兒得度不答得

問犯戒比丘得度人不答若犯重無復度人之理若犯決斷同上未滿五臘者若犯餘輕戒要須懺悔然後得度

問白衣投一比丘欲出家比丘即受更爲請

和尚戒師所投比丘故是師非答非師若後從受法者可爲法師若依隨者可爲依止師

問比丘多度弟子或作二師都不教戒犯何事答犯捨墮昔迦葉佛時有比丘度弟子不教戒多作非法命終生龍中龍法七日一受對時火燒其身肉盡骨在尋後還復則復燒不能堪苦便自思惟我宿何罪致如此苦耶便觀宿命自見本作沙門不持禁戒師亦不教便作毒念瞋其本師念欲傷害會後其師與五百人來乘船渡海龍便出水捉船衆人即問汝是誰答我是龍問汝何以捉船答汝若下此比丘放汝使去問此比丘何豫汝事都不索餘人而獨索此比丘者何龍曰本是我師不教戒我今受苦痛是故索之衆人事不得止便欲捉此比丘著水中比丘曰我自入水不須見捉即便投水喪命以此驗之度人不可不教戒

問受戒事品第七

問沙彌犯十戒一二三不悔受大戒得不答若憶而不悔不得都不憶若不知法受得夫受戒法師應問沙彌汝不犯戒不答若言犯即教懺悔若本師不問壇上師應問若都不問師犯捨墮

問以受大戒得悔沙彌時所犯不答得懺悔法同沙彌時悔法

問沙彌壇上欲受大戒或著俗服脚著屐屣或衣鉢不具假借當時爲得戒不答唯俗服師不問不得其餘盡得師僧犯捨墮

問若有比丘不捨戒作沙彌或即大道人而更受戒不答不得

問若不得戒前所受戒故在不答在
問後師故是師不答非
問多人受戒而并請一人爲師可得十人五人一時受戒不答無此理
問沙彌更受大戒請一比丘爲大戒師而此比丘不知羯磨法及受戒法更與請一人與受戒以何當爲師答與受戒者是師無戒法與者非師
問壇上師僧或著俗服或犯禁戒受戒者得戒不答若受戒人知是非法不得不知得
問受戒時衆僧不和合或相打罵爲得戒不答若壇上僧和合便得不和不得
問受戒爲有時節不答唯後夜不得初夜中夜無燈燭亦不得要須相覩形色乃得
問受戒時或值天雨更移場屋下受戒得戒不答若欲移戒場當先解大界更結界場乃得受戒不爾者不得
問受戒時或有事難不得究竟是大比丘不答但三羯磨訖便是
問受戒盡十三事後諸戒師和尚不續教戒得戒具不答若師不教誡至十五日說戒專心聽受便得具足
問受戒三衣不具有持衣直或染不染或裁不裁得當衣不答盡不得
問受戒時衆僧難得限齊幾僧得受大戒答除三師五僧以上得
問沙彌曾詐稱爲大道人受大比丘禮後得受大戒不答不得
問沙彌辭師行事難不得還輒於彼處請依止師受戒得戒不答得戒

問若比丘誘他沙彌將至異衆與受大戒犯何事彼衆知應聽不答若其師有非法事沙彌及將去者無罪若無非法將去者犯重擅上師僧犯捨墮昔有一長老比丘唯有一沙彌瞻視有一比丘輙誘將沙彌去此老比丘無人看視不久命終因此制戒不得誘他沙彌誘他沙彌犯重若有一比丘見他沙彌瞻視老病人教使捨去沙彌若去此比丘犯重

受施事品第八

問比丘受檀越請四事供養所受物得分施人不答得

問以受四事長請小小緣事出行得食外食得服外藥不答施主聽得

問他人欲施比丘物先問比丘有無比丘實自有以貪心欺彼言無他即施物犯何事答貪取犯捨墮妄語犯墮

問若衆僧食偏與上座上座得食不答上座貪心犯捨墮

問比丘不病稱有患苦求索好食既得食之犯何事答犯重

問不著三衣受食犯何事答犯捨墮

問檀越適請二人三人須衆唱不答須唱

問大比丘羯磨分物時尼來界内應得分不答應得

問有人寄物施一處僧物至後更有比丘來分時在坐應得分不答打揵槌應得不打不得

問比丘行道中婦人施物得受不答親里若相識得取

問比丘行道中比丘尼施物得受不答施僧

得受非衆不得
問供僧齋未僧去齋主得供後人得食不答打揵槌得食若不打食一飽犯棄
問四月八日嚫物七月十五日本僧已去寺主取與後僧後僧分取者犯何事答打揵槌現在僧共分無罪若不打揵槌分者犯盜
問白衣有貰嚫物本道人去與後人後人得受不答應取
問主人本道人當來不答言求不來呪願若言或來不得取取犯捨墮知取犯棄是僧物故犯
問比丘治生得物施比丘衣食得受不答取衣犯捨墮窮厄無食處彼使白衣作可食治生道人若白衆言此物非我物是使人物若爾可食若主不白衆食犯墮二三人亦可白

若道人施他人他人言是我物可食
問比丘得出物不答不得犯捨墮
問長受百日請中間得受他一食二食不答施主聽得不聽不得
問比丘食或啗一口飲吐之取一摶飯棄之犯事不答犯捨墮
問乞食長得與人不答先無貪心取長得施衆生若無衆生舉著樹頭有衆生噉好若無明日還自受水取食不得棄以信施重故所以還得自取者以更無主故如鬱單越取食法
問主人慇懃得長受請不答若其處得行道無難無短乏得往
問主人請食得遣人代不答主人意無在得若主人嫌代去犯捨墮

問鬼子毋食可食不答呪願然後可食
問主人施比丘牛馬奴供食直得取不答得
取用不得賣弓刀一切兇器仗皆不得受
問人自出物供齋齋竟去餘物後僧來得食
不答打揵槌得不打犯盜
問比丘共盤食他分犯何事答若問聽無罪
不聽取食犯墮若不問亦犯墮所以不犯者
以共仰手故受
問比丘乞前人問好比丘非答是得物至犯
何事答實好言好犯墮不好言好犯棄
問比丘一切長物施人言我後須還自取得
爾不答得與可信者然後更語一人我物施
某比丘若取還語不得輒取
疾病事品第九
問比丘病得離鉢食不答重病得小病不得
問比丘疾病三衣不持犯何事答大困無所
識知得有覺知不得
問看病人不語病者私用錢與他病人作食
湯藥犯何事答若用五錢犯棄若後語病者
歡喜不犯若病人恚不償犯棄
問爲病故主人日供一百錢五十便足餘者
得與餘病者作食不答病者自與便得
問病比丘無人看比丘得與作食不答山野
無人處日中不得往還得作七日先淨薪米
受取得作
問病人須酒一升二升下藥可與不答若師
言必瘥得和藥服不得空服
問比丘病得服氣不答不得同外道故
問比丘腫病得使人唾呪不答得
問比丘病困或嘱衣鉢施衆或賣用作福德

犯何事答若更得弊故即受得無有犯捨墮

死亡事品第十

問亡比丘物都不打揵槌不羯磨而分犯何事答界裏一人以上盡得打揵槌羯磨若不羯磨而打揵槌亦不羯磨盡犯棄所以爾者亡比丘物盡屬四方僧故不得輒分若界外五人以上得羯磨分不打揵槌以無界故四人以下不得羯磨分若分犯棄當齋詣僧中若自取齋去至異衆初入界不犯出則犯棄如是復至餘衆一出界一犯棄弟子持師物去亦爾

問比丘亡弟子不持師物與衆輒自分處供養僧僧可食不答其弟子先知法者有罪僧不打槌不羯磨而食犯捨墮

問若師亡僧羯磨分物弟子應得分不答應得即是僧故

問師亡更無餘僧唯有弟子或五戒十戒得羯磨分此物不答即是僧故得分但打揵槌羯磨不打不羯磨不得

問病者無常供病餘物後人得與餘病者不答此是僧物不得輒與直五錢犯棄

問師徒父母兄弟死得哭不答不得一舉聲犯捨墮可小小泣涕而已

問或比丘死時在羯磨時不在或死時不在羯磨時在各應得分不答及羯磨盡得死時在羯磨時不在不得

問比丘死後人與買棺木衣服瘞埋與者犯何事答曰白僧與泥洹僧僧祇支自覆自餘應入僧師物一切不得埋埋過五錢犯棄若弟子私物得亡者知法已得分處分者無罪

問父母諸親死比丘與辦衣棺木埋不答不得若父母亡日若病無人供養乞食與半若自能繩線不得與食犯捨墮與衣犯捨墮況復棺木瘞埋耶

問病者無常衣鉢先與看病者竟不羯磨看病者賣爲飯僧得食不答衆未得羯磨食衆犯捨墮若看病者不知法已作羯磨得食若未作衆當語法

問比丘借人物前人死得還自取不答一切不得自取取犯突吉羅白衆衆還得取衆不還犯突吉羅若衆不與强取犯捨墮

問比丘得爲亡師起塔不答自物得用師物作不得

問比丘得向師塜禮不答得難曰生是我師已死尚非比丘唯枯骨而已何由向禮答若佛在世應供養恭敬泥洹後亦是枯骨何以供養耶師生以法益人後亦應恭敬禮拜有何過也

問分物時羯磨已訖更有僧來得分不答若羯磨訖不與無咎若及後羯磨猶故得分

問三衣事品第十一

問三衣事浣要須捨不答須捨若不捨犯捨墮當施與人還乃得更受

問三衣盡得條成不答大衣得中衣小衣不得

問小衣得著燒香上講不答無中衣得若不近身體淨潔亦得

問浣衣出帛得用米粘不答不得犯捨墮日日從沙彌白衣受乃得著

問三衣應施裏不答裏施不施亦得

問大衣得著上講禮拜不答無中衣得
問三衣得用生綃作不答一切生綃衣不見
身者得著
問比丘瞋忿自壞衣鉢錫杖犯何事答瞋惱
自壞三衣鉢犯捨墮壞錫杖犯捨墮壞他物
計錢犯事
問三衣得借人不答不得出界經宿若同界
內得不限日數
問入聚落中不被大衣犯何事答著肩上去
不犯若僧使或爲病人持去不犯
問三衣破補便得受須復施他人耶答破容
猫子脚便應施人人還乃得補受若先補後
施人亦得

佛説目連問戒律中五百輕重事經卷上

音釋

佉丘伽切　螫施隻切蟲行毒也　僥倖僥堅堯切倖下耿切僥倖覬覦非所當得也　貰嚫貰始制切嚫初覲切　唅胡南切與含同

佛説目連問戒律中五百輕重事經卷下

失譯人名今附東晉録

鉢事品第十二

問鉢云何失答若緣缺若穿穴若裂若油不捨盡是失緣缺穿穴不可復持裂者綴已施人人還更受油不捨亦爾若棄出界經宿不失

問鉢得合覆著壁上不答若巾裹得合淨處著若囊或懸壁好不得覆著壁上昔六羣比丘覆鉢壁上墮地即破佛因此制戒自今已後不得覆鉢壁上覆鉢壁上者犯捨墮地者犯捨墮

問比丘早起得用鉢食不用有何咎耶答一切食皆應用鉢若一日都不用鉢犯墮

問比丘食飯欲盡得側鉢括取飯不答得

問食後已訖更噉餘果手得離鉢不答得若食未訖亦得暫離

問比丘食鉢要當擎得放地不答要當擎若放地亦不犯戒

問比丘以器盛飯停著鉢中得互用鉢食不答不得犯捨墮

問鉢得炊作食不答不得炊犯捨墮

問雜事品第十三

問比丘或彼劫盜物未出界主見本物不知諸物得取不答得取即取即用九十事中實相似者當先作念若有人認者不得取無認者白衆得取若無衆作界內物取不以爲已取物

問衆僧打揵槌食而限外僧來不與食犯何事答便是失利得突吉羅

問先比丘教化作百人齋長一人以上應受不教化比丘有犯不答打揵槌食應受教化者無犯所以爾者打揵槌謂僧多過失揵槌法要作意請四方僧僧來若多若少一切分財飲食其於無咎

問比丘教化白衣供養衆僧若有外人來乞索得與一升五升不答不得若知非法故與過五錢犯棄若白衆聽得

問主人供養諸僧長請一日百錢用五十自供殘者得餘用不答打揵槌得若無衣鉢不打揵槌衆和合得減用若自損施客僧最善

問主人請比丘十日供十日食殘用作五三日好食犯何事答不犯但不得更索索犯捨墮若不滿十日去亦犯捨墮

問主人請供十日食自裁作一月食得不答打揵槌得若不打揵槌僧有出去者若不施後人食後人食已分盡食他分一飽犯棄不飽犯捨墮

問父母兄弟破壞得乞物贖不答得但不得稱已須乞父母兄弟得若用訖有長不得自入還屬所贖者若語聽用犯墮不聽用而用犯棄

問至酤酒家得乞財不無事得坐語不答酤酒門一切不得入若入犯墮更有餘門得入若請比丘會當問能受一日戒不若言能與受得住若不受但能一日不酤酒得住屠家亦爾

問勸人飲酒犯何事答强勸不飲犯突吉羅若飲犯墮

問道人寄白衣物此人過期不來與餘比丘

得取不答不得取若活是有主物若死是僧
物
問比丘暮得捉火行不答曰冬得夏然燭亦
得若把火犯墮
問本物直一匹因行至他方責得五三匹可
取不答不得犯捨墮
問一切戲負他物不償犯何事答戲取物及
與盡犯捨墮
問比丘甞食得食不答不得知而食犯捨墮
前甞食人亦犯墮若不即懺其罪日增昔有
一執事比丘恒知處分當作飲食常手拄器
言取是用是日日常爾不懺命終後墮餓鬼
中有一比丘無著於夜上廁聞呻喚聲問汝
是誰答我言是餓鬼問本作何行墮餓鬼中
答於此寺中爲僧執事問汝本精進何由墮
餓鬼中答不淨食與衆僧無著問云何不淨
答衆僧有種種瓮器器盛食見以指拄器教
取是用是物犯墮三説誡不悔轉至重以是
故墮餓鬼中兩手擘胷裂皮破肉搏喉吹㖣
問何以擘胷答蟲噉身痛故問何以搏喉吹
㖣以口中蟲故復問何以呻喚答餓極欲死
故問欲食何物答意欲食糞而不能得問何
故不得答以諸餓鬼推排不能前無著言我
知柰何鬼言願衆僧見爲呪願答可爾無著
即還向衆説彼人墮餓鬼衆僧問本行精進
何墮惡趣答本以不淨食與僧而不悔故願
與呪願便得食糞不復呻喚以是證故知大
比丘不得手造飲食及拄觸僧器物若非僧
器手受得行與僧無犯
問師令弟子販賣作諸非法得遠離師不答

得捨去有四因縁應住一者與法與食不與衣鉢應住二者與法與衣鉢不與食應住三者與法衣鉢與食應住四者與法不與衣鉢不與食應住若師都不與法不與衣鉢食應去問夫淨何者須淨淨有幾事荅果菜須刀手火淨唯穀米須火淨果已淨子無苦

問禮拜得著靴鞋履不荅淨者得

問畫作幡華賣得物犯何事荅犯捨墮

問比丘教他販賣犯何事荅犯捨墮

問比丘畜奴牛驢馬犯何事荅犯捨墮不悔轉增問比丘授人爲道未度得食僧食不荅白僧得不白犯墮

問爲僧乞食道路已身得食不荅若去時先白僧僧聽好若不白還白聽亦好若不聽還償若不償犯重

問若他人持食具寄屋中經宿有犯不荅不犯

問續明油一升二升得著自房中不荅得

問藥酒得著自房中不荅病得七日

問都不用楊枝有犯不荅犯捨墮

問未曉得用楊枝不荅明星出後得用

問中食後口得用楊枝不荅得用若不用純灰皂莢汁都不用犯墮過中亦犯墮中後除藥一切草木有形之味不得入口犯捨墮

問若無楊枝口得用一切餘木不荅盡得

問貧乏得入市乞不荅中前得中後不得亦不得乞錢若欲乞錢當將一白衣沙彌亦不得

問人捉比丘賣得走不荅初時得經主不得

問比丘戲得物得作食請比丘得食不荅不

得犯捨墮
問比丘尼不精進可勸罷道不答無此理
問合藥施人而不知裁節服者死犯何事答
好心與無犯惡心與犯重
問比丘或十臘五臘竟不誦戒犯何事答若
不誦戒食人信施日日犯盜若先不知猶得
懺悔
問一切鬼神屋可寄宿不答在路得宿有觸
擾意住犯墮
問比丘噉生肉犯何事答犯墮
問二男行欲不竟犯何事答犯決斷
問二男欲口戲擬便止犯何事答犯墮成者
犯決斷
問牀席他人於上行欲其處可住不答見處
淨洗可住

問以唱僧跋上座未食下座先食犯何事答
聞唱便食不犯
問比丘不具六物犯何事答不乞作犯捨墮
若乞不能得不犯
問比丘大寒得通衣卧不答著衣得
問比丘自稱貴姓及持戒强力乞得犯何事
答犯捨墮
問姊妹有腫病或有痛處比丘手按此處可
治犯何事答若起心犯決斷不起犯捨墮
問妹姊無兒息語比丘教我方術比丘即教
犯何事答犯決斷
問寄比丘物與人竟不與犯何事答自取不
過犯重著故壞還計直輕重
問聚落中都不著衣犯何事答犯捨墮
問比丘啼犯何事答若聚落衆中一作犯捨

墮三諫不休犯決斷

問聚落中持弓刀看犯何事答先不知法無犯知突吉羅罪

問比丘騎乘犯何事雄者一住犯過三諫不止犯決斷雌者一載犯決斷

問聚落中比丘看白衣鬪犯何事答犯捨墮

問比丘暫捉碁子五木而戲犯何事答犯墮

問聚落中三歲小兒抱嗚口犯何事答犯墮

問聚落中合白衣相撲犯何事答犯突吉羅

問聚落中看白衣合畜生犯何事答知非法故看犯捨墮不知不犯内起婬心口有染汙言犯決斷

問比丘食不足得囑未具戒者不答得唯除婆羅門

問山中曠野中見一無主器物可取用不答得用要須語王若王家之人若語餘人得用不得持去犯捨墮

問道人作醫得取物不答若慈心持得作惡心不得無衣鉢前人與得取若有衣鉢前人强與爲福事得取若人不與亦不得爲福乞犯捨墮

問食巾或少多搢菜飯羹墮上要須浣不答不汙亦須日浣若有沙彌白衣付之日從受不犯若已付著室中無苦若不付有不浣犯捨墮

問比丘私房小小出不閉戶有犯不答犯捨墮

問比丘私房内拍手笑犯何事答犯捨墮

問比丘得躑過小水小坑不答不得犯墮昔有一優婆塞請一比丘欲與作一領好衣比

丘即隨去中道有一小水比丘便蹦度此優婆塞便嫌心念我謂是好比丘欲與一領好衣而更跳蹦溝坑我歸當與半領衣此是無著知其人念前行見水復故蹦過賢者復念我歸當與一張麤氍前行見水復蹦過賢者復念我歸當與一頓食無著復知其念前行見水便舉衣涉渡賢者問比丘何以不蹦渡比丘言卿前與我一領衣已一蹦過水正得半領復一蹦正得一張麤氍復一蹦正得一頓食我今所不蹦者恐復失食賢者乃知是得道人便向懺悔將歸大供養以此驗之知比丘不得蹦過坑水

問比丘走犯何事答犯墮有急事不犯

問有人出家之後還來盜本家物犯何事答犯棄所以爾者初出家時一切盡捨非己物故

問比丘本在俗時共父母兄弟藏物出家後家人盡死比丘還自來取物犯何事答若自取犯棄若有所親白衣可說便取作福應分半與官所以爾者此物無主應屬官不得全取取犯重

問師更受戒小弟子弟子得下臘下戒及在下行不若不下得爲作禮不答都無此理

問比丘行他田地中或有苗或無苗有事不答有苗犯墮急事不犯無苗盡得

問大悔人已發露或五三日或有難衆僧分散罪得決不答更求衆乃決問王者

問比丘吉凶事比丘爲說然後供養犯何事答若得食犯墮得衣犯捨墮若說征伐得供養犯重

問比丘有緣事俗田行不答得
問比丘未滿五臘不依止犯何事答不依止
師若飲水食飯日日犯盜若先不知法猶得
懺悔
問若比丘或十臘不誦戒答同上依止
問比丘市賣自譽己物過價前人信貴買犯
何事答犯盜
問比丘行迫路有食無人受云何得食答正
得舒一手下向一捉食便止過犯捨墮
問比丘船行水奔不得下得水中便利不答
得
問比丘書經竹木上誦訖拭去犯事不答犯
捨墮
問未滿五臘得並入誦律不答不得爲可粗
教誡而已若誦犯捨墮大戒不滅沙彌戒故
是沙彌非答非
問比丘晝眠犯何事答開戶不得犯墮
問比丘得倚壁伏地不答私房得衆中不得
犯墮
問比丘舍内都不著三衣犯何事答坐禪誦
經不著犯墮
問比丘行道著泥洹僧得繫脚不答大寒得
問比丘畜漆器犯何事答漆木器盡不得用
犯墮
問比丘已食手或擿飲食汙手更得受食不
答得
問比丘至上房中不坐輙坐犯何事答犯墮
問比丘旋塔或比丘尼優婆夷隨後從有犯
不答若有優婆塞不犯
問比丘生菜已淨有根得食不答得

問弟子遠行寄師物或師寄弟子過期不還或經年歲可取用不答若去時無言不得用若知在是有主物若死是四方僧物

問比丘教白衣不祭一切亡人爲是理不答非假使父母不食敬心供養亦得其福

問衆中得共師並坐不答不接得共盤食

問比丘不褰三衣禮佛犯何事答衆多

問比丘得手自合藥不答被淨草得

問比丘休道意已著俗服經時向其尊禮拜然後來投衆求復常位爲應聽不答若不捨戒者應聽

問比丘知其父母兄弟破落屬人而不購贖有罪不答若爲行道不贖無罪

問若人白僧稱言聖衆得然可不答不得然可

問若人持物施僧言施聖衆應受不答若不言得分得取以衆通有俗故

問行道過水使人負渡犯何事答若不老病犯墮

問衆僧家奴比丘得小小倩使不答小小取與得大事不得

問比丘養爪甲長犯何事答犯墮

問上座比丘未浴下坐於前浴有犯不答犯墮

問比丘器中忽有異物或復弊故不知誰許可取用不復可棄不答與僧不得私用

問有一住處多來去僧所有遺亡或是神或是弊衣永無取用者可取不答與衆僧衆僧停一月一歲後得用若後主來僧物償若是貴珍寶衆後不能償者勿用

問比丘有知舊白衣來造已得語上座維那持僧食與不答僧先令得不令不得

問比丘捨道還俗後更出家前師故是師非答非是

問臨壇諸師僧可呼言師不答無此理不從受法者盡不得爲師

問一切師得呼爲和尚不稱爲弟子不答不得正可敬重如俗中之尊

三自歸事品第十四

問三自歸趣得人受復有不應受者答除五逆罪得

問三自歸斯行何事答身口意不行邪事及不隨邪見師

問云何犯三自歸答好邪見隨外道師

問若犯三自歸云何悔答向本師悔若無本師向餘比丘亦得

問若不能持得還不答得

問若還還云何向本師若一比丘言我從今日已後不復能歸佛法歸比丘僧如是三説若不滿三故成就三歸

問或人受三自歸乃悔宿命惡逆爲是理非答無此理

問三歸正得從一人受復得從三人各得受一歸不答不得

問受三歸法要終身復可得一年半年十日五日不答隨意多少

問若從師受一年半年自歸日滿後故是師非答一從受法終身是師

問三自歸得但受一二歸不答不得

問受三歸現前無師得逢從文受不答不得

問先受三歸犯不悔得更受不答不得要當悔若欲當受捨先所受若不捨更受者不得

五戒事品第十五

問不受三歸得受五戒不答不得

問若受三歸犯而不悔者得受五戒不答不得

問受五戒法可得但受五日十日一年二年不答隨意多少

問受五戒不悔得更受不答不捨不得更受不悔亦不得捨

問五戒盡得悔不答若殺人婬其所尊及比丘尼盜三尊財者不得悔餘得悔

問五戒若不能持得中還不答得還若欲都還五戒者合三自歸還言從今日佛非我尊我非佛弟子如是至三法亦爾若還一二三四者但言我從今日不能復持其戒如是至三若不滿三戒猶成就

問五戒可從五師各一戒不答得

問既受五戒遍所重可但分還一二不答得

問五戒可但受一二三不答得隨意多少

問比丘犯重戒或犯酒戒得不答不得

問頗有八戒白衣不答無唯有八關齋

十戒事品第十六

問不受五戒得受十戒不答若先三自歸得以十戒中即有五戒亦不復受

問犯五戒不悔得受十戒不答不得若先不知悔已受而不悔不得

問若師犯重戒從受十戒得不答不得

問若犯重戒從受十戒得不答不得

問沙彌犯十戒盡得悔不答同上五戒

問沙彌品第十七

問悔須衆不答不須衆但向本師得了若現在無師向餘一比丘亦得

問沙彌半月一說戒不答無此理所以爾者以沙彌戒不成俗人然終已可說須十五日一集

問沙彌犯戒得還向沙彌悔不答不得

問沙彌得著俗服不答不得

問師有種種違法事沙彌得捨更求師不答得

問沙彌叛師以白衣師綜習俗竟不捨或經年月還來投師故是沙彌非但悔過而已不須更受戒耶答故是沙彌但向師懺本不捨戒不得更受受亦不得戒

問沙彌爲賊所抄經歷年月或轉經主得逃不答轉經主不得

問沙彌犯禁師僧已擯謝得更出家不答若不捨戒故是沙彌可懺而已

問白衣時從沙彌受五戒然後出家受大戒本師故是沙彌得呼爲師不答得呼爲師但不得爲禮沙彌應作禮白衣時從尼受五戒然後出家亦爾

問比丘貪資之物其罪甚重昔有一比丘貪著一銅鏡死後作餓鬼衆分物竟便來現其身絕大黷黮如純黑雲諸比丘驚怪此是何物衆中有得道者言是死比丘貪著鏡故墮餓鬼中今故貪惜來欲索之諸比丘即以鏡還旣得便捉舌舐放地而去諸比丘還取之而絕臰不可近復使人更鑄作器猶臰不可用以此驗之知貪爲大患比丘貪著衣服乃

有自焚之酷昔有一比丘喜作衣晝夜染著得病困篤自知當死便舉頭視衣内起毒想言我死後誰敢著我此服者不久便命終作化生蛇還來纏衣衆與死比丘出燒葬訖遣人往取衣物見蛇纏衣近胭吐毒不敢近即還白衆具説所見諸比丘便共往看之都無敢近者有一比丘得道便入四等觀四等觀毒不中便往近之語言此本是汝衣今非汝有何以護之便即捨去不遠入一草毒火出然草還自燒身命終即入地獄地獄一日之中三過被燒皆由貪害

歲坐竟懺悔文

若僧聽多薩阿竭所受歲坐比丘應爾我從歲始至今歲竟六月中多所違失違失者戒事除二鼻貳事餘不除是世尊集和僧所教勑今我是思念共諸君發露陳説所違失事君各忍受我若九十日無世尊定無世尊智無世尊戒故多犯無世尊智無世尊戒故犯無世尊戒故犯無世尊智故多失教事無世尊定故多犯亂意或念欲法不行欲事或念盜法不行盜事或念殺法不行殺事或念欺法不行欺事或念僧伽婆尸沙法不行僧伽婆尸沙事

此九十日中所犯事通威儀

問白衣欲出家比丘即受更爲請師不故是師非答非師若從受法者可爲師若依隨者可爲依止師

問若有比丘不捨作沙彌戒即大道人而更受戒爲僧不答得

問若不得戒前所受戒故在不答在

問後師是非答非

問多人受戒而并請一人爲師可得十人五人一時受不答無此理

問沙彌受大戒請一比丘爲大戒師而此比丘不知羯磨及受戒法受轉請一人與受以何者爲師答與戒者爲師是無法非師

授五戒比丘唯得授婆羅門於餘者尼授比丘不得問中間事問者犯僧殘

問一切所有王者不全施得不答王者不嫌便得

問見人行欲不呵犯事不答前人可諫不諫犯捨墮若不可諫向一比丘好發露

問比丘先犯事更受戒得共住不答犯重不得更受戒決斷講過得更作不悔亦不得況得共住

問有急事比丘持弓箭上船可隨去不答主犯重寄載犯捨墮

問比丘官逼作非法犯何事答不得作

問二男共戲便止犯何事答成犯決斷

問比丘盜聽二男行欲犯何事答無欲心聽犯捨墮有欲心聽身不失犯突吉羅

問比丘病不能行得乘車馬不答雄者盡得雌者無想犯捨墮有想犯決斷不知是雌無罪

問比丘嫌經不好賣去更作好者犯何事答賣經如賣父母罪同

問二男角力犯何事答犯墮

問畜生行欲比丘驗令全別離犯何事答犯捨墮

問著小衣行留大衣得受人施不答言得

問比丘夏中得受僧物不答若施僧物即應分不得停

問比丘有好知家結事委任之更異比丘從乞得物犯何事答觀主人意惡不得犯捨墮知主意好得取

問鳩雀於人舍內作窠比丘破或塞鼠孔犯何事答鳩雀未有子得去有子不得鼠穴唯有一孔不得塞若有內外孔得塞內者

問比丘得與師及同學得作書不答在他方情通異國不得

問人出家王法父母不聽爲得戒不答不得

爾時目連從座而起白佛言世尊快說毗尼於如來滅度後誰受持如是毗尼佛言目連思學毗尼者當知是人能修行如是毗尼佛告目連吾滅度後若有比丘比丘尼誹謗如是毗尼者當知是人是魔朋侶非吾弟子如是人輩世世學道不成不出三界吾今憐愍諸衆生輩是時目連聞佛所說歡喜奉行

佛說目連問戒律中五百輕重事經卷下

音釋

擘 博厄切掰也 噀 音遜與潠同噴也 跳躑 跳他弔切躑直隻切 搪 徒郎切搪觸也 購贖 購居候切以財相求也贖神欲切以財贖罪也 黤黮 黤幺感切黮徒感切黤黮黑也 舐 神帋切餂也 臭 尺救切殠氣也 酷 枯沃切慘虐也

根本說一切有部苾芻尼戒經

唐三藏法師義淨奉　詔譯

清刻龍藏佛說法變相圖

根本說一切有部苾芻尼戒經卷上

唐三藏法師義淨奉　詔譯

別解脫經難得聞　經於無量俱胝劫
讀誦受持亦如是　如說行者更難遇
諸佛出現於世樂　演說微妙正法樂
僧伽一心同見樂　和合俱修勇進樂
若見聖人則爲樂　并與共住亦爲樂
若不見諸愚癡人　是則名爲常受樂
見具尸羅者爲樂　若見多聞亦名樂
見阿羅漢是眞樂　由於後有不生故
於河津處妙階樂　以法降怨戰勝樂
證得正慧果生時　能除我慢盡爲樂
若有能爲決定意　善伏根欲具多聞
從少至老處林中　寂靜閑居蘭若樂

諸大德春時爾許過餘有爾許在老死既侵

命根漸減大師教法不久當滅

諸大德應勤光顯莫爲放逸由不放逸必當證得如來應正等覺何況所餘覺品善法大德僧伽先作何事佛聲聞衆少求少事未受近圓者出

不來諸苾芻尼說欲及清淨（其持欲者各對比坐而說）

合十指恭敬　禮釋迦師子　別解脫調伏
我說仁善聽　聽已當正行　如大仙所說
於諸小罪中　勇猛亦勤護　心馬難制止
勇決恒相續　別解脫如銜　有百針極利
若人違軌則　聞教便能止　大士若良馬
當出煩惱陣　若人無此銜　亦不曾喜樂
彼沒煩惱陣　迷轉於生死

大德尼僧伽聽今僧伽黑月十四日（或白月十五日）作褒灑咤若苾芻尼僧伽時至聽者苾芻尼僧伽應許苾芻尼僧伽今作褒灑陀說波羅底木叉戒經白如是

諸大德我今作褒灑陀說波羅底木叉戒經仁等諦聽善思念之若有犯者當發露無犯者默然默然故知諸大德清淨如餘問時即如實答我今於此勝苾芻尼衆中乃至三問亦應如實答若苾芻尼憶知有犯不發露者得故妄語罪諸大德佛說故妄語是障礙法是故苾芻尼欲求清淨者當發露發露即安樂不發露不安樂

諸大德我今已說戒經序今問諸大德是中清淨不（如是三說）

諸大德是中清淨默然故我今如是持

諸大德此八波羅市迦法半月半月戒經中說

攝頌曰

不淨不與取　斷人稱上法　觸八事覆隨

斯皆不共住

若復苾芻尼與諸苾芻尼同得學處不捨學處學羸不自説作不淨行兩交會法乃至共傍生此苾芻尼亦得波羅市迦不應共住

若復苾芻尼若在聚落若空閑處他不與物以盜心取如是盜時若王若大臣若捉若殺若縛若驅擯若呵責言咄女子汝是賊癡無所知作如是盜如是盜者此苾芻尼亦得波羅市迦不應共住

若復苾芻尼若人若人胎故自手斷其命或持刀授與或自持刀或求持刀者若勸死讃死語言咄女子何用此罪累不淨惡活爲汝今寧死死勝於生隨自心念以餘言説勸讃令死彼因死者此苾芻尼亦得波羅市迦不應共住

若復苾芻尼實無知無遍知自知不得上人法寂靜聖者殊勝證悟智見安樂住而言我知我見彼於異時若問若不問欲自清淨故作如是説諸具壽我實不知不見言知言見虛誑妄語除增上慢此苾芻尼亦得波羅市迦不應共住

若復苾芻尼自有染心共染心男子從自己腋下膝已上作受樂心身相摩觸若極摩觸於如是事此苾芻尼亦得波羅市迦不應共住

若復苾芻尼自有染心共染心男子掉舉戲笑指其處所定時現相來去丈夫情相許可在可行非處縱身而卧於是八事共相領受

若苾芻尼作如是事者亦得波羅市迦不應共住

若復苾芻尼先知他苾芻尼犯他勝罪而不曾説彼身死後若歸俗若出去方作是語尼衆應知我先知此苾芻尼犯他勝罪於如是事此苾芻尼亦得波羅市迦不應共住

若復苾芻尼知彼苾芻和合僧伽與作捨置羯磨苾芻尼衆亦復與作不禮敬法彼苾芻於僧伽處現恭敬相希求拔濟自於界内先解捨置法彼苾芻尼報苾芻言聖者勿於衆處現恭敬相希求拔濟自於界内乞解捨置法我爲聖者供給衣鉢及餘資具悉令無乏當可安心讀誦作意時諸苾芻即告此尼曰汝豈不知衆與此人作捨置羯磨苾芻尼與作不禮敬法彼苾芻起謙下心自於界内乞解捨置法汝便供給衣鉢等物令無乏少汝今應捨此隨從事諸苾芻尼如是諫時捨者善若不捨者應可再三慇懃正諫隨教應詰令捨是事捨者善若不捨者此苾芻尼亦得波羅市迦不應共住

諸大德我已説八他勝法苾芻尼於此隨犯一一事不得與諸苾芻尼共住如前後亦如是得他勝罪不應共住今問諸大德是中清淨不（如是三説）

諸大德是中清淨默然故我今如是持

諸大德是二十僧伽伐尸沙法半月半月戒經中説

攝頌曰

媒嫁及二謗　二染并四獨　夫棄契作解

二諍雜獨住　破僧與隨伴　汙家并惡性

衆教有十二 八三諫應知

若復苾芻尼作媒嫁事持男意語女持女意語男若爲成婦及私通事乃至須臾頃僧伽伐尸沙

若復苾芻尼懷瞋不捨故於清淨苾芻尼以無根波羅市迦法謗欲壞彼淨行後於異時若問若不問知此是無根謗彼苾芻尼由瞋恚故作是語者僧伽伐尸沙

若復苾芻尼懷瞋不捨故於清淨苾芻尼以異非分波羅市迦法謗欲壞彼淨行後於異時若問若不問知此是異非分事以少相似法而爲毀謗彼苾芻尼由瞋恚故作是語者僧伽伐尸沙

若復苾芻尼有染心從染心男子共相領受隨取何物僧伽伐尸沙

若復苾芻尼向苾芻尼作如是語隨汝無染心受染心男子物我復何過者僧伽伐尸沙

若復苾芻尼獨從尼寺向餘處宿者僧伽伐尸沙

若復苾芻尼獨從尼寺晝向俗家者僧伽伐尸沙

若復苾芻尼獨在道行者僧伽伐尸沙

若復苾芻尼獨浮渡河者僧伽伐尸沙

若復苾芻尼知他婦女作非法事衆人共嫌爲夫所棄并白王知度令出家者僧伽伐尸沙

若復苾芻尼依他舊契自爲己索亡人物者僧伽伐尸沙

若復苾芻尼知苾芻尼被苾芻尼衆爲作捨置羯磨便出界外爲作解法者僧伽伐尸沙

若復苾芻尼共諸苾芻尼鬪諍紛擾作如是語我捨佛法僧非但此沙門釋女具戒具德有勝善法於餘沙門亦具戒具德有勝善法我當詣彼修習梵行時諸苾芻尼語言汝可捨此罪惡之見作如是諫時捨者善若不捨者應可再三慇懃正諫隨教應詰令捨是事捨者善若不捨者僧伽伐尸沙

若復苾芻尼共諸苾芻尼鬪諍紛擾諸苾芻尼語是苾芻尼言姊妹莫鬪諍紛擾此苾芻尼作如是語汝有愛恚怖癡於鬪諍人有遮不遮諸苾芻尼語言大德他諫誨時莫作是語汝有愛恚怖癡於鬪諍人有遮不遮姊妹可止此語諸苾芻尼如是諫時捨者善若不捨者應可再三慇懃正諫隨教應詰令捨是事捨者善若不捨者僧伽伐尸沙

若復苾芻尼共餘苾芻尼雜亂而住掉舉戲笑諸苾芻尼語是苾芻尼言姊妹莫雜亂住掉舉戲笑汝雜亂住時令善法衰損不得增益應可別住別住之時令善法增益不復衰損諸苾芻尼如是諫時捨者善若不捨者應可再三慇懃正諫隨教應詰令捨是事捨者善若不捨者僧伽伐尸沙

若復苾芻尼知餘苾芻尼樂爲獨住諸苾芻尼語是苾芻尼言大德莫爲獨住汝獨住時令善法衰損不得增益姊妹應可共住令善法增益不復衰損諸苾芻尼亦應告言大德勿樂獨住令善法衰損大德應可捨此獨住惡見作是諫時捨者善若不捨者應可再三慇懃正諫隨教應詰令捨是事捨者善若不捨者僧伽伐尸沙

若復苾芻尼與方便欲破和合僧伽於破僧伽事堅執不捨諸苾芻尼應語彼苾芻尼言姊妹莫欲破和合僧伽堅執而住姊妹應與僧伽和合共住歡喜無諍一心一說如水乳合大師教法令得光顯安樂久住具壽汝可捨破僧伽事諸苾芻尼如是諫時捨者善若不捨者應可再三慇懃正諫隨教應詰令捨是事捨者善若不捨者僧伽伐尸沙

若復苾芻尼若一若二若多與彼苾芻尼共爲伴黨同邪違正隨順而住時此苾芻尼語諸苾芻尼言大德莫共彼苾芻尼有所論說若好若惡何以故彼苾芻尼是順法律依法律語言無虛妄彼愛樂者我亦愛樂諸苾芻尼應語此苾芻尼言具壽莫作是說彼苾芻尼是順法律依法律語言無虛妄彼愛樂者我亦愛樂何以故彼苾芻尼非順法律不依法律語言皆虛妄汝莫樂破僧伽當樂和合僧伽應與僧伽和合歡喜無諍一心一說如水乳合大師教法令得光顯安樂久住具壽可捨破僧伽惡見順邪違正勸作諍事堅執而住諸苾芻尼如是諫時捨者善若不捨者應可再三慇懃正諫隨教應詰令捨是事捨者善若不捨者僧伽伐尸沙

若復衆多苾芻尼於村落城邑住汚他家行惡行汚他家亦衆見聞知行惡行亦衆見聞知諸苾芻尼應語彼苾芻尼言具壽汝等汚他家行惡行汚他家亦衆見聞知行惡行亦衆見聞知汝等可去不應住此彼苾芻尼語諸苾芻尼言大德有愛恚怖癡有如是同罪苾芻尼有驅者有不驅者時諸苾芻尼語彼

苾芻尼言具壽莫作是語諸大德有愛恚怖癡有如是同罪苾芻尼有驅者有不驅者何以故諸苾芻尼無愛恚怖癡汝等汚他家行惡行汚他家亦衆見聞知行惡行亦衆見聞知具壽汝等應捨愛恚等言諸苾芻尼如是諫時捨者善若不捨者應可再三慇懃正諫隨教應詰令捨是事捨者善若不捨者僧伽伐尸沙

若復苾芻尼惡性不受人語諸苾芻尼於佛所説戒經中如法如律勸誨之時不受諫語言諸大德莫向我説少許若好若惡我亦不向諸大德説若好若惡諸大德止莫勸我莫論説我諸苾芻尼語是苾芻尼言具壽汝莫不受諫語諸苾芻尼於佛所説戒經中如法如律勸誨之時應受諫語具壽如法諫諸苾芻尼諸苾芻尼亦如法諫具壽如是如來應正等覺佛聲聞衆便得增長共相諫誨具壽汝等應捨此事諸苾芻尼如是諫時捨者善若不捨者應可再三慇懃正諫隨教應詰令捨是事捨者善若不捨者僧伽伐尸沙

諸大德我已説二十僧伽伐尸沙法十二初便犯八至三諫若苾芻尼隨一一犯故覆藏者二部僧伽應與作半月行摩那卑行摩那卑竟餘有出罪若稱可二部僧伽意者二部僧伽各二十衆當於四十衆中出是苾芻尼罪若少一人不滿四十衆是苾芻尼罪不得除二部僧伽皆得罪此是出罪法

今問諸大德是中清淨不（如是三説）

諸大德是中清淨默然故我今如是持

諸大德此三十三泥薩祇波逸底迦法半月

半月戒經中説（尼無二不定法）

初攝頌曰

持離畜浣衣　取衣乞過受　同價及別主

遣使送衣直

若復苾芻尼作衣已竟羯恥那衣復出得長衣齊十日不分別應畜若過畜者泥薩祇波逸底迦

若復苾芻尼作衣已竟羯恥那衣復出於五衣中離一一衣界外宿下至一夜除衆作法泥薩祇波逸底迦

若復苾芻尼作衣已竟羯恥那衣復出得非時衣欲須應受取已當疾成衣若有望處求令滿足若不足者得畜經一月若過者泥薩祇波逸底迦

若復苾芻尼與非親苾芻浣染打故衣者泥薩祇波逸底迦

若復苾芻尼從非親苾芻取衣者除貿易泥薩祇波逸底迦

若復苾芻尼從非親居士居士婦乞衣除餘時泥薩祇波逸底迦餘時者若苾芻尼奪衣失衣燒衣吹衣漂衣此是時

若復苾芻尼奪衣失衣燒衣吹衣漂衣從非親居士居士婦乞衣彼多施衣苾芻尼若須應受上下二衣若過受者泥薩祇波逸底迦

若復苾芻尼有非親居士居士婦共辦衣價當買如是清淨衣與某甲苾芻尼及時應用此苾芻尼先不受請因他告知便詣彼家作如是語善哉仁者爲我所辦衣價可買如是清淨衣及時與我爲好故若得衣者泥薩祇波逸底迦

若復苾芻尼有非親居士居士婦各辦衣價當買如是清淨衣與某甲苾芻尼此苾芻尼先不受請因他告知便詣彼家作如是語善哉仁者爲我所辦衣價可共買如是清淨衣及時與我爲好故若得衣者泥薩祇波逸底迦

若復苾芻尼若王若大臣婆羅門居士等遣使爲苾芻尼送衣價彼使持衣價至苾芻尼所白言聖者此物是某甲王大臣婆羅門居士等遣我送來聖者哀愍爲受是苾芻尼語彼使言仁此衣價我不應受若得順時淨衣應受彼使白言聖者有執事人不須衣苾芻尼言有若僧伽淨人若鄔波斯迦此是苾芻尼執事人彼使往執事人所與衣價已語言汝可以此衣價買順時清淨衣與某甲苾芻尼令其披服彼使善教執事人已還至苾芻尼所白言聖者所示執事人我已與衣價得清淨衣應受苾芻尼須衣應往執事人所若二若三令彼憶念告言我須衣若得者善若不得者乃至四五六返往彼默然隨處而住若四五六返得衣者善若不得衣過是求得衣者泥薩祇波逸底迦若竟不得衣是苾芻尼應隨彼送衣價處若自往若遣可信人往報言仁爲其甲苾芻尼送衣價彼苾芻尼竟不得衣仁應知勿令失此是時

第二攝頌曰

捉金銀出納　賣買鉢乞線　織師自奪衣
迴他病長鉢

若復苾芻尼自手捉金銀錢等若教他捉者泥薩祇波逸底迦

若復苾芻尼種種出納求利者泥薩祇波逸底迦
若復苾芻尼種種賣買者泥薩祇波逸底迦
若復苾芻尼有鉢減五綴堪得受用爲好故更求餘鉢得者泥薩祇波逸底迦彼苾芻尼應於衆中捨此鉢取衆中最下鉢與彼苾芻尼報言此鉢還汝不應守持不應分別亦不施人應自審詳徐徐受用乃至破應護持此是其法
若復苾芻尼自乞縷線使非親織師織作衣若得衣者泥薩祇波逸底迦
若復苾芻尼有非親居士居士婦爲苾芻尼使非親織師織作衣此苾芻尼先不受請便生異念詣彼織師所作如是言汝今知不此衣爲我織善哉織師應好織淨梳治善簡擇極堅打我當以少鉢食或鉢食類或復食直而相濟給若苾芻尼以如是物與織師求得衣者泥薩祇波逸底迦
若復苾芻尼與苾芻尼衣彼於後時惱瞋罵詈生嫌賤心若自奪若教他奪報言還我衣來不與汝若衣離彼身自受用者泥薩祇波逸底迦
若復苾芻尼知他與僧伽利物自迴入已者泥薩祇波逸底迦
如世尊説聽諸病苾芻尼所有諸藥隨意服食謂酥油糖蜜於七日中應自守持觸宿而服若苾芻尼過七日服者泥薩祇波逸底迦
若復苾芻尼畜長鉢得經一宿若過畜者泥薩祇波逸底迦
第三攝頌曰

不看捨不捨　乞金銀染衣　得利有五殊
買藥衣二價
若復苾芻尼於半月内不看五衣者泥薩祇
波逸底迦
若復苾芻尼非時捨羯恥那衣者泥薩祇波
逸底迦
若復苾芻尼依時不捨羯恥那衣者泥薩祇
波逸底迦
若復苾芻尼乞求金銀者泥薩祇波逸底迦
若復苾芻尼以衣利直將充食用者泥薩祇
波逸底迦
若復苾芻尼得別衣利充食用者泥薩祇波
逸底迦
若復苾芻尼得卧具利將充食用者泥薩祇
波逸底迦
若復苾芻尼得夏安居利充食用者泥薩祇
波逸底迦
若復苾芻尼得多人利迴入已者泥薩祇波
逸底迦
若復苾芻尼得僧祇利物迴入已者泥薩祇
波逸底迦
若復苾芻尼買諸藥物繫意復解解而復繫
者泥薩祇波逸底迦
若復苾芻尼持貴價重衣者泥薩祇波逸底
迦
若復苾芻尼持貴價輕衣者泥薩祇波逸底
迦
諸大德我已說三十三泥薩祇波逸底迦法
今問諸大德是中清淨不（如是三說）
諸大德是中清淨默然故我今如是持

諸大德此一百八十波逸底迦法半月半月戒經中說

第一攝頌曰

妄毀及離間　發舉說同聲　說罪得上人　隨親輙輕毀

若復苾芻尼故妄語者波逸底迦

若復苾芻尼毀呰語故波逸底迦

若復苾芻尼離間語故波逸底迦

若復苾芻尼知和合僧伽如法斷諍事已除滅後於羯磨處更發舉者波逸底迦

若復苾芻尼爲男子說法過五六語除有智女人波逸底迦

若復苾芻尼與未近圓人同句讀誦及教授法者波逸底迦

若復苾芻尼知他苾芻尼有麤惡罪向未近圓人說除衆羯磨波逸底迦

若復苾芻尼實得上人法向未近圓人說者波逸底迦

若復苾芻尼先同心許後作是說諸具壽以僧伽利物隨親厚處迴與別人者波逸底迦

若復苾芻尼半月半月說戒經時作如是語諸具壽何用說此小隨小學處爲說是戒時令諸苾芻尼心生惡作惱亂懷憂若作如是輕呵戒者波逸底迦

第二攝頌曰

種子輕惱教　安牀草蓐敷　强住脫牀蟲　過三外道處

若復苾芻尼自壞種子有情村及令他壞者波逸底迦

若復苾芻尼嫌毀輕賤苾芻尼者波逸底迦

若復苾芻尼違惱言教者波逸底迦

若復苾芻尼於露地處安僧伽敷具及諸牀座去時不自舉不教人舉波逸底迦

若有苾芻尼不囑授者除緣故波逸底迦

若復苾芻尼於僧伽房内若草若葉自敷教人敷去時不自舉不教人舉若有苾芻尼不囑授者除餘緣故波逸底迦

若復苾芻尼於僧伽住處知諸苾芻尼先此處住後來於中故相惱觸於彼卧具若坐若卧作如是念彼若生苦者自當避我去波逸底迦

若復苾芻尼於僧伽住處知重房棚上脫脚牀及餘坐物放身坐卧者波逸底迦

若復苾芻尼知水有蟲自澆草土若和牛糞及教人澆者波逸底迦

若復苾芻尼作大住處於門梐邊應安横居及諸窻牖并安水竇若起牆時是濕泥者應二三重齊横居處若過者波逸底迦

若復苾芻尼於外道住處得經一宿一食除病因緣若過者波逸底迦

第三攝頌曰

過三不餘食　勸足并別衆　非時觸不受
蟲外道觀軍

若復衆多苾芻尼往俗家中有淨信婆羅門居士慇懃請與餅麨飯苾芻尼須者應兩三鉢受若過受者波逸底迦既受得已還至住處若有苾芻尼應共分食此是時

若復苾芻尼足食竟不作餘食法更食者波逸底迦

若復苾芻尼知他苾芻尼足食竟不作餘食

法勸令更食告言具壽當噉此食以此因緣
欲使他犯生憂惱者波逸底迦
若復苾芻尼別衆食者除餘時波逸底迦餘
時者病時作時道行時船行時大衆食時沙
門施食時此是時
若復苾芻尼非時食者波逸底迦
若復苾芻尼食曾經觸食者波逸底迦
若復苾芻尼不受食舉著口中而噉咽者除
水及齒木波逸底迦
若復苾芻尼知水有蟲受用者波逸底迦
若復苾芻尼自手授與無衣外道及餘外道
男女食者波逸底迦
若復苾芻尼往觀整裝軍者波逸底迦
第四攝頌曰
觀軍二打擬　覆罪詣俗家　然火與欲過
說欲非障法
若復苾芻尼有因緣往軍中應齊二夜若過
宿者波逸底迦
若復苾芻尼在軍中宿經二夜觀整裝軍現
先旗兵及看布陣散兵者波逸底迦
若復苾芻尼瞋恚故不喜打苾芻尼者波逸
底迦
若復苾芻尼瞋恚故不喜擬手向苾芻尼者
波逸底迦
若復苾芻尼知他苾芻尼有麤惡罪覆藏者
波逸底迦
若復苾芻尼語餘苾芻尼作如是語具壽共
汝詣俗家當與汝美好飲食令得飽滿彼苾
芻尼至俗家竟不與食語言具壽汝去我與
汝共坐共語不樂我獨坐獨語樂作是語時

欲令生惱者波逸底迦
若復苾芻尼無病爲身若自燃火若教他燃者波逸底迦
若復苾芻尼與他欲已後便悔言還我欲來不與汝者波逸底迦
若復苾芻尼與未近圓人同室宿過二夜者波逸底迦
若復苾芻尼作如是語我知佛所説法欲是障礙者習行之時非是障礙諸苾芻尼應語彼苾芻尼言具壽汝莫作是語我知佛所説欲是障礙法者習行之時非是障礙汝莫謗世尊謗世尊者不善世尊不作是語世尊以無量門於諸欲法説爲障礙汝可棄捨如是惡見諸苾芻尼如是諫時捨者善若不捨者乃至二三隨正應諫隨正應敎令捨是事捨者善若不捨者波逸底迦

第五攝頌曰

與惡見同宿　求寂壞色衣　捉寶洗傍生

惱指水同宿

根本説一切有部苾芻尼戒經卷上

根本説一切有部苾芻尼戒經卷下

唐三藏法師義淨奉　詔譯

若復苾芻尼知如是語人未爲隨法不捨惡見共爲言説共住受用同室而宿者波逸底迦

若復苾芻尼見有求寂女作如是語我知佛所説法欲是障礙者習行之時非是障礙諸苾芻尼應語彼求寂女言汝莫作是語我知佛所説欲是障礙法者習行之時非是障礙汝莫謗世尊謗世尊者不善世尊不作是語世尊以無量門於諸欲法説爲障礙汝可棄捨如是惡見諸苾芻尼語彼求寂女時捨此事者善若不捨者乃至二三隨正應諫隨正應教令捨是事捨者善若不捨者諸苾芻尼應語彼求寂女言汝從今已去不應説言如來應正等覺是我大師若有尊宿及同梵行者不應隨行如餘求寂女得與苾芻尼二夜同宿汝今無是事汝愚癡人可速滅去若苾芻尼知是被擯求寂女而攝受饒益同室宿者波逸底迦

若復苾芻尼得新衣當作三種染壞色若青若泥若赤隨一而壞若不作三種壞色而受用者波逸底迦

若復苾芻尼寶及寶類若自捉若教人捉除在寺內及白衣舍波逸底迦若在寺內及白衣舍見寶及寶類應作是念然後當取若有認者我當與之此是時

若復苾芻尼半月應洗浴故違而浴者除餘時波逸底迦餘時者熱時病時作時行時風時雨時風雨時此是時

若復苾芻尼故斷傍生命者波逸底迦
若復苾芻尼故惱他苾芻尼乃至少時不樂
以此爲縁者波逸底迦
若復苾芻尼以指擊攊他者波逸底迦
若復苾芻尼水中戲者波逸底迦
若復苾芻尼共男子同室宿者波逸底迦
第六攝頌曰
怖藏嗔二道　掘地四月請　拒教竊聽言
默然從座起
若復苾芻尼若自恐怖若教人恐怖他苾芻
尼下至戲笑者波逸底迦
若復苾芻尼自藏苾芻苾芻尼若正學女求
寂求寂女衣鉢及餘資具若教人藏者除餘
縁故波逸底迦
若復苾芻尼嗔恚故知彼苾芻尼清淨無犯
以無根僧伽伐尸沙法謗者波逸底迦
若復苾芻尼共男子同道行更無女人乃至
一村間者波逸底迦
若復苾芻尼與賊賨旅共同道行乃至一村
間者波逸底迦
若復苾芻尼自手掘地若教人掘者波逸底
迦
若復苾芻尼有四月請須時應受若過受者
除餘時波逸底迦餘時者謂別請更請慇懃
請常請此是時
若復苾芻尼聞諸苾芻尼作如是語具壽仁
今當習如是學處彼作是語我實不能用汝
愚癡不分明不善解者所説之言受行學處
我若見餘善閑三藏當隨彼言而受行者波
逸底迦若苾芻尼實欲求解者當問三藏此

是時

若復苾芻尼知餘苾芻尼評論事生求過紛擾諍競而住默然往彼聽其所説作如是念我欲聽已當令鬪亂以此爲緣者波逸底迦

若復苾芻尼知衆如法評論事時默然從座起去有苾芻尼不囑授者除餘緣故波逸底迦

第七攝頌曰

不恭敬飲酒　入聚往餘家　明相攝耳筩
牀足綿敷具

若復苾芻尼不恭敬者波逸底迦

若復苾芻尼飲諸酒者波逸底迦

若復苾芻尼非時入聚落不囑餘苾芻尼除餘緣故波逸底迦

若復苾芻尼受食家請食前食後行詣餘家不囑授者波逸底迦

若復苾芻尼明相未出剎帝利灌頂王未藏寶及寶類若入過宮門閫者除餘緣故波逸底迦

若復苾芻尼半月半月説戒經時作如是語具壽我今始知是法戒經中説諸苾芻尼知是苾芻尼若二若三同作長淨況復過此應語彼言具壽非不知故得免其罪汝所犯罪應如法説悔當勸諭言具壽此法希奇難可逢遇汝説戒時不恭敬不住心不慇重不作意不一想不攝耳不策念而聽法者波逸底迦

若復苾芻尼用骨牙角作針筒成者應打碎波逸底迦

若復苾芻尼作大小牀足應高佛八指除入

梐木若有過者應截去波逸底迦
若復苾芻尼以草木綿貯僧牀座者應撤去
波逸底迦
若復苾芻尼作尼師但那當應量作是中量
者長佛二張手廣一張手半長廣中更增一
張手若過作者應截去波逸底迦
第八攝頌曰
覆瘡佛衣量　蒜剃洗手拍　自煑食水灑
生草棄墻外
若復苾芻尼作覆瘡衣當應量作是中量者
長佛四張手廣二張手若過作者應截去波
逸底迦
若復苾芻尼同佛衣量作衣或復過者波逸
底迦是中佛衣量者長佛十張手廣六張手
此是佛衣量
若復苾芻尼噉蒜者波逸底迦
若復苾芻尼剃隱處毛者波逸底迦
若復苾芻尼若洗淨時應齊二指節若過者
波逸底迦
若復苾芻尼以手拍隱處者波逸底迦
若復苾芻尼自手煑生食者波逸底迦
若復苾芻尼以水灑上衆者波逸底迦
若復苾芻尼在生草上大小便洟唾者波逸
底迦
若復苾芻尼不善觀察以不淨棄墻外者波
逸底迦
第九攝頌曰
爲獨有五種　由耳語有四　若懷瞋恚心
椎胷皆不合
若復苾芻尼獨與男子在屏處立者波逸底

迦

若復苾芻尼獨與苾芻在屏處立者波逸底迦

若復苾芻尼獨與男子在露處立者波逸底迦

若復苾芻尼獨與苾芻在露處立者波逸底迦

若復苾芻尼獨住一房者波逸底迦

若復苾芻尼共男子耳語者波逸底迦

若復苾芻尼受男子耳語者波逸底迦

若復苾芻尼共苾芻耳語者波逸底迦

若復苾芻尼受苾芻耳語者波逸底迦

若復苾芻尼瞋恚故便自椎胷生苦痛者波逸底迦

第十攝頌曰

呪誓不觀事　坐牀以樹膠　在四白衣家

看病不同卧

若復苾芻尼以自梵行而呪誓者波逸底迦

若復苾芻尼不善觀事而詰他者波逸底迦

若復苾芻尼於屏闇處不觀牀座而坐卧者波逸底迦

若復苾芻尼以樹膠作生支者波逸底迦

若復苾芻尼在白衣家說法去時不囑授家主收攝卧具者波逸底迦

若復苾芻尼在白衣家主人未許於牀座上輒坐者波逸底迦

若復苾芻尼在白衣家不問主人輒宿者波逸底迦

若復苾芻尼知苾芻尼先在白衣家後來令他去者波逸底迦

若復苾芻尼於親弟子及依止弟子見有病患不瞻侍者波逸底迦
若復苾芻尼二人同一牀卧者波逸底迦
第十一攝頌曰
二安居二怖　天祠未滿年　畜衆二嫁人
僧未與無限
若復苾芻尼夏安居未滿隨意人間遊行者波逸底迦
若復苾芻尼夏安居滿不離舊處人間遊行者波逸底迦
若復苾芻尼知王國中有賊怖處而遊行者波逸底迦
若復苾芻尼知彼處所有虎狼獅子怖而遊行者波逸底迦
若復苾芻尼往天祠中作論議者波逸底迦
若復苾芻尼未滿十二歲與他出家受近圓者波逸底迦
若復苾芻尼僧伽未與畜衆法輒畜弟子者波逸底迦
若復苾芻尼知曾嫁女人年未滿十二與出家者波逸底迦
若復苾芻尼知曾嫁女人年滿十二不與正學法而受近圓者波逸底迦
若復苾芻尼僧伽未與無限畜衆法輒多畜者波逸底迦
第十二攝頌曰
度娠不教誡　不護不隨身　二童女惡人
多憂二六法
若復苾芻尼度有娠女人出家者波逸底迦
若復苾芻尼與他出家并受近圓不教授教

誡者波逸底迦
若復苾芻尼與他出家并受近圓不攝受衛護者波逸底迦
若復苾芻尼與他出家不將隨身去者波逸底迦
若復苾芻尼知童女年未滿二十與受近圓者波逸底迦
若復苾芻尼知童女年滿二十不與二歲學六法六隨法即受近圓者波逸底迦
若復苾芻尼知惡性女人好鬪諍與出家者波逸底迦
若復苾芻尼知多憂惱女人度出家者波逸底迦
若復苾芻尼知女人未滿二歲學六法六隨法與受近圓者波逸底迦
若復苾芻尼知女人二歲學六法及六隨法了不與受近圓者波逸底迦
第十三攝頌曰
未放與我衣　收斂年年受　欲半月無僧
安居隨意責
若復苾芻尼知他婦女夫主未放度出家者波逸底迦
若復苾芻尼知彼女人希受近圓告云汝與我衣當授汝近圓者波逸底迦
若復苾芻尼報俗女云汝應收斂家業我當與汝出家如教作訖不度出家者波逸底迦
若復苾芻尼於每年中與他出家及受近圓者波逸底迦
若復苾芻尼經宿與欲者波逸底迦
若復苾芻尼半月半月應求教授若不求者

波逸底迦

若復苾芻尼無苾芻處作長淨者波逸底迦

若復苾芻尼無苾芻處作安居者波逸底迦

若復苾芻尼安居了不於二部衆中以三事作隨意者波逸底迦

若復苾芻尼訶責衆者波逸底迦

第十四攝頌曰

罵衆五種慳　讚家寺食法　更食給孩子
洗裙令浣衣

若復苾芻尼罵衆者波逸底迦

若復苾芻尼見讚歎他起慳嫉心者波逸底迦

若復苾芻尼於家慳者波逸底迦

若復苾芻尼於寺慳者波逸底迦

若復苾芻尼於利養飲食慳者波逸底迦

若復苾芻尼慳法者波逸底迦

若復苾芻尼食竟更食者波逸底迦

若復苾芻尼給養他孩兒者波逸底迦

若復苾芻尼不畜洗裙者波逸底迦

若復苾芻尼令洗衣人浣衣者波逸底迦

第十五攝頌曰

上衆沙門衣　二病衣從乞　不共出不分
鬪不囑學咒

若復苾芻尼共上衆換衣者波逸底迦

若復苾芻尼輒將沙門法衣與俗人者波逸底迦

若復苾芻尼不畜病衣者波逸底迦

若復苾芻尼大衆病衣將私用者波逸底迦

若復苾芻尼知是貧人從乞羯恥那衣者波逸底迦

若復苾芻尼不共出羯恥那衣者波逸底迦
若復苾芻尼不共他分衣者波逸底迦
若復苾芻尼自知有力見他尼鬪不勸止息者波逸底迦
若復苾芻尼棄住處不囑授者波逸底迦
若復苾芻尼從俗人受學呪法者波逸底迦
第十六攝頌曰
教呪法賣麨　營理使諸尼　撚縷織蓋行　鞋瘡度婬女
若復苾芻尼教俗人咒法者波逸底迦
若復苾芻尼賣麨食者波逸底迦
若復苾芻尼營理俗人家務者波逸底迦
若復苾芻尼令他諸尼移轉坐牀勞倦者波逸底迦
若復苾芻尼自手撚縷者波逸底迦
若復苾芻尼自織絡者波逸底迦
若復苾芻尼持傘蓋行者波逸底迦
若復苾芻尼著彩色鞋履者波逸底迦
若復苾芻尼臂上有瘡令他數解數繫者波逸底迦
若復苾芻尼度婬女出家者波逸底迦
第十七攝頌曰
尼不許揩身　約人有五別　香及胡麻水　輙問俗莊嚴
若復苾芻尼使苾芻尼令揩身者波逸底迦
若復苾芻尼使式叉摩拏女揩身者波逸底迦
若復苾芻尼使求寂女揩身者波逸底迦
若復苾芻尼使俗女揩身者波逸底迦
若復苾芻尼使外道女揩身者波逸底迦

若復苾芻尼以香塗身者波逸底迦
若復苾芻尼以胡麻滓揩身者波逸底迦
若復苾芻尼使他以水揩身者波逸底迦
若復苾芻尼不求容許輒請問者波逸底迦
若復苾芻尼著俗莊嚴具者波逸底迦
第十八攝頌曰
相牽舞歌樂　獨出大小行　刷篦梳三假
隨羅百八十
若復苾芻尼以手相牽河中洗浴者波逸底迦
若復苾芻尼自作舞教他作舞者波逸底迦
若復苾芻尼唱歌者波逸底迦
若復苾芻尼作樂者波逸底迦
若復苾芻尼獨出寺外於空宅内大小行者波逸底迦

若復苾芻尼畜香草根刷者波逸底迦
若復苾芻尼畜細篦者波逸底迦
若復苾芻尼畜麤梳者波逸底迦
若復苾芻尼用前三事者波逸底迦
若復苾芻尼畜假髮莊具者波逸底迦
諸大德我已説一百八十波逸底迦法今問諸大德是中清淨不（如是三説）
諸大德是中清淨默然故我今如是持
諸大德此十一波羅底提舍尼法半月半月戒經中説
攝頌曰
乳酪及生酥　熟酥油糖蜜　魚肉并乾脯
得法學人家
若復苾芻尼無病爲己詣白衣家乞乳若使人乞而食用者是苾芻尼應還村外住處詣

諸苾芻尼所各別告言大德我犯對說惡法是不應爲今對說悔是名對說法如是酥等乃至乾脯十事乞皆有犯如上廣說

若復苾芻尼知是學家僧伽與作學家羯磨苾芻尼先不受請便詣彼家自手受食食是苾芻尼應還村外住處詣諸苾芻尼所各別告言大德我犯對說惡法是不應爲今對說悔是名對說法

諸大德我已說十一波羅底提舍尼法今問諸大德是中清淨不（如是三說）

諸大德是中清淨默然故我今如是持

諸大德此衆學法半月半月戒經中說

總攝頌曰

衣食形齊整　俗舍善容儀　護鉢除病人
洟唾過人樹

齊整著裙應當學

不太高不太下不象鼻不蛇頭不多羅葉不豆團形著裙應當學

齊整著五衣應當學

不太高不太下好正披好正覆少語言不高視入白衣舍應當學

若月期將至不應往他白衣舍應當學

不覆頭不偏抄衣不雙抄衣不叉髆不拊肩入白衣舍應當學

不蹲行不足指行不跳行不仄足行不努身行入白衣舍應當學

不搖身不掉臂不搖頭不肩排不連手入白衣舍應當學

在白衣舍未請坐不應坐應當學

在白衣舍不善觀察不應坐應當學

在白衣舍不放身坐應當學
在白衣舍不壘足不重內踝不重外踝不急
斂足不長舒足不露身應當學
恭敬受食應當學
不得滿鉢受飯更安羹菜令食流溢於鉢緣
邊應留屈指用意受食應當學
行食未至不豫伸鉢應當學
不安鉢在食上應當學
恭敬而食應當學
不極小團不極大摶圓整而食應當學
若食未至不張口待應當學
不含食語應當學
不得以飯覆羹菜不將羹菜覆飯更望多得
應當學
不彈舌食不嗗噍食不呵氣食不吹氣食不
手散食不毀呰食不塡頰食不齧半食不舒
舌食不作窣覩波形食應當學
不舐手不舐鉢不振手不振鉢常看鉢食應
當學
不輕慢心觀比坐鉢中食應當學
不以污手捉淨水瓶應當學
在白衣舍不棄洗鉢水除問主人應當學
不得以殘食置鉢水中應當學
地上無替不應安鉢應當學
不立洗鉢應當學
不於危險岸處置鉢亦不逆流酌水應當學
人坐已立不爲說法除病應當學
人卧已坐不爲說法除病應當學
人在高座已在下座不爲說法除病應當學
人在前行已在後行不爲說法除病應當學

人在道已在非道不爲說法除病應當學
不爲覆頭者不爲偏抄衣不爲雙抄衣不爲叉胷者不爲拊肩者說法除病應當學
不爲乘象馬車轝者說法除病應當學
不爲著屐靴鞋及履屩者說法除病應當學
不爲戴帽著冠及作佛頂髻者不爲纏頭不爲冠花者說法除病應當學
不爲持蓋者說法除病應當學
不立大小便除病應當學
不得水中大小便洟唾除病應當學
不得上過人樹除有難緣應當學
諸大德我已說衆多學法今問諸大德是中清淨不（如是三說）
諸大德是中清淨默然故我今如是持
諸大德此七滅諍法半月半月戒經中說

攝頌曰
現前并憶念　不癡與求罪　多人語自言
草掩除衆諍
應與現前毗奈耶
當與現前毗奈耶
應與憶念毗奈耶
當與憶念毗奈耶
應與不癡毗奈耶
當與不癡毗奈耶
應與求罪自性毗奈耶
當與求罪自性毗奈耶
應與多人語毗奈耶
當與多人語毗奈耶
應與自言毗奈耶
當與自言毗奈耶

應與草掩毗奈耶
當與草掩毗奈耶
若有諍事起當以七法順大師教如法如律
而除滅之
諸大德我已說七滅諍法今問諸大德是中
清淨不如是三說
諸大德是中清淨默然故我今如是持
諸大德我已說戒經序已說八波羅市迦法
二十僧伽伐尸沙法三十三泥薩祇波逸底
迦法一百八十波逸底迦法十一波羅底提
舍尼法衆學法七滅諍法此是如來應正等
覺戒經中所說所攝若更有餘法之隨法與
此相應者皆當修學仁等共集歡喜無諍一
心一說如水乳合慇懃光顯大師聖教令安
樂住勿爲放逸應當修學

忍是勤中上　能得涅槃處　出家惱他人
不名爲沙門
此是毗鉢尸如來應正等覺說是戒經
明眼避險途　能至安隱處　智者於生界
能遠離諸惡
此是尸棄如來應正等覺說是戒經
不毁亦不害　善護於戒經　飲食知止足
受用下卧具　勤修增上定　此是諸佛教
此是毗舍浮如來應正等覺說是戒經
譬如蜂採華　不壞色與香　但取其味去
苾芻入聚然　不違逆他人　不觀作不作
但自觀身行　若正若不正
此是俱留孫如來應正等覺說是戒經
勿著於定心　勤修寂靜處　能救者無憂
常令念不失　若人能惠施　福增怨自息

修善除衆惡　惑盡至涅槃

此是羯諾迦牟尼如來應正等覺說是戒經

一切惡莫作　一切善應修　遍調於自心

是則諸佛教

此是迦攝波如來應正等覺說是戒經

護身爲善哉　能護語亦善　護意爲善哉

盡護最爲善　苾芻護一切　能解脱衆苦

善護於口言　亦善護於意　身不作諸惡

常淨三種業　是則能隨順　大仙所行道

此是釋迦牟尼如來應正等覺說是戒經

毗鉢尸式棄　毗舍俱留孫　羯諾迦牟尼

迦攝釋迦尊　如是天中天　無上調御者

七佛皆雄猛　能救護世間　具足大名稱

咸說此戒法　諸佛及弟子　咸共尊敬戒

恭敬戒經故　獲得無上果　汝當求出離

於佛教勤修　降伏生死軍　如象摧草舍

於此法律中　常爲不放逸　能竭煩惱海

當盡苦邊際　所爲說戒經　和合作長淨

當共尊敬戒　如犛牛愛尾　我已說戒經

僧伽常淨竟　福利諸有情　皆共成佛道

根本說一切有部苾芻尼戒經卷下

音釋

筒徒紅切盛針器　䔉音算與蒜同　屏處屏必郢切蔽也　膠居肴切黏胥也　撚乃殄切以指撚物也　滓壯士切澱也　刷數刮切箱也篕古忽切　脯方矩切乾肉也　壘魯水切猶疊也

比丘尼僧祇律波羅提木叉戒經

東晉平陽沙門法顯共覺賢譯

清刻龍藏佛說法變相圖

比丘尼僧祇律波羅提木叉戒經

東晉平陽沙門法顯共覺賢譯

阿梨耶僧聽冬時一月過少一夜餘有一夜三月在老死至近佛法欲滅諸阿梨耶爲得道故一心勤精進所以者何諸佛一心勤精進故得阿耨多羅三藐三菩提何況餘助道法未受具足者已出僧今和合先作何事一人應答布薩說戒諸阿梨耶不來諸比丘尼說欲及清淨

合十指爪掌　供養釋師子　我今欲說戒
僧當一心聽　乃至小罪中　心應大怖畏
有罪一心悔　後更莫復犯　心馬馳惡道
放逸難禁制　佛說切戒行　亦如利轡勒
佛口說教戒　善者能信受　是人馬調順
能破煩惱軍　若不受教勅　亦不愛樂戒

是人馬不調　没在煩惱軍　若人守護戒
如犛牛愛尾　繫心不放逸　亦如猴著鎖
日夜常精進　求實智慧故　是人佛法中
能得清淨命
阿梨耶僧聽今月十五日布薩說波羅提木
叉若僧時到僧一心共作布薩說波羅提木
叉如是白諸阿梨耶今布薩說波羅提木叉
一心善聽有罪者應發露無罪者默然默然
故當知諸阿梨耶清淨如一一比丘尼問答
是比丘尼衆中三唱若比丘尼如是比丘尼
衆中三唱憶有罪不發露得故妄語罪諸阿
梨耶故妄語罪佛說遮道法是故比丘尼欲
求清淨憶有罪應發露發露則安隱不發露
罪益深諸阿梨耶已說波羅提木叉序今問
諸阿梨耶是中清淨不如是三說諸阿梨耶是中

清淨默然故是事如是持
諸阿梨耶是八波羅夷法半月半月次說波
羅提木叉
若比丘尼不還戒戒羸不出受婬法乃至共
畜生是比丘尼犯波羅夷不應共住
若比丘尼於聚落若空地不與取隨盜物主
或捉或殺或縛或擯出咄女人汝賊汝癡比
丘尼如是不與取波羅夷不應共住
若比丘尼自手奪人命求持刀者殺教死歎
死咄人用惡活爲死勝生作如是意如是想
方便歎譽死快因是死非餘者是比丘尼波
羅夷不應共住
若比丘尼未知未見自稱得過人聖法知見
殊勝如是知如是見彼於後時若檢校若不
檢校犯罪欲求清淨故便作是言阿梨耶我

不知言知不見言見空誑不實語除增上慢是比丘尼波羅夷不應共住

若比丘尼漏心漏心男子邊肩以下膝以上摩觸受樂者是比丘尼波羅夷不應共住

若比丘尼漏心漏心男子伸手內住共語受捉手捉衣來歡喜請坐曲身就共期去是比丘尼波羅夷不應共住

若比丘尼知比丘尼犯罪不向人說是比丘尼若離處若死罷道後作是言我先知是比丘尼犯重罪不向人說不欲令他知是比丘尼波羅夷不應共住

若比丘尼知僧和合如法比丘尼與比丘作舉羯磨未作如法而隨順諸比丘尼應諫是比丘尼阿梨耶是比丘僧和合如法比丘尼作舉羯磨未作如法莫隨順是比丘尼諸比丘尼諫時作是語我不隨順誰當隨順諸比丘尼如是第二第三諫捨是事好若不捨者是比丘尼波羅夷不應共住

諸阿梨耶已說是八波羅夷法今問諸阿梨耶是中清淨不（如是三說）諸阿梨耶是中清淨默然故是事如是持

諸阿梨耶是十九僧伽婆尸沙法半月半月次說波羅提木叉

若比丘尼受使行和合男女若取婦若私通乃至須臾頃是法初罪僧伽婆尸沙

若比丘尼瞋恨不喜故於清淨無罪比丘尼以無根波羅夷法謗欲破比丘尼淨行彼於後時若檢校若不檢校便作是言是事無根我住瞋恨故作是語是法初罪僧伽婆尸沙

若比丘尼瞋恨不喜故以異分中少少事非

波羅夷比丘尼波羅夷法謗欲破彼梵行彼於後時若檢校若不檢校便作是言我以異分中少少事謗是比丘尼住瞋恨故是法初罪僧伽婆尸沙

若比丘尼諍訟相言若俗人若出家人晝日須臾乃至與園民沙彌共鬪相言是法初罪僧伽婆尸沙

若比丘尼無比丘尼伴行不得獨出聚落界除餘時餘時者不欲病是名餘時是法初罪僧伽婆尸沙

若比丘尼離比丘尼一夜宿除餘時餘時者若病時賊亂國城時是名餘時是法初罪僧伽婆尸沙

若比丘尼其主不聽而度是法初罪僧伽婆尸沙

若比丘尼知他犯罪女衆親欲治而度除餘時餘時者先外道度是名餘時是法初罪僧伽婆尸沙

若比丘尼於船度處獨渡河者是法初罪僧伽婆尸沙

若比丘尼知比丘僧和合如法如毗尼作舉羯磨未作如法先不語僧自與捨是法初罪僧伽婆尸沙

若比丘尼無漏心漏心男子邊取衣鉢飲食疾病湯藥者是法初罪僧伽婆尸沙

若比丘尼語比丘尼作是語可取此男子施漏心不漏心何豫汝事但使汝莫漏心可取施已隨因緣用諸比丘尼應諫是比丘尼言莫作是語應取是施男子漏心不漏心何豫人事但使汝無漏心可取施已隨因緣用如

是應第二第三諫捨是事好若不捨者是法
僧伽婆尸沙
若比丘尼欲破和合僧故執持破僧事共諍
諸比丘尼應語是比丘尼阿梨耶莫破和合
僧勤方便執破僧事共諍當與僧同事何以
故僧和合歡喜不諍共一學如水乳合如法
說安樂住是比丘尼諸比丘尼諫時堅持不
捨者應第二第三諫捨是事者好若不捨者
是法乃至三諫僧伽婆尸沙
若比丘尼同意相助若一若二若衆多同語
同見欲破和合僧故是比丘尼諸比丘尼諫
時是同意比丘尼言阿梨耶莫說是比丘尼
好惡何以故是法語比丘尼律語比丘尼是
比丘尼所說皆是我等所欲是比丘尼所見
欲忍可事我等亦欲忍可是比丘尼知說非
不知說諸比丘尼應諫是同意比丘尼阿梨
耶莫作是語法語比丘尼律語比丘尼何以
故此非法語比丘尼律語比丘尼阿梨耶莫
助破僧事當樂和合僧何以故僧和合歡喜
不諍共一學如水乳合如法說安樂住是比
丘尼諸比丘尼諫時堅持不捨者第二第三
諫捨是事善若不捨是法乃至三諫僧伽婆
尸沙
若比丘尼瞋恚非理謗僧作是言僧隨愛隨
瞋隨怖隨癡僧依愛瞋怖癡是故呵責是比
丘尼諸比丘尼應諫作是言阿梨耶莫作是
語僧隨愛隨瞋隨怖隨癡何以故僧不隨愛
瞋怖癡汝莫瞋恚非理謗僧是比丘尼諸比
丘尼諫時堅持不捨者應第二第三諫捨是
事好若不捨是法乃至三諫僧伽婆尸沙

若比丘尼自用戾語語諸比丘尼共法中如法如律教便自用意作是言汝莫語我若好若惡我亦不語汝若好若惡諸比丘尼應諫彼比丘尼言阿梨耶諸比丘尼共法中如法如律教汝莫自用諸比丘尼教汝汝當信受汝亦應如法如律教諸比丘尼何以故如來弟子中展轉相諫共罪中出故善法得增長是比丘尼諸比丘尼諫時堅持不捨者應第二第三諫捨是事善若不捨是法乃至三諫僧伽婆尸沙

若二比丘尼習近住遆相覆過諸比丘尼應諫是比丘尼言阿梨耶莫習近住遆相覆罪習近住不生善法是比丘尼諸比丘尼諫時堅持不捨應第二第三諫捨是事善若不捨是法乃至三諫僧伽婆尸沙

若比丘尼見相遠住便勸作是言當習近住遆相藏過莫相離住不妨生長善法餘人亦有如是相近住者僧不能遮輕易汝故相禁制耳諸比丘尼應諫是比丘尼言阿梨耶某甲某甲相遠住莫勸習近住遆相覆過習近住不妨生長善法莫作是語餘人亦有習近住者僧不能遮輕易汝故相禁制耳是比丘尼諸比丘尼諫時堅持不捨應第二第三諫捨者善若不捨者是法乃至三諫僧伽婆尸沙

若比丘尼瞋恚欲捨戒作是言我捨佛捨法捨僧捨說捨共住共食捨經論捨沙門尼釋種用是沙門尼釋種子爲餘更有勝處我於彼中修梵行諸比丘尼應諫是比丘尼言阿梨耶莫瞋恚欲捨戒作是語我捨佛乃至捨

沙門尼釋種子捨佛者不善諸比丘尼如是諫時故堅持不捨應第二第三諫捨是事好若不捨是法乃至三諫僧伽婆尸沙

諸阿梨耶已說十九僧伽婆尸沙十一初罪八三諫若比丘尼犯一一罪半月二部衆中行摩那埵次到阿浮呵那二十衆中應出罪稱可衆人意二十人中若少一此比丘尼不名出罪諸比丘尼應訶責是名時今問諸阿梨耶是中清淨不（如是三說）諸阿梨耶是中清淨默然故是事如是持

諸阿梨耶是三十尼薩耆波夜提法半月半月次說波羅提木叉

若比丘尼衣竟迦絺那衣已捨若得長衣十日畜若過者尼薩耆波夜提

若比丘尼衣竟迦絺那衣已捨五衣中離一一衣異處宿除僧羯磨尼薩耆波夜提

若比丘尼衣竟迦絺那衣已捨若得非時衣比丘尼若須應取疾作衣受若不足有望處爲滿故聽一月畜若過足不足尼薩耆波夜提

若比丘尼自手捉生色似色若使人舉染著尼薩耆波夜提

若比丘尼種種買賣尼薩耆波夜提

若比丘尼從非親里居士若居士婦乞衣除餘時餘時者失衣時尼薩耆波夜提

若比丘尼失衣得從非親里居士居士婦乞衣若自恣與得取上下衣若過受尼薩耆波夜提

若比丘尼居士居士婦爲比丘尼辦衣價言我辦如是衣價買如是衣與某比丘尼是比

丘尼先不請爲好故便往勸言善哉優婆夷如是衣價買如是色衣與我若得衣尼薩耆波夜提

若比丘尼居士居士婦各辦衣價言我等辦如是衣價買如是衣與某甲比丘尼是比丘尼先不請爲好故便往勸言善哉優婆塞優婆夷各辦如是衣價共作一如是色衣與我若得衣尼薩耆波夜提

爲比丘尼故若王大臣遣使送衣直與比丘尼使到言是衣直若王大臣送阿梨耶應受比丘尼言我不得受是衣直送淨衣來者應受使言阿梨耶有執事人不比丘尼若須衣應示使若園民若優婆夷言是人能爲比丘尼執事使到言善哉執事如是衣價買如是淨衣與某甲 比丘尼是比丘尼來取時與彼使勅已還到比丘尼所言阿梨耶所示執事人我已勸作已須衣時往取比丘尼若須衣應到執事人所言我須衣我須衣第二第三亦如是若得衣者好若不得第四第五第六在執事前默然立得衣者善不得過是求若得衣尼薩耆波夜提若不得隨衣直來處若自去若遣使言汝爲某比丘尼送衣直是比丘尼於汝衣直竟不得用汝自知莫令失是事法爾

若比丘尼爲牀褥乞而自作衣鉢飲食疾病藥者尼薩耆波夜提

若比丘尼人爲作是與而作彼用者尼薩耆波夜提

若比丘尼爲食乞自作衣鉢飲食湯藥受用者尼薩耆波夜提

若比丘尼多畜鉢尼薩耆波夜提

若比丘尼多畜衣尼薩耆波夜提

若比丘尼於住止處棄故僧伽梨唱言有欲取者取後還奪者尼薩耆波夜提

若比丘尼僧伽梨若自擿若使人擿過五六日不自縫不使人縫除病尼薩耆波夜提

若比丘尼語式叉摩尼言與我衣當與汝受具足受衣已不與受具足者尼薩耆波夜提

若比丘尼過四羯利沙槃市重衣尼薩耆波夜提

若比丘尼過兩羯利沙槃半市細輕衣者尼薩耆波夜提

若比丘尼畜長鉢得十日畜若過尼薩耆波夜提

若比丘尼所用鉢減五綴更乞新鉢爲好故尼薩耆波夜提是鉢應衆中捨衆中最下鉢應與作是言阿梨耶是鉢受持破乃止是事法爾

若比丘尼病應服酥油蜜石蜜生酥及脂聽畜七日若過七日殘不捨而服尼薩耆波夜提

若比丘尼與比丘尼衣後瞋恚不喜若自奪若使人奪得者尼薩耆波夜提

若比丘尼種種販賣生色似色者尼薩耆波夜提

若比丘尼自乞縷使非親里織而織作衣尼薩耆波夜提

若比丘尼若居士居士婦使織師爲比丘尼織作衣是比丘尼先不請便往勸織師言善哉居士此衣爲我作汝當好織令緻長廣當

與汝錢若錢直食直如是勸得衣者尼薩耆波夜提

若比丘尼十日未至自恣得急施衣須者得取畜至衣時若過時畜尼薩耆波夜提

若比丘尼知他市物而抄買者尼薩耆波夜提

若比丘尼知物向僧自迴向已尼薩耆波夜提

諸阿梨耶已說三十尼薩耆波夜提法今問諸阿梨耶是中清淨不（如是三說）諸阿梨耶是中清淨默然故是事如是持

諸阿梨耶是百四十一波夜提法半月半月次說波羅提木叉

若比丘尼知而妄語波夜提

若比丘尼種種類形相語波夜提

若比丘尼兩舌語波夜提

若比丘尼知僧如法如律滅諍已更發起言此羯磨不了當更作作是因緣不異波夜提

若比丘尼故奪畜生命波夜提

若比丘尼教未受具戒人說句法波夜提

若比丘尼向未受具戒人自稱得過人法我如是知如是見說實者波夜提

若比丘尼知比丘尼麤罪向未受具戒人說除僧羯磨波夜提

若比丘尼僧分物先和合聽與而後遮言汝親友意迴僧物與人波夜提

若比丘尼半月誦波羅提木叉經時作是言阿梨耶用雜碎戒爲使諸比丘尼生疑悔作是輕呵戒因緣不異波夜提

若比丘尼壞種子破鬼村波夜提

若比丘尼異語惱他波夜提
若比丘尼嫌責者波夜提
若比丘尼僧住處露地卧牀坐牀褥枕若自
敷若使人敷不囑去時不自舉不使人舉波
夜提
若比丘尼僧房內敷牀褥若自敷若使人敷
不囑去時不自舉不使人舉波夜提
若比丘尼瞋恚不喜僧房內牽比丘尼出若
使人牽下至汝出去波夜提
若比丘尼知僧房內比丘尼先敷牀褥後來
敷欲惱亂故更敷置若不樂者自出去作是
因緣不異波夜提
若比丘尼僧房閣屋上敷尖脚牀若坐若卧
波夜提
若比丘尼知水有蟲用澆草泥若使人澆波
夜提
若比丘尼故令他比丘尼起疑悔須臾不樂
作是因緣不異波夜提
若比丘尼施一食處不病比丘尼應一食過
者波夜提
若比丘尼處處食除病時衣時波夜提
若比丘尼淨施五衆衣後不捨而受用波夜
提
若比丘尼知彼食已足不作殘食法欲惱故
勸言阿梨耶食此食食者波夜提
若比丘尼不與不受著口中除水及楊枝波
夜提
若比丘尼非時食波夜提
若比丘尼停食食波夜提
若比丘尼往白衣家自恣與餅麨得受兩三

鉢出外共不病比丘尼食若過受出外不共食波夜提

若比丘尼戲笑藏他衣鉢尼師壇鍼筩若使人藏波夜提

若比丘尼別衆食除餘時波夜提餘時有病時衣時行時船上時大衆時外道施食時

若比丘尼無病爲身自燃草木牛屎糠若自燃若敎人燃除因緣波夜提

若比丘尼與未受具戒人同屋過三宿波夜提

若比丘尼與羯磨欲已後瞋恨作是言我不與欲不好與此羯磨不成波夜提

若比丘尼語比丘尼言阿梨耶共入聚落到彼當與汝食若自與若使人與後欲驅故便言汝去我共汝住不樂我獨住樂獨語樂作是因緣不異波夜提

若比丘尼作是語阿梨耶我知世尊說障道法習此法不能障道諸比丘尼應諫言阿梨耶汝莫謗世尊謗世尊者不善世尊不作是語世尊說障道法實障道汝捨此惡見如是諫時若堅持不捨應第二第三諫捨者善若不捨僧應作舉羯磨是比丘尼波夜提

若比丘尼知比丘尼惡見不捨僧如法如律作舉羯磨未作如法共食共同屋住波夜提

若沙彌尼作是言如來說婬欲是障道法我知習婬欲不能障道諸比丘尼應諫言汝沙彌尼莫謗世尊謗世尊者不善世尊說習婬欲實障道汝捨此惡見如是諫時若不捨應第二第三諫若捨者善若不捨應驅出言汝從今以後不應言佛是我師亦不得共比丘

尼三宿汝去不得此中住若比丘尼知是沙彌尼惡見不捨驅出未作如法誘喚畜養共食共住波夜提

若比丘尼得新衣當三種壞色若一一壞色青黑木蘭若不壞色受用者波夜提

若比丘尼住處內寶若名寶若自取若使人取除內取有主來求者與波夜提

若比丘尼恐怖比丘尼波夜提

若比丘尼知水有蟲飲者波夜提

若比丘尼自與無衣出家男女食波夜提

若比丘尼知食家婬處坐波夜提

若比丘尼知食家屏處坐波夜提

若比丘尼看軍發行波夜提

若比丘尼有因緣事得到軍中三宿若過者波夜提

若比丘尼有因緣事得到軍中三宿若看軍發行旌旗爭鬭勢力波夜提

若比丘尼瞋恨不喜打比丘尼波夜提

若比丘尼瞋恨不喜掌刀擬比丘尼波夜提

若比丘尼水中戲波夜提

若比丘尼以指相指波夜提

若比丘尼知賊衆期共道行下至聚落中波夜提

若比丘尼自手掘地若使人掘若指示語掘是地波夜提

若比丘尼四月別請應受若過受波夜提除更請除長請

若比丘尼語比丘尼言阿梨耶當學莫犯五衆罪是比丘尼言我不隨汝語若見餘阿梨耶寂根多聞持法深解我當從諮問彼有所

說我當受行除餘時波夜提餘時者比丘尼欲得法利應學亦應問餘比丘尼

若比丘尼飲酒咽咽波夜提

若比丘尼輕他波夜提

若比丘尼諸比丘尼諍訟時默然立聽彼有所說我當憶持作是因緣不異波夜提

若比丘尼僧斷事不與欲出去不白波夜提

若比丘尼半月說波羅提木叉經時作是言我今始知是法入戒經中諸比丘尼知是比丘尼若二若三說波羅提木叉經中坐況復多彼比丘尼不以不知故無罪隨所犯罪如法治應呵言阿梨耶汝失善利半月說波羅提木叉汝不尊重不一心念不攝耳聽法呵已波夜提

若比丘尼同食處食前食後不白比丘尼行至餘家除餘時波夜提

若比丘尼入王宫夫人未藏寶下至過門限波夜提

若比丘尼骨牙角作鍼筒破已波夜提

若比丘尼作牀脚應高佛八指除入梐若過截已波夜提

若比丘尼兜羅綿貯褥若坐若卧出已波夜提

若比丘尼作尼師壇應量作長二修伽陀搩手廣一搩手半更益一搩手若過截已波夜提

若比丘尼作覆瘡衣長四修伽陀搩手廣兩搩手若過截已波夜提

若比丘尼斆如來衣量等作衣若過量截已波夜提如來衣量長九修伽陀搩手廣六搩

手是名如來衣量
若比丘尼瞋恨不喜以無根僧伽婆尸法謗波夜提
若比丘尼知物向僧迴與餘人波夜提
若比丘尼不語主而著他衣波夜提
若比丘尼自手與俗人外道沙門衣波夜提
若比丘尼作安陀會應量作長四修伽陀搩手廣二搩手若過截已波夜提
若比丘尼僧祇支應量作長四修伽陀搩手廣兩搩手若過作截已波夜提
若比丘尼作雨浴衣應量作長四修伽陀搩手廣兩搩手若過截已波夜提
若比丘尼詣不能辦家爲僧乞迦絺那衣波夜提
若比丘尼不病所受持衣不隨身者波夜提

若比丘尼得佉陀尼食蒲闍尼食更煑使人煑更熬使人熬更煎使人煎不病比丘尼食波夜提
若比丘尼比丘食時以水扇供給者波夜提
若比丘尼食蒜波夜提
若比丘尼俗人外道自手與食波夜提
若比丘尼作醫師活命波夜提
若比丘尼授俗人外道醫方者波夜提
若比丘尼爲俗人作波夜提
若比丘尼知食家先不語而入者波夜提
若比丘尼與俗人外道園民沙彌習近住下至須臾波夜提
若比丘尼自呪詛呪詛他者波夜提
若比丘尼自打而啼泣者波夜提
若比丘尼語比丘尼作是言阿梨耶共往某

甲家彼於後不忍其甲比丘尼無因緣不審
諦問而呵責者波夜提
若比丘尼慳嫉心護他家者波夜提
若比丘尼對面呵罵比丘者波夜提
若比丘尼減十二兩畜弟子波夜提
若比丘尼滿十二兩十法不具足而畜弟子
波夜提
若比丘尼十法具足不羯磨而畜弟子者波
夜提
若比丘尼知犯戒捉户鉤開他房户共男子
住與受具足者波夜提
若比丘尼與減二十兩童女受具足者波夜
提
若比丘尼滿二十兩童女不與學戒而與受
具足者波夜提

若比丘尼受學戒不滿與受具足者波夜提
若比丘尼學戒滿不羯磨與受具足者波夜
提
若比丘尼適他婦減十二兩與受具足者波
夜提
若比丘尼適他婦滿十二兩不學戒與受具
足者波夜提百事竟
若比丘尼適他婦學戒不滿學與受具足者
波夜提
若比丘尼適他婦學戒滿不羯磨與受具足
者波夜提
若比丘尼與弟子受具足已應二年教誡若
不者波夜提
若比丘尼受具足已應二年供給隨逐和尚
尼若不供給隨逐波夜提

若比丘尼年年畜弟子波夜提
若比丘尼一衆清淨停宿受具足波夜提
若比丘尼度弟子有難不自送不使人送不至五六由旬波夜提
若比丘尼語比丘尼作是語阿梨耶十法不具度弟子應敎誡而反嫌責者波夜提
若比丘尼語式叉摩尼言學戒滿當與受具足後不與受不使人受又不遣去者波夜提
若比丘尼不病載乘者波夜提
若比丘尼不病持傘蓋著革屣者波夜提
若比丘尼過量佉呞牀褥若坐若卧波夜提
若比丘尼同敷褥牀卧波夜提
若比丘尼僧房牀褥不捨而去波夜提
若比丘尼先不白入比丘僧伽藍者波夜提
若比丘尼知食家婬處宿除餘時波夜提餘時者風時雨時奪命時傷梵行時是名餘時
若比丘尼無賫人伴向異國行波夜提
若比丘尼自境内觀園林故墟波夜提
若比丘尼共一比丘空靜處坐波夜提
若比丘尼與丈夫屏處坐者波夜提
若比丘尼與男子伸手内住若耳語波夜提
若比丘尼知闇中男子坐無燈而入波夜提
若比丘尼觀妓樂行波夜提
若比丘尼鬬諍不和合住衆主不斷理斷滅者波夜提
若比丘尼俗人婦女塗香揩摩洗浴除病時波夜提
若比丘尼不病使比丘尼揩摩洗浴者波夜提
若比丘尼不病令式叉摩尼揩摩者波夜提

若比丘尼不病令沙彌尼指摩者波夜提

若比丘尼不病令俗人婦女指摩者波夜提

若比丘尼半月清淨布薩不恭敬者波夜提

若比丘尼半月僧敎誡而不恭敬者波夜提

若比丘尼膝以上肩以下隱處有癰瘡先不白聽男子破洗者波夜提

若比丘尼安居中遊行者波夜提

若比丘尼安居竟不遊行者波夜提

若比丘尼語比丘尼作是語阿梨耶此處安居復嫌呵惱觸波夜提

若比丘尼知他先安居已後來若自嬈亂使人嬈亂波夜提

若比丘尼隔牆不觀擲棄不淨波夜提

若比丘尼生草上大小便涕唾波夜提

若比丘尼水中大小便涕唾波夜提

若比丘尼知衆利迴與一衆波夜提 一百四十一竟

諸阿梨耶已說百四十一波夜提法今問諸阿梨耶是中清淨不 如是三說 諸阿梨耶是中清淨默然故是事如是持

諸阿梨耶是八波羅提提舍尼法半月半月次說波羅提木叉

若比丘尼不病爲身白衣家乞酥若使人乞若噉若食是比丘尼應向餘比丘尼悔過如是言阿梨耶我墮可呵法此法悔過是波羅提提舍尼法

若比丘尼不病爲身白衣家乞油若使人乞若噉若食是比丘尼應向餘比丘尼悔過如是言阿梨耶我墮可呵法此法悔過是波羅提提舍尼法

若比丘尼不病爲身白衣家乞蜜若使人乞

若噉若食是比丘尼應向餘比丘尼悔過如是言阿梨耶我墮可呵法此法悔過是波羅提提舍尼法

若比丘尼不病爲身白衣家乞石蜜若使人乞若噉若食是比丘尼應向餘比丘尼悔過如是言阿梨耶我墮可呵法此法悔過是波羅提提舍尼法

若比丘尼不病爲身白衣家乞乳若使人乞若噉若食是比丘尼應向餘比丘尼悔過如是言阿梨耶我墮可呵法此法悔過是波羅提提舍尼法

若比丘尼不病爲身白衣家乞酪若使人乞若噉若食是比丘尼應向餘比丘尼悔過如是言阿梨耶我墮可呵法此法悔過是波羅提提舍尼法

若比丘尼不病爲身白衣家乞魚若使人乞若噉若食是比丘尼應向餘比丘尼悔過如是言阿梨耶我墮可呵法此法悔過是波羅提提舍尼法

若比丘尼不病爲身白衣家乞肉若使人乞若噉若食是比丘尼應向餘比丘尼悔過如是言阿梨耶我墮可呵法此法悔過是波羅提提舍尼法

諸阿梨耶已說八波羅提提舍尼法今問諸阿梨耶是中清淨不(如是三說)諸阿梨耶是中清淨默然故是事如是持

諸阿梨耶是衆學法半月半月次說波羅提木叉

齊整著内衣應當學

齊整被衣應當學

好覆身入家内應當學
諦視入家内應當學
小聲入家内應當學
不笑入家内應當學
不覆頭入家内應當學
不反抄衣入家内應當學
不脚指行入家内應當學
不叉腰入家内應當學
不搖身入家内應當學
不搖頭入家内應當學
不掉臂入家内應當學
好覆身家内坐應當學
諦視家内坐應當學
小聲家内坐應當學
不笑家内坐應當學

不覆頭家内坐應當學
不反抄衣家内坐應當學
不抱膝家内坐應當學
不交脚家内坐應當學
不叉腰家内坐應當學
不動手足家内坐應當學
一心受食應當學
羹飯等食應當學
不偏刳食應當學
不口頰食食應當學
不吐舌食應當學
不大摶飯食應當學
不張口待飯食應當學
不挑摶飯食應當學
不嚙半食應當學

不含食語應當學
不指抆鉢食應當學
不舐手食應當學
不嗽指食應當學
不嚩㗱作聲食應當學
不吸食食應當學
不全吞食應當學
不落飯食應當學
不振手食應當學
不嫌心視比坐鉢食應當學
端心視鉢食應當學
無病不得爲身索食應當學
不以飯覆羹更望得應當學
不以膩手受飲器應當學
不以鉢中殘食棄地應當學

已立不爲坐人說法除病應當學
已坐不爲卧人說法除病應當學
在下不爲高牀上人說法除病應當學
不爲著革屣人說法除病應當學
不爲著屐人說法除病應當學
不爲覆頭人說法除病應當學
不爲纏頭人說法除病應當學
不爲抱膝蹲人說法除病應當學
不爲翹脚人說法除病應當學
不爲持刀人說法除病應當學
不爲捉弓箭人說法除病應當學
不爲捉杖人說法除病應當學
不爲捉蓋人說法除病應當學
在後不爲在前人說法除病應當學
不爲騎乘人說法除病應當學

在道外不爲道中人說法除病應當學
不立大小便除病應當學
樹過人不應上除大因緣應當學
諸阿梨耶已說衆學法今問諸阿梨耶是中清淨不(如是三說)諸阿梨耶是中清淨默然故是事如是持
諸阿梨耶是七滅諍法半月半月次說波羅提木叉
若隨事隨順人
應與現前毗尼人與現前毗尼
應與憶念毗尼人與憶念毗尼
應與不癡毗尼人與不癡毗尼
應與自言治人與自言治毗尼
應與覓罪相人與覓罪相毗尼
應與多覓毗尼人與多覓毗尼
應與如草布地毗尼人與如草布地毗尼
諸阿梨耶已說七滅諍法今問諸阿梨耶是中清淨不(如是三說)諸阿梨耶是中清淨默然故是事如是持
諸阿梨耶已說戒序已說八波羅夷法已說十九僧伽婆尸沙法已說三十尼薩耆波夜提法已說百四十一波夜提法已說八波羅提提舍尼法已說衆學法已說七滅諍法已說隨順法是名如來應供正遍知法比丘尼法入波羅提木叉經中是法隨順法一切學莫犯佛告比丘尼毗婆尸佛如來應供正遍知爲寂靜僧略說波羅提木叉
忍辱第一道　涅槃佛稱最　出家惱他人
不名爲沙門
尸棄佛如來應供正遍知爲寂靜僧略說波

羅提木叉

譬如明眼人　能避險惡道　世有聰明人

能遠離諸惡

毗葉婆佛如來應供正遍知爲寂靜僧略說

波羅提木叉

不惱不說過　如戒所說行　飯食知節量

常樂在閑處　心淨樂精進　是名諸佛教

拘留孫佛如來應供正遍知爲寂靜僧略說

波羅提木叉

譬如蜂採華　不壞色與香　但取其味法

比丘入聚然　不破壞他事　不觀作不作

但自觀身行　諦視善不善

拘那含牟尼佛如來應供正遍知爲寂靜僧

略說波羅提木叉

欲得好心莫放逸　聖人善法當勤學

若有智寂一心人　爾乃無復憂愁患

迦葉佛如來應供正遍知爲寂靜僧略說波

羅提木叉

一切惡莫作　當具足善法　自淨其志意

是則諸佛教

釋迦牟尼佛如來應供正遍知爲寂靜僧略

說波羅提木叉

護身爲善哉　能護口亦善　護意爲善哉

護一切亦善　比丘護一切　便得離衆惡

比丘守口意　身不犯衆惡　是三業道淨

得聖所得道

若人撾駡不還報　於嫌恨人心不恨

於瞋人中心常淨　見人爲惡自不作

七佛爲世尊　能救護世間　所可說戒經

我已廣說竟　諸佛及弟子　恭敬是戒經

恭敬戒經已　各各相恭敬　慚愧得具足

能得無爲道

已說波羅提木叉竟

僧一心得布薩

比丘尼僧祇律波羅提木叉戒經

音釋

絺（抽遲切）褥（如欲切裀褥也）擿（他歷切挑也）緻（直利切密也）鍼（諸深切與針同）屎（式雉切與屎同）誘（以九切引也）搩（陟格切手度物也）癰（於容切腫也）斆（胡孝切法效也）熬（牛刀切乾煎也）佉啁（佉丘迦切啁之由切）嬈（而沼切與擾同）刳（空胡切虛其中也）嗽（所角切與嗽同）膩（女利切垢膩也）撾（職瓜切捶也）

沙彌尼戒經

失譯人名

舍利弗問經

東晉失譯人名

清刻龍藏佛說法變相圖

二經同卷

沙彌尼戒經

舍利弗問經

沙彌尼戒經

失譯人名

沙彌尼初戒不得殺生慈愍群生如父母念子加哀蠕動猶如赤子何謂不殺護身口意身不殺人物蚑行喘息之類而不手爲亦不教人見殺不食聞殺不食疑殺不食爲我殺不食口不說言當殺當害報怨亦不得言死快殺快其肥其瘦其肉多好其肉少也意亦不念當有所賊殺於其快乎其畜肥其瘦哀諸衆生如己骨髓如父如母如子如身等無

差特普等一心常志大乘是爲沙彌尼始學戒也

沙彌尼戒不得盜竊一錢以上草葉毛米不得取也主不手與不得取口不言取心不念取目不愛色耳不愛聲鼻不盜香舌不偷味身不貪衣心不竊欲六情無著常立權慧則曰不盜是爲沙彌尼戒也

沙彌尼戒不得婬泆何謂不婬眞一清淨潔身不婬泆口不説婬心不念婬執已鮮明如虛空風無所倚着身不行婬目不婬視耳不婬聽鼻不婬香口不婬言心不存欲觀身四大本無所有計地水火風無我無人無壽無命何所婬泆何所著乎志空無相願是爲沙彌尼戒也

沙彌尼戒不得兩舌惡言言語安詳不見莫言見不聞莫言聞見惡不傳聞惡不宣惡言眞譬常行四等無有非言言輙説道不得論説俗事不講王者臣吏賊事常歎經法菩薩正戒志于大乘不爲小學行四等心是爲沙彌尼戒也

沙彌尼戒不得飲酒不得嗜酒不得嘗酒酒有三十六失失道破家危身喪命皆悉由之牽東引西持南著北不能諷經不敬三尊輕易師友不孝父母心閉意塞世世愚癡不值大道其心無識故不飲酒欲離五陰五欲五蓋得五神通得度五道是爲沙彌尼戒也

沙彌尼戒不得持香華自熏飾衣被履屧不得五色不得以衆寶自瓔珞不得著錦繡綾羅綺縠不得綺視當著麤服青黑木蘭及泥洹裹衣低頭而行欲除六衰以戒爲香求誦

深法以爲真實三十二相以爲瓔珞得植衆好以爲被服願六神通無礙六度導人是爲沙彌尼戒也

沙彌尼戒不得坐金銀高牀綺繡錦被衆寶綩綖不得念之不得教求索好牀搨帳五色畫扇上好捎拂不得著臂釧指鐶直信戒懃愧施博聞智慧一心精專常求三昧以爲牀榻心不動搖衆慧自然以爲坐具七覺不轉志於道心是爲沙彌尼戒也

沙彌尼戒不得聽歌舞音樂聲拍手鼓節不得自爲亦不教人常自修身順行正法不爲邪行一心歸佛誦經行正以爲法樂不爲俗樂聽經思惟深入大義自不有疾不得乘車馬象當念輕舉八不思議神通之達以爲車乘度脫八難是爲沙彌尼戒也

沙彌尼戒不得積聚珍寶不得手取不得教人常自專精以道爲寶以經爲上以義爲妙解空無相無願爲本至於三脫不求貪欲欲離九惱住道甚久無窮無極無有邊際亦無所住是爲沙彌尼戒也

沙彌尼戒食不失時常以時食不得失度過日中後不得復食雖有甘美無極之味終不復食亦不教人犯心亦不念假使無上自然食來亦不得食也若長者國王過日中後施亦不食終死不犯常思禪定一切飲食雖有所食裁自支命欲令一切解深遠願得十種力以爲飲食是爲沙彌尼戒也

沙彌尼已受十戒原道思純能行是十事五百戒自然具足譬如人頭手足眼耳鼻口身意腹背不毀諸根具足腸胃肺肝五藏諸節

筋脉悉具譬如樹根安隱具足不枯腐朽莖節枝葉華實自然弘茂沙彌尼如是能備十戒之本其五百戒皆悉周滿可逮神通無所不達譬如好田種不腐敗風雨時節五穀豐熟人民得活沙彌尼如是能尊十戒五百戒則爲舉矣譬如國君風化普平萬民安寧沙彌尼如是若能具十戒者五百之戒自然普備若父母慈和子孫眷屬奴客婢使自然率從又沙彌尼常尊三寶敬師和尚過於父母百千萬倍父母一世和尚度無極無限念報返復不造反逆常猒穢身如人閉獄墮墜溷廁不貪女身不嬈色欲如於大火譬若劇賊心念一切如父如母如子如身常慙本行懷態不快乃獲斯身當解本無猶如幻化無男無女從行得之本無五道況男女乎求大乘者了一切空如幻化夢影響野馬芭蕉深山之響緣對而生本無所有信色如影痛癢如芭蕉思想如野馬生死如泡識如幻非我因緣合成無緣則無獨來獨去無一隨者欲爲道者權慧爲父母樂法爲兄弟不離深義以爲和尚慈悲喜護諦住正法以爲男女六度無極以爲伴黨神通之慧以爲車乘不違經戒思惟空義以爲屋宅又沙彌尼不得獨行同類爲伴二人若三人若無沙彌尼當與清信女俱行若婢使不得與大沙彌男子同牀座坐不妄語又不得比寺居止自不疾病不得數往返檀越請讀經乃說不得自用等輩相教隨年恭順不得慢恣轉相道說若有過失屏處相諫莫於衆中說聞善見善乃可宣揚聞惡見惡不得傳說唯可白和尚不得語

餘人常自剋責見善思及見惡自察悲哀彼人意不及故若作沙彌尼求和尚者當得好聰明智慧奉順法者世世能度人譬若有船完具牢堅在所能度至於彼岸若師不聰明行不應法非是大師持作和尚譬如壞船乘欲渡海中路而没既溺衆人師亦并命無有遺餘其初持法授人經戒正則爲師聞大師欲以爲和尚本作沙彌尼不得彼者遥稱名禮之以爲師未必面見心近則近心遠則遠身雖相近心乖不同相去億里沙彌尼行路不得與男子共行同道相隨不得與男子沙門比房同寺各各别異法之大節焉

沙彌尼戒經

舍利弗問經

東晋失譯人名

如是我聞一時佛住羅閱祇音樂樹下與大比丘衆一千二百五十人俱名聞十方結盡解脱八部鬼神等願聞法要舍利弗從座而起前白佛言世尊佛是法王隨衆生欲散説法教令諸天人恭敬奉持或聞傳聞或行不行云何名行法者云何名不行法者佛言善哉善哉汝能爲諸衆生作如是問諦聽諦聽吾爲汝説夫行法者有聞而持有傳聞而持皆名曰僧如實事比丘聞佛所説諸行無常即觀生滅斷諸有漏眞吾弟子是行法者其傳聞者如觀身比丘聞汝説迦留陀夷説飲酒者開放逸門於行道者作大留難即入無諍三昧得見道斷集行我法者不行非法行非法者是名非法人非吾弟子入邪見稠林

舍利弗白佛言云何世尊爲諸比丘所説戒律或開或閉如爲忽起長者設供斷諸比丘不聽朝食如爲村人請復聽食麨飯糗魚肉如爲頻富村人請復不聽食飯但令薄粥如爲頻婆娑羅王請復聽飽食飯食如爲闡陀師利請復聽多家數數食皆不得飽諸如此語後世比丘比丘尼優婆塞優婆夷云何奉持佛言如我言者是名隨時在此時中應行此語在彼時中應行彼語以利行故皆應奉持我尋泥洹大迦葉等當共分別爲比丘比丘尼作大依止如我不異迦葉傳付阿難阿難復付末田地末田地復付舍那婆私舍那婆私傳付優波笈多優波笈多後有孔雀輸柯王世弘經律其孫名曰弗沙蜜多羅嗣正

王位顧問群臣云何令我名事不滅時有臣言唯有二事何等爲二猶如先王造八萬四千塔捨傾國物供養三寶此其一也若其不爾便應反之毀塔滅法殘害息心四衆此其二也名雖好惡俱不朽也王曰我無威德以及先王當建次業以成名行即御四兵攻鷄雀寺寺有二石師子哮吼動地王大驚怖退走入城人民看者嗟泣盈路王益忿怒自不敢入驅逼兵將乍行死害督令勤與呼攝七衆比丘比丘尼沙彌沙彌尼式叉摩尼出家出家尼一切集會問曰壞塔好不壞房好不僉曰願皆勿壞如不得已壞房可耳王大忿厲曰云何不可因遂害之無問少長血流成川壞諸寺塔八百餘所諸清信士舉聲號呌悲哭懊惱王取囚繫加其鞭罰五百羅漢登南山獲免山谷隱險軍甲不能至故王恐不洗賞募諸國若得一首即償金錢三千君徒鉢歎阿羅漢及佛所囑累流通人化作無量人捉無量比丘比丘尼頭處處受金王諸庫藏一切空竭王益忿怒君徒鉢歎現身入滅盡定王自加害定力所持初無傷損次燒經臺火始就然飈餤及經彌勒菩薩以神通力接我經律上兜率天次至牙齒塔塔神曰有蟲行神先索我女我薄不與今誓令護法以女與之使王心伏蟲行神喜手捧大山用以壓王及四兵衆一時皆死王家子孫於斯都盡其後有王性甚良善彌勒菩薩化作三百童子下於人間以求佛道從五百羅漢諮受法教國土男女復共出家如是比丘比丘尼還復滋繁羅漢上天接取經律還於人間時

有比丘名曰總聞諳諸羅漢及與國王分我經律多立臺館爲求學來難時有一長老比丘好於名聞亟立諍論抄治我律開張增廣迦葉所結名曰大衆律外採綜所遺誑諸始學別爲群黨互言是非時有比丘求王判決王集二部行黑白籌宣令衆曰若樂舊律可取黑籌若樂新律可取白籌時取黑者乃有萬數時取白者只有百數王以皆多佛說好樂不同不得共處學舊者多從以爲名爲摩訶僧祇也學新者少而是上座從上座爲名爲他俾羅也他俾羅部我去世時三百年中因於諍故復起薩婆多部及犢子部於犢子部復生曇摩尉多別迦部䟦陀羅耶尼部沙摩帝部沙那利迦部其薩婆多部復生彌沙塞部目揵羅優波提舍起曇無屈多迦部蘇婆利師部他俾羅部復生迦葉維部修多蘭婆提那部四百年中更生僧伽蘭提迦部摩訶僧祇部我滅度時二百年中因於異論生起鞞婆訶羅部盧迦尉多羅部拘拘羅部婆收婁多柯部鉢蠟若帝婆耶那部三百年中因諸異學於此五部復生摩訶提婆部質多羅部末多利部如是衆多久後流傳若是若非唯餘五部各舉所長名其服色摩訶僧祇部勤學衆經宣講眞義以處本居中應著黃衣曇無屈多迦部通達理味開導利益表發殊勝應著赤色衣薩婆多部博通敏達以導法化應著皂衣迦葉維部精勤勇猛攝護衆生應著木蘭衣彌沙塞部禪思入微究暢幽密應著青衣是故羅旬喻比丘分衛不能得食後以五種律衣更互而著便大得食何以

故是其前世執性多慳見沙門來急閉門戶云大人不在見他布施歡喜攝念發心願作沙門是故今身雖得出家窮弊如此我法出家純服弊帛及死人衣因羅旬喻故受種種衣也舍利弗言如來正法云何少時分散如是既失本味云何奉持佛言摩訶僧祇其味純正其餘部中如被添甘露諸天飲之但飲甘露棄於水去人間飲之水露俱進或時消疾或時結病其讀誦者亦復如是多智慧人能取能捨諸愚癡人不能分別舍利弗言如來先云若寒國土聽諸比丘身著俗服及覆頭首迦那比丘行大林聚落值天大寒鳥獸死盡村人與其俗衣世尊令其懺悔何耶佛言聽著染色置在衣裏耳舍利弗言云何世尊常言諸比丘不得以鉢布地當擎以淨物若無淨物當以草葉木葉君輸柯比丘與其眷屬受曰難王請行淨板擎鉢云何世尊而罵之言是惡魔行非行法者我言以清淨物不受染若淨無者乃用草木之葉一用即棄不得用木皮木肉以其體中本有膠故若膠若漆以受塵故若已枯燥本是有故濕熱更流故舍利弗白佛言世尊云何聽諸比丘受施主請食及僧家常食云何蘭若提比丘受無畏長者請食如來罵云是土木人不應食人食也佛言以破壞威儀行食之時但以眼視不以手受外道梵志尚知受取況我弟子而不受食何況於食一切諸物不得不受唯除生寶及施女人若作法者猶應授與體上之衣若貯金器受則別施舍利弗白佛言云何世尊說遮道法不得飲酒如葶藶子是名

破戒開放逸門云何迦蘭陀竹園精舍有一比丘疾病經年危篤將死時憂波離問言汝須何藥我爲汝覓天上人間乃至十方是所應用我皆爲取答曰我所須藥是違毗尼故我不覓以至於此寧盡身命無容犯律優波離言汝藥是何答曰師言須酒五升優波離曰若爲病開如來所許爲乞得酒服已消差差已懷慙猶謂犯律往至佛所慇懃悔過佛爲說法聞已歡喜得羅漢道佛言酒有多失開放逸門飲如葶藶子犯罪已積若消病若非先所斷舍利弗又白佛言云何如來常言不得殺衆生乃至蟻子而以臘月八日於舍衛國長水河邊與輸麗外道捔術先逼以神力令墮負處其生慙羞投水自盡眼視沉没而不拯救不亦殺乎方復告衆言輸麗持此惡法惑亂衆生前世善熟滅此惡身轉生善見不亦快乎我諸弟子當於此日設清淨浴洗浣身垢念除倒見身若清淨心亦清淨似結使人無有慈悲佛言大智汝能爲諸未通達者問斯誠要輸麗外道於無量世中積習邪見誓障正法往昔燈明佛時我行菩薩道過一村落人多癘病死者縱横我採衆藥隨宜救濟皆得除愈其中一人名曰不戴(音吳)是梵志學自負多能不肯信服臨欲終時方復求我我語之云汝先可治與藥不取今將氣盡方復有求如汝即時非藥能治不戴曰我今不能復判優劣願未來世共決勝負我若負者當殺身求生爲汝弟子汝若不如爲我走使時我報云善哉善哉故今生此土與我相值臨終善熟共契所會發言失據耻其眷

屬投水自害身雖死亡心發善故生我法中有勝進故我不救也舍利弗言云何於訓戒中令弟子偏袒右肩又爲迦葉村人說城諭經云我諸弟子當正被袈裟俱覆兩肩勿露肌肉使上下齊平現福田相行步庠序又言勿現胷臆於此二言云何奉持佛言修供養時應須偏袒以便作事作福田時應覆兩肩現田文相云何修供養如見佛時問訊師僧時應隨事相若拂牀若掃地若卷衣裳若周正薦席若泥地作華若摙髙足下若灑若移種種供養云何作福田時國王請食入里乞食坐禪誦經巡行樹下人見端嚴有可觀也舍利弗復白佛言世尊八部鬼神以何因緣生於惡道而常聞正法佛言以二種業一以惡故生於惡道二以善故多受快樂又問善惡二異可得同耶佛言亦可得耳是以八部鬼神皆曰人非人也天神者其之先身以車轝舍宅飲食供養三寶父母賢勝之人猶懷慳儉諂嫉妒者故受天神身如普光淨勝天神等虛空龍神者修建德本廣行檀波羅蜜不依正念急性好瞋故受人非人身如摩尼光龍王等夜叉神者好大布施或先損害後加饒益隨功勝負故在天上空中地下乾闥婆者前生亦少瞋恚常好布施以青蓮自嚴作衆伎樂今爲此神常爲諸天奏諸伎樂阿脩羅神者志強不隨善友所作淨福好逐幻僞之人作諸邪福傍於邪師甚好布施又樂觀他鬭訟故受今身迦婁羅神者先修大捨常有髙心以淩於物故受今身緊那羅神者昔好勸人發菩提心未正其志逐諸邪行故

得今身摩睺羅伽神者布施護法性好瞋恚故受今身人非人等皆由依附邪師行諂惡道以邪亂正俱謂是道以自建立夫出世道者不雜魔邪諂悅之語諂悅之語非出生死是入惡道諂悅邪人所可言說大觀似道細則眹鑠當依正法及行正法者當得佛法僧力解脫無爲若依相似法依行邪導師繫縛生死永淪惡趣是無知人非求出世入邪見網邪導師者雖讀衆經以邪事業矯製邪科出邪諂法誑惑凡人以求敬仰非人所知說云我知非人所得說云我得或人難曰那知那得荅曰空界天神幽中知識密以語我或云某年某月有利有害遞相開示應防應救此滅彼興我得汝失如是欺誑薄俗之人不能深思德本隨逐邪末失其正見興造邪業生傾錢帛死入惡道拔舌吞銅百千萬歲後作畜生亦無量歲復生爲鬼或在山林曠野河海舍宅益懷諂誑無有休息或迷謗行人使失道徑或示語邪巫言先亡形服恐動百端甚可惡賤求人飲食無有終極值我弟子心懷正直不失正念者聞即訶叱終敢復爲若我弟子心懷怯弱易失心者從其求免踰得其便千端萬緒求索無猒如是之人無丈夫相爲邪所動死墮惡趣甚可悲念舍利弗復白佛言八部鬼神依空爲空神依地爲地神耶佛言別有地神如淨華光等過去世時好修布施多瞋難滿嗜酒喜歌儛故作此神著純白之衣潔淨無垢舍利弗復白佛言云何如來告天帝釋及四天大王云我不久滅度汝等各於方土護持我法我去世後摩訶

迦葉賓頭盧君徒般歎羅睺羅四大比丘住不泥洹流通我法佛言但像教之時信根微薄雖發信心不能堅固不能感致諸佛弟子雖專到累年不如佛在世時一念之善其極慊至無復二向汝爲證信隨事厚薄爲現佛像僧像若空中言若作光明乃至夢想令其堅固彌勒下生聽汝泥洹舍利弗復白佛言如來現世二十年前度諸弟子無有常施隨有便施自二十年後施多定物是義云何佛言有長者子名曰分若多羅宿有善根生婆羅門家樂欲捨家修無上道隨大目揵連於巴連弗邑天王精舍求受具戒目連語云汝可七日七夜悔汝先罪皆使清淨無諸妨障者我當爲汝從僧中乞分若多羅言云何得知妨障已滅云何得知我受得戒仰願諸佛加我威神令我罪滅得見得戒之相佛告汝但勤誠誠至自見分若白佛謹奉尊教懇惻日夜到第五夕於其室中雨種種物若巾若帊若拂若箒若刀若斧若錐若鏟次第分別隨其目前分若多羅生歡喜心生得果心滿七日已具白目連目連問我我語之曰是離壓相拂割之物也當以覲師師其緣也夫受戒者隨其力辦可以爲施不限於此不必備此舍利弗復白佛言世尊有諸檀越造僧伽藍厚置資給供來世僧有似出家僧非時就典食僧索食而食與者食者得何等罪其本檀越得何等福佛言非時食者是破戒人是犯盜人非時與者亦破戒人亦犯盜人盜檀越物是不與取非施主意施主無福以失物故猶有發心置立之善舍利弗言時受時食

食不盡若非時復食或有時受至非時食復得福不佛言時食淨者是即福田是即出家是即僧伽是即天人良友是即天人導師其不淨者猶爲破戒是大劫盜是即餓鬼爲罪窟宅非時索者以時非時非時輙與是典食者是名退道是名惡魔是名三惡道是名破器是癩病人壞善果故偷乞自活是故諸婆羅門不非時食外道梵志亦不邪食況我弟子知法行法而當爾耶凡如此者非我弟子是盜我法利着無法人盜名盜食作法之人盜與盜受一團一撮片鹽片酢死墮燋腸地獄吞熱鐵丸從地獄出生猪狗中食諸不淨又生惡鳥人惟其聲後生餓鬼還伽藍中處都圊內噉食糞穢並百千萬歲更生人中貧窮下賤人所棄惡所可言說人不信用不如盜一人物其罪尚輕劫奪多人故良福田故斷絕出世道故舍利弗復白佛言如來宗親多有出家爲自發心爲佛神力耶佛言諸釋憍慢著樂何能願樂持是父王宣勸宗室生二子者一人隨我阿那律久積善根深樂正法携率釋子跋提難提金毗羅難陀跋難陀阿難陀提婆達多優波離澡浴清淨來至我所欲求出家時有上座名毗羅荼別度阿難阿難陀次一上座多婆脩羅别度提婆達多跋難陀唯阿難修不忘禪宿習總持於少時中得佛覺三昧積百萬川水攪以爲雨雨水奔流入于大海阿難手從海中取以分別色味不雜還置本源無有漏失文殊師利白佛言世尊舍利弗者如來常言其於聲聞中智慧第一不謂小心能問要義佛言其久種明

悟發揚我法以徧塵剎利衆生故云何如來說父母恩大不可不報又言師僧之恩不可稱量其誰爲最佛言夫出家者孝事父母在於膝下莫以報生長與之等以生育恩深故言大也若從師學開發知見次恩大也夫出家者捨其父母生死之家入法門中受微妙法師之力也生長法身出功德財養智慧命功莫大也追其所生乃次之耳又言當何名斯經佛言當名菩薩問喻以廣大故又名舍利弗問爾時四衆聞說是已五十新學比丘信根成立法眼清淨舊德天人八部等皆大歡喜作禮而去

舍利弗問經

音釋

蠕 音軟蠕動貌　蚑 去智切蟲行貌　喘 昌兗切　糗 去久切乾飯　葶 音亭葶藶　藶 音歷　帊 普駕切幞也　鏟 初眼切平木器也　覰 初覲切　酢 倉故切　圊 音清厠也

彌沙塞羯磨本

唐大開業寺沙門愛同録五分羯磨

清刻龍藏佛說法變相圖

彌沙塞羯磨本卷上

唐大開業寺沙門愛同録五分羯磨

夫羯磨衆軌溥應聖凡秉告詳唱稱爲辦事事既塵沙法寧限局規猷浩博豈可勝言且開十法以總諸務各依其位具列軌儀

第一作法緣起　第二諸界結解
第三諸戒受捨　第四衣藥受淨
第五布薩儀軌　第六安居法則
第七自恣清淨　第八受施分衣
第九懺悔諸犯　第十住持雜法

第一作法緣起

要具七緣方成羯磨有不具者開制故然

一量事如非　羯磨既稱辨事所辨必須如法違教虧戒聖所未聽事類雖多大分三種一情如受戒第二非情如結界第三二合如示處等或言二者謂人法事也人即受戒等法謂自恣等事謂結界等此二三種稱事並如或具或單離合無准必須約教不違於戒無犯如虧此限法定不成法等落非亦准於此

二法起假處

僧祇律云非羯磨地不得受欲行於僧事云四分律云若作羯磨必先結界然界有二種若自然界唯秉結界羯磨一法自餘僧法並作法界中若對首心念二法則通二界

三集僧分限

法起託處依界集僧界有二種自然作法二別謂大界戒場據四分中有三小界此律擗界或有或無小界一種無外可集大界戒場盡限集之若自然界則四分聚落蘭若道行水界聚落有二種可分別不可分別若不可分別僧祇七樹之量計有六十三步可分別者十誦盡界集之蘭若亦二有難無難若無難者此律云練若比丘不知已界齊幾許佛言自然界面去身二拘盧舍諸部多云一拘盧舍者大小不定且依雜寶藏經云五里為准若有難者如善現論七盤陀羅盤陀羅者二十八肘通計而論五十八步四尺八寸道行界者十誦律縱廣有六百步言水界者此律所明船上作法以有力人若水若砂擲所及處此之六種並是自然皆取身面所向方隅分限之內僧須盡集集僧方軌諸教共明此律集僧自分四別一三唱時至應使沙彌守園人於高處唱二打揵槌除漆樹毒樹以鳴水作三打鼓除金銀以銅鐵凡木作四吹螺應吹海螺然揵槌一種若也無人比丘打之亦不得過三通付法藏傳令有長打三千威儀中具明杵下之數也

四簡眾是非

體是比丘如法清淨是作法人餘非此限故須簡擇此律有一十三人不足僧數一非人二白衣三滅擯四被舉五自言六不同見七狂八散亂心人九病壞心人十比丘尼十一式叉摩那十二沙彌十三沙彌尼然四分中具彰四例一者得滿數不得訶謂訶責等四羯磨人是二者不得滿數得訶謂若欲受大戒人三不得滿數不得訶謂尼等四眾十三難人三舉二滅若別住若戒場上若在空若隱沒若離見聞若所為人此二十八人是又覆藏等四及覆藏竟本日治竟六夜竟此上七人不相足數十誦律又云睡眠人亂語人憒鬧人入定人瘂人聾人狂人亂心人病壞心人樹上人白衣人十二人不成受戒足數摩得勒伽論云重病人邊地人癡鈍人此三人不庶滿眾僧祇云若與欲人若隔障若半覆申手不相及若眾僧行作羯磨住坐臥等皆不足數此律病人皆羯磨說戒佛言別眾如捨戒中中邊不相解等皆非足數此上諸人並是不得滿數不得訶四者得滿數訶若善比丘同一界住不離見聞處乃至語謗人等是即上諸不足數人若以相足並不羯磨

五和合無別

故律云應來不來應囑授不囑授羯磨時得訶人不同而强羯磨是名別眾即此文中有三別眾及別名和合唯是一囑授之法具如下列

六問答所作

秉法者應問云今僧和合先作何事眾中一人應答云作某羯

磨但事有總別答亦通
兩若結界理無雙答

七羯磨如法具上六緣合秉羯磨羯磨之法又有如非具離諸非方名辦事
略顯非相及以成如也

僧法羯磨文有六非文中辯非或一四五據相總論不過六種若准
餘文及四分律有詞不止非即可爲七

一餘法餘律羯磨謂僧法處事隨一不如所作羯磨皆不成就非正軌
則調伏並名爲餘此據總說下約別明也

二非法別衆羯磨謂詞句增減不依聖教翻非即如驗文可曉別衆三
種如上所陳三種和合相翻即是也

三非法和合羯磨人雖和合法落非中

四如法別衆羯磨羯磨雖如衆不詳集

五似法別衆羯磨詞句顛倒別衆如前

六似法和合羯磨似法同前和合爲異准文更有無事作非法事不現
前界界外施秉體未成僧不應解等此並僧界事中不應聖教並初非攝不別陳之

第二結解諸界法界有三種一攝僧界攝人以同法令無別衆愆二攝

衣界攝衣以屬人令無離宿罪三攝食以障僧令無二內過令依此三次第辯相
也

一結解僧界法律云時世飢饉餘處比丘集王舍城僧房皆空無人守護
因開各解本界通結一界後時豐足解通已
還結小界又初緣時爲界內不集別衆受戒
遂開界外結小界受名曰戒壇若受戒竟應
捨於坊內作受戒又爲比丘將受戒人至壇
處遇賊被剝因聽於坊內作受戒場應先捨
僧坊界然後結戒場唱相除內地更結僧
坊界此則先結戒場後結大界先界外結者
是對難結小界非即是戒場若是者何故令
捨古今皆云五分初緣安置戒場在界外者
據文不然今依次第有其二位一戒場二大
界今且依此依具
結解之儀者矣

結戒場法欲結之時依前集僧四分律云不得詭欲此雖無文理亦同彼集衆
問和具方便已先唱四
方界相然後白二結之

唱四方界相法律云先應一比丘唱四方界相若不唱相不成結界犯突
吉羅不得以衆生及烟火作相不得雨界相
並相入皆不成結犯突吉羅四分云應令舊
住比丘唱相意取諸委界相縱非舊住但委
識方所亦得令唱唱相之人應具威儀敷尼
師壇脫革屣禮衆
僧已合掌白云也

大德僧聽我比丘爲僧唱四方戒場相從此東南角某標至西南角某標從此至西北角某標從此還至東南角某標此戒場相一周訖三說必有屈曲門戶多少並須具牒稱事分明所標相極須彰顯若錯涉差互乖文及唱相違失並不成結界既不成後秉諸法並不成就此既根本特須詳審也

正結戒場法

大德僧聽如某甲比丘所唱界相今僧結作戒壇共住布薩共得施若僧時到僧忍聽白如是

大德僧聽如某甲比丘所唱界相今僧結作戒壇共住共布薩共得施誰諸長老忍默然不忍者說僧已結某甲比丘所唱界相作戒壇共住共布薩共得施竟僧忍默然故是事如是持依四分律不牒二同此標三共與彼宗異

解戒場法諸比丘既結戒場不捨而去佛言應白二羯磨捨界方便如前

大德僧聽此結界處僧今捨是界若僧時到僧忍聽白如是

大德僧聽此結界處僧今捨是界誰諸長老忍默然不忍者說僧已捨是界竟僧忍默然故是事如是持文無三共者以背界故也

結大界法律云結戒壇已更結僧坊界應一比丘唱四方界相又唱除內地即據此文應安兩重標相一大界外相二大界內相其外相者住處方圓邪柱大小規矩無定故諸論中界形有五或十七等隨其前事即以爲標傍標內外住以爲相其內相者標相准前所除多少住處寬狹但分兩界白相並入古云一肘實爲膠柱作法方便唱相法則一准於前者矣

唱相法威儀同前

大德僧聽我比丘爲僧唱四方大界內外相唱外相從此東南角某標乃至還至東南角某標此是大界外相一周訖三說內相准此但稱內相爲異各三說訖後總云彼爲外相此爲內相此是大界內外相三周訖

正結大界法

大德僧聽此某甲比丘唱四方界相及除內地今僧結作僧大界共住共布薩共得施若僧時到僧忍聽白如是

大德僧聽此某甲比丘唱四方界相及除內地今僧結作僧大界共住共布薩共得施誰諸長老忍默然不忍者說僧已結某甲比丘唱四方界相及除內地作僧大界共住共布薩共得施竟僧忍默然故是事如是持若無戒場不除內地但除內地一句為異

解大界法方便如前

大德僧聽此一住處僧共住共布薩共得施先結此界今解若僧時到僧忍聽白如是

大德僧聽此一住處僧共住共布薩共得施先結此界今解誰諸長老忍默然不忍者說已解先所結界竟僧忍默然故是事如是持此解界文牒三共者表與戒場大小為異

二結解衣界法因憍陳如持糞掃衣路行疲極故開此法界大藍小方可須結藍大或等並不用之

大德僧聽此結界處聚落中謂城壍籬柵之內也若聚落界謂城壍等外人所行處及有懸慌人大小行處上之二處四分十誦並悉除之今不除者宗殊故也共住共布薩共得施今結作不失衣界若僧時到僧忍聽白如是

大德僧聽此結界處聚落界共住共布薩共得施今結作不失衣界誰諸長老忍默然不忍者說僧已結作不失衣界竟僧忍默然故是事如是持

解衣界法

大德僧聽此結界處聚落中若聚落界先結作不失衣界僧今解之若僧時到僧忍聽白

如是
大德僧聽此結界處聚落界先結作不失衣界僧今解之誰諸長老忍默然不忍者說僧已解不失衣界竟僧忍默然故是事如是持初結僧先後解僧後

三結食界法淨有三種並文具顯一他處淨有一緣師中路起屋二處比丘欲於屋中作食安食佛言聽於白衣舍作淨屋後以施僧亦聽爲淨屋分淨佛言若作新住處應先指某處作淨地便可安食若未羯磨不得入中至明相出有云未羯磨者謂簡淨地羯磨今正以處分爲羯磨三羯磨淨諸比丘著食淨屋中爲人所偷佛言應羯磨中房作淨處諸比丘欲羯磨一房墻內或齊屋溜處或於中庭或房角或半房等作淨地佛言聽應在院外結之律雖無文義應唱相言也

大德僧聽我比丘爲僧唱安食淨處此僧伽藍內東廂廚院中結作淨地三說若庭中房內或諸果樹下並隨處稱之

大德僧聽今以某房作僧安食淨處若僧時到僧忍聽白如是

大德僧聽今以某房作僧安食淨處誰諸長老忍默然不忍者說僧已以某房作僧安食淨處竟僧忍默然故是事如是持

解法律無解文翻結爲解

大德僧聽彼某房先作僧安食淨處僧今解之若僧時到僧忍聽白如是

大德僧聽彼某房先作僧安食淨處僧今解之誰諸長老忍默然不忍者說僧已解某房安食淨處竟僧忍默然故是事如是持若有多處一淨標名解結亦得若處分淨還以處分解之也

通結僧坊作淨地法有比丘欲通羯磨僧坊內作淨地佛言聽

大德僧聽此一住處共住共布薩共得施僧今結作淨地除某處有云除某處者謂除淨地故知此是簡淨地法今云除者謂僧住處爲通結故所以言除此即結文非簡法也若僧時到僧

忍聽白如是

大德僧聽此一住處共住共布薩共得施僧今結作淨地除某處誰諸長老忍默然不忍者說僧已結作淨地竟僧忍默然故是事如是持

解法

大德僧聽此一住處先結作淨地僧今解之若僧時到僧忍聽白如是

大德僧聽此一住處先結作淨地僧今解之誰諸長老忍默然不忍者說僧已解淨地竟僧忍默然故是事如是持淨地之所爲防二內煑宿食藥教稱不淨以此而歇垢業滋深護淨諸教明顯但食爲同命凡聖所憑信教存道特宜誡慎

第三諸戒受捨受之意者一擬防非斷除業惑二爲生福證顯法身故滅經云戒爲淨身定爲淨心慧清煩惱若無明慧煩惱不除若無正定明慧不發若無禁戒正定不成也以聖人業惑雖盡猶持禁戒固若金剛三教顯功誡詳非一然禁通俗戒分多品始微終著位列五科一三歸二五戒三八戒四十戒五具戒能受之人約位有七即謂七衆如下具彰也

一受三歸法佛法與僧眞歸依處能生福智能爲覆護歸趣依投越四魔境多論云以三寶爲所歸欲令救護不得侵陵涅槃經三跳明過厄難旣創翻邪故摽爲首佛謂清淨法身二智顯證五分成立法謂滅諦僧謂第一義僧於此境誠心決定崇重僧向受無疑二師授資順明了方成也

我某甲盡形壽歸依佛歸依法歸依比丘僧三說

我某甲盡形壽歸依佛已歸依法已歸依比丘僧已三說

二受五戒法希有希有校量功德經云佛告阿難若三千大千世界滿中如來如稻麻竹葦若人四事具足供養滿二萬歲諸佛滅後各起寶塔復以香華種種供養其福雖多不如有人以淳淨心歸依佛法僧所得功德百分不及一千分百千分乃至算數譬喻所不能及復一彈指頃十善戒福轉勝前一日一夜受持八戒若盡形受持五戒若沙彌戒沙彌尼戒式叉摩那戒比丘尼戒若比丘戒福轉勝前不可爲喻然於受戒前

須具問遮難故善生經云汝不盜現前僧物不於六親所比丘比丘尼所行不淨行父母師長有病棄去不殺發菩提心衆生如是問已若言無者應爲說法開導心懷令生信樂智度論中時局盡形數定謂一分少分多分滿分斷婬等五俱舍論中五種定限不發律儀教既被機任時行用阿含經云於受戒前懺悔罪已然後與受也

我某甲歸依佛歸依法歸依僧盡形壽爲優婆塞如來至眞等正覺是我世尊三說

我某甲歸依佛竟歸依法竟歸依僧竟盡形壽爲優婆塞如來至眞等正覺是我世尊三說

已得戒竟應爲說相

盡形壽不殺生是優婆塞戒能持不答言能持

盡形壽不偷盜是優婆塞戒能持不答言能持

盡形壽不邪婬是優婆塞戒能持不答言能持

盡形壽不妄語是優婆塞戒能持不答言能持

盡形壽不飲酒是優婆塞戒能持不答言能持

前四輕重一同具戒如優婆塞五戒相經說及有六重二十八輕如善生等經廣說然應發願引行令增然有經云設有持戒不發願者得少許福引古證今

三受八戒法善生經增一阿含經云佛告優婆塞當於八日十五日詣長老比丘所受八戒論中總許五衆受之若無人時自受亦得成實論中五戒八戒俱通長短或一年一月半日半夜重受滅受並得戒法

我某甲歸依佛歸依法歸依僧一日一夜隨長短稱爲淨行優婆塞三說

我某甲歸依佛竟歸依法竟歸依僧竟一日一夜隨長短稱爲淨行優婆塞三說如諸佛盡形壽不殺生某甲一日一夜不殺生能持不答言能持

如是不偷盜不婬不妄語不飲酒離華香瓔珞香油塗身離高廣勝牀上坐離作倡妓樂故往觀聽非時食並如上問答然有以前八是戒後離非時食一是齋戒有以第七第八合爲第七離非時食爲第八戒

四受十戒法此下三品是出家戒但出家之益難以言宣出家功德經云出家功德高於須彌深於巨海廣於虛空無量無邊勝明千人之眼又勝攸千之之目僧祇

律云一日出家修梵行滅一十劫惡道若大悲經云若以袈裟四寸著身五種功德不出賢劫之中當證三乘聖果若障出家罪則極重廣有成教何能繁述

先明作畜衆法

准受戒法中若授人具足戒度沙彌爲人作依止皆應具多種功德謂成就戒成就威儀畏慎小罪多聞能持佛所說法善誦二部律分別其義能教弟子增戒增心增慧能除弟子疑能使人除能治弟子病能使人治能教弟子捨惡邪見能令人教捨能迴弟子國土覺能使人迴若滿十歲等違者突吉羅尼戒中云比丘尼雖滿十二歲種種諸病及無所知而畜弟子不敬戒故愚闇無知不能學戒佛言聽諸比丘尼白二羯磨然後畜衆比丘准尼義亦應有又四分中時諸比丘輒便度人不知教授種種起過佛言聽僧與受具足者白二羯磨畜依止沙彌亦爾又言應到僧中脫革屣偏袒右肩胡跪合掌乞云

大德僧聽我某甲比丘已滿十歲欲畜衆從僧乞畜衆羯磨善哉僧與我作畜衆羯磨

如是三乞佛言諸比丘應籌量觀察此比丘堪畜衆不不堪不應與作羯磨若堪應與作羯磨也

大德僧聽此某甲比丘已滿十歲欲畜某甲爲衆從僧乞畜衆羯磨僧今與作畜衆羯磨若僧時到僧忍聽白如是

大德僧聽此某甲比丘已滿十歲欲畜某甲爲衆從僧乞畜衆羯磨僧今與作畜衆羯磨誰諸長老忍默然不忍者說僧已與某甲比丘作畜衆羯磨竟僧忍默然故是事如是持

初度沙彌法

律中聽度七歲小兒能驅烏者僧祇云若過七十卧起須人不得度若能修習諸業亦聽出家應爲說苦事一食一住一眠多覺若能者應度此律若欲度人房房禮僧足自稱名字令僧盡識依四分律作形法二同單白羯磨度之儀式鈔中委述

正受十戒法

我某甲歸依佛歸依法歸依比丘僧我今於釋迦牟尼如來應供等正覺所出家作沙彌和尚某甲三說

我某甲歸依佛竟歸依法竟歸依比丘僧竟

我今於釋迦牟尼如來應等正覺所出家作沙彌和尚某甲（三說）

盡形壽不殺生是沙彌戒能持不（答言能持）

不偷盜不婬不妄語不飲酒不歌舞作倡伎樂不往觀聽不著華香塗身不坐高廣大牀上不受畜金銀及錢（皆如上問答依請僧福田經沙彌應知五德十數此既常行應如鈔列）

五受大戒法（戒爲生死舟航定慧根本三身四智無不憑斯必須緣法相應稱教具足如一乘闕戒品不生但緣繁多豈能委叙今且大槩要具五如一能受人如此有五種一報是人道二諸根具足三身器清淨四出家相具五得少法二所對境如此有七種一結界成就二有能秉法僧三僧數滿足四界內盡集五羯磨如法六資緣具足七作法時中三發心乞戒四心境相應五事成究竟謂從請師終于受竟前後不虧方成辦事正授戒中須具九法）

一請和尚法（律云諸比丘無和尚阿闍黎故儀失節不繫念在前不善護諸根入聚落乞食高聲亂語被譏訶復有病比丘無人瞻視由此命終佛從今以十利故聽諸比丘有和尚和尚自然生心愛念弟子如兒弟子生心敬重和尚如父勤相教誡更相敬歎能增廣佛法使得久住所請和尚須具德位謂成就威儀畏罪多聞誦二部律能教弟子增戒心慧能爲弟子除疑治病使捨邪見國土實等若滿十歲律有多法不能備載度沙彌依止亦如是其共別行法如律具明請之法式應偏袒右肩脫革屣胡跪合掌請云）

我某甲今求尊爲和尚尊爲我作和尚我樂尊爲和尚故得受具足戒（三說和尚應答云）可爾（或言）當教授汝（或言）汝莫放逸（三阿闍黎亦須加請）

二安受戒人（佛言聽將受戒人著戒壇外眼見耳不聞處）

三差教師法（和尚應語羯磨師云）長老今作羯磨（復教師語云）長老今受羯磨（如是差已羯磨師云）

大德僧聽某甲求某甲受具足戒某甲作教師若僧時到僧忍聽白如是四教師檢（一問和尚一問受人先問和尚應起至和尚前云）已度此人未（若言未應語言）先度之（若言已度應語言）爲作和尚未（若言未應語爲作和尚若言已）

作應問云弟子衣鉢具不若言未具應語爲具若言已具應問云爲自有從人借若言從人借令捨若自有便往慰勞受者云汝莫怖懼須臾持汝著高勝處何者是僧伽黎何者是優多羅僧何者是安陀會若言不解者應教識之應與三衣鉢若先不相識不應雲霧闇時爲因教著時應密視無重病不又應語云汝某甲聽今是實語時我今問汝若實言實不實言不實僧祇云汝若不實答便欺諸天魔梵沙門婆羅門諸天世人亦欺誑如來及以衆僧自得大罪也汝不殺父耶汝不殺母耶汝不殺阿羅漢耶汝不惡心出佛身血耶汝不破和合僧耶汝不犯比丘尼耶汝非非人耶汝非畜生耶汝非黃門耶汝非二形耶汝非自剃頭自稱比丘耶汝非捨内外道耶汝不曾出家持戒不完具耶隨問答皆言無者又應問言人有如是等病癩癰疽乾瘠癲狂漏熱腫脂出有不汝非負債人不非官人不非奴不年滿二十不衣鉢具不受請和尚未汝字何等和尚字何等父母聽不欲受具足戒不如是問答又應教云衆中更當如是問汝汝亦應如實答皆如法已一一問答

五召入衆法教師應還壇上立語羯磨師云我已教授某甲如法竟羯磨師應作白

大德僧聽某甲求某甲受具足戒某甲如法教竟應使將來若僧時到僧忍聽白如是

六教乞戒法教師應將來至僧次第禮僧足向羯磨師右膝著地合掌教師教乞戒云

大德僧聽我某甲求某甲和尚受具足戒今從僧乞受具足戒願僧拔濟我憐愍故三說已教師還就本坐

七戒師問白法羯磨師應作白云

大德僧聽此某甲求某甲受具足戒今從僧

乞受具足戒我今當問諸難事及爲作受具足戒羯磨若僧時到僧忍聽白如是

八羯磨師問法（應問言今是實語時乃至欲受具足戒不一一如上教師問法也）

九正授戒法（薩婆多論云凡欲受戒先爲說法開導心懷令於一切有情境上起慈悲心誓救一切衆生令離五趣證三乘果勿求自度受持禁戒起此增上心便得增上戒又戒是諸善根本菩提正因惟人道中無遮難者得受此戒汝今生處人中身無遮難堪受具戒甚爲希有當專心專注憑伏衆僧求此戒法如病念醫如飢須食羯磨神驗衆僧力大須臾能舉法界功德置汝身中汝當歡喜一心諦受如是教已應作白言）

大德僧聽此某甲求某甲受具足戒某甲自說清淨無諸難事三衣鉢具已受和尚父母聽許已從僧乞受具足戒僧今與某甲受具足戒和尚某甲若僧時到僧忍聽白如是（僧祇律云作白已問僧成就不乃至羯磨第一第二第三亦如是問問已須答成與不成十誦云羯磨時當一心聽莫餘覺餘思惟敬重正思惟心心憶念應分別之違者突吉羅）

大德僧聽此某甲求某甲受具足戒某甲自說清淨無諸難事三衣鉢具已受和尚父母聽許已從僧乞受具足戒僧今與某甲受具足戒和尚某甲誰諸長老忍默然不忍者說（三說）僧已與某甲受具足戒和尚某甲竟僧忍默然故是事如是持

次說墮相（時諸比丘受具戒已在前歸還新受戒人犯重罪佛言受具戒竟應爲說十二法四墮法四喻法四依法）汝某甲聽世尊應供等正覺說是四墮法若比丘犯一一法非釋種子汝終不得乃至以欲染心視女人若比丘行婬法乃至共畜生非沙門非釋種子汝盡形壽不應犯能持不（答言能持）汝終不得乃至草葉不與而取若比丘盜五錢若五錢物非沙門非釋種子汝盡形壽不應犯能持不（答言能持）汝終不得乃至殺蟻子若比丘若人若人類自

手殺若教人殺若求刀與若教死若讚死咄丈夫用惡活爲死勝生非沙門非釋種子汝盡形壽不應犯能持不（答言能持）汝終不得乃至戲笑妄語若比丘實無過人法自稱得過人法諸禪解脱三昧正受及諸道果非沙門非釋種子汝盡形壽不應犯能持不（答言能持）

諸佛世尊爲示現事善說譬喻猶如人死終不能以身更生如針鼻缺未不復得爲針用如多羅樹心斷更不生不增不廣如石破不可復合若比丘犯一一墮法還得比丘法無有是處

受四依法（應語言）

汝某甲聽世尊應供等正覺說四依法比丘盡形壽依糞掃衣住出家受具足戒能持不（答言能持）若後得劫貝衣欽婆羅衣拘舍那衣他家衣皆是長得比丘盡形壽依乞食住出家受具足戒能持不（答言能持）若後得僧前食後食請食皆是長得比丘盡形壽依樹下住出家受具足戒能持不（答言能持）若後得大小屋重屋皆是長得比丘盡形壽依殘棄藥住出家受具足戒能持不（答言能持）若後得酥油蜜石蜜皆是長得（復應語言）

汝某甲聽汝白四羯磨得如法受具足戒竟諸天龍鬼神皆作是願我何時當得人身於正法律中出家受具足戒汝今已得如人受王位汝受比丘法亦如是當忍易共語恭敬受誡餘戒和尚阿闍黎當廣爲汝說汝當早得具足學三戒滅三火離三界無復諸垢成阿羅漢（時受戒人不知年歲及受戒時佛言應教令知汝受戒時某年月日汝應盡壽憶是事諸律及論並云和尚闍黎爲記春夏之冬時某月某日乃至量影比律又云）

時諸比丘無上下座不相恭敬爲俗譏呵佛言畜生尚有尊卑況我正法而不相敬汝等從今先受戒者應受第一座第一施恭敬禮拜如是奉行四分律云當令受具足戒者在前而去

請依止師法諸比丘和尚喪以無和尚阿闍黎故著上下衣不能如法皆如上說佛言從今以十利故聽諸比丘有阿闍黎自然生心視弟子如兒弟子自然生心視阿闍黎如父事如和尚中說至闍黎所文云偏袒右肩脫革屣胡跪合掌請云

大德一心念我某甲今求尊依止願尊爲我作依止我依止尊住尊當教誡我我當受尊教誡律不云三三一具得闍黎應答云汝莫放逸

五種不共語法時六羣比丘不敬戒於師無慚愧不敬不愛不供養佛言應作五種不共語法一語言汝莫共我語二汝所有莫白我三莫入我房四莫捉我衣鉢及助我衆事五莫來見我弟子悔過佛言師作不共語時弟子應悔過偏袒右肩右膝著地以兩手捧師足極自卑下白言云我小我癡後不敢復作若師受悔過者弟子罪則除滅

尼衆授戒法善見論云尼者女也摩者母也重尼故稱之智度論云尼得無量律儀故應次比丘後佛以儀式不便故在沙彌後

授沙彌尼戒法其畜衆羯磨及剃髮出家等法一一如比丘中說唯和尚須滿十二歲加尼字爲異其度沙彌尼式叉摩那大比丘尼並須別作畜衆羯磨以其年年度弟子犯罪故或捨畜衆法故乞與之法並可准知更不重述也

授式叉摩那戒法律云時諸比丘尼不先授弟子二歲戒便受大戒愚癡無知不能學戒佛言不應爾犯者突吉羅十誦中輙度妊娠女人招致訶責答言與二歲羯磨可知有無然六法淨心二歲淨身准四分律中十八童女十歲曾嫁各二歲學戒滿二十十二已受具足戒依此律中或可如是或十八童女以不勞苦志節未成與二歲法十二曾嫁爲經勞苦操行以成即與受具足不須學戒但作白四羯磨量其堪不故尼戒云雖滿十二歲已嫁女而女聾瘂種種諸病諸比丘尼與受具足戒愚癡無知不能學戒佛言今聽諸比丘尼白四羯磨與滿十二歲已嫁女人受具足戒彼欲受戒人應到比丘尼僧中白言阿姨僧聽我某甲已嫁滿十二歲求某甲和尚受具足戒今從僧乞受具足戒善哉僧與我受具足戒憐愍故如是三乞諸比丘尼應籌量可與受不可與受應

一比丘尼羯磨如上或謂如上與畜衆法中說或可作羯磨詞句如上

乞詞中說更不別說羯磨之詞有諸德云比文即是受具足戒今以多義知非受具但是請僧量宜可不請秉法者幸自詳之

乞二歲學戒法佛言欲受學戒人到比丘尼僧中三乞應具威儀偏露右肩脫革屣禮僧足胡跪合掌白言

阿姨僧聽我某甲和尚某甲今從僧乞二歲學戒善哉阿姨僧與我二歲學戒憐愍故三說

乞已沙彌尼應住不聞處眼見處立

與二歲學戒法律云諸比丘尼應善籌量可與不與應作白二羯磨云

阿姨僧聽此某甲沙彌尼和尚某甲今從僧乞二歲學戒僧今與某甲沙彌尼和尚某甲二歲學戒若僧時到僧忍聽白如是

阿姨僧聽此某甲沙彌尼和尚某甲今從僧乞二歲學戒誰諸長老忍者默然不忍者說

僧已與某甲沙彌尼和尚某甲二歲學戒竟僧忍默然故是事如是持

次說戒相法佛言應與說六法名字

其甲聽如來應供等正覺說六法不得犯一切不得婬乃至以染著心看他男子若式叉摩那行婬法乃至畜生非式叉摩那非釋種女是中盡形壽不得犯能持不答言能持一切不得偷盜乃至草葉若式叉摩那若聚落若空地他所守護物盜五錢非式叉摩那非釋種女是中盡形壽不得犯能持不答言能持一切殺生乃至蟻子若式叉摩那若以人自手斷命持刀授與教人殺教死讚死非式叉摩那非釋種女是中盡形壽不得犯能持不答言能持一切不得妄語乃至戲笑若式叉摩那自無過人法若言有諸禪解脫三昧正受若道若果非式叉摩那非釋種女是中盡形壽不得犯能持不答言能持不飲酒若式叉摩那飲酒非式

叉摩那是中盡形壽不得犯能持不答言能持不得非時食若式叉摩那非時食非式叉摩那是中盡形壽不得犯能持不答言能持前四根本後二喜爲故別令其二歲修學若犯前四應當驅擯若犯後二准四分律應更與戒然四分中後二同此前四即是四重方便謂與男子身相觸盜減五錢斷畜生命作小妄語若犯此四亦更與戒一切尼戒法並皆應學除自手取食授與與他若依僧祇隨順行十八事若日月不滿二歲不應與受具足戒故四分云一歲者十二月

授比丘尼戒法此依宗中尼六種受戒之法一八敬二十一衆三二十衆四遣受五十二曾嫁六義立邊地十人初局波闍一人二准五百釋女餘之四受通於一切也

先明本法須具八緣

一請和尚法須請之意比丘中已釋應偏袒右肩脫革屣胡跪合掌請云

我某甲今求尊爲和尚尊爲我作和尚我樂尊爲和尚依止尊爲和尚故得受具足戒三說

和尚應答言可爾或言當教誡汝或言汝莫放逸

二安受戒人律云諸比丘弟子學二歲戒不合意更與受具足戒佛言不應他犯者突吉羅從今聽合和尚阿闍黎意乃爲集十衆至受戒處將受戒人著眼見耳不聞處

三差教授師法和尚應語羯磨師云長老今受羯磨如是差已羯磨師云

阿姨僧聽某甲求某甲受具足戒某甲作教授師若僧時到僧忍聽白如是

四教授師檢問法一問和尚二問受戒人先應起至和尚前問云已度此人未答言未應言先度之若言已度應語言爲作和尚未若言未應語爲作和尚若言已作應問云此欲受戒人學二歲戒日滿不衣鉢具不答言不具應語令具若言具復應問云爲是已有爲從人借答言借應語主令捨然後乃往欲受戒人所語言汝莫恐怖須臾當著汝於高勝處答言汝若先不諳悉應小披衣觀看無遮受戒法不問言也何者是汝僧伽梨優多羅僧安陀會覆肩衣浴衣彼若不識應語令識次應與受衣鉢復應

語言汝某甲聽今是實語時我今問汝若有當言有若無當言無汝不殺父耶汝不殺母耶汝不殺阿羅漢耶汝不惡心出佛身血耶汝不破和合僧耶汝不犯淨行比丘耶汝非非人耶汝非畜生耶汝非黃門耶汝非二形耶汝非自剃頭自稱比丘尼耶汝非捨內外道耶汝不曾出家持戒不完具耶若隨問答皆言無者又應問言女人有如是病癩病白癩病乾痟病癲狂病癰疽漏病脂出病如是等重病汝有不汝非負債人不汝非他婦不夫主聽不隨當時有者問之汝非屬官不汝非婢不汝是人不女根具足不汝非黃門不汝非石女不汝非二道合不月病常出不汝學二歲戒日滿不汝已求和尚未父母聽不欲受具足戒不隨問皆如法答者又應教言如我今問後僧中亦當如是問汝汝亦當如是答

五召入衆中法彼教誡師應還僧中立白言我已問竟羯磨師應白言阿姨僧聽某甲求某甲受具足戒某甲已問竟今聽將來若僧時到僧忍聽白如是教師應往將來教禮僧衆

六教乞戒法禮僧足已將至羯磨師所胡跪合掌白羯磨師從僧乞受具足戒教言我某甲求某甲和尚受具足戒今從僧乞受具足戒和尚某甲願僧拔濟我憐愍故三乞已教誡師然後復坐

七戒師白和尚羯磨師應白云阿姨僧聽此某甲求某甲受具足戒從僧乞受具足戒和尚某甲我今於僧中問諸難事及爲作受具足戒羯磨若僧時到僧忍聽白如是

八羯磨師問法應語言汝某甲聽今是實語時乃至欲受具足戒不一一如上教授師問法彼皆具答已

九正授本法羯磨師應隨機示導令發上心使具本法已應作白言

阿姨僧聽此某甲求某甲受具足戒彼從僧乞受具足戒自說清淨無諸難事學二歲戒滿五衣鉢具已求和尚父母已聽欲受具足戒善哉僧今與某甲受具足戒和尚某甲若僧時到僧忍聽白如是

阿姨僧聽此某甲求某甲受具足戒彼從僧乞受具足戒自說清淨無諸難事學二歲戒滿五衣鉢具已求和尚父母已聽欲受具足戒善哉僧今與某甲受具足戒和尚某甲誰諸阿姨忍默然不忍者說三說

僧已與某甲受具足戒和尚某甲竟僧忍默然故是事如是持

彌沙塞羯磨本卷上

音釋

塹七豔切遶城水也　溜力救切與霤同簷溜也　妊娠妊汝鴆切娠失人切懷孕也

彌沙塞羯磨本卷下

唐大開業寺沙門愛同錄五分羯磨

本法尼往大僧中受戒法 律云彼和尚阿闍黎復應集十比丘尼僧將受戒人往比丘僧中義准尼僧白結大界護別衆過之

請羯磨師法 律無正文唯前比丘受戒亦令加請應教言

我某甲今請大德為羯磨阿闍黎願大德為我作羯磨阿闍黎我依大德故得受大戒慈愍故 三請已彼應答言 可爾

乞受大戒法 律云應在比丘羯磨師前小遠兩膝著地乞受具足戒尼羯磨師應教言

我某甲求某甲和尚受具足戒已於衆中受具足戒竟清淨無諸難事已學二歲戒滿衣鉢具足已求和尚父母已聽不犯麤惡罪欲受具足戒今從僧乞受具足戒和尚某甲願僧拔濟我憐愍故 三說

羯磨師問法 律云問法又乞戒中已言清淨問然諸部中共行問法故須檢問羯磨師索欲問和訖應作白云

大德僧聽此某甲求某甲受具足戒彼從僧乞受具足戒我今當問諸難事及為作受具足戒羯磨若僧時到僧忍聽白如是

正問遮難法 先應安慰如上說已又應問云今是實語時乃至欲受具足戒不一一如上師問法已

正受戒體法 說法開導誡令專心承受戒法如前所說

大德僧聽此某甲求某甲受具足戒已於一衆中受具足戒竟清淨無諸難事已學二歲戒滿先所應作已作衣鉢具足已求和尚父母已聽不犯麤惡罪欲受具足戒今從僧乞受具足戒和尚某甲善哉僧今與某甲受具足戒和尚某甲若僧時到僧忍聽白如是

大德僧聽此某甲求某甲受具足戒已於一

衆中受具足戒竟清淨無諸難事已學二歲戒滿先所應作已作衣鉢具足已求和尚父母已聽不犯麤惡罪欲受具足戒今從僧乞受具足戒和尚某甲善哉僧今與某甲受具足戒和尚某甲善哉僧今與某甲受具足戒和尚某甲誰諸長老忍默然不忍者說（三說）僧已與某甲受具足戒和尚某甲竟僧忍默然故是事如是持

說墮相法（應語言）

某甲聽如來應供等正覺說墮法若比丘尼犯此一一法非比丘尼非釋種女一切不得婬乃至以染著心看他男子若比丘尼行婬法乃至畜生非比丘尼非釋種女是中盡形壽不得犯能持不（答言能持）一切不得偷盜乃至草葉若比丘尼若聚落若空地他所守護物盜五錢若過五錢非比丘尼非釋種女是中盡形壽不得犯能持不（答言能持）一切不得殺生乃至蟻子若比丘尼若人若似人自手斷命持刀授與教人殺教死讚死非比丘尼非釋種女是中盡形壽不得犯能特不（答言能持）一切不得妄語乃至戲笑若比丘尼自無過人法若言有諸禪解脫三昧正受若道若果非比丘尼非釋種女是中盡形壽不得犯能持不（答言能持）一切不得親近男子若比丘尼欲盛變心摩觸男子身髮已下膝已上若男子作如是摩觸亦不得受若按若壓若舉若下若捉若牽非比丘尼非釋種女是中盡形壽不得犯能持不（答言能持）一切不得與男子共住共語若比丘尼欲盛變心受男子若捉手若捉衣若期行若獨共行若獨共住若獨共語若共

坐若以身相近具是八事非比丘尼非釋種女是中盡形壽不得犯能持不（答言能持）一切不得隨順非法比丘尼語若比丘尼知和合比丘僧如法舉比丘而隨順此比丘諸比丘尼語言姊妹此比丘爲和合比丘僧如法舉汝莫隨順如是諫堅持不捨應第二第三第二第三諫捨是事善不捨者非比丘尼非釋種女是中盡形壽不得犯能持不（答言能持）一切不應覆藏他麤惡罪若比丘尼知他比丘尼犯波羅夷罪彼後時若罷道若死若遠行若被舉若根變語諸比丘尼作如是語我先知是比丘尼犯波羅夷罪不白僧不向人說非比丘尼非釋種女是中盡形壽不得犯能持不（答言能持）

諸佛世尊善能說喻示現事猶如針鼻缺不復任針用猶如人死終不能以此身更生猶如多羅樹心斷不生不長猶如石破不可還合若比丘尼於此八法犯一一法還得成比丘尼無有是處

次說八敬法（應語言）

汝某甲聽如來應供等正覺說是八不可越法汝盡形壽不應越比丘尼半月應從比丘衆乞教誡人比丘尼不於無比丘處夏安居比丘尼自恣時應從比丘衆請三事見聞疑罪式叉摩那學二歲戒已應在二部僧中受具足戒比丘尼不得罵比丘不得於白衣家說比丘破戒破威儀破見比丘尼不應舉比丘罪比丘得訶比丘尼犯麤惡應在二部僧中半月行摩那埵半月行摩那埵已應各二十僧中求出罪比丘尼雖先受戒百歲故應

禮拜起迎新受戒比丘

次說四依法（應語言）

汝某甲聽如來應供等正覺說是四依法盡壽依是出家受具足戒依糞掃衣出家受具足戒能持不（答言能持）若得長衣劫貝衣欽婆羅衣俱捨耶衣瞿荼伽衣麻衣應受依乞食法出家受具足戒能持不（答言能持）若得長得僧食前食後食請食應受依麤弊臥具出家受具足戒能持不（答言能持）若得長菴屋重屋大小房方圓屋應受依下賤藥出家受具足戒能持不（答言能持）若得長酥油蜜石蜜應受（復應語言）某甲聽汝已白四羯磨受具足戒竟羯磨如法諸天龍神乾闥婆常作是願我等何時當得人身出家受具足戒汝今已得如人得受王位汝今受比丘尼法亦如是汝當忍易共語易受教誡當學三戒滅三毒出三界成阿羅漢果餘所不知者和尚阿闍梨當為汝說

第四衣藥受淨法

受持衣法（三衣道標賢聖同服既異外道又息貪瞋解脫幢相須加聖法反邪異俗故制有三又多論云為立義故遮障寒熱除無慚愧為入聚落在道生善威儀清淨方制三衣尼制五衣亦為斯立功能既然體須依法四如具足方堪受持一體二色三量四作體謂十種之衣異於草木皮髮捨墮邪命毛𣯶錦綺皆不成衣色謂壞色非俗五彩班文綺繡亦不聽許量謂三肘然五肘然多論中二肘四肘之衣亦聽作安多會作謂條齒有軌縫刺如法下二條數諸教並同僧伽梨一多論分為九品若互增減成受有懺彼著受用律有誠說護淨掛奉同之於塔惡心毀壞得罪亦然去即隨身如鳥毛羽教既繁廣豈具言哉）

受安陀會法（律有獨受之文今准作共對首）

大德一心念我比丘某甲此安陀會五條受（三說）

受鬱多羅僧法

大德一心念我比丘某甲此鬱多羅僧七條受三說

受僧伽梨法

大德一心念我比丘某甲此僧伽梨九條受隨其條數多少稱之三說

受僧祇支法

大德一心念我比丘某甲此僧祇支如法作我受持三說

受覆肩衣法

大德一心念我比丘某甲此覆肩衣如法作我受持三說

捨衣法應偏袒右肩脫革屣胡跪捉衣心生口言

大德一心念我此僧伽梨九條今捨三說餘衣准知

心念受捨一同於此但除大德一心念一句尼五衣等受捨亦同然

受尼師壇法

大德一心念我比丘某甲此尼師壇應量作今受持三說

受鉢多羅法

大德一心念我比丘某甲此鉢多羅應量受常用故

受藥法患累之軀有所資待無病憑食有疾須藥通論諸藥總分四種要不獲已故聖並開一時藥二非時藥三七日四盡形藥前一時藥但有手受後之三種有語手一受多論手受有其五義恐失手受故加語法准十誦及論具有語受之法諸律皆無此文

受時藥此律時藥體分十種四分五正及五非正並時藥攝識名體已心境相應威儀如法依教而受然此律中受有其四一身授身受二物授物受三手授手受四教取而食謂施主情速不及授食及惡賤比丘不肯親授以食著地言可取食亦聽以彼語即為受食

受非時藥法謂菴婆果等諸八種漿不雜時食如法作淨有濁等緣然後加法義加云

大德一心念我比丘某甲今為渴病因緣此

是菴婆果漿爲欲經非時服故今於大德邊受三說餘漿准此若無渴病犯罪

受七日藥法時諸比丘得風熱病佛言聽以酥油蜜石蜜等四種爲藥受七日服義加云

大德一心念我比丘某甲今爲熱病因縁此酥七日藥爲欲經宿服故今於大德邊受三說

受盡形藥法有諸比丘得秋時病佛言應服根果等藥及餘一切鹹苦辛酢不任爲食有病因聽盡形服義加云

大德一心念我比丘某甲今爲氣病因縁此薑椒盡形壽藥今欲共宿長故於大德邊受三說

長衣說淨法長分之體據律唯二若長三衣過十日者方犯捨墮若長餘衣乃至手中皆突吉羅針三綖一此等已外皆須說淨不爾皆結淨施有二一者真實物付彼人二者展轉稱名作法強奪犯罪唯真實有展轉稱名無強奪義

請施主法真實淨主律制簡擇一五兩二如文具明展轉若唯餘文應求持戒多聞者充律無請法以義加云

大德一心念我比丘某甲今請大德爲衣藥鉢展轉淨施主願大德爲我作衣藥鉢展轉淨施主慈愍故三說

正說淨法若衆多衣物段段說之若束縛一處亦得總說大德長老一心念我此長衣於大德長老邊作淨施彼應問言長老此衣於我邊作淨施我持與誰答言某甲彼應語言我今與某甲長老若須從彼取用好愛護之不應語所稱比丘知

獨住作淨法有比丘獨住房中不知云何淨施佛言應作選示淨施心生口言也我此長衣淨施某甲從彼取用獨淨施法至十一日復應如前法心生口言我此長衣從某甲取還然後更如前法淨施口言

金粟淨施法薩婆多云錢寶穀米並同長衣十日說淨四分云當持至可信優婆塞所若守園人所告云、此是我所不應汝當知之

第五僧等布薩法託外爲因緣請而制識相遵奉遺犯增持摩得勒伽論云云何名布薩捨諸惡不善法證得白法究竟梵行半月自觀犯與不犯清淨身口

眾僧說戒法律云諸比丘欲莊嚴布薩堂懸繒散華施過中飲亦施衣物又欲以偈讚佛法僧佛言皆聽若有種種福事應及時作聖教既然特須敬重各相勉勵准法修行至布薩日掃灑庭院裝飾堂中說戒之座種種莊嚴唱時至等四種集僧使眾咸知詳心赴集然戒爲淨法非犯所聞若有愆違悔令清淨未遑懺洗聖開發露令依次第具列軌儀

僧犯懺悔法有一處布薩日一切僧犯罪佛言應白二羯磨一人往他眾悔過然後餘人向彼除罪若不得爾盡集布薩堂白二置其犯云

大德僧聽僧今皆有此罪須陳名種不能得犯悔過今共置之後當悔過若僧時到僧忍聽白如是

大德僧聽僧今皆有此罪不能得悔過今置之後當悔過誰諸長老忍默然不忍者說僧已置此罪竟僧忍默然故是事如是持然後布薩

不應不布薩

臨欲布薩時一人發露法應向比坐心念口言

我有此罪應說名種不得直云此罪說戒竟當悔疑亦如是

教誡尼眾法尼稟礙形恒拘障累闕於遊方諮受法訓大聖悲鑒故制此儀令尼詣僧請人教誡僧差具德誨以未聞然法有煩略律教備明並合遵承無宜息廢但今僧尼慢教又具德者稀廣誡之儀未聞行用且施略軌以備於時尼差使人詣僧請已受囑比丘代某甲乞此律尼法云應於唱說不來諸比丘說欲清淨時受囑之人應從坐起在僧前立白言

大德僧聽某寺和合比丘尼僧頂禮和合比丘僧足乞教誡人三說已應至上座所云大德慈愍能教授尼不若言不堪者乃至二十夏已來一一具問若無有者還至上座所白言遍問眾僧無有堪者上座即應作略教誡法云明日比丘尼來應報言昨夜爲尼遍求無有堪者語諸尼眾精勤行道謹慎莫放逸明日宣上座教告使尼尼使還寺中集眾說欲使尼問和合宣上座教勅已尼眾合掌恭謹聽受應各云頂戴持然後禮佛而散之

與清淨欲法時說戒日有病比丘不來佛言應令拄杖人扶衣舁將來若恐困篤應取清淨欲來若不能口語若舉手舉手指搖頭舉眼得名身與清淨欲若復不能

應羿到彼令諸病者面向說戒人若復不能向說戒人應出界外布薩若與尼等四衆狂亂等三滅擯此等並不名與清淨欲若至僧中狂亂等起並名持欲睡若忘得名持欲犯突吉羅又僧斷事時起去戒云令聽諸比丘有事與欲竟去應設威儀對如法境說云

長老一心念僧今斷事我某甲比丘如法僧事中與欲不言三說一說應仵

僧中說云大德僧聽比丘某甲如法僧事中與欲清淨一說

轉與欲法四分律云持欲比丘自有事起不及詣僧聽轉授與比丘應作是言

長老一心念我比丘某甲與衆多比丘受欲清淨彼及我身如法僧事中與欲清淨彼至僧中但直說之

告清淨法佛言若說戒竟一切未起有比丘來若多若等應更布薩若少應僧中胡跪合掌云

大德僧聽我比丘某甲清淨文無准說

五種說戒法如餘部說八難餘緣開略說戒此雖無緣所開相似一廣曰略合爲五說

一說戒序已應云諸大德是四墮法僧常聞十三僧殘二不定法三十捨墮九十一墮四提舍尼及衆學法一一列名言僧常聞之

三說戒序四墮十三二不定已餘言僧常聞五廣誦使周

三人二人語布薩法設威儀已合掌說云今僧十五日布薩我某甲比丘清淨三說

一人心念布薩法威儀同前今十五日衆僧布薩心念口言三說

第六僧等安居法無事遊行覆殘物命招譏廢道事無過此舉外況內故制斯法

三語安居法修設威儀對如法境云

長老一心念我某甲比丘於此住處夏安居前三月依某僧伽藍隨處稱之若房舍壞當治補三說答言我知律云當依持律者安居若處所迮開者應七日得往返處心念造依

四分云夏中當依第五律師廣誦一部律者若違波逸提准律意應問云依誰持

律答言依某甲律師告言有疑當問若非伽藍須除房舍破修治之言若後安居唯稱後三月為異

心念安居法准前三語但除初句

受房舍安居法時有分房舍卧具竟不作心念亦不口言生疑白佛佛言為安居故受房舍敷具亦成安居既言亦不心念應有心念安居云

受日出界法文言長者請僧懼不敢受因致嫌訶佛言若有請若無請須出界外一切皆聽七月往返又諸外道欲祇桓中通水工出征罰欲往咨啓佛言若有佛法僧事若私事於七日外更聽白二受十五夜若三十夜約夜為數不同他部緣如緣非教自明顯重不重受住依恒式若有二難聽破無罪開無重故夏不破成或可准文既許彼處受夏衣分安居彼成義亦無失

羯磨受日法

大德僧聽此某甲比丘為某事欲出界行於七日外更受十五夜若三十夜還此安居若僧時到僧忍聽白如是

大德僧聽此某甲比丘為某事欲出界行於七日外更受十五夜若三十夜還此安居誰諸長老忍默然不忍者說僧已與某甲更受十五夜若三十夜出界行竟僧忍默然故是事如是持

三語受日法律無受詞准羯磨說

長老一心念我比丘某甲為某事欲出界行受七日法還此安居三說

第七僧等自恣法共居習道或有愆違故令夏三月最後日於如法比丘眾塗地布草於上自恣請他舉罪

差受自恣人法作相集僧並依常軌具五種德應差令受謂不隨欲恚癡畏知時非時若二若多文中並許

大德僧聽此某甲某甲比丘能為僧作自恣人僧今差某甲某甲作自恣人若僧時到僧忍聽白如是

大德僧聽此某甲某甲比丘能為僧作自恣

人僧今差某甲某甲作自恣人誰諸長老忍
默然不忍者說僧已差某甲某甲作自恣人
竟僧忍默然故是事如是持
五德被差已單白攝衆法以諸比丘雜亂無次自恣前後故制作白俱設威儀
大德僧聽今僧自恣時到僧和合作自恣白
如是然後俱下胡跪自恣
正自恣法
諸大德若見我罪若聞我罪若疑我罪憐愍
故自恣說我當見罪悔過三說
略自恣法以諸白衣欲布施及聽法諸比丘自恣淹久致彼譏訶因開除上八人一一自恣自下同歲同歲一時自恣餘緣八難他部所開簡德差人如前已辯五德被差已應起白衆云除上八人自下同歲同歲一處坐
自恣若自恣猶遲應白衆云也
各各相向自恣四人已下自恣法自恣法中雖無此文

准於布薩及他部說三語心念亦通有云
四人對首自恣法
三大德一心念今衆僧自恣我某甲比丘清
淨三說人各施設表白清淨應他自恣三人二人亦如是
一人心念自恣法
今日衆自恣我心念受自恣三說其說欲如前布薩俱改自恣爲異僧祇自恣不聽說欲恐避舉罪故今不同之
尼差人自恣法佛言比丘尼不得共比丘自恣應先集衆自恣然後差人就比丘僧請見聞疑罪四分云若僧尼滿五不至自恣然後差人就比丘僧請見聞疑罪四分云若僧尼不滿五至自恣日比丘尼至比丘所禮拜問訊義准若各滿五應集僧索欲問緣答云差自恣羯磨應云
阿姨僧聽今差比丘尼某甲爲比丘尼僧故
往大僧中請見聞疑罪若僧時到僧忍聽白
如是
阿姨僧聽今差比丘尼某甲爲比丘尼僧故

往大僧中請見聞疑罪誰諸長老忍默然不忍者說僧已差比丘尼某甲為比丘尼僧故往大僧中請見聞疑罪竟僧忍默然故是事如是持四分云彼獨行無護者應差二三尼為伴此律云彼尼至比丘僧已偏袒右肩脫革屣遙禮僧然後八僧中合掌白言某精舍和合比丘尼僧頂禮和合比丘僧足我等比丘尼僧和合請大德僧自恣說見聞疑罪如是三請已良久若無人舉者衆中上座應告使人言比丘尼衆三請見聞疑罪徒衆上下各默然者實由尼衆如法行道謹慎莫放逸使尼禮拜辭退至本寺已集尼衆等傳僧勅如教誡中說

第八受施分衣法著糞掃衣聖先讚歎因者域請受家施衣但糞掃衣既無施主約緣有十家施衣者約心差別文分九種

一界得施謂施主心約界而施還隨施意與界內僧

二要得施謂異處僧安居共要一處得施兩界共分後有施物隨要而受

三限得施謂施主心標人數定故律文言施如是人

四僧得施謂施普通十方凡聖心既彌廓福亦弘多還據本心四方僧受

五現前僧得施施主對而約境為定

六安居僧得施無心擬施此安居僧

七二部僧得施施主本意施二部僧縱數多少皆中為分若唯一部一部受之四分文中乃至無一沙彌比丘應分無一沙彌尼比丘應分義應唯彼即亡人衣物佛判屬僧一部互無隨一攝雖無施主亦此中收分攝方軌具如下列

八教得施施三教僧非如是因

九人得施施主自云施某甲人以前九施唯局內衆內衆之中該於僧別及時非時僧得一種若是常住將入四方若非常住約此宗中直爾分之不須羯磨故云云有一住處非安居時得施僧衣作是念佛說四人已上名僧我今一人不知云何佛言應受持若淨施人若不爾餘比丘來應分此既一人言受持等不云心念明縱有亦無羯磨又云有一人處僧得可分衣一比丘若至戒壇上獨取受持佛言不應爾犯突吉羅現前僧應分若依餘部僧如羯磨以物既施僧分須僧法三人已下對首等分杖既齊今准用無突餘之八種並直分之約事雖殊皆無羯磨

分亡比丘物法 既出樊籠清昇入道內蘊聖戒外飾聖儀爲代福田堪消物養供利既依僧得身亡還以入僧即同非時僧得施攝但教分開制物異重輕兩僧分攝具有明軌欲顯其相須作十門

一同活共財 結要共財俱爲物主隨身已外皆合中分如有不怕罪福准數科結共居同活通局有殊則住在者籌量處分必須明審依教據情若涉私曲便招二損

二負債徵償 若負他物理合先償若他負物徵取分攝若輕重相當二僧隨人互得輕重亦依其本

三囑授成不 亡人臨終以物與人信囑手授並有成不諸部共顯其相可知此律所明其唯二種與已持去即彼人如在本處須僧作法故律云若生時不以與人現前僧應分若以與人未持者僧應白二羯磨與之作法云

大德僧聽某甲比丘於此命過生存時所有若衣若非衣現前僧應分今與某甲若僧時到僧忍聽白如是

大德僧聽某甲比丘於此處命過生存時所有衣若非衣現前僧應分今與某甲誰諸長老忍默然不忍者說僧已與某甲衣竟僧忍默然故是事如是持 作此法已物付彼人

四分物時處 時謂殯送已了處謂大界之中僧祇云若比丘死弟子不可信者應持戶鉤付僧知事然後供養舍利母論云先將亡者殯送後取已者物著僧前集僧分之此律云一比丘持至戒壇上獨取持佛言犯吉現前僧應分

五斷割輕重 欲斷輕重先令捨物故四分云彼持亡者物來在衆中當作是言義准應設威儀已胡跪合掌白云

大德僧聽某甲比丘 此彼 命過生存時所有若衣若非衣現前僧應分 三說 我比丘某甲今捨與僧 如是捨已應正處分律云有一多知識比丘命過其物甚多佛言若生時已與人應白二羯磨與之若不與人有可分不可分可分者若婆那衣蘇摩衣劫貝衣拘執毛長五指三衣若下衣舍勒單敷若襯身衣被坐具針綖囊漉水囊大小鉢戶鉤如是等現前僧應分若錦綺毛毲氀拘執毛過五指兩浴衣蚊廚經行敷遮壁虱坐卧牀物踞除大小瓦鉢澡罐餘一切瓦器除大小鐵戶鉤截甲刀針餘一切鐵器銅揵鎡銅多羅盛眼藥物餘一切銅器若傘蓋錫杖如是等是不可分應囑僧但凡軀有待資具極多隨身所用

事物繁雜文准梗槩豈盡資緣對事准文可爲輕重諸部斷決乖互極多但據宗文以爲準的廣如儀述不可窮言

六量德賞物 律云有一嬾墮比丘不佐助衆事不供師長病無人看委卧糞穢世尊躬爲洗浣除穢扶持安慰說法離垢證道因告比丘汝等無有父毋不自相看誰看汝等因制師弟更相瞻視無師弟者勸喻次差然病者有難看瞻病德有具不具難看有五種一不能善量食二不服所宜藥三不說病狀四不從人教五不觀無常易看返之不能看病有五種一不知所宜藥二不能得隨病食三不能爲病人說法四惡厭病人便利吐唾五爲利故不以慈心能者反說餘部所明大槃如此對衆檢問量德具巳然後賞之若爲病人經理湯藥身雖在外亦須依賞

七正明賞法 餘律所賞三衣六物或以殘藥此律唯以衣鉢與之

大德僧聽某甲比丘命過三衣鉢現前僧應分今以與看病人某甲若僧時到僧忍聽白如是

大德僧聽某甲比丘命過三衣鉢現前僧應分今以與看病人某甲誰諸長老忍默然不忍者說僧巳與其甲比丘衣鉢竟僧忍默然故是事如是持 三衣鉢等或具隨有賞之比丘尼命過應與二人若持尼命過應與三人各謂當衆餘衆縱看不得輙賞勞不滿故謂教並然縱賞下衆等具人分

八正分輕物 律云分物無羯磨法准前僧得似直分之以其此巳屬僧僧分巳物不更別屬知用何法答以此與於別人文加白二以此僧物不屬別人若不用法何輙囑彼故賞看病人及囑受與人物少不分僧與一人皆有羯磨又准餘律咸皆白二以此僧物並屬四方若非以法加之現前僧云何能攝然准文行事取捨不同或一二三局能備述辭詳文定理二法爲長一即差人二即分付雖非巳部終爲憑准一用無失故具列之若有五人須作兩重白二一者差人二者分付若但有四不合差人准毗尼毋論直作分付一法

差分衣人法 物既屬僧僧差作分若非羯磨事無由辦故文中分卧具人差受請人守物人等咸有差法四分差人亦同於此義准云

大德僧聽此某甲比丘能爲僧作分衣人僧今差某甲作分衣人若僧時到僧忍聽白如是

大德僧聽此某甲比丘能爲僧作分衣人僧今差某甲作分衣人誰諸長老忍黙然不忍者說僧已差某甲作分衣人竟僧忍黙然故是事如是持

以物付分法

大德僧聽某甲比丘於（此彼）命過生存時所有衣若非衣現前僧應分僧今持與比丘某甲某甲當還與僧若僧時到僧忍聽白如是

大德僧聽某甲比丘於（此彼）命過生存時所有衣若非衣現前僧應分僧今持與比丘某甲某甲當還與僧誰諸長老忍黙然不忍者說僧已忍持與比丘某甲某甲當還與僧竟僧忍黙然故是事如是持

四人直分法

大德僧聽某甲比丘於（此彼）命過生存時所有衣若非衣現前僧應分若僧時到僧忍聽白如是

大德僧聽某甲比丘於（此彼）命過生存時所有衣若非衣現前僧應分誰諸長老忍黙然不忍者說僧已分是衣物竟僧忍黙然故是事如是持（若欲賞看病人應二人口法法以衣鉢物與之應云）

諸大德某甲比丘命過以衣鉢物與看病人某甲（三說三人和賞亦如是）

衆多人三語分衣法

二大德某甲比丘命過若衣非衣應囑我等（三說餘二人亦如是二人分衣亦如是）

一人心念分衣法

某甲比丘命過若衣非衣皆應囑我（三說）

併與一人法（律云若衣少不欲分應白二與一無衣比丘）

大德僧聽此僧得衣若非衣今併與某甲比丘若僧時到僧忍聽白如是

大德僧聽此僧得衣若非衣今併與某甲比丘誰諸長老忍默然不忍者說僧已忍某甲比丘衣竟僧忍默然故是事如是持亡人衣物義亦應爾也

九二衆互攝

文言若有比丘住處非安居時比丘命過無比丘比丘尼應分若比丘尼住處非安居時比丘尼命過無比丘尼比丘應分安居時亦如是僧得施物亦如是四分律中乃至無有一沙彌比丘尼應分等如前已說彼律又云若無住處僧若命過出家五衆先來者與若無來者送與近處伽藍

十諸部雜明

諸部受分大論十種一糞掃取如此律水漂死者二見前取如十誦學悔人守戒共住互死者三同見取如四分律二部互死四功能取如四分律二舉死同入羯磨舉僧五三部取如四分律無住處死六面所向取如論二界中死七八和尚如僧祇沙彌死八入所親白衣如多論滅擯人死九隨所得死如十誦寄人等十羯磨取如餘律在衆死此律應同

第九懺悔諸犯法

夫業如幻化性相無定遇緣而生無而忽有逢緣而藏有已還無若不深生愧恥悔責前非經百千劫終不失滅時熟緣會必當現受若悔恨徹心剋已修改一念之頃消滅無餘故未曾有經云前心作惡如雲覆日後心起善如炬消闇又業報差別經云若人造重罪作已深自責悔更不造能拔根本業又涅槃經云若人修習身戒心慧能令地獄重苦現世輕受聖教既繁曷能備述然犯有性遮悔分理事二懺之中又分大小若修明慧觀我法空福體尚無罪何容有此理約機自合大小大乘事懺方執不同觀禮佛像誦持神呪罪無輕重亦盡消滅律中事懺但清違教上來所列條貫各殊既設根機任情所好然律宗事法但取見聞既破律儀終須軌定於戒有犯必依法懺然教法該羅無簡凡聖今依輕重各具陳之

懺悔波羅夷法

犯波羅夷名壞根本棓石斷首豈更生全大乘懺中雖云除滅然於宗法永無僧用此既本禁不類餘慥特須謹剋碎身堅護但凡情易逸對鏡容虧若無一念覆藏律中許其改悔但可清其犯業僧法豈得預哉犯悔既稱具如鈔說

懺悔僧伽婆尸沙法

既曰形殘隣於斷命要憑清衆業累方除覆等四法文中具顯自部他部咸有軌儀法既繁多此豈能盡臨機行用別有鈔文

懺偷蘭遮法

此罪約緣通因及果因果輕重又分三品如破法輪僧盜食盜四錢等及初篇重因名為上品應僧中悔若破羯磨盜三錢已下互有衣觸及初篇輕因二篇重因名為中品應對二三人悔若食人肉用人髮等着外道衣及二篇輕因名為下

品應一人前悔前對僧中先應三乞别請懺主單白和僧三說而悔若二三人除乞反白加問邊人一人一人又除問邊人一自餘詞句如懺波逸提中說唯罪名有異事既稀簡略辯大綱臨機行用鈔中詳委

懺波逸提法捨隨因財以成單提不局衣犯別論捨雖異據隨即同三十職通僧別單提唯對別悔故分先後義在於茲

先懺捨墮對僧作法文云應捨與僧若一二三人不得與餘人及非人捨已應懺悔若不捨而悔其罪益深四分律中有其四法一捨財二捨罪三還財四不還財結罪羼分俱羼唯用無失今依前三辯儀式

一捨財此捨財中須識五法一捨財心謂以貪心取此物違教成業當苦報聖應所制眞實不虛若不懺除當來定受如是思已於此財物生極猒心永以捨棄必無餘法二所捨財謂衣鉢藥寶等但制捨者皆須總集而盡捨之三捨財境謂僧等三謂四分律云不得別衆捨若捨不成突吉羅四捨財威儀謂敷尼師壇脫華屣作禮胡跪合掌若對小者不須禮拜五捨財法對僧者應云

大德僧聽我比丘某甲故畜若干長衣犯捨墮或離衣等隨事稱之

是衣今捨與僧一說如是捨已即付與僧對下境詞句亦然但改初後二言爲異也

二捨罪對僧懺悔罪須具六一乞二請三白四悔五誡六受此之六法諸教互明必須周具方成悔過也

一對陳乞具修威儀胡跪合掌

大德僧聽我某甲比丘故畜爾所長衣犯捨墮是衣已捨與僧今有若干波逸提罪從僧乞懺悔願聽我某甲比丘懺悔慈愍故三說

二請懺悔主夫懺悔主必須清淨彼自有縛豈能解他時爲重病無清淨人初開不同犯後開同犯作

大德一心念我比丘某甲今請大德作波逸提懺悔主願大德爲我作波逸提懺悔主慈愍故三說

三單白和僧既對清衆義無輙受故須諮白取衆情和方便如常答云受波逸提懺悔羯磨

大德僧聽某甲比丘故畜長衣犯捨墮此衣已捨與僧是中有波逸提罪今從僧乞懺悔我某甲受某甲懺悔若僧時到僧忍聽白如是衆既和許告示可合

四正懺悔除罪畜長之過數類稍多或一二三乃至於九犯於名種惟吉與提六是從生三爲根本今依次第略顯其相第一且如畜一長衣犯提罪識知是罪作覆藏心清淨人同界而宿即犯覆藏突吉羅此一品罪隨衣而生約位總定名覆藏罪但覆藏吉羅亦須發露而隱不發露亦生覆藏以覆藏而生名隨覆藏突吉羅罪此一品罪亦隨夜生頭數雖多總名隨覆上三品罪一提二吉提爲根本吉羅從生覆即二三不覆但一第二犯長之衣舉體生過若其著用即犯吉羅罪據於心脫既無過隱而不發亦有覆藏如前三品輕重爲異第三犯前諸罪經僧說戒三問不發犯吉羅二覆從生亦同於上來二三合成九品有具不具據事而思行懺之人特須明識稱名歷數猷而生愧立對治道謹尅身心詞句無亂方成懺悔先輕後重次第而除二件標牒方盡其類第一先懺三位覆隨覆六以其種類輕重同故第二懺著用黙妄二根本吉第三懺犯長之提據事雖然今明執則先辯懺提餘次輕者准此而用文云犯罪比丘應偏露右肩胡跪合掌餘文對大須具五法此加露肩總成六法也

大德我某甲故畜若干長衣犯波逸提罪向大德悔過三說諸部更有餘詞據宗但合如此

五戒勗令斷彼應問言汝自見罪不答言我自見罪彼又問言汝欲悔過耶答言我欲悔過彼又語言汝後莫作六承受立要應答言爾或言頂戴持上來至此名懺悔竟

三還衣若對僧捨須僧還衣對別人捨別人還之良以罪累已除身心清淨堪消物養爲資道緣故四分云僧應還此比丘衣白二羯磨若其不還及故壞等皆突吉羅唯除五數二寶及七日藥此八無還四分律中錦縟斬壞亦無還法然彼僧還有其兩種一即座轉付謂衆僧多集或此比丘有因緣欲遠行僧應問言汝此衣與誰隨彼說便與若無此二緣明日直還二即座直付謂不須經宿故付之然有五人得作轉還若但四人唯得直付三人已下作口法還

即座轉付法

大德僧聽此某甲比丘故畜若干長衣犯捨墮

此衣已捨與僧僧今持是衣與某甲比丘某甲當還此比丘若僧時到僧忍聽白如是
大德僧聽此某甲比丘故畜（若干）長衣犯捨墮此衣已捨與僧僧今持是衣與某甲比丘某甲當還此比丘誰諸長老忍默然不忍者說僧已持是衣與某甲比丘某甲當還此比丘竟僧忍默然故是事如是持

即座直付法

大德僧聽某甲比丘故離僧伽梨宿（餘衣隨稱）犯捨墮此衣已捨與僧僧今持是衣還某甲比丘若僧時到僧忍聽白如是
大德僧聽某甲比丘故離僧伽梨宿犯捨墮此衣已捨與僧僧今持是衣還某甲比丘誰諸長老忍默然不忍者說僧已持此衣還某甲比丘竟僧忍默然故是事如是持（作羯磨竟以衣付及）

對眾多人捨懺法（捨財同上須口和餘人不用單白餘可准知之）受懺口和法二長老聽我受某甲比丘懺悔者我當受（受懺還衣可准前用）

對一人捨懺法（應將比丘至自然界或戒場上集所犯財勿使遺落具修威儀同上僧法但稱境有異既唯獨一不須口和正懺還衣亦准而作）

懺二根本突吉羅（應請懺悔主如前威儀說）

大德我某甲犯著用不淨衣及經僧說戒默妄語並犯突吉羅罪各不憶數今向大德悔過（餘識受等准前可知）

懺覆藏及隨覆藏突吉羅法

大德我某甲犯故畜長衣波逸提罪及著用不淨衣經僧說戒默妄語突吉羅各有覆藏及隨展轉覆突吉羅罪不憶數今向大德悔過（餘三問答准前而說）

懺單波逸提法（標名為異懺法同前）

懺波羅提提舍尼法（請懺悔主修威儀同前諸犯標罪爲異也）

大德我某甲犯從非親里比丘尼自手授食波羅提提舍尼罪（若干）今向大德悔過（餘三問答同前）

懺突吉羅法（律云高下著衣等若不解不問而作者突吉羅若解不順而作突吉羅此二種吉應無輕重齊責心懺若解輕戒輕人而作犯波逸提罪懺此提罪同前可知責心吉羅不須對境應具威儀已云）

我某甲犯高下著衣突吉羅（若干）今自責心懺悔過（三說）

第十雜行住持法（止作具修自他並利教行因果據要陳之先述當宗後彰異部之說）

作六念法（律云比丘應知月半月日數知布薩日懺悔過清淨又云應先心施食若不念施人而食突吉羅然文散落而不次第六念之軌出在僧祇今依彼文義准爲法既恒須作故録在初）

一念知日月數（應云）今朝黑月小一日（乃至十四日若大言大白月恒大而無小可隨稱之）

二念知食處（若常乞食應云）我常乞食（若食僧食應云）我食僧食（若食自食應云）我食自食（若受人一請欲自赴者應云）我食某甲家食（若受多請不能遍赴者應自赴一請餘者施與人施之人比丘沙彌但得應對所施人作法囑云）

長老某甲檀越施我五正食我有因緣不得往今以施汝（若時逼促無人可施者律開心念施人應作念云）

我請分與某甲比丘（若有背請緣亦隨事說之若無定食處應云）

我不背請食

三念知受時夏數（應云）我於其年月其日時一尺木（若干）影受具足戒無夏（一夏多夏隨數稱之）

四念知衣鉢受淨（應云）我三衣鉢具足並受持長衣並說淨（若闕衣鉢或未受持未說淨等念持念說隨事稱之）

五念知身強羸（應云）我今不病堪行道（若有病應云）

我有病須療治

作殘食法（佛言持食著鉢中手擎對未足食比丘偏袒右肩右膝著地作是言）

長老一心念我某甲食日足爲我作殘食法彼比丘爲取殘已問言之是食與我耶答言與便爲食少許餘殘還之者若都不食但取已還語言此是我殘與汝亦名殘食

白同利食前後入聚落法

大德一心念我某甲比丘先受某甲請今有某緣事欲入某處聚落至某家白大德知白

非時入聚落法長老我非時入聚落十誦律云至某城邑聚落某甲舍前人答言可爾

防護販賣求利法律云若比丘欲貨易應使淨人語言爲我以此物貨易之又應心念寧使彼得我利我不得彼利若自貨易應於五衆中若與白衣貨易突吉羅

弟子欲辭行和尚量宜法若路有疑怖或行伴無知不知誦戒布薩羯磨或彼方乞食難得持法律解律儀人若好鬭諍希破僧事若彼方得病無隨病食藥無看病人諸有一事皆勿聽去弟子強去得輕師波逸提和尚若不籌量聽去得突吉羅罪也

持律比丘來承迎祇供法佛言今爲說比丘結初應學法若聞持律者來不應避去應爲掃灑整理房舍及臥具半由旬迎疑難要當出代擔衣物辦水具中設過中飲應請說法若實求解應如法說若觸惱問即不應答且爲設前食後食爲求留安居復應爲求施衣檀越應如是供養若不爾突吉羅罪

持律比丘有七種宜一多聞諸法二能籌量是法非法三籌量比丘尼四善攝師教五若到他處所說無畏六自住毗尼七知共不共戒之

應說戒人法有一住處跛難陀爲上座衆僧請說戒答曰誦忘諸比丘言若忘何故在上座處以是白佛佛言上座說戒若不說突吉羅不知齊幾爲上座佛言於上無人皆名上座

僧尼二衆尊卑禮敬法佛言從今聽諸比丘隨次禮上座諸比丘尼禮一切比丘亦隨次相禮式叉摩那禮一切比丘比丘尼亦隨次相禮沙彌亦如是沙彌尼禮一切比丘比丘尼式叉摩那沙彌亦隨次相禮禮敬之法聽比丘尼去比丘不近不遠合掌低頭作是言和南四分律云塔亦應禮佛言食時噉粥時噉果時經行時不著三衣時闇時不共語時相瞋於屏處此等皆不應禮犯者突吉羅五羯磨人被舉不共語本言治狂心散亂心病壞心別住行摩那埵本日阿浮訶那皆不應禮

淨五生種根莖節果干若食果應五種淨火淨刀淨鳥淨傷淨未成種淨若食根應五種淨剝淨截淨破淨洗淨火淨若食莖葉應三種淨刀淨火淨洗淨於衆一器中若淨一名爲總淨之

著衣高下法佛言著下衣從脚跟下上量一擽手左掩其上兩邊兩襵當後兩襵之

受請應供法時有長者請佛及僧比丘問佛若人請僧爲請誰佛言若正趣正向人皆以禮請雖非正趣正向若爲解脫出家若坐禪人若讀誦經人若勸作衆事人除惡戒人餘一切僧皆應食若請僧應二衆食比丘及沙彌若請二部應五食衆

四方衆僧有五種物不可護不可賣不可分一住處地一房舍三須用分四果樹五華果一切沙門釋子比丘皆有其分若護若賣若分皆偷蘭遮罪

佛告諸比丘汝等各當繫念在前自防護心何謂繫念謂行四念處觀內身觀除無明世間若護觀外身及痛心法亦如是何謂在前所謂若行若立若睡若覺若去若來前後瞻視若屈伸俯仰若著衣持鉢若食飲便利若語若默常其心此是我教

佛告諸離車世有五寶甚爲難遇一一切諸佛世尊二善說佛所說法三聞法善解四如聞能行五不忘小恩

供養父母法佛告諸比丘若人百年之中左肩擔父右肩荷母於上大小便利極世珎奇衣食供養猶不能報須臾之恩從今聽諸比丘盡心盡壽供養父母若不供養得重罪

彌沙塞羯磨本卷下

音釋

毲比朗切織毛曰罽邪文曰毲　迮閙迮側格切狹也閙奴教切不靜也

殯必刃切殯殮也　櫬初覲切近身衣也　綖私箭切與線同　鐍音決扃鐍也

罽丘例切　縟而欲切　歠昌悅切大欲也

四分戒本

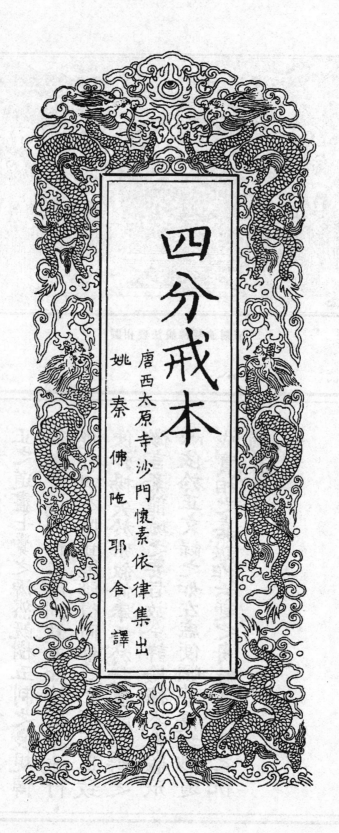

唐西太原寺沙門懷素依律集出

姚秦佛陀耶舍譯

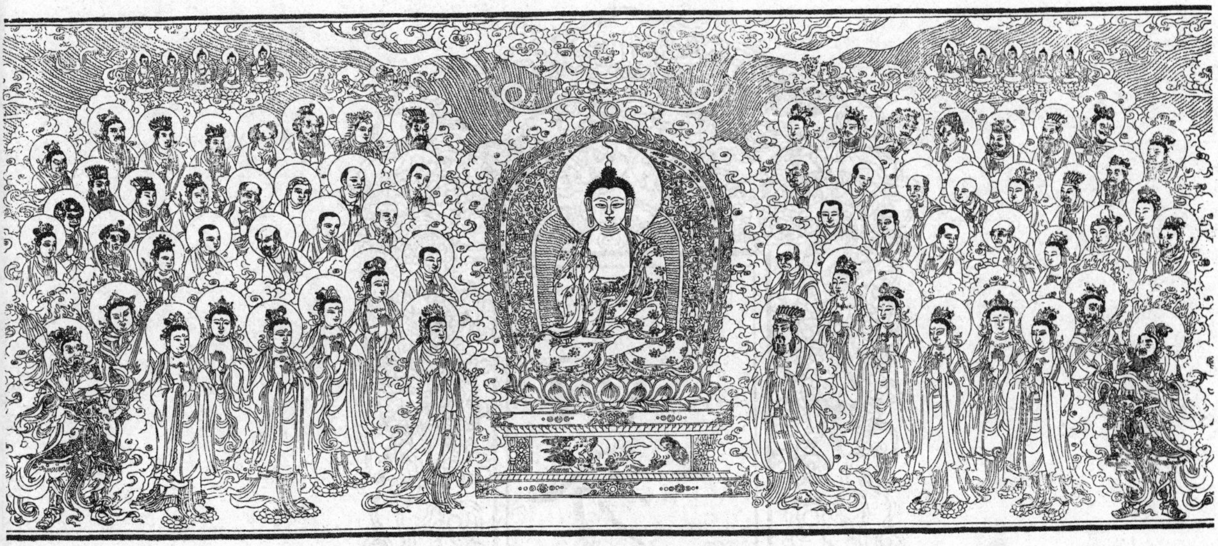

清刻龍藏佛說法變相圖

四分比丘戒本序

夫戒者迺是定慧之宏基聖賢之妙趾窮八正之道盡七覺之源然既樹五制之良規傳須獲實揚六和之清訓覺者知詮竊尋流行總有四本據其理雖復同會其文則有異致使弘揚失於宗敘修奉乖於行儀戲鹿野之微言紊龍城之要旨故今詳撿律本参驗戒心依於正文録之如左庶使順菩提之妙道成實相之嘉謀作六趣之舟航爲三乘之軌躅者也

四分戒本

唐西太原寺沙門懷素依律集出

稽首禮諸佛　及法比丘僧　今演毗尼法
令正法久住　戒如海無涯　如寶求無厭
欲護聖法財　衆集聽我説　欲除四棄法
及滅僧殘法　障三十捨墮　衆集聽我説
毗婆尸式棄　毗舍拘留孫　拘那含牟尼
迦葉釋迦文　諸世尊大德　爲我説是事
我今欲善説　諸賢咸共聽　譬如人毀足
不堪有所涉　毀戒亦如是　不得生天人
欲得生天上　若生人間者　常當護戒足
勿令有毀損　如御入險道　失轄折軸憂
毀戒亦如是　死時懷恐懼　如人自照鏡
好醜生欣慼　説戒亦如是　全毀生憂喜
如兩陣共戰　勇怯有進退　説戒亦如是
淨穢生安畏　世間王爲最　衆流海爲最
衆星月爲最　衆聖佛爲最　一切衆律中
戒經爲上最　如來立禁戒　半月半月説

和合僧集會未受大戒者出答言僧集和合有未受戒者遣出已答言已出無答言無不來諸比丘説欲及清淨有依法説無答言無誰遣比丘尼來請教誡有者言請已依請具答無者答云此處無尼來請教誡僧今和合何所作爲答云説戒羯磨

大德僧聽今十五日衆僧説戒若僧時到僧忍聽和合説戒白如是

諸大德我今欲説波羅提木叉戒汝等諦聽善思念之若自知有犯者即應自懺悔不犯者默然默然者知諸大德清淨若有他問者亦如是答如是比丘在衆中乃至三問憶念有罪不懺悔者得故妄語罪故妄語者佛説障道法若彼比丘憶念有罪欲求清淨者應

懺悔懺悔得安樂

諸大德我已說戒經序今問諸大德是中清淨不（如是三說）

諸大德是中清淨默然故是事如是持

諸大德是四波羅夷法半月半月說戒經中來若比丘共比丘同戒若不還戒戒羸不自悔犯不淨行乃至共畜生是比丘波羅夷不共住

若比丘若在村落若閑靜處不與盜心取隨不與取法若為王王大臣所捉若殺若縛若驅出國汝是賊汝癡汝無所知是比丘波羅夷不共住

若比丘故自手斷人命持刀與人歎譽死快勸死咄男子用此惡活為寧死不生作如是心思惟種種方便歎譽死快勸死是比丘波羅夷不共住

若比丘實無所知自稱言我得上人法我已入聖智勝法我知是我見是彼於異時若問若不問欲自清淨故作是說我實不知不見言知言見虛誑妄語除增上慢是比丘波羅夷不共住

諸大德我已說四波羅夷法若比丘犯一一波羅夷法不得與諸比丘共住如前後亦如是是比丘得波羅夷罪不應共住

今問諸大德是中清淨不（三說）

諸大德是中清淨默然故是事如是持

諸大德是十三僧伽婆尸沙法半月半月說戒經中來

若比丘故弄陰出精除夢中僧伽婆尸沙

若比丘婬欲意與女人身相觸若捉手若捉

髮若觸一一身分者僧伽婆尸沙
若比丘婬欲意與女人麤惡婬欲語隨麤惡婬欲語僧伽婆尸沙
若比丘婬欲意於女人前自歎身言大妹我修梵行持戒精進修善法可持是婬欲法供養我如是供養第一最僧伽婆尸沙
若比丘往來彼此媒嫁持男意語女持女意語男若爲成婦事若爲私通事乃至須臾頃僧伽婆尸沙
若比丘自求作屋無主自爲己當應量作是中量者長佛十二搩手内廣七搩手當將餘比丘指授處所彼比丘當指示處所無難處無妨處若比丘有難處妨處自求作屋無主自爲己不將諸比丘指授處所若過量作者僧伽婆尸沙
若比丘欲作大房有主爲己作當將餘比丘往指授處所彼比丘應指授處所無難處無妨處若比丘有難處妨處作大房有主爲已作不將餘比丘指授處所僧伽婆尸沙
若比丘瞋恚所覆故非波羅夷比丘以無根波羅夷法謗欲壞彼清淨行彼於異時若問若不問知此事無根說我瞋恚故作是語若比丘作是語者僧伽婆尸沙
若比丘以瞋恚故於異分事中取片非波羅夷比丘以無根波羅夷法謗欲壞彼清淨行彼於異時若問若不問知是異分事中取片是比丘自言我瞋恚故作是語作是語者僧伽婆尸沙
若比丘欲壞和合僧方便受壞和合僧法堅持不捨彼比丘應諫是比丘言大德莫壞和

合僧莫方便壞和合僧莫受壞僧法堅持不捨彼比丘應與僧和合與僧和合歡喜不諍同一師學如水乳合於佛法中有增益安樂住是比丘如是諫時堅持不捨彼比丘應三諫捨此事故乃至三諫捨者善不捨者僧伽婆尸沙

若比丘伴黨若一若二若三乃至無數彼比丘語是比丘言大德莫諫此比丘此比丘是法語比丘律語比丘此比丘所說我等喜樂此比丘所說我等忍可彼比丘言大德莫作是說言此比丘是法語比丘律語比丘此比丘所說我等喜樂此比丘所說我等忍可然此比丘非法語比丘非律語比丘大德莫欲破壞和合僧汝等當樂欲和合僧大德與僧和合歡喜不諍同一師學如水乳合於佛法中有增益安樂住是比丘如是諫時堅持不捨彼比丘應三諫捨此事故乃至三諫捨者善不捨者僧伽婆尸沙

若比丘依聚落若城邑住汙他家行惡行汙他家亦見亦聞行惡行亦見亦聞諸比丘當語是比丘言大德汙他家行惡行汙他家亦見亦聞行惡行亦見亦聞大德汝汙他家行惡行今可遠此聚落去不須住此是比丘語彼比丘作是語大德諸比丘有愛有恚有怖有癡有如是同罪比丘有驅者有不驅者諸比丘報言大德莫作是語有愛有恚有怖有癡有如是同罪比丘有驅者有不驅者而諸比丘不愛不恚不怖不癡大德汙他家行惡行汙他家亦見亦聞行惡行亦見亦聞是比丘如是諫時堅持不捨彼比丘應三諫捨此

事故乃至三諫捨者善不捨者僧伽婆尸沙
若比丘惡性不受人語於戒法中諸比丘如法諫已自身不受諫語言諸大德莫向我說若好若惡我亦不向諸大德說若好若惡諸大德且止莫諫我彼比丘諫是比丘言大德莫自身不受諫語大德自身當受諫語大德如法諫諸比丘諸比丘亦如法諫大德如是佛弟子衆等增益展轉相諫展轉相教展轉懺悔是比丘如是諫時堅持不捨彼比丘應三諫捨此事故乃至三諫捨者善不捨者僧伽婆尸沙
諸大德我已說十三僧伽婆尸沙法九初犯四乃至三諫若比丘犯一一法知而覆藏應强與波利婆沙行波利婆沙竟增上與六夜摩那埵行摩那埵已餘有出罪應二十人僧中出是比丘罪若少一人不滿二十衆出是比丘罪是比丘罪不得除諸比丘亦可呵此是時今問諸大德是中清淨不(三說)
諸大德是中清淨默然故是事如是持
諸大德是二不定法半月半月說戒經中來
若比丘共女人獨在屏處覆處障處可作婬處坐說非法語有住信優婆私於三法中一一法說若波羅夷若僧伽婆尸沙若波逸提是坐比丘自言我犯是罪於三法中應一一法治若波羅夷若僧伽婆尸沙若波逸提如住信優婆私所說應如法治是比丘是名不定法
若比丘共女人在露現處不可作婬處坐作麤惡語有住信優婆夷於二法中一一法說若僧伽婆尸沙若波逸提是坐比丘自言我

犯是事於二法中應一一法治若僧伽婆尸沙若波逸提如住信優婆夷所說應如法治是比丘是名不定法

諸大德我已說二不定法今問諸大德是中清淨不（三說）

諸大德是中清淨默然故是事如是持

諸大德是三十尼薩耆波逸提法半月半月說戒經中來

若比丘衣已竟迦絺那衣已出畜長衣經十日不淨施得畜若過十日尼薩耆波逸提

若比丘衣已竟迦絺那衣已出三衣中離一一衣異處宿除僧羯磨尼薩耆波逸提

若比丘衣已竟迦絺那衣已出若比丘得非時衣欲須便受受已疾疾成衣若足者善若不足者得畜一月爲滿足故若過畜尼薩耆波逸提

若比丘從非親里比丘尼取衣除貿易尼薩耆波逸提

若比丘令非親里比丘尼浣故衣若染若打尼薩耆波逸提

若比丘從非親里居士若居士婦乞衣除餘時尼薩耆波逸提餘時者若比丘奪衣失衣燒衣漂衣是謂餘時

若比丘失衣奪衣燒衣漂衣若非親里居士居士婦自恣請多與衣是比丘當知足受衣若過者尼薩耆波逸提

若比丘居士居士婦爲比丘辦衣價買如是衣與某甲比丘是比丘先不受自恣請到居士家如是說善哉居士爲我買如是如是衣與我爲好故若得衣者尼薩耆波逸提

若比丘二居士居士婦與比丘辦衣價持如是衣價買如是衣與某甲比丘是比丘先不受居士自恣請到二居士家作如是言善哉居士辦如是如是衣價與我共作一衣爲好故若得衣者尼薩耆波逸提

若比丘若王若大臣若婆羅門若居士居士婦遣使爲比丘送衣價持如是衣價與某甲比丘彼使人至比丘所語比丘言大德今爲汝故送是衣價受取是比丘應語彼使如是言我不應受此衣價我若須衣合時清淨當受彼使語比丘言大德有執事人不須衣比丘應語言有若僧伽藍民若優婆塞此是比丘執事人常爲諸比丘執事時彼使往至執事人所與衣價已還至比丘所如是言大德所示某甲執事人我已與衣價大德知時往彼當得衣須衣比丘當往執事人所若二反三反爲作憶念應語言我須衣若二反三反爲作憶念若得衣者善若不得衣四反五反六反在前默然立若四反五反六反在前默然住得衣者善若不得衣過是求得衣者尼薩耆波逸提若不得衣從所得衣價處若自往若遣使往語言汝先遣使持衣價與某甲比丘是比丘竟不得汝還取莫使失此是時

若比丘雜野蠶綿作新卧具尼薩耆波逸提

若比丘以新純黑羺羊毛作新卧具尼薩耆波逸提

若比丘作新卧具應用二分純黑羊毛三分白四分牻若比丘不用二分黑三分白四分牻作新卧具者尼薩耆波逸提

若比丘作新卧具持至六年若減六年不捨

故更作新者除僧羯磨尼薩耆波逸提

若比丘作新坐具當取故者縱廣一搩手帖著新者上用壞色故若作新坐具不取故者縱廣一搩手帖著新者上用壞色故尼薩耆波逸提

若比丘道路行得羊毛若無人持得自持乃至三由旬若無人持自持過三由旬尼薩耆波逸提

若比丘使非親里比丘尼浣染擘羊毛者尼薩耆波逸提

若比丘自手捉錢若金銀若教人捉若置地受者尼薩耆波逸提

若比丘種種賣買者尼薩耆波逸提

若比丘種種販賣者尼薩耆波逸提

若比丘畜長鉢不淨施得齊十日過者尼薩耆波逸提

若比丘畜鉢減五綴不漏更求新鉢爲好故尼薩耆波逸提彼比丘應往僧中捨展轉取最下鉢與之令持乃至破應持此是時

若比丘自乞縷綫使非親里織師織作衣者尼薩耆波逸提

若比丘居士居士婦使織師爲比丘織作衣彼比丘先不受自恣請便往織師所語言此衣爲我作與我極好織令廣大堅緻我當少多與汝價是比丘與價乃至一食直若得衣尼薩耆波逸提

若比丘先與比丘衣後瞋恚若自奪若教人奪取還我衣來不與汝若比丘還衣彼取者尼薩耆波逸提

若比丘有病殘藥蘇油生蘇蜜石蜜齊七日

得服若過七日服者尼薩耆波逸提

若比丘春殘一月在當求雨浴衣半月應用浴若比丘過一月前求雨浴衣過半月前用浴尼薩耆波逸提

若比丘十日未竟夏三月諸比丘得急施衣比丘知是急施衣當受受已乃至衣時應畜若過畜者尼薩耆波逸提

若比丘夏三月竟後迦提一月滿在阿蘭若有疑恐懼處住比丘在如是處住三衣中欲留一一衣置舍內諸比丘有因緣離衣宿乃至六夜若過者尼薩耆波逸提

若比丘知是僧物自求入已者尼薩耆波逸提

諸大德我已說三十尼薩耆波逸提法今問諸大德是中清淨不（三說）

諸大德是中清淨默然故是事如是持

諸大德是九十波逸提法半月半月說戒經中來

若比丘知而妄語者波逸提

若比丘種類毀呰語者波逸提

若比丘兩舌語者波逸提

若比丘與婦女同室宿者波逸提

若比丘與未受大戒人共宿過二宿至三宿波逸提

若比丘與未受大戒人共誦者波逸提

若比丘知他有麤惡罪向未受大戒人說除僧羯磨波逸提

若比丘向未受大戒人說過人法言我見是我知是實者波逸提

若比丘與女人說法過五六語除有知男子

波逸提
若比丘自手掘地若教人掘者波逸提
若比丘壞鬼神村波逸提
若比丘妄作異語惱他者波逸提
若比丘嫌罵波逸提
若比丘取僧繩牀木牀若卧具坐蓐露地敷
若教人敷捨去不自舉不教人舉波逸提
若比丘於僧房中敷僧卧具若自敷若教人
敷若坐若卧去時不自舉不教人舉波逸提
若比丘知先比丘住處後來强於中間敷卧
具止宿念言彼若嫌迮者自當避我去作如
是因緣非餘非威儀波逸提
若比丘瞋他比丘不喜僧房中若自牽出教
他牽出波逸提
若比丘若房若重閣上脱脚繩牀若木牀若
坐若卧波逸提
若比丘知水有蟲若澆泥若草若教人澆者
波逸提
若比丘作大房舍戶扉窻牖及餘莊飾具指
授覆苫齊二三節若過波逸提
若比丘僧不差教誡比丘尼者波逸提
若比丘爲僧差教授比丘尼乃至日暮者波
逸提
若比丘語諸比丘作如是語比丘爲飲食故
教授比丘尼者波逸提
若比丘與非親里比丘尼衣除貿易波逸提
若比丘與非親里比丘尼作衣者波逸提
若比丘與比丘尼在屏處坐者波逸提
若比丘與比丘尼期同一道行從一村乃至
一村除異時波逸提異時者與估客行若疑

畏怖時是謂異時
若比丘與比丘尼共期同乘一船上水下水除直渡者波逸提
若比丘知比丘尼讚歎教化因緣得食食除檀越先意者波逸提
若比丘與婦女共期同一道行乃至村間波逸提
若施一食處無病比丘應一食若過受者波逸提
若比丘展轉食除餘時波逸提餘時者病時施衣時是謂餘時
若比丘別衆食除餘時波逸提餘時者病時作衣時施衣時道行時乘船時大衆集時沙門施食時此是時
若比丘至白衣家請比丘與餅麨食若比丘欲須者當二三鉢受還至僧伽藍中應分與餘比丘食若比丘無病過兩三鉢受持還至僧伽藍中不分與餘比丘食者波逸提
若比丘足食竟或時受請不作餘食法而食者波逸提
若比丘知他比丘足食已若受請不作餘食法殷勤請與食長老取是食以是因緣非餘欲使他犯波逸提
若比丘非時受食食者波逸提
若比丘殘宿食而食者波逸提
若比丘不受食若藥著口中除水及楊枝波逸提
若得好美飲食乳酪魚及肉若比丘如此美飲食無病自爲己索者波逸提
若比丘外道男外道女自手與食者波逸提

若比丘先受請已前食後食詣餘家不囑授餘比丘除餘時波逸提餘時者病時作衣時施衣時是謂餘時

若比丘在食家中有寶强安坐者波逸提

若比丘食家中有寶在屏處坐者波逸提

若比丘獨與女人露地坐者波逸提

若比丘語餘比丘作如是語大德共至聚落當與汝食彼比丘竟不教與是比丘食語言汝去我與汝一處若坐若語不樂我獨坐獨語樂以此因緣非餘方便遣去波逸提

若比丘受四月請與藥無病比丘應受若過受除常請更請分請盡形壽請波逸提

若比丘往觀軍陣除時因緣波逸提

若比丘有因緣聽至軍中二宿三宿過者波逸提

若比丘二宿三宿軍中住或時觀軍陣鬪戰若觀遊軍象馬力勢者波逸提

若比丘飲酒者波逸提

若比丘水中嬉戲者波逸提

若比丘以指相擊攊者波逸提

若比丘不受諫者波逸提

若比丘恐怖他比丘者波逸提

若比丘半月洗浴無病比丘應受不得過除餘時波逸提餘時者熱時病時作時風時雨時道行時此是餘時

若比丘無病自爲炙身故在露地然火若教人然除時因緣波逸提

若比丘藏他比丘衣鉢坐具針筒若自藏教人藏下至戲笑者波逸提

若比丘與比丘尼式叉摩那沙彌沙彌尼衣

後不語主還取著者波逸提
若比丘得新衣應三種壞色一一色中隨意壞若青若黑若木蘭若比丘不以三種壞色若青若黑若木蘭著餘新衣者波逸提
若比丘故殺畜生命者波逸提
若比丘知水有蟲飲用者波逸提
若比丘故惱他比丘令須臾間不樂波逸提
若比丘知他比丘犯麤罪覆藏者波逸提
若比丘知年不滿二十應受大戒若比丘知年不滿二十與受大戒此人不得戒彼比丘可呵癡故波逸提
若比丘知諍事如法懺悔已後更發起者波逸提
若比丘知賊伴結要共同道行乃至一村間波逸提

若比丘作如是語我知佛所說法行婬欲非障道法彼比丘諫此比丘言大德莫作是語莫謗世尊謗世尊者不善世尊不作是語世尊無數方便說犯婬欲者是障道法彼比丘諫此比丘時堅持不捨彼比丘乃至三諫捨此事故若再三諫捨者善不捨者波逸提
若比丘知如是語人來作法如是邪見而不捨供給所須共同羯磨止宿言語者波逸提
若比丘知沙彌作如是言我從佛聞法行婬欲非障道法彼比丘諫此沙彌如是言汝莫誹謗世尊謗世尊者不善世尊不作是語沙彌世尊無數方便說婬欲是障道法彼比丘諫此沙彌時堅持不捨彼比丘應乃至再三呵諫令捨此事故乃至三諫而捨者善不捨者彼比丘應語彼沙彌言汝自今已去不得

言佛是我世尊不得隨逐餘比丘如諸沙彌得與比丘二三宿汝今無是事汝出去滅去不應住此若比丘知如是衆中被擯沙彌而誘將畜養共止宿者波逸提

若比丘餘比丘如法諫時如是語我今不學此戒當難問餘智慧持律比丘者波逸提若爲知爲學故應難問

若比丘說戒時作如是語大德何用說是雜碎戒爲說是戒時令人惱愧懷疑輕呵戒故波逸提

若比丘說戒時作如是語我今始知此法戒經所載半月半月說戒經中來餘比丘知是比丘若二若三說戒中坐何況多彼比丘無知無解若犯罪應如法治更重增無知罪語言長老汝無利不善得汝說戒時不用心念不一心兩耳聽法彼無知故波逸提

若比丘共同羯磨已後如是語諸比丘隨親厚以衆僧物與者波逸提

若比丘衆僧斷事未竟不與欲而起去波逸提

若比丘與欲已後悔者波逸提

若比丘與比丘共鬬諍已聽此語向彼說波逸提

若比丘瞋恚故不喜打比丘者波逸提

若比丘瞋恚不喜以手搏比丘者波逸提

若比丘瞋恚故以無根僧伽婆尸沙謗者波逸提

若比丘刹利水澆頭王種王未出未藏寶而入若過宫門閾者波逸提

若比丘寶及寶莊飾具自捉若教人捉除僧

伽藍中及寄宿處波逸提若比丘在僧伽藍中若寄宿處捉寶若以寶裝飾自捉教人捉當作是意若有主識者當取作如是因緣非餘若比丘非時入聚落不囑比丘者波逸提

若比丘作繩牀木牀足應高如來八指除入梐孔上截竟若過者波逸提

若比丘作兜羅綿貯繩牀木牀大小蓐成者波逸提

若比丘作骨牙角針筒刳刮成者波逸提

若比丘作尼師壇當應量作是中量者長佛二搩手廣一搩手半更增廣長各半搩手若過裁竟波逸提

若比丘作覆瘡衣當應量作是中量者長佛四搩手廣二搩手裁竟過者波逸提

若比丘作雨浴衣當應量作是中量者長佛六搩手廣二搩手半過者裁竟波逸提

若比丘與如來等量作衣或過量作者波逸提是中如來衣量者長佛十搩手廣六搩手是謂如來衣量

諸大德我已說九十波逸提法今問諸大德是中清淨不三說

諸大德是中清淨默然故是事如是持

諸大德是四波羅提提舍尼法半月半月說戒經中來

若比丘入村中從非親里比丘尼若無病自手取食食者是比丘應向餘比丘悔過言大德我犯可呵法所不應為我今向大德悔過是法名悔過法

若比丘至白衣家內食是中有比丘尼指示與某甲羹與某甲飯是比丘應語彼比丘尼

如是言大姊且止須比丘食竟若無一比丘語彼比丘尼如是言大姊且止須比丘食竟者是比丘應向餘比丘悔過言大德我犯可呵法所不應爲我今向諸大德悔過是法名悔過法

若先作學家羯磨若比丘於如是學處先不受請無病自手受食食者是比丘應向餘比丘悔過言大德我犯可呵法所不應爲我今向大德悔過是法名悔過法

若比丘在阿蘭若逈遠有疑恐怖處若比丘在如是阿蘭若處住先不語檀越若在僧伽藍外不受食在僧伽藍內無病自手受食食者是比丘應向餘比丘悔過言大德我犯可呵法所不應爲我今向大德悔過是法名悔過法

諸大德我已說四波羅提提舍尼法今問諸大德是中清淨不三說

諸大德是中清淨默然故是事如是持

諸大德是衆學戒法半月半月說戒經中來

當齊整著涅槃僧應當學

當齊整著三衣應當學

不得反抄衣行入白衣舍應當學

不得反抄衣入白衣舍坐應當學

不得衣纏頸入白衣舍應當學

不得衣纏頸入白衣舍坐應當學

不得覆頭入白衣舍應當學

不得覆頭入白衣舍坐應當學

不得跳行入白衣舍應當學

不得跳行入白衣舍坐應當學

不得白衣舍內蹲坐應當學

不得叉腰行入白衣舍應當學
不得叉腰行入白衣舍坐應當學
不得搖身行入白衣舍應當學
不得搖身行入白衣舍坐應當學
不得掉臂行入白衣舍應當學
不得掉臂行入白衣舍坐應當學
好覆身入白衣舍應當學
好覆身入白衣舍坐應當學
不得左右顧視行入白衣舍應當學
不得左右顧視行入白衣舍坐應當學
靜默入白衣舍應當學
靜默入白衣舍坐應當學
不得戲笑行入白衣舍應當學
不得戲笑行入白衣舍坐應當學
用意受食應當學

平鉢受食應當學
平鉢受羹應當學
羹飯等食應當學
以次食應當學
不得挑鉢中央而食應當學
若比丘不病不得為已索羹飯應當學
不得以飯覆羹更望得應當學
不得視比生鉢中應當學
當繫鉢想食應當學
不得大摶飯食應當學
不得大張口待飯食應當學
不得含飯語應當學
不得摶飯遥擲口中應當學
不得遺落飯食應當學
不得頰食食應當學

不得嚼飯作聲食應當學
不得大噏飯食應當學
不得舌舐食應當學
不得振手食應當學
不得手把散飯食應當學
不得汚手捉食器應當學
不得洗鉢水棄白衣舍內應當學
不得生草菜上大小便涕唾除病應當學
不得水中大小便涕唾除病應當學
不得立大小便除病應當學
不得與反抄衣不恭敬人說法除病應當學
不得爲衣纏頸者說法除病應當學
不得爲覆頭者說法除病應當學
不得爲裹頭者說法除病應當學
不得爲叉腰者說法除病應當學
不得爲著革屣者說法除病應當學
不得爲著木屐者說法除病應當學
不得爲騎乘者說法除病應當學
不得在佛塔中止宿除爲守護故應當學
不得藏財物置佛塔中除爲堅牢應當學
不得著草屣入佛塔中應當學
不得手捉草屣入佛塔中應當學
不得著草屣遶佛塔行應當學
不得著富羅入佛塔中應當學
不得手捉富羅入佛塔中應當學
不得塔下坐食留草及食汚地應當學
不得擔死屍從塔下過應當學
不得塔下埋死屍應當學
不得在塔下燒死屍應當學
不得向塔燒死屍應當學

不得佛塔四邊燒死屍使臭氣來入應當學
不得持死人衣及牀從塔下過除浣染香熏
應當學
不得佛塔下大小便應當學
不得向佛塔大小便應當學
不得繞佛塔四邊大小便使臭氣來入應當
學
不得持佛像至大小便處應當學
不得在佛塔下嚼楊枝應當學
不得向佛塔嚼楊枝應當學
不得佛塔四邊嚼楊枝應當學
不得在佛塔下洟唾應當學
不得向佛塔洟唾應當學
不得塔四邊洟唾應當學
不得向塔舒脚坐應當學

不得安佛塔在下房已在上房住應當學
人坐已立不得爲說法除病應當學
人卧已坐不得爲說法除病應當學
人在座已在非座不得爲說法除病應當學
人在高坐已在下坐不得爲說法除病應當
學
人在前行已在後不得爲說法除病應當學
人在高經行處已在下經行處不應爲說法
除病應當學
人在道已在非道不應爲說法除病應當學
不得携手在道行應當學
不得上樹過人除時因緣應當學
不得絡囊盛鉢貫杖頭著肩上而行應當學
人持杖不恭敬不應爲說法除病應當學
人持劒不應爲說法除病應當學

人持鉾不應爲說法除病應當學
人持刀不應爲說法除病應當學
人持蓋不應爲說法除病應當學
諸大德我已說衆學戒法今問諸大德是中
清淨不三說
諸大德是中清淨默然故是事如是持
諸大德是七滅諍法半月半月說戒經中來
若比丘有諍事起即應除滅
應與現前毗尼當與現前毗尼
應與憶念毗尼當與憶念毗尼
應與不癡毗尼當與不癡毗尼
應與自言治當與自言治
應與覓罪相當與覓罪相
應與多人覓罪當與多人覓罪
應與如草覆地當與如草覆地

諸大德我已說七滅諍法今問諸大德是中
清淨不三說
諸大德是中清淨默然故是事如是持
諸大德我已說戒經序已說四波羅夷法已
說十三僧伽婆尸沙法已說二不定法已說
三十尼薩耆波逸提法已說九十波逸提法
已說四波羅提提舍尼法已說衆學戒法已
說七滅諍法此是佛所說半月半月說戒經
中來若更有餘佛法是中皆共和合應當學
忍辱第一道　佛說無爲最　出家惱他人
不名爲沙門
此是毗婆尸如來無所著等正覺說是戒經
譬如明眼人　能避嶮惡道　世有聰明人
能遠離諸惡
此是尸棄如來無所著等正覺說是戒經

不謗亦不嫉　當奉行於戒　飲食知止足
常樂在空閑　心定樂精進　是名諸佛教
此是毗葉羅如來無所著等正覺說是戒經
譬如蜂採華　不壞色與香　但取其味去
比丘入聚落　不違戾他事　不觀作不作
但自觀身行　若正若不正
此是拘留孫如來無所著等正覺說是戒經
心莫作放逸　聖法當勤學　如是無憂愁
心定入涅槃
此是拘那含牟尼如來無所著等正覺說是
戒經
一切惡莫作　當奉行諸善　自淨其志意
是則諸佛教
此是迦葉如來無所著等正覺說是戒經
善護於口言　自淨其志意　身莫作諸惡
此三業道淨　能得如是行　是大仙人道
此是釋迦牟尼如來無所著等正覺於十二
年中爲無事僧說是戒經從是已後廣分別
說諸比丘自爲樂法樂沙門者有慚有愧樂
學戒者當於中學
明人能護戒　能得三種樂　名譽及利養
死得生天上　當觀如是處　有智勤護戒
戒淨有智慧　便得第一道　如過去諸佛
及以未來者　現在諸世尊　能勝一切憂
皆共尊敬戒　此是諸佛法　若有自爲身
欲求於佛道　當尊重正法　此是諸佛教
七佛爲世尊　滅除諸結使　說是七戒經
諸縛得解脫　已入於涅槃　諸戲永滅盡
尊行大仙說　聖賢稱譽戒　弟子之所行
入寂滅涅槃　世尊涅槃時　興起於大悲

集諸比丘衆　與如是教誡　莫謂我涅槃
淨行者無護　我今說戒經　亦善說毗尼
我雖般涅槃　當視如世尊　此經久住世
佛法得熾盛　以是熾盛故　得入於涅槃
若不持此戒　如所應布薩　喻如日沒時
世界皆闇冥　當護持是戒　如犛牛愛尾
和合一處坐　如佛之所說　我已說戒經
衆僧布薩竟　我今說戒經　所說諸功德
施一切衆生　皆共成佛道

四分戒本

音釋

轄胡瞎切車軸頭鐵也　羺奴侯切胡羊也　牻莫江切雜色也　迮側格切狹也　苫詩廉切草覆屋也　閾越逼切門限也　刮古滑切剔也　翕許及切呷也　鉾莫侯切與矛同

四分戒本 出曇無德部

姚秦佛陀耶舍譯

稽首禮諸佛　及法比丘僧　今演毗尼法
令正法久住　戒如海無涯　如寶求無猒
欲護聖法財　衆集聽我說　欲除四棄法
及滅僧殘法　障三十捨墮　衆集聽我說
毗婆尸式棄　毗舍拘留孫　拘那含牟尼
迦葉釋迦文　諸世尊大德　爲我說是事
我今欲善說　諸賢咸共聽　譬如人毀足
不堪有所涉　毀戒亦如是　不得生天人
欲得生天上　若生人間者　常當護戒足
勿令有毀損　如御入險道　失轄折軸憂
毀戒亦如是　死時懷恐懼　如人自照鏡
好醜生欣慼　說戒亦如是　全毀生憂喜
如兩陣共戰　勇怯有進退　說戒亦如是
淨穢生安畏　世間王爲最　衆流海爲最
衆星月爲最　衆聖佛爲尊　一切衆律中
戒經爲上最　如來立禁戒　半月半月說

和合僧集會未受大戒者出不來諸比丘說欲及清淨誰遣比丘尼來受教誡

諸大德僧今和合何所作爲 答言說戒羯磨

大德僧聽今僧十五日布薩說戒若僧時到僧忍聽和合說戒白如是

諸大德我今欲說戒衆集現前默然聽善思念之若有犯者當發露無犯者默然默然故當知僧清淨若有他舉者即應如實答如是諸比丘在於衆中乃至三唱憶念有罪當發露不發露者得故妄語罪佛說故妄語是障道法彼比丘自憶念知有罪欲求清淨當發露發露則安隱不發露罪益深諸大德我已

說戒經序今問諸大德是中清淨不（如是三說）
諸大德是中清淨默然故是事如是持
諸大德是四棄法半月半月戒經中說
若比丘共戒同戒不捨戒戒羸不自悔犯不淨行行淫欲法乃至共畜生是比丘波羅夷不共住
若比丘在聚落中若閑靜處不與物懷盜心取隨不與取法若爲王大臣所捉若殺若縛若驅出國汝是賊汝癡汝無所知比丘如是盜者波羅夷不共住
若比丘故自手斷人命持刀授與人歎譽死快勸死咄男子用此惡活爲寧死不生作如是心思惟種種方便歎譽死快勸死是比丘波羅夷不共住
若比丘實無所知自稱言我得上人法我已入聖智勝法我知是我見是彼於異時若問若不問欲自清淨故作如是說我實不知不見言知言見虛誑妄語除增上慢是比丘波羅夷不共住
諸大德我已說四波羅夷法若比丘犯一一波羅夷法不得與諸比丘共住如前後亦如是是比丘得波羅夷罪不應共住今問諸大德是中清淨不（如是三說）
諸大德是中清淨默然故是事如是持
諸大德是十三僧伽婆尸沙法半月半月戒經中說
若比丘故弄陰出精除夢中僧伽婆尸沙
若比丘婬欲意與女人身相觸若捉手若捉髮若觸一一身分者僧伽婆尸沙
若比丘婬欲意與女人婬欲麤惡語隨所說

婬欲麤惡語者僧伽婆尸沙
若比丘婬欲意於女人前自歎身言大姊我修梵行持戒精進修善法可持此婬欲法供養我如是供養第一最如是語者僧伽婆尸沙
若比丘往來彼此媒嫁持男意語女持女意語男若爲成婦事若爲私通乃至須臾僧伽婆尸沙
若比丘自乞作屋無主自爲已當應量作是中量者長佛十二搩手內廣七搩手應將餘比丘往看處所彼比丘當指示處所無難處無妨處若比丘有難處妨處自乞作屋無主自爲已不將餘比丘往看處所若過量作者僧伽婆尸沙
若比丘欲作大房有主爲已作應將餘比丘往看處所彼比丘應看處所無難處無妨處若比丘難處妨處作大房有主爲已作不將餘比丘往看處所者僧伽婆尸沙
若比丘以瞋恚所覆故非波羅夷比丘以無根波羅夷法謗欲壞彼比丘淨行彼於異時若問若不問知此事無根說我瞋恚故作是語若比丘作是語者僧伽婆尸沙
若比丘以瞋恚所覆故於異分事中取片非波羅夷比丘無根波羅夷法謗欲壞彼比丘淨行彼於異時若問若不問知是異分事中取片是比丘自言我瞋恚故作是語者僧伽婆尸沙
若比丘欲壞和合僧方便受壞和合僧法堅持不捨彼比丘應諫是比丘言大德莫壞和合僧莫方便壞和合僧莫受破僧法堅持不

捨大德應與僧和合歡喜不諍同一師學如水乳合於佛法中有增益安樂住是比丘如是諫時堅持不捨彼比丘應三諫捨是事故乃至三諫捨者善若不捨者僧伽婆尸沙

若比丘有餘群黨若一若二若三乃至無數彼比丘語是比丘言大德莫諫此比丘此比丘是法語比丘律語比丘此比丘所說我等心喜樂此比丘所說我等心忍可彼比丘應諫是比丘言大德莫作是說言此比丘是法語比丘律語比丘此比丘所說我等心喜樂此比丘所說我等心忍可何以故此比丘非法語非律語比丘大德莫欲壞和合僧汝等當樂欲和合僧大德與僧和合歡喜不諍同一師學如水乳合於佛法中有增益安樂住是比丘如是諫時堅持不捨彼比丘應三諫捨是事故乃至三諫捨者善若不捨者僧伽婆尸沙

若比丘依聚落若城邑住行惡行汙他家行惡行亦見亦聞汙他家亦見亦聞諸比丘言大德汝行惡行汙他家行惡行亦見亦聞汙他家亦見亦聞大德汝行惡行汙他家今可遠此村落去不須住此是比丘語彼比丘言大德諸比丘有愛有恚有怖有癡有如是同罪比丘有驅者有不驅者諸比丘報言大德莫作是語言諸比丘有愛有恚有怖有癡有如是同罪比丘有驅者有不驅者何以故諸比丘不愛不恚不怖不癡大德汝行惡行汙他家行惡行亦見亦聞汙他家亦見亦聞是比丘如是諫時堅持不捨彼比丘應三諫捨是事故乃至三諫捨者善若不捨者僧伽婆

尸沙
若比丘惡性不受人諫語於戒法中諸比丘
如法諫已自身不受諫語言諸大德莫向我
說若好若惡我亦不向諸大德說若好若惡
諸大德止莫諫我彼比丘諫是比丘言大德
莫自身不受諫語大德自身當受諫語大德
如法諫諸比丘諸比丘亦如法諫大德如是
佛弟子衆得增益展轉相諫展轉相教展轉
懺悔是比丘如是諫時堅持不捨彼比丘應
三諫捨是事故乃至三諫捨者善若不捨者
僧伽婆尸沙
諸大德我已說十三僧伽婆尸沙法九初犯
罪四乃至三諫若比丘犯一一法知而覆藏
應强與波利婆沙行波利婆沙竟僧與六夜
摩那埵行摩那埵已餘有出罪應二十僧中
出是比丘罪若少一人不滿二十衆出是比
丘罪是比丘罪不得除諸比丘亦可呵此是
時今問諸大德是中清淨不如是三說
諸大德是中清淨黙然故是事如是持
諸大德是二不定法半月半月戒經中說
若比丘共女人獨在靜處覆處可作婬處坐
說非法語有住信優婆夷於三法中一一法
說若波羅夷若僧伽婆尸沙若波逸提是坐
比丘自言我犯是罪於三法中應一一治若
波羅夷若僧伽婆尸沙若波逸提如住信優
婆夷所說應如法治是比丘是名不定法
若比丘共女人在不覆處不可作婬處坐作
麤惡語說婬欲事有住信優婆夷於二法中
一一法說若僧伽婆尸沙若波逸提是坐比
丘自言我犯是罪於二法中應一一治若僧

伽婆尸沙若波逸提如住信優婆夷所說應
如法治是比丘是名不定法
諸大德我已說二不定法今問諸大德是中
清淨不如是三說
諸大德是中清淨默然故是事如是持
諸大德是三十尼薩耆波逸提法半月半月
戒經中說
若比丘衣已竟迦絺那衣已出畜長衣經十
日不淨施得持若過者尼薩耆波逸提
若比丘衣已竟迦絺那衣已出比丘於三衣
中若離一一衣異處宿經一宿除僧羯磨尼
薩耆波逸提
若比丘衣已竟迦絺衣已出若比丘得非時
衣欲須便受受已疾疾成衣若足者善若不
足者得畜經一月為滿足故若過者尼薩耆
波逸提
若比丘從非親里比丘尼邊取衣除貿易尼
薩耆波逸提
若比丘使非親里比丘尼浣故衣若染若打
尼薩耆波逸提
若比丘從非親里居士若居士婦乞衣除餘
時尼薩耆波逸提餘時者若比丘奪衣失衣
燒衣漂衣此是時
若比丘奪衣失衣燒衣漂衣是非親里居士
若居士婦自恣請多與衣是比丘當知足受
衣若過受者尼薩耆波逸提
若比丘居士居士婦為比丘辦衣價持如是
衣價與某甲比丘是比丘先不受自恣請便
到居士家作如是說善哉居士為我辦如是
衣價與我為好故若得者尼薩耆波逸提

若比丘二居士居士婦與比丘辦如是衣價我曹辦如是衣價與某甲比丘是比丘先不受自恣請到二居士家作如是說善哉居士辦如是衣與我共作一衣爲好故若得者尼薩耆波逸提

若比丘若王大臣若婆羅門若居士居士婦遣使爲比丘送衣價持如是衣價與某甲比丘彼使至比丘所語比丘言大德今爲汝故送是衣價受取是比丘語彼使如是言我不應受此衣價若我須衣合時清淨當受彼使語是比丘言大德有執事人不須衣比丘應言有若守僧伽藍民若優婆塞此是比丘執事人常爲諸比丘執事彼使詣執事人所與衣價已還到比丘所作如是言大德所示某甲執事人我已與衣價竟大德知時往彼當得衣須衣比丘當往執事人所若二反三反語言我須衣若二反三反爲作憶念得衣者善若不得衣四反五反六反在前默然住令彼憶念若四反五反六反在前默然住若得衣者善若不得衣過是求得衣者尼薩耆波逸提若不得衣從彼所來處若自往若遣使往語言汝先遣使送衣價與某甲比丘是比丘竟不得衣汝還取莫使失此時十事

若比丘雜野蠶綿作臥具者尼薩耆波逸提

若比丘新純黑羺羊毛作臥具者尼薩耆波逸提

若比丘作新臥具應用二分純黑羊毛三分白四分牻若比丘作新臥具不用二分純黑羊毛三分白四分牻作新臥具者尼薩耆波逸提

若比丘作新卧具應六年持若減六年不捨
故更作新者除僧羯磨尼薩耆波逸提
若比丘作新坐具當取故者縱廣一搩手褋
新者上爲壞色故若比丘作新坐具不取故
者縱廣一搩手褋新者上壞色者尼薩耆波
逸提
若比丘行道中得羊毛比丘須者應取若無
人持得自持行至三由旬若無人持自持過
者尼薩耆波逸提
若比丘使非親里比丘尼浣染擘羊毛者尼
薩耆波逸提
若比丘自手取金銀若錢若教人取若口可
受者尼薩耆波逸提
若比丘種種賣買金銀寶物者尼薩耆波逸
提

若比丘種種販賣者尼薩耆波逸提（二十事）
若比丘畜長鉢不淨施得齊十日若過者尼
薩耆波逸提
若比丘破鉢減五綴不漏更求新鉢爲好故
若得者尼薩耆波逸提彼比丘應往僧中捨
展轉取最下鉢與之令持乃至破應持
若比丘自乞縷使非親里織師織作衣者尼
薩耆波逸提
若比丘居士居士婦使織師爲比丘織作衣
是比丘先不受自恣請便到彼所語織師言
此衣爲我織極好織令廣長堅緻齊整好我
少多與汝價若比丘與價乃至一食直若得
衣者尼薩耆波逸提
若比丘先與比丘衣後瞋恚若自奪若使人
奪取還我衣不與汝是比丘應還衣取衣者

尼薩耆波逸提

若比丘病畜酥油生酥蜜石蜜齊七日得服若過者尼薩耆波逸提

若比丘春殘一月在應求雨浴衣半月用浴若比丘春一月前求雨浴衣半月前用浴者尼薩耆波逸提

若比丘十日未滿夏三月若有急施衣應受受已乃至衣時應畜若過畜者尼薩耆波逸提

若比丘夏三月安居竟至八月十五日滿已若迥遠有疑恐怖畏難處比丘在如是處住於三衣中若留一一衣置村舍內及有因緣離衣宿乃至六夜若過者尼薩耆波逸提

若比丘知他欲與僧物自迴入已者尼薩耆波逸提三十事

諸大德我已說三十尼薩耆波逸提法今問諸大德是中清淨不如是三說

諸大德是中清淨默然故是事如是持

諸大德是九十波逸提法半月半月戒經中說

若比丘故妄語者波逸提

若比丘種類毀呰比丘者波逸提

若比丘兩舌語者波逸提

若比丘與女人同室宿者波逸提

若比丘與未受大戒人共宿過二夜至三夜曉者波逸提

若比丘與未受具戒人同誦者波逸提

若比丘知他比丘有麤惡罪向未受大戒人說除僧羯磨波逸提

若比丘向未受大戒人說過人法言我知是

我見是見知實者波逸提
若比丘與女人說法過五六語者波逸提除有智男子
若比丘自手掘地教人掘者波逸提
若比丘壞鬼神村者波逸提
若比丘妄作異語惱他者波逸提
若比丘嫌罵者波逸提
若比丘取僧繩牀木牀卧具坐蓐露地自敷教人敷捨去不自舉不教人舉波逸提
若比丘僧房舍內敷僧卧具坐蓐若自敷教人敷在中若坐若卧從彼捨去不自舉不教人舉波逸提
若比丘先知比丘住處後來於其中間强敷卧具止宿念言彼若嫌迮者當自避我去作是因緣非餘威儀者波逸提

若比丘瞋他比丘不喜僧房舍內若自牽出若教人牽出波逸提
若比丘房重閣上脫脚繩牀木牀若坐若卧波逸提
若比丘知水有蟲自用澆泥澆草教人澆波逸提
若比丘欲作大房户扉窻牖及諸莊飾具指授覆苫齊二三節若過者波逸提十二
若比丘僧不差教授比丘尼者波逸提
若比丘爲僧差教授比丘尼乃至日沒波逸提
若比丘語諸比丘如是言諸比丘爲飲食故教授比丘尼者波逸提
若比丘與非親里比丘尼衣除貿易波逸提
若比丘與非親里比丘尼作衣者波逸提

若比丘與比丘尼在屏處坐者波逸提
若比丘與比丘尼期同道行乃至聚落除餘時波逸提餘時者伴行有疑恐怖處此是時
若比丘與比丘尼期乘船若上水若下水除直渡者波逸提
若比丘知比丘尼讃歎因緣得食食除施主先有意波逸提
若比丘與婦人期同道行乃至聚落者波逸提三十
若比丘施一食處無病比丘應受一食若過者波逸提
若比丘展轉食除餘時波逸提餘時者病時施衣時此是時
若比丘別衆食除餘時波逸提餘時者病時施衣時作衣時道行時船行時大會時沙門施食時此是時
若比丘至檀越家慇懃請與餅麨飯比丘須者應兩三鉢受持至寺內應分與餘比丘食
若比丘無病過兩三鉢受持至寺內不分與餘比丘食者波逸提
若比丘食竟或時受請不作餘食法更食者波逸提
若比丘知他比丘足食竟若受請不作餘食法慇懃請與食大德取是食以是因緣非餘欲使他犯者波逸提
若比丘非時食者波逸提
若比丘食殘宿食者波逸提
若比丘不受食食若藥著口中除水及楊枝波逸提
若比丘得好美食乳酪魚肉無病自爲已索

者波逸提十四
若比丘外道男外道女自手與食者波逸提
若比丘先受請已若前食後食行詣餘家不囑餘比丘除餘時波逸提餘時者病時作衣時施衣時此是時
若比丘食家中有寶强安坐者波逸提
若比丘食家中有實屏處坐者波逸提
若比丘獨與女人露地坐者波逸提
若比丘語諸比丘如是語大德共至聚落當與汝食彼比丘竟不教與是比丘食語言汝去我與汝共坐共語不樂我獨坐獨語樂以是因緣非餘方便遣者波逸提
若比丘請四月與藥無病比丘應受若過受除常請更請分請盡形請者波逸提
若比丘往觀軍陣除時因緣波逸提
若比丘有因緣至軍中若過二宿至三宿者波逸提
若比丘軍中住若二宿三宿或時觀軍陣鬪戰或觀旋軍象馬勢力者波逸提十五
若比丘飲酒者波逸提
若比丘水中戲者波逸提
若比丘擊攊他比丘者波逸提
若比丘不受諫者波逸提
若比丘恐怖他比丘者波逸提
若比丘半月洗浴無病比丘應受若過受除餘時波逸提餘時者熱時病時作時風時雨時遠行來時此是時
若比丘無病爲炙身故露地然火若自然若教人然除餘時波逸提
若比丘藏他比丘衣鉢坐具鍼筒若自藏若

教人藏下至戲笑者波逸提
若比丘淨施比丘比丘尼式叉摩那沙彌沙彌尼衣不問主輙著者波逸提
若比丘得新衣當作三種染壞色青黑木蘭
若比丘得新衣不作三種染壞色青黑木蘭新衣持者波逸提
若比丘故斷畜生命者波逸提
若比丘知水有蟲飲用者波逸提
若比丘故惱他比丘乃至少時不樂者波逸提
若比丘知他比丘若有麤惡罪而覆藏者波逸提
若比丘年滿二十當與受具足戒若比丘知年未滿二十與受具足戒此人不得戒諸比丘亦可呵彼愚癡故波逸提

若比丘知僧諍事起如法滅已後更發舉者波逸提
若比丘知是賊伴期共一道行乃至聚落者波逸提
若比丘作如是語我知佛所說法行婬欲非障道法彼比丘應諫是比丘言大德莫作是語莫謗世尊謗世尊者不善世尊不作是語世尊無數方便說行婬欲是障道法彼比丘諫是比丘時堅持不捨彼比丘應三諫捨是事故乃至三諫捨者善若不捨者波逸提
若比丘知如是語人未作法如是惡見不捨若共同止宿一羯磨者波逸提
若比丘知沙彌作如是語我知佛所說法行婬欲非障道法彼比丘諫此沙彌言汝莫作是語莫謗世尊謗世尊者不善世尊不作是

語沙彌世尊無數方便說行婬欲是障道法是沙彌如是諫時堅持不捨彼比丘應三呵諫捨此事故乃至三諫捨者善若不捨者彼比丘應語此沙彌言汝自今已去非佛弟子不得隨餘比丘如諸餘沙彌得與大比丘二宿三宿汝今無此事汝出去滅去不須此中住若比丘知如是被擯沙彌若畜同一止宿波逸提七十

若比丘餘比丘如法諫時作如是語我不學此戒乃至問有智慧持戒律者我當難問波逸提欲求解者應當難問

若比丘說戒時作如是語大德何用此雜碎戒為說是戒時令人惱愧懷疑輕呵戒故波逸提

若比丘說戒時作如是語大德我今始知是法是戒經半月半月戒經中說若餘比丘知是比丘若二若三說戒中坐何況多彼比丘無知無解若犯罪應如法治更增無知罪大德汝無利得不善汝說戒時不一心念攝耳聽法彼無知故波逸提

若比丘共同羯磨已後如是語諸比丘隨親友以僧物與者波逸提

若比丘僧斷事不與欲而起去者波逸提

若比丘與欲已後更呵者波逸提

若比丘比丘共鬪諍聽此語向彼說者波逸提

若比丘瞋故不喜打他比丘者波逸提

若比丘瞋故不喜以手搏比丘者波逸提

若比丘瞋故不喜以無根僧伽婆尸沙謗者波逸提八十

若比丘利利水澆頭王王未出未藏寶若入過宫門閾者波逸提

若比丘若寶及寶莊飾具若自捉教人捉除僧伽藍中及寄宿處波逸提若在僧伽藍中若寄宿處若寶及寶莊飾具若自捉若教人捉識者當取作如是因緣非餘

若比丘非時入聚落不囑餘比丘者波逸提

若比丘作繩牀木牀足應高如來八指除入梐孔上截竟過者波逸提

若比丘持兜羅綿貯作繩牀木牀卧具坐蓐者波逸提

若比丘用骨牙角作鍼筒成者波逸提

若比丘作尼師壇當應量作是中量者長佛二搩手廣一搩手半更增廣長各半搩手若過者波逸提

若比丘作覆瘡衣當應量作是中量者長佛四搩手廣二搩手若過成者波逸提

若比丘作雨浴衣當應量作是中量者長佛六搩手廣二搩手半若過成者波逸提

若比丘佛衣等量作衣是中量者長佛十搩手廣六搩手是佛衣量若過成者波逸提九十

諸大德我已說九十波逸提法今問諸大德是中清淨不如是三說

諸大德是中清淨默然故是事如是持

諸大德是四波羅提提舍尼法半月半月戒經中說

若比丘入村中無病從非親里比丘尼邊自手受食食是比丘應向餘比丘悔過言大德我犯可呵法所不應爲我今向大德悔過是名悔過法

若比丘在白衣家食是中有比丘尼指示與某甲羹與某甲飯諸比丘應語彼比丘尼言大姊且止須諸比丘食竟若無一比丘語彼比丘尼如是言大姊且止須諸比丘食竟比丘應向餘比丘悔過言大德我犯可呵法所不應爲我今向大德悔過是名悔過法

有諸學家僧作學家羯磨若比丘知是學家先不受請無病自手受食食是比丘應向餘比丘悔過言大德我犯可呵法所不應爲我今向大德悔過是名悔過法

若阿練若迥遠有疑恐怖處若比丘在如是阿練若處住先不語檀越僧伽藍外不受食在僧伽藍內無病自手受食食是比丘應向餘比丘悔過言大德我犯可呵法所不應爲我今向大德悔過是名悔過法

諸大德我已說四波羅提提舍尼法今問諸大德是中清淨不（如是三說）

諸大德是中清淨默然故是事如是持

諸大德此衆學戒法半月半月戒經中說

齊整着內衣應當學

齊整着三衣應當學

不得反抄衣入白衣舍應當學

不得反抄衣入白衣舍坐應當學

不得衣纏頸入白衣舍應當學

不得衣纏頸入白衣舍坐應當學

不得覆頭入白衣舍應當學

不得覆頭入白衣舍坐應當學

不得跳行入白衣舍應當學

不得跳行入白衣舍坐應當學 十一

不得蹲坐白衣舍應當學

不得扠腰入白衣舍應當學
不得扠腰入白衣舍坐應當學
不得搖身入白衣舍應當學
不得搖身入白衣舍坐應當學
不得掉臂入白衣舍應當學
不得掉臂入白衣舍坐應當學
好覆衣入白衣舍應當學
好覆衣入白衣舍坐應當學
不得左右顧視入白衣舍應當學十二
不得左右顧視入白衣舍坐應當學
靜默入白衣舍應當學
靜默入白衣舍坐應當學
不得戲笑入白衣舍應當學
不得戲笑入白衣舍坐應當學
正意受食應當學
平鉢受飯應當學
平鉢受羮應當學
羮飯俱食應當學
以次食應當學十三
不得挑鉢中央食應當學
無病不得爲已索羮飯應當學
不得以飯覆羮上更望得應當學
不得視比坐鉢中起嫌心應當學
當繫鉢想食應當學
不得大摶飯食應當學
不得大張口待飯食應當學
不得含食語應當學
不得摶飯擲口中食應當學
不得遺落飯食應當學十四
不得頰飯食應當學

不得故嚼飯作聲食應當學
不得噏飯食應當學
不得舌舐食應當學
不得振手食應當學
不得手把散飯食應當學
不得污手捉食器應當學
不得洗鉢水棄白衣舍内應當學
不得生草上大小便涕唾除病應當學
不得淨水中大小便涕唾除病應當學十五
不得立大小便除病應當學
不得與反抄衣人說法除病應當學
不得爲衣纏頸人說法除病應當學
不得爲覆頭人說法除病應當學
不得爲裹頭人說法除病應當學
不得爲扠腰人說法除病應當學

不得爲着革屣人說法除病應當學
不得爲着木屐人說法除病應當學
不得爲騎乘人說法除病應當學
不得佛塔内宿除爲守護應當學十六
不得佛塔内藏財物除爲堅牢故應當學
不得着革屣入佛塔中應當學
不得捉革屣入佛塔中應當學
不得着革屣遶佛塔行應當學
不得着富羅入佛塔中應當學
不得捉富羅入佛塔中應當學
不得佛塔下食留草及食污地捨去應當學
不得擔死屍從佛塔下過應當學
不得塔下埋死屍應當學
不得塔下燒死屍應當學十七
不得向塔燒死屍應當學

不得遶塔四邊燒死屍使臭氣來入應當學
不得持死人衣塔下過除爲浣染香熏應當學
不得塔下大小便應當學
不得向塔大小便應當學
不得遶佛塔四邊大小便使臭氣來入應當學
不得持佛像至大小便處應當學
不得塔下嚼楊枝應當學
不得向塔嚼楊枝應當學
不得遶塔四邊嚼楊枝應當學 十八
不得塔下涕唾應當學
不得向塔涕唾應當學
不得遶塔四邊涕唾應當學
不得向佛塔舒脚坐應當學
不得安佛塔在下房已在上房住應當學
人坐已立不得爲說法除病應當學
人臥已坐不得爲說法除病應當學
人在座已在非座不得爲說法除病應當學
人在高座已在下座不得爲說法除病應當學
人在前已在後不得爲說法除病應當學 十九
人在高經行處已在下經行處不得爲說法除病應當學
人在道已在非道不得爲說法除病應當學
不得攜手在道行應當學
不得上樹過人頭除時因緣應當學
不得絡囊盛鉢貫杖頭置肩上行應當學
人持杖不應爲說法除病應當學
人持劍不應爲說法除病應當學

人持鉾不應爲說法除病應當學
人持刀不應爲說法除病應當學
人持蓋不應爲說法除病應當學（百）
諸大德我已說衆學戒法今問諸大德是中
清淨不（如是三說）
諸大德是中清淨默然故是事如是持
諸大德是七滅諍法半月半月戒經中說若
比丘有諍事起即應除滅
應與現前毗尼　當與現前毗尼
應與憶念毗尼　當與憶念毗尼
應與不癡毗尼　當與不癡毗尼
應與自言治　當與自言治
應與覓罪相　當與覓罪相
應與多覓罪相　當與多覓罪相
應與如草布地　當與如草布地

諸大德我已說七滅諍法今問諸大德是中
清淨不（如是三說）
諸大德是中清淨默然故是事如是持
諸大德我已說戒經序已說四波羅夷法已
說十三僧伽婆尸沙法已說二不定法已說
三十尼薩耆波逸提法已說九十波逸提法
已說四波羅提提舍尼法
已說衆學法已說七滅諍法此是佛所說戒
經半月半月說戒經中來若更有餘佛法是
中皆共和合應當學
忍辱第一道　佛說無爲最　出家惱他人
不名爲沙門
此是毗婆尸如來無所著等正覺說是戒經
譬如明眼人　能避險惡道　世有聰明人
能遠離衆惡

此是尸棄如來無所著等正覺說是戒經
不謗亦不嫉　當奉於戒行　飲食知止足
常樂在空閑　心定樂精進　是名諸佛教
此是毗葉羅如來無所著等正覺說是戒經
譬如蜂採華　不壞色與香　但取其味去
比丘入聚落　不違戾他事　不觀作不作
但自觀身行　若正若不正
此是拘留孫如來無所著等正覺說是戒經
心莫作放逸　聖法當勤學　如是無憂愁
心定入涅槃
此是拘那含牟尼如來無所著等正覺說是
戒經
一切惡莫作　當奉行諸善　自淨其志意
是則諸佛教
此是迦葉如來無所著等正覺說是戒經

善護於口言　自淨其志意　身莫作諸惡
此三業道淨　能得如是行　是大仙人道
此是釋迦牟尼如來無所著等正覺於十二
年中爲無事僧說是戒經從是已後廣分別
說諸比丘自爲樂法樂沙門有慚有愧樂學
戒者當於中學
明人能護戒　能得三種樂　名譽及利養
死則生天上　當觀如是處　有智勤護戒
戒淨有智慧　便得第一道　如過去諸佛
及以未來者　現在諸世尊　能勝一切憂
皆共尊敬戒　此是諸佛法　若有自爲身
欲求於佛道　當尊重正法　此是諸佛教
七佛爲世尊　滅除諸結使　說是七戒經
諸縛得解脫　已入於涅槃　諸戲永滅盡
尊行大仙說　聖賢稱譽戒　弟子之所行

入寂滅涅槃　世尊涅槃時　興起於大悲
集諸比丘衆　與如是教戒　莫謂我涅槃
淨行者無護　我今說戒經　亦善說毗尼
我雖般涅槃　當視如世尊　此經久住世
佛法得熾盛　以是熾盛故　得入於涅槃
若不持此戒　如所應布薩　喻如日沒時
世界皆闇冥　當護持是戒　如犛牛愛尾
和合一處坐　如佛之所說　我已說戒經
衆僧布薩竟　我今說戒經　所說諸功德
施一切衆生　皆共成佛道

四分戒本

音釋

搩 陟格切 手度物

四分比丘尼戒本

唐西太原寺沙門懷素依律集出

清刻龍藏佛說法變相圖

四分比丘尼戒本卷上 出曇無德部律

唐西太原寺沙門懷素依律集出

稽首禮諸佛　及法比丘僧　今演毗尼法
令正法久住　戒如海無涯　如寶求無猒
欲護聖法財　衆集聽我說　欲除八棄法
及滅僧殘法　障三十捨墮　衆集聽我說
毗婆尸式棄　毗舍拘留孫　拘那含牟尼
迦葉釋迦文　諸世尊大德　爲我說是事
我今欲善說　諸賢咸共聽　譬如人毀足
不堪有所涉　毀戒亦如是　不得生天人
欲得生天上　若生人中者　常當護戒足
勿令有毀損　如御入險道　失轄折軸憂
毀戒亦如是　死時懷恐懼　如人自照鏡
好醜生欣慼　說戒亦如是　全毀生憂喜
如兩陣共戰　勇怯有進退　說戒亦如是

淨穢生安畏　世間王爲最　衆流海爲最
衆星月爲最　衆聖佛爲最　一切衆律中
戒經爲上最　如來立禁戒　半月半月説
和合僧集會

未受大戒者出（有者依言遣出無者言無）不來諸比丘尼説欲及清淨（有者依言説之無答云無説欲者）僧今和合何所作爲答言説戒羯磨

大姊僧聽今十五日（前半月云白月十五日後半月云黑月十五日小盡云十四日）衆僧説戒若僧時到僧忍聽和合説戒白如是

諸大姊我今欲説波羅提木叉戒諸比丘尼共集在一處當諦聽善思念之若有犯者應懺悔無犯者黙然黙然故知諸大姊清淨若有他問者即應如實答如是諸比丘尼在於衆中乃至三問憶念有罪不發露者得故妄語罪佛説妄語是障道法若彼比丘尼自憶知有罪欲求清淨者當懺悔懺悔則安樂

諸大姊我已説戒經序今問諸大姊是中清淨不（三説）

諸大姊是中清淨黙然故是事如是持

諸大姊是八波羅夷法半月半月説戒經中來若比丘尼作婬欲犯不淨行乃至共畜生是比丘尼波羅夷不共住

若比丘尼在聚落若空處不與懷盜心取隨所盜物若爲王若王大臣所捉若殺若縛若驅出國汝是賊汝癡汝無所知若比丘尼作如是不與取是比丘尼波羅夷不共住

若比丘尼故自手斷人命若持刀授與人若歎死譽死勸死咄人用此惡活爲寧死不生作如是心念無數方便歎死譽死勸死是比

丘尼波羅夷不共住

若比丘尼實無所知自歎譽言我得過人法我已入聖智勝法我知是我見是後於異時若問若不問欲求清淨故作是説諸大姊我實不知不見而言我知我見虚誑妄語除增上慢是比丘尼得波羅夷不共住

若比丘尼染汙心共染汙心男子從腋已下膝已上身相觸若捉摩若牽若推若上摩若下摩若舉若下若捉若捺是比丘尼波羅夷不共住是身相觸故

若比丘尼染汙心知男子染汙心受捉手捉衣入屏處共立共語共行或身相倚或共期是比丘尼波羅夷不共住犯此八事故

若比丘尼知比丘尼犯波羅夷不自發露不語衆人不白大衆若於異時彼比丘尼或命終或衆中舉或休道或入外道衆後作是言我先知有如是如是罪是比丘尼波羅夷不共住覆藏重罪故

若比丘尼知比丘僧爲作舉如法如律如佛所教不順從不懺悔僧未與作共住而順從諸比丘尼語言大姊此比丘爲僧所舉如法如律如佛所教不順從不懺悔僧未與作共住汝莫順從如是比丘尼諫彼比丘尼時堅持不捨彼比丘尼應乃至第二第三諫令捨此事故乃至三諫捨者善若不捨者是比丘尼波羅夷不共住犯隨舉故

諸大姊我已説八波羅夷法

若比丘尼犯一一波羅夷法不得與諸比丘尼共住如前後犯亦爾如是比丘尼得波羅夷罪不應共住今問諸大姊是中清淨不 三説

諸大姊是中清淨默然故是事如是持
諸大姊是十七僧伽婆尸沙法半月半月說
戒經中來
若比丘尼媒嫁持男語語女持女語語男若
爲成婦事及爲私通事乃至須臾頃是比丘
尼犯初法應捨僧伽婆尸沙
若比丘尼瞋恚不喜以無根波羅夷法謗欲
破彼清淨行後於異時若問若不問知是事
無根說我瞋恚故作是語是比丘尼犯初法
應捨僧伽婆尸沙
若比丘尼瞋恚不喜於異分事中取片非波
羅夷比丘尼以無根波羅夷法謗欲破彼人
梵行後於異時若問若不問知是異分事中
取片彼比丘尼住瞋恚法故作如是說是比
丘尼犯初法應捨僧伽婆尸沙

若比丘尼詣官言居士若居士兒若奴若客
作人若晝若夜若一念頃若彈指頃若須臾
頃是比丘尼犯初法應捨僧伽婆尸沙
若比丘尼先知是賊女罪應死人所知不問
王大臣不問種姓便度出家受具足戒是比
丘尼犯初法應捨僧伽婆尸沙
若比丘尼知比丘尼爲僧所舉如法如律如
佛所教不隨從未懺悔僧未與作共住羯磨
爲愛故不問僧僧不約勑出界外作羯磨與
解罪是比丘尼犯初法應捨僧伽婆尸沙
若比丘尼獨渡水獨入村獨宿獨在後行犯
初法應捨僧伽婆尸沙
若比丘尼染汙心知染汙心男子從彼受可
食者及食并餘物是比丘尼犯初法應捨僧
伽婆尸沙

若比丘尼教比丘尼作如是語大姊彼有染汙心無染汙心能奈汝何汝自無染汙心於彼若得食以時清淨受取此比丘尼犯初法應捨僧伽婆尸沙

若比丘尼欲壞和合僧方便受破僧法堅持不捨是比丘尼應諫彼比丘尼言大姊汝莫壞和合僧莫方便壞和合僧莫受破僧法堅持不捨大姊應與僧和合與僧和合歡喜不諍同一師學如水乳合於佛法中有增益安樂住是比丘尼諫彼比丘尼時堅持不捨是比丘尼應三諫捨此事故乃至三諫捨者善不捨者是比丘尼犯三法應捨僧伽婆尸沙

若比丘尼有餘比丘尼羣黨若一若二若三乃至無數彼比丘尼語是比丘尼言大姊汝莫諫此比丘尼此比丘尼法語比丘尼律語比丘尼此比丘尼所說我等心喜樂此比丘尼所說我等忍可是比丘尼語彼比丘尼言大姊莫作是說言此比丘尼是法語比丘尼律語比丘尼此比丘尼所說我等喜樂此比丘尼所說我等忍可何以故此比丘尼所說非法語非律語大姊莫欲破壞和合僧當樂欲和合僧大姊應與僧和合歡喜不諍同一師學如水乳合於佛法中有增益安樂住是比丘尼諫彼比丘尼時堅持不捨是比丘尼應三諫捨此事故乃至三諫捨者善不捨者是比丘尼犯三法應捨僧伽婆尸沙

若比丘尼依城邑若村落住汙他家行惡行行惡行亦見亦聞汙他家亦見亦聞諸比丘尼諫彼比丘尼言大姊汝汙他家行惡行行惡行亦見亦聞汙他家亦見亦聞大姊汝汙

他家行惡行今可遠此聚落去不須住此是比丘尼語彼比丘尼言大姊今僧有愛有恚有怖有癡有如是等同罪比丘尼有驅者有不驅者諸比丘尼諫言大姊莫作是語言有愛有恚有怖有癡有如是同罪比丘尼有驅者有不驅者何以故而諸比丘尼不愛不恚不怖不癡有如是同罪比丘尼有驅者有不驅者大姊汙他家行惡行行惡行亦見亦聞是比丘尼如是諫時堅持不捨彼比丘尼應三諫捨此事故乃至三諫捨者善不捨者是比丘尼犯三法應捨僧伽婆尸沙

若比丘尼惡性不受人語於戒法中諸比丘尼如法諫已自身不受諫語言諸大姊莫向我說若好若惡我亦不向諸大姊說若好若惡諸大姊且止莫數諫我彼比丘尼當諫是比丘尼言大姊莫自身不受諫語大姊自身當受諫語大姊如法諫諸比丘尼諸比丘尼亦當如法諫諸大姊如是佛弟子衆得增益展轉相諫展轉相教展轉懺悔是比丘尼如是諫時堅持不捨彼比丘尼應三諫捨此事故乃至三諫捨者善不捨者是比丘尼犯三法應捨僧伽婆尸沙

若比丘尼相親近住共作惡行惡聲流布展轉共相覆罪是比丘尼當諫彼比丘尼言大姊汝等莫相親近共作惡行惡聲流布共相覆罪汝等若不相親近於佛法中得增益安樂住是比丘尼諫彼比丘尼時堅持不捨是比丘尼應三諫捨此事故乃至三諫捨者善不捨者是比丘尼犯三法應捨僧伽婆尸沙

若比丘尼比丘尼僧爲作訶諫時餘比丘尼

教作如是言汝等莫別住當共住我亦見餘比丘尼不別住共作惡行惡聲流布共相覆罪僧以恚故教汝別住是比丘尼應諫彼比丘尼言大姊汝莫教餘比丘尼言汝等莫別住我亦見餘比丘尼共住共作惡行惡聲流布共相覆罪僧以恚故教汝別住今正有此二比丘尼共住共作惡行惡聲流布共相覆罪更無有餘若此比丘尼別住於佛法中有增益安樂住是比丘尼諫彼比丘尼時堅持不捨是比丘尼應三諫捨此事故乃至三諫捨者善不捨者是比丘尼犯三法應捨僧伽婆尸沙

若比丘尼趣以一小事瞋恚不喜便作是語我捨佛捨法捨僧不獨有此沙門釋子亦更有餘沙門婆羅門修梵行者我等亦可於彼修梵行是比丘尼當諫彼比丘尼言大姊汝莫趣以一小事瞋恚不喜便作是語我捨佛捨法捨僧不獨有此沙門釋子亦更有餘沙門婆羅門修梵行者我等亦可於彼修梵行若是比丘尼諫彼比丘尼時堅持不捨彼比丘尼應三諫捨此事故乃至三諫捨者善不捨者是比丘尼犯三法應捨僧伽婆尸沙

若比丘尼喜鬪諍不善憶持諍事後瞋恚作是語僧有愛有恚有怖有癡是比丘尼應諫彼比丘尼言大姊汝莫喜鬪諍不善憶持諍事後瞋恚作是語僧有愛有恚有怖有癡而僧不愛不恚不怖不癡汝自有愛有恚有怖有癡是比丘尼諫彼比丘尼時堅持不捨彼比丘尼應三諫捨此事故乃至三諫捨者善不捨者是比丘尼犯三法應捨僧伽婆尸沙

諸大姊我已説十七僧伽婆尸沙法九初犯罪八乃至三諫若比丘尼犯一一法應二部僧中强與半月行摩那埵法行摩那埵已應與出罪當二部四十人中出是比丘尼罪若少一人不滿四十衆是比丘尼罪不得除諸比丘尼亦可訶此是時今問諸大姊是中清淨不三説

諸大姊是中清淨默然故是事如是持

諸大姊是三十尼薩耆波逸提法半月半月説戒經中來

若比丘尼衣已竟迦絺那衣已捨畜長衣經十日不淨施得持若過尼薩耆波逸提

若比丘尼衣已竟迦絺那衣已捨五衣中若離一一衣異處宿經一夜除僧羯磨尼薩耆波逸提

若比丘尼衣已竟迦絺那衣已捨若比丘尼得非時衣欲須便受受已疾疾成衣若足者善若不足者得畜一月爲滿足故若過畜者尼薩耆波逸提

若比丘尼從非親里居士若居士婦乞衣除餘時尼薩耆波逸提餘時者若奪衣失衣燒衣漂衣是謂餘時

若比丘尼失衣奪衣燒衣漂衣若非親里居士居士婦自恣請多與衣是比丘尼當知足受衣若過者尼薩耆波逸提

若比丘尼居士居士婦爲比丘尼辦衣價具如是衣價與某甲比丘尼是比丘尼先不受自恣請到居士家作如是説善哉居士爲我辦如是衣故與我爲好衣若得衣者尼薩耆波逸提

若比丘尼二居士居士婦與比丘尼辦衣價我曹辦如是衣價與某甲比丘尼是比丘尼先不受自恣請到二居士家作如是言善哉居士辦如是如是衣價與我共作一衣爲好故若得衣者尼薩耆波逸提

若比丘尼若王若大臣若婆羅門若居士居士婦遣使爲比丘尼送衣價持如是衣價與某甲比丘尼彼使至比丘尼所語比丘尼言阿姨今爲汝故送是衣價受取是比丘尼語彼使如是言我不應受此衣價我若須衣合時清淨當受彼使語比丘尼言阿姨有執事人不須衣比丘尼應語言有若僧伽藍民若優婆塞此是比丘尼執事人常爲諸比丘尼執事時彼使便往執事人所與衣價已還到比丘尼所如是言阿姨所示某甲執事人我已與衣價大姊知時往彼當得衣須衣比丘尼若須衣者當往執事人所二反三反語言我須衣若二反三反爲作憶念得衣者善若不得衣四反五反六反在前默然立令彼憶念若四反五反六反在前默然住得衣者善若不得衣過是求得衣者尼薩耆波逸提若不得衣隨使所來處若自往若遣信往語言汝先遣信持衣價與某甲比丘尼是比丘尼竟不得衣汝還取莫使失此是時

若比丘尼自手取錢若金銀若教人取若口可受尼薩耆波逸提

若比丘尼種種賣買寶物者尼薩耆波逸提

若比丘尼種種販賣尼薩耆波逸提

若比丘尼畜鉢減五綴不漏更求新鉢爲好故尼薩耆波逸提是比丘尼當持此鉢於尼

衆中捨從次第貿至下座以下座鉢與此比
丘尼言妹持此鉢乃至破此是時
若比丘尼自乞縷線使非親里織師織作衣
尼薩耆波逸提
若比丘尼居士居士婦使織師爲比丘尼織
作衣彼比丘尼先不受自恣請便往織師所
語言此衣爲我織與我極好織令廣長堅緻
我當多少與汝價是比丘尼與價乃至一食
直若得衣者尼薩耆波逸提
若比丘尼先與比丘尼衣已後瞋恚若自奪
若教人奪取還我衣來不與汝彼比丘尼應
還衣若取衣者尼薩耆波逸提
若比丘尼有病畜藥酥油生酥蜜石蜜得食
殘宿乃至七日得服若過七日服者尼薩耆
波逸提

若比丘尼十日未竟夏三月諸比丘尼得急
施衣比丘尼知是急施衣當受受竟乃至衣
時應畜若過畜者尼薩耆波逸提
若比丘尼知物向僧自求入已者尼薩耆波
逸提
若比丘尼欲索是更索彼尼薩耆波逸提
若比丘尼知檀越所爲僧施異迴作餘用尼
薩耆波逸提
若比丘尼所爲施物異自求爲僧迴作餘用
者尼薩耆波逸提
若比丘尼檀越所施物異迴作餘用者尼薩
耆波逸提
若比丘尼檀越所施物異自求爲僧迴作餘
用者尼薩耆波逸提
若比丘尼畜長鉢尼薩耆波逸提

若比丘尼多畜好色器者尼薩耆波逸提

若比丘尼許他比丘尼病衣後不與者尼薩耆波逸提

若比丘尼以非時衣受作時衣者尼薩耆波逸提

若比丘尼與比丘尼貿易衣後瞋恚還自奪取若使人奪妹還我衣來我不與汝汝衣屬汝我衣屬我者尼薩耆波逸提

若比丘尼乞重衣齊價直四張氎過者尼薩耆波逸提

若比丘尼乞輕衣極至價直兩張半氎過者尼薩耆波逸提

諸大姊我已說三十尼薩耆波逸提法今問諸大姊是中清淨不三說

諸大姊是中清淨默然故是事如是持

諸大姊是一百七十八波逸提法半月半月說戒經中來

若比丘尼故妄語者波逸提

若比丘尼毀呰語波逸提

若比丘尼兩舌語波逸提

若比丘尼與男子同室宿者波逸提

若比丘尼共未受戒女人同一室宿若過三宿波逸提

若比丘尼與未受大戒人共誦法者波逸提

若比丘尼知他有麤惡罪向未受大戒人說除僧羯磨波逸提

若比丘尼向未受大戒人說過人法言我知是我見是實者波逸提

若比丘尼與男子說法過五六語除有智女人波逸提

若比丘尼自掘地若教人掘波逸提
若比丘尼壞鬼神村波逸提
若比丘尼妄作異語惱他者波逸提
若比丘尼嫌罵者波逸提
若比丘尼取僧繩牀若木牀若卧具坐褥露地自敷若教人敷捨去不自舉不教人舉波逸提
若比丘尼於僧房中取僧卧具自敷若教人敷在中若坐若卧從彼處捨去不自舉不教人舉者波逸提
若比丘尼知比丘尼先住處後來於中間敷卧具止宿念言彼若嫌迮者自當避我去作如是因緣非餘非威儀波逸提
若比丘尼瞋他比丘尼不喜衆僧房中自牽出若教人牽出者波逸提
若比丘尼若在重閣上脫脚繩牀若木牀若坐若卧波逸提
若比丘尼知水有蟲自用澆泥若草若教人澆者波逸提
若比丘尼作大房戶扉窻牖及餘莊具飾具指授覆苫齊二三節若過者波逸提
若比丘尼施一食處無病比丘尼應一食若過受者波逸提
若比丘尼別衆食除餘時波逸提餘時者病時作衣時若施衣時道行時船上時大會時沙門施食時此是時
若比丘尼至檀越家殷勤請與餅麨食比丘尼欲須者二三鉢應受持至寺內分與餘比丘尼食若比丘尼無病過三鉢受持至寺中不分與餘比丘尼食者波逸提

若比丘尼非時噉食者波逸提
若比丘尼殘宿食噉者波逸提
若比丘尼不受食及藥著口中除水及楊枝波逸提
若比丘尼先受請已若前食後食行詣餘家不囑餘比丘尼除餘時波逸提餘時者病時作衣時施衣時此是時
若比丘尼食家中有寶強安坐者波逸提
若比丘尼食家中有寶在屏處坐者波逸提
若比丘尼獨與男子露地一處共坐者波逸提
若比丘尼語比丘尼如是言大姊共汝至聚落當與汝食彼比丘尼隨至聚落竟不與食而却語言汝去我與汝一處共坐共語不樂我獨坐獨語樂以是因緣非餘方便遣去波逸提
若比丘尼請四月與藥無病比丘尼應受若過受除常請更請分請盡形請者波逸提
若比丘尼往觀軍陣除時因緣波逸提
若比丘尼有因緣至軍中若二宿三宿過者波逸提
若比丘尼軍中住若二宿三宿或時觀軍陣鬬戰若觀遊軍象馬勢力波逸提
若比丘尼飲酒波逸提
若比丘尼水中戲者波逸提
若比丘尼以指相擊攊者波逸提
若比丘尼不受諫者波逸提
若比丘尼恐怖他比丘尼者波逸提
若比丘尼半月洗浴無病比丘尼應受若過受除餘時波逸提餘時者熱時病時作時大

風時雨時遠行來時此是時
若比丘尼無病爲炙身故露地然火若教人然除餘時波逸提
若比丘尼藏比丘尼若鉢若衣若坐具針筒自藏教人藏下至戲笑波逸提
若比丘尼淨施比丘比丘尼式叉摩那沙彌沙彌尼衣後不問主取著者波逸提
若比丘尼得新衣當作三種染壞色青黑木蘭若比丘尼得新衣不作三種染壞色青黑木蘭新衣持者波逸提
若比丘尼故斷畜生命者波逸提
若比丘尼知水有蟲飲用者波逸提
若比丘尼故惱他比丘尼乃至少時不樂波逸提
若比丘尼知比丘尼有麤罪覆藏者波逸提
若比丘尼知諍事如法懺悔已後更發舉者波逸提
若比丘尼知是賊伴共一道行乃至一聚落波逸提
若比丘尼作如是語我知佛所說法行婬欲非是障道法彼比丘尼諫此比丘尼言大姊莫作是語莫謗世尊謗世尊者不善世尊不作是語世尊無數方便說婬欲是障道法犯婬欲者是障道法彼比丘尼諫此比丘尼時堅持不捨彼比丘尼乃至三諫令捨是事乃至三諫時捨者善不捨者波逸提
若比丘尼知如是語人未作法如是邪見不捨若畜同一羯磨同一止宿波逸提
若沙彌尼作如是言我知佛所說法行婬欲非障道法彼比丘尼諫此沙彌尼言汝莫作

是語莫誹謗世尊誹謗世尊者不善世尊不作是語沙彌尼世尊無數方便說婬欲是障道法犯婬欲者是障道法彼比丘尼諫此沙彌尼時堅持不捨彼比丘尼應三諫捨此事故乃至三諫時若捨者善不捨者彼比丘尼應語是沙彌尼言汝自今已去非佛弟子不得隨餘比丘尼如諸沙彌尼得與比丘尼二宿汝今無是事汝出去滅去不須此中住若比丘尼知如是擯沙彌尼若畜共同止宿波逸提

若比丘尼如法諫時作如是語我今不學是戒乃至問有智慧持律者當難問波逸提若爲求解應難問

四分比丘尼戒本卷上

音釋

轄（胡瞎切車軸頭鐵也）捺（乃曷切手按也）苫（詩廉切蓋也）

四分比丘尼戒本卷下

唐西太原寺沙門懷素依律集出

若比丘尼說戒時如是語大姊用是雜碎戒爲說是戒時令人惱愧懷疑輕毀戒故波逸提

若比丘尼說戒時作如是語大姊我今始知是戒半月半月說戒經中來餘比丘尼知是比丘尼若二若三說戒中坐何況多彼比丘尼無知無解若犯罪應如法治更重增無知法大姊汝無利得不善汝說戒時不用心念不一心兩耳聽法彼無知故波逸提

若比丘尼共同羯磨已後作如是說諸比丘尼隨親厚以衆僧物與者波逸提

若比丘尼僧斷事時不與欲而起去者波逸提

若比丘尼與欲竟後更訶波逸提

若比丘尼比丘尼共鬪諍後聽此語已欲向彼說波逸提

若比丘尼瞋恚故不喜打彼比丘尼者波逸提

若比丘尼瞋恚故不喜以手搏比丘尼者波逸提

若比丘尼瞋恚故不喜以無根僧伽婆尸沙謗者波逸提

若比丘尼刹利水澆頭王王未出未藏寶若入過宮門閾者波逸提

若比丘尼寶及寶莊飾具自捉若教人捉除僧伽藍中及寄宿處波逸提若僧伽藍中若寄宿處若寶若以寶莊飾具自捉若教人捉若識者當取如是因緣非餘

若比丘尼非時入聚落不囑比丘尼波逸提

若比丘尼作繩牀若木牀足應髙佛八指除入陛孔上若截竟過者波逸提

若比丘尼持兜羅綿貯作繩牀木牀若卧具坐具波逸提

若比丘尼噉蒜者波逸提

若比丘尼剃三處毛者波逸提

若比丘尼以水作淨應齊兩指各一節若過者波逸提

若比丘尼以胡膠作男根波逸提

若比丘尼共相拍波逸提

若比丘尼比丘無病時供給水以扇扇者波逸提

若比丘尼乞生穀者波逸提

若比丘尼在生草上大小便波逸提

若比丘尼夜大小便器中晝不看墻外棄者波逸提

若比丘尼往觀聽妓樂者波逸提

若比丘尼入村内與男子在屏處共立共語波逸提

若比丘尼與男子共入屏障處者波逸提

若比丘尼入村内巷陌中遣伴遠去在屏處與男子共立耳語者波逸提

若比丘尼入白衣家内坐不語主人捨去者波逸提

若比丘尼入白衣家内不語主人輒坐牀座者波逸提

若比丘尼入白衣家内不語主人輒自敷坐宿者波逸提

若比丘尼與男子共入闇室中者波逸提

若比丘尼不審諦受語便向人說波逸提
若比丘尼有小因緣事便呪詛墮三惡道不生佛法中若我有如是事墮三惡道不生佛法中若汝有如是事亦墮三惡道不生佛法中波逸提
若比丘尼共鬪諍不善憶持諍事椎胷啼哭者波逸提
若比丘尼無病二人共牀卧波逸提
若比丘尼共一褥同一被卧除餘時波逸提
若比丘尼知先住後至知後至先住爲惱故在前誦經問義教授者波逸提
若比丘尼同活比丘尼病不瞻視者波逸提
若比丘尼安居初聽餘比丘尼在房中安牀後瞋恚驅出者波逸提
若比丘尼春夏冬一切時人間遊行除餘時因緣波逸提
若比丘尼夏安居訖不去者波逸提
若比丘尼邊界有疑恐怖處人間遊行者波逸提
若比丘尼於界內有疑恐怖處在人間遊行波逸提
若比丘尼親近居士居士兒共住作不隨順行餘比丘尼諫此比丘尼言妹汝莫親近居士居士兒共住作不隨順行大姊可別住若別住於佛法中有增益安樂住彼比丘尼諫此比丘尼時堅持不捨彼比丘尼應三諫捨此事故乃至三諫捨此事善若不捨者波逸提
若比丘尼往觀王宮文飾畫堂園林浴池者波逸提

若比丘尼露身形在河水泉水流水中浴者
波逸提
若比丘尼作浴衣應量作應量作者長佛六
搩手廣二搩手半若過者波逸提
若比丘尼縫僧伽梨過五日除求索僧伽梨
出迦絺那衣六難事起者波逸提
若比丘尼過五日不看僧伽梨波逸提
若比丘尼與衆僧衣作留難者波逸提
若比丘尼不問主便著他衣者波逸提
若比丘尼持沙門衣施與外道白衣者波逸
提
若比丘尼作如是意衆僧如法分衣遮令不
分恐弟子不得者波逸提
若比丘尼作如是意令衆僧令不得出迦絺
那衣後當出欲令五事久得放捨波逸提

若比丘尼作如是意遮比丘尼僧不出迦絺
那衣欲令久得五事放捨波逸提
若比丘尼餘比丘尼語言爲我滅此諍事而
不與作方便令滅者波逸提
若比丘尼自手持食與白衣及外道食者波
逸提
若比丘尼爲白衣作使者波逸提
若比丘尼自手績紡者波逸提
若比丘尼入白衣舍内在小牀大牀上若坐
若卧波逸提
若比丘尼至白衣舍語主人敷坐具止宿明
日不辭主人而去波逸提
若比丘尼誦習世俗呪術者波逸提
若比丘尼教人誦習世俗呪術者波逸提
若比丘尼知女人妊身度與受具足戒者波

逸提

若比丘尼知婦女乳兒與受具足戒波逸提

若比丘尼知年不滿二十與受具足戒波逸提

若比丘尼年十八童女不與二歲學戒年滿二十便與受具足戒者波逸提

若比丘尼年十八童女與二歲學戒不與六法滿二十便與受具足戒波逸提

若比丘尼年十八童女與二歲學戒與六法滿二十衆僧不聽便與受具足戒者波逸提

若比丘尼度曾嫁婦女年十歲與二歲學戒年滿十二聽與受具足戒若减十二與受具足戒波逸提

若比丘尼度小年曾嫁婦女與二歲學戒年滿十二不白衆僧便與受具足戒波逸提

若比丘尼知如是人與受具足戒者波逸提

若比丘尼多度弟子不教二歲學戒不以二法攝取者波逸提

若比丘尼不二歲隨和尚尼者波逸提

若比丘尼僧不聽而授人具足戒者波逸提

若比丘尼年未滿十二歲授人具足戒者波逸提

若比丘尼年滿十二歲衆僧不聽便授人具足戒波逸提

若比丘尼僧不聽授人具足戒便言衆僧有愛有恚有怖有癡欲聽者便聽不欲聽者便不聽波逸提

若比丘尼父毋夫主不聽與受具足戒者波逸提

若比丘尼知女人與童男男子相敬愛愁憂

瞋恚女人度令出家受具足戒者波逸提

若比丘尼語式叉摩那言汝妹捨是學是當與汝受具足戒若不方便與受具足戒者波逸提

若比丘尼語式叉摩那言持衣來與我我當與汝受具足戒而不方便與受具足戒者波逸提

若比丘尼不滿十二歲授人具足戒者波逸提

若比丘尼與人授具足戒已經宿方往比丘僧中與受具足戒者波逸提

若比丘尼不病不往受教授者波逸提

若比丘尼半月應往比丘僧中求教授若不求者波逸提

若比丘尼僧夏安居竟應往比丘僧中說三事自恣見聞疑若不者波逸提

若比丘尼在無比丘處夏安居者波逸提

若比丘尼知有比丘僧伽藍不白而入者波逸提

若比丘尼罵比丘者波逸提

若比丘尼喜鬪諍不善憶持諍事後瞋恚不喜罵比丘尼者波逸提

若比丘尼身生癰及種種瘡不白衆及餘人輒使男子破若裹者波逸提

若比丘尼先受請若足食已後食飯麨乾飯魚及肉者波逸提

若比丘尼於家生嫉妬心者波逸提

若比丘尼以香塗摩身者波逸提

若比丘尼以胡麻滓塗摩身者波逸提

若比丘尼使比丘尼塗摩身者波逸提

若比丘尼使式叉摩那塗摩身者波逸提
若比丘尼使沙彌尼塗摩身者波逸提
若比丘尼使白衣婦女塗摩身者波逸提
若比丘尼著貯跨衣者波逸提
若比丘尼畜婦女嚴身具除時因緣波逸提
若比丘尼著革屣持蓋行除時因緣波逸提
若比丘尼無病乘乘行除時因緣波逸提
若比丘尼不著僧祇支入村者波逸提
若比丘尼向暮至白衣家先不被喚波逸提
若比丘尼向暮開僧伽藍門不囑餘比丘尼而出者波逸提
若比丘尼日沒開僧伽藍門不囑而出者波逸提
若比丘尼不前安居不後安居者波逸提
若比丘尼知女人常漏大小便涕唾常出者授具足戒波逸提
若比丘尼知二形人與受具足戒者波逸提
若比丘尼知二道合者與受具足戒波逸提
若比丘尼知有負債難者病難者與受具足戒波逸提
若比丘尼學世俗技術以自活命波逸提
若比丘尼以世俗技術教授白衣波逸提
若比丘尼被擯不去者波逸提
若比丘尼欲問比丘義先不求而問者波逸提
若比丘尼知先住後至後至先住欲惱亂彼故在前經行若立若坐若卧波逸提
若比丘尼在有比丘僧伽藍内起塔波逸提
若比丘尼見新受戒比丘應起迎逆恭敬禮拜問訊請與坐不者除因緣波逸提

若比丘尼爲好故摇身趨行者波逸提
若比丘尼作婦女莊嚴香塗摩身波逸提
若比丘尼使外道女香塗摩身波逸提（一百七十八竟）
諸大姊我已説一百七十八波逸提法今問
諸大姊是中清淨不（三說）
諸大姊是中清淨默然故是事如是持
諸大姊是八波羅提提舍尼法半月半月説
戒經中來
若比丘尼不病乞酥食者犯應懺悔可訶法
應向餘比丘尼説言大姊我犯可訶法所不
應爲我今向大姊懺悔是名悔過法
若比丘尼不病乞油食者犯應懺悔可訶法
應向餘比丘尼説言大姊我犯可訶法所不
應爲我今向大姊懺悔是名悔過法
若比丘尼不病乞蜜食者犯應懺悔可訶法
應向餘比丘尼説言大姊我犯可訶法所不
應爲我今向大姊懺悔是名悔過法
若比丘尼不病乞黒石蜜食者犯應懺悔可
訶法應向餘比丘尼説言大姊我犯可訶法
所不應爲我今向大姊懺悔是名悔過法
若比丘尼不病乞乳食者犯應懺悔可訶法
應向餘比丘尼説言大姊我犯可訶法所不
應爲我今向大姊懺悔是名悔過法
若比丘尼不病乞酪食者犯應懺悔可訶法
應向餘比丘尼説言大姊我犯可訶法所不
應爲我今向大姊懺悔是名悔過法
若比丘尼不病乞魚食者犯應懺悔可訶法
應向餘比丘尼説言大姊我犯可訶法所不
應爲我今向大姊懺悔是名悔過法

若比丘尼不病乞肉食者犯應懺悔可訶法
應向餘比丘尼説言大姊我犯可訶法所不
應爲我今向大姊懺悔是名悔過法
諸大姊我已説八波羅提提舍尼法今問諸
大姊是中清淨不（三説）
諸大姊是中清淨黙然故是事如是持
諸大姊是衆學戒法半月半月説戒經中來
齊整著內衣應當學
齊整著五衣應當學
不得反抄衣行入白衣舍應當學
不得反抄衣入白衣舍坐應當學
不得衣纏頸入白衣舍應當學
不得衣纏頸入白衣舍坐應當學
不得覆頭入白衣舍應當學
不得覆頭入白衣舍坐應當學
不得跳行入白衣舍應當學
不得跳行入白衣舍坐應當學
不得蹲坐白衣舍內應當學
不得叉腰行入白衣舍應當學
不得叉腰入白衣舍坐應當學
不得搖身行入白衣舍應當學
不得搖身入白衣舍坐應當學
不得掉臂行入白衣舍應當學
不得掉臂入白衣舍坐應當學
好覆身入白衣舍應當學
好覆身入白衣舍坐應當學
不得左右顧視入白衣舍應當學
不得左右顧視入白衣舍坐應當學
靜黙入白衣舍應當學
靜黙入白衣舍坐應當學

不得戲笑入白衣舍應當學
不得戲笑入白衣舍坐應當學
正意受食應當學
平鉢受飯應當學
平鉢受羹應當學
羹飯俱食應當學
以次食應當學
不得挑鉢中央食應當學
無病不得自爲巳索羹飯應當學
不得以飯覆羹更望得應當學
不得視比坐鉢中起嫌心應當學
當繫鉢想食應當學
不得大摶飯食應當學
不得大張口待飯食應當學
不得含飯語應當學
不得摶飯遥擲口中應當學
不得遺落飯食應當學
不得頰飯食應當學
不得嚼飯作聲應當學
不得大噏飯食應當學
不得舌舐食應當學
不得振手食應當學
不得手把散飯食應當學
不得汙手捉食器應當學
不得洗鉢水棄白衣舍內應當學
不得生草菜上大小便涕唾除病應當學
不得淨水中大小便涕唾除病應當學
不得立大小便除病應當學
不得與反抄衣人説法除病應當學
不得爲衣纏頸人説法除病應當學

不得爲覆頭人說法除病應當學
不得爲裹頭人說法除病應當學
不得爲叉腰人說法除病應當學
不得爲著革屣人說法除病應當學
不得爲著木屐人說法除病應當學
不得爲騎乘人說法除病應當學
不得在佛塔内止宿除爲守視應當學
不得佛塔内藏財物除爲堅牢應當學
不得著革屣入佛塔中應當學
不得捉革屣入佛塔中應當學
不得著革屣繞佛塔行應當學
不得著富羅入佛塔中應當學
不得手捉富羅入佛塔中應當學
不得塔下坐食留草及食汙地應當學
不得擔死屍從塔下過應當學
不得塔下埋死屍應當學
不得塔下燒死屍應當學
不得向塔燒死屍應當學
不得繞塔四邊燒死屍使臭氣來入應當學
不得持死人衣及牀從塔下過除浣染香熏應當學
不得塔下大小便應當學
不得向塔大小便應當學
不得繞塔四邊大小便使臭氣來入應當學
不得持佛像至大小便處應當學
不得塔下嚼楊枝應當學
不得向塔嚼楊枝應當學
不得繞塔四邊嚼楊枝應當學
不得塔下涕唾應當學
不得向塔涕唾應當學

不得繞塔四邊涕唾應當學
不得向塔舒脚坐應當學
不得安佛塔在下房已在上房住應當學
人坐已立不得爲說法除病應當學
人卧已坐不得爲說法除病應當學
人在座已在非座不得爲說法除病應當學
人在高座已在下座不得爲說法除病應當學
人在前行已在後行不得爲說法除病應當學
人在高經行處已在下經行處不應爲說法除病應當學
人在道已在非道不得爲說法除病應當學
不得携手在道行應當學
不得上樹過人除時因緣應當學
不得絡囊盛鉢貫杖頭置肩上而行應當學
人持杖恭敬不應爲說法除病應當學
人持劒不應爲說法除病應當學
人持鉾不應爲說法除病應當學
人持刀不應爲說法除病應當學
人持蓋不應爲說法除病應當學
諸大姊我已說衆學戒法今問諸大姊是中清淨不三說
諸大姊是中清淨默然故是事如是持
諸大姊是七滅諍法半月半月說戒經中來
若比丘尼有諍事起即應除滅
應與現前毗尼當與現前毗尼
應與憶念毗尼當與憶念毗尼
應與不癡毗尼當與不癡毗尼
應與自言治當與自言治

應與多人語當與多人語
應與覓罪相當與覓罪相
應與如草覆地當與如草覆地
諸大姊我已說七滅諍法今問諸大姊是中
清淨不三說
諸大姊是中清淨默然故是事如是持
諸大姊我已說戒經序已說八波羅夷法已
說十七僧伽婆尸沙法已說三十尼薩耆波
逸提法已說一百七十八波逸提法已說八
波羅提提舍尼法已說衆學法已說七滅諍
法此是佛所說戒經半月半月說戒經中來
若更有餘佛法是中皆共和合應當學
忍辱第一道　佛說無爲最　出家惱他人
不名爲沙門
此是毗婆尸如來無所著等正覺說是戒經
譬如明眼人　能避險惡道　世有聰明人
能遠離諸惡
此是尸棄如來無所著等正覺說是戒經
不謗亦不嫉　當奉行於戒　飲食知止足
常樂在空閑　心定樂精進　是名諸佛教
此是毗葉如來無所著等正覺說是戒經
譬如蜂採華　不壞色與香　但取其味去
比丘入聚落　不違戾他事　不觀作不作
但自觀身行　若正若不正
此是拘留孫如來無所著等正覺說是戒經
心莫作放逸　聖法當勤學　如是無憂愁
心定入涅槃
此是拘那含牟尼如來無所著等正覺說是
戒經
一切惡莫作　當奉行諸善　自淨其志意

是則諸佛教
此是迦葉如來無所著等正覺說是戒經
善護於口言　自淨其志意　身莫作諸惡
此三業道淨　能得如是行　是大僊人道
此是釋迦牟尼如來無所著等正覺於十二
年中爲無事僧說是戒經從是已後廣分別
說諸比丘尼自爲樂法樂沙門者有慙有愧
欲學戒者當於中學
明人能護戒　能得三種樂　名譽及利養
死得生天上　當觀如是處　有智勤護戒
戒淨有智慧　便得第一道　如過去諸佛
及以未來者　現在諸世尊　能勝一切憂
皆共尊敬戒　此是諸佛法　若有自爲身
欲求於佛道　當尊重正法　此是諸佛教
七佛爲世尊　滅除諸結使　說是七戒經
諸縛得解脫　已入於涅槃　諸戲永滅盡
尊行大僊說　賢聖稱譽戒　弟子之所行
入寂滅涅槃　世尊涅槃時　興起於大悲
集諸比丘衆　與如是教戒　莫謂我涅槃
淨行者無護　我今說戒經　亦善說毗尼
我雖般涅槃　當視如世尊　此經久住世
佛法得熾盛　以是熾盛故　得入於涅槃
若不持此戒　如所應布薩　喻如日沒時
世界皆暗瞑　當護持是戒　如犛牛愛尾
和合一處坐　如佛之所說　我已說戒經
衆僧布薩竟　我今說戒經　所說諸功德
施一切衆生　皆共成佛道

四分比丘尼戒本卷下

音釋

搏伯各切擊也閾越逼切門限也詛莊助切沮敗也績紡績資昔切紡妃兩切淬壯士切澱也翕許及切與吸同皀尺救切與臭同鉾莫侯切與矛同鈎兵也

五分戒本

宋罽賓三藏佛陀什等譯

清刻龍藏佛說法變相圖

五分戒本 亦名彌沙塞戒本

宋罽賓三藏佛陀什等譯

大德僧聽冬時一月過少一夜餘有一夜三月在老死至近佛法欲滅諸大德爲得道故一心勤精進所以者何諸佛一心勤精進故得無上菩提何況餘善道法未受具足者已出僧今和合先作何事一人應答布薩說戒

諸大德爲未來諸比丘說欲及清淨

合十指爪掌　供養釋師子　我今欲說戒

僧當一心聽　乃至小罪中　心應大怖畏

有罪一心悔　後更莫復犯　心馬馳惡道

放逸難禁制　佛說切戒行　亦如利轡勒

佛口說教戒　善者能信受　是人馬調順

能破煩惱軍　若不受教勑　亦不愛樂戒

是人馬不調　沒在煩惱軍　若人守護戒

如犛牛愛尾　繫心不放逸　亦如猴著鏁
日夜常精進　求實智慧故　是人佛法中
能得清淨命
大德僧聽今十五日布薩說戒若僧時到僧
忍聽僧一心共作布薩白如是
有罪者發露無罪者默然默然故當知諸大
德清淨若比丘知如是衆中三唱憶有罪不
發露得故妄語罪佛說故妄語罪障道法若
比丘如是衆中欲求清淨法憶有罪應發露
發露則安隱不發露罪益深諸大德已說戒
序竟今問諸大德是中清淨不（如是三說）諸大德
是中清淨默然故是事如是持
諸大德是四波羅夷法半月半月戒經中說
若比丘於和合僧中受具足戒不還戒戒羸
不出想行婬法乃至共畜生是比丘犯波羅
夷罪不應共事
若比丘若聚落中若空地曠野中物不與取
名盜物若不與物取故若王若王等若捉若
殺若偷金罪若如是言咄汝小汝癡汝賊有
如是相比丘是比丘犯波羅夷罪不應共事
若比丘若人若似人若自殺若教人殺若自
持刀與若教人持刀與若教死若讚死若如
是言咄人用惡活爲死勝生是人因是事死
者是比丘犯波羅夷罪不應共事
若比丘不知不見說過人法自稱言如是知
如是見後諸比丘若問若不問爲發露求清
淨故不知言知不見言見除增上慢是比丘
犯波羅夷罪不應共事
諸大德已說四波羅夷法若比丘犯一一戒
波羅夷不共住如前後亦如是是比丘波羅

夷不共住今問諸大德是中清淨不如是三說

諸大德是中清淨默然故是事如是持

諸大德是十三僧伽婆尸沙法半月半月戒經中說

若比丘故出不淨除夢中僧伽婆尸沙

若比丘婬亂變心與女人身共合若捉手臂髮上下摩著細滑僧伽婆尸沙

若比丘向女人說不淨語僧伽婆尸沙

若比丘語女人言以婬欲法供養我等持戒行善法梵行者是上供養僧伽婆尸沙

若比丘行媒法持男意至女邊持女意至男邊若爲婦事若私通事乃至一交會時僧伽婆尸沙

若比丘無主爲身自乞作大房應問諸比丘無難處非妨處若不問諸比丘過量作僧伽婆尸沙

若比丘有主爲身欲作大房應問諸比丘無難處非妨處若不問作僧伽婆尸沙

若比丘瞋他比丘以無根波羅夷法謗欲破彼比丘淨行是比丘若問若不問知是事無根是比丘住瞋法語僧伽婆尸沙

若比丘瞋他故不喜異分事中取片若似片法非波羅夷比丘以波羅夷法謗欲破彼比丘淨行故是比丘知是事異分事中取片法作異語故僧伽婆尸沙

若比丘欲破和合僧勤方便受持破僧緣事諸比丘應如是諫大德當與僧和合莫勤方便破僧緣事可與僧和合所以者何僧和合故歡喜不諍一心一學如水乳合安樂行如是再三諫時捨者善不捨者僧伽婆尸沙

若比丘有同意別異語若一若二是比丘語諸比丘言莫諫是比丘何以故是比丘知說非不知說諸比丘應如是諫大德當助和合僧莫助破和合僧所以者何僧和合故歡喜不諍一心一學如水乳合安樂行如是再三諫時捨者善不捨者僧伽婆尸沙

若比丘依止城邑聚落行惡行汚他家皆見聞知諸比丘應語是比丘言大德汝行惡行汚他家皆見聞知汝出去不須是間住是比丘語餘比丘言汝等隨愛瞋怖癡語有如是同罪比丘有驅出者有不驅者如是再三諫時捨者善不捨者僧伽婆尸沙

有一比丘惡性難共語入戒誦中入佛經中語諸比丘如法如律如戒經中事諫是比丘是比丘悷不受語語諸比丘言大德汝莫語我好惡我亦不語汝好惡汝爲諸比丘說我亦爲諸比丘說如法如律令如來衆得增長如是再三諫時捨者善不捨者僧伽婆尸沙

諸大德巳說十三僧伽婆尸沙法九初罪四乃至三諫若比丘犯一一戒應從幾時覆藏與波利婆沙波利婆沙巳六夜行摩那埵次到阿浮呵那如是作巳應二十人中出罪若少一人不滿二十是比丘不得出罪如是作巳應如是呵法應爾故今問諸大德是中清淨不（如是三說）諸大德是中清淨默然故是事如是持

諸大德是二不定法半月半月戒經中說

若比丘與一女人屛障內行婬處坐隨可信優婆夷所見是比丘隨三法中一一法說若僧伽婆尸沙若波羅夷若波夜提隨可信優

婆夷所說如法持

若比丘與一女人不屏覆處坐不可婬處坐隨可信優婆夷所見是比丘隨二法中一一法說若僧伽婆尸沙若波夜提隨可信優婆夷所說如法持

諸大德已說二不定法竟今問諸大德是中清淨不（如是三說）諸大德是中清淨默然故是事如是持

諸大德是三十尼薩耆波夜提法半月半月戒經中說

若比丘三衣具足訖捨迦絺那衣已長衣乃至十日應畜若過者尼薩耆波夜提

若比丘三衣具足訖捨迦絺那衣已三衣中若離一一衣餘處宿尼薩耆波夜提

若比丘三衣具足訖捨迦絺那衣已得非時衣乃至一月應畜若過尼薩耆波夜提

若比丘從非親里比丘尼邊取衣除貿易尼薩耆波夜提

若比丘使非親里比丘尼浣故衣尼薩耆波夜提

若比丘從非親里居士乞衣除因緣尼薩耆波夜提

若比丘奪衣失衣漂衣從非親里居士居士婦乞衣乃至上下衣應受若過者尼薩耆波夜提

若比丘非親里居士居士婦爲辦衣直作是念以如是衣直買如是衣與某甲比丘是比丘先不受自恣請爲好故往至居士居士婦所作是言爲我辦如是衣直若得衣尼薩耆波夜提

若比丘非親里居士居士婦爲辦衣直作是念以如是衣直買如是衣與某甲比丘是比丘先不受自恣請爲好衣故往至居士居士婦所言爲我辦如是衣直合作一衣與我者好若得是衣尼薩耆波夜提

若比丘若王王臣婆羅門若居士遣使至比丘所言大德知不如是衣直是王王臣婆羅門居士送大德當受比丘言我比丘法不得受如是衣直使問比丘言有執淨人不比丘言此是使至執淨人所言如是衣直與某甲比丘是比丘後須衣時至執淨人所言我須衣我須衣如是六返默然立住得者好若過索尼薩耆波夜提若不得是衣直應從衣直來處若自若使人語是事法應爾

若比丘新憍奢耶作敷具尼薩耆波夜提

若比丘純黑羊毛作敷具者尼薩耆波夜提

若比丘作新敷具應二分黑三分白四分下若不者尼薩耆波夜提

若比丘作新敷具應滿六年若減六年不捨故敷具更作新者除僧羯磨尼薩耆波夜提

若比丘作新敷具應取故敷具四邊各佛一搩手爲壞色故不者尼薩耆波夜提

若比丘行道中得羊毛擔過三由旬者尼薩耆波夜提

若比丘使非親里比丘尼浣染擘羊毛尼薩耆波夜提

若比丘自手取金若使人取尼薩耆波夜提

若比丘種種用金尼薩耆波夜提

若比丘種種販賣尼薩耆波夜提

若比丘長鉢乃至十日應畜若過尼薩耆波

夜提
若比丘先所畜鉢未滿五綴爲好故更畜新
者尼薩耆波夜提
若比丘使非親里織師織尼薩耆波夜提
若比丘非親里居士若居士婦使織師爲比
丘織作衣是比丘先不受自恣請爲好衣故
往至織師所語言爲我好織令緻廣厚當與
汝少直若自語若使人語後得是衣尼薩耆
波夜提
若比丘先與他物後瞋恚嫌恨還奪取者尼
薩耆波夜提
若比丘夏三月過有閏未滿八月寄衣白衣
家乃至六夜應往是衣所乃至七日曉尼薩
耆波夜提
若比丘未至歲十日有急施衣是比丘若須
衣得自手取乃至衣時應畜若過尼薩耆波
夜提
若比丘春殘一月應求雨浴衣半月應畜若
過尼薩耆波夜提
若比丘知物向僧自迴向已者尼薩耆波夜
提
若比丘佛聽病比丘服四種含消藥酥油蜜
石蜜乃至七日若過尼薩耆波夜提
諸大德已說三十尼薩耆波夜提法竟今問
諸大德是中清淨不（如是三說）諸大德是中清淨
默然故是事如是持
諸大德是九十波夜提法半月半月戒經中
說
若比丘故妄語波夜提
若比丘毀呰他語波夜提

若比丘鬬亂他比丘波夜提
若比丘知僧如法斷事已還更發起波夜提
若比丘爲女人説法過五六語波夜提除有知男子
若比丘以闌陀偈句教未受具戒人者波夜提
若比丘内實有過人法向未受具戒人説波夜提
若比丘知他比丘犯僧殘罪向未受具戒人説波夜提
若比丘先共僧和合已後如是説諸比丘隨親友人迴僧物與者波夜提
若比丘説戒時作是言何用半月半月説是雜碎戒爲令他比丘憂愁不樂生返戒心作是輕呵戒者波夜提

若比丘殺衆草木波夜提
若比丘嫌駡者波夜提
若比丘用異事惱他比丘波夜提
若比丘露地敷卧具乃至天曉不自舉不敎人舉波夜提
若比丘房内敷卧具出界外者波夜提
若比丘房内瞋忿不喜牽出者波夜提
若比丘知他比丘先於房内敷卧具後來强敷者波夜提
若比丘重閣上尖脚牀用力坐卧者波夜提
若比丘覆蓋屋一分第二分藏頭第三分應約勑如是過約勑者波夜提
若比丘知水有蟲用澆草土者波夜提
若比丘僧不差教比丘尼教者波夜提
若比丘僧雖差教比丘尼乃至日没波夜提

若比丘語餘比丘言是比丘爲財物故教比丘尼者波夜提
若比丘與比丘尼同道行至一聚落波夜提
若比丘與比丘尼同載一船除因緣波夜提
若比丘與比丘尼獨屏覆處坐波夜提
若比丘與非親里比丘尼衣波夜提
若比丘與非親里比丘尼作衣波夜提
若比丘與女人獨露處坐波夜提
若比丘知比丘尼讃因緣得食食者波夜提
若比丘數數食波夜提
若比丘有餘福德處過一食波夜提
若比丘往白衣家自恣與麨麸得取一鉢過者波夜提
若比丘不受殘食法更食者波夜提
若比丘知他比丘食竟不作殘食法爲惱彼故强勸令食波夜提
若比丘別衆食波夜提除因緣
若比丘非時食波夜提
若比丘與殘宿食食者波夜提
若比丘不受食著口中除水及楊枝波夜提
若比丘不病爲已乞乳酪生酥魚肉脯者波夜提
若比丘知水有蟲取用者波夜提
若比丘食家中卧處坐者波夜提
若比丘食家中共女人坐者波夜提
若比丘裸形外道乞自手與食者波夜提
若比丘往看軍陣發行者波夜提
若比丘往軍中過二宿者波夜提
若比丘往看軍器仗者波夜提
若比丘瞋他舉手向波夜提

若比丘瞋他舉手打波夜提
若比丘知他犯波羅夷乃至一宿覆藏波夜提
若比丘語餘比丘言去來我將汝至他家當令汝得好食若入門若未入門還遣去者波夜提
若比丘僧斷事如法與欲後還悔者波夜提
若比丘與未受具戒人一處宿過二夜波夜提
若比丘露地然火波夜提除病時
若比丘語餘比丘言我如是知佛法義行婬欲不能障道諸比丘白四羯磨三諫不捨者波夜提
若比丘教擯人法若畜使共事者波夜提
若比丘教擯沙彌法畜使共事者波夜提

若比丘若寶若似寶若自取教人取波夜提
若比丘著不壞色新衣者波夜提
若比丘減半月內沐浴除因緣波夜提
若比丘故奪畜生命波夜提
若比丘惱亂他比丘波夜提
若比丘以指相擊攊波夜提
若比丘以指戲水中者波夜提
若比丘與女人同房舍宿波夜提
若比丘恐怖他比丘波夜提
若比丘藏他衣鉢令他恐怖者波夜提
若比丘先與五衆衣輙還用波夜提
若比丘以僧殘罪謗他比丘波夜提
若比丘與女人同道行至一聚落波夜提
若比丘與賊同道行至一聚落波夜提
若比丘未滿二十人與受具戒者波夜提

若比丘自掘地若使人掘波夜提
若比丘有餘福德處四月請僧一切藥施若過受波夜提
若比丘說四波羅夷法言我不受是法當問餘持律阿毗曇者波夜提
若比丘與他鬪諍巳盜往聽者波夜提
若比丘僧斷事默然起去不白善比丘波夜提
若比丘不恭敬上座波夜提
若比丘飲酒咽咽波夜提
若比丘過中入聚落波夜提除因緣
若比丘爲他知僧事若中前中後至餘家波夜提
若比丘剎帝利王夜未曉未藏寶若過門若門閫波夜提除因緣

若比丘說四波羅夷法言我始知是法半月半月戒經中說諸比丘知是比丘再三說戒中坐若不尊重戒不攝耳聽波夜提
若比丘骨牙角作針筒波夜提
若比丘過佛八指作牀脚波夜提
若比丘草木華作敷具波夜提
若比丘過量作雨浴衣波夜提
若比丘過量作覆身衣波夜提
若比丘作尼師壇長佛二搩手廣一搩手半更益一搩手過者波夜提
若比丘與佛等量作衣波夜提
諸大德巳說九十波夜提法竟今問諸大德是中清淨不（如是三說）諸大德是中清淨默然故是事如是持
諸大德是四波羅提提舍尼法半月半月戒

經中說
若比丘不病入聚落從非親里比丘尼邊自手取食者波羅提提舍尼
若比丘受比丘尼教食食者波羅提提舍尼
若比丘有餘學家先不受他請後來自手取食波羅提提舍尼
若比丘僧未與羯磨是人僧房外自手取食波羅提提舍尼
諸大德已說四波羅提提舍尼法竟今問諸大德是中清淨不如是三說諸大德是中清淨默然故是事如是持
諸大德是衆學法半月半月戒經中說
不高著内衣應當學
不下著内衣應當學
不參差著内衣應當學
不如多羅葉著内衣應當學
不如象鼻著内衣應當學
不如圓柰著内衣應當學
不細襵著内衣應當學
不高被衣應當學
不下被衣應當學
不參差被衣應當學
好覆身入白衣舍應當學
好覆身入白衣舍坐應當學
不睤視入白衣舍應當學
不睤視入白衣舍坐應當學
不好入白衣舍應當學
不好入白衣舍坐應當學
不䫜入白衣舍應當學
不䫜入白衣舍坐應當學

不自大入白衣舍應當學
不自大入白衣舍坐應當學
小聲入白衣舍應當學
小聲入白衣舍坐應當學
不胡跪入白衣舍應當學
不胡跪入白衣舍坐應當學
不覆頭入白衣舍應當學
不覆頭入白衣舍坐應當學
不幞頭入白衣舍應當學
不幞頭入白衣舍坐應當學
不扠腰入白衣舍應當學
不扠腰入白衣舍坐應當學
不現胷入白衣舍應當學
不現胷入白衣舍坐應當學
不現脇入白衣舍應當學
不現脇入白衣舍坐應當學
不反抄衣入白衣舍應當學
不反抄衣入白衣舍坐應當學
不左右反抄衣入白衣舍應當學
不左右反抄衣入白衣舍坐應當學
不放衣跳入白衣舍應當學
不放衣跳入白衣舍坐應當學
不掉臂入白衣舍應當學
不掉臂入白衣舍坐應當學
不搖肩入白衣舍應當學
不搖肩入白衣舍坐應當學
不搖頭入白衣舍應當學
不搖頭入白衣舍坐應當學
不搖身入白衣舍應當學
不搖身入白衣舍坐應當學

不携手入白衣舍應當學
不携手入白衣舍坐應當學
不蹛行入白衣舍應當學
不蹛行入白衣舍坐應當學
不累脚入白衣舍應當學
不累脚入白衣舍坐應當學
不掌扶頰入白衣舍應當學
不掌扶頰入白衣舍坐應當學
一心受羹應當學
一心受飯應當學
羹飯等食應當學
不溢鉢受食應當學
不偏刳食應當學
不鉢中擇好食應當學
不大摶飯食應當學

摶飯可口食應當學
不張口待食應當學
不含食語應當學
不齧半飯應當學
不嚼食作聲食應當學
不全吞食應當學
不未咽食食應當學
不吐舌食應當學
不䶩食食應當學
不舐手食應當學
不指抆鉢食應當學
不棄飯食應當學
不振手食應當學
不汚手受飲器應當學
比丘不病不得爲已索羹飯應當學

不以飯覆羹更望得應當學
不得嫉心看比坐鉢中食應當學
一心觀鉢食應當學
次第食應當學
洗鉢汁不得棄白衣舍內除語主人應當學
騎乘人不爲說法除病應當學
人在前比丘在後不爲說法除病應當學
人在道中比丘在道外不爲說法除病應當學
人在高座比丘在下不爲說法除病應當學
人坐比丘立不爲說法除病應當學
人卧比丘坐不爲說法除病應當學
人覆頭不爲說法除病應當學
人幞頭不爲說法除病應當學
人扠腰不爲說法除病應當學

人現胷不爲說法除病應當學
人現脇不爲說法除病應當學
人反抄衣不爲說法除病應當學
人左右反抄衣不爲說法除病應當學
人放衣挑不爲說法除病應當學
人著屐不爲說法除病應當學
人著革屣不爲說法除病應當學
人執蓋不得爲說法除病應當學
人捉杖不爲說法除病應當學
人捉五尺刀不爲說法除病應當學
人捉小刀不爲說法除病應當學
人捉弓箭種種器仗不爲說法除病應當學
不應生草上大小便涕唾除病應當學
不應淨用水中大小便涕唾除病應當學
不應立大小便除病應當學

樹過人不應上除因緣應當學
諸大德已說衆學法竟今問諸大德是中清淨不如是三說諸大德是中清淨默然故是事如是持
諸大德是七滅諍法半月半月戒經中說
應與現前毗尼人當與現前毗尼
應與憶念毗尼人當與憶念毗尼
應與不癡毗尼人當與不癡毗尼
應與自言持人當與自言持
應與覓罪相人當與覓罪相
應與多覓罪相人當與多覓罪相
種種僧中諍事生如草布地除滅應當學
諸大德已說七滅諍法竟今問諸大德是中清淨不如是三說諸大德是中清淨默然故是事如是持

諸大德已說戒序四波羅夷十三僧殘二不定三十尼薩耆波夜提九十波夜提四波羅提提舍尼衆學法七滅諍法竟是事入佛經中半月半月戒經中說
若有餘學當一心學如水乳合安樂行應當學
佛告比丘毗婆尸佛如來應供正遍知爲寂靜僧最初略說波羅提木叉
忍辱第一道　涅槃佛稱最　出家惱他人　不名爲沙門
第二尸棄佛如來應供正遍知爲寂靜僧最初略說波羅提木叉
譬如明眼人　能避險惡道　世有聰明人　能遠離衆惡
第三毗鉢施佛如來應供正遍知爲寂靜僧

最初略說波羅提木叉

不毀亦不犯 如戒所說行 飯食知節量

常樂在空處 心常樂精進 是名諸佛教

第四拘樓孫佛如來應供正遍知爲寂靜僧

最初略說波羅提木叉

譬如蜂採華 不壞色與香 但取其味去

比丘出聚然 不破壞他事 不觀作不作

但自觀身行 諦視善不善

第五拘那含牟尼佛如來應供正遍知爲寂

靜僧最初略說波羅提木叉

欲得好心莫放逸 聖人善法當勤學

若有智寂一心人 乃能無復愁憂患

第六迦葉佛如來應供正遍知爲寂靜僧最

初略說波羅提木叉

一切惡莫作 當具足善法 自淨其志意

是名諸佛教

第七我釋迦牟尼佛如來應供正遍知爲寂

靜僧最初略說波羅提木叉

護身爲善哉 能護口亦善 護意爲善哉

護一切亦善 比丘護一切 便得離衆苦

比丘守口意 身不犯衆惡 是三業道淨

得聖所得道

若人捶罵不還報 於嫌恨人心不恨

於瞋人中心常淨 見人爲惡自不作

七佛爲世尊 能救護世間 所可說戒經

我已廣說竟 諸佛及弟子 恭敬是戒經

恭敬戒經已 各各相恭敬 慙愧得具足

能得無爲道

已說戒經竟僧一心布薩

五分戒本

音釋

犛音茅長犛牛也䴵必郢切䴵餈也攊即擊切以指擊口也闑五結切門梱也襵之涉切猶摺也刳音枯虛其中也舐神帋切餂也

五分比丘尼戒本

梁建初寺沙門釋明徽集

清刻龍藏佛說法變相圖

五分比丘尼戒本

梁建初寺沙門釋　明徽　集

大姊僧聽春時一月過少一夜餘有一夜三月在老死至近佛法欲滅諸大姊爲得道故一心勤精進所以者何諸佛一心勤精進故得阿耨多羅三藐三菩提何況餘善道法

合十指爪掌　供養釋師子　我今欲說戒
僧當一心聽　乃至小罪中　心應大怖畏
有罪一心悔　後更莫復犯　心馬馳惡道
放逸難禁制　佛說切戒行　亦如利轡勒
佛口說教戒　善者能信受　是人馬調順
能破煩惱軍　若不受教勑　亦不愛樂戒
是人馬不調　沒在煩惱軍　若人守護戒
如犛牛愛尾　繫心不放逸　亦如猴著鎖
日夜常精進　求實智慧故　是人佛法中

能得清淨命

未受具戒者出有者依言遣出無者答言此處無未受具戒人

諸大姊不來諸比丘尼說欲及清淨有者依言說無者答言此處無說欲人

僧今和合先作何事答言說戒羯磨

大姊僧聽今十五日布薩說戒僧一心作布薩說戒若僧時到僧忍聽白如是

諸大姊今布薩說波羅提木叉一切共聽善思念之若有罪應發露無罪者默然默然故當知我及諸大姊清淨如聖默然我及諸大姊亦如是若比丘尼如是衆中乃至三唱意有罪不發露得故妄語罪故妄語罪佛說遮道法發露者得安樂不發露罪益深諸大姊已說戒經序今問諸大姊是中清淨不第二第三亦如是說諸大姊是中清淨默然故是事如是持

諸大姊是八波羅夷法半月半月戒經中說

若比丘尼共諸比丘尼同學戒法戒羸不捨隨意行婬乃至共畜生是比丘尼得波羅夷不共住

若比丘尼若聚落若空地盜心不與取若王若大臣若捉若縛若殺若擯語言汝賊汝小汝癡是比丘尼得波羅夷不共住

若比丘尼若人若似人若自殺若與刀藥殺若教人殺若教自殺譽死讚死咄人用惡活爲死勝生作是心隨心殺如是種種因緣彼因是死是比丘尼得波羅夷不共住

若比丘尼不知不見過人法聖利滿足自稱我如是知如是見是比丘尼後時若問若不問爲出罪求清淨故作是言我不知言知不見言見虛誑妄語除增上慢是比丘尼得波羅夷不共住

若比丘尼欲盛變心受男子種種摩觸髮際已下膝已上肘已後是比丘尼得波羅夷不共住

若比丘尼欲盛變心受男子捉手捉衣共期獨共行獨共住獨共語獨共一座坐身親近男子八法具者是比丘尼得波羅夷不共住

若比丘尼知僧如法與比丘作不見罪羯磨諸比丘不共住不共事不共語而隨順之諸比丘尼語是比丘尼姊妹此比丘僧已作不見罪羯磨諸比丘不共住不共事不共語汝莫隨順如是諫堅持不捨應第二第三諫第二第三諫捨是事善不捨者是比丘尼得波羅夷不共住

若比丘尼見比丘尼犯波羅夷覆藏彼比丘尼後時若在若死若遠行若被擯若罷道若變形作是語我先親見其犯波羅夷是比丘尼得波羅夷不共住

諸大姊已說八波羅夷法若比丘尼犯一一戒不得共住如前後亦如是是比丘尼得波羅夷罪不應共住今問諸大姊是中清淨不第二第三亦如是說

諸大姊是中清淨默然故是事如是持

諸大姊是十七僧伽婆尸沙法半月半月戒經中說

若比丘尼行媒法若爲私通事持男意至女邊持女意至男邊乃至一交會是比丘尼初犯僧伽婆尸沙可悔過

若比丘尼自不如法惡瞋故以無根波羅夷謗無波羅夷比丘尼欲破彼梵行是比丘尼後時若問若不問言我是事無根住瞋故謗

是比丘尼初犯僧伽婆尸沙可悔過
若比丘尼自不如法惡瞋故於異分中取片若似片作波羅夷語無波羅夷比丘尼欲破彼梵行是比丘尼後時若問若不問言我是事異分中取片若似片住瞋故謗是比丘尼初犯僧伽婆尸沙可悔過
若比丘尼知有罪女主不聽度爲道除先出家是比丘尼初犯僧伽婆尸沙可悔過
若比丘尼知僧如法擯比丘尼比丘尼心未調伏不隨順僧自與眷屬於界内解其擯者是比丘尼初犯僧伽婆尸沙可悔過
若比丘尼獨宿獨渡水於道中獨在後染著男子除因緣是比丘尼初犯僧伽婆尸沙可悔過因緣者恐怖走時老病疲極不及伴時水狹淺有橋船處畏男子處是名因緣若比丘尼詣官言人是比丘尼初犯僧伽婆尸沙可悔過
若比丘尼有染著心自手受染著心男子食食是比丘尼初犯僧伽婆尸沙可悔過
若比丘尼教他比丘尼作是語汝但莫生染著受染著男子飲食何苦是比丘尼初犯僧伽婆尸沙可悔過
若比丘尼爲破和合僧勤方便諸比丘尼語是比丘尼汝莫爲破和合僧勤方便當與僧和合僧和合故歡喜無諍一心一學如水乳合共弘師教安樂行如是諫堅持不捨應第二第三諫第二第三諫捨是事善不捨者是比丘尼三諫犯僧伽婆尸沙可悔過
若比丘尼助破和合僧若一若二若衆多語諸比丘尼言是比丘尼所說是知說非不知

說說法不說非法說律不說非律皆是我等心所忍樂諸比丘尼語是比丘尼汝莫作是語是比丘尼所說是知說非不知說說法不說非法說律不說非律皆是我等心所忍樂何以故是比丘尼非知說非說法非說律汝莫樂助破和合僧當樂助和合僧僧和合故歡喜無諍一心一學如水乳合共弘師教安樂行如是諫堅持不捨應第二第三諫第二第三諫捨是事善不捨者是比丘尼三諫犯僧伽婆尸沙可悔過

若比丘尼惡性難共語與諸比丘尼同學戒經數數犯罪諸比丘尼如法如律諫其所犯答言阿姨汝莫語我若好若惡我亦不以好惡語汝諸比丘尼復語言汝莫作自我不可共語汝當爲諸比丘尼說如法諸比丘尼亦當爲汝說如法如是展轉相教轉相出罪成如來衆如是諫堅持不捨應第二第三諫第二第三諫捨是事善不捨者是比丘尼三諫犯僧伽婆尸沙可悔過

若比丘尼依聚落住行惡行汙他家行惡行皆見聞知汙他家亦見聞知諸比丘尼語是比丘尼汝行惡行汙他家行惡行皆見聞知汙他家亦見聞知汝出去不應是中住彼比丘尼言諸阿姨隨愛恚癡畏何以故有如是等同罪比丘尼有驅者有不驅者諸比丘尼復語言汝莫作是語語諸阿姨隨愛恚癡畏有如是等同罪比丘尼有驅者有不驅者汝行惡行汙他家行惡行皆見聞知汙他家亦見聞知汝捨是隨愛恚癡畏語汝出去不應是中住如是諫堅持不捨應第二第三諫第

二第三諫捨是事善不捨者是比丘尼三諫犯僧伽婆尸沙可悔過

若二比丘尼共作惡行有惡名聲更相覆罪觸惱衆僧諸比丘尼語言汝二比丘尼共作惡行有惡名聲更相覆罪觸惱衆僧汝相遠離捨是作惡觸惱僧事於佛法中增廣得安樂住彼二比丘尼言我等不作惡行無惡名聲不相覆罪不觸惱僧此中更有餘二比丘尼共作惡行觸惱衆僧諸比丘尼復語言莫作是語何以故此中更無餘二比丘尼作惡惱僧唯有汝等可相遠離捨是作惡觸惱僧事於佛法中增廣得安樂住如是諫堅持不捨應第二第三諫第二第三諫捨是事善不捨者是比丘尼三諫犯僧伽婆尸沙可悔過

若二比丘尼共作惡行有惡名聲更相覆罪觸惱衆僧諸比丘尼語言汝二比丘尼共作惡行有惡名聲更相覆罪觸惱衆僧汝相遠離捨是作惡觸惱僧事於佛法中增廣得安樂住二比丘尼言我等不作惡行無惡名聲不相覆罪不觸惱僧僧見我等羸弱輕易我故作如是語諸比丘尼復言莫作是語何以故僧不見汝羸弱輕易汝等汝等可相遠離捨是作惡觸惱僧事於佛法中增廣得安樂住如是諫堅持不捨應第二第三諫第二第三諫捨是事善不捨者是比丘尼三諫犯僧伽婆尸沙可悔過

若比丘尼好共他鬬僧斷其事便言僧隨愛恚癡畏諸比丘尼語言汝莫好共他鬬莫作是語僧隨愛恚癡畏何以故僧不隨愛恚癡畏汝等捨是語於佛法中增廣得安樂住如

是諫堅持不捨應第二第三諫第二第三諫捨是事善不捨者是比丘尼三諫犯僧伽婆尸沙可悔過

若比丘尼好共他鬬僧斷其事便言我捨佛捨法捨僧捨戒作外道餘沙門婆羅門亦學戒亦慚愧我於彼得修梵行諸比丘尼語言汝莫好共他鬬莫作是語我捨佛法僧何以故餘沙門婆羅門無學戒無慚愧汝云何於彼得修梵行汝捨是惡見於佛法中增廣得安樂住如是諫堅持不捨應第二第三諫第二第三諫捨是事善不捨者是比丘尼三諫犯僧伽婆尸沙可悔過

諸大姊已說十七僧伽婆尸沙法九初罪八乃至三諫若比丘尼犯一一罪應二部僧中半月行摩那埵次到阿浮訶那如法作已應二部僧各二十人中出罪若少一人不名出罪諸比丘尼亦可訶是法應爾今問諸大姊是中請淨不（第二第三亦如是說）

諸大姊是中清淨默然故是事如是持

諸大姊是三十尼薩耆波逸提法半月半月戒經中說

若比丘尼五衣竟捨迦絺那衣已長衣乃至十日若過尼薩耆波逸提

若比丘尼衣竟捨迦絺那衣已五衣中若離一一衣宿過一夜除僧羯磨尼薩耆波逸提

若比丘尼衣竟捨迦絺那衣已得非時衣若須應受速作受持若足者善若不足望更有得處令具足成乃至一月若過尼薩耆波逸提若比丘尼從非親里居士居士婦乞衣除因緣尼薩耆波逸提因緣者奪衣失衣燒衣

漂衣衣壞是名因緣

若比丘尼奪衣失衣燒衣漂衣衣壞從非親里居士居士婦乞衣若居士居士婦欲多與衣是比丘尼應受二衣若過受尼薩耆波逸提若非親里居士居士婦共議當以是衣直作衣與某甲比丘尼是比丘尼先不受自恣請便往問居士居士婦言汝爲我以如是衣直作衣不答言如是便言善哉居士居士婦可作如是如是衣與我爲好故尼薩耆波逸提若非親里居士居士婦共議我當各以如是衣直作衣與某甲比丘尼是比丘尼先不受自恣請便往問居士居士婦言汝各爲我以如是衣直作衣不答言如是便言善哉居士居士婦可合作一衣與我爲好故尼薩耆波逸提

若王若大臣婆羅門居士爲比丘尼故遣使送衣直使到比丘尼所言阿姨彼王大臣送此衣直阿姨受之是比丘尼言我不應受衣直若得淨衣當手受持使言阿姨有執事人不比丘尼即指示處使便到執事所言其王大臣送此衣直與某甲比丘尼汝爲受作取便與之使既與已還比丘尼所白言阿姨所示執事人我已與竟阿姨須衣便可往取是比丘尼二反三反到執事所作是言我須衣我須衣若得者善若不得四反五反六反到執事前默然立若得者善若過是求得者尼薩耆波逸提

若不得衣應隨使來處若自往若遣信語言汝爲其甲比丘尼送衣直是比丘尼竟不得汝自還索莫使失是事應爾若比丘尼自行

乞縷顉織師織作衣尼薩耆波逸提

若居士居士婦爲比丘尼使織師織作衣是比丘尼先不自恣請便到織師所作是言汝知不此衣爲我作汝故爲我故好織令極緻廣當別相報後若與食若一食直得者尼薩耆波逸提

若比丘尼與比丘尼衣後瞋不喜若自奪若使人奪作是語還我衣不與汝尼薩耆波逸提

若比丘尼知檀越欲與僧物迴以入已尼薩耆波逸提

若比丘尼病得服四種含消藥酥油蜜石蜜一受乃至七日若過尼薩耆波逸提

若比丘尼前後安居十日未至自恣得急施衣若須應受乃至衣時若過尼薩耆波逸提

若比丘尼鉢未滿五綴更乞新鉢爲好故尼薩耆波逸提

若比丘尼種種販賣求利尼薩耆波逸提

若比丘尼以金銀及錢種種賣買尼薩耆波逸提

若比丘尼自捉金銀及錢若使人捉若發心受尼薩耆波逸提

若比丘尼先乞是既得不用更乞餘物尼薩耆波逸提

若比丘尼非時衣作時衣受尼薩耆波逸提

十二

若比丘尼與比丘尼貿衣後悔還索得者尼薩耆波逸提

若比丘尼諸比丘尼語汝取遮月水衣自言不用臨時先取尼薩耆波逸提

若比丘尼乞重衣應取價直四大錢者若受貴價衣尼薩耆波逸提

若比丘尼乞輕衣應取價直二大錢半者若受貴價衣尼薩耆波逸提

若比丘尼爲僧爲是事從一居士乞而餘用者尼薩耆波逸提

若比丘尼爲僧爲是事從衆多居士乞而餘用者尼薩耆波逸提

若比丘尼自爲是事從一居士乞自作餘用者尼薩耆波逸提

若比丘尼自爲是事從衆多居士乞自作餘用者尼薩耆波逸提

若比丘尼藏積器物尼薩耆波逸提

若比丘尼多積聚鉢尼薩耆波逸提三十

諸大姊已說三十尼薩耆波逸提法今問諸大姊是中清淨不第二第三亦如是說

諸大姊是中清淨默然故是事如是持

諸大姊是二百一十波逸提法半月半月戒經中說

若比丘尼故妄語波逸提

若比丘尼毀呰比丘尼波逸提

若比丘尼兩舌鬬亂比丘尼波逸提

若比丘尼爲男子說法過五六語除有別知好惡語女人波逸提

若比丘尼知僧如法斷事已還更發起波逸提

若比丘尼教未受具戒女人經並誦者波逸提

若比丘尼與未受具戒女人同室宿過三夜波逸提

若比丘尼向未受具戒女人自說得過人法言我如是知如是見實者波逸提
若比丘尼知比丘尼麤罪向未受具戒女人說除僧羯磨波逸提
若比丘尼作是語何用是雜碎戒爲說是戒時令人憂惱作如是毀呰戒者波逸提十一
若比丘尼自伐鬼村若使人言伐是波逸提
若比丘尼故不隨問答波逸提
若比丘尼誣說僧所差人波逸提
若比丘尼於露地自敷僧卧具若使人敷若他敷若坐若卧去時不自舉不教人舉不囑舉波逸提
若比丘尼於僧房內自敷僧卧具若使人敷若他敷若坐若卧去時不自舉不教人舉不囑舉波逸提
若比丘尼瞋不喜於僧坊中自牽比丘尼出若使人牽作是語出去滅去莫此中住波逸提
若比丘尼知他先敷卧具後來强自敷若使人敷作是念若不樂者自當出去波逸提
若比丘尼僧重閣上尖脚繩牀木牀用力坐卧波逸提
若比丘尼知水有蟲若取澆泥若飲食諸用波逸提
若比丘尼數數食除因緣波逸提因緣者病時衣時施衣時是名因緣十二
若比丘尼受别請衆食除因緣波逸提因緣者病時施衣時作衣時行路時船上行時大會時是名因緣
若比丘尼無病施一食處過一食者波逸提

若比丘尼到白衣家自恣多與飲食若餅若
麨若不住其家食須二三鉢應受出外應與
餘比丘尼共食若無病過是受及不與餘比
丘尼共食波逸提
若比丘尼食竟不作殘食法食波逸提
若比丘尼食竟不作殘食法強勸令食欲使
他犯波逸提
若比丘尼不受食著口中除嘗食楊枝及水
波逸提
若比丘尼非時食波逸提
若比丘尼食殘宿食波逸提
若比丘尼食家中與男子坐波逸提
若比丘尼觀軍發行波逸提十三
若比丘尼有因緣到軍中乃至二三宿若過
波逸提

若比丘尼有因緣到軍中二三宿觀軍陣合
戰波逸提
若比丘尼作如是語如我解佛所説障道法
不能障道諸比丘尼語是比丘尼汝莫作是
語莫謗佛莫誣佛佛説障道法實能障道汝
捨是惡邪見如是諫時堅持不捨應第二第
三諫第二第三諫捨是事善不捨者波逸提
若比丘尼知是比丘尼不如法悔不捨惡邪
見共住共語共宿共事波逸提
若沙彌尼作是語如我解佛所説若受五欲
不能障道諸比丘尼語是沙彌尼汝莫作是
語莫謗佛莫誣佛佛説五欲障道實能障道
汝沙彌尼捨是惡邪見如是教堅持不捨應
第二第三教第二第三教捨是事善若不捨
諸比丘尼應語是沙彌尼汝出去從今莫言

佛是我師莫在諸比丘尼後行如餘沙彌尼得共諸比丘尼二宿汝亦無是事癡人出去滅去莫此中住若比丘尼知如法擯沙彌尼畜使共住共語波逸提

若比丘尼故奪畜生命波逸提

若比丘尼故令比丘尼生疑悔作是念令是比丘尼乃至少時惱波逸提

若比丘尼僧斷事時不與欲起去波逸提

若比丘尼擊攊比丘尼波逸提

若比丘尼水中戲波逸提十四

若比丘尼與男子同室宿波逸提

若比丘尼飲酒波逸提

若比丘尼輕師波逸提

若比丘尼自掘地若使人掘言掘是波逸提

若比丘尼共諍已默聽作是念諸比丘尼所說我當憶持波逸提

若比丘尼受四月自恣請過是受除更請自送請長請波逸提

若比丘尼數數犯罪諸比丘尼如法諫作如是語我不學是戒當問餘比丘尼持法持律者波逸提

若比丘尼說戒時作是語我今始知是法半月布薩戒經中說諸比丘尼知是比丘尼已再三說戒中坐是比丘尼不以不知故得脫隨所犯罪如法治應訶其不知汝所作不善說戒時不一心聽不著心中波逸提

若比丘尼與賊期共道行從此聚落到彼聚落波逸提

若比丘尼與男子期共道行從此聚落到彼聚落波逸提十五

若比丘尼無病爲炙故自然火若使人然波逸提

若比丘尼若寶等物若自取若使人取除僧坊内及宿處波逸提若僧坊内及宿處取寶等物後有主索應還是事應爾

若比丘尼半月内浴除因緣波逸提因緣者病時作時行路時風雨時熱時是名因緣

若比丘尼瞋故打比丘尼波逸提

若比丘尼瞋故以手擬比丘尼波逸提

若比丘尼故恐怖比丘尼波逸提

若比丘尼以無根僧伽婆尸沙謗比丘尼波逸提

若比丘尼語彼比丘尼共到諸家與汝多美飲食旣到不與作是言汝去共汝若坐若語不樂我獨坐獨語樂欲令惱故波逸提

若比丘尼新衣應三種色作織若青若黑若木蘭若不以三色作織波逸提

若比丘尼爲戲笑故藏比丘尼若衣若鉢若坐具針筒如是一一生活具若使人藏波逸提十六

若比丘尼僧斷事時如法與欲竟後更訶波逸提

若比丘尼作是語諸比丘尼隨知識迴僧物與波逸提

若比丘尼與比丘比丘尼式叉摩那沙彌沙彌尼淨施衣强奪取波逸提

若比丘尼受他請食前食後行到諸家不近白餘比丘尼除因緣波逸提因緣者衣時是名因緣

若比丘尼以兜羅貯坐卧具波逸提

若比丘尼自作坐卧繩牀木牀足應高修伽陀入指除入陛若過波逸提

若比丘尼用骨牙角作針筒波逸提

若比丘尼作修伽陀衣量衣若過波逸提修伽陀衣量者長九修伽陀搩手廣六搩手是名修伽陀衣量

若比丘尼知檀越欲與僧物迴與餘人波逸提

若比丘尼噉蒜波逸提十七

若比丘尼以手拍女根波逸提

若比丘尼作男根內女根中波逸提

若比丘尼以水洗女根應用二指齊一節若過波逸提

若比丘尼剃腋下隱處毛波逸提

若比丘尼與比丘獨屛處共立共語波逸提

若比丘尼與白衣及外道獨屛處共立共語波逸提

若比丘尼與比丘獨露處共立共語波逸提

若比丘尼與白衣及外道獨露處共立共語波逸提

若比丘尼與比丘獨街巷中共立耳語遣伴比丘尼令遠去波逸提

若比丘尼與白衣及外道獨行巷中共立耳語遣伴比丘尼令遠去波逸提十八

若比丘尼躶形洗浴波逸提

若比丘尼離水浴衣行波逸提

若比丘尼比丘尼得新衣先以供養便不復還波逸提

若比丘尼遮僧分衣波逸提

若比丘尼撤比丘尼衣已無病過四五日不

成波逸提
若比丘尼離五衣行波逸提
若比丘尼以比丘尼衣與白衣及外道女波
逸提
若比丘尼斷施人物與僧波逸提
若比丘尼護惜他家波逸提
若比丘尼不安居波逸提十九
若比丘尼不依比丘衆安居波逸提
若比丘尼於安居内遊行波逸提
若比丘尼安居竟不從比丘僧請見聞疑罪
波逸提
若比丘尼就安居請竟一宿不去波逸提
若比丘尼於國内恐怖處無所依怙而獨行
者波逸提
若比丘尼出國境恐怖處無所依怙而獨行
者波逸提
若比丘尼安居竟不付囑精舍出行者波逸
提
若比丘尼安　竟不捨精舍還主去者波逸
提
若比丘尼種種遊看波逸提
若比丘尼半月不於僧中乞教誡師波逸提
一百
若比丘尼入有比丘住處見比丘不白除急
難時波逸提
若比丘尼不滿十二歲畜眷屬波逸提
若比丘尼滿十二歲僧不與作畜衆羯磨畜
衆者波逸提
若比丘尼與未滿十二歲已嫁女受具足戒
波逸提

若比丘尼滿十二歲已嫁女僧不作羯磨與受具足戒波逸提

若比丘尼與未滿十八歲童女受學戒波逸提

若比丘尼雖滿十八歲童女僧不作羯磨與受學戒波逸提

若比丘尼語白衣婦女先與我衣我當度汝波逸提

若比丘尼諸比丘尼語言如佛所說應與作畜衆羯磨汝無是事便訶諸比丘尼者波逸提

若比丘尼教戒及羯磨時不往聽波逸提一百一十一

若比丘尼式叉摩那滿二歲無難不與受具足戒語言汝且學是戒波逸提

若比丘尼度婬女波逸提

若比丘尼與未滿二歲學戒尼受具足戒波逸提

若比丘尼滿二歲學戒尼僧不作羯磨與受具足戒波逸提

若比丘尼與滿二歲學戒尼不學戒受具足戒波逸提

若比丘尼與懷妊女受具足戒波逸提

若比丘尼與新産婦受具足戒波逸提

若比丘尼年年與弟子受具足戒波逸提

若比丘尼異宿與弟子受具足戒波逸提

若比丘尼新受具足戒不六年依承和尚若使人依承者波逸提一百二十

若比丘尼畜弟子六年中不自攝取不教人攝取波逸提

若比丘尼畜弟子不自將不使人將離本處五六由旬波逸提

若比丘尼同學病不自看不教人看波逸提

若比丘尼度屬人婦女波逸提

若比丘尼度長病女人波逸提

若比丘尼度屬夫婦人波逸提

若比丘尼度負債女人波逸提

若比丘尼與男子闇處共立共語波逸提

若比丘尼不語主人輙坐其座波逸提

若比丘尼自手與白衣及外道男子食波逸提一百三十

若比丘尼向白衣說比丘過波逸提

若比丘尼與人鬪已自打啼哭波逸提

若比丘尼不諦了人語妄瞋他波逸提

若比丘尼自呪誓實以呪彼波逸提

若比丘尼擲屎尿於籬墻外若使人擲波逸提

若比丘尼擲糞掃及殘食於籬墻外若使人擲波逸提

若比丘尼於生草上大小便波逸提

若比丘尼擲糞掃殘食生草上波逸提

若比丘尼於有食家宿波逸提

若比丘尼若比丘如法問不答波逸提一百四十

若比丘尼乘乘行波逸提

若比丘尼著華屐捉蓋行來波逸提

若比丘尼捉水瓶及扇若比丘前若給水若扇波逸提

若比丘尼誦治病經方波逸提

若比丘尼教他誦治病經方波逸提

若比丘尼爲人治病以爲生業波逸提

若比丘尼教他治病以爲生業波逸提
若比丘尼以飲食故爲白衣家作波逸提
若比丘尼共白衣及外道婦女同衣臥波逸
提
若比丘尼與比丘尼式叉摩那沙彌尼同衣
臥波逸提一百五十
若比丘尼與白衣及外道婦女更相覆眠波
逸提
若比丘尼與比丘尼式叉摩那沙彌尼更相
覆眠波逸提
若比丘尼以香塗身波逸提
若比丘尼無病以澤枯揩身波逸提
若比丘尼畜華鬘若著波逸提
若比丘尼著寶腰絡波逸提
若比丘尼著甲身衣波逸提
若比丘尼畜種種嚴身具波逸提
若比丘尼畜髮波逸提
若比丘尼髮長波逸提一百六十
若比丘尼著嚴身具波逸提
若比丘尼爲他作嚴身具波逸提
若比丘尼績縷波逸提
若比丘尼不問白衣輙在其家敷臥具住波
逸提
若比丘尼至白衣家敷其坐臥具若使人敷
去時不自舉不教人舉波逸提
若比丘尼自煑生物作食波逸提
若比丘尼先聽住後瞋謗者波逸提
若比丘尼不白僧輙使男子治病波逸提
若比丘尼夜輙開都門出不語餘比丘尼令
閉波逸提

若比丘尼白衣不喚非時入其家波逸提一百七十
若比丘尼受請主人未唱隨意食者波逸提
若比丘尼被驅出羯磨不去者波逸提
若比丘尼僧如法集會不即往波逸提
若比丘尼觀歌舞作伎波逸提
若比丘尼往邊地波逸提
若比丘尼度二根人波逸提
若比丘尼度二道合作一道女人波逸提
若比丘尼度常有月水女人波逸提
若比丘尼見比丘不起不禮不請坐波逸提
若比丘尼燒隱處毛波逸提一百八十
若比丘尼不著僧祇支入白衣家波逸提
若比丘尼與白衣對坐臨身相近說法波逸提

若比丘尼自歌舞波逸提
若比丘尼遮受迦絺那衣波逸提
若比丘尼遮捨迦絺那衣波逸提
若比丘尼不白比丘輒問義者波逸提
若比丘尼以男子不淨自內形中波逸提
若比丘尼作外道事火法然火波逸提
若比丘尼在有人處浴波逸提
若比丘尼誦外道咒術若教人誦波逸提一百九十
若比丘尼一衆授具足戒波逸提
若比丘尼自作畜衆羯磨波逸提
若比丘尼自作二歲學戒羯磨波逸提
若比丘尼自受二歲學戒波逸提
若比丘尼作二歲學戒竟羯磨經宿乃授具足戒波逸提

若比丘尼作二歲學戒羯磨竟經宿乃授具學戒波逸提

若比丘尼自織作衣著波逸提

若比丘尼國內恐怖處於中遊行波逸提

若比丘尼自作巳像若使人作波逸提

若比丘尼莊嚴女人波逸提二百

若比丘尼水中逆流行波逸提

若比丘尼仰卧水來下處波逸提

若比丘尼治腰使細波逸提

若比丘尼種種治身波逸提

若比丘尼如妓女法著衣波逸提

若比丘尼如白衣婦女法著衣波逸提

若比丘尼以欲心自觀形體波逸提

若比丘尼照鏡波逸提

若比丘尼自卜若就他卜波逸提

若比丘尼隨世俗論者波逸提二百一十

諸大姊已說二百一十波逸提法今問諸大姊是中清淨不第二第三亦如是說

諸大姊是中清淨默然故是事如是持

諸大姊是八波羅提提舍尼法半月半月戒經中說

若比丘尼無病自爲乞酥食是比丘尼應諸比丘尼邊悔過我墮可訶法今向諸阿姨悔過是名悔過法

若比丘尼無病自爲乞油食是比丘尼應諸比丘尼邊悔過我墮可訶法今向諸阿姨悔過是名悔過法

若比丘尼無病自爲乞蜜食是比丘尼應諸比丘尼邊悔過我墮可訶法今向諸阿姨悔過是名悔過法

若比丘尼無病自爲乞石蜜食是比丘尼應諸比丘尼邊悔過我墮可訶法今向諸阿姨悔過是名悔過法

若比丘尼無病自爲乞乳食是比丘尼應諸比丘尼邊悔過我墮可訶法今向諸阿姨悔過是名悔過法

若比丘尼無病自爲乞酪食是比丘尼應諸比丘尼邊悔過我墮可訶法今向諸阿姨悔過是名悔過法

若比丘尼無病自爲乞魚食是比丘尼應諸比丘尼邊悔過我墮可訶法今向諸阿姨悔過是名悔過法

若比丘尼無病自爲乞肉食是比丘尼應諸比丘尼邊悔過我墮可訶法今向諸阿姨悔過是名悔過法

諸大姊已説八波羅提提舍尼法今問諸大姊是中清淨不（第二第三亦如是説）

諸大姊是中清淨默然故是事如是持

諸大姊是衆學法半月半月戒經中説

不高著下衣應當學

不下著下衣應當學

不參差著下衣應當學

不如多羅葉著下衣應當學

不爲象鼻著下衣應當學

不如圓奈著下衣應當學

不細襵著下衣應當學

不高披衣應當學

不下披衣應當學

不參差披衣應當學　十一

好覆身入白衣舍應當學

好覆身入白衣舍坐應當學
不反抄衣著右肩上入白衣舍應當學
不反抄衣著右肩上白衣舍坐應當學
不反抄衣著左肩上入白衣舍應當學
不反抄衣著左肩上白衣舍坐應當學
不左右反抄衣著兩肩上入白衣舍應當學
不左右反抄衣著兩肩上白衣舍坐應當學
不摇身入白衣舍應當學
不摇身白衣舍坐應當學十二
不摇頭入白衣舍應當學
不摇頭白衣舍坐應當學
不摇肩入白衣舍應當學
不摇肩白衣舍坐應當學
不携手入白衣舍應當學
不携手白衣舍坐應當學

不隱人入白衣舍應當學
不隱人白衣舍坐應當學
不扠腰入白衣舍應當學
不扠腰白衣舍坐應當學十三
不拄頬入白衣舍應當學
不拄頬白衣舍坐應當學
不掉臂入白衣舍應當學
不掉臂白衣舍坐應當學
不高視入白衣舍應當學
不高視白衣舍坐應當學
不左右顧視入白衣舍應當學
不左右顧視白衣舍坐應當學
不蹲行入白衣舍應當學
不蹲行白衣舍坐應當學十四
不跂行入白衣舍應當學

不跂行白衣舍坐應當學
不覆頭入白衣舍應當學
不覆頭白衣舍坐應當學
不戲笑入白衣舍應當學
不戲笑白衣舍坐應當學
不高聲入白衣舍應當學
不高聲白衣舍坐應當學
庠序入白衣舍應當學
庠序白衣舍坐應當學 十五
一心受食應當學
不溢鉢受食應當學
羹飯俱食應當學
不於鉢中處處取食應當學
不刳中央食應當學
不曲指抆鉢食應當學
不嗅食食應當學
諦視鉢食應當學
不棄飯食應當學
不以食手捉淨飲器應當學 十六
不吸食食應當學
不嚼食作聲應當學
不舐取食應當學
不滿手食應當學
不大張口食應當學
飯未至不張口待應當學
不脹頰食應當學
不齧半食應當學
不縮鼻食應當學
不含食語應當學 十七
不舒臂取食應當學

不振手食應當學
不吐舌舐食應當學
不全呑食應當學
不摶飯遥擲口中應當學
不以鉢中有食水灑白衣屋内應當學
不以飯覆羮更望得應當學
不嫌訶食應當學
不爲已索益食應當學
不嫌心視比坐鉢應當學 十八
不立大小便除病應當學
不大小便淨水中除病應當學
不大小便生草菜上除病應當學
人著屐不應爲説法除病應當學
人著革鞵不應爲説法除病應當學
人現胷不應爲説法除病應當學

人坐比丘尼立不應爲説法除病應當學
人在高座比丘尼在下不應爲説法除病應
當學
人卧比丘尼坐不應爲説法除病應當學
人在前比丘尼在後不應爲説法除病應當
學 十九
人在道中比丘尼在道外不應爲説法除病
應當學
不爲覆頭人説法除病應當學
不爲反抄衣人説法除病應當學
不爲左右抄衣人説法除病應當學
不爲持蓋覆身人説法除病應當學
不爲騎乘人説法除病應當學
不爲拄杖人説法除病應當學
不爲捉刀人説法除病應當學

不爲捉弓箭人說法除病應當學
樹過人不得上除大因緣應當學因緣者惡
獸諸難是名大因緣百
諸大姊已說衆學法今問諸大姊是中清淨
不第二第三亦如是說
諸大姊是中清淨默然故是事如是持
諸大姊已說戒經序已說八波羅夷法已說
十七僧伽婆尸沙法已說三十尼薩耆波逸
提法已說二百一十波逸提法已說八波羅
提提舍尼法已說衆學戒法是法入佛戒經
中半月半月波羅提木叉中說及餘隨道戒
法是中諸大姊一心和合歡喜不諍如水乳
合安樂行應當學
毗婆尸如來應正遍知爲寂靜僧略說波羅
提木叉

忍辱第一道　涅槃佛稱最　出家惱他人
不名爲沙門
尸棄如來應正遍知爲寂靜僧略說波羅提
木叉
譬如明眼人　能避險惡道　世有聰明人
能遠離諸惡
毗葉婆如來應正遍知爲寂靜僧略說波羅
提木叉
不惱不說過　如戒所說行　飯食知節量
常樂在閑處　心寂樂精進　是名諸佛教
拘留孫如來應正遍知爲寂靜僧略說波羅
提木叉
譬如蜂採華　不壞色與香　但取其味去
比丘入聚落　不破壞他事　不觀作不作
但自觀身行　諦視善不善

拘那含牟尼如來應正遍知爲寂靜僧略說
波羅提木叉
欲得好心莫放逸　聖人善法當勤學
若有知寂一心人　爾乃無復憂愁患
迦葉如來應正遍知爲寂靜僧略說波羅提
木叉
一切惡莫作　當具足善法　自淨其志意
是則諸佛教
釋迦牟尼如來應正遍知爲寂靜僧略說波
羅提木叉
護身爲善哉　能護口亦善　護意爲善哉
護一切亦善　比丘護一切　便得離衆苦
比丘守口意　身不犯衆惡　是三業道淨
得聖所得道
若人打罵不還報　於嫌恨人心不恨
於瞋人中心常淨　見人爲惡自不作
七佛爲世尊　能救護世間　所可說戒經
我已廣說竟　諸佛及弟子　恭敬是戒經
恭敬戒經已　各各相恭敬　慚愧得具足
能得無爲道
諸大姊已說波羅提木叉竟僧一心得布薩

五分比丘尼戒本

音釋

犛讃交切長髦牛也　擯必刃切斥也　肘陟柳切臂節也　絺抽遲切
緻直利切密也　綴株衛切聯也　貿莫候切交易也　呰將此切口毀也
麨尺沼切乾糧也　搩陟格切張申也　腋夷益切左右肘脅之間曰腋　髁
魯果切赤髀也　屣所綺切履也　攝陟涉切摺也　頰古協切面旁也　躓

音存踞也

跂 去纖切舉踵也

刳 空胡切虛其中也

抆 武粉切拭也

嚼 疾雀切咀嚼也

舐 甚爾切餂也

齧 倪結切噬也

摶 徒官切以手圜之也

屐 竭戟切木復也

波羅提木叉僧祇戒本

東晉天竺三藏佛陀跋陀羅譯

清刻龍藏佛說法變相圖

波羅提木叉僧祇戒本（亦名摩訶僧祇律大比丘戒本）

東晉天竺三藏佛陀跋陀羅譯

六念法

一者當知日數月一日二日乃至十四日十五日月大月小悉應知

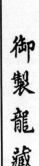

二者清旦當作施食法今日得食施某甲某甲於我不計意我當食（如是三說）

三者日日自憶若干臘數

四者當憶念受持衣及淨施者

五者當念不別衆食

六者當念病不病

摩訶僧祇律波羅提木叉大比丘戒本

大德僧聽冬時一月已過少一夜餘有一夜三月在老死至近佛法欲滅諸大德爲得道故一心勤精進所以者何諸佛一心勤精進

故得阿耨多羅三藐三菩提何況餘助道法
未受具足者已出僧今和合欲作何事（一人答言）
（布薩說戒）諸大德不來諸比丘說欲及清淨誰與
比丘尼取欲

合十指爪掌　供養釋師子　我今欲說戒
僧當一心聽　乃至小罪中　心應大怖畏
有罪一心悔　後更莫復犯　心馬馳惡道
放逸難禁制　佛說切戒行　亦如利轡勒
佛口說教誡　善者能信受　是人馬調順
能破煩惱軍　若不受教誡　亦不愛樂戒
是人馬不調　沒在煩惱軍　若人守護戒
如犛牛愛尾　繫心不放逸　亦如猴著鎖
日夜常精進　求實智慧故　是人佛法中
能得清淨命

大德僧聽今十五日布薩說波羅提木叉若僧時到僧忍聽僧一心共作布薩說波羅提木叉如是白諸大德今布薩說波羅提木叉僧一心善聽有罪者應發露無罪者默然默然故當知諸大德清淨如一一比丘問答是比丘衆中三唱衆中三唱憶有罪應發露不發露得故妄語罪諸大德故妄語罪佛說遮道法是故比丘欲求清淨憶有罪應發露發露則安隱不發露罪益深諸大德已說波羅提木叉序今問諸大德是中清淨不（如是三說）諸大德是中清淨默然故是事如是持

諸大德是四波羅夷法半月半月次說波羅提木叉

若比丘於和合僧中受具足戒不還戒戒羸不出相行婬法乃至共畜生是比丘波羅夷不共住佛在毗舍離城成佛五年冬分第五

半月十二日食後東向坐一人半影爲長老耶奢伽蘭陀子制此戒已制當隨順行是名隨順法

若比丘於聚落若空地不與取隨盜物主或捉或殺或縛或擯出咄男子汝是賊汝愚癡比丘如是不與取是比丘波羅夷不共住

佛在王舍城成佛六年冬分第二半月十日食後東向坐兩人半影爲瓦師子長老達膩伽因洴沙王及糞掃衣比丘制此戒已制當隨順行是名隨順法

若比丘自手奪人命求持刀與殺者教死歎死咄人用惡活爲死勝生作是意作是想方便歎譽死快因是死非餘者是比丘波羅夷不共住

佛在毗舍離城成佛六年冬分第三半月九日食前比向坐一人半影爲衆多看病比丘因鹿杖外道制此戒已制當隨順行是名隨順法

若比丘未知未見自稱得過人聖法知見殊勝我如是知如是見彼於後時若檢校若不檢校犯罪欲求清淨故作是言長老我不知言知不見言見虛誑不實語除增上慢是比丘波羅夷不共住

佛在舍衞國成佛六年冬分第四半月十三日食後東向坐三人半影爲聚落中衆多比丘及增上慢比丘制此戒已制當隨順行是名隨順法

諸大德已說四波羅夷法今問諸大德是中清淨不（如是三說）諸大德是中清淨默然故是事如是持

諸大德是十三僧伽婆尸沙法半月半月次説波羅提木叉

若比丘故出精除夢中僧伽婆尸沙

若比丘婬欲變心與女人身相摩觸若捉手若捉髮及餘身分摩觸受樂僧伽婆尸沙

若比丘婬欲變心於女人前作醜惡語隨順婬欲法如年少男女僧伽婆尸沙

若比丘婬欲變心於女人前歎自供養已身姊妹如我沙門持淨戒行善法修梵行以婬欲法供養第一僧伽婆尸沙

若比丘受使行和合男女若取婦若私通乃至須臾頃僧伽婆尸沙

若比丘自乞作房無主爲身應量作長十二修伽陀磔手内廣七搩手應將諸比丘示作房處無難處非妨處若難處妨處自乞作房無主爲身亦不將諸比丘示作房處而過量作者僧伽婆尸沙

若比丘作大房有主爲身應將諸比丘指授處無難處非妨處若難處妨處有主爲身亦不將諸比丘指授處者僧伽婆尸沙

若比丘瞋恨不喜故於清淨無罪比丘以無根波羅夷法謗欲壞彼比丘淨行此於後時若檢校若不檢校便言是事無根我住瞋恨故説僧伽婆尸沙

若比丘瞋恨不喜故於異分法中小小事非波羅夷以波羅夷法謗欲破彼比丘梵行此於後時若檢校若不檢校便言我以異分中小小事住瞋恨故説僧伽婆尸沙

若比丘爲破和合僧故勤方便執破僧事故共諍諸比丘應諫言長老汝莫爲破和合僧

故勤方便執破僧事故共諍當與僧同事何以故僧和合歡喜不諍共一學如水乳合如法說法照明安樂住如是諫時捨者善若不捨應第二第三諫捨是事善若不捨僧伽婆尸沙若比丘同意相助若一若二若衆多同語同見欲破和合僧諸比丘諫時是同意比丘言長老莫說是比丘好惡事何以故是法語比丘律語比丘是比丘所說所見欲忍可事我等亦欲忍可是比丘知說非不知說諸比丘應諫言長老莫作是語是法語比丘律語比丘何以故此非法語比丘非律語比丘諸長老莫作破僧事當樂助和合僧何以故僧和合歡喜不諍共一學如水乳合如法說法照明安樂住如是諫時捨者善若不捨應第二第三諫捨是事善若不捨僧伽婆尸沙

若比丘自用戾語諸比丘共法中如法如律教時便自用意言長老汝莫語我好惡事我亦不語汝好惡事諸比丘應諫言長老諸比丘共法中如法如律教時汝莫不受汝亦應如法如律教諸比丘何以故如來弟子衆展轉相教展轉相諫共罪中出故善法得增長如是諫時捨者善若不捨應第二第三諫捨是事善若不捨僧伽婆尸沙

若比丘依城邑聚落中住汙他家行惡行汙他家亦見亦聞行惡行亦見亦聞諸比丘應諫言長老汝等汙他家行惡行汙他家亦見亦聞行惡行亦見亦聞汝等出去不應此中住是比丘言僧隨愛隨瞋隨怖隨癡何以故有同罪比丘有驅者有不驅者諸比丘應諫言長老汝莫言僧隨愛隨瞋隨怖隨癡有同

罪比丘有驅者有不驅者何以故僧不隨愛不隨瞋不隨怖不隨癡長老汝等汙他家行惡行汙他家亦見亦聞行惡行亦見亦聞汝等出去莫此中住如是諫時捨者善若不捨應第二第三諫捨是事善若不捨僧伽婆尸沙諸大德已說十三僧伽婆尸沙法九初罪四乃至三諫若比丘犯一一罪隨知覆藏時應與波利婆沙波利婆沙已應僧中六日六夜行摩那埵行摩那埵已應二十僧中出罪若少一人不滿二十是比丘不得出罪諸比丘應被訶是事法爾今問諸大德是中清淨不（如是三說）諸大德是中清淨默然故是事如是持

諸大德是二不定法半月半月次說波羅提木叉

若比丘與女人獨屏覆處可婬處坐可信優婆夷於三法中一一如法說若波羅夷若僧伽婆尸沙若波夜提比丘自言我坐是處於三法中一一如法治若波羅夷若僧伽婆尸沙若波夜提應隨可信優婆夷所說法治彼比丘是初不定法

若比丘與女人獨露現處不可婬處坐可信優婆夷於二法中一一如法說若僧伽婆尸沙若波夜提比丘自言我坐是處於二法中一一如法治若僧伽婆尸沙若波夜提應隨可信優婆夷所說法治彼比丘是二不定法

諸大德已說二不定法今問諸大德是中清淨不（如是三說）諸大德是中清淨默然故是事如是持

諸大德是三十尼薩耆波夜提法半月半月

次説波羅提木叉

若比丘衣竟迦絺那衣已捨若得長衣十日畜若過者尼薩耆波夜提

若比丘衣竟迦絺那衣已捨三衣中若離一衣餘處宿除僧羯磨尼薩耆波夜提

若比丘衣竟迦絺那衣已捨若得非時衣比丘若須應取疾作衣受若不足有望處爲滿故聽一月畜若過者足不足尼薩耆波夜提

若比丘取非親里比丘尼衣除貿易尼薩耆波夜提

若比丘使非親里比丘尼浣故衣若染若打尼薩耆波夜提

若比丘從非親里居士居士婦乞衣除餘時尼薩耆波夜提餘時者失衣時

若比丘失衣時得從非親里居士居士婦乞衣若自恣與得取上下衣若過受尼薩耆波夜提

若比丘居士居士婦爲比丘辦衣價言我辦如是衣價買如是衣與某甲比丘是比丘先不請爲好故便往勸言善哉居士如是衣價買如是色衣與我若得是衣尼薩耆波夜提

若比丘居士居士婦各辦如是衣價言我等辦如是衣價買如是衣與某甲比丘是比丘先不請爲好故便往勸言善哉居士各辦如是衣價共作一如是色衣與我若得衣尼薩耆波夜提

爲比丘故若王大臣遣使送衣直與是比丘使到言如是衣直若王大臣送尊者應受比丘言我不得受是衣直送淨衣來者應受使言尊者有執事人不比丘若須衣應示使言

若園民若優婆塞言是人能爲比丘執事使到言善哉執事如是衣價買如是淨衣與某甲比丘是比丘來取衣時與使勸喻已還到比丘所言尊者所示執事人我已勸喻爲須衣時往取比丘須衣應到執事人所言我須衣我須衣第二第三亦如是說若得衣者好若不得應第四第五第六在執事人前默然立得衣者善若不得過是求若得衣尼薩耆波夜提若不得隨衣直來處若自去若遣使言汝爲某甲比丘送衣直是比丘於汝衣直竟不得用汝自知莫令失是事法爾十竟

若比丘純黑羺羊毛作新敷具尼薩耆波夜提

若比丘作新敷具應用二分純黑羺羊毛三分白四分尨若過分尼薩耆波夜提

若比丘憍奢耶雜純黑羺羊毛作新敷具尼薩耆波夜提

若比丘作新敷具應至六年持若減六年故敷具若捨若不捨作新敷具除僧羯磨尼薩耆波夜提

若比丘作新敷具氈尼師壇應著故敷具氈方一脩伽陀搩手爲壞色故若不著作新敷具氈尼師壇尼薩耆波夜提

若比丘道行得羊毛若須得取至三由旬若過者尼薩耆波夜提

若比丘使非親里比丘尼浣染擘羊毛尼薩耆波夜提

若比丘自手捉生色似色若使人捉舉染著者尼薩耆波夜提

若比丘種種賣買尼薩耆波夜提

若比丘種種販賣生色似色者尼薩耆波夜提二十竟

若比丘長鉢得十日畜若過者尼薩耆波夜提

若比丘所用鉢減五綴更求新鉢爲好故尼薩耆波夜提是鉢應衆中捨衆中最下鉢應與作是言長老是鉢受持破乃止是事法爾

若比丘病應服酥油蜜石蜜生酥及脂一受七日若過七日有殘不捨而服尼薩耆波夜提

若比丘與比丘衣後瞋恨不喜若自奪若使人奪得衣者尼薩耆波夜提

若比丘春殘一月在當求雨浴衣半月在當作成受用若未至求雨浴衣作成受用者尼薩耆波夜提

若比丘自行乞縷使非親里織師織作衣尼薩耆波夜提

若比丘若居士居士婦使織師爲比丘織作衣是比丘先不請爲好故便往勸織師言善哉居士此衣爲我作汝當好織令緻長廣當與汝錢直若食直如是勸得衣者尼薩耆波夜提

若比丘十日未至自恣得急施衣須者得取畜至衣時若過時尼薩耆波夜提

若比丘夏三月未至夏末月比丘在阿練若處住有疑恐怖有因緣事三衣中若一一衣得寄家内離六宿若過者除僧羯磨尼薩耆波夜提

若比丘知物向僧自迴向已尼薩耆波夜提

三十竟

諸大德已說三十尼薩耆波夜提法今問諸
大德是中清淨不（如是三說）諸大德是中清淨默
然故是事如是持
諸大德是九十二波夜提法半月半月次說
波羅提木叉
若比丘知而故妄語波夜提
若比丘種類形相語波夜提
若比丘兩舌語波夜提
若比丘知僧如法如律滅諍已後更發起言
此羯磨不了當更作作是因緣不異波夜提
若比丘爲女人說法過五六語除有知男子
波夜提
若比丘教未受具戒人說句法波夜提
若比丘向未受具戒人說得過人法我如是
知如是見說實語者波夜提

若比丘知比丘麤罪向未受具戒人說除僧
羯磨波夜提
若比丘僧應分物先聽與而後遮言長老汝
親厚意迴僧物與人波夜提
若比丘僧半月誦波羅提木叉經時作是言
長老用誦是雜碎戒爲使諸比丘生疑悔作
是輕呵戒因緣不異波夜提（十竟）
若比丘壞種子破鬼村波夜提
若比丘異語惱他波夜提
若比丘嫌責者波夜提
若比丘僧住處露地敷臥牀坐牀褥枕若自
敷若使人敷不囑去時不自舉不使人舉波
夜提
若比丘僧房內敷牀褥若自敷若使人敷不
囑去時不自舉不使人舉波夜提

若比丘瞋恨不喜僧房内牽比丘出若使人牽下至言汝出去波夜提

若比丘知僧房内比丘先敷牀褥後來敷置欲擾亂令去作是因緣不異波夜提

若比丘僧房閣上敷尖脚牀若坐若臥波夜提

若比丘知水有蟲澆草泥若使人澆波夜提

若比丘經營作大房施戶牖齊再三覆當於少草地中住教若過作波夜提 二十竟

若比丘僧不差而教誡比丘尼波夜提

若比丘僧差而教誡比丘尼從日沒乃至明相未出波夜提

若比丘往尼住處教誡不白善比丘除餘時波夜提餘時者病時

若比丘語比丘言長老汝爲食故教誡比丘尼波夜提

若比丘與一切比丘尼共空靜處坐波夜提

若比丘與比丘尼期共道行下至聚落間除恐怖畏估客伴時波夜提

若比丘與比丘尼期共載船上水下水除直渡波夜提

若比丘與非親里比丘尼衣除貿易波夜提

若比丘與非親里比丘尼作衣波夜提

若比丘知比丘尼讚歎食除舊時檀越波夜提 三十竟

若比丘施一食處不病比丘過一食波夜提

若比丘處處食除病時衣時波夜提

若比丘食已足離坐處不作殘食法食者波夜提

若比丘知彼比丘食已足離坐處不作殘食

法欲惱故勸言長老食此食者波夜提

若比丘不與不受著口中除水及楊枝波夜提

若比丘非時食波夜提

若比丘停食食波夜提

若比丘往白衣家自恣與餅麨得受兩三鉢出外共不病比丘食若過受不共食波夜提

若比丘不病爲身乞酥油蜜石蜜乳酪魚肉如是乞美食食者波夜提

若比丘別衆食除餘時波夜提餘時者病時衣時行時船上時大衆會時外　施食時十四竟

若比丘無病爲身然草木牛屎糠若自然若使人然除因緣波夜提

若比丘與未受具足戒人同屋過三宿波夜提

若比丘與羯磨欲已後瞋恨不喜作是言我不與欲不好與此羯磨不成波夜提

若比丘語比丘言長老共入聚落到彼當與汝食若自與若使人與後欲驅故便言汝出去我共汝住不樂我獨住樂作是因緣 不異波夜提

若比丘作是語長老我知世尊說障道法習此法不能障道諸比丘應諫言長老汝莫謗世尊謗世尊者不善世尊不作是語世尊說障道法實障道汝捨此惡事如是諫時若堅持不捨應第二第三諫捨者善若不捨僧應作舉羯磨是比丘波夜提

若比丘知比丘惡見不捨僧應如法如律作舉羯磨未作如法如律共食共同屋住波夜

提

若比丘知沙彌作是言如來說婬欲是障道法我知習婬欲不能障道諸比丘應諫言汝沙彌莫謗世尊謗世尊者不善世尊不作是語世尊說婬欲實障道法汝捨此惡見如是諫時若堅持不捨應第二第三諫捨者善若不捨應驅出言汝從今日已後不應言佛是我師亦不得共比丘同屋過三宿汝去不得此中住若比丘知是沙彌惡見不捨僧應驅出未作如法誘喚共食共住波夜提

若比丘得新衣應三種壞色若一一壞色青黒木蘭若不壞色受用者波夜提

若比丘僧住處內寶若名寶若自取若使人取除內取爲主來求者與波夜提

若比丘減半月浴除餘時波夜提餘時者春後一月半夏初一月此二月半是熱時病時作時風時雨時行時 五十竟

若比丘知水有蟲飲者波夜提

若比丘自手與無衣出家男女食波夜提

若比丘知食家婬處坐波夜提

若比丘知食家屏處坐波夜提

若比丘看軍發行波夜提

若比丘有因緣事得到軍中三宿若過者波夜提

若比丘有因緣事得到軍中三宿若看軍發行衘旗鬪勢波夜提

若比丘瞋恨不喜打比丘波夜提

若比丘瞋恨不喜掌刀擬比丘波夜提

若比丘知比丘麤罪覆藏者波夜提 六十竟

若比丘故奪畜生命波夜提

若比丘故令他比丘起疑悔須臾不樂 作是因緣不異波夜提

若比丘淨施五衆衣後不捨而受用者波夜提

若比丘戲笑藏他比丘衣鉢尼師壇針筒若使人藏波夜提

若比丘恐怖比丘波夜提

若比丘水中戲波夜提

若比丘以指相指波夜提

若比丘與女人共期道行下至聚落中波夜提

若比丘與女人同屋宿波夜提

若比丘與女人獨屏處坐波夜提 七十竟

若比丘知人不滿二十與受具足戒是人不名受具足諸比丘應被呵波夜提

若比丘知賊衆期共道行下至聚落中波夜提

若比丘自手掘地若使人掘若指示語掘是地波夜提

若比丘四月別請應受若過受波夜提除更請長請

若比丘語比丘言長老當學莫犯五衆罪是比丘言我不隨汝語若見餘長老寂根多聞持法深解我當從諮問彼有所說我當受持除餘時波夜提餘時者比丘欲得法利應當學亦應問餘比丘

若比丘飲酒咽咽波夜提

若比丘輕他比丘者波夜提

若比丘諸比丘諍訟時默然立聽彼有所說我當憶持作是因緣不異波夜提

若比丘僧斷事不與欲出去不白波夜提

若比丘阿蘭若處住非時入聚落不白善比丘除急事波夜提竟八十

若比丘同食處食前食後不白善比丘行至餘家除衣時波夜提

若比丘入王宮內夫人未藏寶下至過門限波夜提

若比丘骨牙角作針筒破已波夜提

若比丘作牀脚應高佛八指除入梐若過截已波夜提

若比丘兜羅綿貯褥若坐若臥出已波夜提

若比丘作尼師壇應量作長二脩伽陀搩手廣一搩手半更益一搩手若過截已波夜提

若比丘作覆瘡衣應長四脩伽陀搩手廣兩搩手若過截已波夜提

若比丘作雨浴衣應長六脩伽陀搩手廣兩搩手半若過截已波夜提

若比丘與如來量等作衣若過截已波夜提如來衣長九脩伽陀搩手廣六搩手

若比丘瞋恨不喜以無根僧伽婆尸沙法謗波夜提竟九十

若比丘知物向僧迴與餘人波夜提

若比丘半月說波羅提木叉經時作是言長老我今始知是法入戒經中諸比丘知彼比丘本若二若三說波羅提木叉經中坐時況復多彼比丘不以不知故無罪隨所犯罪一一如法治應訶責言長老汝失善利半月說波羅提木叉經時汝不尊重不一心念不攝耳聽法訶已波夜提

諸大德已說九十二波夜提法今問諸大德

是中清淨不如是三說諸大德是中清淨默然故
是事如是持
諸大德是四波羅提提舍尼法半月半月次
說波羅提木叉
若比丘阿練若處住先不語不病外不受於
內受若噉若食應向餘比丘悔過言長老我
墮可呵法此法悔過
若比丘不病在白衣家內從非親里比丘尼
受食若噉若食應向餘比丘悔過言長老我
墮可呵法此法悔過
若比丘受白衣家請食比丘尼在前立指示
言與是比丘飯與是比丘羹若魚若肉諸比
丘應語是比丘尼言姊妹小住待諸比丘食
竟若無一比丘呵者是諸比丘應向餘比丘
悔過言長老我墮可呵法此法悔過

有學家僧作學家羯磨是比丘先不請而往
自手受若噉若食是比丘應向餘比丘悔過
言長老我墮可呵法此法悔過
諸大德已說四波羅提提舍尼法今問諸大
德是中清淨不如是三說諸大德是中清淨默然
故是事如是持
諸大德是衆學法半月半月次說波羅提木
叉
齊整著內衣應當學
齊整被衣應當學
好覆身入家內應當學
諦視入家內應當學
小聲入家內應當學
不笑入家內應當學
不覆頭入家內應當學

不反抄衣入家内應當學
不脚指行入家内應當學
不叉腰入家内應當學
不搖身入家内應當學
不搖頭入家内應當學
不掉臂入家内應當學
好覆身家内坐應當學
諦視家内坐應當學
小聲家内坐應當學
不笑家内坐應當學
不覆頭家内坐應當學
不反抄衣家内坐應當學
不抱膝家内坐應當學
不交脚家内坐應當學
不叉腰家内坐應當學

不動手足家内坐應當學
一心受食應當學
羮飯等食應當學
不偏刳食應當學
不口中頰食食應當學
不吐舌食應當學
不大團飯食應當學
不張口待飯食應當學
不掉摶餅食應當學
不齧半食應當學
不含食語應當學
不指技鉢食應當學
不舐手食應當學
不嗽指食應當學
不嚩喋作聲食應當學

不吸食食應當學
不全吞食應當學
不落飯食應當學
不振手食應當學
不嫌心看比坐鉢食應當學
端心視鉢食應當學
不病不得爲已索食應當學
不以飯覆羹上更望得應當學
不以膩手受食器應當學
不以鉢中殘飯棄地應當學
已立不爲坐人說法除病應當學
已坐不爲臥人說法除病應當學
已在下不爲高牀上人說法除病應當學
不爲著革屣人說法除病應當學
不爲著屐人說法除病應當學

不爲覆頭人說法除病應當學
不爲纏頭人說法除病應當學
不爲抱膝蹲人說法除病應當學
不爲翹脚人說法除病應當學
不爲捉刀人說法除病應當學
不爲捉杖人說法除病應當學
不爲捉弓箭人說法除病應當學
不爲捉蓋人說法除病應當學
在後不爲在前人說法除病應當學
不爲騎乘人說法除病應當學
在道外不爲道中人說法除病應當學
不生草上大小便涕唾除病應當學
不水中大小便涕唾除病應當學
不立大小便除病應當學
樹過人不得上除大因緣應當學

諸大德已說衆學法今問諸大德是中清淨不（如是三說）諸大德是中清淨默然故是事如是持

諸大德是七滅諍法半月半月次說波羅提木叉

若隨事隨順人應與現前毗尼人與現前毗尼

應與憶念毗尼人與憶念毗尼

應與不癡毗尼人與不癡毗尼

應與自言治毗尼人與自言治毗尼

應與覓罪相毗尼人與覓罪相毗尼

應與多覓毗尼人與多覓毗尼

應與如草布地毗尼人與如草布地毗尼

諸大德已說七滅諍法今問諸大德是中清淨不（如是三說）諸大德是中清淨默然故是事如是持

諸大德是隨順法半月半月次說波羅提木叉二部毗尼隨順者隨順行此法

諸大德已說隨順法今問諸大德是中清淨不（如是三說）諸大德是中清淨默然故是事如是持

諸大德已說戒序法已說四波羅夷法已說十三僧伽婆尸沙法已說二不定法已說三十尼薩耆波夜提法已說九十二波夜提法已說四波羅提提舍尼法已說衆學法已說七滅諍法已說隨順法是名如來應供正徧知法是法毗尼法入波羅提木叉經中是法隨順法一切學莫犯

佛言毗婆尸佛如來應供正徧知爲寂靜僧略說波羅提木叉

忍辱第一道　涅槃佛稱最　出家惱他人
不名爲沙門
尸棄佛如來應供正徧知爲寂靜僧略說波
羅提木叉
譬如明眼人　能避險惡道　世有聰明人
能遠離諸惡
毗葉婆佛如來應供正徧知爲寂靜僧略說
波羅提木叉
不惱不說過　如戒所說行　飲食知節量
常樂在閑處　心淨樂精進　是名諸佛教
拘留孫佛如來應供正徧知爲寂靜僧略說
波羅提木叉
譬如蜂採華　不壞色與香　但取其味去
比丘入聚然　不破壞他事　不觀作不作
但自觀身行　諦視善不善

拘那含牟尼佛如來應供正徧知爲寂靜僧
略說波羅提木叉
欲得好心莫放逸　聖人善法當勤學
若有智寂一心人　爾乃無復憂愁患
迦葉佛如來應供正徧知爲寂靜僧略說波
羅提木叉
一切惡莫作　當具足善法　自淨其志意
是則諸佛教
釋迦牟尼佛如來應供正徧知爲寂靜僧略
說波羅提木叉
護身爲善哉　能護口亦善　護意爲善哉
護一切亦善　比丘護一切　便得離衆苦
比丘守口意　身不犯衆惡　是三業道淨
得聖所行道
若人撾罵不還報　於嫌恨人心不恨

於瞋人中心常淨　見人爲惡自不作
七佛爲世尊　能救護世間　所可說戒經
我已廣說竟　諸佛及弟子　恭敬是戒經
恭敬戒經已　各各相恭敬　慚愧得具足
能得無爲道
已說波羅提木叉經竟僧一心得布薩
摩訶僧祇戒
持戒淨身口　攝心正憶念　多聞生實智
斯由戒爲本　戒爲妙寶藏　亦爲七財寶
戒爲大船師　能渡生死海　戒爲清涼池
澡浴諸煩惱　戒爲無畏術　消伏邪毒害
戒爲究竟伴　能過嶮惡道　戒爲甘露門
衆聖之所由　持戒心不動　專精不放逸
不毀正戒相　亦無邪念心　是名清淨戒
諸佛之所讃　是故歡喜持　清淨之戒身

波羅提木叉僧祇戒本

音釋

轡勒　轡彼義切馬轡也　勒理得切馬鞚也
尨　莫江切雜也
氈　諸連切氈毛席也
尖　子廉切
屎　詩止切與屎同
褚　知呂切裝綿絮也
搩　陟革切與磔同
刳　空胡切剖也
頰　古協切口輔也
摶　徒官切
嗽　所角切與[口束]同
嚩㗱　嚩補各切　㗱子立切　嚩㗱噍貌
蹲　徂尊切踞也
翹　渠堯切舉足也

十誦律比丘戒本

姚秦三藏鳩摩羅什譯

清刻龍藏佛說法變相圖

十誦律比丘戒本

姚秦三藏鳩摩羅什譯

大德僧聽冬時一月過少一夜餘有一夜三月在老死至近佛法欲滅諸大德爲得道故一心勤精進所以者何諸佛一心勤精進故得阿耨多羅三藐三菩提何況餘善道法未受具戒者已出僧今和合先作何事一人應答言布薩說戒諸大德不來諸比丘說欲及清淨

合十指爪掌　供養釋師子　我今欲說戒
僧當一心聽　乃至小罪中　心應大怖畏
有罪一心悔　後更莫復犯　心馬馳惡道
放逸難禁制　佛說切戒行　亦如利轡勒
佛口說教誡　善者能信受　是人馬調順
能破煩惱軍　若不受教勑　亦不愛樂戒
是人馬不調　沒在煩惱軍　若人守護戒

如犛牛愛尾　繫心不放逸　亦如猴著鏁
日夜常精進　求實智慧故　是人佛法中
能得清淨命

大德僧聽今十五日作布薩說戒若僧時到僧忍聽僧一心布薩說戒白如是諸大德今共作布薩說戒僧一心善聽有罪者發露無罪者默然默然故當知諸大德清淨如一一比丘問答是比丘衆中三唱亦如是若有比丘如是比丘衆中三唱時憶有罪不發露得故妄語罪諸大德故妄語罪佛說遮道法比丘於此中欲求清淨憶有罪應發露發露則安隱不發露罪益深諸大德已說戒序今問諸大德是中清淨不（如是三說）諸大德是中清淨默然故是事如是持

諸大德是四波羅夷法半月半月戒經中說

若比丘共諸比丘入戒法中不還戒戒羸不出行婬法乃至共畜生是比丘得波羅夷罪不應共住

若比丘若聚落中若空地不與取名盜物如不與物取故若王若王等若捉若殺若縛若擯若偷金罪若如是語咄汝小兒汝癡汝賊如是相比丘不與物取是比丘得波羅夷罪不應共住

若比丘若人若似人故若自手奪命若自持刀與若教人持刀與若教死若讚死若如是語咄人用惡活爲死勝生隨彼心樂死種種因緣教死讚死是人因此事死是比丘得波羅夷罪不應共住

若比丘空無所有不知不見過人法聖利滿足若知若見作是語我如是知如是見是比

丘後時若問若不問爲出罪求清淨故作如是言我不知言知不見言見虚誑妄語是比丘得波羅夷罪不應共住除增上慢

諸大德已説四波羅夷法若比丘犯一一法是比丘不得共住如前後亦如是是比丘得波羅夷罪不應共住今問諸大德是中清淨不（如是三説）諸大德是中清淨默然故是事如是持諸大德是十三僧伽婆尸沙法半月半月戒經中説

若比丘故出精是比丘僧伽婆尸沙除夢中

若比丘婬亂變心與女人身共合若捉手若捉臂若捉髮若捉一一身分若上下摩著細滑僧伽婆尸沙

若比丘婬亂變心婬欲麤惡不善語呼女人如年少男女僧伽婆尸沙

若比丘婬亂變心於女人前讃供養已身語言姊妹如我等比丘持戒斷婬欲行善法姊妹婬欲法供養是第一供養僧伽婆尸沙僧

若比丘行媒法持男意至女邊持女意至男邊若爲婦事若私通事乃至一交會時僧伽婆尸沙

若比丘無主爲身自乞欲作房應量作是房量長十二佛搩手内廣七搩手是比丘應將諸比丘示作房處無難處非妨處諸比丘應示作房處無難處非妨處若比丘難處妨處自乞作房無主爲身亦不將諸比丘示作房處亦過量僧伽婆尸沙

若比丘有主自爲欲作大房是比丘應將諸比丘示作房處無難處非妨處諸比丘應示作房處無難處非妨處若比丘難處妨處有

主自為作大房亦不將諸比丘示作房處僧伽婆尸沙

若比丘瞋瞋故不喜清淨無罪比丘以無根波羅夷法謗欲破彼比丘淨行是比丘後時若檢校若不檢校若知是事無根無根故是比丘住瞋法語諸比丘我瞋故如是語僧伽婆尸沙

若比丘瞋瞋故不喜異分事中取片若似片法非波羅夷比丘以波羅夷法謗欲破彼比丘淨行是比丘後時若檢校若不檢校知是異分事中取片若似片法是比丘住瞋法語語比丘言我瞋故如是語僧伽婆尸沙

若比丘為破和合僧故勤方便若受破緣事故共諍諸比丘應諫是比丘大德莫為破和合僧故勤方便亦莫受破僧緣事故共諍大德當與僧同事何以故僧和合歡喜不諍一心一學如水乳合安樂行大德捨是破僧因緣事諸比丘如是諫時若堅持是事不捨諸比丘應第二第三諫捨是事故第二第三諫時捨是事好若不捨僧伽婆尸沙

是為破和合僧故勤方便比丘有餘比丘親厚同意別異語若一若二若衆多是同意比丘語諸比丘言大德是事中莫諫是比丘何以故是法語比丘善語比丘是比丘說法不說非法說善不說不善是比丘知說非不知說是比丘所說皆是我等心所欲是比丘欲忍可事我等亦欲忍可諸比丘應如是諫是同意比丘諸大德莫作是語是法語比丘善語比丘是比丘說法不說非法說善不說不善是比丘知說非不知說是比丘所說皆是

我等心所欲是比丘欲忍可事我等亦欲忍可諸大德莫樂助破僧事當樂助和合僧何以故和合歡喜不諍一心一學如水乳合安樂行諸大德當捨破僧同意別異語是同意比丘諸比丘如是諫時若堅持是事不捨諸比丘應第二第三諫捨是事故第二第三諫時捨是事好若不捨僧伽婆尸沙

有諸比丘依止城若聚落住是諸比丘汙他家行惡行汙他家亦見亦聞亦知行惡行亦見亦聞亦知諸比丘應如是諫是比丘諸大德汝等汙他家行惡行汙他家亦見亦聞亦知行惡行亦見亦聞亦知諸大德汝等出去不應是中住是比丘語諸比丘言諸大德諸比丘隨愛隨瞋隨怖隨癡何以故有如是同罪比丘有驅者有不驅者諸比丘應語比丘言諸大德莫作是語諸比丘隨愛隨瞋隨怖隨癡有如是同罪比丘有驅者有不驅者何以故諸比丘不隨愛不隨瞋不隨怖不隨癡諸大德汝等汙他家行惡行汙他家亦見亦聞亦知行惡行亦見亦聞亦知諸大德捨是隨愛隨瞋隨怖隨癡語汝等出去不應是中住是同意比丘諸比丘如是諫時若堅持是事不捨諸比丘應第二第三諫捨是事故第二第三諫時捨是事好若不捨僧伽婆尸沙

有一比丘惡性難共語諸比丘如法如善說所犯戒事自身作不可共語如是言諸大德莫語我若好若醜我亦不語諸大德若好若醜諸大德不須諫我諸比丘應諫是比丘大德諸比丘如法如善說所犯戒中事汝莫自身作不可共語汝身當作可共語諸大德當

爲諸比丘說如法如善諸比丘亦當爲大德說如法如善何以故諸如來衆得如是增長所謂共說共諫共罪中出故大德捨是自身作不可共語業諸比丘如是諫時若堅持是事不捨諸比丘應第二第三諫捨是事故第二第三諫時捨是事好若不捨僧伽婆尸沙諸大德已說十三僧伽婆尸沙法九初罪四乃至三諫是諸罪中若比丘犯一一罪知故覆藏隨幾時應强令行波利婆沙行波利婆沙已是比丘應僧中六日六夜行摩那埵行摩那埵已次到阿浮呵那如法作已諸比丘心喜二十比丘僧中應出罪若少一人不滿二十衆欲出是比丘罪是比丘罪不得出諸比丘亦可呵是事法應爾今問諸大德是中清淨不如是二說諸大德是中清淨默然故是事如是持

諸大德是二不定法半月半月戒經中說若比丘共一女人獨屏覆處可婬處坐可信優婆夷是比丘三法中若一一法說若波羅夷若僧伽婆尸沙若波夜提若比丘自言我坐是處應三法中隨所說法治若波羅夷若僧伽婆尸沙若波夜提隨可信優婆夷所說種種如法治是比丘是初不定法

若比丘共一女人不屏覆處不可婬處坐是比丘與女人說麤惡婬欲語可信優婆夷二法中若一一法說若僧伽婆尸沙若波夜提若比丘自言我坐是處應二法中隨所說法治若僧伽婆尸沙若波夜提隨可信優婆夷所說種種如法治是比丘是二不定法

諸大德已說二不定法今問諸大德是中清

淨不如是三說諸大德是中清淨默然故是事如是持

諸大德是三十尼薩耆波夜提法半月半月戒經中說

若比丘三衣具足訖迦絺那衣時長衣乃至十日應畜若過十日畜尼薩耆波夜提

若比丘三衣具足訖迦絺那衣時三衣中若離一一衣餘處宿尼薩耆波夜提除僧羯磨

若比丘三衣具足訖迦絺那衣時若得非時衣是比丘若須衣得自手取物應疾作比丘衣畜若得足者好若不足若知更有得處若爲補故是比丘是衣乃至一月應畜若過一月畜尼薩耆波夜提

若比丘從非親里比丘尼取衣尼薩耆波夜提除貿易

若比丘使非親里比丘尼浣故衣若染若打尼薩耆波夜提

若比丘從非親里居士若居士婦乞衣若得衣者尼薩耆波夜提除餘因緣因緣者若比丘奪衣失衣燒衣漂衣是名因緣

若比丘奪衣失衣燒衣漂衣從非親里居士若居士婦乞衣若非親里居士若居士婦自恣請多與衣是比丘若欲取乃至上下衣應受若過受尼薩耆波夜提

若比丘非親里居士若居士婦爲辦衣價念言我曹如是如是衣價買如是如是衣與某甲比丘是比丘先不受自恣請爲好衣故少作因緣便到非親里若居士若居士婦所作如是言汝等善哉辦如是如是衣價買作如是如是衣與我若得是衣尼薩耆波夜提

若比丘非親里居士若居士婦各各辦衣價念言我曹如是如是衣價買如是如是衣與某甲比丘是比丘先不受自恣請爲好衣故少作因縁便到非親里居士若居士婦所作如是言汝等善哉辦如是如是衣價買合作一衣與我爲好故若得是衣尼薩耆波夜提

若比丘若王若王臣若婆羅門若居士遣使送衣價是使到是比丘所語是比丘言大德知不是衣價若王若王臣若婆羅門若居士所送大德受是衣價是比丘應語使如是言諸比丘法不得受衣價我曹須衣時得清淨衣若須衣得自手取物疾作衣畜使語比丘言大德有執事人常能爲諸比丘執事不須衣比丘應示使執事人若守僧坊人若優婆塞應語言是人等能爲諸比丘執事使向執事人所語執事人言善哉執事如是如是衣價買如是如是衣與某甲比丘是比丘須衣時至當來當與衣使若自勸喻若使人勸喻已還到比丘所到已白言大德所示執事人我勸喻作已大德須衣時往取當與大德衣須衣比丘應到執事所索衣作如是言我須衣我須衣第二第三亦如是索若得衣者好若不得衣第四第五極至第六在執事前默然立若第四第五極至第六在執事人前立得衣者好若不得衣爲得衣故過是求若得是衣尼薩耆波夜提若不得衣隨衣價來處若自去若遣使應如是語汝爲某甲比丘送衣價是比丘於汝衣價竟不得用汝自知財莫使失是事法爾

若比丘新憍奢耶作敷具尼薩耆波夜提

若比丘純黑羺羊毛作新敷具尼薩耆波夜提

若比丘欲作新敷具應用二分純黑羺羊毛第三分白第四分下若比丘不用二分純黑羺羊毛第三分白第四分下作新敷具尼薩耆波夜提

若比丘欲作新敷具故敷具必應滿六年畜若比丘六年内故敷具若捨若不捨更作新敷具尼薩耆波夜提除僧羯磨

若比丘欲作新尼師壇故尼師壇四邊各取一修伽陀磔手爲壞好色故若比丘不取故尼師壇四邊各一修伽陀磔手壞色更作新尼師壇爲好故尼薩耆波夜提

若比丘行道中得羺羊毛若欲受是比丘應自手受乃至三由旬若無代過擔者尼薩耆波夜提

若比丘使非親里比丘尼浣染擘羺羊毛尼薩耆波夜提

若比丘自手取金銀若使人取若教他取尼薩耆波夜提

若比丘以金銀買種種物尼薩耆波夜提

若比丘種種販賣尼薩耆波夜提

若比丘畜長鉢乃至十日應畜若過畜者尼薩耆波夜提

若比丘所用鉢破不滿五綴更乞新鉢爲好故尼薩耆波夜提是比丘是鉢應諸比丘衆中捨是比丘衆中最下鉢應與應如是敎汝比丘受是鉢乃至破是事法爾

若比丘自乞縷使非親里織師織尼薩耆波夜提

若比丘非親里居士若居士婦使織師爲比丘織作衣是比丘先不自恣請爲好衣故少作因緣往語織師言汝知不此衣爲我作汝好織令緻廣我或當與汝少物是比丘若自勸喻若使人勸喻已後時與少物乃至一食若一食直爲得衣故若得是衣尼薩耆波夜提

若比丘與他比丘衣若後瞋恚忿心不喜若自奪若使人奪作如是言汝比丘還我衣來不與汝尼薩耆波夜提是比丘應諸比丘前捨是衣

若比丘十日未至自恣得急施衣是比丘若須衣得自手取物乃至衣時應畜若過畜尼薩耆波夜提

若比丘夏三月過有閏未滿八月若阿蘭若比丘在阿蘭若處住意有疑恐怖畏難是比丘欲三衣中若離一一衣著舍內若有因緣出界故離衣宿極至六夜若過宿尼薩耆波夜提

若比丘春一月殘比丘應求雨浴衣半月應畜若比丘春一月殘内求雨衣過半月畜尼薩耆波夜提

若比丘知檀越欲與僧物自迴向已尼薩耆波夜提

若比丘佛聽諸病比丘服四種含消藥酥油蜜石蜜是藥病比丘服殘共宿極至七日應服若過七日服尼薩耆波夜提

諸大德已說三十尼薩耆波夜提法今問諸大德是中清淨不（如是三說）諸大德是中清淨默然故是事如是持

諸大德是九十波夜提法半月半月戒經中說

若比丘故妄語波夜提

若比丘毁呰語波夜提

若比丘兩舌鬬他比丘波夜提

若比丘知僧如法斷事竟還更發起波夜提

若比丘爲女人說法過五六語波夜提除有智男子

若比丘以闡陀偈句教未受具戒人者波夜提

若比丘未受具戒人前自爲身說過人法若知若見自稱言我如是知如是見乃至實波夜提

若比丘知他比丘麤罪向未受具戒人說波夜提

除僧羯磨

若比丘先歡喜聽後如是說諸比丘隨親厚迴僧物與波夜提

若比丘說戒時作是言何用說是雜碎戒爲半月半月戒經中說說是戒故諸比丘心生悔心壞心惱心熱憂愁不樂生反戒心作是輕呵戒者波夜提

若比丘殺衆草木波夜提

若比丘嫌罵波夜提

若比丘不隨問答惱他波夜提

若比丘僧卧具若坐牀若卧牀若拘執若坐卧具露地若自敷若使人敷是中若坐若卧去時不自舉不教他舉波夜提

若比丘比丘房舍中敷卧具若自敷若使人敷是中若坐若卧去時不自舉不教人舉波夜提

若比丘比丘房舍中瞋恚忿心不喜若自挽

出若使人挽出如是言出去滅去汝不應是
中住是因緣故不異波夜提
若比丘比丘房舍中知諸比丘先安住敷卧
具竟後來强以卧具若自敷若使人敷作是
念若不樂者自當出去是因緣故不異波夜
提
若比丘比丘重閣上若尖脚牀坐若卧牀用
力若坐若卧波夜提
若比丘知水有蟲若自澆草土若使人澆波
夜提
若比丘欲作大房舍從戶牖平地邊漸次若
二若三累令堅牢若過累波夜提
若比丘僧不差教誡比丘尼波夜提
若比丘僧雖差教比丘尼是比丘乃至日没
時波夜提

若比丘如是言為供養利故諸比丘教化比
丘尼波夜提
若比丘與比丘尼議共道行乃至到一聚落
波夜提除因緣因緣者若多伴所行道有疑
怖畏是名因緣
若比丘與比丘尼議共載船若上水若下水
波夜提除直渡
若比丘與非親里比丘尼衣波夜提
若比丘與非親里比丘尼作衣波夜提
若比丘共比丘尼獨屏覆處坐波夜提
若比丘共一女人獨露處坐波夜提
若比丘知比丘尼讃因緣得食食波夜提除
先白衣時善因緣
若比丘數數食波夜提除因緣因緣者病時
布施衣時是名因緣

若比丘施一食處無病比丘應一食若過一食波夜提

若比丘到白衣家自恣多與若餅若麨諸比丘若須二三鉢應受若過取波夜提二三鉢取已出外應與餘善比丘是事法爾

若比丘食竟不受殘食法若食波夜提

若比丘知是比丘食竟不受殘食法强勸自恣多與飲食如是言比丘食爲惱故作是念令是比丘乃至少許時得惱是因緣故不異波夜提

若比丘別衆食波夜提除因緣因緣者病時作衣時欲道行時欲船上行時大會時外道沙門施食時是名因緣

若比丘非時食波夜提

若比丘殘宿食食波夜提

若比丘不受飲食著口中波夜提除水及楊枝

若比丘諸家中如是美食乳酪生酥熟酥油魚肉脯若比丘無病如是美食爲身索波夜提

若比丘知水有蟲取用波夜提

若比丘食家中卧處坐波夜提

若比丘食家中獨與一女人卧處强坐波夜提

若比丘裸形外道若出家男若出家女自手與食波夜提

若比丘軍發行往觀波夜提除因緣

若比丘有因緣到軍中乃至二宿應住若過二宿波夜提

若比丘乃至二宿軍中住觀軍發行王將幢

魔軍陣合戰波夜提
若比丘瞋他比丘恚忿不喜手打波夜提
若比丘瞋他比丘恚忿不喜手搏波夜提
若比丘知他比丘麤罪覆藏極至一宿波夜提
若比丘語彼比丘大德來至諸家便與汝多美飲食是比丘不使與彼比丘食如是言汝去共汝若坐若語不樂我獨坐獨語樂欲令惱故作是念使是比丘乃至少許時得惱是因緣故不異波夜提
若比丘無病欲露地炙若草木牛屎糞掃若自燒若使人燒波夜提
若比丘如法僧事與欲竟後更呵波夜提
若比丘未受具戒人共一房宿過二夜波夜提

若比丘作是言我如是知佛法義行障道法不能障道是比丘諸比丘應如是教汝大德莫作是語我如是知佛法義行障道法不能障道汝莫謗佛莫誣佛謗佛不善佛不作是語佛種種因緣說障道法實能障道汝大德捨是惡邪見是比丘諸比丘如是教時若受是事堅持不捨諸比丘應第二第三教捨是事故第二第三教時能捨是事好若不捨波夜提
若比丘知是人如是語不如法悔不捨惡邪見故擯若畜使共住共一房舍宿波夜提
若有沙彌作是言我如是知佛法義行諸欲不能障道是沙彌諸比丘應如是教汝沙彌莫作是語我如是知佛法義行諸欲不能障道汝莫謗佛莫誣佛謗佛不善佛不作是語

佛種種因緣訶諸欲能障道汝沙彌捨是惡邪見是沙彌諸比丘如是教時若受是事堅持不捨諸比丘應第二第三教捨是事故第二第三教時捨是事好若不捨是沙彌諸比丘應如是語從今日汝沙彌不應言佛是我師汝亦不應隨諸比丘後行諸餘沙彌得共比丘乃至一宿再宿汝亦無是事癡人出去滅去莫此中住若比丘知是被擯沙彌若畜使共語共一房舍宿波夜提

若比丘若寶若名寶若自取若使人取若語取是物波夜提除僧坊內若住處內若比丘若寶若名寶僧坊內住處內如是生心是誰有是主取去是事法爾

若比丘得新衣應三種壞色若青若涅若木蘭若比丘三種壞色中不取一一壞色若青若涅若木蘭著新衣波夜提

若比丘半月內浴波夜提除因緣因緣者熱時春後殘一月半夏初月是二月半名熱時除病時風時雨時作時行路時是名因緣

若比丘故奪畜生命波夜提

若比丘故令他比丘心疑作是念令是比丘乃至少許時得惱是因緣故不異波夜提

若比丘指痛挃波夜提

若比丘水中戲波夜提

若比丘共女人一房舍宿波夜提

若比丘自恐怖他比丘若使人恐怖乃至戲笑波夜提

若比丘取他比丘若鉢若衣若戶鉤鑰若革屣若針筒如是一一生活具若自藏若使人藏乃至戲笑波夜提

若比丘與比丘比丘尼式叉摩那沙彌沙彌尼衣輒還用波夜提

若比丘以無根僧伽婆尸沙法謗他比丘波夜提

若比丘與女人議共道行乃至到一聚落波夜提

若比丘與賊衆議共道行乃至到一聚落波夜提

若比丘不滿二十年人與受具足戒波夜提是人不得戒諸比丘亦可呵是事法爾

若比丘自手掘地若使人掘若指示言掘是波夜提

若比丘受四月自恣請若過是受者波夜提除常自恣請除數數自恣請除獨自恣請

若比丘說戒時如是言我今未學是戒先當問諸比丘誦修多羅誦毗尼誦阿毗曇者波夜提

若比丘欲得法利是戒中應學亦應問諸比丘誦修多羅誦毗尼誦阿毗曇者應如是言諸大德是語有何義是事法爾

若比丘共諸比丘鬪亂諍訟屏處默然立聽作是念諸比丘所說我當憶持波夜提

若比丘僧斷事時默然起去波夜提

若比丘輕他比丘波夜提

若比丘飲酒波夜提

若比丘非時入聚落不白善比丘波夜提除因緣

若比丘請食食前食後行至餘家波夜提

若比丘刹帝利王水澆頂夜未曉未藏寶若過門閫波夜提除因緣

若比丘說戒時如是言我今始知是法入戒經中半月半月戒經中說諸比丘知是比丘乃至若二若三說戒中坐何況多是比丘不以不知故得脫隨所犯罪如法治應呵令猒汝大德汝失無利汝不善汝說戒時不敬戒不作是念實有是事不貴重不著心中不一心念不攝耳聽法從彼事波夜提

若比丘若骨若齒若角作針筒波夜提

若比丘欲作坐牀卧牀足應高八指除入陛孔上若過作波夜提

若比丘自以兜羅綿貯褥若使人貯波夜提

若比丘欲作雨浴衣應料量是中量長六修伽陀搩手廣二修伽陀搩手若過作波夜提

若比丘欲作覆身衣應料量是中量長四修伽陀搩手廣二修伽陀搩手若過作波夜提

若比丘欲作尼師壇應料量是中量長二修伽陀搩手廣一修伽陀搩手半若益一搩手縷若過作波夜提

若比丘佛衣等量作衣若過佛衣量波夜提是中佛衣量長九修伽陀搩手廣六修伽陀搩手是名佛衣量

諸大德已說九十波夜提法今問諸大德是中清淨不（如是三說）諸大德是中清淨默然故是事如是持

諸大德是四波羅提提舍尼法半月半月戒經中說

若比丘無病白衣家內非親里比丘尼邊自手受食是比丘應諸比丘邊出罪如是言諸大德我墮可呵法所不應作是可出罪法我今出是第一波羅提提舍尼法

有諸比丘白衣家請食是中一比丘尼立指示言與是比丘飯與是比丘羹諸比丘應語是比丘尼小住姊妹待諸比丘食竟若諸比丘中乃至無一比丘能語是比丘尼姊妹小住待諸比丘食竟是比丘應諸比丘邊出罪如是言諸大德我墮可呵法所不應作是可出罪法我今出是第二波羅提提舍尼法

有諸學家僧作學家羯磨若比丘知是學家中僧學家羯磨已先不請後來自手受飲食是比丘應諸比丘邊出罪如是言諸大德我墮可呵法所不應作是可出罪法我今出是第三波羅提提舍尼法

有僧在阿練若處住有疑怖畏若比丘先知是阿練若住處有疑怖畏處僧亦不作羯磨不僧坊外受飲食僧坊内受飲食是比丘應諸比丘邊出罪如是言諸大德我墮可呵法所不應作是可出罪法我今出是第四波羅提提舍尼法

諸大德已說四波羅提提舍尼法今問諸大德是中清淨不（如是三說）諸大德是中清淨默然故是事如是持

諸大德是衆學戒法半月半月戒經中說

不高著内衣應當學

不下著内衣應當學

不參差著内衣應當學

不如釿頭著内衣應當學

不如多羅葉著内衣應當學

不如象鼻著内衣應當學

不如麨團著内衣應當學

不細攝著内衣應當學

不如兩耳著内衣應當學
不生起著内衣應當學
不著細生踈内衣應當學
周齊著内衣應當學
不高被衣應當學
不下被衣應當學
不參差被衣應當學
齊整被衣應當學
好覆身入白衣舍應當學
好覆身入白衣舍坐應當學
善好入白衣舍應當學
善好入白衣舍坐應當學
不眄視入白衣舍應當學
不眄視入白衣舍坐應當學
不嗅入白衣舍應當學
不嗅入白衣舍坐應當學
不自大入白衣舍應當學
不自大入白衣舍坐應當學
小聲入白衣舍應當學
小聲入白衣舍坐應當學
不胡跪入白衣舍應當學
不胡跪入白衣舍坐應當學
不覆頭入白衣舍應當學
不覆頭入白衣舍坐應當學
不幞頭入白衣舍應當學
不幞頭入白衣舍坐應當學
不扠腰入白衣舍應當學
不扠腰入白衣舍坐應當學
不現胷入白衣舍應當學
不現胷入白衣舍坐應當學

不現脇入白衣舍應當學
不現脇入白衣舍坐應當學
不反抄衣入白衣舍應當學
不反抄衣入白衣舍坐應當學
不左右反抄衣入白衣舍應當學
不左右反抄衣入白衣舍坐應當學
不放衣跳入白衣舍應當學
不放衣跳入白衣舍坐應當學
不掉臂入白衣舍應當學
不掉臂入白衣舍坐應當學
不搖肩入白衣舍應當學
不搖肩入白衣舍坐應當學
不搖頭入白衣舍應當學
不搖頭入白衣舍坐應當學
不搖身入白衣舍應當學

不搖身入白衣舍坐應當學
不携手入白衣舍應當學
不携手入白衣舍坐應當學
不躄一脚入白衣舍應當學
不躄一脚入白衣舍坐應當學
不累脚入白衣舍應當學
不累脚入白衣舍坐應當學
不掌扶頰入白衣舍坐爲白衣笑故應當學
一心受飯應當學
一心受羹應當學
不溢鉢受食應當學
羹飯等食應當學
不偏刳食應當學
不鉢中擇好食應當
不大摶飯食應當學

摶飯可口食應當學
不張口待食應當學
不含食語應當學
不齧半食應當學
不嚼飯作聲食應當學
不全吞食食應當學
不未咽食食應當學
不吐舌食應當學
不嗅食食應當學
不舐手食應當學
不指抆鉢食應當學
不棄飯食應當學
不振手食應當學
不食汙手受飯器應當學
比丘無病不得自為身索飯若羹應當學

不應以飯覆羹更望得應當學
不得嫉心看比坐鉢中應當學
一心觀鉢食應當學
次第食應當學
不應洗鉢水棄白衣舍內除語檀越應當學
騎乘人不應為說法除病應當學
人在前比丘在後不應為說法除病應當學
人在道中比丘在道外不應為說法除病應當學
人在高坐比丘在下不應為說法除病應當學
人坐比丘立不應為說法除病應當學
人卧比丘坐不應為說法除病應當學
人覆頭不應為說法除病應當學
人幞頭不應為說法除病應當學

人扠腰不應爲說法除病應當學
人現胷不應爲說法除病應當學
人現脇不應爲說法除病應當學
人抄衣不應爲說法除病應當學
人左右反抄衣不應爲說法除病應當學
人放衣跳不應爲說法除病應當學
人著屐不應爲說法除病應當學
人著革屣不應爲說法除病應當學
人捉杖不應爲說法除病應當學
人捉蓋不應爲說法除病應當學
人捉五尺刀不應爲說法除病應當學
人捉小刀不應爲說法除病應當學
人捉弓箭種種器杖不應爲說法除病應當學
不應生草上大小便洟唾除病應當學
不應淨用水中大小便洟唾除病應當學
不應立大小便除病應當學
樹過人不應上除大因緣應當學
諸大德我已說衆學法今問諸大德是中清淨不（如是三說）諸大德是中清淨默然故是事如是持
諸大德是七滅諍法半月半月戒經中說
應與現前毗尼人當與現前毗尼
應與憶念毗尼人當與憶念毗尼
應與不癡毗尼人當與不癡毗尼
應與自言治人當與自言治
應與覓罪相人當與覓罪相
應與多覓罪相人當與多覓罪相
種種僧中諍事生如草覆地除滅應當學
諸大德我已說七滅諍法今問諸大德是中

清淨不如是三説諸大德是中清淨默然故是事如是持

諸大德我已説戒序已説四波羅夷法已説十三僧伽婆尸沙法已説二不定法已説三十尼薩耆波夜提法已説九十波夜提法已説四波羅提提舍尼法已説衆學戒法已説七滅諍法是事入佛戒經中半月半月戒經中説及餘隨道戒法是中諸大德一心歡喜不諍一學一道和合如水乳安樂行應當學

毗婆尸佛如來無所著等正覺爲六百二十萬比丘前後圍繞説是戒經

忍辱第一道　涅槃佛稱最　出家惱他人
不名爲沙門

式佛如來無所著等正覺爲八十萬比丘前後圍繞説是戒經

譬如明眼人　能避險惡道　世有聰明人
能遠離諸惡

隨葉佛如來無所著等正覺爲十萬比丘前後圍繞説是戒經

不惱不説過　如戒所説行　飯食知節量
常樂在閑處　心淨樂精進　是名諸佛教

拘樓孫佛如來無所著等正覺爲四萬比丘前後圍繞説是戒經

譬如蜂採華　不壞色與香　但取其味去
比丘出聚然　不破壞他事　不觀作不作
但自觀身行　諦視善不善

拘那含佛如來無所著等正覺爲三萬比丘前後圍繞説是戒經

欲得好心莫放逸　聖人善法當勤學
若有智寂一心人　乃能無復憂愁患

迦葉佛如來無所著等正覺爲二萬比丘前
後圍繞說是戒經
一切惡莫作　當具足善法　自淨其志意
是則諸佛教
釋迦牟尼佛如來無所著等正覺爲千二百
五十未曾有僧前後圍繞說是戒經
護身爲善哉　能護口亦善　護意爲善哉
護一切亦善　比丘護一切　便得離衆惡
比丘守口意　身不犯衆惡　是三業道淨
得聖所得道
若人撾罵不還報　於嫌恨人心不恨
於瞋人中心常淨　見人爲惡自不作
七佛爲世尊　能救護世間　所可說戒經
我已廣說竟　諸佛及弟子　恭敬是戒經
恭敬戒經已　各各相恭敬　慚愧得具足
能得無爲道
諸大德已說戒經竟僧一心得布薩

十誦律比丘戒本

音釋

鏁蘇果切與鎖同　擘博陌切分擘也　長鉢長直亮切剩也　挽武遠切引也　脯方矩切乾肉也　裸郎果切赤體也　涅奴低切　挃竹栗切擣也　鈎鑰鑰以灼切鍉鑰也　閫苦本切門限也　釿舉欣切斧斤也　聅彌箭切扒視也　幞防玉切幞頭謂帕首也　扠初牙切挾也　躄必益切跛躄也

十誦律比丘尼戒本

宋長干寺沙門法頴集出

清刻龍藏佛說法變相圖

十誦律比丘尼戒本

宋　長干寺沙門法頴集出

大德尼僧聽冬時一月已過少一夜餘有一夜三月在老死至近佛法欲滅諸大德爲得道故一心勤精進所以者何諸佛一心勤精進故得阿耨多羅三藐三菩提何況餘善道法未受具足者已出僧今和合先作何事（一人應答布薩說戒）諸大德爲不來諸比丘尼說欲及清淨

合十指爪掌　供養釋師子　我今欲說戒
僧當一心聽　乃至小罪中　心應大怖畏
有罪一心悔　後更莫復犯　心馬馳惡道
放逸難禁制　佛說切戒行　亦如利轡勒
佛口說教戒　善者能信受　是人馬調順
能破煩惱軍　若不受教勅　亦不愛樂戒

是人馬不調　沒在煩惱軍　若人守護戒
如犛牛愛尾　繫心不放逸　亦如猴著鎖
日夜常精進　求實智慧故　是人佛法中
能得清淨命

大德尼僧聽今十五日布薩說波羅提木叉若僧時到僧忍聽僧一心作布薩說波羅提木叉如是白

諸大德今共作布薩說波羅提木叉僧一心善聽有罪者發露無罪者默然默然故當知諸大德清淨如一一比丘尼問答是比丘尼衆中三唱亦如是若有比丘尼如是比丘尼衆中第三唱憶有罪不發露得故妄語罪諸大德故妄語罪佛說遮道法比丘尼於此中欲求清淨憶有罪應發露發露則安隱不發露罪益深諸大德已說波羅提木叉序今問諸大德是中清淨不（第二第三亦如是問）諸大德是中清淨默然故是事如是持

諸大德是八波羅夷法半月半月波羅提木叉中說

若比丘尼同入比丘尼學法不捨戒戒羸不出行婬法乃至共畜生是比丘尼得波羅夷不應共住

若比丘尼若聚落若空地不與取名盜物如不與取物故若王王臣或捉繫縛或殺或擯或偷金罪或作是言汝小兒汝癡汝賊如是相不與取物者是比丘尼犯波羅夷不應共住

若比丘尼若人若人類故自手奪命若持刀與教死讚死作是言人用惡活爲寧死勝生隨彼心所樂死種種因緣教死讚死是人因

是事死者是比丘尼得波羅夷不應共住
若比丘尼不知不見空無過人法自言我如是知如是見後時若問若不問欲出罪故不知言知不見言見空誑妄語除增上慢是比丘尼得波羅夷不應共住
若比丘尼有漏心聽漏心男子髮際已下至腕膝已上却衣順摩逆摩牽推按掐抱上抱下是比丘尼犯波羅夷不應共住
若比丘尼有漏心聽漏心男子捉手捉衣共立共語共期入屏覆處待男子來與身如白衣女以此八事示貪著相是比丘尼犯波羅夷不應共住
若比丘尼知比丘尼犯麤罪覆藏乃至一夜是比丘尼知彼比丘尼若退若住若滅若去後作是言我亦先知是比丘尼犯如是如是不淨行但不欲自舉不欲向僧說或有人言云何妹自汙其妹是比丘尼犯波羅夷不應共住
若比丘尼知是比丘尼一心和合僧如法作不見擯獨一無二無伴無侶不休不息便隨順諸比丘尼應如是諫是比丘尼是比丘尼一心和合僧如法作不見擯獨一無二無伴無侶不休不息汝莫隨順是比丘諸比丘尼如是諫時堅持是事不捨者諸比丘尼應第二第三諫令捨是事故第二第三諫時若捨是事善若不捨者是比丘尼犯波羅夷罪不應共住
諸大德已說八波羅夷法若比丘尼犯一一法是比丘尼不得共住不得共事如前後亦如是是比丘尼犯波羅夷罪不應共住今問

諸大德是中清淨不第二第三亦如是說諸大德是中清淨默然故是事如是持

諸大德是十七僧伽婆尸沙法半月半月波羅提木叉中說

若比丘尼行媒嫁法持男意語女持女意語男若爲婦事若私通事乃至一會時是法初犯僧伽婆尸沙可悔過

若比丘尼惡瞋故以無根波羅夷法謗無波羅夷比丘尼欲破彼梵行是比丘尼後時或問不問知是無根事是比丘尼住惡瞋故作是語者是法初犯僧伽婆尸沙可悔過

若比丘尼惡瞋故異分中取片若似片事以波羅夷法謗無波羅夷比丘尼故破彼梵行是比丘尼後時或問或不問知是片似片事是比丘尼住惡瞋故作是語者是法初犯僧伽婆尸沙可悔過

若比丘尼有漏心從漏心男子自手取食是法初犯僧伽婆尸沙可悔過

若比丘尼語比丘尼言若汝有漏心從漏心男子自手取食噉若隨意用於汝何所能是法初犯僧伽婆尸沙可悔過

若比丘尼若夜若晝若異聚落若異界若度河彼岸一身獨宿是法初犯僧伽婆尸沙可悔過

若比丘尼詣王若官人若婆羅門若居士所恃勢言人者是法初犯僧伽婆尸沙可悔過

若比丘尼知賊女決斷墮死衆人皆知王及刹利衆不聽便度作弟子是法初犯僧伽婆尸沙可悔過

若比丘尼知比丘尼一心和合僧如法作不

見擯不問比丘尼僧亦不取欲便出界外與解擯者是法初犯僧伽婆尸沙可悔過

若比丘尼欲破和合僧勤方便受持破僧事諸比丘尼應如是諫汝莫破和合僧莫勤方便受持破僧事當與僧和合僧和合者歡喜無諍一心一學如水乳合得安樂住汝當捨是求破僧事諸比丘尼如是諫時堅持是事不捨者諸比丘尼當再三諫令捨是事再三諫時捨者善不捨者是法至三犯僧伽婆尸沙可悔過

若比丘尼求破和合僧有餘同意相助比丘尼若一若二若衆多語諸比丘尼言汝是事中莫説是比丘尼何以故是比丘尼説法説律不説非法不説非律是比丘尼所説皆是我等所欲是知説非不知説是比丘尼所説皆是我等所欲樂忍諸比丘尼應如是諫是相助比丘尼汝莫作是語是比丘尼説法説律不説非法不説非律是比丘尼所説皆是我等所欲是知説非不知説是比丘尼所説皆是我等所欲樂忍汝莫相助求破僧事當助和合僧僧和合者歡喜無諍一心一學如水乳合得安樂住諸比丘尼如是諫時堅持是事不捨者諸比丘尼當再三諫令捨是事故再三諫時捨者善不捨者是法至三犯僧伽婆尸沙可悔過

若比丘尼隨所依止聚落作惡行汙他家皆見皆聞知諸比丘尼應如是言汝等作惡行汙他家皆見聞知汝等出去不應住此是比丘尼語諸比丘尼言諸比丘尼隨愛隨瞋隨怖隨癡行何以故有如是同罪比丘尼有驅

者有不驅者諸比丘尼語是比丘尼汝莫作
是語諸比丘尼隨愛隨瞋隨怖隨癡行何以
故諸比丘尼不隨愛瞋怖癡行汝等作惡行
汙他家皆見聞知汝當捨是隨愛隨瞋隨怖
隨癡語汝等出去不應住此如是諫時不捨
是事者諸比丘尼當再三諫令捨是事故再
三諫時捨者善不捨者是法至三犯僧伽婆
尸沙可悔過

若比丘尼惡性戾語諸比丘尼說如法如律
如戒經中事是比丘尼戾語不受語諸比丘
尼言汝莫語我好惡我亦不語汝好惡諸比
丘尼應如是言諸比丘尼說如法如律如戒
經中事汝莫戾語汝當隨順語諸比丘尼當
爲汝說如法如律汝亦當爲諸比丘尼說如
法如律何以故如是者諸如來衆得增長利

益以共語相教共出罪故汝當捨是戾語事
諸比丘尼如是諫時堅持是事不捨者諸比
丘尼當再三諫令捨是事故再三諫時捨者
善不捨者是法至三犯僧伽婆尸沙可悔過

若比丘尼共比丘尼鬬諍時作是言我捨佛
捨法捨僧捨戒非但沙門釋子知道更有餘
沙門婆羅門有慚愧善好樂持戒者我當從
彼修梵行諸比丘尼應諫是比丘尼言汝莫
共諸比丘尼鬬諍時作是言我捨佛捨法捨
僧捨戒非但沙門釋子知道更有餘沙門婆
羅門有慚愧善好樂持戒者我當從彼修梵
行汝應佛法中樂修梵行當捨離自不樂心
諸比丘尼如是諫時堅持是事不捨者諸比
丘尼當再三諫令捨是事故再三諫時捨者
善不捨者是法至三犯僧伽婆尸沙可悔過

若比丘尼共比丘尼鬬諍時作是言比丘尼僧隨愛行隨瞋行隨怖行隨癡行諸比丘尼應如是諫汝莫共諸比丘尼鬬諍時作是言比丘尼僧隨愛行隨瞋行隨怖行隨癡行何以故比丘尼僧不隨愛瞋怖癡行汝當捨是隨愛瞋怖癡語諸比丘尼如是諫時堅持是事不捨者諸比丘尼應再三諫令捨是事故再三諫時捨者善不捨者是法至三犯僧伽婆尸沙可悔過

若二比丘尼同心共作惡業有惡名聲惱比丘尼僧互相覆罪諸比丘尼應如是諫汝等莫同心共作惡業有惡名聲惱比丘尼僧互相覆罪汝等各別離行別離行者增長佛法汝等捨是隨順惡行諸比丘尼如是諫時堅持是事不捨者諸比丘尼應再三諫令捨是事故再三諫時捨者善不捨者是法至三犯僧伽婆尸沙可悔過

若比丘尼教二比丘尼言汝等莫別離行當同心行別離行者不得增長若同心行者便得增長比丘尼僧中亦有如汝等者僧以瞋故教汝別離行諸比丘尼應諫是比丘尼汝莫教二比丘尼作是言汝等莫別離行當同心行別離行者不得增長佛法同心行者便得增長衆中亦有如汝等者僧以瞋故教汝別離行汝當捨是勸邪行事諸比丘尼如是諫時堅持是事不捨者諸比丘尼當再三諫令捨是事故再三諫時捨者善不捨者是法至三犯僧伽婆尸沙可悔過

諸大德已說十七僧伽婆尸沙法九初罪八乃至三諫若比丘尼隨犯一一罪應二部僧

中半月行摩那埵可二部僧意二部僧各二十衆應出是比丘尼罪若二部衆中若少一人是比丘尼罪不名爲出二部僧可呵是法應爾令問諸大德是中清淨不第二第三亦如是問諸大德是中清淨默然故是事如是持

諸大德是三十尼薩耆波夜提法半月半月波羅提木叉中說

若比丘尼衣竟已捨迦絺那衣畜長衣得至十日過是畜者尼薩耆波夜提

若比丘尼衣竟已捨迦絺那衣五衣中若離一一衣乃至一宿尼薩耆波夜提除僧羯磨

若比丘尼衣竟已捨迦絺那衣若得非時衣是比丘尼須者當自手取速作受持若足者善若不足者更望得衣令具足故停是衣乃至一月過是停者尼薩耆波夜提

若比丘尼從非親里居士居士婦乞衣得衣者尼薩耆波夜提除餘時餘時者奪衣失衣燒衣漂衣是餘時

若比丘尼奪衣失衣燒衣漂衣時從非親里居士居士婦乞衣自恣多與衣是比丘尼應取上下衣過是取者尼薩耆波夜提

若爲比丘尼故非親里居士居士婦辦衣直作是言我以是衣直買如是衣與某比丘尼是比丘尼先不自恣請便往居士居士婦所作同意言汝爲我辦如是衣直買如是如是衣與我爲好故若得衣者尼薩耆波夜提

若爲比丘尼二非親里居士居士婦各辦衣直作是言我以是衣直各買如是衣與某比丘尼是比丘尼先不自恣請便往居士居士婦所作同意言汝等各辦衣直合作一衣與

我爲好故若得衣者尼薩耆波夜提

若爲比丘尼故若王王臣若婆羅門居士遣使送衣直是使到比丘尼所言大德某王王臣若婆羅門居士送此衣直汝當受取比丘尼應言我比丘尼法不應受衣直若須衣時得淨衣者當自手受速作衣持使語比丘尼言大德有執事人能爲比丘尼執事不是比丘尼應示執事人若僧園民若優婆塞此人能爲比丘尼執事是使往執事人所言善哉執事汝取是衣直作如是如是衣與某比丘尼是比丘尼須衣時來汝當與衣是使語已還報比丘尼我已語竟大德須衣時便往取當與汝衣是比丘尼往執事所索衣作如是言我須衣至再三返亦如是索得衣者善不得者四返乃至六返往執事人前黙然立若四返乃至六返黙然立得衣者善若不得衣過是求得衣者尼薩耆波夜提若不得衣隨送衣直來處若自往若遣使語汝所送衣直我不得汝自知物莫使失是事應爾

若比丘尼自手取寶若使人取尼薩耆波夜提

若比丘尼種種用寶者尼薩耆波夜提

若比丘尼種種買賣者尼薩耆波夜提

若比丘尼所用鉢破減五綴更乞新鉢爲好故尼薩耆波夜提是鉢應比丘尼僧中捨此衆中最下鉢應與是比丘尼如是教言汝比丘尼畜是鉢乃至破是事應爾

若比丘尼自乞縷使非親里織師織尼薩耆波夜提

若爲比丘尼故非親里居士居士婦使織師

爲織衣是比丘尼先不請便徃語織師言汝知不是衣爲我故織汝好織廣織極好織淨潔織我當多少益汝是比丘尼若自語若使人語後時若與食若與食直爲好故得衣者尼薩耆波夜提

若比丘尼與比丘尼衣後瞋恚嫌恨若自奪若使人奪還我衣來不與汝得衣者尼薩耆波夜提

若比丘尼十日未至自恣有急施衣應受比丘尼須是衣者當自手取乃至衣時畜過是畜者尼薩耆波夜提

若比丘尼知物向僧自求向已者尼薩耆波夜提

若比丘尼病聽服四種含消藥酥油蜜石蜜共宿至七日得服過是服者尼薩耆波夜提

若比丘尼畜長鉢乃至一夜過是畜者尼薩耆波夜提

若比丘尼時衣作非時衣分者尼薩耆波夜提

若比丘尼非時衣作時衣分者尼薩耆波夜提

若比丘尼共比丘貿衣後到比丘所作是言我還汝衣汝還我衣得衣者尼薩耆波夜提

若爲比丘尼故衆多非親里居士居士婦各各辦衣直作是言我等以是衣直各各買如是如是衣與某比丘尼是比丘尼先不請後到衆多居士居士婦所作是言汝等以是衣直共買如是如是一衣與我爲好故得衣者尼薩耆波夜提

若比丘尼自爲乞金銀者尼薩耆波夜提

若比丘尼乞是已更索餘者尼薩耆波夜提
若比丘尼爲僧是事乞作餘事用尼薩耆波夜提
若比丘尼自爲是事乞作餘事用尼薩耆波夜提
若比丘尼爲多人是事乞作餘事用尼薩耆波夜提
若比丘尼乞重衣應乃至直四錢應乞若過是乞者尼薩耆波夜提
若比丘尼乞輕衣應乃至直二錢半過是乞者尼薩耆波夜提
諸大德已說三十尼薩耆波夜提法今問諸大德是中清淨不第二第三亦如是問諸大德是中清淨默然故是事如是持
諸大德是百七十八波夜提法半月半月波羅提木叉中說
若比丘尼故妄語波夜提
若比丘尼形相他者波夜提
若比丘尼兩舌者波夜提
若比丘尼僧如法斷諍竟還更發起波夜提
若比丘尼以句法教未受具戒人者波夜提
若比丘尼實有過人法向未受具戒人說波夜提
若比丘尼知比丘尼有惡罪向未受具戒人說除僧羯磨波夜提
若比丘尼先自勸與後作是言諸比丘尼隨親厚迴僧物與波夜提
若比丘尼說戒時作是言何用是雜碎戒爲半月說時令諸比丘尼疑悔惱熱愁憂不樂生反戒心作是輕訶戒者波夜提

若比丘尼斫伐鬼村種子村波夜提
若比丘尼瞋譏僧所差人波夜提
若比丘尼用興事黙然惱他波夜提
若比丘尼露地敷僧卧具細繩牀麤繩牀褥被若使人敷是中坐卧去時不自舉不教人舉波夜提
若比丘尼比丘尼房中敷僧卧具若使人敷是中坐卧去時不自舉不教人舉波夜提
若比丘尼比丘尼房中瞋恨不喜便自牽出若使人牽癡人遠去不應住此除彼因緣波夜提
若比丘尼知比丘尼房中先敷卧具後來強敷若使人敷不樂者自當出去除餘因緣波夜提
若比丘尼比丘尼房閣中尖脚坐牀若卧牀用力坐卧波夜提
若比丘尼知水有蟲自用澆草和泥若使人用波夜提
若比丘尼獨與一比丘屏覆處坐波夜提
若比丘尼不病住福德舍過一食者波夜提
若比丘尼往白衣家自恣請多與餅麨諸比丘尼須者應二三鉢取過是取者波夜提二三鉢取已出外與餘善比丘尼共分是法應爾
若比丘尼别衆食波夜提除因緣因緣者病時作衣時道行時船行時大衆集時沙門請時
若比丘尼非時噉食波夜提
若比丘尼舉殘宿食食者波夜提
若比丘尼不受食著口中波夜提除水及楊

枝
若比丘尼知水有蟲取用波夜提
若比丘尼有食家中强坐波夜提
若比丘尼食家中獨與一男子舍內强坐波夜提
若比丘尼裸形外道出家男出家女自手與食波夜提
若比丘尼故往看軍發行除因緣波夜提三十
若比丘尼有因緣往軍中宿過二夜波夜提
若比丘尼二夜軍中宿時往看軍陣著器杖牙旗幢旛兩陣合戰波夜提
若比丘尼瞋恚發不喜心打比丘尼波夜提
若比丘尼瞋恚發不喜心舉掌向他比丘尼波夜提
若比丘尼知比丘尼犯僧殘罪覆藏乃至一夜波夜提
若比丘尼語餘比丘尼來共到諸家是比丘尼不教與食便作是言汝去與汝共坐共語不樂我獨坐獨語樂欲惱彼故以是因緣無異波夜提
若比丘尼無病露地然火向若草木牛糞木皮糞掃若自然若使人然波夜提
若比丘尼如法僧事與欲竟後悔言我不應與波夜提
若比丘尼與未受具戒人同室宿過二夜波夜提
若比丘尼作是語我如是知佛法義行障道法不能障道諸比丘尼應如是諫汝莫作是語我如是知佛法義行障道法不能障道汝莫謗佛謗佛者不善佛不作是語佛種種因

緣說障道法能障道汝當捨是惡邪見諸比丘尼如是諫時堅持不捨者諸比丘尼當再三諫令捨是事再三諫時捨者善不捨者波夜提四十

若比丘尼知比丘尼作如是語不如法悔不捨惡邪見如法擯出便與共事共住共同室宿波夜提

若沙彌尼作是語我知佛法義行婬欲不能障道諸比丘尼應如是教言汝莫作是語我知佛法義行婬欲不能障道汝莫謗佛謗佛者不善佛不作是語佛種種因緣說婬欲能障道法汝當捨是惡邪見諸比丘尼如是教時堅持是事不捨者諸比丘尼當再三教令捨是事再三教時捨者善不捨者諸比丘尼應如是語汝沙彌尼從今不應言佛是我師亦不應隨諸比丘尼後行餘沙彌尼得共比丘尼同房再宿汝今不得癡人滅去不應住此若比丘尼知是滅擯沙彌尼便畜經恤共事共宿波夜提

若比丘尼若寶若似寶自捉教人捉波夜提除因緣因緣者若寶若似寶在僧坊內若住處內以如是心取有主來當還是事應爾

若比丘尼得新衣應三種色中隨用一一種壞是衣色若青若泥若茜若比丘尼不以三種壞色著新衣者波夜提

若比丘尼減半月浴除因緣波夜提因緣者春殘一月半夏初一月是二月半大熱時病時風時雨時作時行時是名因緣

若比丘尼故奪畜生命波夜提

若比丘尼故令比丘尼疑悔使須臾時心不

安隱以是因緣無異波夜提
若比丘尼以指擊攊他波夜提
若比丘尼水中戲波夜提
若比丘尼與男子同室宿波夜提 十五
若比丘尼自恐怖比丘尼若使他恐怖乃至
戲笑波夜提
若比丘尼藏他比丘尼衣鉢戸鉤革屣鍼筒
種種隨法所須物若自藏教他藏乃至戲笑
波夜提
若比丘尼與比丘比丘尼式叉摩尼沙彌沙
彌尼衣他不還便強奪取波夜提
若比丘尼以無根僧伽婆尸沙法謗比丘尼
波夜提
若比丘尼與男子共期同道行乃至一聚落
波夜提

若比丘尼與賊共期同道行乃至一聚落波
夜提
若比丘尼自手掘地若教他掘作是言汝掘
是處波夜提
若比丘尼受四月自恣請過除常請數數請
別請後更索者波夜提
若比丘尼說戒時作是言我不受學是戒先
當問餘比丘尼持修多羅持毗尼持摩多羅
伽者波夜提若比丘尼欲知法者應從此戒
中學當問餘比丘尼持修多羅持毗尼持摩
多羅伽者應如是問是語云何是事應爾
若比丘尼共比丘尼鬬諍已盜往立聽彼比
丘尼所說我當憶持波夜提 十六
若比丘尼僧斷事時默然起去波夜提
若比丘尼不恭敬者波夜提

若比丘尼飲酒者波夜提
若比丘尼非時入聚落不白餘比丘尼波夜提除急因緣
若比丘尼許他請僧中前中後行至餘家波夜提
若比丘尼入灌頂刹利王家夜未過未藏寶若過門閫及閫處波夜提除急因緣
若比丘尼說戒時作是言我今始知是事入戒經中半月次來所說諸比丘尼知是比丘尼先曾再三聞說此戒何況復過是比丘尼非以不知故得脫隨所犯事應令如法悔過應更令折伏汝失無利是惡不善汝說戒時不尊重戒不一心聽以是事故波夜提
若比丘尼用骨牙齒角作鍼筒波夜提
若比丘尼欲作牀者當應量作足高八指除入梐過是作者波夜提
若比丘尼自以兜羅貯卧具若使人貯波夜提七十
若比丘尼與佛衣等量作衣若過作波夜提佛衣量者長佛九搩手廣六搩手是佛衣量
若比丘尼噉生熟蒜波夜提
若比丘尼剃大小便處毛波夜提
若比丘尼洗時以指刺女根中過二指節波夜提
若比丘尼以掌拍女根者波夜提
若比丘尼煑生物作食波夜提
若比丘尼比丘食時在前立侍波夜提
若比丘尼以屎尿擲牆外波夜提
若比丘尼棄屎尿著生草上波夜提
若比丘尼獨與一比丘屏處共立共語波夜

提
若比丘尼獨與一比丘露地共立共語波夜提
若比丘尼獨與一白衣男子屏處共立共語波夜提
若比丘尼獨與一白衣男子露地共立共語波夜提八十
若比丘尼暗中無燈與男子共立共坐波夜提
若比丘尼作男根著女根中波夜提
若比丘尼語比丘尼言善女來共我房住後瞋不喜若自牽出若使人牽出作是言汝速滅去莫此中住以是因緣無異波夜提
若二比丘尼共一牀卧波夜提
若二比丘尼共一敷具卧波夜提

若二比丘尼共一衣覆卧波夜提
若比丘尼入白衣舍獨與一比丘共立共語竊語遣共行比丘尼去求閑便故波夜提
若比丘尼入白衣舍獨與一白衣男子共立共語竊語遣共行比丘尼欲獨語便故波夜提
若比丘尼共比丘尼鬭諍相瞋自打身啼者波夜提
若比丘尼共比丘尼鬭諍時作法祝泥梨祝波夜提
若比丘尼不審諦看物便嫌恨波夜提
若比丘尼夏中無因緣遊行他國波夜提
若比丘尼自恣竟不遊行餘處一宿波夜提
若比丘尼國內疑處畏處遊行波夜提
若比丘尼國外疑處畏處遊行波夜提

若比丘尼故往看畫舍波夜提
若比丘尼先住惱後住者波夜提
若比丘尼後住惱先住者波夜提
若比丘尼共活比丘尼病若不供給波夜提
若比丘尼見比丘來不起波夜提
若比丘尼不問比丘輒坐者波夜提
若比丘尼不問主人便敷卧具若使人敷波夜提
若比丘尼不滿十二歲畜衆者波夜提
若比丘尼滿十二歲未作畜衆羯磨畜衆者波夜提
若比丘尼畜未滿十二歲巳嫁女爲衆波夜提
若比丘尼滿十二歲巳嫁女不作屬和尚尼羯磨畜爲衆波夜提

若比丘尼僧與止羯磨復畜衆者波夜提
若比丘尼弟子不二歲學六法畜爲衆者波夜提
若比丘尼弟子二歲學六法未作屬和尚尼羯磨畜爲衆波夜提
若比丘尼受大戒巳不二歲隨和尚尼波夜提
若比丘尼畜弟子不與財法波夜提
若比丘尼畜婬女爲衆不遠本處五六由旬波夜提
若比丘尼畜未滿二十歲童女爲衆波夜提
若比丘尼滿二十歲童女未作屬和尚尼羯磨畜爲衆波夜提
若比丘尼畜孝女爲衆波夜提
若比丘尼畜將男女自隨女人爲衆波夜提

若比丘尼畜惡性女人爲衆波夜提
若比丘尼滿二十歲童女不二歲學六法畜爲衆波夜提
若比丘尼滿二十歲童女二歲學六法不作屬和尚尼羯磨畜爲衆波夜提
若比丘尼作是言汝與我衣鉢戶鉤時藥時分藥七日藥盡形藥我當度汝波夜提
若比丘尼女人夫主不聽畜爲衆波夜提
若比丘尼語他言汝二歲學六法後當畜汝若不畜者波夜提
若比丘尼歲歲度弟子者波夜提
若比丘尼宿作屬和尚尼羯磨畜爲衆者波夜提
若比丘尼作浴衣者當應量作量者長五脩伽陀搩手廣二搩手半過是作者波夜提
若比丘尼數數易衣服波夜提
若比丘尼作衣極久乃至五夜過是成者波夜提
若比丘尼五夜不著五衣波夜提
若比丘尼以衣與白衣波夜提
若比丘尼月病休止浣病衣已淨不起去波夜提
若比丘尼遮與僧衣波夜提
若比丘尼所望得衣弱而受迦絺那衣波夜提
若比丘尼僧捨迦絺那衣時不隨者波夜提
若比丘尼僧分衣時不隨者波夜提
若比丘尼僧斷事時不隨順者波夜提
若比丘尼不以房舍囑他至聚落中波夜提
若比丘尼讀誦種種呪術波夜提

若比丘尼教白衣讀誦種種呪術波夜提
若比丘尼與白衣作波夜提
若比丘尼坐白衣牀不還付主便去波夜提
若比丘尼不問主人坐他牀上波夜提
若比丘尼無病乘乘波夜提
若比丘尼紡績波夜提
若比丘尼著腰絡波夜提
若比丘尼捉蓋入白衣舍波夜提
若比丘尼離有比丘住處安居波夜提
若比丘尼安居竟不二部僧中求三事自恣說見聞疑罪波夜提
若比丘尼半月不往僧中求教誡波夜提
若比丘尼無病不往僧中受教誡波夜提
若比丘尼有比丘住處外門不問便入波夜提

若比丘尼喑噫向比丘波夜提
若比丘尼共比丘尼鬪諍惡口恐怖他言某王大臣鬪將是我知識當必彼力治政波夜提
若比丘尼護惜他家波夜提
若比丘尼受請都不食者波夜提
若比丘尼比丘不聽便問經律阿毗曇事波夜提
若比丘尼裸形露地洗浴波夜提
若比丘尼著白衣嚴身具波夜提
若比丘尼故往觀聽歌舞妓樂莊嚴妓兒波夜提
若比丘尼有瘡使男子解繫波夜提
若比丘尼與男子共行說俗事波夜提
若比丘尼以塗香胡麻屑胡麻滓揩身波夜

提

若比丘尼使人以香塗身復以香揩身胡麻

屑胡麻滓揩身波夜提

若比丘尼著頭光波夜提

若比丘尼不語餘比丘尼出門遠去波夜提

若比丘尼以刷刷頭波夜提

若比丘尼使他刷頭波夜提

若比丘尼以梳梳頭波夜提

若比丘尼使他梳頭波夜提

若比丘尼編頭髮波夜提

若比丘尼使他編頭髮波夜提

若比丘尼生草上大小便波夜提

若比丘尼故出精除夢中波夜提

若比丘尼飲精波夜提

若比丘尼男子洗處浴波夜提

若比丘尼在門中立波夜提

諸大德已說百七十八波夜提法今問諸大

德是中清淨不第二第三亦如是問諸大德是中清淨

默然故是事如是持

諸大德是八波羅提提舍尼法半月半月波

羅提木叉經中說

若比丘尼無病自爲索乳是比丘尼應向餘

比丘尼說罪我墮可呵法不是是說罪法我

今說罪悔過是初波羅提提舍尼法

若比丘尼無病自爲索酪生酥熟酥油魚肉

脯是比丘尼應向餘比丘尼說罪我墮可呵

法不是是說罪法我今說罪悔過是名八波

羅提提舍尼法

諸大德已說八波羅提提舍尼法今問諸大

德是中清淨不第二第三亦如是問諸六德是中清淨

嘿然故是事如是持
諸大德是衆學法半月半月波羅提木叉中
說
不高著泥洹僧應當學
不下著泥洹僧應當學
不參差著泥洹僧應當學
不如釿頭著泥洹僧應當學
不如多羅葉著泥洹僧應當學
不如象鼻著泥洹僧應當學
不如麨摶著泥洹僧應當學
不細攝著泥洹僧應當學
不著耳泥洹僧應當學
不併攝兩邊著泥洹僧應當學
不著細縷泥洹僧應當學
周齊著泥洹僧應當學

不高披衣應當學
不下披衣應當學
不參差披衣應當學
周齊披衣應當學
好覆身入白衣舍應當學
好覆身白衣舍坐應當學
善攝身入白衣舍應當學
善攝身白衣舍坐應當學
不高視入白衣舍應當學
不高視白衣舍坐應當學
不呵供養入白衣舍應當學
不呵供養白衣舍坐應當學
靜默入白衣舍應當學
靜默白衣舍坐應當學
不蹲行入白衣舍應當學

不蹲行白衣舍坐應當學
不覆頭入白衣舍應當學
不覆頭白衣舍坐應當學
不幞頭入白衣舍應當學
不幞頭白衣舍坐應當學
不肘隱人肩入白衣舍應當學
不肘隱人肩白衣舍坐應當學
不扠腰入白衣舍應當學
不扠腰白衣舍坐應當學
不左右反抄衣入白衣舍應當學
不左右反抄衣白衣舍坐應當學
不偏抄衣入白衣舍應當學
不偏抄衣白衣舍坐應當學
不以衣覆右肩全舉左肩上入白衣舍應當學
不以衣覆右肩全舉左肩上白衣舍坐應當學
不掉臂入白衣舍應當學
不掉臂白衣舍坐應當學
不搖肩入白衣舍應當學
不搖肩白衣舍坐應當學
不搖頭入白衣舍應當學
不搖頭白衣舍坐應當學
不搖身入白衣舍應當學
不搖身白衣舍坐應當學
不携手入白衣舍應當學
不携手白衣舍坐應當學
不翹一脚入白衣舍應當學
不翹一脚白衣舍坐應當學
不累髀白衣舍坐應當學

不累脚白衣舍坐應當學
不掌扶頰白衣舍坐爲白衣笑故應當學
一心受飯應當學
一心受羹應當學
不溢鉢受食應當學
羹飯等食應當學
不刳飯如井應當學
不摶飯食應當學
不大團飯食應當學
不手把食應當學
不預張口待飯食應當學
不含食語應當學
不齧半食應當學
不吸食作聲應當學
不嚼食作聲應當學

不未咽食食應當學
不吐舌食應當學
不縮鼻食應當學
不舐手食應當學
不指抆鉢食應當學
不振手食應當學
不棄著手飲應當學
不膩手捉飲器應當學
不病不自爲索飯羹應當學
不得以飯覆羹更望得應當學
不呵相看比坐鉢應當學
端視鉢食應當學
次第噉食盡應當學
洗鉢水不問主人不應棄家内應當學
人無病乘乘不應爲説法應當學

人在前行比丘尼後爲說法除病應當學
人在道中行比丘尼在道外行不應爲說法除病應當學
人坐比丘尼立不應爲說法除病應當學
人在高處比丘尼在下處不應爲說法除病應當學
人卧比丘尼坐不應爲說法除病應當學
不爲覆頭人說法除病應當學
不爲裹頭人說法除病應當學
不爲肘隱人說法除病應當學
不爲扠腰人說法除病應當學
不爲左右反抄衣人說法除病應當學
不爲偏抄衣人說法除病應當學
不爲以衣覆右肩全舉左肩上人說法除病應當學
不爲著革屣人說法除病應當學
不爲著屐人說法除病應當學
不爲捉杖人說法除病應當學
不爲捉蓋人說法除病應當學
不爲捉刀人說法除病應當學
不爲捉弓箭種種器仗人說法除病應當學
不應生草上洟唾除病應當學
不應淨用水中大小便洟唾除病應當學
不應立大小便除病應當學
樹過人不應上除急因緣應當學
諸大德已說衆學法今問諸大德是中清淨不（第二第三亦如是問）諸大德是中清淨默然故是事如是持
諸大德是七滅諍法半月半月波羅提木叉中說

應與現前毗尼人當與現前毗尼
應與憶念毗尼人當與憶念毗尼
應與不癡毗尼人當與不癡毗尼
應與自言治人當與自言治
應與覓罪相人當與覓罪相
應與多覓罪相人當與多覓罪相
種種僧中諍事生如草布地除滅應當學
諸大德已說七滅諍法今問諸大德是中清淨不（第二第三亦如是問）諸大德是中清淨默然故是事如是持

諸大德已說戒序已說八波羅夷法已說十七僧伽婆尸沙法已說三十尼薩耆波夜提法已說百七十八波夜提法已說八波羅提提舍尼法已說衆學法已說七滅諍法是事入佛戒經中半月半月戒經中說及餘隨道戒法是中諸大德一心歡喜不諍一學一道和合如水乳合安樂行如是應當學

毗婆尸佛如來無所著等正覺爲六百二十萬比丘前後圍繞說是戒經

忍辱第一道　涅槃佛稱最　出家惱他人
不名爲沙門

式佛如來無所著等正覺爲八十萬比丘前後圍繞說是戒經

譬如明眼人　能避險惡道　世有聰明人
能遠離諸惡

隨葉佛如來無所著等正覺爲十萬比丘前後圍繞說是戒經

不惱不說過　如戒所說行　飯食知節量
常樂在閑處　心淨樂精進　是名諸佛教

拘樓孫佛如來無所著等正覺爲四萬比丘

前後圍繞說是戒經

譬如蜂採華　不壞色與香　但取其味去

比丘出聚然　不破壞他事　不觀作不作

但自觀身行　諦視善不善

拘那含佛如來無所著等正覺爲三萬比丘

前後圍繞說是戒經

欲得好心莫放逸　聖人善法當勤學

若有智寂一心人　乃能無復憂愁患

迦葉佛如來無所著等正覺爲二萬比丘前

後圍繞說是戒經

一切惡莫作　當具足善法　自淨其志意

是則諸佛教

釋迦牟尼佛如來無所著等正覺爲千二百

五十未曾有僧前後圍繞說是戒經

護身爲善哉　能護口亦善　護意爲善哉

護一切亦善　比丘護一切　便得離衆惡

比丘守口意　身不犯衆惡　是三業道淨

得聖所得道

若人撾罵不還報　於嫌恨人心不恨

於瞋人中心常淨　見人爲惡自不作

七佛爲世尊　能救護世間　所可說戒經

我已廣說竟　諸佛及弟子　恭敬是戒經

恭敬戒經已　各各相恭敬　慚愧得具忍

能得無爲道

諸大德已說波羅提木叉竟僧一心得布薩

十誦律比丘尼戒本

音釋

腕烏貫切臂節也 掐苦洽切爪刺也 闑魚傑切門中橛爲闑 梐傍禮切 蒜蘇貫切辛菜也 紡績紡妃兩切碎纑也績則歷切緝麻也 暗噫暗鄔感切噫乙界切正作醷暗醷乘氣貌 屑先結切碎也 刷數刮切找也 肘陟柳切臂節也

大沙門百一羯磨法

失譯人名今附宋錄

清刻龍藏佛說法變相圖

大沙門百一羯磨法

失譯人名今附宋錄

白羯磨二十四白二羯磨四十七白四羯磨三十二因羯磨不限百一以類相從不出百一羯磨之法要須曲盡乃成羯磨今粗略法用可知耳

捨界羯磨

大德僧聽僧本結內界一住處一說戒故若僧時到僧忍聽僧一住處一說戒中捨本界如是白

大德僧聽僧本結內界一住處一說戒故今僧一住處一說戒中捨本界誰諸長老忍是一住處一說戒中捨本界是諸長老默然誰不忍便說

僧一住處一說戒中捨本界竟僧忍默然故是事如是持

結內界羯磨四處即是內界以故不除此處內難失衣之罪是以後結衣中

應除

大德僧聽是某甲比丘說四方界相此相內界彼相外界若僧時到僧忍聽僧一住處一說戒故結內界如是白

大德僧聽是某甲比丘說四方界相此相內界彼相外界僧一住處一說戒故結內界誰長老忍一住處一說戒故結內界是誰長老默然誰不忍便說

僧一住處一說戒故結內界竟僧忍默然故是事如是持

結外界羯磨結界法先應規度內界相內界相中規度外界相先結外界後結內界所以外界在內者或有住處不須外界

大德僧聽是某甲比丘說四方界相僧結內界是中爾許地僧結作外界受戒處若僧時到僧忍聽僧爾許地結作外界受戒處如是白

大德僧聽是某甲比丘說四方界相僧結內界是中爾許地僧結作外界受戒處誰諸長老忍是內界中爾許地結作外界受戒處是諸長老默然誰不忍便說

僧是內界中爾許地結作外界受戒處竟僧忍默然故是事如是持

結不失衣羯磨

大德僧聽一住處一說戒結內界是中除聚落及界除阿練若處及屋餘殘一住處一說戒作不失衣法若僧時到僧忍聽僧一住處一說戒作不失衣法如是白

大德僧聽一住處一說戒結內界是中除聚落及界除阿練若處及屋餘殘一住處一說戒作不失衣法誰長老忍是一住處一說戒

作不失衣法是誰長老忍默然故誰不忍便說僧聽是一住處一說戒作不失衣法竟僧忍默然故是事如是持

僧中羯磨十四人監事（能作法人能分僧卧具人能數僧卧具人能分僧餅人能處分差請人能分處沙彌人能分僧粥人能分處守園人能分僧衣人能分雨衣人主分藥人晝夜掌僧物人掌僧麤物人常守住處人）

大德僧聽某甲比丘能作僧淨法人若僧時到僧忍聽僧某甲比丘作僧淨法人如是白

大德僧聽某甲比丘能作僧淨法人僧某甲比丘作僧淨法人誰諸長老忍某甲比丘作僧淨法人默然誰不忍是長老便說

僧某甲比丘作僧淨法人竟僧忍默然故是事如是持

大德僧聽某甲比丘能作分僧卧具人若僧時到僧忍聽僧某甲比丘作僧分卧具人如是白

大德僧聽某甲比丘能作分僧卧具人誰諸長老忍某甲比丘作分僧卧具人默然誰不忍是長老便說

僧某甲比丘作分僧卧具人竟僧忍默然故是事如是持（十四略出二人其餘法用可知）

僧伽婆尸沙懺悔法

佛在舍衛國長老迦留陀比丘故出精得僧伽婆尸沙罪一罪覆藏是長老語諸比丘諸長老我故出精得僧伽婆尸沙罪一罪覆藏我當云何諸比丘不知如何以是白佛佛語諸比丘汝曹與迦留陀比丘故出精犯得僧伽婆尸沙罪一罪覆藏故如覆藏時與波利婆沙（隨時下意作衆事）更有比丘得如是罪亦應與波利婆沙諸比丘言大德云何應與佛言一

心會僧中是迦留陁比丘應偏袒右肩脫革屣入僧中頭面禮諸比丘足胡跪合掌應言諸長老一心念我迦留陁比丘故出精得僧伽婆尸沙罪一罪覆藏除是罪故僧中如覆藏日乞波利婆沙僧我迦留陁比丘故出精得僧伽婆尸沙罪一罪覆藏除是罪故如覆藏日與波利婆沙憐愍故如是第二第三說

乞波利婆沙羯磨

是中一比丘應僧中如是唱大德僧聽是迦留陁比丘故出精得僧伽婆尸沙罪一罪覆藏除是罪故僧中如覆藏日乞波利婆沙是言僧我迦留陁比丘故出精得僧伽婆尸沙罪一罪覆藏除是罪故如覆藏日與波利婆沙憐愍故若僧時到僧忍聽僧迦留陁比丘故出精得僧伽婆尸沙罪一罪覆藏除是罪故如覆藏日與波利婆沙如是白

大德僧聽是迦留陁比丘故出精得僧伽婆尸沙罪一罪覆藏除是罪故今僧中如覆藏日與波利婆沙誰諸長老忍迦留陁比丘故出精得僧伽婆尸沙罪一罪覆藏除是罪故今僧中如覆藏日與波利婆沙是諸長老默然誰不忍便說第二第三說

僧迦留陁比丘故出精得僧伽婆尸沙罪一罪覆藏如覆藏日與波利婆沙竟僧忍默然故是事如是持（波利婆沙中應具說三羯磨相乘之法如下）

摩那埵應乞

一心會僧中迦留陁比丘應偏袒右肩脫革屣入僧中頭面禮諸比丘足胡跪合掌應言諸長老一心念我迦留陁比丘先故出精得僧伽婆尸沙罪一罪覆藏僧中乞波利婆沙

僧與波利婆沙行竟除是罪故僧中乞六夜摩那埵僧我迦留陀比丘先故出精得僧伽婆尸沙罪一罪覆藏除是罪故與六夜摩那埵憐愍故如是第二第三乞

波利婆沙摩那埵羯磨

是中一比丘應僧中唱大德僧聽是迦留陀比丘先故出精得僧伽婆尸沙罪一罪覆藏僧中乞波利婆沙僧與波利婆沙行竟除是罪故僧中乞六夜摩那埵是言僧我迦留陀比丘先故出精得僧伽婆尸沙罪一罪覆藏除是罪故與六夜摩那埵憐愍故若僧時到僧忍聽僧迦留陀比丘先故出精得僧伽婆尸沙罪一罪覆藏除是罪故當與六夜摩那埵如是白

大德僧聽是迦留陀比丘先故出精得僧伽婆尸沙罪一罪覆藏僧中乞波利婆沙僧與波利婆沙行竟除是罪故今僧中乞六夜摩那埵誰諸長老忍迦留陀比丘先故出精得僧伽婆尸沙罪一罪覆藏除是罪故今僧中六夜摩那埵是諸長老默然誰不忍便說如是第二第三說

僧與迦留陀比丘先故出精得僧伽婆尸沙罪一罪覆藏六夜摩那埵竟僧忍默然故是事如是持

一心會僧中迦留陀比丘應偏袒右肩脱革屣入僧中頭面禮諸比丘足胡跪合掌應言諸長老一心念我迦留陀比丘先故出精得僧伽婆尸沙罪一罪覆藏僧中乞波利婆沙僧與波利婆沙摩那埵僧與波利婆沙摩那埵行竟除是罪故僧中乞出罪僧我迦留陀比丘先故出精

得僧伽婆尸沙罪一罪覆藏除是罪故與出罪憐愍故如是三說

波利婆沙出罪羯磨

是中一比丘應僧中唱大德僧聽是迦留陀比丘先故出精得僧伽婆尸沙罪一罪覆藏僧中乞波利婆沙摩那埵僧與波利婆沙摩那埵行竟除是罪故僧乞出罪是言僧我迦留陀比丘先故出精得僧伽婆尸沙罪一罪覆藏除是罪故與出罪憐愍故若僧時到僧忍聽僧迦留陀比丘先故出精得僧伽婆尸沙罪一罪覆藏除是罪故當與出罪如是白

大德僧聽是迦留陀比丘先故出精得僧伽婆尸沙罪一罪覆藏僧中乞波利婆沙摩那埵僧與波利婆沙摩那埵行竟除是罪故今僧中與出罪誰諸長老忍迦留陀比丘先故出精得僧伽婆尸沙罪一罪覆藏除是罪故今僧中與出罪是諸長老默然誰不忍便說

如是三說

僧迦留陀比丘先故出精得僧伽婆尸沙罪一罪覆藏與出罪竟僧忍默然故是事如是持

佛在舍衛國長老迦留陀比丘故出精得僧伽婆尸沙罪一罪不覆藏是長老語諸比丘諸長老我故出精得僧伽婆尸沙罪一罪不覆藏我今當云何諸比丘不知如何以是事白佛佛語比丘汝曹與迦留陀比丘故出精得僧伽婆尸沙罪一罪不覆藏故與六夜摩那埵（六夜苦行下意作衆）

更有比丘得如是罪應與六夜摩那埵諸比丘言大德云何應與佛言一心會僧中迦留

陀比丘應偏袒右肩脫革屣入僧中頭面禮諸比丘足胡跪合掌應言諸長老一心念我迦留陀比丘故出精得僧伽婆尸沙罪一罪不覆藏除是罪故僧中乞六夜摩那埵僧我迦留陀比丘故出精得僧伽婆尸沙罪一罪不覆藏除是罪故與六夜摩那埵憐愍故如是第二第三應乞

摩那埵羯磨

是中一比丘僧中應如是唱大德僧聽是迦留陀比丘故出精得僧伽婆尸沙罪一罪不覆藏除是罪故僧中乞六夜摩那埵是言僧我迦留陀比丘故出精得僧伽婆尸沙罪一罪不覆藏除是罪故與六夜摩那埵憐愍故若僧時到僧忍聽僧迦留陀比丘故出精得僧伽婆尸沙罪一罪不覆藏除是罪故當與六夜摩那埵如是白

大德僧聽是迦留陀比丘故出精得僧伽婆尸沙罪一罪不覆藏除是罪故今僧中與六夜摩那埵誰諸長老忍迦留陀比丘故出精得僧伽婆尸沙罪一罪不覆藏除是罪故今僧中與六夜摩那埵是諸長老默然故誰不忍便說如是第二應說第三應說

僧與迦留陀比丘故出精得僧伽婆尸沙罪一罪不覆藏六夜摩那埵竟僧忍默然故是事如是持

一心會僧中迦留陀比丘應偏袒右肩脫革屣入僧中頭面禮諸比丘足胡跪合掌應言諸長老一心念我迦留陀比丘先故出精得僧伽婆尸沙罪一罪不覆藏僧中乞六夜摩那埵僧與六夜摩那埵行竟除是罪故僧中

乞出罪僧我迦留陀比丘先故出精得僧伽婆尸沙罪一罪不覆藏除是罪故與出罪憐愍故如是第二第三說

摩那埵出罪羯磨

是中一比丘應僧中唱大德僧聽是迦留陀比丘先故出精得僧伽婆尸沙罪一罪不覆藏僧中乞六夜摩那埵僧與六夜摩那埵行竟除是罪故僧中乞出罪是言僧我迦留陀比丘先故出精得僧伽婆尸沙罪一罪不覆藏僧中乞六夜摩那埵僧與六夜摩那埵行竟除是罪故與出罪憐愍故若僧時到僧忍聽僧迦留陀比丘先故出精得僧伽婆尸沙罪一罪不覆藏除是罪故當與出罪如是白大德僧聽是迦留陀比丘先故出精得僧伽婆尸沙罪一罪不覆藏僧中乞六夜摩那埵僧與六夜摩那埵行竟除是罪故今僧中與出罪誰諸長老忍迦留陀比丘先故出精得僧伽婆尸沙罪一罪不覆藏除是罪故今僧中與出罪是諸長老默然誰不忍便說如是第二第三說

僧與迦留陀比丘先故出精得僧伽婆尸沙罪一罪不覆藏出罪竟僧忍默然故是事如是持

是長老迦留陀比丘六夜行摩那埵未竟更作僧伽婆尸沙罪故出精是罪不覆藏語諸比丘諸長老我先故出精得僧伽婆尸沙罪一罪不覆藏我僧中乞六夜摩那埵僧與我六夜摩那埵我僧中行六夜摩那埵未竟更作僧伽婆尸沙罪故出精是罪不覆藏我今當云何諸比丘不知如何以是事白佛佛語

諸比丘汝曹與迦留陀比丘如本治更有比丘得如是罪亦應與如本治諸比丘言大德云何應與佛言一心會僧中迦留陀比丘應偏袒右肩脱革屣入僧中頭面禮諸比丘足胡跪合掌應言諸長老一心念我迦留陀比丘先故出精得僧伽婆尸沙罪一罪不覆藏我僧中乞六夜摩那埵僧與我六夜摩那埵已行若干日若干日未竟我更作僧伽婆尸沙罪一罪不覆藏除是罪故僧中乞如本治僧我迦留陀比丘故出精得僧伽婆尸沙罪更作一罪不覆藏除是罪故與本治憐愍故

如是第二第三説

本治羯磨

是中一比丘應僧中唱大德僧聽是迦留陀比丘先故出精得僧伽婆尸沙罪一罪不覆藏從僧中乞六夜摩那埵僧與六夜摩那埵是迦留陀比丘僧中六夜行摩那埵已行若干日若干日未竟更作僧伽婆尸沙罪一罪不覆藏除是罪故僧中乞如本治言是僧我迦留陀比丘故出精得僧伽婆尸沙罪更作一罪不覆藏與如本治憐愍故若僧時到僧忍聽僧迦留陀比丘故出精得僧伽婆尸沙罪更作一罪不覆藏除是罪故當與如本治如是白

白四羯磨

僧與迦留陀比丘故出精得僧伽婆尸沙罪更作一罪不覆藏如本治竟僧忍默然故是事如是持

是迦留陀比丘罪中更作罪僧中行六夜摩那埵行如本治竟語諸比丘我今當云何諸

比丘不知云何以是事白佛佛言汝曹與出罪羯磨是迦留陀比丘罪中更作罪僧中六夜行摩那埵行如本治竟更有比丘得如是罪亦應與出罪羯磨諸比丘言大德云何與出罪羯磨佛言一心會僧中迦留陀比丘應偏袒右肩脫革屣入僧中頭面禮諸比丘足胡跪合掌應言諸長老一心念我迦留陀比丘故出精得僧伽婆尸沙罪一罪不覆藏我先僧中乞六夜摩那埵僧與我六夜摩那埵我僧中行六夜摩那埵已行若干日若干日未竟更作僧伽婆尸沙罪不覆藏我僧中乞如本治僧與我如本治我迦留陀比丘罪中更作罪行如本治竟除是罪故僧中乞出罪羯磨僧我迦留陀比丘罪中更作罪行六夜摩那埵行如本治竟除是罪故與出罪羯磨憐愍故如是第二第三乞

本治出罪羯磨

是中一比丘應僧中唱大德僧聽是迦留陀比丘故出精得僧伽婆尸沙罪一罪不覆藏先僧中乞六夜摩那埵僧與六夜摩那埵僧中六夜摩那埵已行若干日若干日未竟更作僧伽婆尸沙罪一罪不覆藏是迦留陀比丘僧中乞如本治僧與如本治行竟除是罪故僧中乞出罪羯磨是言僧我迦留陀比丘故出精得僧伽婆尸沙罪更作一罪不覆藏僧中乞如本治僧與如本治行竟與出罪羯磨憐愍故若僧時到僧忍聽僧迦留陀比丘故出精得僧伽婆尸沙罪一罪不覆藏僧中乞如本治行竟除是罪故當與出罪羯磨如是白

白四羯磨

僧與迦留陀比丘故出精得僧伽婆尸沙罪一罪不覆藏出罪羯磨竟僧忍默然故是事如是持（此出罪羯磨要二十人前三羯磨四人可得）

偷羅遮懺悔法（一切偷羅遮從二篇生四差之異上品不可懺前篇下品後篇中品界外四人得懺之餘下品一人得懺也）

大德僧一心念某甲比丘盜四錢得偷羅遮罪今僧中說偷羅遮罪不可匿藏罪（如是三說）

僧問汝自見罪不答言見汝莫復作長老一心念某甲比丘捉女人著身衣得偷羅遮麤罪我某甲比丘今從長老說罪不匿藏罪（如是三說）

長老一心念我某甲比丘長衣過十日得尼薩耆波夜提罪我某甲是衣棄捨從長老說罪出罪爲清淨故（如是三說）

長老一心念我某甲比丘故妄語得波夜提罪我某甲比丘今從長老說罪出罪除罪爲清淨故（如是三說）

四悔過悔法

大德僧一心念我某甲比丘墮可訶法不是處是可出法我今出第二第三如是說（僧答聽）

長老一心念我某甲比丘觸女人衣得突吉羅（如是三說）

諸擯羯磨

大德僧聽是某甲比丘作婬事得波羅夷罪若僧時到僧忍聽僧是某甲比丘作婬事得波羅夷罪今當作滅羯磨不共住不共事如是白

大德僧聽是某甲比丘作婬事得波羅夷罪今僧作滅羯磨不共住不共事誰長老忍某

甲比丘作婬事得波羅夷罪今僧作滅羯磨默然誰不忍便說第二第三亦如是說
僧與某甲比丘作婬事得波羅夷罪滅羯磨竟僧忍默然故是事如是持
大德僧聽某甲比丘作罪不自見罪者僧時到僧忍聽僧是某甲比丘作罪不自見罪當作不擯羯磨如是白
白四羯磨
僧某甲比丘作罪不自見罪作不見擯羯磨竟僧忍默然故是事如是持
大德僧聽某甲比丘作罪見罪如法懺不作悔若僧時到僧忍聽僧某甲比丘作罪見罪不作如法懺悔當作不作擯羯磨如是白
白二羯磨
僧某甲比丘作罪見罪不如法懺悔與不作擯羯磨竟僧忍默然故是事如是持
僧羯磨明能令斷非法
一比丘應僧中唱大德僧聽我曹僧中滅是事無智比丘言是事不應如是如是滅是事應如是如是滅我今僧中作羯磨一切僧當約勑滅此事如是白
三菩伽僧中唱西南方四比丘東方四比丘名大德僧聽是八人名西南方四比丘東方四比丘若僧時到僧忍聽僧是八人能斷事入僧中欲滅是事故如是白
大德僧聽唱是八人名東方四比丘西南方四比丘僧聽是八人斷事入僧中欲滅是事故是中誰長老忍是八人斷事入僧中欲滅是事故默然誰不忍便說僧聽是八人斷事入僧中欲滅是事竟僧忍默然故是事如是

持一比丘應僧中唱大德僧聽是阿耆多比丘受戒五歲雖小能誦持毗尼若僧時到僧忍聽僧是阿耆多比丘能作斷事人爲諸上座婆伽林中敷坐具如是白

白二羯磨

僧聽阿耆多比丘作斷事人敷坐具竟僧忍默然故是事如是持（欲作羯磨時依如白中但誰忍爲異）

大德僧聽某甲比丘欲受三十九夜僧事故出界還是中安居是中自恣若僧時到僧忍聽僧某甲比丘受三十九夜僧事故出界還是中安居是中自恣如是白

大德僧聽某甲比丘受三十九夜僧事故出界還是中安居是中自恣誰長老忍某甲比丘受三十九夜僧事故出界還是中安居是中自恣默然誰不忍是長老便說

僧與某甲比丘受三十九夜僧事故出界還是中安居是中自恣竟僧忍默然故是事如是持

迦絺那衣法

佛在舍衛國諸比丘桑秖多國夏安居自恣竟與衣鉢俱至舍衛國是時天雨泥水風熱諸比丘疲極到佛所頭面禮佛足一面坐諸佛常法慰問諸比丘夏安居乏不樂不道路疲不諸比丘言不乏不苦道路疲極佛問諸比丘汝事事好何以獨疲極耶諸比丘言我於桑秖多國夏安居自恣竟與衣鉢俱至舍衛國天雨泥水風熱苦極佛言從今日聽受迦絺那衣竟汝曹離本衣無罪如是應作一心會僧僧中一比丘應唱大德僧聽今日僧作迦絺那衣今日僧欲作迦絺那衣若僧時

到僧忍聽僧當一心作迦絺那衣如是白
次第應唱作迦絺那衣人應如是言誰能於
僧中作迦絺那衣人若有比丘言我能作有
五法不應令作迦絺那愛恚怖癡作不作不
知有五法應令作不愛不恚不怖不癡作不
作知一比丘應僧中如是唱大德僧聽其甲
比丘僧中作迦絺那衣人若僧時到僧忍聽
僧其甲比丘作僧迦絺那衣人如是白
大德僧聽其甲比丘能僧中作迦絺那衣人
誰諸長老忍某甲比丘僧中作迦絺那衣人
默然誰不忍便說
僧忍某甲比丘作迦絺那衣人竟僧忍默然
故是事如是持
安居中所得施衣應羯磨與迦絺那衣人一
心會僧僧中一比丘應唱大德僧聽是住處
僧得此施衣可分物安居僧應分若僧時到
僧忍聽僧當羯磨與其甲比丘作迦絺那衣
是住處受持故如是白
白二羯磨
僧與某甲比丘作迦絺那衣竟僧忍默然故
是事如是持
是時作迦絺那衣人更與四比丘能作者是
衣浣染割簪縫試量是作迦絺那衣人浣時
應心念當作迦絺那染割簪縫試量亦如是
此六心不生作迦絺那衣佛言更應生三心
當作此衣今作此衣已作此衣三心生當是
迦絺那衣事多未訖
僧中一比丘應唱大德僧聽是衣是中住處
現前僧應分若僧時到僧忍聽僧是衣僧羯
磨當與某甲比丘如是白

白二羯磨

僧是衣與其甲比丘僧羯磨竟僧忍默然故是事如是持（檀越施一切僧應用此羯磨）

亡道人物羯磨

大德僧聽某甲比丘命過是資生輕物若衣若非衣現前僧可分若僧時到僧忍聽僧某甲比丘資生輕物若衣若非衣現前僧可分當與某甲比丘如是白

大德僧聽某甲比丘命過是資生輕物若衣若非衣現前僧可分僧當與某甲比丘誰諸長老忍某甲比丘資生輕物若衣若非衣現前僧可分僧與某甲比丘默然誰不忍便說

僧某甲比丘資生輕物若衣若非衣現前僧可分僧與某甲比丘竟僧忍默然故是事如是持

與看病人衣物

大德僧聽某甲比丘命過是六物現前僧可分若僧時到僧忍聽僧某甲比丘是六物與看病人如是白

大德僧聽某甲比丘命過是六物現前僧可分僧與看病人誰諸長老忍某甲比丘是六物現前僧可分與看病人默然誰不忍便說

僧某甲比丘六物現前可分僧與看病人竟僧忍默然故是事如是持

一心會僧中一比丘應唱大德僧聽某甲沙彌命過是沙彌有爾許上下衣若僧時到僧忍聽僧某甲沙彌上下衣當與看病人如是白

大德僧聽某甲沙彌命過爾許上下衣僧與看病人誰諸長老忍某甲沙彌上下衣與看

病人默然誰不忍便說
僧其甲沙彌上下衣與看病人竟僧忍默然
故是事如是持
大德僧聽其甲精舍無主毀壞其甲檀越能
治若僧時到僧忍僧聽其甲精舍當與其甲
檀越治如是白
大德僧聽其甲精舍無主毀壞其甲檀越能
治誰諸長老忍其甲精舍無主毀壞與其甲
檀越治默然誰不忍者便說
僧其甲精舍與其甲檀越治竟僧忍默然故
是事如是持
衆中一比丘唱大德僧聽其甲舍作淨處若
僧時到僧忍聽僧其甲舍作淨處如是白
大德僧聽其甲舍作淨處誰諸長老忍其甲
舍作淨處默然誰不忍便說

僧其甲舍作淨處竟僧忍默然故是事如是
持
大德僧聽其甲比丘狂心倒布薩有時來有
時不來及餘法僧事有時來有時不來諸比
丘心疑悔若僧時到僧忍聽僧其甲比丘當
作狂癡羯磨若共若別僧隨意作布薩及餘
法僧事如是白
大德僧聽其甲比丘狂心倒布薩有時來有
時不來及餘法僧事有時來有時不來諸比
丘心疑悔僧其甲作狂癡羯磨若共若別僧
隨意作布薩及餘法僧事誰長老忍其甲比
丘作狂癡羯磨若共若別僧隨意作布薩及
餘法僧事默然誰不忍便說
僧作其甲比丘狂癡羯磨竟其甲比丘若共
若別僧隨意作布薩及餘法僧事僧忍默然

故是事如是持
一比丘應僧中唱大德僧聽是住處一切僧有罪知罪不能得清淨客比丘共住同見是罪如法懺悔遣徧求能得是事不成若僧時到僧忍聽僧後是罪如法懺悔如是白
一比丘應僧中唱大德僧聽是中住處一切僧一事疑若僧時到僧忍聽僧後罪是當問如法懺悔如是白
一比丘應僧中唱大德僧聽是中住處有比丘若他人語若不語若他人憶若不憶自言有罪僧伽婆尸沙是比丘應與波利婆沙是不成與波利婆沙若僧時到僧忍聽僧後當與是比丘波利婆沙如是白
大德僧聽是中住處有比丘若他人語若不語若他人憶若不憶自言有罪僧伽婆尸沙是比丘應與摩那埵是事不成與摩那埵若僧時到僧忍聽僧後當與是比丘摩那埵如是白
大德僧聽是中住處有比丘若他人語若不語若他人憶若不憶自言有罪僧伽婆尸沙是比丘應與如本治是不成與如本治若僧時到僧忍聽僧後當與是比丘如本治如是白
大德僧聽是中住處有比丘若他人語若不語若他人憶若不憶自言有罪僧伽婆尸沙是應與出罪是不成與出罪若僧時到僧忍聽僧後當與是比丘出罪如是白
大德僧聽是中住處有比丘若他人語若不語若他人憶若不憶自言有罪可懺是事共諍有比丘言是小懺悔有比丘言應大懺悔

若僧時到僧忍聽僧是比丘後當於異比丘清淨共住同見所如法懺悔如是白
大德僧聽是中住處有比丘若他人語若不語若他人憶若不憶自有罪可懺悔是事共諍有比丘言是罪波夜提有比丘言是罪出罪若僧時到僧忍聽僧是比丘後當於異比丘清淨共住同見所如法懺悔如是白
大德僧聽是中住處有比丘若他人語若不語若他人憶若不憶自言有罪可懺悔是事共諍有比丘言是罪殘可治有比丘言無殘不可治是中言有罪可治是比丘言此比丘應共自恣是中言無殘不可治是比丘言此比丘不應共自恣我應捨去若僧時到僧忍聽僧是比丘後當於異比丘清淨共住同見所如法懺悔如是白
有一住處自恣時僧大會是中諸比丘如是思惟大德是住處僧大會若我曹是中三說自恣夜過不得自恣竟若僧時到僧忍聽僧當一說自恣如是白
事難時各各言長老一心念今若十五日僧布薩說戒我某甲比丘亦布薩說戒如是三說八難起一說自恣羯磨隨事應言大德聽是中有難若三說自恣或奪命或破戒若僧時到僧忍聽僧當一說自恣如是白
四事起及大會王王等來大得布施二法師義辯若多比丘病天雨屋覆薄亦隨事應言是中若三說自恣夜多過不得自恣若僧時到僧忍聽僧當一說自恣如是白
羯磨為僧作自恣人
應如是語誰能為僧作自恣人若有言能應

言五法成就應作自恣人不愛自恣不瞋自恣不怖自恣不愚自恣不自恣知拜受自恣人

大德僧聽其甲比丘等能爲僧作自恣人若僧時到僧忍聽僧其甲比丘等當作僧自恣人如是白

大德僧聽其甲比丘等能爲僧作自恣人誰諸長老忍其甲比丘等爲僧作自恣人默然誰不忍便說

僧其甲比丘等爲僧作自恣人竟僧忍默然故是事如是持

是時應作自恣羯磨文

大德僧聽今日僧自恣日若僧時到僧忍聽僧一心受自恣如是白

長老一心念今日僧自恣日我其甲比丘汝及僧自恣語僧若見罪若聞罪若疑罪語我憐愍故若見聞知罪如法除却如是第二第三說

一比丘心念口言今日僧自恣日我其甲比丘今日亦自恣如是第二第三說

長老一心念我其甲比丘是住處夏安居前三月依止其甲聚落其甲房舍破修治故如是第二第三說長老應言一心自檢答言當漸漸學之

長老憶念其甲比丘是中夏安居有緣事出界受七日法還是中安居是中自恣如是第一第三說長老皆應若優批聽

念我長老今十五日僧布薩說戒長老知我清淨憶持無遮道法清淨作布薩說戒衆滿故如是第二第三說

比丘心念口言今若十五日僧布薩說戒我其甲比丘今日亦作布薩說戒如是第二第

三說
長老一心念我某甲比丘如法僧事中與欲某布薩說戒中說清淨爲我捉舍羅如是第二第三說
長老一心念我某甲比丘緣事暫出後如法僧事一切與欲
長老一心念某甲比丘如法僧事中與欲某布薩說戒中說清淨我爲捉舍羅如是第二第三說
長老一心念我某甲比丘犯此罪後當向清淨比丘如法懺悔
長老一心念我某甲比丘一事疑後安詳當問如法除却
說戒中憶有罪長老一心念我某甲比丘自憶有罪後是罪如法除却

比丘心念口言從今日是罪更不復作
一比丘心念口言是罪後當向清淨比丘如法除却
一比丘罪中疑一心生念我後是罪安徐當問如法除却
長老一心念我某甲比丘欲暫出行爲我持衣長老一心念我某甲比丘食不足受更食法長老一心念我某甲比丘此物受長用故
一比丘得衣時如是心念口言是住處是衣諸人爲僧故施現前僧可分是中無僧是物應屬我是物我用我許受是名作羯磨竟
二比丘應如是言是衣是住處諸人爲僧故施現前僧可分是物爾許屬我與汝長老是分汝受自須自用
二比丘亦爾是物是中住處諸人爲僧故施

現前僧可分是物爾許屬我是分與汝長老是分汝自受自用是名貿分

二比丘應如是言是衣是住處諸人爲僧故施現前僧可分是物爾許屬汝長老長老自受自須用異比丘應如是言是衣是中住處諸人爲僧故施現前僧應分是物爾許屬汝長老長老自受自須自用是名自受分長老一心念我某甲比丘是盡形藥受長用共宿藥如是第二第三說

長老一心念我某甲比丘是七日藥受用共宿藥如是第二第三說

長老一心念我某甲比丘是夜分漿如是第二第三說

大沙門百一羯磨法

曇無德律部雜羯磨

前魏天竺三藏康僧鎧譯

清刻龍藏佛說法變相圖

曇無德律部雜羯磨卷上 四分 五

前魏天竺三藏康僧鎧譯

諸結界法第一

結戒場文 兩界不得並若欲大界內安戒場者先豎戒場四方內相外相去一肘使人唱內一周竟言此是內相彼爲外如是第二第三唱衆中堪能羯磨者結不得受欲以未結戒故

大德僧聽此住處比丘某甲唱四方小界相若僧時到僧忍聽僧今於此四方小界相內結作戒場白如是

大德僧聽此住處比丘某甲唱四方小界相僧今於此四方小界相內結作戒場誰諸長老忍僧於此四方小界相內結作戒場者默然誰不忍者說僧已忍於此四方小界相內結作戒場竟僧忍默然故是事如是持

結大界文 應次結大界先標榜四方大界定相墻周外不用遠喜妨布薩人三

唱衆中堪使羯磨者結亦不得受欲以未結界故

大德僧聽此住處比丘某甲唱四方大界相若僧時到僧忍聽僧今於此四方大界相内結大界同一住處同一說戒白如是

大德僧聽此住處比丘某甲唱四方大界相僧今於此四方大界相内結大界同一住處同一說戒誰諸長老忍僧於此四方大界相内結大界同一住處同一說戒者默然誰不忍者說僧已忍於此四方大界相内同一住處同一說戒結大界竟僧忍默然故是事如是持

結不失衣界文不失衣界更無別相依大界相結故言此住處

大德僧聽此住處同一住處同一說戒若僧時到僧忍聽僧今結不失衣界除村村外界白如是

大德僧聽此住處同一住處同一說戒僧今結不失衣界除村村外界誰諸長老忍僧於此住處同一住處同一說戒結不失衣界除村村外界者默然誰不忍者說僧已忍同一住處同一說戒結不失衣界除村村外界竟僧忍默然故是事如是持若二界相近應留中間不得相接若欲解界應先解不失衣界却解大界不得隔駛流水或時能斷渡除常有橋梁耳

解不失衣界文

大德僧聽此住處比丘同一住處同一說戒若僧時到僧忍聽僧今解不失衣界白如是

大德僧聽此住處比丘同一住處同一說戒僧今解不失衣界誰諸長老忍僧同一住處同一說戒解不失衣界者默然誰不忍者說僧已忍同一住處同一說戒解不失衣界竟僧忍默然故是事如是持

解大界文

大德僧聽此住處比丘同一住處同一說戒若僧時到僧忍聽今解大界白如是

大德僧聽此住處比丘同一住處同一說戒僧今解大界誰諸長老忍僧同一住處同一說戒解大界者默然誰不忍者說僧已忍同一住處同一說戒解大界竟僧忍默然故是事如是持

解戒場文

大德僧聽今有爾所比丘集若僧時到僧忍聽僧今解此處戒場白如是

大德僧聽今有爾許比丘集僧今解此處戒場誰諸長老忍僧解此處戒場者默然誰不忍者說僧已忍解此處戒場竟僧忍默然故是事如是持

布薩日及自恣日在道行若不和合結坐處小界文

大德僧聽諸比丘坐處已滿齊如是比丘坐處若僧時到僧忍聽僧今於此坐處結小界白如是

大德僧聽齊如是比丘坐處僧今於此坐處結小界誰諸長老忍僧齊如是比丘坐處結小界者默然誰不忍者說僧已忍齊如是比丘坐處結小界竟僧忍默然故是事如是持

即還解此小界文

大德僧聽齊如是比丘坐處若僧時到僧忍聽僧今解此坐處小界白如是

大德僧聽齊如是比丘坐處僧今解此坐處小界誰諸長老忍僧齊如是比丘坐處解此坐處小界者默然誰不忍者說僧已忍齊如

是比丘坐處解此坐處小界竟僧忍默然故
是事如是持

受戒法第二

度沙彌法若欲在僧伽藍中剃髮當白一切僧若不和合房房語令知已在剃髮和合當作白白已然後與剃髮當作如是白
大德僧聽此某甲欲求某甲剃髮若僧時到
僧忍聽與某甲剃髮白如是若僧伽藍中度令出家當白一切僧白已聽與出家當作如是白
大德僧聽此某甲從某甲求出家若僧時到
僧忍聽與某甲出家白如是作如是白已與出家敎使著袈裟偏露右肩脫革屣右膝著地合掌當敎如是語
我某甲盡形壽歸依佛歸依法歸依僧隨佛
出家某甲爲和尚如來至眞等正覺是我世
尊第二第三亦如是說
我某甲歸依佛歸依法歸依僧隨佛出家竟
某甲爲和尚如來至眞等正覺是我世尊第二第三亦如是說當受戒
盡形壽不得殺生是沙彌戒能持不答言能
盡形壽不得盜是沙彌戒能持不答言能
盡形壽不得婬是沙彌戒能持不答言能
盡形壽不得妄語是沙彌戒能持不答言能
盡形壽不得飲酒是沙彌戒能持不答言能
盡形壽不得著華鬘香塗身是沙彌戒能持
不答言能
盡形壽不得歌舞倡伎及往觀聽是沙彌戒
能持不答言能
盡形壽不得高廣大牀上坐是沙彌戒能持
不答言能
盡形壽不得非時食是沙彌戒能持不答言能
盡形壽不得捉持生像金銀寶物是沙彌戒

能持不答言能
此是沙彌十戒盡形壽不得犯汝已受戒竟
當供養三寶佛寶法寶比丘僧寶勤修三業
坐禪誦經勸佐衆事

請和尚文

大德一心念我某甲請大德爲和尚願大德
爲我作和尚我依大德故得受具足戒第二第三
亦如是說和尚應語言可爾若言好爾衆僧應安欲受具足者離聞處著見處時戒師應
問衆中誰能爲某甲作教授師若有者答言我能戒師應
作白
大德僧聽此某甲從某甲求受具足戒若僧
時到僧忍聽某甲作教授師白如是教授師應往受
戒人所問言此安陀會鬱多羅僧僧伽梨鉢是衣
鉢是汝有不答言是應語言善男子聽今是眞實誠
時實言實不實當言不實汝曾作比丘不若
言作持戒清淨不如法還戒不不犯淨行尼
不不賊心受戒不不破內外道不非黃門不
不殺父殺母殺阿羅漢破僧不汝非非人不
非畜生不非二根不汝字何等和尚字誰年
滿二十未三衣鉢具不父母聽汝不汝不負
債不汝非奴不汝非官人不汝是丈夫不丈
夫有如是病癩癰疽白癩乾痟顛狂病汝有
如是病不答言無應語言如我今問汝僧中亦當如
是問如汝向者答我僧中亦當如是答教授師如
是問已還僧中如常威儀至舒手及處立應作如是白
大德僧聽此某甲從某甲求受具足戒若僧
時到僧忍聽我問已聽將來白如是教授師應喚受
戒人言汝來來已爲捉衣鉢教禮僧足在戒師前長跪合掌教授應教乞戒作如是乞
大德僧聽我某甲從某甲求受具足戒我某
甲今從僧乞受具足戒和尚某甲願僧濟度

我慈愍故第二第三亦如是說時戒師應作白
大德僧聽此某甲從某甲求受具足戒此某
甲今從僧乞受具足戒和尚某甲若僧時到
僧忍聽我問內法白如是
善男子聽今是眞誠時實語時隨所問汝汝
當隨實答汝曾作比丘不若言作持戒清淨
不如法還戒不不犯淨行尼不不賊心受戒
不不破內外道不非黃門不不殺父殺母殺
阿羅漢破僧不汝非非人不非畜生不非二
根不汝字何等和尚字誰年滿二十未三衣
鉢具不父母聽汝不汝不負債不汝非奴不
汝非官人不汝是丈夫不丈夫有如是病癩
癰疽白癩乾痟顛狂汝有如是病不若言無應作白四羯磨也
大德僧聽此某甲從某甲求受具足戒此某
甲今從僧乞受具足戒和尚某甲自說清淨
無諸難事年滿二十三衣鉢具若僧時到僧
忍聽僧今授某甲具足戒和尚某甲白如是
大德僧聽此某甲從某甲求受具足戒此某
甲從僧乞受具足戒和尚某甲自說清淨無
諸難事年滿二十三衣鉢具僧今授某甲具
足戒和尚某甲誰諸長老忍僧與某甲受具
足戒和尚某甲者默然誰不忍者說是初羯
磨第二第三亦如是說僧已忍與某甲受具足戒竟和
尚某甲僧忍默然故是事如是持善男子聽
如來無所著等正覺說四波羅夷法若比丘
犯一一法非沙門非釋種子汝一切不得犯
婬欲作不淨行若比丘犯婬欲作不淨行乃
至共畜生非沙門非釋種子汝是中盡形壽
不得作能持不答言能

一切不得盜乃至草葉若比丘盜人五錢若過五錢若自取教人取自破教人破自斫教人斫若燒若埋若壞色非沙門非釋種子汝是中盡形壽不得作能持不答言能

一切不得故斷衆生命乃至蟻子若比丘故自手斷人命持刀授與人教死讃死勸死與人非藥若墮胎若厭禱殺自作方便若教人作非沙門非釋種子汝是中盡形壽不得作能持不答言能

一切不得妄語乃至戲笑若比丘不眞實非已有自稱言得上人法得禪得解脫得定得四空定得須陀洹果斯陀含果阿那含果阿羅漢果言天已來龍來鬼神來供養非沙門非釋種子汝是中盡形壽不得作能持不答言能

善男子聽如來無所著等正覺說四依法比丘出家依是出家人法依糞掃衣是比丘出家人法是中盡形壽能持不答言能

若得長利檀越送衣割截衣三種壞色衣亦得受

依乞食是比丘出家人法是中盡形壽能持不答言能

若得長利若僧差食檀越送食月八日食十五日食月初日食衆僧常食檀越請得受

依樹下坐是比丘出家人法是中盡形壽能持不答言能

若得長利別房尖頭屋小房石室兩房一戶得受

依腐爛藥是比丘出家人法是中盡形壽能持不答言能

若得長利酥油生酥蜜石蜜得受

汝已受戒竟白四羯磨如法成就得處所和尚如法阿闍梨如法衆僧具足當善受教法應勸化作福治塔供養衆僧和尚阿闍梨一切如法教不得違逆應學問誦經勤求方便於佛法中得須陀洹果斯陀含果阿那含果阿羅漢果汝始發心出家功德不唐捐果報不斷餘所未知當問和尚阿闍梨應令受戒人在前去

受衣鉢文

長老一心念此僧伽梨若干條割截成今受持不離宿第二第三亦如是說餘二衣亦如是受

長老一心念此鉢多羅應量器今受持常用故第二第三亦如是說

請依止文

大德一心念我某甲請大德為依止阿闍梨願大德為我作依止阿闍梨我依大德故得住第二第三亦如是說師應言莫放逸若言好若言去弟子答言爾

諸除罪法第三

乞覆藏羯磨文

大德僧聽我比丘某甲犯僧殘罪覆藏我比丘某甲犯僧殘罪隨覆藏日今從僧乞覆藏羯磨願僧與我隨覆藏日羯磨慈愍故第二第三亦如是說

與覆藏羯磨文

大德僧聽比丘某甲犯僧殘罪覆藏此比丘某甲犯僧殘罪隨覆藏日從僧乞覆藏羯磨若僧時到僧忍聽僧今與比丘某甲隨覆藏日羯磨白如是大德僧聽比丘某甲犯僧殘罪覆藏此比丘某甲犯僧殘罪隨覆藏日從

僧乞覆藏羯磨僧今與比丘某甲隨覆藏日羯磨誰諸長老忍僧與比丘某甲隨覆藏日羯磨者黙然誰不忍者說是初羯磨（第二第三亦如是說）僧已忍與比丘某甲隨覆藏日羯磨竟僧忍黙然故是事如是持（行覆藏者有八事失宿一一事皆得突吉羅罪何等八往餘寺不白有客比丘來不白有餘事出外不白寺内餘行者不白病不遣信者白一二三人共室宿無比丘處住不半月半月說戒時白是爲八事失宿佛聽半月半月說戒時白應如是白彼行覆藏者應至僧中偏露右肩脫革屣右膝著地合掌白言）

大德僧聽我比丘某甲犯僧殘罪覆藏我比丘某甲犯僧殘罪隨覆藏日從僧乞覆藏羯磨僧已與我隨覆藏日羯磨我比丘某甲已行若干日未行若干日白大德僧令知我行覆藏

乞摩那埵羯磨文

大德僧聽我比丘某甲犯僧殘罪覆藏我比丘某甲犯僧殘罪隨覆藏日已從僧乞覆藏羯磨僧已與我隨覆藏日羯磨我比丘某甲行覆藏竟今從僧乞六夜摩那埵羯磨願僧與我六夜摩那埵羯磨慈愍故（第二第三亦如是說）

與摩那埵羯磨文

大德僧聽比丘某甲犯僧殘罪覆藏此比丘某甲犯僧殘罪隨覆藏日已從僧乞覆藏羯磨僧已與比丘某甲隨覆藏日羯磨此比丘某甲行覆藏竟今從僧乞六夜摩那埵羯磨若僧時到僧忍聽今與比丘某甲六夜摩那埵羯磨白如是

大德僧聽比丘某甲犯僧殘罪覆藏此比丘某甲犯僧殘罪隨覆藏日已從僧乞覆藏羯磨僧已與比丘某甲隨覆藏日羯磨此比丘某甲行覆藏竟今從僧乞六夜摩那埵羯磨

僧今與比丘某甲六夜摩那埵羯磨誰諸長老忍僧與比丘某甲六夜摩那埵羯磨者默然誰不忍者說是初羯磨第二第三亦如是說

僧已忍與比丘某甲六夜摩那埵羯磨竟僧忍默然故是事如是持佛言聽摩那埵比丘亦行如上諸事行摩那埵時界內宿常有僧日日應如是偏露右肩脫革屣右膝著地合掌白言

大德僧聽我比丘某甲犯僧殘罪覆藏我比丘某甲犯僧殘罪隨覆藏日從僧乞覆藏羯磨僧已與我隨覆藏日羯磨我比丘某甲行覆藏竟今從僧乞六夜摩那埵羯磨僧已與我六夜摩那埵羯磨我比丘某甲已行若干日未行若干日白大德僧令知我行摩那埵

乞出罪羯磨文

大德僧聽我比丘某甲犯僧殘罪覆藏我比丘某甲犯僧殘罪隨覆藏日已從僧乞覆藏羯磨僧已與我隨覆藏日羯磨我比丘某甲行覆藏竟從僧乞六夜摩那埵羯磨僧已與我六夜摩那埵羯磨我比丘某甲行六夜摩那埵竟今從僧乞出罪羯磨願僧與我出罪羯磨慈愍故第二第三亦如是說

與出罪羯磨文

大德僧聽比丘某甲犯僧殘罪覆藏此比丘某甲犯僧殘罪隨覆藏日已從僧乞覆藏羯磨僧已與比丘某甲隨覆藏日羯磨此比丘某甲行覆藏竟從僧乞六夜摩那埵羯磨僧已與比丘某甲六夜摩那埵羯磨此比丘某甲行六夜摩那埵竟今從僧乞出罪羯磨若僧時到僧忍聽僧今與比丘某甲出罪羯磨白如是

大德僧聽比丘某甲犯僧殘罪覆藏此比丘

某甲犯僧殘罪隨覆藏日已從僧乞覆藏羯磨僧已與比丘某甲隨覆藏日羯磨此比丘某甲行覆藏竟從僧乞六夜摩那埵羯磨僧已與比丘某甲六夜摩那埵羯磨此比丘某甲行六夜摩那埵竟今從僧乞出罪羯磨僧今與比丘某甲出罪羯磨誰諸長老忍僧與比丘某甲出罪羯磨者默然誰不忍者說是初羯磨第二第二亦如是說

僧已忍與比丘某甲出罪羯磨竟僧忍默然故是事如是持

犯捨墮衣於僧中捨文捨與僧時往僧中偏露右肩脫革屣向上座禮胡跪合掌作如是言

大德僧聽我比丘某甲故畜爾許長衣過十日犯捨墮今捨與僧捨衣竟即入僧中懺悔

僧中懺悔文禮僧中已右膝著地合掌作如是白

大德僧聽我比丘某甲故畜爾許長衣過十日犯捨墮此衣已捨與僧罪今從僧懺悔第二第三亦如是說即僧中至一比丘前應作如是言

大德受我懺悔彼答言可爾

僧中受懺悔白文受懺悔者當作如是白言

大德僧聽此比丘某甲故畜爾許長衣過十日犯捨墮今捨與僧若僧時到僧忍聽我受比丘某甲懺悔白如是作如是白已應受懺悔

即僧中一人前懺悔文

大德一心念我比丘某甲故畜爾許長衣過十日犯捨墮此衣已捨與僧罪今從大德懺悔不敢覆藏懺悔則安樂不懺悔不安樂憶念犯發露知而不覆藏大德憶念我清淨戒身具足清淨布薩第二第三亦如是說說已受懺悔者應語如是言

自責汝心生猒離答言爾

僧還比丘衣羯磨文

大德僧聽比丘某甲故畜爾許長衣過十日
犯捨墮今捨與僧若僧時到僧忍聽僧今持
此衣還此比丘某甲白如是

大德僧聽比丘某甲故畜爾許長衣過十日
犯捨墮今捨與僧僧今持此衣還此比丘某
甲誰諸長老忍僧持此衣還比丘某甲者默
然誰不忍者說僧已忍持此衣還比丘某
甲竟僧忍默然故是事如是持捨與三人二人亦如上懺
悔亦如上三人二人中受懺悔亦如上所白

捨與一人文應至清淨比丘偏露右肩若上座禮足右膝著地合掌作如是
言

大德一心念我比丘某甲故畜爾許長衣過
十日犯捨墮我今捨與大德捨已當懺悔

一人前懺悔文

大德一心念我比丘某甲故畜爾許長衣過
十日犯捨墮此衣已捨罪今從大德懺悔不
敢覆藏懺悔則安樂不懺悔不安樂憶念犯
發露知而不覆藏大德憶我清淨戒身具足
清淨布薩第二第三亦如是說說已受懺悔者應作如是說自責汝
心生猒離答言爾

犯餘輕罪向一比丘懺悔文應至一清淨比丘所偏露右肩
若上座禮足右膝著地合掌說罪名說罪種應作如是說

大德一心念我比丘某甲犯某甲罪今從大
德懺悔不敢覆藏懺悔則安樂不懺悔不安
樂憶念犯罪發露知而不覆藏大德憶我清
淨戒身具足清淨布薩第二第三亦如是說說已受懺悔者應語
如是言自責汝心生猒離答言爾向二人三人懺亦如是上
二人中受懺者應語邊人言
長老聽我受比丘某甲懺答言聽懺悔法亦如上若欲

在僧中懺者二人法亦如上說

疑罪僧中發露文

大德僧聽我比丘某甲於所犯生疑今白僧令知須後無疑時當如法懺悔第二第三亦如是說向三人二人一人亦如是說

說戒法第四

與欲清淨文

大德一心念今衆僧布薩說戒比丘某甲亦布薩說戒我有佛法僧事若有瞻病事我與欲及清淨為我捉籌病人有五事與欲若言與汝欲若言我說欲若言為我說欲若廣說盡與欲不若不成

受欲及清淨文隨能憶姓字多少時得受至僧中應如是說

大德一心念衆多比丘有佛法僧事若瞻病事我與衆多比丘受欲及清淨如法僧事與欲清淨我為捉籌

差教授尼人羯磨文

大德僧聽若僧時到僧忍聽僧今差比丘某甲教授比丘尼白如是大德僧聽僧今差比丘某甲教授比丘尼誰諸長老忍僧差比丘某甲教授比丘尼者默然誰不忍者說僧已忍差比丘某甲教授比丘尼竟僧忍默然故是事如是持被差人往尼寺中應教集尼僧已先為說八不可違法何等為八

一者雖百歲比丘尼見新受戒比丘應起迎逆禮拜與敷淨坐具此法應尊重讚歎盡形壽不得違

二者比丘尼不應罵比丘訶責比丘不應誹謗言破見破威儀此法應尊重讚歎盡形壽不得違

三者比丘尼不應為比丘作舉作憶念作自

言不應遮他見罪說戒自恣不應呵比丘比丘應呵比丘尼此法應尊重讚歎盡形壽不得違

四者式叉摩那學戒已應從比丘僧乞受大戒此法應尊重讚歎盡形壽不得違

五者比丘尼犯僧殘罪應在二部僧中半月行摩那埵此法應尊重讚歎盡形壽不得違

六者比丘尼半月半月應從僧乞教授此法應尊重讚歎盡形壽不得違

七者比丘尼不應在無比丘僧處夏安居此法應尊重讚歎盡形壽不得違

八者比丘尼僧安居竟應比丘僧中求三事自恣見聞疑此法應尊重讚歎盡形壽不得違（說八不違已後隨意說法）

布薩說戒文（布薩日若小食上若大食上上座應唱如是言）

今日布薩日某時眾僧集堂說戒（若四人若過四人應先白已然後說戒若有三人二人各各相向說言）

長老一心念今日眾僧十五日說戒我某甲清淨（第二第三亦如是說若獨有一人應心念口言）

今日眾僧十五日說戒我某甲清淨（第二第三亦如是說）

八難事起及有餘緣略說戒文（八難者王難賊難火難水難病難人難非人難惡蟲難餘緣者大眾集牀座少若眾多病大眾集至上覆蓋不周或天雨若布薩多若多鬪諍事論阿毗說法夜已久明相未出應作羯磨說戒若明相出不得宿受欲清淨羯磨說戒應隨事遠近可廣說戒便廣說不者如法治可略說便略不者如法治若難事近不略說即應從坐起去略戒者說序已餘者應言僧常聞若說序四事已餘者應言僧常聞如是乃至九十事餘者應言僧常聞）

安居法第五

僧差人分房羯磨文

大德僧聽若僧時到僧忍聽僧今差比丘某

甲分房舍卧具白如是
大德僧聽僧今差比丘某甲分房舍卧具誰
諸長老忍僧差比丘某甲分房舍卧具者默
然誰不忍者說僧已忍差比丘某甲分房舍
卧具竟僧忍默然故是事如是持（分房法無使管事人）
（選擇一房取餘房白上座次第取）
大德上座如是房舍卧具隨意所樂便取（先與上座房已次第與第二第三第四乃至下座法亦如是若有餘長房者應留客比丘也）

安居文

長老一心念我比丘某甲依某聚落某甲僧
伽藍某甲房前三月夏安居房舍壞修治故
依某甲持律若有疑事當往問（後安居法亦如是說）
（第二第三亦如是說）

受七日文

長老一心念我比丘某甲受七日法出界外
爲某甲事故還此中安居白長老令知（第二第三亦如是說）

受過七日法文

大德僧聽我比丘某甲受過七日法若十五
日若一月出界外爲某甲事故還此中安居
（第二第三亦如是說）

與過七日羯磨文

大德僧聽若僧時到僧忍聽比丘某甲受過
七日法若十五日若一月出界外爲某甲事
故還此中安居白如是
大德僧聽比丘某甲受過七日法若十五日
若一月出界外爲某甲事故還此中安居誰
諸長老忍僧聽比丘某甲受過七日法若十
五日若一月出界外爲某甲事故還此中安
居者默然誰不忍者說僧已忍比丘某甲受

過七日法若十五日若一月出界外爲某甲事故還此中安居竟僧忍默然故是事如是持

自恣法第六

與欲自恣文

大德一心念今日僧自恣我比丘某甲亦自恣我有病患不堪往我與自恣及欲病人有五事與自恣若言與汝自恣若言我說自恣若言爲我說自恣若言現身相若廣說盡成與自恣不者不成與自恣

受自恣欲文隨能憶姓字多少得受三說僧中應如是說言

大德一心念衆多比丘病患不堪來我與衆多比丘受欲自恣如是僧事與欲自恣僧差

授自恣人羯磨文

大德僧聽若僧時到僧忍聽僧今差比丘某甲作授自恣人如是白

大德僧聽僧今差比丘某甲作授自恣人誰諸長老忍僧今差比丘某甲作授自恣人者默然誰不忍者說僧已忍差比丘某甲作授自恣人竟僧忍默然故是事如是持

白僧自恣文

大德僧聽今日衆僧自恣若僧時到僧忍聽僧和合自恣白如是作如是白已然後自恣

衆僧自恣文

大德一心念衆僧今日自恣我比丘某甲亦自恣若見聞疑罪大德哀愍語我我若見罪當如法懺悔第二第三亦如是說

若四人更互自恣文

長老一心念今日衆僧自恣我比丘某甲亦自恣我清淨第二第三亦如是說若三人二人亦如是說若一人心念口言自恣今日衆僧自恣我比丘某甲亦自恣我清

淨(第二第三亦如是說自恣法五人若滅五人不得受欲)

有八難事起白僧各各三語自恣文

大德僧聽僧有難事若僧時到僧忍聽僧今各各三語自恣白如是(作如是白已各各共三語自恣再說亦如是若事近不得各各三語自恣亦不得白彼比丘即應以此難事故去)

白僧受功德衣文

大德僧聽今日衆僧受功德衣若僧時到僧忍聽衆和合受功德衣白如是(僧應問誰能持功德衣者若言有能者應差)

差持功德衣人羯磨文

大德僧聽若僧時到僧忍聽今差比丘某甲爲僧持功德衣白如是

大德僧聽僧今差比丘某甲爲僧持功德衣誰諸長老忍僧今差比丘某甲爲僧持功德衣者默然誰不忍者說僧已忍差比丘某甲爲僧持功德衣竟僧忍默然故是事如是持

羯磨功德衣與持衣人文

大德僧聽此住處僧得可分衣現前僧應分若僧時到僧忍聽僧今持此衣與比丘某甲此比丘某甲當持此衣爲僧受作功德衣於此住處持白如是

大德僧聽此住處僧得可分衣現前僧應分僧今持此衣與比丘某甲此比丘某甲當持此衣爲僧受作功德衣於此住處持誰諸長老忍僧持此衣與比丘某甲比丘某甲當持此衣爲僧受作功德衣於此住處持者默然誰不忍者說僧已忍持此衣與比丘某甲此比丘某甲當持此衣爲僧受作功德衣於此住處持竟僧忍默然故是事如是持

持功德衣人持衣衆僧前文(隨諸比丘手得及衣言得相了)

應如是白

此衣衆僧當受作功德衣此衣衆僧今受作功德衣此衣衆僧已受作功德衣第二第三亦如是說

衆僧各受功德衣文

其受者已善受此中所有功德衣稱屬我彼應答言爾

出功德衣文

僧集和合未受大戒者出不來者說欲僧今何所作爲應答言出功德衣

大德僧聽今日衆僧出功德衣若僧時到僧忍聽僧今和合出功德衣如是白

曇無德律部雜羯磨卷上

音釋

駃踈吏切疾也　鬘莫班切　癩落蓋切惡病也　疽千余切　痟音消渴病也

曇無德律部雜羯磨卷下

前魏天竺三藏康僧鎧譯

分衣物法第七

僧分衣物羯磨文

大德僧聽此住處若衣若非衣現前僧應分若僧時到僧忍聽僧今與比丘某甲某甲當還與僧白如是

大德僧聽此住處若衣若非衣現前僧應分僧今與比丘某甲彼某甲當還與僧誰諸長老忍此住處若衣若非衣現前僧應分僧今與比丘某甲彼某甲當還與僧者默然誰不忍者說僧已忍與比丘某甲彼某甲當還與僧竟僧忍默然故是事如是持（若住處有二人三人得施衣物應留各各相向作如是說）

長老一心念是住處得可分衣物現前僧應分是中無僧此衣物屬我我受用（第二第三亦如是說）是住處得可分衣物現前僧應分是中無僧（若獨有一人應心念口言）此衣物屬我我受用（第二第三亦如是說）

瞻病人持亡者衣物至僧中說文

大德僧聽比丘某甲此住處命過所有衣鉢坐具針筒盛衣貯器此住處現前僧應分（第二第三亦如是說）

羯磨亡者衣鉢與看病人文

大德僧聽比丘某甲命過所有衣鉢坐具針筒盛衣貯器現前僧應分若僧時到僧忍聽僧今與看病人某甲白如是

大德僧聽比丘某甲命過所有衣鉢坐具針筒盛衣貯器現前僧應分僧今與看病人某甲誰諸長老忍僧與看病人某甲衣鉢坐具

針筒盛衣貯器者默然誰不忍者說僧已忍與看病人某甲衣鉢坐具針筒盛衣貯器竟僧忍默然故是事如是持

僧分亡者餘衣物羯磨文

大德僧聽比丘某甲命過所有若衣若非衣現前僧應分若僧時到僧忍聽僧今與比丘某甲彼某甲當還與僧白如是

大德僧聽比丘某甲命過所有若衣若非衣現前僧應分僧今與比丘某甲彼某甲當還與僧誰諸長老忍比丘某甲命過所有若衣若非衣現前僧應分僧今與比丘某甲彼某甲當還與僧者默然誰不忍者說僧已忍與比丘某甲彼某甲當還與僧竟僧忍默然故是事如是持

若三人二人分亡者衣物文（若住處有三人二人故分亡者衣物應各各相向作如是言）

長老一心念比丘某甲命過所有若衣若非衣現前僧應分此住處無僧是衣物屬我我應受用（第二第三亦如是說若獨一人心念口言）

比丘某甲命過所有若衣若非衣現前僧應分此住處無僧是衣物屬我我應受用（第二第三亦如是說）

作淨法第八

結作淨地文（淨地有四種一者檀越若經營人作僧伽藍時處分二者若爲作僧伽藍未施三者僧伽藍都無籬障及塹若半有籬墻及塹四者僧作白二羯磨結）

大德僧聽若僧時到僧忍聽僧今結某處作淨地白如是

大德僧聽僧今結某處作淨地誰諸長老忍僧結某處作淨地者默然誰不忍者說僧已忍結某處作淨地竟僧忍默然故是事如是

持若故僧伽藍疑先有淨地應解已然後更結

差人監淨法羯磨文彼如法作飲食淨菜楊枝如是等事

大德僧聽若僧時到僧忍聽比丘某甲能爲僧作淨法人白如是

大德僧聽比丘某甲能爲僧作淨法人誰諸長老忍比丘某甲作淨法人者默然誰不忍者說僧已忍比丘某甲作淨法人竟僧忍默然故是事如是持差作維那敷僧卧具分僧粥分餅分雨衣處分沙彌守僧園人如是等諸羯磨文同但稱事爲異耳

眞實淨施文

長老一心念我某甲有此長衣未作淨今爲淨故施與長老爲眞實淨作眞實施者應問受施主然後得用

展轉淨施文

長老一心念我比丘某甲有此長衣未作淨爲展轉淨施與長老彼受請者應如是語言

長老一心念汝有此長衣未作淨爲展轉淨故施與我我今受之受已當向彼言汝施主是誰彼應言施與某甲受請者應語如此語

長老一心念汝是長衣未作淨爲展轉淨故施與我我已受之是衣某甲已有汝爲某甲故護持用時隨意展轉淨施者若問若不問隨意用

受七日藥文先從淨人受已持至大比丘所作如是言

長老一心念我比丘某甲有病因緣是七日藥爲共宿七日故今於長老邊受第二第三亦如是說

受盡形壽藥文先從淨人受已持至大比丘所作如是言

長老一心念我比丘某甲有病此盡形壽藥爲共宿長服故今於長老邊受第二第三亦如是說不經宿不口受

雜法第九

乞作小房羯磨文

大德僧聽我比丘某甲自乞作屋無主自爲已我今從衆僧乞知無難無妨處第二第三亦如是說僧當觀此比丘若可信即聽若不可信一切僧應到彼處者若遣可信者看看已應作羯磨

大德僧聽比丘某甲自乞作屋無主自爲已今從衆僧乞處分無難無妨處若僧時到僧忍聽僧今與比丘某甲處分無難無妨處白如是

大德僧聽此比丘某甲自乞作屋無主自爲已今從衆僧乞處分無難無妨處僧今與比丘某甲處分無難無妨處誰諸長老忍僧與比丘某甲處分無難無妨處者默然誰不忍者說僧已忍與比丘某甲處分無難無妨處竟僧忍默然故是事如是持次後大房羯磨文與此同但稱有主爲異

足食已受殘食文應持食至彼比丘所應作如是言

大德我已足食大德看是知是作餘食法彼應取少許食已語言

我已食止汝可食之

受請已作殘食文應持食至彼比丘前作如是言

長老我已受請長老看是知是作餘食法彼應取少許食已語言

我已食止汝可食之

受請已食前食後入他家囑文長老一心念我某甲已受某甲請有緣事欲入某甲聚落至某甲家白長老令知

非時入村囑授文

長老一心念我某甲非時入其甲聚落至某甲家爲如是緣事白長老令知

比丘尼雜羯磨

諸結界法第一

結解諸界法子注次第名盡與大僧同稱尼大姊異

受戒法第二

比丘尼乞畜衆羯磨文 若比丘尼欲度人者當往比丘尼僧偏露右肩脱革屣禮僧足已右膝著地合掌作如是言

大姊僧聽我比丘尼某甲今從衆僧乞度人授具足戒願僧聽我度人授具足戒 第二第三亦如是說

尼僧與作畜衆羯磨文

大姊僧聽此比丘尼某甲今從衆僧乞度人授人具足戒若僧時到僧忍聽僧今聽比丘尼某甲度人授人具足戒白如是

大姊僧聽此比丘尼某甲今從衆僧乞度人授人具足戒僧今聽比丘尼某甲度人授人具足戒誰諸大姊忍僧聽比丘尼某甲度人授人具足戒者默然誰不忍者說僧已忍聽比丘尼某甲度人授人具足戒竟僧忍默然故是事如是持

度沙彌尼文 若欲在比丘尼寺內剃髮者應白僧若房房語令知然後剃髮應作如是白

大姊僧聽此某甲欲從某甲求剃髮若僧時到僧忍聽為某甲剃髮白如是 應作如是白已為剃髮若欲在比丘尼內出家應白僧若房房語令知應作如是白言

大姊僧聽此某甲從某甲求出家若僧時到僧忍聽與某甲出家白如是 應作如是白已與出家應作如是出家教出家者著袈裟已偏露右肩脱革屣右膝著地合掌教作如是言

我其甲歸依佛歸依法歸依僧我今隨佛出家和尚某甲如來無所著等正覺是我世尊 第二第三亦如是說

我其甲歸依佛歸依法歸依僧我今隨佛出

家竟和尚某甲如來無所著等正覺是我世
尊第二第三亦如是說說如是已應與受戒
盡形壽不得殺生是沙彌尼戒能持不答言能
盡形壽不得偷盜是沙彌尼戒能持不答言能
盡形壽不得婬是沙彌尼戒能持不答言能
盡形壽不得妄語是沙彌尼戒能持不答言能
盡形壽不得飲酒是沙彌尼戒能持不答言能
盡形壽不得著華鬘香塗身是沙彌尼戒能
持不答言能
盡形壽不得歌舞倡伎亦不往觀聽是沙彌
尼戒能持不答言能
盡形壽不得高廣大牀上坐是沙彌尼戒能
持不答言能
盡形壽不得非時食是沙彌尼戒能持不答言
能
盡形壽不得捉持生象金銀寶物是沙彌尼
戒能持不答言能
如是沙彌尼十戒盡形壽不應犯當供養三
寶佛寶法寶僧寶勤修三業坐禪誦經勸佐
衆事聽童女十八者二年學戒年滿二十比丘僧中受大戒若年十歲曾出適者聽
二年中學戒滿十二與授具足戒應如是與二歲學戒
式叉摩那受六法文沙彌尼應往比丘尼僧中偏露右肩脫革屣禮
比丘尼僧足已右膝著地合掌白如是言
大姊僧聽我沙彌尼某甲從僧乞二歲學戒
和尚尼某甲願僧濟度我慈愍故與我二歲
學戒第二第三亦如是說應將沙彌尼往離聞處著見處已衆中差堪能羯磨者如
上應作如是白
大姊僧聽此沙彌尼某甲從僧乞二歲學戒
和尚尼某甲若僧時到僧忍聽僧今與沙彌
尼某甲二歲學戒和尚尼某甲白如是

大姊僧聽此沙彌尼某甲今從僧乞二歲學戒和尚尼某甲僧今與沙彌尼某甲二歲學戒和尚尼某甲誰諸大姊忍僧與沙彌尼某甲二歲學戒和尚尼某甲者默然誰不忍者說是初羯磨第二第三亦如是說

僧已忍與沙彌尼某甲二歲學戒竟和尚尼某甲僧忍默然故是事如是持應喚來禮僧足戒師前與

六法

汝諦聽如來無所著等正覺說六法不得犯不淨行行婬欲法若式叉摩那行婬欲法非式叉摩那非釋種女若與染污心男子共身相摩觸缺戒應更與學戒是中盡形壽不得犯能持不答言能

不得偷盜乃至草葉若式叉摩那取人五錢若過五錢自取教人取自斫教人斫自破教人破若燒若埋若壞色非式叉摩那非釋種女若取減五錢缺戒應更與學戒是中盡形壽不得犯能持不答言能

不得故斷衆生命乃至蟻子若式叉摩那故自手斷人命求刀授與教死勸死讚死若與人非藥若墮胎厭禱呪術自作教人作非式叉摩那非釋種女若斷畜生不能變化者命缺戒應更與學戒是中盡形壽不得犯能持不答言能

不得妄語乃至戲笑若式叉摩那不眞實無所有自稱言得上人法言得禪得解脫得定得四空定得須陀洹果斯陀含果阿那含果阿羅漢果言天來龍來鬼神來供養我非式叉摩那非釋種女若於衆中故妄語缺戒應更與學戒是中盡形壽不得犯能持不答言能

不得非時食若式叉摩那非時食犯戒應更
與學戒是中盡形壽不得犯能持不答言能
不得飲酒若式叉摩那飲酒犯戒應更與學
戒是中盡形壽不得犯能持不答言能
式叉摩那於一切比丘尼戒是中應盡學除
自取食過食與比丘尼
式叉摩那尼僧中受大戒文應求和尚作如是言
我某甲今求阿姨爲和尚願阿姨爲我作和
尚我依阿姨故得受大戒第二第三亦如是說和尚應答言可
爾時式叉摩那學戒已若年滿二十若滿二十應與受大戒白四羯磨如是與戒將受人離聞處著見處是中戒師應差教授師
大姊僧聽此某甲從和尚尼某甲求受大戒
若僧時到僧忍聽某甲尼爲教授師白如是
教授師應至受戒人所語言
此汝安陀會鬱多羅僧僧伽梨僧竭支覆肩
衣鉢此衣鉢是汝有不答言有汝諦聽今眞
誠時我今問汝有便言有無當言無汝不曾
作比丘尼不不賊心受戒不不殺父殺母殺
阿羅漢不不非人不非畜生不非二根人不
汝字何等和尚字誰年歲滿不衣鉢具足不
父母夫主爲聽汝不不負人債不非婢不是
女人不女人有如是諸病癩癰疽白癩乾痟
顚狂二根二道合道小大小便常漏涕唾常
出汝有如是諸病不答言無應語言
如我向者所問僧中亦當如是問如向者答
我僧中亦當如是答彼教授師問已應還至僧中如常威儀至舒手
及此比丘尼僧處立應作如是言
大姊僧聽是某甲從和尚尼某甲求受大戒
若僧時到僧忍聽我已教授竟聽使來白如
是教授師應喚受戒人言來來已爲捉衣鉢教禮比丘尼僧足在戒師前胡跪合掌白

如是言

大姊僧聽我某甲從和尚尼某甲求受大戒我某甲今從僧乞受大戒和尚尼某甲願僧濟拔我慈愍故第二第三亦如是說是中戒師應作白

大姊僧聽此某甲從和尚尼某甲求受大戒此某甲今從僧乞受大戒和尚尼某甲若僧時到僧忍聽我問諸難事白如是

汝諦聽今是眞誠時我今問汝有便言有無當言無汝不曾作比丘尼不不賊心受戒不不殺父殺母殺阿羅漢不非非人不非畜生不非二根人不汝字何等和尚字誰年歲滿不衣鉢具足不父母夫主爲聽汝不非負人債不非婢不是女人不女人有如是諸病癩癰疽白癩乾痟顛狂二根二道合道小大小便常漏涕唾常出有如是諸病不答言無應作白

大姊僧聽此某甲從和尚尼某甲求受大戒此某甲今從僧乞受大戒和尚尼某甲所說清淨無諸難事年歲已滿衣鉢具足若僧時到僧忍聽僧今授某甲大戒和尚尼某甲白如是

大姊僧聽此某甲從和尚尼某甲求受大戒此某甲今從僧乞受大戒和尚尼某甲所說清淨無諸難事年歲已滿衣鉢具足僧今授某甲大戒和尚尼某甲誰諸大姊忍僧今授某甲大戒和尚尼某甲者默然誰不忍者說是初羯磨第二第三亦如是說

僧已忍與某甲受大戒竟和尚尼某甲僧忍默然故是事如是持

受戒人與尼僧俱至比丘僧中大戒文彼受戒者

應與比丘尼僧俱至比丘僧中禮僧足已右膝著地合掌作如是言

大德僧聽我某甲從和尚尼某甲求受大戒我某甲今從僧乞受大戒和尚尼某甲願僧濟度我慈愍故（第二第三亦如是說此中戒師應作白已問諸難事）

大德僧聽此某甲從和尚尼某甲求受大戒此某甲今從僧乞受大戒和尚尼某甲若僧時到僧忍聽我問諸難事白如是

善女諦聽今是眞誠時實當言實不實當言不實隨所問汝汝當以實答我汝不曾作比丘尼不不賊心受戒不不殺父殺母殺阿羅漢不非非人不非畜生不非二根人不汝字何等和尚字誰年歲滿不衣鉢具足不父母夫主爲聽汝不汝不負人債不非婢不汝是女人不女人有如是諸病癩癰疽白癩乾痟顛狂病汝有如是諸病不（若言無應問言）汝學戒未汝清淨不（若言已學戒清淨應問餘比丘尼言）已學戒未清淨不（若言已學戒清淨即應作白四羯磨）

大德僧聽此某甲從和尚尼某甲求受大戒此某甲今從僧乞受大戒和尚尼某甲所說清淨無諸難事年歲已滿衣鉢具足已學戒清淨若僧時到僧忍聽僧今爲某甲受大戒和尚尼某甲白如是大德僧聽此某甲從和尚尼某甲求受大戒此某甲今從僧乞受大戒和尚尼某甲所說清淨無諸難事年歲已滿衣鉢具足已學戒清淨僧今爲某甲受大戒和尚尼某甲誰諸長老忍僧與某甲受大戒和尚尼某甲者默然誰不忍者說是初羯磨（第二第三亦如是說）

僧已忍爲某甲受大戒竟和尚尼某甲僧忍默然故是事如是持

善女人諦聽如來無所著等正覺說八波羅

夷法若比丘尼犯者非比丘尼非釋種女一切不得作不淨行行婬欲法若比丘尼作不淨行行婬欲法乃至共畜生非比丘尼非釋種女是中盡形壽不得犯能持不答言能

不得偷盜乃至草葉若比丘尼取人五錢若過五錢自取教人取自斫教人斫自破教人破若燒若埋若壞色非比丘尼非釋種女是中盡形壽不得犯能持不答言能

不得斷衆生命乃至蟻子若比丘尼自手斷若教他斷人命持刀授與教死讃死勸死與人非藥若墮胎猒禱呪術若自作方便教人作非比丘尼非釋種女是中盡形壽不得犯能持不答言能

不得妄語乃至戲笑若比丘尼不真實非已有自稱得上人法得禪得解脫三昧正受得須陀洹果斯陀含果阿那含果阿羅漢果言天來龍來鬼神來供養我非比丘尼非釋種女是中盡形壽不得犯能持不答言能

不得身相摩觸乃至共畜生若比丘尼有染污心與染污心男子身相觸腋以下膝以上若摩若捺若逆摩若順摩若牽若推若舉若下捉若急捺非比丘尼非釋種女是中盡形壽不得犯能持不答言能

不得犯八事乃至共畜生若比丘尼有染污心與染污心男子受捉手捉衣至屏處屏處住屏處語若共行若身相近若共期犯此八事非比丘尼非釋種女是中盡形壽不得犯能持不答言能

不得覆藏他罪乃至突吉羅惡説若比丘尼知比丘尼犯波羅夷不自擧不白僧不語人

令知後於異時此比丘尼若休道若滅擯若作不共住若入外道後作如是言我先知此人如是如是非比丘尼非釋種女覆藏他重罪故是中盡形壽不得犯能持不答言能

不得隨被舉比丘語乃至沙彌若比丘尼知比丘爲僧所舉如法如毗尼如佛所教犯威儀未懺悔不作共住便隨順彼比丘尼諫此比丘尼言大姊彼比丘爲僧所舉如法如毗尼如佛所教犯威儀未懺悔不作共住莫隨順彼比丘語彼比丘尼諫此比丘尼時堅持不捨彼比丘尼應乃至三諫捨此事故乃至三諫捨者善若不捨者非比丘尼非釋種女犯隨舉是中盡形壽不得犯能持不答言能

善女人諦聽如來無所著等正覺說四依法比丘尼出家依是出家人法依糞掃衣是比丘尼出家法是中盡形壽能持不答言能

若得長利檀越施衣割壞衣得受

依乞食是比丘尼出家人法是中盡形壽能持不答言能

若得長利若僧差食檀越送食月八日食十五日食月初日食衆常食檀越請食得受

依樹下坐是比丘尼出家人法是中盡形壽能持不答言能

若得長利別房尖頭小屋石室兩房一戸得受

依腐爛藥是比丘尼出家人法是中盡形壽能持不答言能

若得長利酥油生酥蜜石蜜得受汝已受戒竟白四羯磨如法成就得處所和尚如法阿闍梨如法二部衆僧具足當善受教法應勸

化作福治塔供養衆僧和尚阿闍梨一切如法教不得違逆應學問諸經勤求方便於佛法中得須陀洹果斯陀含果阿那含果阿羅漢果汝始發心出家功不唐捐果報不斷餘所不知當問和尚阿闍梨（應令受戒人在前而去）

受衣鉢文（受五衣鉢文請依止文子注盡同尼姉輩）

除罪法第三

比丘尼從二部僧乞摩那埵羯磨文

（治比丘尼僧殘罪無覆藏唯有半月在二部僧中行摩那埵行摩那埵竟與出罪摩那埵羯磨時大僧滿四人已七尼僧亦爾出罪時要二部僧各二十人彼尼來至僧中脫革屣偏袒右肩禮僧足合掌胡跪從二部僧乞半月摩那埵應如是言）

大德僧聽我比丘尼某甲犯某甲僧殘罪今從二部僧乞半月摩那埵羯磨願僧與我半月摩那埵羯磨慈愍故（第二第三亦如是說）

與摩那埵羯磨文

大德僧聽比丘尼某甲犯某甲僧殘罪今從二部僧乞半月摩那埵羯磨若僧時到僧忍聽僧今與比丘尼某甲半月摩那埵羯磨白如是

大德僧聽比丘尼某甲犯某甲僧殘罪今從二部僧乞半月摩那埵羯磨僧今與比丘尼某甲半月摩那埵羯磨誰諸長老忍僧與比丘尼某甲半月摩那埵羯磨者默然誰不忍者說是初羯磨（第二第三亦如是說）

僧已忍與比丘尼某甲半月摩那埵羯磨竟僧忍默然故是事如是持（摩那埵行法如大比丘法無異在尼僧中宿日日來白大僧令知作如是說）

大德僧聽我比丘尼某甲犯某甲僧殘罪從二部僧乞半月摩那埵羯磨僧已與我半月摩那埵羯磨我比丘尼某甲已行若干日餘

有若干日在白大德僧令知我行摩那埵乞出罪羯磨文彼比丘尼來至二部僧中乞出罪羯磨應如是乞言大德僧聽我比丘尼某甲犯某甲僧殘罪從二部僧乞半月摩那埵羯磨僧已與我半月摩那埵羯磨我於二部僧中半月行摩那埵竟今從僧乞出罪羯磨願僧與我出罪羯磨慈愍故第二第三亦如是說

與出罪羯磨文

大德僧聽比丘尼某甲犯某甲僧殘罪從二部僧乞半月摩那埵羯磨已與比丘尼某甲半月摩那埵羯磨此比丘尼某甲已於二部僧中半月行摩那埵竟今從僧乞出罪羯磨若僧時到僧忍聽僧今與比丘尼某甲出罪羯磨白如是

大德僧聽比丘尼某甲犯某甲僧殘罪從二部僧乞半月摩那埵羯磨此比丘尼某甲已於二部僧中半月行摩那埵竟今從僧乞出罪羯磨僧今與比丘尼某甲出罪羯磨誰諸長老忍僧與比丘尼某甲出罪羯磨者默然誰不忍者說是初羯磨第二第三亦如是說僧已忍與比丘尼某甲出罪羯磨竟僧忍默然故是事如是持

捨墮衣於僧中捨文捨墮僧中捨捨竟僧中懺悔請一人能受者白即一人前懺悔羯磨還彼衣三二一人邊捨懺皆亦同犯餘罪向二三人懺受者白邊人疑罪僧向三二一人發露文子注次第名盡同尼姊異

說戒法第四

尼僧差人求教授羯磨文

大姊僧聽若僧時到僧忍聽僧今差比丘尼某甲爲比丘尼僧故半月往比丘僧中求教

授白如是

大姊僧聽僧今差比丘尼某甲爲比丘尼僧故半月往比丘僧中求教授誰諸大姊忍僧差比丘尼某甲爲比丘尼僧故半月往比丘僧中求教授者黙然誰不忍者說僧已忍差比丘尼某甲爲比丘尼僧故半月往比丘僧中求教授竟僧忍黙然故是事如是持二人爲伴往大僧中請一舊比丘所禮足已曲身低頭合掌白言

大德一心念比丘尼僧和合禮比丘僧足求教授第二第三亦如是說受囑比丘尼僧說戒時如是白言

大德僧聽比丘尼僧和合禮僧足求教授第二第三亦如是說比丘尼明日應往問可否比丘應期往比丘尼應期來迎比丘期往聞教授人來當半道迎至寺內供給所須洗浴具羹粥飲食果蓏以此供養若不者突吉羅若比丘盡病若不和合若衆不滿當遣信往禮拜問訊若比丘尼盡病若衆不和合衆不滿亦當遣信往禮拜問訊若不往者突吉羅

與清淨及欲文與欲及清淨受欲及清淨布薩說戒法八難及緣略說戒子注次第名盡同尼姊異

安居法第五差人分房舍安居受七日受過七日文與過七日法子注次第名盡同尼姊異

自恣法第六

尼僧差人大僧中求自恣羯磨文

大姊僧聽若僧時到僧忍聽僧今差比丘尼某甲爲比丘尼僧故往大僧中說三事自恣見聞疑白如是

大姊僧聽僧今差比丘尼某甲爲比丘尼僧故往大僧中說三事自恣見聞疑誰諸大姊忍僧差比丘尼某甲爲比丘尼僧故往大僧中說三事自恣見聞疑者黙然誰不忍者說僧已忍差比丘尼某甲爲比丘尼僧故往大僧中說三事自恣見聞疑竟僧忍黙然故是

事如是持二比丘尼爲伴往大僧中禮僧足已曲身低頭合掌作如是說

比丘僧夏安居竟比丘尼夏安居竟比丘僧

說三事自恣見聞疑大德僧慈愍故語我我

若見罪當如法懺悔第二第三亦如是說彼尼即比丘僧自恣日便自恣而比丘疲極佛言不應爾比丘僧十四日自恣比丘尼十五日自恣若大僧病若衆不和合若衆不滿比丘尼應遣信禮拜問訊不者突吉羅若比丘尼衆病若衆不和合衆不滿比丘尼亦當遣信禮拜問訊不者突吉羅

與欲自恣文與欲自恣受欲自恣人白僧一自恣尼僧自恣四三二互說獨一心念說八難白僧三語自恣自僧受功德衣人羯磨衣持衣人僧前說衆僧尼受功德衣自出功德衣子注次第者盡同尼姊異

分衣物法第七羯磨分衣物三二人相向受獨一心分受聽病人持亡者衣物至僧中說羯磨衣鉢與餘衣羯磨分二二人相向受獨一心念受盡同尼姊異

作淨法第八結淨地差監淨人眞淨展轉七日盡形導受法子注次第名盡同尼姊異

雜法第九自乞作小房足食受疑食受請已作殘食受請食前食後非時入村羯子注次第名盡同尼姊異文煩故不出

僧祇律一人安居文

我比丘某甲於此僧伽藍內安居前三月我

某甲比丘是住處夏安居前三月有緣事出

界行受七日法是住處安居自恣

曇無德律部雜羯磨卷下

音釋

塹七豔切坑也　薗于元切與園同　捺乃曷切按也

沙彌威儀

宋天竺三藏求那跋摩譯

沙彌尼離戒文

失譯人名

清刻龍藏佛說法變相圖

二律儀同卷
沙彌威儀
沙彌尼離戒文

沙彌威儀

宋天竺三藏求那跋摩譯

已受沙彌十戒爲賢者道人次教之當用漸積從小起當知威儀施行應當知和尚幾歲三師名字當教識知初受戒時歲日月數當知事和尚有幾事亦當知隨事阿闍黎有幾事亦當知給楊枝澡水有幾事亦當知授袈裟攝持鉢有幾事亦當知捉錫杖持履有幾事與和尚阿闍黎俱應請時若至國王家時若至迦夷羅越家時若至婆羅門家時若連坐飯時若別飯時若俱入城乞食時若俱還至故處時若日晚過止水邊飯時若共於樹

下飯時若自先去往相待時若合鉢食時轉
貿鉢時若其對飯時若前後飯時若飯已澡
漱時若澡鉢去時若當共知給衆僧作直日
時有當知有幾事年滿二十欲受戒時習悉
當知之設爲賢者比丘所問不具對者不應
與具足戒何以故作沙彌乃不知沙彌所施
行沙門事大難作甚微妙賢者沙彌卿且去
熟學當悉聞知乃應授具足所以卿不知沙
彌事悉者但未諦知身苦故不知不伏意耳
而反欲受具足戒令授卿具足戒人謂佛法
易行沙門易作不知佛道致深罪福運行法
律交互以是日中數相之是故當先問設其
主具對能如法者三師易得師教沙彌有五
事一者當敬大沙門二者不得喚大沙門字
三者大沙門説戒經不得盜聽四者不得求
大比丘長短五者大比丘誤時不得轉行説
是爲威儀法
當教行五事一者不得於屏處罵大比丘二
者不得輕易大比丘於前戲笑效其語言形
相行步三者見大比丘過則當起住若讀經
若飯時若作衆事不應起四者行與大比丘
相逢當止住下道避之五者若調戲若見大
比丘即當止謝言不及是爲施行所應爾
沙彌事和尚有十事一者當早起二者欲入
戶當先三彈指三者具楊枝澡水四者當授
袈裟却授履五者掃地更益澡水六者當襞
被拭牀席七者師未還不得中捨戶去師還
逆取袈裟内襞之八者若有過和尚阿闍黎
教戒之不得還逆語九者當低頭受師語去
當思惟念行之十者出戶當還牽戶閉之是

爲事和尚法

沙彌事阿闍黎有五事一者視阿闍棃一切當如視我二者不得調戲三者設訶罵汝不得還語四者若使出不淨器不唾不得怒恚五者暮宿當按摩之是爲事阿闍黎法也

沙彌事師當早起具楊枝澡水有六事一者斷折楊枝當隨度二者當破頭三者當澡使淨四者當易故宿水五者當淨澡灌六者當滿中水持入不得使有聲是爲給楊枝澡水法

授袈裟有四事一者當徐徐一手捉下授之二者當次視上下三者當正住持師衣巳四者當上著肩上是爲授袈裟法疊袈裟有四事一者當視上下二者不得使著地三者當著常處四者覆上是爲疊袈裟法

持鉢有四事一者當令淨二者拭令燥三者帶令堅四事不得有聲是爲持鉢法

持履有四事一者先抖擻之二者當視次比之三者當澡手不得便持袈裟四者師坐當取次比之是爲持履法

持錫杖有四事一者當取拭去生垢二者當取不得著地使有聲三者師出户乃當授四者師出還當逆取若俱行若入衆若禮佛當取持是爲持錫杖法

俱應請連坐飯時有四事一者若坐當離師六尺二者視師大嚫竟乃授鉢三者不得先師食四者食巳當起取鉢自近是爲連坐飯時法

别坐飯時法有四事一者當立住師邊二者教飯乃當坐去三者頭面著地作禮四者飯

食居後不得居坐上戲飯已竟當至師邊住師教還坐乃應坐是爲別坐飯時法

入城乞食時有四事一者當持師鉢二者當隨不得以足蹈師影三者於城外當取鉢授師四者入城欲別行當報師是爲行乞食法

俱還至故處飯時有四事一者當先徐徐開户出布坐具二者澡師已乃却自澡三者授師鉢却自叉手住四者當預具澡豆手巾是爲還師飯時法

還水邊飯時有四事一者當求淨處二者當求草作座三者當取水澡師手乃却授鉢四者師教使飯當作禮却坐是爲水邊飯時法

止於樹下飯時有四事一者持鉢著樹枝取葉作座二者取水還當澡師手設不得水求取淨草授師三者還取師鉢授師四者當預具淨草淨師鉢已却熟拭鉢乃去是爲樹下飯時法

住於道中相侍有三事一者持鉢著淨地作禮如事說二者當視日早晚可自還歸若道止三者當取師鉢并持隨後去是爲道中相侍法

合鉢食時有三事一者若師鉢中無酪酥漿當自取所得鉢授師不受且當却住二者徐取鉢中半飯出著樹葉上三者却自取鉢中半飯著師鉢中却住是爲合鉢食時法

轉貿鉢時有三事一者師鉢中得善自取不如者便當授師二者師欲貿鉢當讓不受三者師堅呼貿鉢當取一再食便當拭鉢還授師是爲貿鉢時法

對飯時有三事一者當授師鉢乃却自飯二

者數視所欲得即當起取與三者食不得太疾亦不得後已起當復問欲得何等師言持去乃當持去是爲對飯時法

前後餘時有三事一者持師鉢具已當却至屏處住聽師呼聲即當應之二者當預取澡水著一邊三者師飯畢當澡師手却住師教去飯乃當作禮去飯是爲前後飯時法

飯已澡漱有三事一者澡漱已當先取鉢澡令清淨已著樹葉上二者却自澡鉢已亦著樹葉上先取師鉢以手摩令燥内著囊中付師三者還自取鉢拭令燥内著囊中帶之止住是爲澡鉢時法

澡鉢去時有三事一者言我今欲過某許賢者某甲二者頭面著地作禮便去三者獨還去不得過餘聚落中戲笑直歸故處讀經是爲澡鉢去時法

沙彌入衆有五事一者當眼覺二者當習諸事三者當給衆四者當授大沙門物五者欲受大戒時三師易得耳

復有五事一者當禮佛二者當禮比丘僧三者當問訊上座四者當留上座處五者不得諍坐處

復有五事一者不得於坐上遥相呼語笑二者不得數起出三者若衆僧喚沙彌某甲即當起應四者當隨衆僧教令五者若摩摩諦喚有所作當還白師是爲入衆法

沙彌作直日有五事一者當惜衆僧物二者不得當道作事三者事未竟已不得中起捨去四者若和尚阿闍黎喚不得便往應當報摩摩諦五者當隨摩摩諦教令不得違戾是

爲直日法

擇菜有五事一者當却根二者當齊頭三者不得使有青黄合四者洗菜當三易水令淨已當三振去水五者作事畢竟當還掃除使淨

復有五事一者不得私取衆僧物二者若有所欲取當報摩摩諦三者盡力作衆僧事四者當掃除食堂中乃却布空按五者當朝暮掃除舍後益水

汲水有十事一者手不淨不得使用汲水當先澡手二者不得大投罐井中使有聲三者當徐徐下罐不得大挑繫左右著使有聲四者不得使繩頭還入井中五者不得持腹伏井欄上六者不得持罐水入著釜中七者不得持罐置地八者當洗澡器令淨九者舉水入當徐徐行十者著屏處不得妨人道中去

澡釜有五事一者當先澡釜緣上二者當洗釜裏三者當澡中腰腹四者當澡裏底五者皆當三易水

吹竈有五事一者不得蹲吹火二者不得然生薪三者不得倒吹濕薪四者不得然腐薪五者不得熱湯澆火滅

掃地有五事一者順行二者灑地不得有厚薄三者不得汙濺四壁四者不得蹈濕上壞地五者掃已即當自擇草分棄之

比丘僧飯食沙彌掃地有五事一者却行二者不得挑臂手三者過六人止作一聚四者悉掃遍爲善五者即當自手除持出棄之

持水澡灌瀉水有五事一者一手持上一手持下不得轉易二者當近左面堅持直視前

三者當視人手澆下水不得多亦不得少正
當投人手中四者下水當去人手四寸不得
高不得下當相視水多少設水少不能足一
人當益不得住人手五者已澡手還著袈裟
持澡鉢有五事一者不得使鉢有聲二者當
兩手堅持當倚右面三者當隨人手高下不
得左右顧視四者澡鉢中滿當出棄之不得
澆人前地五者已當過澡手還著袈裟
手巾有五事一者當右手持上左手持下一
頭授人二者當去坐二尺不得前倚人膝三
者當持巾不得隨障人口四者人拭未放巾
不得引去已下竟當報主若著故處五者已
當澡手還著袈裟
授履有五事一者當先抖擻去中所有二者
當從上座起三者當隨澡鉢後示主令自識

四者不得持左著右皆當下竟沙彌五者已
竟當還澡手還著袈裟
沙彌鉢有七事一者鉢中有餘飯不得便取
棄之二者欲棄飯當著淨地三者當用澡豆
若草葉四者澡鉢不得於淨地當人道中五
者澡鉢當使下有枝六者當更益淨水水不
遠棄汙濺人地七者欲倒棄鉢中水當去地
四寸不得高下
拭鉢有三事一者當澡手拭使燥二者當持
淨手巾著膝上二者當拭裏使燥即當持淨
巾弁覆著囊中著常處
行會飯時教沙彌持鉢有五事一者不得置
地二者不得累使有聲三者倩下著地四者
人未授鉢不得持鉢置棜上五者不得從人
後授鉢當正從前亦不得衆中視師飯已當

起取鉢還坐
沙彌爲師持書行荅謝人有七事一者當直往二者當直還三者當識師所語亦當識人報語四者不得妄有所過五者若有所借不得止留宿六者不得調譺七者行出當有法則沙彌給衆僧使未竟不得妄入沙門戶有三事得入一者和尚阿闍黎暫使往二者若倩有所取三者自往問經應得入
欲入戶有七事一者當三彈指乃得入二者不得當人道作三者不得妄説他事四者當叉手如法説五者教倨不得交脚六者不得調譺七者不得障人先欲出當還向牽戶
獨使沙彌遠出行當教上頭有三事一者彼人問卿和尚名何等便報言和尚字某甲二者復問言卿和尚作沙門幾歲便報言若干歲三者復問卿和尚何許人便報言某郡縣人設復問阿闍黎名何等便報言字某甲復問卿阿闍黎年幾何便報言年若干復問阿闍黎是何許人便報言某郡國人若復問賢者何許人便報言某郡縣人復問賢者名何等便報言字某甲復問卿作沙彌已來幾何時便報言已若干歲若干日月若干時節是爲和尚阿闍黎亦自知時字歲日月數
入浴室有五事一者當低頭入二者當避上座處三者上座讀經不得狂語四者不得以更相洗五者不得持水澆火滅復有五事一者不得調譺二者不得破中瓫瓮三者用水不得大費四者不得觸中澡豆麻油五者自出去不得止浣衣
至舍後有十事一者欲大小便即當行二者

行不得左右視三者至當三彈指四者不得廹促中人使出五者已至復當三彈指六者不得大咽七者不得低頭視陰八者不得弄上灰土九者不得持水澆壁十者已當還澡手未澡不得持物復有五事一者不得正唾前壁二者不得左右顧視三者不得持草畫地四者不得持火燂畫地及壁五者不得久固上已當疾下去設逢人不得爲作禮下道避之

沙彌十數一者一切衆生皆因飲食而存二者二諦三者三受四者四諦五者五陰六者六入七者七覺分八者八聖道九者九衆生居十者十一切入是名十數

沙彌一者發心離俗懷佩道故二者毀其形好應法服故三者永割親愛無適莫故四者委棄身命遵崇道故五者志求大乘爲度人故敬白四坐大德衆僧沙彌某甲合有爾許人等稽首和南蓋聞道太陽垂暈則蒼生蒙朗眞尊演教有懷開悟崇和時衆照陽聖化洪法之遵慱暈象運皆僧集堂布薩說戒戒能滅惡爲萬善之基因生妙行解脫之本沙彌聞之踊躍歡喜意欲布施爲無財寶且持楊枝五百淨籌一千仰奉清衆表心單誠除瘡去穢幸煩德僧慈納呪願

沙彌威儀

沙彌尼離戒文

失譯人名

善女人字其言某所受穢惡之身充弊人流不堪下行剋己自悔願爲弟子受持正戒終身奉行用何等故作沙彌尼用歸命佛歸命法歸命比丘僧故用剃頭被袈裟故幾戒沙彌尼有十戒一盡形壽不得殺生不得教人殺生二盡形壽不得盜不得教人盜三盡形壽不得婬不得教人婬四盡形壽不得嫁不得教人嫁五盡形壽不得妄語不得教人妄語六盡形壽不得歌舞不得教人歌舞不得彈箏簫七盡形壽不得著香華脂粉不得教人著脂粉八盡形壽不得於高好刻鏤牀上卧不得教人作好牀卧九盡形壽不得飲酒不得教人飲酒十盡形壽過日中不得復食不得教人食威儀七十事

不得著繒綵衣不得作綵衣與人

不得惡口相調不得教人作不善語

不得與優婆夷相看形體大笑

不得於僻處裸形自弄身體

不得照鏡摩拭面目畫眉

不得瞋恨羞慙恚語

不得思念與男子共交會問優婆夷何如

不得坐毛綿上不得著鞾履不應作履

不得貪家錢財强索人物

不得坐他婦女牀上開器視衣言是好彼醜

十六以上應作沙彌尼素無瑕穢貞良完具無所毀辱父母見聽乃得爲道素不貞良不應爲道石人羸病不應爲道

不得與比丘僧同室宿不得共坐不得相形

笑不得臥沙彌尼衣被中不得錯法衣共器誤著僧衣不得手授男子物設欲與物當置著地却使取之不得與優婆夷露浴不得獨至僧房問義不得說俗事不得笑經語不得左右顧視不得手據机上

受經有五事當與長老尼共行去座六尺長跪但得問義當識句逗

省師病有四事有親應得省三人共行去牀六尺長跪問訊語訖應去不得論事

夜臥有五事當頭輸佛當傴臥不得伸脚不得仰向頻伸不得袒倮自露不得手近不淨處至檀越家有五事當先到精舍禮佛次禮師僧優婆夷請乃應入當報師僧直視六尺當獨坐牀

止檀越家有五事不應法不得至婦女房中語戲不得至竈下坐食不得與婢共私語不得獨至舍後不得與人共上厠不得上男子厠上

入浴室有五事不得與優婆夷共洗不得與婢使共洗不得與小兒共洗不得取他成事水不得自視形體隱處

燒香有五事不得左右遠視不得獨與優婆塞共燒香不得獨與婢使不掣脚不得背像

朝起有五事先當清淨却著法衣先禮經像却禮師僧去六尺問訊却行出戶師與語有五事問經戒義不知當請若見責當即自悔過不得覆藏不得自理不得惡眼視師

浣衣有四事當於屏處當長跪當棄惡水於屏處不得於人道徑中當待燥燥應收不得令墮地

行道有五事當與三人共行當與大尼共行若當與優婆夷共行當視前六尺當著法衣師云女人受性大出雜態恣則喜好婬泆無禮故爲女人令心自覺得蒙釋迦文佛大恩普三界開示道地得值法其有自識本行歸念佛者少

佛言觀見人間上至二十八天下至十八地獄皆苦無樂故結戒以訓後生佛告諸弟子爲道至難尠能去家斷絕六情受佛重戒捐棄愛欲有其然者少

佛告諸弟子汝慎莫妄度沙彌離女人恣態難保恍在須臾以復更生惡意譬如水泡一起一滅無有常定能見人根觀其大行見其宿罪今以盡度便得道者急當度之自非菩薩阿羅漢不可度尼

除觀說戒節度

維那先具舍羅籌香火戒文淨掃除精舍却鳴揵椎燒香禮佛唄呪願竟呪願鬼子母各便就座整法服叉手靜默維那便行香火人各說一偈維那在戶裏三唱白衣出除觀布薩竟三彈指令白衣遠去莫令聞說戒音聲訖開戶維那唱言靜坐除觀默令布薩亦三過唱訖便維那捉籌上座尼前長跪布薩人與一籌亦自取訖便還斂籌別著一處還取未布籌手捉從上座尼前問誰脫不受籌未得者便當言未已得者當默訖竟維那數籌有幾人數知少多維那唱言除觀等若干人隨年號月十五便言十五日月盡便言三十日於某州某郡某縣某檀越精舍中說戒願持說戒功德歸流大檀越眷屬一切安隱命

過者生天人中增益功德十方厄難普便解脫各呪願訖維那長跪上座尼前請能説戒人令説戒復請一人三唄讀經讀經竟唄唄訖上座普呪願下座尼皆長跪受呪願維那唱皆共禮佛禮般若訖下座尼皆禮大尼訖便維那長跪唱言隨所安

請説戒讀經人共別坐一牀上

沙彌尼離戒文

音釋

澡子皓切洗滌也　襞必益切疊衣也　抖擻抖當口切擻蘇后切抖擻振舉貌　覭初覭切　内著内奴荅切與納同　罐古玩切瓶屬　釜扶甫切鑊屬　濺子賤切水激灑也　譺宜記切啁也　倩七正切假借使人也　瓮烏貢切罌也　瓫蒲奔切與盆同　[illegible]作勞切焦也　適莫適丁歷切意所必從曰適莫末各切不可也　暈禹慍切日光氣也　癊於禁切　篠按舊音釋篠三作笛　鏤郎豆切雕刻也　祼郎果切赤體也　韡許葩切　匽女力切蟲食病也　机舉履切案屬　逗大透切正作讀　傴委羽切不伸也　倮郎果切與祼同　廁初吏切圊也　泆弋質切滛放也　尠息淺切少也　揵椎梵語也此云磬又云鐘揵巨寒切椎音槌　唄梵音薄邁切

十誦羯磨比丘要用

劉宋釋僧璩依律撰出

清刻龍藏佛說法變相圖

十誦羯磨比丘要用

劉宋釋僧璩依律撰出

（羯磨隨事乃有衆多且依戒文略出要用若餘不盡在於大本凡在大衆内欲作羯磨作羯磨者集唱僧今和集欲作何事僧中一人集隨答作某羯磨）又唱不來諸比丘說欲（說已唱白羯磨若在戒場上但唱也）

僧今和集欲作何事

受三歸五戒文第一

（受三歸五戒法白衣初來欲受三歸五戒教禮佛法僧胡跪合掌懺悔三業然後受之戒歸應教也）

我某甲從今盡壽歸依佛兩足尊歸依法無欲尊歸依僧衆中尊（如是三說）

我某甲歸依佛竟歸依法竟歸依僧竟於釋迦牟尼佛法中樂受五戒爲優婆塞當證知（如是三說）

汝某甲聽是佛婆伽婆釋迦牟尼多陀阿伽度阿羅訶三藐三佛陀爲優婆塞說五戒凡

是優婆塞當盡壽護持何等爲五盡壽離殺生是優婆塞戒是中盡壽離殺生是事能持不能答

盡壽離不與取是優婆塞戒是中盡壽離不與取是事能持不能答

盡壽離邪婬是優婆塞戒是中盡壽離邪婬是事能持不能答

盡壽離妄語是優婆塞戒是中盡壽離妄語是事能持不能答

盡壽離飲酒是優婆塞戒是中盡壽離飲酒穀酒甘蔗酒蒲萄酒一切能放逸酒是事能持不能答

受八戒文第二有人來欲受八戒先教禮三寶然後教胡跪合掌戒師應教如是說

我某甲從今至明旦歸依佛兩足尊歸依法無欲尊歸依僧衆中尊如是三說

我某甲從今至明旦歸依佛竟歸依法竟歸依僧竟如是三說

我某甲已受三歸竟從無始生死已來至于今日身業不善殺盜婬口業不善妄言綺語惡口兩舌意業不善貪欲恚瞋愚癡邪見如此衆罪今向十方諸佛諸尊菩薩得道賢聖現在師僧前求哀懺悔我某甲已懺悔竟身業清淨口業清淨意業清淨是名清淨住從今至明旦習學諸佛不殺不盜不婬不妄語不飲酒不坐卧高廣大牀不著香華瓔珞香油塗身不作唱妓樂故往觀聽過中不食如是三說

我某甲已受八戒竟以此功德不求轉輪聖王釋梵諸王人天之樂願盡諸煩惱明知一

切法果成佛道（優婆夷受文亦如是）

乞畜衆羯磨文第三（比丘尼受戒滿十二歲欲畜衆集僧胡跪合掌應如是乞）

大德尼僧聽我比丘尼某甲受大戒來滿十二歲欲畜衆我某甲已從僧乞畜衆羯磨願僧與我某甲作畜衆羯磨慈愍故（如是三說）

僧與畜衆羯磨文

大德尼僧聽比丘尼某甲受大戒來滿十二歲欲畜衆某甲已從僧乞畜衆羯磨若僧時到僧忍聽僧當與某甲畜衆羯磨如是白

大德尼僧聽比丘尼某甲受大戒來滿十二歲欲畜衆某甲已從僧乞畜衆羯磨僧今與某甲畜衆羯磨誰諸長老忍與某甲畜衆羯磨者是長老黙然誰不忍者便說是初羯磨成就不（如是三說）

僧已忍與某甲畜衆羯磨竟僧忍黙然故是事如是持

受沙彌十戒文第四（佛語諸比丘從今欲求出家人有二事應白僧一出家剃頭若已剃髮來一事應白僧僧若集應言）

大德僧聽某甲求出家剃髮僧憶持（若僧不集應別房白應言）諸長老某甲求出家憶持（若有袈裟應著若無和尚應與教胡跪合掌先教求和尚應言）

大德憶念我某甲求大德爲沙彌和尚願大德爲我某甲作十戒和尚我某甲依大德和尚故出家受十戒（如是三說戒師應教）

我某甲歸依佛歸依法歸依僧出家是佛婆伽婆釋迦牟尼多陀阿伽度阿羅訶三藐三佛陀出家我亦隨佛出家和尚某甲（如是三說）

我某甲歸依佛竟歸依法竟歸依僧竟出家是佛婆伽婆釋迦牟尼多陀阿伽度阿羅訶

三藐三佛陀出家我亦隨佛出家竟和尚某甲戒師應言汝某甲聽是佛婆伽婆釋迦牟尼多陀阿伽度阿羅訶三藐三佛陀爲沙彌說此十戒何等爲十

盡壽離殺生是沙彌戒是中盡壽離殺生汝能持不答能

盡壽離不與取是沙彌戒是中盡壽離不與取汝能持不答能

盡壽離非梵行是沙彌戒是中盡壽離非梵行汝能持不答能

盡壽離妄語是沙彌戒是中盡壽離妄語汝能持不答能

盡壽離飲酒是沙彌戒是中盡壽離飲酒穀酒甘蔗酒蒲萄酒一切能放逸酒汝能持不答能

盡壽離坐卧高廣大牀是沙彌戒是中盡壽離坐卧高廣大牀汝能持不答能

盡壽離著香華瓔珞香油塗身是沙彌戒是中盡壽離著華香瓔珞香油塗身汝能持不答能

盡壽離作唱妓樂故往觀聽是沙彌戒是中盡壽離作唱妓樂故往觀聽汝能持不答能

盡壽離受畜金銀錢寶是沙彌戒是中盡壽離受畜金銀錢寶汝能持不答能

盡壽離非時食是沙彌戒是中盡壽離非時食汝能持不答能

如是沙彌十戒盡壽不應犯當供養三寶佛寶法寶比丘僧寶當供養和尚阿闍黎一切如法教不得違逆勤求方便學問坐禪誦經於佛法中當得須陀洹果斯陀含果阿那含

果阿羅漢果辟支佛道乃至得阿耨多羅三藐三菩提令出家不虛果報不絕汝所未解和尚阿闍黎當廣爲汝說 優婆夷三歸五戒八戒沙彌尼三歸十戒受文盡與上沙彌出家十戒文同此中但以稱沙彌尼爲異耳

受六法壇文第五 若沙彌尼初來應教次第頭面禮僧足禮僧足已次第應來和尚尼戒師教言

大德憶念我沙彌尼某甲求尊爲和尚尼願尊爲我某甲作和尚尼我某甲因和尚尼故僧與我某甲二歲學戒 如是三說

一比丘尼應問和尚尼能爲某甲作和尚不 答能即應將至戒場上著見處離聞處爾時應問

僧和合不僧一心和合當作僧事和尚尼某甲沙彌尼某甲僧當與二歲學戒 如是三說若僧一心和合者喚沙彌尼來教頭面一一禮僧足已次教令從僧乞二歲學戒作如是言

大德尼僧聽我沙彌尼某甲因和尚尼某甲從僧乞二歲學戒和尚尼某甲僧當與我某甲二歲學戒和尚尼某甲慈愍故 如是三乞即時戒師應僧中唱

大德尼僧聽沙彌尼某甲因和尚尼某甲從僧乞二歲學戒和尚尼某甲若僧時到僧忍聽僧當與某甲二歲學戒和尚尼某甲如是白

大德尼僧聽沙彌尼某甲從和尚尼某甲從僧乞二歲學戒和尚尼某甲僧今與某甲二歲學戒和尚尼某甲誰諸長老忍與某甲二歲學戒和尚尼某甲忍者是長老黙然誰不忍者便說是初羯磨成就不 如是三說

僧已忍與某甲二歲學戒竟和尚尼某甲僧忍黙然故是事如是持 即時爲式叉摩尼說六法也

汝某甲聽佛世尊多陀阿伽度阿羅訶三藐

三佛陀知者見者説戒式叉摩尼六法汝式叉摩尼盡壽受持

佛種種因緣訶欲欲想欲欲覺欲欲熱讚歎斷欲除欲想滅欲熱若式叉摩尼同入學法中不捨戒戒羸不出相隨心想受婬欲乃至共畜生是非式叉摩尼非沙門尼非釋女失滅式叉摩尼法是事盡壽不應犯汝能持不答能

佛種種因緣訶責偷奪法讚歎不偷奪法乃至一條線一寸納一滴油分齊尚不應犯是中佛制極少乃至五錢若五錢直若式叉摩尼隨所偷奪事若王捉若殺若打若縛若擯出若輸金罪若作是言汝賊汝小兒汝癡汝隨官罪若式叉摩尼如是偷奪者是非式叉摩尼非沙門尼非釋女失滅式叉摩尼法是事盡壽不應犯汝能持不答能

佛種種因緣訶責殺生讚歎不殺乃至蟻子尚不應殺何況於人若式叉摩尼故奪人命若持刀與若教死歎死作如是言咄人用惡活為死勝生隨彼心樂死種種因緣教死歎死若作憂多殺若頭多殺作弶作網作撥若作毗陀羅殺若似毗陀羅殺若斷氣殺若墮胎殺若按腹殺若推著火中水中若從高推下若遣使道中死乃至母腹中初得二根身根命根歌羅邏中生惡心方便令奪其命從是因緣死者是非式叉摩尼非沙門尼非釋女失滅式叉摩尼法是事盡壽不應犯汝能持不答能

佛種種因緣訶責妄語讚歎不妄語乃至戲笑尚不應妄語何況故妄語若式叉摩尼不

知不見空無過人法自言我如是知如是見我得須陀洹果乃至阿羅漢果我得初禪二禪三禪四禪我得慈悲喜捨無量空處識處無所有處非想非非想處定我得不淨觀阿那般那念諸天來至我所諸龍夜叉薜荔伽毗舍闍鳩槃荼羅刹等來至我所彼問我答我問彼答若式叉摩尼如是妄語者是非式叉摩尼非沙門尼非釋女失滅式叉摩尼法是事盡壽不應犯汝能持不答能

佛種種因緣訶欲欲想欲欲覺欲欲熱讚歎斷欲除欲想滅欲熱若式叉摩尼有漏心聽漏心男子髮際至腕膝已上却衣順摩逆摩抱捉牽推舉上舉下若按若掐是非式叉摩尼非沙門尼非釋女失滅式叉摩尼法若犯者可更受是事盡壽不應犯汝能持不答能

佛種種因緣訶欲欲想欲欲覺欲欲熱讚歎斷欲除欲想滅欲熱若式叉摩尼有漏心聽漏心男子捉手捉衣共立共語共期入屏覆處待男子來自身往就如白衣女人此八事示貪著相是非式叉摩尼非沙門尼非釋女失滅式叉摩尼法若犯更受是事盡壽不應犯汝能持不答能

汝某甲聽僧已與汝二歲學法式叉摩尼受持六法名式叉摩尼汝得具滿和尚阿闍黎具滿比丘尼僧得好國土得好行處轉輪聖王所願尚不能滿汝今已具滿當恭敬三寶佛寶法寶比丘僧寶當供養和尚阿闍黎恭敬上中下座當勤三學善戒學善心學善慧學當修三脫門空無相無作當勤三業坐禪誦經勸作衆事汝行是法當開甘露門得須

陀洹果斯陀含果阿那含果阿羅漢果如蓮華在水日夜增長汝諸善根亦復如是於佛法中日夜增長餘殘諸戒和尚阿闍黎當漸漸爲汝廣説

釋師子法中　已獲難得戒　無難時難得
已得勿使空　頭面禮僧已　右繞歡喜去

大比丘尼壇文第六（式叉摩尼初來入尼僧中頭面一一禮僧足禮僧足已尼戒師應教受衣鉢應問此五衣鉢是汝有不答言是應教効我語）

我某甲是衣僧伽黎若干條受割截成我某甲不離宿受持（如是三説）

我某甲是衣欝多羅僧七條受兩長一短割截成我某甲不離宿受持（如是三説）

我某甲是衣安陀會五條受一長一短割截成我某甲不離宿受持（如是三説）

若僧伽黎縵應言是縵衣僧伽黎受持餘二衣亦爾

我某甲是覆肩衣受長四肘廣二肘半是覆肩衣我某甲不離宿受持（如是三説）

我某甲是衣厥修羅受長四肘廣二肘半是厥修羅我某甲不離宿受持（如是三説）

我某甲是鉢多羅應量受持常用故（如是三説）

（次教令求和尚尼）

大德憶念我式叉摩尼某甲求尊爲和尚尼願尊爲我某甲作和尚尼我某甲因和尚尼故僧當與我某甲作乞屬和尚尼羯磨慈愍故（如是三説）（戒師應問）能爲某甲作和尚尼不（和尚尼答言能）（應教著見處離聞處尼戒師應僧中作如是唱）誰能爲某甲作教授師（一比丘尼言能佛言如是比丘尼若成就五法應差作教師何等五不隨愛教瞋教怖教癡教知教不教應知教師即時唱）大德尼僧聽式叉摩尼某甲從和尚尼某甲求受具足戒某甲能作

教師爲教某甲故若僧時到僧忍聽某甲作教師爲教某甲如是白

大德尼僧聽式叉摩尼某甲從和尚尼某甲求受具足戒某甲能作教師教某甲誰諸尼僧忍立某甲爲教師爲教某甲忍者是長老默然誰不忍者便說僧已忍立某甲爲教師教某甲竟僧忍默然故是事如是持已被羯磨者應往式叉摩尼所教正衣服右膝著地合掌而問

汝某甲聽今是至誠時實語時我今問汝實當言實不實當言不實汝是女不是人不非是非人不非畜生不非是不能女不女根上有毛不不枯壞不不帶下病不不非偏不不二道合不女根不小不非是不能產不非是無乳不非是一乳不非是恒月水不非無月忌不非婢不非客作不非買得不非破得不非兵婦不非吏婦不非犯官事不不負他物不女人有如是等病癩病癰疽病痟盡病癲狂病長病熱病無如是等病不父母夫主在不若言在父母夫主聽出家不五衣鉢具不汝字何等和尚尼字誰答言我字某甲和尚尼名某甲尼教師問竟應白僧是式叉摩尼某甲我已問竟尼羯磨師應言清淨者將來次教乞屬和尚尼羯磨應言

大德尼僧聽我某甲因和尚尼某甲求受具足戒我某甲今從僧乞屬和尚尼羯磨和尚尼某甲僧當與我某甲作屬和尚尼羯磨和尚尼某甲慈愍故如是三說尼戒師應僧中作如是唱

大德尼僧聽某甲因和尚尼某甲求受具足戒某甲今從衆僧乞屬和尚尼羯磨和尚尼某甲若僧時到僧忍聽我今僧中問某甲無遮道法如是白戒師僧中問遮法與上教師問遮法中同上以空靜處此

以衆中以爲異耳

大德尼僧聽頗有未問者不若未問者當更問已問者默然是中尼戒師即時應僧中唱

大德尼僧聽式叉摩尼某甲從和尚尼某甲求受具足戒某甲已從僧乞屬和尚尼羯磨和尚尼某甲某甲自說清淨無諸難事年歲已滿衣鉢具足某甲和尚尼某甲若僧時到僧忍聽僧當與某甲作屬和尚尼羯磨和尚尼某甲如是白

大德尼僧聽式叉摩尼某甲從和尚尼某甲求受具足戒某甲已從衆僧乞屬和尚尼羯磨和尚尼某甲某甲自說清淨無諸難事年歲已滿衣鉢具足某甲和尚尼某甲僧今與某甲作屬和尚尼羯磨和尚尼某甲諸尼僧忍與某甲作屬和尚尼羯磨和尚尼某甲忍者是長老默然誰不忍者便說是初羯磨成就不如是三說僧已忍與某甲作屬和尚尼羯磨和尚尼某甲竟僧忍默然故是事如是持比丘尼衆應在尼寺中作如是羯磨竟即日將至大僧中和合與受具足戒也

入大衆中受具足壇文第七將至大僧中頭面一一禮僧足禮僧足已應教從和尚尼乞受具足戒應言

大德憶念我某甲求尊爲和尚尼願尊爲我某甲作和尚尼我某甲依和尚尼故僧當與我某甲受具足戒慈愍故如是三說故次教從僧乞受具足戒應言

大德僧聽我某甲從和尚尼某甲求受具足戒我某甲今從衆僧乞受具足戒和尚尼某甲僧當濟度我與我某甲受具足戒慈愍故如是三乞一比丘應僧中唱

大德僧聽某甲從和尚尼某甲求受具足戒

某甲已從衆僧乞受具足戒和尚尼某甲若僧時到僧忍聽我當僧中問某甲六法如是（應語彼言）汝某甲聽今是至誠時實語時我今僧中問汝實當言實不實當言不實汝本來清淨不汝從出家來順行出家法不二歲學六法不比丘尼僧作本事不尼僧已和合作乞屬和尚尼羯磨未五衣鉢具不汝字何等和尚尼字誰答言我名某甲和尚尼名某甲大德僧聽頗未問者不若未問者當更問已問者默然

大德僧聽某甲從和尚尼某甲求受具足戒某甲已從衆僧乞受具足戒和尚尼某甲某甲自說清淨無諸難事年歲已滿從出家來順行出家法已二歲學六法比丘尼僧已作本事已作屬和尚尼羯磨五衣鉢具某甲和尚尼某甲若僧時到僧忍聽僧當與某甲受具足戒和尚尼某甲如是白

大德僧聽某甲從和尚尼某甲求受具足戒某甲已從衆僧乞受具足戒和尚尼某甲某甲自說清淨無諸難事年歲已滿從出家來順行出家法已二歲學六法比丘尼僧已作本事已作屬和尚尼羯磨五衣鉢具某甲和尚尼某甲僧今與某甲受具足戒和尚尼某甲誰諸長老忍與某甲受具足戒和尚尼某甲忍者是長老默然誰不忍者便說是初羯磨成就不（如是三說）

僧已忍與某甲受具足戒和尚尼某甲竟僧忍默然故是事如是持（應教言若人問汝幾歲應答言無歲何時節隨時應答若春若夏若冬某月某日某時有閏無閏皆應隨實答是事汝盡壽應爲憶念持即應爲說三依止法）

汝某甲聽佛世尊多陀阿伽度阿羅訶三藐三佛陀知者見者爲受大戒比丘尼說三依止法比丘尼依是出家受戒行比丘尼法何等三

依糞掃衣比丘尼依是得出家受戒行比丘尼法若長得赤麻衣白麻衣芻麻衣翅夷羅衣繒衣欽婆羅衣劫貝衣如是等清淨衣皆是盈長得是中盡壽依糞掃衣汝能持不（答能）

依乞食比丘尼依是得出家受戒行比丘尼法若長得相食故作食六齋日食月一日食十六日食衆僧食別房食請食若僧若別請如是等清淨食皆是盈長得是中盡壽依乞食汝能持不（答能）

依陳棄藥比丘尼依是得出家受戒行比丘尼法若長得四種含銷藥（酥油蜜石蜜）四種淨脂（驢脂猪脂熊脂鱣脂）五種根藥（舍利薑赤附子波提鞮沙菖蒲根）五種果藥（訶梨勒阿摩勒鞞醯勒胡椒畢鉢羅也）五種鹽（紫鹽白鹽黑鹽赤鹽樓鹽）五種湯（華湯葉湯根湯莖湯果湯）五種樹膠藥（與渠薩闍羅諦夜諦夜婆提諦夜波那）如是餘清淨藥皆是盈長得是中盡壽依陳棄藥汝能持不（答能次應說八墮法）

汝某甲聽佛世尊多陀阿伽度阿羅訶三藐三佛陀知者見者爲受具足戒比丘尼說八墮法若比丘尼於八墮法中墮所犯一一法是非比丘尼非沙門尼非釋女失滅比丘尼法

佛種種因緣訶欲欲想欲欲覺欲欲熱讚歎斷欲除欲想滅欲熱若比丘尼共諸比丘尼入戒法中不捨戒戒羸不出相隨心想受婬欲乃至共畜生是非比丘尼非沙門尼非釋女失滅比丘尼法是事盡壽不應犯汝能持

不答能

佛種種因緣訶責偷奪法讚歎不偷奪法乃至一條線一寸納一滴油分齊尚不應偷奪是中佛制極少乃至五錢若五錢直若比丘尼隨所偷事若王捉若殺若打若縛若擯出若輸金罪作是言汝賊汝小兒汝癡汝墮官罪若比丘尼如是偷奪者是非比丘尼非沙門尼非釋女失滅比丘尼法是事盡壽不應犯汝能持不答能

佛種種因緣訶責殺生讚歎不殺生乃至蟻子尚不應殺何況於人若比丘尼自手奪人命若持刀與若教死讚死作是言咄人用惡活為死勝生隨彼心樂死種種因緣教死讚死若作憂多殺若頭多殺若作弶作網作撥若作毗陀羅殺若似毗陀羅殺若斷氣殺若墮胎殺若按腹殺若推著火中水中若從高推下若遣使道中死乃至母腹中初得二根身根命根歌羅邏中生惡心方便令奪其命從是因緣死者是非比丘尼非沙門尼非釋女失滅比丘尼法是事盡壽不應犯汝能持不答能

佛種種因緣訶責妄語讚歎不妄語乃至戲笑尚不應妄語何況故妄語若比丘尼不知不見空無過人法自言我如是知如是見我得四果四向乃至我得初禪二禪三禪四禪我得慈悲喜捨無量空處識處無所有處非想非非想處定我得不淨觀阿那般那念諸天來至我所諸龍夜叉薜荔伽毗舍闍鳩槃荼羅剎等來至我所彼問我答我問彼答若比丘尼如是妄語者是非比丘尼非沙門尼

非釋女失滅比丘尼法是事盡壽不應犯汝能持不答能

佛種種因緣訶責欲欲想欲欲覺欲欲熱讚歎斷欲除欲想滅欲熱若比丘尼有漏心聽漏心男子髮際至腕膝已上却衣順摩逆摩抱捉牽推舉上舉下按搦者是非比丘尼非沙門尼非釋女失滅比丘尼法是事盡壽不應犯汝能持不答能

佛種種因緣訶責欲欲想欲欲覺欲欲熱讚歎斷欲除欲想滅欲熱若比丘尼有漏心聽漏心男子捉手捉衣共立共語共期入屏覆處待男子來自身往就如白衣女人此八事示貪著相是非比丘尼非沙門尼非釋女失滅比丘尼法是事盡壽不應犯汝能持不答能

佛種種因緣訶責惡知識惡伴黨讚歎善知識善伴黨若比丘尼知他比丘尼犯重罪覆藏乃至一夜是比丘尼知彼比丘尼若退若住若失若遠去往作是言我先知是比丘尼有如是事不欲自向人說不欲向僧說不欲令人作是言云何妹自汙姉是非比丘尼非沙門尼非釋女失滅比丘尼法是事盡壽不應犯汝能持不答能

佛種種因緣訶責惡知識惡伴黨讚歎善知識善伴黨若比丘尼知比丘僧一心和合作不見擯是比丘獨一無二無伴無侶不休不息隨順相助諸比丘尼應語是比丘尼言僧一心和合作不見擯是比丘獨一無二無伴無侶不休不息汝莫隨順若是比丘尼諸比丘尼如是諫時堅持是事不捨者諸比丘尼應第二第三諫令捨是事故第二第三諫時

捨者善若不捨者是非比丘尼非沙門尼非釋女失滅比丘尼法是事盡壽不應犯汝能持不答能汝某甲聽僧已與汝受具足戒竟善受教化隨順師教汝已得好和尚阿闍黎得好衆僧得好行道處如轉輪聖王所願尚不能得滿汝今已具滿當恭敬三寶佛寶法寶比丘僧寶當勤三學善戒學善心學善慧學勤修三脫門空無相無作當勤三業坐禪誦經勸作衆事汝行是法當開甘露門得須陀洹果斯陀含果阿那含果阿羅漢果辟支佛佛道如蓮華在水日夜增長汝諸善根亦復如是於佛法中日夜增長餘殘諸戒和尚阿闍黎當漸漸爲汝廣說即爲說偈

釋師子法中　一切妙善集　深大無涯際
功德之寶海　是願轉輪王　天王善妙王
常求作沙門　不遂汝已得　精勤行三業
佛法無量種　汝常憶念法　逮諸無礙智
如蓮華在水　漸漸日增長　汝亦如是信
戒聞定慧增　餘戒佛所說　和尚師當教
衆中禮繞竟　喜各從所樂

受大戒壇文第八佛語諸比丘受具足法有三事現前得受具足何等三一者僧二有人欲受具足三有羯磨是爲三欲受具足人初來應教次第頭面禮僧足禮僧足已教受衣應問此衣是汝有不答言是應教汝効我語我其甲此衣僧伽黎若干條受若割截若未割截是衣受持不離宿如是二說次問此是汝有不答言是我其甲此衣憂多羅僧七條受若割截若未割截是衣受持不離宿如是三說次問此衣是汝有不答言是我其甲此衣安陀會五條受割截若未割截是衣受持不離宿如是三說次問此鉢多羅是汝有不答言是我其甲此鉢多羅應量受長用故如是三說受衣鉢已應求

和尚應言大德憶念我某甲請大德爲和尚願大德爲我某甲作大戒和尚我某甲依大德和尚故得受具足戒願大德與我某甲受具足戒慈愍故如是三說戒師應問誰能爲某甲作和尚和尚答言我某甲能即時捨聞處著見處戒師應唱衆僧和集誰能爲某甲作教授師若僧中有比丘言我能若有五法不應立作教師愛教瞋教怖教癡教教不教不知五法成就應立作教師不愛教不瞋教不怖教不癡教教不教知

大德僧聽某甲從和尚某甲求受具足戒某甲能爲某甲作教師若僧時到僧忍聽僧某甲當作教師爲教某甲如是白

大德僧聽某甲從和尚某甲求受具足戒某甲能爲某甲作教師教某甲故誰諸長老忍某甲作教師教某甲者是長老默然誰不忍者便說僧已忍某甲作教師教某甲竟僧忍默然故是事如是持即時教師往弟子所教偏袒著衣胡跪合掌

汝某甲聽今是至誠時實語時後僧中亦如是問汝實當言實不實當言不實我今問汝汝丈夫不年滿二十不非奴不不與人客作不不買得不不破得不非官人不不犯官事不不陰謀王家不不負人債不丈夫有如是病若癩癰漏瘭疽痟疾癲病汝有不父母在不若言在父母聽汝出家不先不作比丘不若言作清淨持戒不捨戒時一心如法還成不三衣鉢具不汝字何等和尚字誰答我名某甲和尚名某甲教師問竟應白僧我問某甲竟戒師語若清淨者將來教禮僧足禮僧足已從僧乞受具足戒耳

大德僧聽我某甲從和尚某甲求受具足戒我某甲今從衆僧乞受具足戒和尚某甲願僧濟度我與我某甲受具足戒慈愍故如是三說即時一比丘唱大德僧聽某甲從和尚某甲求受具

足戒某甲已從衆僧乞受具足戒某甲和尚某甲若僧時到僧忍聽我今僧中問某甲無遮道法如是白戒師問遮法文與上教師問遮法文同正以空靜此以衆中以爲異耳

大德僧聽頗有未問者不若未問者當更問已問者默戒師應唱大德僧聽某甲從和尚某甲求受具足戒某甲已從衆僧乞受具足戒和尚某甲某甲自說清淨無諸難事年歲已滿衣鉢具足某甲和尚某甲若僧時到僧忍聽僧當與某甲受具足戒和尚某甲如是白

大德僧聽某甲從和尚某甲求受具足戒某甲已從衆僧乞受具足戒和尚某甲某甲自說清淨無諸難事年歲已滿衣鉢具足某甲和尚某甲僧今與某甲受具足戒和尚某甲誰諸長老忍與某甲受具足戒和尚某甲忍者是長老默然誰不忍者便說是初羯磨成就不如是三說僧已忍與某甲受具足戒竟和尚某甲僧忍默然故是事如是持若人問汝幾歲應言未有歲何時若冬若春若夏有閏無閏是時節盡壽應憶念即時應說四依

汝某甲聽是佛婆伽婆釋迦牟尼多陀阿伽度阿羅訶三藐三佛陀爲受具足人說四依法依是得出家受具足戒作比丘何等四依糞掃衣比丘依是得出家受具足戒成比丘法若更得白麻衣赤麻衣褐衣憍施耶衣翅夷羅衣欽跋羅衣劫貝衣如是等餘清淨衣皆是盈長得是中依糞掃衣能盡壽受持不答能

依乞食比丘依是得出家受具足戒成比丘法若更得爲作食因生六齋日食月一日食十六日食衆僧食別房食請食若僧若私如

是等餘清淨食皆是盈長得是中依乞食能盡壽受用不答能

依樹下住比丘依是得出家受具足戒成比丘法若得溫室講堂殿樓一重舍閣屋平覆屋地窟山窟漂頭勒迦卧具曼頭勒迦卧具襌頭勒迦卧具下至草敷葉如是等餘清淨房舍卧具皆是盈長得是中依樹下住能盡壽受用不答能

依陳棄藥比丘依是得出家受具足戒成比丘法若更得四種含銷藥酥油蜜石蜜四種淨脂熊脂驢脂猪脂鱣脂五種根藥舍利薑赤附子波提鞬沙菖蒲根五種果藥訶梨勒鞞醯勒阿摩勒胡椒跋鉢羅五種淨鹽黑鹽白鹽紫鹽赤鹽鹵出鹽五種湯根湯莖湯葉湯花湯果湯五種樹膠藥興渠薩闍羅諦搬諦搬婆提諦搬婆那如是等餘清淨藥皆是盈長得是中依陳棄藥能盡壽受用不答能

汝某甲聽是佛婆伽婆釋迦牟尼多陀阿伽度阿羅訶三藐三佛陀爲受具足比丘說四墮法若比丘於是四墮法若作一一法是非比丘非沙門非釋子失滅比丘法如截多羅樹斷更不生不青不長不廣比丘亦如是於四墮法若犯一一法非比丘非沙門非釋子失滅比丘法

佛種種因緣訶責欲欲想欲欲覺欲欲熱讃歎斷欲除欲想滅欲熱若比丘共諸比丘入戒法中不捨戒戒羸不出相隨心想受婬欲乃至共畜生是非比丘非沙門非釋子失滅比丘法是事盡壽不應犯汝能持不答能

佛種種因緣訶責偷奪法讃歎不偷奪法乃至一條線一寸納一滴油分齊尚不應偷奪

是中佛制極少乃至五錢若五錢直若比丘隨所偷奪事若王捉若殺若打若縛若擯出若輸金罪作是言汝賊汝小兒汝癡汝墮官罪若比丘如是偷奪者是非比丘非沙門非釋子失滅比丘法是事盡壽不應犯能持不答能

佛種種因緣訶責殺生讚歎不殺生乃至蟻子尚不應殺何況於人若比丘自手奪人命若持刀與若教死讚死作是言咄人用惡活爲死勝生隨彼心樂死種種因緣教死讚死若作憂多殺若頭多殺若作弶作網作撥若作毗陀羅殺若似毗陀羅殺若斷氣殺若墮胎殺若按腹殺若推著火中水中若從高推下若遣使道中死乃至母腹中初得二根身根命根歌羅邏中生惡心方便令奪其命從是因緣死者是非比丘非沙門非釋子失滅比丘法是事盡壽不應犯汝能持不答能

佛種種因緣訶責妄語讚歎不妄語是中乃至戲笑尚不應妄語何況故妄語若比丘不知不見空無過人法自言我如是知如是見我得須陀洹果乃至阿羅漢果我得初禪二禪三禪四禪我得慈悲喜捨無量空處識處無所有處非想非非想處定我得不淨觀阿那般那念諸天來至我所諸龍夜叉薜荔伽毗舍闍鳩槃茶羅刹等來至我所彼問我答我問彼答若比丘如是妄語者是非比丘非沙門非釋子失滅比丘法是事盡壽不應犯汝能持不答能

汝某甲聽初篇罪不可起第二篇罪雖可起幾時覆藏隨覆藏時應行波利婆沙行波利

婆沙已應行六夜摩那埵行摩那埵已二十比丘衆中出罪是衆中可恥爲人所輕是中汝不得故持陰出不淨如是事能不作不答能不得故觸女人身不得向女人惡口語不得女人前自讚供養身不得媒嫁女人不得自起房佛聽應作不聽不應作不得起大房佛聽應作不聽不應作無根罪不得謗他人少許罪因緣不得謗言大不得勤破僧不得佐破僧人不得毀辱他家不得性戾難教如是事能不作不答言能

汝其甲聽僧已與汝受具足戒竟善受教化隨順師教汝已得好和尚阿闍黎得好衆僧得好國土好行道處如轉輪聖王所願尚不能得滿汝今已具滿當恭敬三寶佛寶法寶比丘僧寶當勤三學善戒學善心學善慧學勤修三脫門空無相無作當勤三業坐禪誦經勸作衆事汝行是法當開甘露門得須陀洹果斯陀含果阿那含果阿羅漢果辟支佛道如蓮華在水日夜增長汝諸善根亦復如是於佛法中日夜增長餘殘諸戒和尚阿闍黎當漸漸爲汝廣說即爲說偈

釋師子法中　一切妙善集　深大無涯際
功德之寶海　是願轉輪王　天王善妙王
常求作沙門　不遂汝已得　精勤行三業
佛法無量種　汝常憶念法　逮諸無礙智
如蓮華在水　漸漸日增長　汝亦如是信
戒聞定慧增　餘戒佛所說　和尚師當教
衆中禮繞竟　喜各從所樂

結小界文第九先結空地界然後結界場先一比丘唱四方小界相作畔齋已作白二羯磨在衆中作如是白

大德僧聽比丘某甲唱四方小界相僧今結小界作戒場若僧時到僧忍聽僧於此四方相内結小界作戒場如是白

大德僧聽比丘某甲唱四方小界相僧今於此四方相内結小界作戒場誰諸長老忍僧於此四方相内結小界作戒場者是長老默然誰不忍者便說僧已忍於此四方相内結小界作戒場竟僧忍默然故是事如是持

結大界文第十先令一比丘唱四方大界相作畔齊已作白二羯磨在衆中作如是白

大德僧聽比丘某甲唱四方大界相是諸相内是界内若僧時到僧忍聽是中一布薩共住結界如是白

大德僧聽比丘某甲唱四方大界相是諸相内是界内是中一布薩共住結界誰諸長老忍是中一布薩共住結界者默然誰不忍者便說僧已忍一布薩共住結界竟僧忍默然故是事如是持

結不離衣界文第十一

大德僧聽一布薩共住隨幾許結界内是中除聚落及聚落界取空地及住處若僧時到僧忍聽是中一布薩共住結界内作不離衣宿羯磨如是白

大德僧聽一布薩共住隨幾許結界内是中除聚落及聚落界取空地及住處是中一布薩共住結界内作不離衣宿羯磨誰諸長老忍是中一布薩共住結界内作不離衣宿羯磨者是長老默然誰不忍者便說僧已忍一布薩共住結界内作不離衣宿羯磨竟僧忍默然故是事如是持

解大界文第十二解小界亦依此文正言小界爲異耳

大德僧聽是中一布薩共住和合解界捨界若僧時到僧忍聽一布薩共住解界捨界如是白

大德僧聽是中一布薩共住處解界捨界誰諸長老忍一布薩共住處解界捨界者默然誰不忍者便說僧已忍一布薩共住處解界捨界竟僧忍默然故是事如是持所以無別解衣界文者欲更廣促界者亦應解衣界後解大界若直解大界衣界亦并自去故不須文也文亦同

差監爲僧執事第十三執事人有十四種五法成不隨愛不隨瞋不隨怖不隨癡知得不一比丘僧中唱

大德僧聽比丘某甲能爲僧作知食人若僧時到僧忍聽立某甲作知食人如是白

大德僧聽比丘某甲能爲僧作知食人誰諸長老忍立某甲作知食人者是長老默然誰不忍者便說僧已忍立某甲作知食人竟僧忍默然故是事如是持餘十三種人亦應羯磨差尼家十一種文亦同

受安居文第十四佛言五衆應安居何等五人者一比丘二比丘尼三式叉摩尼四沙彌五沙彌尼云何應受安居佛言若上座欲安居應從座起偏袒著衣胡跪合掌應如是言

長老憶念我比丘某甲是住處夏安居前三月依某甲可行處聚落某甲僧坊久破爲治故如是三說

下座應言莫放逸上座言受持若下座受安居如上座法唯除禮足爲異耳後三月受持亦爾

受七日文第十五

長老憶念我比丘某甲是住處夏安居受七日出界外爲緣事故如是三說

受三十九夜文第十六（乞三十九夜出界文若僧衆受遣不須乞）

（若私營三寶事須乞法者）

大德僧聽我比丘某甲爲僧事故今故從衆僧乞三十九夜出界外還是中安居是中自恣（如是三說）

大德僧聽比丘某甲是處夏安居受三十九夜出界外爲僧故若僧時到僧忍聽僧某甲是處夏安居爲僧事故受三十九夜出界外如是白

大德僧聽比丘某甲是處夏安居爲僧事故受三十九夜出界外誰諸長老忍某甲是處夏安居爲僧事故受三十九夜出界外者是長老默然誰不忍者便說僧已忍與某甲三十九夜出界外竟僧忍默然故是事如是持

一人心念口言布薩文第十七

今僧布薩若十四日若十五日我今日亦布薩（如是三說）

三人二人三語布薩文第十八（受法上下儀法如上故不煩文）

長老憶念今日僧布薩若十四日若十五日長老知我清淨憶持無遮道法戒衆滿故（如是三說）

四人以上廣布薩時與清淨文第十九

長老憶念今日若十四日若十五日僧作布薩我比丘某甲有緣事故與僧清淨布薩欲長老爲我說并取籌（如是三說）

至僧中說清淨文第二十

長老憶念今日僧作布薩比丘某甲有緣事故與僧清淨欲爲取籌（如是三說）

十誦羯磨比丘要用

音釋

羯磨梵語也此云作法羯居竭切弶其亮切施罟於道也歌羅邏梵語也此云凝滑邏郎可切腕烏貫切手腕也掐苦洽切爪刺也縵莫半切疽千余切痟思邀切渴病也盈長長直亮切餘長也鱣張連切魚名鞮杜兮切瘭布遥切病也

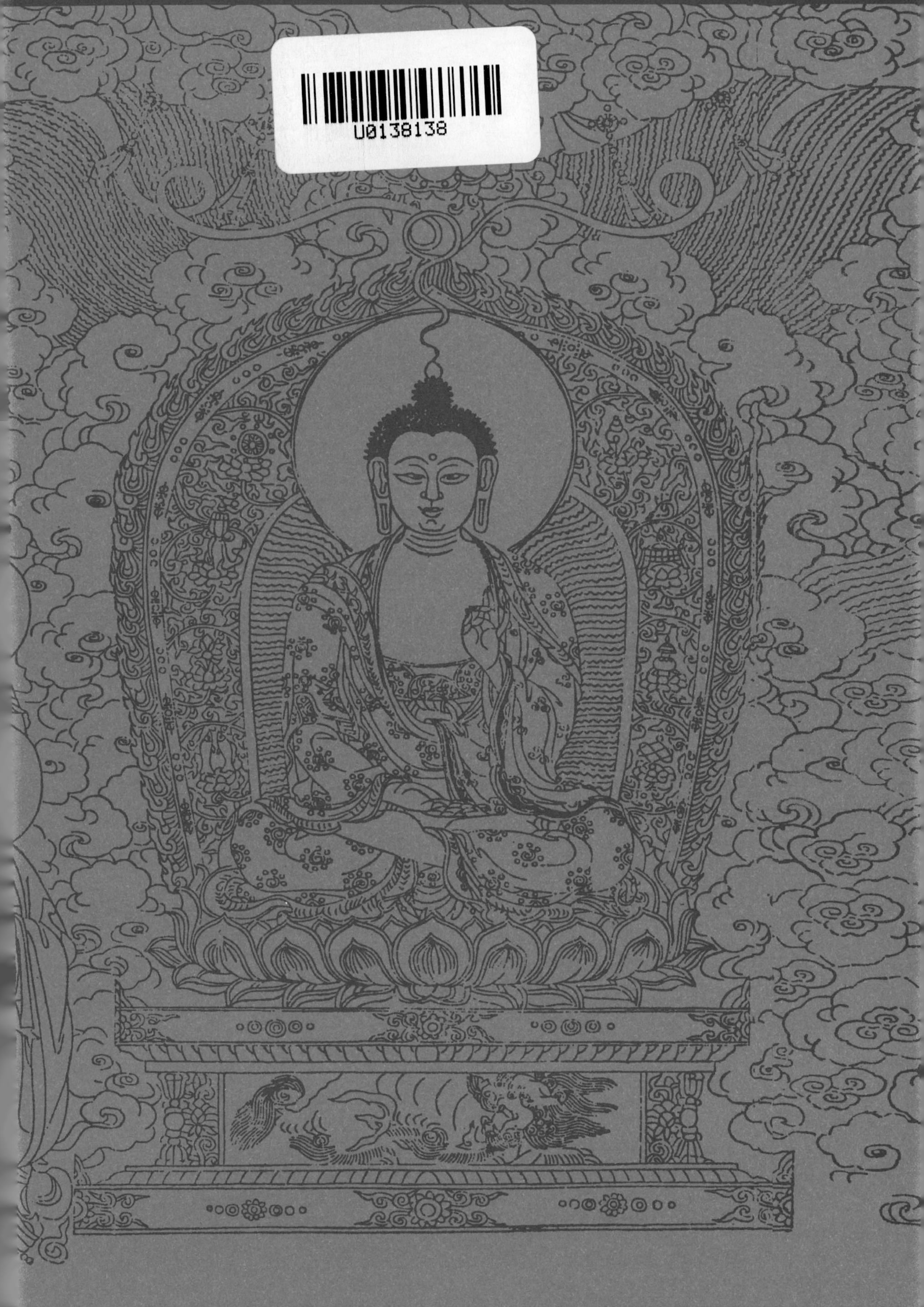